W0325573

Diana Palmer

El camino más largo

El camino del encuentro

Un hombre audaz

Tiffany™

Editado por Harlequin Ibérica.
Una división de HarperCollins Ibérica, S.A.
Núñez de Balboa, 56
28001 Madrid

© 2019 Harlequin Ibérica, una división de HarperCollins Ibérica, S.A.
N.º 124 - 22.5.19

© 2011 Diana Palmer
El camino más largo
Título original: Wyoming Tough

© 2012 Diana Palmer
El camino del encuentro
Título original: Wyoming Fierce

© 2013 Diana Palmer
Un hombre audaz
Título original: Wyoming Bold
Publicadas originalmente por Silhouette® Books
Estos títulos fueron publicados originalmente en español en 2015, 2016 y 2017

Todos los derechos están reservados incluidos los de reproducción, total o parcial.
Esta edición ha sido publicada con autorización de Harlequin Books S.A.
Esta es una obra de ficción. Nombres, caracteres, lugares, y situaciones son producto de la imaginación del autor o son utilizados ficticiamente, y cualquier parecido con personas, vivas o muertas, establecimientos de negocios (comerciales), hechos o situaciones son pura coincidencia.
® Harlequin, Tiffany y logotipo Harlequin son marcas registradas propiedad de Harlequin Enterprises Limited.
® y ™ son marcas registradas por Harlequin Enterprises Limited y sus filiales, utilizadas con licencia. Las marcas que lleven ® están registradas en la Oficina Española de Patentes y Marcas y en otros países.
Imagen de cubierta utilizada con permiso de Dreamstime.com.

I.S.B.N.: 978-84-1307-545-7
Depósito legal: M-10631-2019
Impresión CPI (Barcelona)
Fecha impresión Argentina: 18.11.19
Distribuidor para México: Distibuidora Intermex, S.A. de C.V.
Distribuidores para Argentina: Interior, DGP, S.A. Alvarado 2118. Cap. Fed./ Buenos Aires y Gran Buenos Aires, VACCARO HNOS.

FSC www.fsc.org
MIXTO
Papel procedente de fuentes responsables
FSC® C108412

Este libro ha sido impreso con papel procedente de fuentes certificadas según el estándar FSC, para asegurar una gestión responsable de los bosques.

ÍNDICE

EL CAMINO MÁS LARGO

DIANA PALMER

1

A Edith Danielle Morena Brannt no le impresionaba su nuevo jefe. El mandamás del Rancho Real, cerca de Catelow, Wyoming, era grande, dominante y con un mal carácter que compartía con todos sus empleados.

A Morie, como la conocían sus amigos, le costaba trabajo contener su temperamento acalorado cuando Mallory Dawson Kirk levantaba la voz. Era impaciente, terco y prejuicioso. Igual que el padre de Morie, que se había opuesto a su decisión de convertirse en vaquera. Su padre se oponía a todo. Ella le había dicho que iba a encontrar un trabajo, había hecho la maleta y se había marchado. Tenía veintitrés años. Su padre no podía detenerla legalmente. Su madre, Shelby, había intentado razonar con ella. Su hermano, Cort, lo había intentado también, aunque con menos suerte aún. Morie quería a su familia, pero estaba cansada de que la valorasen por su parentesco y no por lo que era de verdad. Ser una desconocida en la propiedad de otra persona le ofrecía una perspectiva fascinante. Incluso con el mal carácter de Mallory, disfrutaba haciéndose pasar por una chica pobre y sola en el mundo. Además, deseaba aprender a trabajar en un rancho y su padre se negaba hasta a permitirle levantar una cuerda en el suyo. No quería que se acercara a su ganado.

–Y otra cosa –dijo Mallory secamente girándose hacia Morie–. Hay un lugar en el que colgar las llaves cuando se ha terminado de usarlas. Nunca se saca una llave del establo ni se deja en el bolsillo. ¿Queda claro?

Morie se sonrojó, porque de hecho se había llevado en el bolsillo la llave de la sala principal de monturas en una ocasión en que era extremadamente necesaria.

–Lo siento, señor –dijo con rigidez–. No volverá a ocurrir.

–Así es, si quieres seguir trabajando aquí –le aseguró él.

–Fue culpa mía –dijo el capataz, el viejo Darby Hanes, con una sonrisa–. Se me olvidó decírselo.

Mallory se quedó pensando y asintió con la cabeza.

–Eso es lo que siempre me ha gustado de ti, Darb, que eres sincero –se volvió hacia Morie–. Un ejemplo que espero que sigas, siendo la última empleada en llegar aquí, por cierto.

A ella se le puso la cara roja.

–Señor, nunca me he llevado nada que no me perteneciera.

Él se quedó mirando su ropa barata, el dobladillo rasgado de sus vaqueros y sus botas gastadas. Pero no la juzgó. Simplemente asintió.

Tenía el pelo negro y espeso, con la raya a un lado y un poco greñudo alrededor de las orejas. Tenía unas orejas grandes y una nariz grande, unos ojos marrones, unas cejas pobladas y una boca tan sensual que Morie no había podido apartar la mirada de ella al principio. Esa boca compensaba que no fuera guapo de la manera convencional. Tenía las manos grandes y bien arregladas, y una voz profunda y aterciopelada, así como unos pies grandes, metidos en unas botas viejas cubiertas de polvo. Era el jefe y nadie se olvidaba de ello, pero trabajaba junto a sus hombres como si fuera un empleado más.

De hecho los tres hermanos Kirk eran así. Mallory era el mayor, con treinta y seis años. El segundo, con treinta y cuatro años, se llamaba Cane; una gran coincidencia, teniendo en cuenta el apellido de soltera de la madre de Morie, aunque el suyo se escribiera con K. Era veterano de la segunda guerra del Golfo y había perdido un brazo por encontrarse en el frente en combate. Estaba luchando contra un problema de alcoholismo y en proceso de terapia.

El más joven, con treinta y un años, era Dalton. Era un antiguo agente fronterizo del departamento de inmigración y su mote era, por alguna extraña razón, Tank. Se había enfrentado él solo a una banda de narcotraficantes en la frontera de Arizona. Recibió varios disparos y estuvo hospitalizado semanas, durante las cuales casi todos los médicos le dieron por muerto debido a la gravedad de las lesiones. Todos quedaron perplejos cuando sobrevivió. En cualquier caso, dejó el trabajo y volvió al rancho familiar en Wyoming. Nunca hablaba de la experiencia. Pero en una ocasión Morie le había visto echarse al suelo al oír el petardeo de una vieja furgoneta del rancho. Ella se había reído, pero el viejo Darby Hanes la había hecho callar y le había contado el pasado de Dalton como agente fronterizo. Después no había vuelto a reírse de su extraño comportamiento. Suponía que tanto Cane como él tenían cicatrices mentales y emocionales, así como físicas, debidas a las experiencias del pasado. A ella nunca le habían disparado ni le había ocurrido nada grave. Había estado tan protegida como una flor de invernadero, tanto por sus padres como por su hermana. Aquella era la primera vez que saboreaba la vida de verdad. Aún no estaba segura de si iba a gustarle.

Había vivido en el enorme rancho de su padre toda su vida. Podía montar cualquier cosa; su padre le había enseñado. Pero no estaba acostumbrada al trabajo agotador que exigían las tareas diarias del rancho, porque nunca le habían permitido hacerlas en casa, y los primeros dos días había estado lenta.

Darby Hanes se había hecho cargo de ella y le había

mostrado cómo manejar los enormes fardos de heno que los hermanos todavía almacenaban en el granero. Se negaban a usar los fardos enrollados más modernos diciendo que eran ineficientes y una pérdida de tiempo. Con los consejos de Darby, Morie ya no se hacía daño al levantarlos. Le había enseñado a ponerles las herraduras a los caballos, aunque en el rancho hubiera un herrero, y cómo atender a los terneros enfermos. En menos de dos semanas, había aprendido cosas que nunca había visto en la universidad.

–Nunca antes has hecho este trabajo –la acusó Darby, aunque con una sonrisa.

–No –respondió ella avergonzada–. Pero necesitaba un trabajo desesperadamente –dijo, lo cual era casi verdad–. Se ha portado muy bien conmigo, señor Hanes. Le debo mucho por no rechazarme. Por enseñarme lo que necesitaba saber –y menos mal que su padre no lo sabía, pensaba para sus adentros. Habría despellejado a Hanes por dejar que su malcriada hijita le pusiera herraduras a un caballo.

Él agitó la mano para quitarle importancia.

–No hay problema. Asegúrate de llevar siempre los guantes –añadió señalando su bolsillo trasero–. Tienes unas manos preciosas. Como las que tenía mi esposa –dijo con una mirada melancólica y una sonrisa débil–. Tocaba el piano en un restaurante cuando la conocí. Tuvimos dos citas y nos casamos. No tuvimos hijos. Murió de cáncer hace dos años –hizo una pausa y tomó aliento–. Aún la echo de menos –añadió con voz triste.

–Lo siento –dijo ella.

–Volveré a verla –respondió–. No faltan tantos años. Es parte del ciclo, ya sabes. La vida y la muerte. Todos pasamos por lo mismo. Nadie escapa.

Eso era cierto. Qué raro era mantener una conversación filosófica en un rancho.

Él arqueó una ceja.

–Crees que los trabajadores de un rancho son los expulsados del instituto, ¿verdad? –sugirió–. Yo tengo un título del Instituto Tecnológico de Massachusetts. Fui su alumno más prometedor en Física Teórica, pero mi esposa tenía problemas en los pulmones y querían que viniese al oeste, a un clima más seco. Su padre tenía un rancho… –se detuvo y se carcajeó–. Perdona. Tiendo a ponerme a hablar sin parar. En cualquier caso, empecé a trabajar en el rancho y lo prefería al laboratorio. Cuando ella murió, vine aquí a trabajar. Así que aquí estoy. Pero no soy el único que tiene título aquí. Tenemos tres empleados a tiempo parcial que van a la universidad con becas financiadas por los hermanos Kirk.

–¡Qué gente tan amable! –exclamó ella.

–Sí que lo son. Todos parecen duros como robles, y en general lo son, pero ayudarán a cualquiera que lo necesite. Pagaron la factura del hospital de mi esposa cuando se nos acabó el seguro. Fue una pequeña fortuna y ellos no lo dudaron ni un segundo.

Morie sintió un nudo en la garganta. Qué gesto tan generoso. Su familia había hecho lo mismo por otra gente, pero no ser atrevió a mencionarlo.

–¡Qué considerado por su parte! –agregó con sinceridad.

–Sí. Trabajaré aquí hasta que me muera, si quieren que siga. Son una gente fantástica.

Oyeron un ruido y se dieron la vuelta. El jefe estaba de pie detrás de ellos.

–Gracias por el homenaje, pero creo que hay ganado al que bañar en el pasto del sur… –murmuró Mallory con los labios apretados y brillo en los ojos.

Darby se carcajeó.

–Así es. Perdona, jefe. Solo estaba alabándote ante la dama. Le ha sorprendido descubrir que estudié Filosofía.

–Por no mencionar Física Teórica –añadió el jefe.

–Sí, bueno. Yo no mencionaré tu título en Bioquímica si quieres –dijo Darby escandalosamente.

–Gracias –respondió Mallory con una ceja arqueada.

Darby le guiñó un ojo a Morie y los dejó a solas.

Mallory se acercó imponente hacia la muchacha.

–Tu nombre no es muy corriente. ¿Morie?

Ella se rio.

–Mi nombre completo es Edith Danielle Morena Brannt –respondió–. Mi madre sabía que sería morena, porque mis dos padres lo son, así que añadieron Morena en español. Mis bisabuelos eran... españoles –había estado a punto de revelar el hecho de que pertenecían a la aristocracia española. Jamás podría hacer eso. Quería que todos la vieran como una chica pobre, pero sincera. Su apellido era común en el sur de Texas y era improbable que Mallory lo relacionara con King Brannt, que era un auténtico señor del ganado.

Él ladeó la cabeza.

–Morie –murmuró–. Muy bonito.

–De verdad, siento mucho lo de la llave –dijo ella.

Él se encogió de hombros.

–Yo hice lo mismo el mes pasado, pero soy el jefe –añadió con firmeza–. No cometo errores. Recuérdalo.

Ella le dirigió una amplia sonrisa.

–Sí, señor.

Él se quedó observándola con curiosidad. Era pequeña y con curvas, de pelo negro y evidentemente largo a pesar del moño con el que se lo había recogido en lo alto de la cabeza. No era preciosa, pero resultaba agradable a la vista, con esos grandes ojos marrones, esa boca carnosa y su piel perfecta. No parecía la típica muchacha que trabajaba en un rancho.

–¿Señor? –añadió ella, sintiéndose incómoda por el escrutinio.

–Perdona. Estaba pensando que no eres el tipo de persona que normalmente contratamos para trabajar en el rancho.

–Tengo un título universitario –se defendió Morie.

–¿De verdad? ¿Qué estudiaste?

–Historia –respondió ella con una actitud defensiva–. Sí, son fechas. Sí, se trata del pasado. Sí, en parte puede ser aburrido. Pero me encanta.

Él la miró pensativo.

–Deberías hablar con Cane. Él se licenció en Antropología. Una pena que no fuera Paleontología, porque estamos cerca de Fossil Lake. Es un lago que forma parte del Río Verde, y hay todo tipo de fósiles allí. A Cane le encantaba excavar –su expresión se volvió seria–. No hablará sobre la posibilidad de volver a hacerlo.

–¿Por su brazo? –preguntó ella abiertamente–. Eso no le detendría. Podría encargarse del trabajo administrativo en una excavación –de pronto se sonrojó–. Hice algunas asignaturas de Antropología en la universidad –confesó.

Él se echó a reír.

–No me extraña que te guste el trabajo en el rancho. ¿Ibas a excavaciones? –sabía que la Arqueología era una de las ramas de la Antropología.

–Así es. Mi madre se volvía loca. Llevaba la ropa siempre llena de barro y parecía una niña de la calle –no se atrevió a decirle que, en una ocasión, se había presentado a cenar con la ropa de la excavación cuando estaba sentado a la mesa un famoso político europeo, junto con algunos miembros de la familia real–. Había problemas cuando llegaba a casa manchada de barro –añadió con una carcajada.

–Me lo imagino –dijo Mallory. Después suspiró–. Cane no se ha adaptado a los cambios físicos. Ha dejado de ir a terapia y no quiere venir a las reuniones familiares. Se queda en su habitación jugando a videojuegos *online* –de pronto se detuvo–. Santo Dios, no puedo creer que te esté contando estas cosas.

–Yo no diré nada –señaló ella–. Nunca cuento nada de lo que sé.

–Se te da bien escuchar. La gente no suele ser así.

–A usted también –contestó ella con una sonrisa.

Él se carcajeó.

–Soy el jefe. Tengo que escuchar a la gente.

–Bien pensado. Voy a terminar de apilar esos fardos de heno –se detuvo y lo miró–. ¿Sabe? Casi todos los rancheros hoy en día utilizan los fardos grandes…

–No sigas por ahí –contestó él secamente–. No me gustan muchos de los supuestos avances. Dirijo este rancho como lo hacía mi padre, y como lo hacía su padre antes que él. Rotamos las cosechas y el ganado, evitamos suplementos innecesarios y mantenemos las cosechas orgánicas. No permitimos la extracción de petróleo en este rancho. Se hacen muchas fracturas hidráulicas al sur de Wyoming para extraer petróleo de los depósitos, pero nosotros no venderemos terrenos para eso, ni los alquilaremos.

Sabía que protegían el medio ambiente. La familia había aparecido en un pequeño periódico sobre ganaderos del noroeste que había visto en una mesa en el barracón.

–¿Qué son las fracturas hidráulicas? –preguntó ella con curiosidad.

–Inyectan líquidos a gran velocidad en la roca para fracturarla y permitir el acceso a los depósitos de gas y de petróleo. Puede llegar a contaminar el agua si no se hace bien, y hay quien dice que provoca terremotos. No pienso correr riesgos con nuestra agua. Es valiosa.

–Sí, señor –respondió ella.

Él se encogió de hombros.

–No te ofendas. Ya me han hablado sobre los beneficios de utilizar cosechas modificadas genéticamente y también sobre la clonación. Pero tendrán que pasar por encima de mi cadáver.

Ella se rio. Su delicado rostro se iluminó con alegría. Sus ojos oscuros brillaban. Mallory se quedó mirándola durante unos segundos, sonriendo socarronamente. Era guapa. No solo guapa, sino que además tenía sentido del humor. No se parecía a su actual novia, una chica sofisticada del Este llamada Gelly Bruner, cuya familia se había mudado a Wyoming hacía unos años y había comprado un pequeño rancho cerca de allí. Se conocieron en una fiesta en Denver, donde el padre de ella daba una conferencia a la que él había asistido. Gelly y él hacían cosas juntos, pero a él no le interesaba realmente tener una relación apasionada. Al menos en ese momento. En el pasado había tenido una mala experiencia que le había escarmentado con las relaciones. Instintivamente sabía que Gelly solo estaría a su lado mientras tuviera dinero que gastarse en ella. No se engañaba a sí mismo con su ausencia de atractivo físico. Tenía mujeres porque era rico. Punto.

–¿Pensamientos profundos, señor? –bromeó ella.

Él soltó una carcajada.

–Demasiado profundos para compartirlos. Vuelve al trabajo, chica. Si necesitas algo, Darby está por aquí.

–Sí, señor –respondió ella, y se preguntó por un instante si estaría en el Ejército. Le parecía correcto dirigirse a él de esa forma. Desde siempre había oído que los vaqueros llamaban así a su padre. Algunos hombres irradiaban autoridad y determinación. Su padre era uno de ellos. Y aquel hombre también.

–Ahora eres tú la que tiene pensamientos profundos –murmuró él.

–Son solo pensamientos dispersos –contestó ella riéndose–. Nada interesante.

Él entornó los párpados.

–¿Cuál es tu periodo favorito? De la Historia –añadió.

–¡Oh! Bueno, la época de los Tudor.

Mallory arqueó ambas cejas con sorpresa.

–¿De verdad? ¿Y cuál de los Tudor era tu favorito?

–María.

–¿María la Sanguinaria?

Ella lo miró con rabia.

–Todos los monarcas Tudor quemaban a gente. ¿Es menos ofensivo quemar solo a unos pocos que a unos cientos? Isabel quemaba a gente, y también su padre y su hermano. Todos tenían la misma fama, pero Isabel vivió más tiempo y tenía mejores Relaciones Públicas que el resto de su familia.

Él se echó a reír.

–Bueno, es cierto –insistió ella–. Sus seguidores la elevaron hasta el misticismo.

–La verdad es que sí. Yo odiaba la historia.

–Una lástima.

Mallory volvió a reírse.

–Supongo. Tendré que leer cosas sobre los Tudor para que podamos tener discusiones sobre sus virtudes y sus defectos.

–Me encantaría. Me gusta debatir.

–A mí también, siempre y cuando gane.

Ella le dirigió una sonrisa perversa y regresó al trabajo.

El barracón estaba en silencio por la noche. Morie tenía una habitación para ella sola. No era gran cosa, pero le encantaba. Se había llevado su iPad consigo y utilizaba la conexión a Internet del rancho para ver películas y series de televisión. También leía mucho. No bromeaba al decir que sentía pasión por la Historia. Incluso habiendo terminado la universidad, aún disfrutaba buscando transcripciones de manuscritos españoles relacionados con María Tudor y sus cinco años de reinado en Inglaterra. Encontraba los escritos en lugares de lo más extraños. Le resultaba fascinante recorrer bibliotecas virtuales y saborear la historia que había quedado plasmada en imágenes digitales. Los bibliotecarios debían de ser una gente con gran dedicación para ofrecerle tanto al público empleando tanto tiempo y habilidad. Además era asombroso que alguien tuviera la capacidad de leer latín y griego y traducirlos al inglés moderno para el beneficio de los historiadores que no sabían leer las lenguas antiguas.

Le maravillaba que la tecnología fuese tan nueva y tan poderosa. Se quedó dormida imaginando qué les depararía el futuro de la electrónica. Era fascinante.

Justo al amanecer sonó su teléfono móvil y ella respondió con voz dormida.

–Dormilona –dijo una voz suave y cariñosa al otro lado.

Morie se tumbó boca arriba y sonrió.

–Hola, mamá. ¿Qué tal va todo por casa?

–Te echo de menos –respondió Shelby con un suspiro–. Tu padre está tan enfadado que incluso los empleados más antiguos se esconden de él. Quiere saber dónde estás.

–No te atrevas a decírselo –le advirtió Morie.

Su madre volvió a suspirar.

–No lo haré. Pero amenaza con contratar a un detective privado para buscarte –entonces se rio–. No puede creer que su niña pequeña se haya ido a trabajar por dinero.

–Solo está enfadado por no tenerme allí para aconsejarle con su programa de cría y encargarme de sus hojas de cálculo –respondió Morie riéndose–. Pronto iré a casa.

–Espero que llegues a tiempo para la venta –añadió Shelby. Quedaban tres semanas para el evento, pero King Brannt ya había preparado una gala para la subasta de sus toros Santa Gertrudis en Skylance, el rancho de la familia cerca de San Antonio. Sería una fiesta de proporciones épicas, con una lista de invitados que incluía a artistas famosos, figuras del deporte, políticos e incluso miembros de la realeza, y querría que toda su familia estuviera allí. Sobre todo ella, que era esencial como anfitriona. Sería demasiado trabajo para que Shelby se encargara ella sola.

–Volveré aunque solo sea a pasar la noche –prometió Morie–. Díselo a papá, para que no se suba por las paredes –añadió con una carcajada.

–Se lo diré. Eres como él, ¿sabes? –dijo su madre.

–Cort se parece más a él. ¡Qué temperamento!

–Cort se calmará cuando al fin encuentre a una mujer que le soporte.

–Bueno, papá te encontró a ti –señaló Morie–. Así que hay esperanza para Cort.

–¿Eso crees? Ya ni siquiera tiene citas después de que aquella animadora de hotel intentara seducirlo en un cine. Se quedó perplejo cuando ella le dijo que lo había hecho en todo tipo de cines en su ciudad de origen –su madre se rio–. Tu hermano no vive en el mundo real. Cree que las mujeres son tesoros delicados que hay que cuidar y proteger –hizo una pausa durante unos segundos antes de continuar–. Tiene que dejar de ver películas antiguas.

–Dile que vea algunas de las antiguas películas de Bette Davis –le aconsejó Morie–. Es la actriz más moderna que jamás he visto, a pesar de que su apogeo fuese en los años cuarenta.

–Me encantaban esas películas –dijo Shelby.

–A mí también –convino Morie, y vaciló un instante–. Me gustan las viejas películas de la abuela.

Maria Kane había sido una famosa actriz de cine, pero Shelby y ella nunca habían estado unidas y habían tenido una relación triste y turbulenta. Para Shelby aún era un tema doloroso.

–A mí también me gustan –respondió su madre sorprendentemente–. En realidad nunca conocí a mi madre. Al principio cuidaban de mí las amas de llaves y después mi tía. Mi madre nunca creció –añadió al recordar algo que había dicho Brad, el último marido de Maria, durante los preparativos del funeral en Hollywood.

Morie advirtió el tono de tristeza en la voz de su madre y cambió de tema.

–Echo de menos tu pescado al horno.

Shelby se rio.

–¡Qué cosas dices!

–Bueno, nadie lo prepara como tú, mamá. Y por aquí no les gusta mucho el pescado, así que no solemos comerlo. Sueño con filetes de bacalao horneados con hierbas y mantequilla... ¡Maldita sea, tengo que dejar de babear sobre mi almohada!

–Cuando vengas a casa, te lo prepararé. Tienes que aprender a hacerlo tú. Si te marchas y vives lejos de nosotros, tendrás que saber cocinar.

–Siempre puedo comer de restaurante.

–Sí, pero la comida casera siempre es mejor.

–La tuya sí –respondió Morie antes de mirar el reloj–. Tengo que colgar, mamá. Hoy vamos a bañar al ganado. Es un asunto complicado.

–Tú lo sabes bien. Siempre estabas en medio cuando lo hacíamos aquí en primavera.

–Te echo de menos.

–Yo también te echo de menos, cariño.

–Te quiero.

–Yo también. Adiós.

Morie colgó el teléfono, se levantó de la cama y se

vistió. Su madre era única, guapa y con talento, capaz de preparar comidas exóticas u organizar una fiesta para la realeza. La admiraba tremendamente.

También admiraba a su padre, pero estaba harta de los hombres que la invitaban a salir solo con un objetivo en mente; un matrimonio que asegurase su futuro financiero. Era sorprendente la cantidad de hombres que la veían como el camino hacia la riqueza. El último le había dicho abiertamente que su padre le había aconsejado que se casara con una heredera, y que al menos ella era más guapa que algunas de las hijas de otros hombres ricos con las que había salido.

Morie estaba maldiciéndolo en tres idiomas cuando entró su padre, escuchó sus acusaciones y echó al joven de la propiedad.

Ella se había quedado destrozada. Aquel chico le gustaba de verdad. Era un contable llamado Bart Harrison que había ido al pueblo para auditar a una empresa local. Al principio a Morie no se le había ocurrido pensar que Bart había ido a buscarla deliberadamente en una fiesta. Sabía quién era y quién era su familia, y la había seducido con frialdad, aunque con unos modales exquisitos que habían hecho que se sintiera guapa y que anhelara sus atenciones.

Se había sentido muy atraída por él. Pero, cuando empezó a hablar de dinero, dio marcha atrás y huyó. Deseaba ser algo más que la hija de uno de los rancheros más ricos de Texas. Deseaba a un hombre que la quisiera por lo que realmente era.

Ahora, mientras ayudaba a que el ganado atravesara el baño más fétido y asqueroso que había visto en su vida, se preguntaba si se habría vuelto loca al ir allí. Era el mes de mayo, la época del parto de las vacas y del baño de inmersión necesario para que el ganado estuviese libre de parásitos.

–Huele a perfume del bueno, ¿verdad? –preguntó

Red Davis con una carcajada. Tenía treinta y muchos años, era pelirrojo, con pecas, ojos azules y una personalidad traviesa. Había trabajado en ranchos casi toda su vida, pero nunca se quedaba demasiado tiempo en un mismo sitio. Morie recordaba haber oído decir a su padre que Red había trabajado para un antiguo mercenario llamado Cord Romero cerca de Houston.

–Nunca conseguiré quitarme el olor de la ropa –se quejó ella.

–Claro que podrás –le aseguró el vaquero pelirrojo con una sonrisa bajo la sombra de su sombrero de paja–. Esto es lo que tienes que hacer, Morie. Te vas al bosque por la noche y esperas a ver una mofeta. Entonces le das un susto. La mofeta empezará a golpear las patas delanteras contra el suelo para advertirte antes de darse la vuelta y levantar el rabo…

–¡Red! –gritó ella.

–Espera, espera y escucha –continuó él–. Cuando te rocíe con su olor y tengas que enterrar tu ropa y bañarte en zumo de tomate, se te olvidará lo mal que huele esta piscina de ganado. ¿Lo ves? ¡Eso resolvería tu problema!

Yo te daré problemas –amenazó ella.

El vaquero se rio.

–Has de tener sentido del humor para trabajar con ganado –le dijo.

–Estoy totalmente de acuerdo, pero no tiene nada de gracioso una charca llena de… ¡Ahhh!

Mientras hablaba, un ternero chocó contra ella y la tiró. Aterrizó boca abajo en el agua, que se le metió en la boca y en los ojos. Se arrodilló y golpeó la superficie del agua con las manos en actitud rabiosa. Lo cual no hizo más que empeorar la situación y le dio a Red la oportunidad de mostrar su sentido del humor al máximo.

–¿Quieres dejar de reírte? –gritó ella.

–Dios mío, ¿ahora también bañamos a las personas? –quiso saber Mallory.

Morie no pensó en lo que hacía; estaba demasiado enfadada. Golpeó el líquido con la mano y salpicó directamente a Mallory. Le alcanzó en la camisa blanca que llevaba y también en la cara.

Se quedó petrificada al darse cuenta de lo que había hecho. Le había lanzado agua con antiparásitos a su jefe. La despediría sin duda. Ya era historia. Tendría que volver a casa avergonzada...

Mallory se secó la cara con un pañuelo y se quedó mirándola.

–Por eso nunca me pongo camisas blancas cuando vengo aquí –murmuró mirando a Red, que seguía riéndose sin parar–. A saber qué dirá Mavie cuando tenga que limpiar esto, y es culpa tuya –añadió señalando a Morie con el dedo–. Podrás explicárselo mientras esquivas los platos, los cuencos, los cuchillos o cualquier cosa que tenga para lanzarte.

Mavie era el ama de llaves y tenía mal carácter. Todo el mundo le tenía miedo.

–¿No va a despedirme? –preguntó Morie con una timidez inusual.

Él apretó los labios y sus ojos oscuros brillaron.

–En la actualidad no hay mucha gente que quiera ayudar al ganado a atravesar una piscina llena de líquido antiparásitos –murmuró–. Será más fácil darme un baño que encontrar a alguien que pueda reemplazarte.

Ella tragó saliva. Sentía el líquido apestoso en las fosas nasales y se lo limpió con el pañuelo.

–Al menos ahora no atraeré a los mosquitos –dijo con un suspiro.

–¿Quieres apostar? –preguntó Red–. ¡Les encanta esto! Si te lo frotas por los brazos, vendrán a montones... ¿Adónde va, jefe?

Mallory se carcajeó mientras se alejaba. Ni siquiera respondió a Red.

Morie suspiró aliviada y siguió limpiándose la cara. Sacudió la cabeza y miró a Red con una mueca.

–Bueno, eso ha sido una sorpresa –murmuró–. Estaba convencida de que iba a despedirme.

–No –respondió Red–. El jefe es buena persona. Cane discutió una vez con él por una mujer que no dejaba de llamarle y acosarle. El jefe le siguió la corriente a ella, solo por diversión. Cane le tiró de cabeza a uno de los abrevaderos.

Ella se carcajeó.

–¡Madre mía!

–El jefe se quedó perplejo. Fue la primera vez que Cane hacía algo realmente físico desde que salió del Ejército. Cree que tener un solo brazo le limita. Pero ya se está acostumbrando. El jefe no pesa poco, precisamente –añadió–. Cane se lo echó al hombro y lo lanzó.

–Vaya.

Red se puso serio.

–Todos han tenido problemas de un tipo u otro. Pero son hombres decentes, sinceros y trabajadores. Haríamos cualquier cosa por ellos. Cuidan de nosotros y no nos juzgan –pareció entristecerse por un mal recuerdo–. Si lo hicieran, yo no estaría aquí.

–¿Metiste la pata? –preguntó ella–. ¿Le tiraste pesticida al jefe?

Red negó con la cabeza.

–Algo mucho peor, me temo. Pasé un tiempo en la cárcel y el jefe me echó un sermón –contestó con una sonrisa.

–Casi todo el mundo mete la pata de vez en cuando –dijo ella con amabilidad.

–Eso es cierto. Lo único que haría que te despidieran sería robar –añadió–. No sé por qué es tan importante para el jefe, pero el año pasado despidió a un tipo por llevarse un taladro muy caro que no le pertenecía. Dijo que no toleraría a un ladrón en su casa. Cane estuvo a punto de comérselo vivo. Son gente muy rara en algunos aspectos.

–Supongo que será por algo que les ocurrió en el pasado –especuló ella.

–Podría ser. Gelly, la chica con la que sale el jefe, tiene un aspecto sospechoso –añadió en voz baja–. Se habló mucho de ella cuando se mudó aquí con su padre. Se especuló sobre cómo habían conseguido la propiedad de los Barnes en la que ahora viven. Es guapa, eso lo admito, pero creo que el jefe está mal de la cabeza por dejar que se le acerque. Hay una historia curiosa sobre el taladro que desapareció –explicó con los párpados entornados–. A ella no le gustaba el vaquero porque se metía con ella. Gelly estaba en el barracón justo antes de que el jefe encontrara el taladro en la bolsa del tipo, y el vaquero aseguró que era inocente. No sirvió de nada. Fue despedido en el acto.

Morie sintió un escalofrío por la espalda. Había visto a la novia del jefe en una ocasión y había sido suficiente para convencerse de que la mujer se creía demasiado importante y fingía una sofisticación que en realidad no tenía. La mayoría de los hombres no estaba al corriente de la moda actual, pero Morie sí, y supo nada más verla que Gelly Bruner llevaba ropa de la temporada anterior. Morie había asistido a la Semana de la Moda y en casa estaba suscrita a varias revistas de moda, tanto en inglés como en francés. En su armario podían encontrarse las últimas tendencias. Su madre había sido modelo en su juventud y conocía a muchos diseñadores famosos que estaban encantados de vestir a su hija.

Por supuesto, allí no se atrevía a mencionar su gusto por la moda. Eso le quitaría la posibilidad de vivir como una joven normal.

–Fuiste a la universidad hace poco, ¿verdad? –preguntó Red, y sonrió al ver su sorpresa–. No hay secretos en un rancho. Es como una gran familia. Lo sabemos todo.

–Sí, así es –convino ella sin ofenderse.

–¿Y vivías en una residencia con hombres y mujeres? –preguntó él, y parecía muy interesado en su respuesta.

–No –respondió Morie–. Mis padres me educaron muy estrictamente. Supongo que por eso soy un poco anticuada, pero no vivía en una residencia –se encogió de hombros–. Vivía fuera del campus con una amiga.

Red arqueó las cejas.

–¡Vaya, eres un dinosaurio! –exclamó, aunque con un brillo de aprobación en la mirada.

–Eso es. Debería vivir en un zoo. No encajo en la sociedad moderna. Por eso estoy aquí –añadió.

Él asintió.

–Por eso estamos aquí la mayoría. Estamos aislados de lo que la gente llama civilización. Pero a mí me encanta.

–A mí también, Red –admitió ella.

Red miró el ganado y frunció el ceño.

–Será mejor que terminemos con esto –dijo mirando al cielo–. Dicen que va a volver a llover. Con todo el deshielo, tendremos suerte si no vuelve a haber inundaciones este año.

–O más nieve –dijo ella en broma. El clima de Wyoming era impredecible; ya se había dado cuenta de eso. Algunos de los rancheros de la zona se habían visto obligados a vivir en el pueblo cuando nevaba tanto que ni siquiera podían acceder al ganado. Las agencias gubernamentales habían tenido que llevar la comida a los animales por aire.

El deshielo era un verdadero problema. Pero también lo eran los mosquitos con aquel clima tan cálido. La gente no pensaba que pudiera haber mosquitos en lugares como Wyoming y Montana, pero parecía que estaban por todas partes. Junto con otras plagas que podían dañar la salud del ganado.

–Eres del sur, ¿verdad? –preguntó Red–. ¿De dónde?

Ella apretó los labios.

–Uno de los otros estados –dijo ella–. No voy a decir cuál.

–Texas.

Ella arqueó las cejas y él se rio.

–El jefe tiene una copia de tu permiso de conducir en los archivos. Me di cuenta cuando me colé en sus documentos personales.

–¡Red!

–Oye, al menos ya no me meto en los archivos de la CIA –protestó él–. Y mira que me gustaba hacerlo, hasta que me pillaron.

Morie se quedó de piedra.

Él se encogió de hombros.

–Casi todos los hombres tienen algún pasatiempo. Al menos no me tuvieron encerrado durante mucho tiempo. Incluso me ofrecieron un trabajo en su unidad de delitos cibernéticos. Puede que algún día acepte. Pero, por ahora, me encanta trabajar en un rancho.

–Estás lleno de sorpresas –comentó ella.

–Aún no has visto nada –bromeó Red–. Volvamos al trabajo.

2

El pequeño pueblo situado cerca del rancho se llamaba Catelow, en honor a un colono que se fue al oeste por cuestiones de salud a principios del siglo XIX. Su familia y él, junto con algunos amigos mercaderes, pidieron y obtuvieron una estación de tren para que pudiera enviar ganado al este desde su rancho. Algunos de sus descendientes aún vivían allí, pero cada vez más jóvenes salían del estado y se trasladaban a las grandes ciudades para trabajar en puestos que estaban mejor pagados.

Aun así, el pueblo tenía todo lo necesario. Catelow tenía un buen cuerpo de policía, un parque de bomberos, un centro comercial, numerosos restaurantes étnicos, varias iglesias protestantes y una católica, un administrador municipal al que se le daba de maravilla hacer prosperar al ayuntamiento del pueblo y una gran tienda de ultramarinos junto a una ferretería aún más grande.

También había una franquicia de tractores. Desde su infancia, cuando iba con sus padres a visitar a los diversos vendedores, le habían fascinado las máquinas. Una vez, cuando estaba en la universidad, como regalo de cumpleaños King Brannt había alquilado una excavadora y había hecho que el conductor le enseñara a manejarla. Morie había hecho que su hermano, Cort, hiciera una película casera del evento. El muy canalla se había negado a eliminar de la grabación la parte en la que ella metía la excavadora en una zanja. Cort tenía un sentido del humor retorcido, igual que el hermano pequeño de King, Danny, que ahora era juez del tribunal supremo y estaba casado con su antigua secretaria, la pelirroja Edie Jackson. Tenían dos hijos.

Morie paseaba por entre las filas de tractores y suspiró al ver uno verde que probablemente podría hacer de todo. Incluso tenía una cabina para proteger al conductor del sol.

–¿Así es como pasas tu día libre? ¿Mirando tractores? –preguntó con sarcasmo una voz de mujer detrás de ella.

Sobresaltada, Morie se dio la vuelta y encontró a Mallory con Gelly Bruner colgada de su brazo.

–Me gustan los tractores –respondió sin más. Miró con rabia a la otra mujer, que llevaba el pelo suelto y obviamente teñido. Llevaba un vestido de seda apretado, tacones de aguja y un jersey. Acababa de empezar el mes de mayo y algunos días aún eran fríos–. ¿Tiene eso algo de malo?

–No es muy de chica, ¿no? –comentó Gelly. Se movió con una actitud deliberada que acentuaba sus curvas. Se acercó a Mallory y le dirigió una sonrisa–. Yo preferiría pasear por una tienda de Victoria's Secret.

–Oh, sí. Me imagino a mí misma bañando ganado con uno de esos conjuntos –contestó Morie con una sonrisa irónica.

–No te imagino llevando nada... femenino –agregó Gelly–. No eres una chica muy femenina, ¿verdad?

Morie recordó que muchos se habían quedado mirándola cuando se había puesto un precioso vestido de un famoso diseñador francés y miró a Gelly desafiantemente sin decir nada. Eso hizo que la otra mujer se enfureciera.

–Yo odio los tractores y aquí hace frío –le dijo a Mallory tirando de su brazo–. ¿No podemos tomarnos un capuchino en la nueva tienda que han abierto junto a la floristería?

Mallory se encogió de hombros.

–Me parece bien –miró a Morie–. ¿Quieres venir? –preguntó.

A Morie le sorprendió y le agradó la invitación. ¿El jefe invitando a tomar café a una empleada? Se planteó aceptar el ofrecimiento, solo para hacer enfadar a Gelly, que ya estaba roja de rabia.

–Gracias –respondió–. Pero me divierto viendo máquinas.

Gelly se relajó y Mallory pareció perplejo.

–Invito yo –añadió.

Lo cual indicaba que creía que Morie no podía permitirse el café y estaba rechazando el ofrecimiento por esa razón. Se sintió ligeramente ofendida. Claro, que él no sabía nada sobre su pasado. Tal vez su apellido fuese raro, pero lo había visto en otros estados, incluso en otros países. Era improbable que relacionara a una pobre chica trabajadora con el famoso barón del ganado, incluso aunque hubiera podido ver a su padre en alguna ocasión. Criaba ganado de Santa Gertrudis. Los toros de Santa Gertrudis de su padre eran famosos y la gente pagaba precios altísimos por ellos.

Morie se aclaró la garganta.

–Sí, bueno. Gracias, pero hoy no.

Mallory sonrió de manera extraña.

–De acuerdo. Pásalo bien.

–Gracias.

Se alejaron, pero, mientras lo hacían, Morie oyó a Gelly murmurar:

–Muy generoso por tu parte ofrecerle un capuchino a una empleada. Apuesto a que ni siquiera sabe lo que es.

Morie apretó los dientes. «Un día, bonita, recibirás tu merecido», pensó.

Se dio la vuelta hacia los tractores y suspiró.

Un viejo deportivo de color rojo apareció frente al

edificio principal y se detuvo derrapando. La puerta se abrió y se cerró. Segundos más tarde, un hombre alto y agradable de pelo castaño y ojos oscuros se acercó a ella. Llevaba traje, lo cual era extraño en aquel pueblo, salvo para los banqueros.

La miró con una sonrisa.

–¿Quiere comprar algo?

–¿Yo? Oh, no. Trabajo en un rancho. Simplemente me gustan las máquinas.

–¿De verdad? –preguntó él con las cejas arqueadas.

Morie se carcajeó.

–Supongo que suena raro.

–En realidad no –respondió el hombre–. Mi madre siempre decía que se casó con mi padre porque estaba rodeado de excavadoras. Le gusta conducirlas.

–¿De verdad?

–Mi padre es el dueño de todo esto –explicó señalando los tractores con la mano–. Yo me encargo de las ventas y del *marketing* –añadió con el ceño fruncido–. Preferiría trabajar en publicidad, pero mi padre no tiene a nadie más. Soy hijo único.

–Aun así, no es un mal trabajo, ¿verdad? –preguntó ella.

Él se rio.

–En absoluto, pero solo algunos días –contestó ofreciéndole la mano–. Clark Edmondson –se presentó.

–Morie Brannt –respondió ella estrechándole la mano.

–Encantado de conocerla, señorita… señora…

–Señorita –dijo ella con una carcajada–. Estoy soltera.

–Qué coincidencia. ¡Yo también!

–Lo imaginaba.

–¿Estás solo mirando o intentando conseguir una buena compra para tu jefe?

–Estoy segura de que mi jefe puede encargarse de sus propias compras –respondió ella–. Trabajo para Mallory Kirk en el Rancho Real.

–Ah. Él –no pareció impresionado.

–Lo conoces.

–Lo conozco, sí. Hemos hablado en alguna ocasión. Antes nos compraba a nosotros. Ahora le compra a un tipo de Casper –se encogió de hombros–. En fin, nada nuevo. Muchos de los habitantes del pueblo trabajan para él, y están contentos con el trabajo. Así que supongo que es bueno con sus empleados, a pesar de ser un tormento para los vendedores.

Ella se rio.

–Supongo.

Clark ladeó la cabeza y la miró con las manos en los bolsillos.

–¿Te gustan las citas?

Ella volvió a reírse, sorprendida.

–Bueno, más o menos. Quiero decir que hace tiempo que no tengo una.

–¿Te gusta el cine?

–¿De qué tipo?

–De terror.

–Me gusta esa trilogía de vampiros tan famosa.

Él puso cara de asombro.

–Me gustan todas las películas de dibujos animados, las de Harry Potter, las de Narnia y cualquier cosa relacionada con *Star Trek* o *La guerra de las galaxias* –añadió Morie.

–¡Bien!

–¿Y a ti?

–No me apasiona la ciencia ficción, pero no he visto esa nueva película del hombre lobo. ¿Quieres ir a verla conmigo? Hay un pequeño cine en el pueblo. No echan todas las películas de estreno, pero no está mal. Hay un restaurante chino al lado que abre hasta tarde.

Ella vaciló. No estaba segura de que fuese una buena idea. Parecía un hombre agradable. Pero su nuevo jefe parecía juzgar bien a las personas y no le gustaba comprar allí. Eso significaba algo.

–En general soy inofensivo –agregó él–. Mis dientes están sanos, solo digo tacos cuando me provocan, tengo un número de pie normal y solo me han puesto cinco multas por exceso de velocidad. Ah, y además hablo noruego.

Ella se quedó mirándolo sin saber qué decir.

–Nunca había conocido a nadie que hablase noruego.

–Me será útil si alguna vez voy a Noruega –respondió él con una carcajada–. A saber por qué lo estudié. Habría tenido más sentido estudiar español, francés o incluso alemán.

–Yo creo que deberías aprender lo que quieras.

–Entonces, ¿qué me dices del cine?

Morie miró el reloj.

–Tengo que ayudar con el nacimiento de los terneros, así que básicamente estaré de guardia el resto del fin de semana. De hecho ya es hora de que vuelva a trabajar. Solo tengo medio día libre los sábados.

–Maldición. Bueno, ¿y qué me dices del próximo viernes por la noche? Si los terneros lo permiten.

–Se lo preguntaré al jefe –dijo ella.

Él arqueó una ceja.

–Tengo que hacerlo –se justificó Morie–. Soy nueva. No quiero arriesgarme a perder mi trabajo por ausentarme sin permiso.

–Parece como si estuvieras en el Ejército –comentó él.

–Supongo. A veces me siento así en el rancho.

–Los tres hermanos combatieron en el extranjero –dijo él–. A dos de ellos no les fue muy bien. Mallory, sin embargo, es un hueso duro de roer.

–Ya me he dado cuenta –no sabía que Mallory hubiera estado en el Ejército, pero tenía sentido, teniendo en cuenta su aspecto autoritario. Probablemente fuese oficial cuando estaba en activo.

Vio que Clark se había quedado mirándola, esperando.

–Si puedo sacar algo de tiempo, me gustaría ver la película.

–¡Genial! –exclamó él.

Ella suspiró.

–Tendré que llevar vaqueros y una camisa. Cuando empecé a trabajar en el rancho, no me traje ningún vestido, ni siquiera una falda. Toda mi ropa está en casa de mis padres.

–Te has fijado en mi traje. Lo llevo para impresionar a los clientes potenciales –contestó él con una sonrisa–. Cuando estoy en el pueblo, suelo llevar pantalones normales y camisetas, así que los vaqueros están bien. Tampoco es que vayamos a un baile, Cenicienta –añadió con brillo en la mirada–. Y no soy ningún príncipe.

–Creo que están reescribiendo ese cuento de hadas para que Cenicienta sea presidenta de una empresa y rescate a un pobre estibador de sus malvados hermanastros –contestó ella en broma.

–¡Dios no lo quiera! –exclamó Clark–. ¿Las mujeres ya no quieren ser mujeres?

–Al parecer no, según la tele y las películas –suspiró y se quedó mirándose la ropa–. La vida moderna nos exige trabajar para vivir, y tampoco hay tantos trabajos disponibles. No hay muchas opciones económicamente viables para las chicas que se pasan el día vestidas con encajes y bebiendo té en los salones.

–¿He sonado sarcástico? No lo pretendía. Me gustan las mujeres femeninas, pero creo que las luchadoras son excitantes cuando pelean en el barro.

–¡Machista! –exclamó ella riéndose.

–Oye, también vería a dos hombres luchar en el barro. Me gusta el barro.

Morie se recordó a sí misma cubierta de barro y pesticida en el rancho.

–No te gustaría si tuvieras que bañar al ganado –le aseguró.

–Menos mal que no sé nada sobre ganado –respondió él–. Pues pregúntale a tu jefe si puedes tener tres horas libres el próximo viernes e iremos a ver la película del hombre lobo.

Ella vaciló un instante.

–¿No será un poco gore?

Clark suspiró.

–Siempre podemos ver la película de dibujos a la que Johnny Depp pone voz. El western del camaleón.

Morie se rio. Clark era agradable, guapo y con sentido del humor. Y ella llevaba meses sin tener una cita. Podría ser divertido.

–De acuerdo entonces –le dijo–. Johnny Depp me gusta haga lo que haga, aunque solo sea su voz. Tenemos una cita.

–Tenemos una cita –convino él con una sonrisa.

Había mucho que hacer en un rancho durante la época del nacimiento de los terneros, y los vaqueros sabían que no podrían dormir mucho.

Las vaquillas que iban a parir por primera vez eran vigiladas atentamente. También había una vaca vieja conocida por escaparse y esconderse entre los matorrales para parir. Nadie sabía por qué; simplemente lo hacía. Morie la llamaba Bessy y se dedicaba a tenerla vigilada.

–No vayas todo el día detrás de esa vieja vaca y te olvides de vigilar a las demás –le recomendó Darby–.

No puede esconderse donde no seamos capaces de encontrarla.

–Lo sé, pero ya tiene algunos años y han dicho que va a volver a nevar –contestó ella con preocupación–. ¿Y si se quedara bloqueada en una ventisca? Si tenemos una tormenta como la anterior, puede que ni siquiera seamos capaces de ir a buscarla. Es difícil montar a caballo cuando la nieve te llega a la cintura.

Darby se rio.

–Entiendo lo que quieres decir. Pero tienes que pensar que este es un rancho grande y tenemos docenas de vacas preñadas por aquí. Por no mencionar que tenemos muchas novillas que van a parir por primera vez. Eso es mucho beneficio en época de crisis. No podemos permitirnos perder muchas.

–Lo sé –su padre había disminuido el número de ganado por los elevados precios del grano, y ahora se centraba en criar un rebaño de toros de mayor calidad en vez de tener una granja de vacas y de terneros como la que había construido su padre, el difunto Jim Brannt.

–Maldita sea, sí que hace frío hoy –dijo Darby cuando terminó de tratar a uno de los toros.

–Ya me he dado cuenta –contestó Morie mientras se abrochaba la cazadora vaquera. Tenía ropa muy buena en casa de sus padres, pero al rancho se había llevado la más vieja para no levantar sospechas sobre su estatus.

–Será mejor que sigas revisando la valla –agregó Darby.

–Ya voy. Había venido a por mi iPod –respondió ella, y mostró el reproductor dentro de su funda–. No puedo vivir sin música.

Él apretó los labios.

–¿Qué tipo de música te gusta?

–Vamos a ver. El country, la música occidental, la música clásica, las bandas sonoras, el blues…

–En definitiva, toda.

Ella asintió.

–También me gustan las músicas del mundo. Es divertido escuchar a artistas extranjeros, aunque apenas entienda nada de lo que cantan.

Darby negó con la cabeza.

–A mí me gusta John Denver.

Ella arqueó las cejas.

–Era un cantante de folk de los años sesenta –le explicó él–. Compuso una canción muy famosa, *Calypso*, sobre el barco en el que navegaba Jacques Cousteau cuando recorría el mundo –sonrió con nostalgia–. Dios, debo de haberme dejado una pequeña fortuna poniendo esa canción en las rocolas –se quedó mirándola–. Apuesto a que no sabes lo que es una rocola.

–Sí que lo sé. Mi madre me habló de ellas.

–Cómo ha cambiado el mundo desde que era pequeño –dijo él con un suspiro mientras negaba con la cabeza–. Algunos cambios son buenos, pero la mayoría no lo son.

Ella se rio.

–Bueno. A mí me gusta mi iPod porque es música portátil –enganchó los auriculares al aparato, con el que podía meterse en Internet, escuchar música e incluso ver películas siempre y cuando estuviese conectada a la Wi-Fi del rancho–. Te veré más tarde.

–¿Tienes pistola? –preguntó Darby de pronto.

Morie se quedó mirándolo con la boca abierta.

–¿Qué voy a hacer? ¿Disparar a los lobos? Eso va contra la ley.

–Todo va contra la ley en lo que respecta a los rancheros. No, no pensaba en las alimañas de cuatro patas. Un convicto se ha escapado. Es un asesino. Creen que podría estar por la zona.

Ella aguantó la respiración.

–¿Podría colarse en el rancho?

–No hay valla que pueda detener a un hombre decidido. Podrá saltarla –regresó al barracón y volvió a salir con un pequeño revólver metido en una funda de cuero–. Es una Smith & Wesson de 32 milímetros –explicó mientras se la ofrecía. Frunció el ceño al ver su indecisión–. No tienes que matar a un hombre para asustarlo. Solo disparar cerca de él y salir corriendo. ¿Sabes disparar un arma?

–Oh, sí. Mi padre se aseguró de ello –le dijo–. Nos enseñó a mi hermano y a mí a usar todo tipo de armas, desde una cerbatana hasta cualquier clase de revólver.

–Entonces llévatelo –respondió Darby–. Mételo en tu alforja. Me sentiré mejor así.

Ella sonrió.

–Eres muy amable, Darby.

–Desde luego que sí –dijo él–. No puedo permitirme perder a alguien que trabaja tan duramente como tú.

Morie le miró con el ceño fruncido, se montó en su caballo y se alejó.

El campo abierto era precioso. En la distancia, veía las montañas escarpadas que se alzaban como agujas blancas sobre el cielo gris cubierto de nubes. Los abetos aún estaban verdes. Era demasiado pronto para que empezase a brotar más vegetación del suelo, pero la primavera ya estaba cerca.

Casi todos los rancheros criaban al ganado para que los terneros nacieran a principios de primavera, cuando la hierba comenzaba a brotar y las cosechas crecían. La hierba fresca sería muy nutritiva para las vacas que alimentaban a sus retoños. Para cuando destetaran a los terneros, la hierba seguiría estando verde para ellos, si la lluvia cooperaba.

Le gustaba que los hermanos Kirk respetaran el

medio ambiente y emplearan sistemas naturales. Tenían molinos por todas partes para bombear el agua hacia las reservas para el ganado. Cultivaban hierba natural e intentaban no estropear el suelo con la sobreexplotación. Rotaban las cosechas para que el terreno siguiera siendo fértil y utilizaban fertilizantes naturales. Tenían reservas de excrementos, que utilizaban para producir metano que suministraba electricidad para los graneros y demás edificios. Era un lugar fascinante. Sobre todo para ser unos ganaderos que se habían hecho cargo de un rancho ruinoso y habían hecho que prosperase. Aún no eran ricos, pero trabajaban bien y tenían buen ojo para los mercados. Además, Mallory era una especie de genio de las finanzas. El rancho estaba empezando a dar dinero. Mucho dinero.

Cane iba a las ferias de ganado con sus toros, según le había dicho Darby, cuando se mantenía sobrio el tiempo suficiente. A Morie le resultaba algo intimidante, pero tenía una personalidad chispeante y era capaz de encandilar a los compradores.

Dalton, al que, por alguna razón, llamaban Tank, era el especialista en *marketing*. Redactaba los panfletos para las ventas, iba a conferencias y convenciones, asistía a las reuniones del comité de acción política del condado y del estado, incluso de las asociaciones nacionales de ganaderos, y se encargaba de publicitar el ganado del rancho. Trabajaba incansablemente, pero era un hombre atormentado y eso se notaba.

Mallory era el jefe. Tomaba las decisiones importantes, aunque era democrático y pedía opinión a sus hermanos. Todos eran obstinados. Darby decía que era genético; sus padres habían sido iguales.

Morie lo entendía. Su padre era una de las personas más obstinadas que había conocido jamás. Su madre era dulce y amable, aunque tenía carácter. La vida en su casa siempre había sido interesante. Pero Morie se había convertido en el blanco para los solteros que buscaban dinero y estabilidad financiera. En algún lugar debía de haber un hombre que la quisiera por lo que era, no por lo que tenía.

Recorrió a caballo la valla en busca de roturas. Era una de las tareas importantes del rancho. Una valla rota incitaba al ganado a escaparse o a cruzar la autopista de doble sentido que circulaba junto al rancho. Una vaca en la carretera podía provocar un accidente que acabara en una demanda para los hermanos Kirk.

Darby se había quejado de que, en los últimos años, se había apoderado del país la mentalidad de demandar a todo el mundo. Le había dicho a Morie que, en sus tiempos, a los abogados se les imponían estándares más elevados de comportamiento y no se les permitía anunciar sus servicios. Que él supiera, nadie había demandado a nadie cuando era niño. Ahora la gente demandaba por cualquier cosa. Actualmente tenía poco respeto hacia la profesión. Morie la había defendido. Su tío era juez del tribunal supremo y durante años había sido abogado de oficio. Era honesto y se desvivía por ayudar a la gente que no tenía dinero para pagarse un abogado. Darby había aceptado que tal vez hubiera algunos abogados que fueran buenas personas. Pero añadió que las demandas frívolas iban a acabar con la civilización como la conocían. Ella simplemente sonrió y siguió con su trabajo. Estaban de acuerdo en que no estaban de acuerdo. Al fin y al cabo, la tolerancia era lo que hacía que la vida fuese soportable.

Se había detenido en el arroyo para dejar que su caballo bebiera agua. Se ajustó los auriculares para poder escuchar la exquisita banda sonora de Mark Mancina para la película *El triunfo de un sueño*. Había un solo de órgano que le provocaba escalofríos por la espalda. Tenía la misma sensación escuchando la Tocata y Fuga de Bach sonando en un órgano. La música era una parte muy importante de su vida. Sabía tocar el piano clásico, pero había perdido práctica. La universidad no le había dejado tiempo para tocar. Había visto un enorme piano de cola en el salón de los Kirk. Se preguntaba cuál de los hermanos tocaría. Nunca lo había preguntado.

Se detuvo en una zona de la valla en la que, durante la última tormenta de nieve y hielo, había caído una rama. El hielo ya no estaba, pero la rama seguía apoyada sobre la valla y la doblaba, de manera que el ganado podría atravesarla. La rama era grande, pero ella era fuerte. Bajó del caballo, se abrochó el bolsillo del abrigo para que no se le cayera el iPod y se acercó a la rama.

Tuvo que romper algunos pedazos antes de poder bajarla al suelo. En el proceso, una de las ramas más afiladas le hizo un corte en la mejilla. Murmuró al sentir la sangre en los dedos. Bueno, ya se le curaría.

Empujó la rama hacia el suelo con fuerza y se alegró de ver que la valla no estaba dañada, solo un poco doblada por el impacto. Volvió a colocarla más o menos derecha y escribió una nota en el iPod para informar a los hermanos de la localización con el GPS que siempre llevaba encima. Era un rancho con alta tecnología, a pesar del bajo presupuesto. Tenían ordenadores portátiles que utilizaban para coordinar las operaciones cuando tenían que juntar al ganado.

Hizo una pausa al sentir el crescendo de la banda sonora y cerró los ojos para saborearlo. Debía de ser maravilloso ser compositor y poder escribir composiciones que conmovieran a quienes las escucharan. A ella le gustaba la música, pero no tenía tanto talento. No componía. Simplemente interpretaba la música de otras personas cuando tocaba el piano o, con menos frecuencia, la guitarra.

–¿Te has hecho daño? –preguntó una voz profunda desde atrás.

Morie se dio la vuelta con el corazón acelerado y se sorprendió al ver a un desconocido de pie a pocos metros de distancia. Se quedó petrificada, como un ciervo al ver a un cazador.

Era alto y delgado, con ojos oscuros y el pelo escondido bajo un sombrero negro de ala ancha. Llevaba vaqueros y sonreía.

–Señor Kirk –murmuró ella cuando al fin reconoció a Dalton Kirk. No lo había visto mucho. No le resultaba familiar como Mallory–. Perdone, no estaba prestando atención...

Él estiró la mano, le quitó uno de los auriculares y apretó los labios mientras escuchaba. Después se lo devolvió.

–*El triunfo de un sueño* –dijo.

Ella arqueó las cejas.

–¿Conoce la banda sonora?

–Sí –contestó él con una sonrisa al ver su sorpresa–. Es una de mis favoritas, sobre todo el solo de órgano.

–Ese también es mi favorito –convino ella.

Dalton miró hacia la valla.

–Toma nota de las coordenadas para que podamos reparar esa parte de la valla, ¿quieres? Por el momento contendrá al ganado, pero no durante mucho tiempo.

–Ya lo he hecho –confirmó Morie. Aún le costaba respirar con normalidad.

–Hay un convicto que se ha fugado y anda por aquí –le dijo él–. No creo que sea culpable, pero está desesperado. A mí me gusta la música más que a nadie, pero hay un momento y un lugar para escucharla, y no es este. Si yo hubiera sido ese hombre, y hubiera estado lo suficientemente desesperado para disparar a alguien o tomarlo como rehén, ya estarías muerta o secuestrada.

Morie acababa de darse cuenta de eso y asintió con la cabeza.

–Ahora entenderás por qué va contra la ley llevar auriculares mientras conduces –añadió Dalton–. No podrías oír una sirena con eso puesto –señaló los auriculares con la mano.

–Sí. Quiero decir, sí, señor.

Él ladeó la cabeza y la miró con brillo en los ojos.

–Llámame Tank. Todo el mundo me llama así.

–¿Por qué?

–Nos enfrentábamos a un tanque iraquí durante la invasión de Irak –le explicó él–, y estábamos en desventaja. Perdimos la comunicación con la unidad de artillería que nos cubría y no teníamos ningún arma antitanques –se encogió de hombros–. Yo intervine con una granada y los soldados se rindieron. Desde entonces, he sido Tank.

Ella se rio. Dalton no resultaba tan intimidante como creía.

–Así que guárdate los auriculares en el bolsillo y escucha música cuando sea un poco más seguro, ¿quieres?

–Así lo haré –prometió Morie mientras guardaba el iPod.

Dalton se subió al caballo negro que ella no había oído aproximarse y se acercó más.

–Ese chisme no es un teléfono, ¿verdad?

–No, señor.

–¿Llevas móvil? –preguntó él con expresión de solemnidad.

Morie sacó un teléfono de emergencias que llevaba en el bolsillo y se lo mostró.

–Solo sirve para llamar al 911, pero me sirve.

–No te sirve. Te conseguiremos uno. Aquí es necesario. Se lo diré a Darby y él se encargará.

–Gracias –respondió ella, sorprendida. Debería haber usado su propio móvil, pero pensaba que eso la habría delatado. Era un modelo muy caro. El que llevaba en ese momento se parecía más a lo que tendría una joven vaquera sin recursos.

–Oh, somos amables –le dijo Dalton con seriedad–. Tenemos un carácter admirable, nunca blasfemamos ni nos quejamos, es fácil llevarse bien con nosotros… –se detuvo al ver que Morie estaba aguantándose la risa–. El hecho de que Cane eche sapos y culebras por la boca y de que Mallory tire cosas no es razón para pensar que somos intratables.

–Sí, señor. Lo tendré en cuenta.

Él se rio.

–Si necesitas algo, llama –añadió Dalton–. Y mantén los ojos abiertos. El hombre que se ha escapado está acusado de haber matado a un hombre a sangre fría. Joe Bascomb. Estuvo conmigo en Irak. Pero los hombres desesperados pueden llegar a hacer cosas desesperadas. Podría hacer daño a un desconocido, incluso a una mujer, si pensara que esta pudiera entregarlo a las autoridades. Ha jurado que jamás volverá a la cárcel –había tristeza en sus ojos–. Nunca pensé que huiría. Estoy seguro de que no pretendía matar a ese hombre, si es que acaso lo hizo. Pero están decididos a atraparlo y él está decidido a que no lo atrapen. Así que vigila tus espaldas.

–Tendré más cuidado.

–Por favor, tenlo. Es difícil encontrar buenos empleados –se tocó el ala del sombrero y se alejó montado en su caballo.

Morie suspiró aliviada y volvió a subirse a su caballo.

3

Morie se enteró de que había una fiesta organizada para el sábado siguiente. El ama de llaves, Mavie Taylor, estaba quejándose sobre la comida que los hermanos querían que preparase.

–No puedo preparar canapés –se lamentó mientras se apartaba de la cara un mechón de pelo gris que había escapado de su moño. Se llevó las manos a las caderas y puso cara de rabia–. ¿Cómo voy a preparar algo así cuando lo único que quieren siempre son filetes y patatas?

–Los canapés son fáciles –dijo Morie con amabilidad–. Puedes envolver una salchicha de cóctel en beicon y hornearla –le dio la temperatura y el tiempo de cocción–. También puedes preparar sándwiches de pepino cortados en triángulos, pastelitos de té, flautas de queso…

–Espera un segundo –Mavie estaba apuntándolo todo frenéticamente en una libreta–. ¿Qué más?

Morie estaba encantada. Era la primera vez que el ama de llaves le decía algo medianamente agradable. Le explicó más aperitivos fáciles de preparar que cualquiera denominaría canapé.

–¿Cómo sabes todo esto? –le preguntó la mujer con desconfianza.

–En el último rancho en el que trabajé, tenía que ayudar en la cocina –respondió Morie, y no era mentira. Solía ayudar a su madre cuando tenían visita.

–Eso está muy bien –respondió el ama de llaves. Intentó sonreír. No le salió muy bien. Aquellos músculos faciales no hacían mucho ejercicio–. Gracias –añadió.

–De nada –contestó Morie con una sonrisa.

–¿Y qué me dices de los manteles y esas cosas? –preguntó Mavie con los párpados entornados.

–¿Tienen de eso aquí?

–Eso espero –respondió la mujer con un suspiro–. Yo entré a trabajar aquí solo dos semanas antes que tú. Nunca he tenido que cocinar para una fiesta y no tengo ni idea sobre la disposición de los cubiertos y esas cosas. ¡No soy cocinera de la alta sociedad! ¡Mírame! –exclamó señalando sus pantalones de chándal y su camiseta, en la que podía leerse *Que los pollos puedan votar.*

Morie intentó no reírse. Nunca hubiera pensado que el ama de llaves de los Kirk tuviera sentido del humor. Tal vez la hubiera prejuzgado.

–Antes de esto cocinaba para el personal de un barracón –explicó Mavie–. Los hermanos lo sabían... se lo dije. Y ahora me vienen diciendo que quieren que cocine para unos políticos de Washington y me piden que coloque la porcelana, las copas y la cubertería de plata en el orden correcto sobre un mantel de lino antiquísimo.

–No pasa nada –dijo Morie–. Yo te ayudaré.

–¿De verdad? A ellos no les hará gracia –respondió Mavie señalando con la cabeza hacia el salón.

–No lo sabrán –prometió ella.

El ama de llaves se movió nerviosamente.

–De acuerdo. Gracias. Esa mujer, Bruner, siempre anda por aquí quejándose de cómo cocino –añadió con amargura.

–No pasa nada. Siempre se queja de cómo visto.

Los ojos del ama de llaves brillaron. Nada como un enemigo común para hacer amigos.

–Cree que no soy capaz de organizar una fiesta. Quiere contratar a una de sus amigas de la alta sociedad y que Mallory le pague una fortuna por hacerlo.

–Le demostraremos que podemos –insistió Morie.

–De acuerdo –contestó Mavie con una carcajada–. Me apunto. ¿Ahora qué?

Morie pasó una hora muy agradable de su tiempo libre diseñando el menú con Mavie y explicándole cómo colocar la cubertería y la vajilla sobre el mantel. Le aconsejó que comprara un mantel de plástico transparente para colocarlo sobre el mantel antiguo y protegerlo de las manchas de vino tinto que, según el ama de llaves, tanto les gustaba a los hermanos.

–Nunca me permitirán hacer algo así –se quejó.

–Bueno, supongo que no –respondió Morie, e intentó imaginarse a su madre colocando una cubierta de plástico sobre su carísimo mantel–. E imagino que podremos encontrar una tintorería que le quite las manchas si no pasa demasiado tiempo.

–Supongo que no podré llevar chándal para servir en la mesa –comentó Mavie.

–Podríais contratar a un *catering* –sugirió Morie.

–El *catering* más cercano que conozco está en Jackson, a casi doscientos kilómetros de aquí –respondió el ama de llaves–. ¿Crees que estarán dispuestos a venir hasta aquí?

Morie se rio. Era improbable.

–Creo que no.

–Entonces tendremos que apañárnoslas –Mavie frunció el ceño–. Tengo un vestido aceptable. Supongo que aún me valdrá. Y podría conseguir que las mujeres de un par de vaqueros vengan a ayudar. Pero yo no sé servir.

–Yo sí –contestó Morie amablemente–. Os enseñaré a ti y a las mujeres que quieran ayudar.

Mavie ladeó la cabeza y entornó los párpados.

–No eres lo que aparentas ser, ¿verdad?

Morie intentó fingir inocencia.

–Simplemente cocinaba para un gran rancho –respondió.

El ama de llaves apretó los labios.

–De acuerdo. Si tú lo dices…

–Claro que sí –dijo Morie con una sonrisa–. Bueno, vamos a hablar de los platos principales.

Mallory entró mientras Morie se tomaba una taza de café con Mavie después de los preparativos.

Morie levantó la cabeza cuando él se quedó mirándola fijamente.

–Es mi tarde libre –dijo directamente.

Él arqueó las cejas.

–¿He dicho yo algo?

–Estaba pensándolo –respondió ella.

–Buena trabajadora y adivina del pensamiento –murmuró Mallory–. Buena combinación.

–Me ha recomendado algunos canapés para esa fiesta de la alta sociedad para la que quieren que cocine –intervino Mavie con desdén–. Nunca he cocinado para políticos. No me gustan los políticos –frunció el ceño–. Me pregunto qué aspecto tendrá la cicuta…

–Déjalo –dijo Mallory–. Vamos a darles de cenar para contarles nuestros planes. Necesitamos apoyo en Washington para el lobby de ganaderos.

–Deberían dejar a los búfalos en el lugar al que pertenecen en vez de permitirles entrar en terrenos privados e infectar al ganado con brucelosis –murmuró Morie–. Y la gente que no vive aquí no debería hacer política para la gente que sí vive. A mí me parece que están intentando echar a todos los rancheros y granjeros independientes.

Mallory acercó una silla y se sentó.

–Exacto –contestó–. Mavie, ¿me pones un café, por favor?

–Claro, jefe –el ama de llaves se apresuró a preparárselo.

–Otra cosa es el biocombustible –dijo Mallory–. Es una buena tecnología, claro. Hará que el medio ambiente esté mejor. Ya utilizamos el viento y el sol para obtener energía, incluso el metano de los excrementos de los animales. Pero estamos cultivando demasiado maíz para combustible. Hemos pasado a emplear hierbas nativas para alimentar al ganado porque el precio del maíz está acabando con nuestro presupuesto.

–Si comen hierba es mejor –respondió Morie–. Sobre todo para los consumidores que quieren filetes de ternera sin grasa.

–Nosotros no criamos ganado para el consumo.

–Crían toros –señaló ella–. El resultado es el mismo. Querrán un toro que pueda engendrar terneros con menos grasa.

–No criamos terneras.

–Tampoco... –Morie se detuvo abruptamente. Había estado a punto de decir «nosotros», porque su padre tampoco criaba terneras–. Tampoco lo hacen muchos rancheros. Ha de tener un buen modelo para su programa de cría.

–Lo tenemos. Estudié sobre la cría de animales –respondió él–. Aprendí a modificar los genes del ganado para criar animales con determinadas características.

–Como que los terneros pesen menos al nacer y tengan menos concentración de grasa.

–Sí. Y también agrandar sus... –Mallory se detuvo en mitad de la frase y pareció incomodarse–. Bueno, para que los toros tengan depósitos más grandes.

Morie tuvo que morderse la lengua para no reírse. Era una referencia frecuente entre los ganaderos, pero a él le resultaba incómodo hablarlo con ella. Era muy anticuado. Morie no se rio. Estaba protegiéndola, en cierto modo. No debería gustarle, pero le gustaba.

Mallory estaba observándola con curiosidad.

–Sabes mucho sobre el negocio del ganado.

–Aprendo muchas cosas trabajando en un rancho –respondió ella–. Siempre prestaba atención cuando el jefe hablaba sobre cómo mejorar su rebaño.

–¿Era un buen jefe?

–Oh, sí –dijo ella. Los empleados de su padre siempre eran los mismos. Era justo con ellos, se aseguraba de que tuvieran seguro y todos los beneficios que pudiera darles.

–Entonces, ¿por qué te marchaste? –preguntó él.

Ella cambió de posición sobre su silla. Debía tener cuidado con aquel tema.

–Tuve un pequeño problema con un admirador –respondió finalmente. Era cierto. El tipo no era empleado del rancho, pero ella insinuó que sí.

Mallory entornó los párpados.

–Eso nunca ocurrirá aquí. Si tienes problemas con alguno de los vaqueros, me lo dices. Yo me encargaré.

–Gracias.

–No hay de qué. Gracias, Mavie –añadió cuando el ama de llaves le entregó la taza de café–. Preparas el mejor café de Wyoming.

–Solo lo dice porque quiere una tarta de manzana para la cena.

Él arqueó las cejas.

–¿Tanto se me nota?

–Desde luego –declaró ella.

–Me encanta la tarta de manzana –respondió Mallory encogiéndose de hombros.

–Ya me he dado cuenta. Supongo que puedo pelar manzanas y escuchar mientras hablan de ganado –dijo Mavie, se levantó y fue a la encimera a por las manzanas, un cuenco grande y un cuchillo.

–O de hombres –comentó Morie.

–¡Vas a tener problemas aquí! –exclamó él.

–¡No! –respondió ella–. No tengo problemas. Hay un hombre muy simpático del pueblo que quiere salir conmigo. Su padre es el dueño de la tienda de tractores…

–¡No!

Morie se quedó mirándolo con la boca abierta.

–Clark Edmondson tiene mala reputación por aquí –continuó Mallory–. Salió con una de las hijas de Jack Corrie y la dejó abandonada en un bar cuando ella no quiso montárselo con él en su coche. Aquella vez estaba muy borracho.

–No vamos a ningún bar –respondió ella–, solo a ver una película al cine.

Mallory ladeó la cabeza.

–¿Qué película?

–La de dibujos del camaleón. El western.

–Esa está bastante bien. Aunque habría imaginado que él preferiría la del hombre lobo.

–Esa es la primera que sugirió. No me gusta el gore. Los críticos decían que era algo gore y las críticas eran malas.

–¿Crees que los críticos saben de lo que hablan? –preguntó él con brillo en la mirada–. No compran libros ni entradas de cine. Solo son gente normal con opiniones normales. Una opinión no cambia nada en el negocio del entretenimiento.

–Nunca lo había pensado de ese modo.

–Yo no leo críticas. Veo de qué trata un libro o una película y decido libremente si leerlo o ir a verla al cine. De hecho, la película del hombre lobo tenía una fotografía fantástica y los mejores efectos especiales que he visto en mucho tiempo. Me gustó, sobre todo esa preciosa chica rubia con la capa roja sobre el fondo blanco de la nieve. Críticos cinematográficos. ¿Qué sabrán ellos?

–Es muy terco –comentó Mavie mientras pelaba manzanas sentada junto a ellos–. Y fue Bill Duvall quien le contó lo de la hija de Corrie. A él le gusta y a ella no le gusta Clark, así que hay que tener eso en cuenta cuando se escucha la historia –hablaba sin apartar la mirada de la manzana que estaba pelando–. Clark no tiene nada de malo, salvo que es un poco veleidoso. Ustedes no entienden lo que es eso porque los tres son fuertes como una roca, obstinados y temperamentales.

Mallory dejó escapar una carcajada antes de dar un trago al café.

–Yo no soy temperamental.

–Sí que lo es –respondió el ama de llaves.

–Puede que sí –admitió él encogiéndose de hombros. Miró a Morie y entornó los párpados–. Llévate el móvil y, si Clark se excede, me llamas. ¿Entendido?

–De acuerdo –era como estar otra vez en casa de sus padres. Hablaba igual que su padre cuando ella había salido con un chico del instituto al que no conocía–. Quería llevarme al cine el viernes, pero se supone que debo vigilar a las vacas...

–Llamaré a uno de los empleados de media jornada para que haga tus horas. Solo esta vez –añadió él–. No esperes concesiones. No podemos permitírnoslas.

Ella se sonrojó.

–Sí, señor. Gracias.

–Tiene más de veintiún años, jefe –dijo Mavie.

–Trabaja para mí –respondió él–. Soy responsable de todos los empleados que tengo. De algunos más que de otros –se quedó mirando fijamente a Morie y no apartó la mirada.

Cuando Morie lo miró a los ojos, experimentó un escalofrío. El corazón se le aceleró y se quedó sin aliento. Sintió la intensidad de su mirada hasta en los dedos de los pies. Nunca en su vida había sentido tanto placer.

Mallory apartó la mirada con evidente esfuerzo y bebió café.

–Bueno, puedes ir, pero ten cuidado. Sigo pensando que es arriesgado. Pero es tu vida.

–Sí, lo es –respondió ella. Sintió un nudo en la garganta y se sonrojó. Después se levantó de la mesa–. Gracias por el café –le dijo a Mavie–. Es hora de volver a trabajar.

–No te caigas en la piscina de pesticida –dijo Mallory con cara seria, aunque sus ojos brillaban de un modo nuevo y excitante.

–Sí, señor –respondió ella. Sonrió y se dio la vuelta para salir de la habitación antes de quedar en ridículo al quedarse mirándolo. Se preguntó cómo disimularía aquel súbito placer que experimentaba mirando a su jefe.

Tenía unos pantalones bonitos y un jersey rosa y verde con bordados. Eligió esa ropa para su cita y se dejó el pelo suelto. Se lo cepilló hasta dejarlo brillante. Era espeso, negro y bonito, como el de su madre. Cuando se miró en el espejo, vio muchos rasgos de su madre en su rostro. No era preciosa, pero tampoco era fea. Tenía los mismos rasgos delicados que habían hecho famosa a Shelby Kane Brannt en su época como modelo. Y Maria Kane, la abuela de Morie, había sido una actriz de cine famosa por su capacidad interpretativa. Ella no había heredado ese rasgo. Su experiencia en el teatro de la universidad la había convencido de que lo suyo no era el escenario.

Tenía un abrigo vaquero y se lo puso encima del jersey, porque fuera hacía frío. El tiempo estaba loco. Típico en Wyoming. El clima de Texas también era así.

Oyó que un coche se acercaba al edificio de las

habitaciones. Se puso la riñonera y salió a recibir a Crack. Estaba sentado tras el volante de su deportivo, con una sonrisa.

Advirtió que no salía del coche para abrirle la puerta. Se inclinó sobre la palanca de cambios y la abrió desde dentro.

–Hola –dijo ella mientras se sentaba.

–Hola. ¿Lista para ver la película?

–Desde luego.

Puso el coche en marcha y se alejó con un rugido del motor por el camino.

–No hagas eso –se quejó ella–. ¡Tenemos vaquillas preñadas en el granero!

–Ah, perdona, no se me había ocurrido –respondió él, aunque no parecía preocupado–. Lo superarán. Hace buena noche. Dijeron que a lo mejor nevaba, pero no me lo creo. Casi siempre se equivocan.

Morie estaba pensando en las asustadas vaquillas durante su primera época de cría, y temía el sermón que pudiera echarle su jefe si sucedía algo por la falta de consideración de Clark.

–Deja de preocuparte –bromeó él–. Solo son vacas, por el amor de Dios.

Solo vacas. A ella le encantaba pasarse por allí a acariciarlas. Le gustaban sus enormes ojos, sus hocicos y el pelo que tenían entre los ojos. Eran tan tiernas. Y las vaquillas, aunque fueran animales, debían de estar muy asustadas. A ella siempre le había dado pánico el parto, por razones que nunca podría entender. Era una de las razones por las que no sabía si se casaría algún día.

–¿Sabías que Isabel I nunca se casó ni tuvo hijos? –le preguntó a Clark.

Él puso cara de hastío.

–Odio la historia. Vamos a hablar de quién va ganando en *American Idol*.

Morie se quedó mirándolo con la boca abierta. Ella no solía ver la televisión.

–Yo veo el canal del tiempo, el canal militar y los canales de ciencia principalmente –explicó–. Nunca he visto uno de esos programas en los que vota el público.

–Creo que nunca nos pondremos de acuerdo en nada –observó él–. No importa. Eres mona y me gustas. Podemos partir desde ahí.

¿Podrían?

La película fue divertida e inteligente, y ambos salieron del cine sonriendo.

–Ahora vamos a comer comida china –sugirió él–. ¿Tienes hambre?

–Mucha. Pero pagamos a medias –añadió Morie con firmeza–. Yo me he comprado mi entrada y yo pagaré mi cena.

Él arqueó las cejas.

–No esperaría que me debieras nada si te invitara a cenar.

–Da igual –respondió ella con una sonrisa–. Me gusta que todo sea igualitario.

–Eres una chica extraña –murmuró él.

–¿Extraña? –se encogió de hombros–. Supongo.

–Vamos a cenar.

Entraron en el restaurante y siguieron a la camarera hasta una mesa situada en un rincón.

–Esto es precioso –observó Morie. Le encantaba la decoración asiática, con reproducciones de antiguas estatuas y grabados en la madera. Morie, que había viajado por Asia, apreciaba la cultura reflejada allí. Le encantaban todas las personas que había conocido durante sus viajes.

–Basura –comentó él–. Aquí no hay nada de valor.

–Me refería a que es bonito –aclaró ella.

–Ah –Clark miró a su alrededor–. Supongo. Un poco ordinario para mi gusto.

Morie estaba a punto de responder cuando advirtió movimiento en la puerta. En la barra estaba su jefe, Mallory Kirk, con Gelly Bruner. Habló con la camarera y esta les sentó cerca.

Mallory sonrió con frialdad y les saludó con la cabeza. A Morie le parecía demasiada casualidad que apareciese justo allí. No tendría razón alguna para espiarla…

–¿Puedes creértelo? –preguntó Clark con sorpresa–. ¿Hace esto siempre que sales con un hombre? Había oído hablar de jefes posesivos, pero esto es el colmo.

–Le gusta ir a sitios con su novia –respondió ella, intentando aparentar indiferencia–. Este es el único buen restaurante del pueblo.

–Supongo.

–No tendría razón para tenerme vigilada –señaló ella–. Solo soy una empleada.

Clark apretó los labios y se quedó mirándola.

–Claro.

Mallory también estaba mirándola, fijándose en su melena larga y negra que le llegaba casi hasta la cintura.

–¿Por qué la miras? –preguntó Gelly con frialdad–. No es más que una persona normal. Trabaja para ti. ¿Y por qué estamos aquí? ¡Sabes que odio la comida china!

Mallory no la oyó. Estaba pensando que nunca había visto nada tan bonito como aquella larga melena negra. Le trajo a la memoria un poema. Probablemente ella también lo conocería. Bess, la hija de una terrateniente, atándose en la melena negra un lazo rojo como símbolo de su amor. El salteador de caminos, de Alfred Noyes. Era un poema trágico, donde la heroína se sacrificaba por el héroe.

–«Vendré a verte con la luz de la luna, aunque el infierno me corte el camino…».

–¿Qué? –preguntó Gelly, desconcertada.

Mallory no se había dado cuenta de que había hablado en voz alta.

–Nada. ¿Qué quieres pedir? –preguntó, y se obligó a sí mismo a mirar a su acompañante en vez de a Morie.

Morie se sentía incómoda. Clark quería hablar de los concursantes de un programa de televisión y ella no tenía ningún punto de referencia.

–Ese tío no sabe cantar, pero la gente le sigue y se lleva casi todos los votos –murmuró él–. A mí me gusta la chica. Tiene estilo y una gran voz… ¿Estás escuchándome?

–Perdona. Estaba pensando en la predicción del tiempo. Dicen que podría haber otra tormenta de nieve y tenemos a muchas vaquillas primerizas a punto de parir.

–Vacas –gruñó él–. Morie, en la vida hay más cosas que filetes de cuatro patas.

A ella se le desencajaron los ojos.

–El señor Kirk no tiene un rancho de animales para producir carne. Se trata de un rancho de toros de cría.

–Toros de cría –repitió él.

–Sí. Crían toros para venderlos. No se los comen.

Él negó con la cabeza.

–Eres la chica más rara que jamás he conocido.

–¡Vaya, gracias! –respondió ella con una sonrisa.

Clark levantó su copa de vino y bebió.

–¿Estás segura de que no quieres vino? –preguntó–. Este es el único restaurante del pueblo en el que se puede beber alcohol legalmente.

–Yo no bebo –respondió ella–. Tengo el estómago delicado. Me pongo muy mal. Tampoco puedo tomar bebidas con gas. Solo café y té helado. O, como en este caso –agregó levantando su taza de té verde–, té caliente –dio un sorbo y cerró los ojos–. ¡Delicioso!

Él puso cara de asco.

–No le has puesto azúcar.

–En Japón nadie le pone azúcar –respondió ella, y acto seguido se mordió la lengua–. O eso es lo que he leído –se corrigió.

–Yo no puedo beberlo sin azúcar. Sabe asqueroso –dijo él mientras dejaba la copa de vino–. Aquí tienen buenos postres. Arroz glutinoso con mango o helado de coco.

–El helado –respondió ella riéndose–. Me encanta.

–A mí también –Clark llamó a la camarera–. Al menos coincidimos en algo.

Cuando se preparaban para marcharse, Mallory Kirk los observó con los párpados entornados. Se levantó mientras Morie pagaba la cuenta y le hizo gestos a Clark para que se acercara.

Clark le miró nervioso.

–Señor Kirk –dijo amablemente.

–No es lo suficientemente joven para ser mi hija, pero soy responsable de ella –respondió Mallory–. Si haces algo que no le guste, tendré que hacerte una visita.

–No puede amenazar a la gente –contestó Clark, sonrojado.

–Oh, no es ninguna amenaza, hijo –añadió Mallory con la mandíbula apretada–. Es una promesa en firme.

Se dio la vuelta, se alejó, se detuvo junto a su mesa para dejar la propina y ayudó a Gelly a levantarse.

Clark acompañó a Morie, que no se había enterado de nada, hasta su coche. Estaba alterado por el vino y furioso por que uno de los hermanos Kirk le hubiera amenazado.

–Debería llamar a la policía –murmuró mientras ponía el coche en marcha y arrancaba con vehemencia.

–¿Para qué? –preguntó Morie.

–Tu jefe acaba de amenazarme.

–¿Mi jefe? ¿De qué estás hablando?

Clark se dispuso a contárselo, pero entonces se lo pensó mejor. Era guapa y le gustaba; no quería que pensara que había alguna razón por la que su jefe pudiera querer ahuyentarlo.

Así que se encogió de hombros.

–Solo ha dicho que será mejor que cuide de ti –respondió.

Morie arqueó las cejas.

–¿Por qué iba a decir algo así? –preguntó, e intentó disimular lo halagada que se sentía. Ningún hombre interfería en la vida de una mujer a no ser que le gustara.

–Me molesta –dijo él–. No estará detrás de ti, ¿verdad?

Ella se echó a reír.

–Oh, sí. Le gusto porque tengo millones en una cuenta de ahorro y tengo muchos contactos –contestó con ironía.

Él también se rio. Estaba perdiendo la cabeza. Morie no era el tipo de mujer con la que querría casarse un empresario del ganado. Los Kirk celebraban fiestas fabulosas a las que asistía todo tipo de gente famosa a la que le vendían el ganado del que ella hablaba.

Al parecer tenían amigos muy conocidos. Pero Morie llevaba ropa vieja, incluso a una cita. Estaba exagerando. Tal vez Mallory sí que se sintiera responsable de ella. Tal vez conociera a sus padres. Quizá temiese que pudieran demandarlo. No era nada personal. Solo cuestión de negocios.

–Bueno, me ha encantado la película –dijo ella–. Gracias.

–Gracias a ti. No salgo tanto como me gustaría. Pero podríamos ver una película de vez en cuando y salir a cenar, si quieres.

–Lo pensaré –respondió ella con una sonrisa.

Clark había planeado llevarla a un mirador conocido como «el rincón del amor». Pero, después de las palabras amenazadoras de Mallory, no quería provocarlo. Así que, en su lugar, volvió a llevarla al rancho. Incluso apagó el motor y la acompañó hasta la puerta del edificio donde estaban las habitaciones.

–¿Vives ahí con todos esos hombres? –le preguntó.

–Tengo mi propia habitación –explicó ella–. Son hombres agradables.

–Si tú lo dices.

–Bueno, gracias de nuevo –dijo Morie, vacilante.

Clark sonrió. Le gustaba aquella risa nerviosa y el hoyuelo que se le formaba junto a la boca.

Se agachó y le dio un beso en los labios.

Ella no se apartó, pero tampoco reaccionó. No sintió nada. Nada en absoluto.

Él se dio cuenta. Eran demasiado diferentes para encajar. Pero ella era atractiva y a él le gustaba tener compañía cuando salía de noche.

–Pronto volveremos a hacerlo –prometió.

–Claro –respondió ella con una sonrisa.

Se dio la vuelta y entró en el edificio. Darby estaba sentado junto a la puerta y la miró con las cejas arqueadas cuando entró y cerró tras ella.

–¿Lo has pasado bien? –preguntó en voz baja, para no despertar a los vaqueros que dormían cerca.

–Sí. Supongo.

–¿Supones? –preguntó él con la cabeza ladeada.

–El jefe se presentó en el restaurante –respondió algo confusa–. No sabía que le gustara la comida china.

–La odia –respondió Darby con sorpresa.

–Bueno, pues iba con la señorita Bruner. Quizá a ella le guste.

–Quizá.

–Que duermas bien, Darby.

–Tú también.

–¿Las vaquillas están bien? –preguntó.

–Están bien. Esperemos que el hombre del tiempo se haya equivocado con lo de la tormenta de nieve.

–Lo mismo digo. Buenas noches.

–Buenas noches.

Entró en su habitación y cerró la puerta. A Darby le había sorprendido que el jefe fuese al restaurante en el que ella estaba cenando. A ella también le sorprendía, pero a la vez se sentía halagada y tremendamente entusiasmada.

Al fin se durmió y tuvo dulces sueños.

4

Lo último que Morie esperaba al día siguiente era a una enfurecida Gelly Bruner en su puerta. Bueno, en la puerta del barracón cuando regresó para comer.

–Odio la comida china –dijo Gelly sin saludarla.

–Lo siento –respondió Morie–. En ese caso, tal vez deberías evitar ir a restaurantes chinos –agregó con una sonrisa.

–Él fue allí por ti, ¿verdad? –preguntó Gelly–. Para asegurarse de que tu acompañante supiera que estaba vigilándote.

–¿Por qué iba a hacer eso? No es mi padre.

Gelly frunció el ceño.

–Tampoco es tu novio, y será mejor que no le pongas ojitos –añadió con frialdad–. No durarás mucho aquí si lo haces.

–Trabajo aquí –señaló Morie–. Eso es todo.

–Ves cómo viven y te gusta –dijo la rubia, y contempló la ropa de Morie con desdén–. Eres pobre y te gustaría tener cosas bonitas y relacionarte con la gente adecuada.

–Ya me relaciono con la gente adecuada –respondió Morie, ofendida.

–Vaqueros –fue la respuesta–. Apestosos y estúpidos.

–No son ninguna de esas dos cosas.

–Si haces algo para que Mallory se fije en ti, me aseguraré de que no vuelva a ocurrir –entonces bajó la voz–. No serás la primera persona a la que consigo que echen de este rancho. No es bueno tenerme como enemiga.

–Trabajo aquí –repitió Morie, cada vez más enfadada. Tenía los rasgos de su madre, pero el carácter temperamental de su padre–. Y nadie me amenaza.

Gelly pareció desconcertada. No estaba acostumbrada a que la gente contraatacase.

–Mi gente tiene dinero –respondió–. Y no te gustará mi manera de vengarme.

Morie arqueó una ceja.

–Lo mismo digo.

–Bueno, tú mantente alejada de Mallory –insistió Gelly–. ¡Es mío y no lo comparto!

–¿Él lo sabe?

–¿Saber qué?

–Que te pertenece. Tal vez debería preguntárselo...

–¡Cállate! –la rubia apretó los puños y se le puso la cara roja de rabia–. ¡Iré a por ti!

–Eso no son más que palabras.

Gelly levantó la mano y se dispuso a abofetearla, pero Morie levantó el antebrazo instintivamente y bloqueó el golpe.

–Tengo cinturón marrón de Taekwondo –le dijo a Gelly con suavidad–. Si vuelves a intentar hacer eso, desearás no haberlo hecho.

Gelly soltó un grito de furia.

–¡Se lo diré a Mallory!

–Encantada –respondió Morie–. Puedo enseñarle algunos movimientos también, por si acaso lo intentas con él.

Gelly se alejó hacia la casa principal murmurando para sus adentros.

Morie negó con la cabeza al verla alejarse.

–Mala idea –dijo Darby desde detrás de ella–. Es malo tenerla como enemiga. Ya perdimos a un empleado porque le acusó de robo. Ya te hablé del tema.

–No sabe dónde se mete si intenta eso conmigo.

Nadie me dice que me aparte de la gente y se sale con la suya –respondió Morie con sequedad–. No tengo interés en el jefe, por el amor de Dios. Ni siquiera lo conozco. ¡Solo trabajo aquí!

Darby le dio una palmadita en el hombro con actitud paternalista.

–Tranquila, tranquila. No dejes que te afecte. Dentro de dos días ya no te acordarás de por qué has discutido con ella. Ven a comer algo. Tenemos chili y pan de maíz mexicano que ha preparado Mavie. Es una cocinera excelente.

–Sí que lo es –convino Morie–. Perdona. Normalmente no suelo alterarme, pero me ha provocado. ¡Menuda mujer!

–Estoy de acuerdo. Pero es problema del jefe, no nuestro, gracias a Dios.

–Supongo –respondió mientras le seguía hacia el interior.

Pero allí no acabó la historia. Mallory llamó a Morie a la casa, y no sonreía cuando la hizo pasar al salón y cerró la puerta.

–Siéntate, por favor –dijo señalando un sillón de cuero en vez del sofá blanco de brocados. Ella tenía los vaqueros manchados de hierba y de barro tras ayudar con los partos. Probablemente no quisiera que el sofá se le manchara de barro, pensó.

–¿Sí, señor? –preguntó ella al sentarse.

–Gelly me ha dicho que la has amenazado.

–¿Ah, sí? –se hizo la sorprendida–. ¡Qué extraño!

Mallory se dio la vuelta y se quedó mirándola con ojos penetrantes.

–Me gustaría saber cuál es tu versión de la historia antes de decidir qué hacer.

Morie ladeó la cabeza y se quedó mirándolo.

–Se lo diré si está seguro de querer saberlo, jefe. Pero no lo suavizaré, aunque necesite el trabajo.

Él pareció sorprendido.

–De acuerdo. Trato hecho. Dispara.

–Me ha dicho que no me acercara a usted –se limitó a decir–. Después ha amenazado con hacer que me despidieran. Finalmente ha intentado abofetearme y yo se lo he impedido. Se ha marchado y yo he vuelto al trabajo.

–Faltan algunas cosas entre medias –señaló él–. Como lo que le has dicho para hacer que intentara abofetearte.

–Ha dicho que yo iba detrás de usted porque es rico y yo soy pobre –contestó ella. Las palabras resultaban dolorosas, a pesar de que no fueran ciertas–. También ha dicho que los vaqueros son apestosos y estúpidos, y que podía hacer que me despidieran si quería. Le he dicho que no me gustaban las amenazas y que tal vez debería preguntarle si es usted de su propiedad. Entonces es cuando ha intentado abofetearme.

Mallory se quedó mirándola, sin decir nada. A saber qué le habría contado Gelly sobre el incidente.

–Creo que nunca había llegado a las manos con nadie –dijo al fin–. Estaba llorando.

–Oh, vaya, lo siento –contestó Morie con sarcasmo–. Provoca una pelea, pierde y entonces se va llorando a un hombre fuerte para que lo arregle todo. ¿Así es cómo funciona?

–Soy el jefe –dijo él con la mandíbula apretada.

–Sí, así es, señor –convino Morie–. Así que, si quiere despedirme, hágalo. Hay algunos ranchos en los que aún no he intentado trabajar. Me encantaría probar.

Mallory dejó escapar un suspiro de enfado.

–Podrías admitir que te has equivocado y disculparte con ella –sugirió.

–¿Disculparme cuando estaba defendiéndome de un ataque? –preguntó ella–. ¿Cómo es eso exactamente?

–Ella dice que has empezado tú.

–Y yo digo que ha empezado ella.

Él parecía cada vez más enfadado.

–Ella es de la alta sociedad y tú eres una empleada en mi rancho. Eso es lo que marca la diferencia.

–Lo entiendo –contestó ella, e intentó controlar su temperamento–. Es cuestión de clase, ¿no? Ella es rica y yo pobre, así que ella tiene razón.

–¡Trabajas para mí, maldita sea! –exclamó él–. Y estás a esto –levantó el índice y el pulgar y los colocó a escasa distancia– de dejar de trabajar para mí.

Morie apretó los puños.

–Nadie me pega y sale indemne. ¡No me importa quién sea! Si hubiera llegado a golpearme, habría hecho que la condenaran, habría llamado a todos los periódicos y a todas las televisiones de Wyoming para asegurarme de que todos supieran lo que ha hecho.

–Me ha dicho que habías dicho que me deseabas y que ibas a por mí, y que ella se quedaría sola.

Morie puso los ojos en blanco.

–Madre mía, si usted podría ser mi padre –le dijo–. ¿En qué diablos estaba pensando?

Mallory había estado dando vueltas de un lado a otro mientras hablaban, pero se había detenido para mirarla al oír la última frase. Después se acercó a ella a toda velocidad.

La besó en los labios con una presión y una destreza que hizo que Morie se quedara sin palabras. Mientras intentaba decidir qué hacer, él la estrechó contra su cuerpo. Al principio, el beso fue una manera de expresar la rabia. Pero después se convirtió en otra cosa completamente diferente.

Morie sintió una mano grande y caliente deslizándose por su cadera, y una pierna larga y firme abriéndose paso entre las suyas. Cambió de posición para que pudiera sentirlo de manera más íntima. Estaba excitado y al parecer no le avergonzaba compartir ese hecho con ella. La presión de su boca disminuyó y se volvió más persuasiva, hasta hacer que separase los labios mientras colocaba sus caderas de manera que pudiera acercarse más.

Moric se estremeció. Ningún hombre se había lanzado sobre ella con tanta pasión, y jamás había experimentado un placer tan absoluto con el contacto físico.

Pero, cuando el contacto se volvió aún más íntimo, cuando sintió que su cuerpo le instaba a ayudarlo con esa cremallera que estaba intentando desabrochar, recuperó el sentido común.

Apartó la boca con reticencia.

–No –susurró–. ¡No!

Empujó débilmente contra su pecho. Si insistía, no sabía si podría detenerlo. No deseaba detenerlo…

Mallory estaba loco de placer. No lo había sentido en años, y menos con Gelly, que era muy fría a pesar de todo lo que flirteaba. Morie había hecho un comentario sobre su edad y eso le había herido. Pero aquello era una locura. ¡Estaba aprovechándose de una empleada!

Se apartó de ella y la miró. Estaba sonrojada y temblorosa. Pero no era por el miedo. Conocía a las mujeres. Estaba tan excitada como él. No se había resistido al beso, pero no estaba dispuesta a llegar más lejos. Se comportaba como si nunca hubiera estado con un hombre. Él frunció el ceño. ¿Quedaría aún una virgen en el mundo? A veces lo dudaba.

–No soy un hombre viejo –dijo con rabia.

Ella aún estaba intentando recuperar el aliento.

–Oh, no, desde luego no eres viejo –respondió.

Aún tenía su sabor en la boca y podía oler en su ropa la colonia que llevaba.

Mallory evitó mirarla a los ojos. Nunca perdía el control. Aquello era vergonzoso.

–Perdona –le dijo con voz tensa.

Ella tragó saliva.

–No pasa nada. Pero debería volver al trabajo.

–Sí, deberías.

Morie se dirigió hacia la puerta con la esperanza de no parecer demasiado alterada y de que Mavie no estuviese allí para verla cuando se marchara.

Mallory no dijo ni una palabra. La vio marchar, rígida e incómoda, y reflexionó sobre la acusación de Gelly de que Morie iba buscando hombre rico para aprovecharse. Sabía que eso no era cierto. Tal vez fuese pobre. Tal vez incluso se hubiese fijado en el por su dinero, no sería la primera vez. Pero era inocente. Habría apostado su rancho a que lo era.

Morie evitó a los demás vaqueros cuando fue a revisar las vallas. Esperaba no parecer tan desconcertada e inquieta como en realidad se sentía. El jefe la había besado. No, eso no había sido un beso. Había sido algo mucho más descarado y sensual. Ella se había mostrado insolente y deliberadamente provocadora. Había despertado al león, pero no esperaba semejante respuesta.

Aún sentía en los labios el cosquilleo después del beso. Tal vez no fuera el hombre más guapo de por allí, pero sabía exactamente qué hacer con una mujer. Ella no había querido que parase. Eso habría sido un desastre. Tal vez quisiera oír su versión de la historia, pero era evidente que se creía parte de la historia de Gelly. Deseaba que ella se disculpase con esa bruja rubia, ¿no? Bueno, pues podía esperar sentado. Ella era la parte humillada. Gelly era quien debía disculparse.

Pero Gelly era la mujer de su vida. Era rica, guapa y con cultura. Morie tenía esas mismas características, pero no se atrevía a admitirlo. No podría mantener su trabajo si el jefe descubriera quién era su familia, lo cual le recordó otro pequeño problema. El jefe iba a celebrar una cena de gala el sábado. Morie había estado ayudando a Mavie con recetas y consejos para servir la mesa. La cocinera deseaba que la ayudase a preparar los canapés. Incluso se lo había preguntado al jefe, así que no podía negarse.

Siempre y cuando se quedara escondida en la cocina durante el evento, todo iría bien. Pero su familia se movía en los mismos círculos sociales que los hermanos Kirk. Era posible, incluso probable, que hubiera alguien en la fiesta que la reconociera. No podía dejar que eso ocurriera. Se había tomado muchas molestias para conseguir aquel trabajo, principalmente porque deseaba demostrarles a sus padres y a sí misma que podía desenvolverse sola en el mundo, sin dinero ni influencias. También estaba el asunto de que los hombres no fueran detrás de ella por su riqueza.

No iba a perder el trabajo. Simplemente tenía que mantenerse escondida en la cocina. Si se negaba a ayudar a Mavie, eso daría pie a preguntas que no podría responder, así que accedió. Pero se pondría un pañuelo en el pelo y un mono y se mantendría escondida. Solo esperaba que ninguno de los invitados se sintiese lo suficientemente cómodo como para entrar y hablar con la cocinera. Pero eso era improbable. Claro que lo era.

La casa principal estaba llena de luces, por dentro y por fuera. El tiempo era perfecto. Era una preciosa noche de primavera, con una temperatura inusualmente agradable, y los invitados entraban y salían mientras degustaban los canapés y bebían el mejor champán importado.

A Mavie le fascinaba la gente a la que estaba dando de cenar.

–¿Has visto a esa estrella de cine? –preguntó–. Acabo de ver su última película, y ahora tiene una serie en uno de los canales de pago. ¿No es guapísimo?

Morie se asomó y se rio. Conocía al actor, que era agradable y no se había dejado influir por la fama.

–Es un encanto –comentó.

–Y ahí está ese jugador de fútbol al que le pagan millones al año –continuó Mavie–. ¡Y ese es el presidente de uno de esos países desérticos!

–Philippe Sabon –contestó Morie sin pensar. Su padre conocía a aquel hombre, cuya esposa era de Texas.

Mavie la miró con suspicacia.

–He leído sobre él en los periódicos –se justificó ella–. ¡Menuda historia! ¡Es aún más guapo en persona!

Mavie asintió con énfasis.

–Sí que lo es.

–Será mejor que sigamos trabajando –dijo Morie–. ¡Mira lo rápidamente que se vacían las bandejas!

–Menos mal que tenemos muchos ingredientes –comentó Mavie.

Trabajaron sin parar durante una hora, preparando y horneando suculentos bocados para los invitados. La banda de música tocaba melodías de blues y unas cuantas parejas bailaban en el salón situado junto a la puerta del jardín.

–Deberías estar ahí dentro bailando y divirtiéndote –le dijo Mavie–. Eres lo suficientemente joven como para disfrutar de estas fiestas.

Morie se quedó mirándola con la boca abierta.

–Soy una empleada.

—Tonterías. El jefe no piensa eso.

—¿Quieres apostar? —preguntó Morie en voz baja. Ya había experimentado en primera persona lo que pensaba el jefe de las clases inferiores. Y le molestaba.

Mavie la miró.

—Ten vigilada a esa tal Gelly. Ha ido diciéndole al jefe que le has hablado como si fuera un perro y has dicho que era una inútil.

—¡Yo no he dicho eso! —respondió Morie indignada.

—Solo te digo lo que ella dice —fue la respuesta—. He conocido a muchas mujeres así a lo largo de mi vida. Ronronean cuando están con el hombre que está al mando y arañan cuando este no está. No tiene tanto dinero como aparenta. Una de mis amigas trabaja para sus padres y no le pagan ni siquiera el mínimo. Dice que se las dan de ricos, pero apenas llegan a clase media. Gelly espera cazar a un marido rico para que asegure la economía familiar. Le ha echado el ojo al jefe.

—Si el jefe está lo suficientemente loco como para casarse con ella, obtendrá lo que se merece —señaló Morie—. Esa mujer es peligrosa.

—Eso creo yo —convino el ama de llaves.

Eran casi las diez. El personal se marcharía pronto, igual que la mayoría de invitados. Morie estaba deseando irse a la cama. Llevaba en pie desde el amanecer. Además se moría de hambre, porque no había hecho una pausa para cenar. Mavie tampoco.

—Tengo mucha hambre —se quejó.

—Yo también. Guardaremos algunos canapés para nosotras —dijo Mavie riéndose—. Pondré algunos en una fuente para que te los lleves a tu habitación.

—Gracias, Mavie.

—No, gracias a ti —respondió ella—. Eres una trabajadora maravillosa. No podría haberlo hecho sola.

Morie sonrió.

–Me gusta trabajar en la cocina.

–A mí también. Llámame anticuada, pero me encanta cocinar...

–¿Dónde está la maravillosa cocinera? –preguntó una voz familiar desde la puerta. Segundos más tarde, Danny Brannt, el tío de Morie, entró en la cocina riéndose. Se detuvo en seco cuando vio a Morie.

Ella se llevó un dedo a los labios y negó con la cabeza mientras Mavie estaba de espaldas.

–¿Quién es la cocinera? –preguntó él mirando a Mavie–. Solo quería darte las gracias por esos deliciosos canapés. Hacía tiempo que no comía nada tan bueno.

–He sido yo –contestó Mavie riéndose–, pero a mi ayudante se le ocurrieron casi todas las recetas –agregó señalando a Morie–. Se llama Morie. Yo soy Mavis, pero todo el mundo me llama Mavie.

–Encantado de conoceros a las dos –cuando miró a Morie, arqueó las cejas–. ¿Te gusta trabajar aquí? –le preguntó.

–Oh, sí, mucho –respondió ella.

Su tío apretó los labios.

–¿Puedo hablar contigo un minuto? –preguntó–. Quiero preguntarte algo sobre el canapé de la salchicha. Es para mi ama de llaves.

–Claro.

Su tío se acercó a la puerta de atrás, la abrió y dejó que Morie pasara antes que él. Le preocupaba que Mavie pudiera sospechar, pero tenía que darle una explicación.

–¿Qué diablos estás haciendo? –le preguntó su tío–. ¡A tu padre le daría un ataque si supiera que estás trabajando en un rancho a cambio de dinero!

–No puedes decírselo –respondió ella con firmeza–. Voy a demostrarle que puedo valerme por mí misma. No tiene por qué gustarle. Pero, si le dices dónde estoy, vendrá aquí y dará problemas. Le dirá al jefe lo que puedo y lo que no puedo hacer, y lo echará todo a perder. Ya sabes cómo es.

–Supongo que sí –su tío frunció el ceño–. ¿Cómo has conseguido un trabajo aquí?

–Un amigo de un amigo me dijo que buscaban gente. ¿Y qué haces tú aquí? –preguntó.

–Conocí a Cane durante un juicio. Él era amigo del demandante. Era un caso sobre terrenos que llevé en el tribunal superior en Texas. Comimos juntos y nos hicimos amigos. Santo cielo, no tenía ni idea de que vendría a su fiesta y me encontraría a mi sobrina cocinando aquí.

Ella se rio.

–Bueno, alguien tenía que hacerlo. Mavie no sabía cómo preparar canapés y mi madre prepara los mejores que he probado. También la tía Edie y vuestra ama de llaves.

–Si tu padre se entera de esto…

–No se enterará. Y, si alguna vez se entera, yo te defenderé –le prometió a su tío.

Él negó con la cabeza.

–Siempre has sido problemática, incluso de pequeña.

–Y tú siempre me has querido de todos modos, tío Danny.

–Así es –contestó su tío dándole un abrazo–. Bueno, supongo que sabes lo que estás haciendo. No se lo diré a Kingston. Pero se liará una buena cuando se sepa la verdad. Tendrás que protegerme –añadió con una sonrisa.

–Sabes que lo haré. Gracias.

–¿Qué está haciendo aquí en vez de estar trabajando, señorita Brannt? –preguntó Gelly con voz rabiosa desde la puerta–. ¡No puede tener conversaciones privadas con mis invitados, señorita cazafortunas!

Danny se acercó a la luz. La actitud de aquella mujer hacia su sobrina le molestó. Ya se había formado una opinión sobre Gelly Bruner, y no era buena.

–No soy su invitado –dijo fríamente–. He venido a ver a los Kirk.

Ella se sonrojó y pareció dudar.

–¿Por qué no vuelve a la fiesta y deja de intentar controlar a los empleados de su novio? Tal vez debería hablar con él.

–Perdón –dijo Gelly con una sonrisa fría–. Disculpe, por favor.

Prácticamente salió corriendo.

Morie tuvo que aguantarse la risa. Su tío podía ser tan intimidante como su padre, aunque normalmente fuese el más fácil de tratar de los hermanos.

Mavie se acercó a la puerta después de que Gelly saliera huyendo. Obviamente había oído la conversación y sus ojos brillaban con placer.

–¿Quiere quedarse? –le preguntó a Danny–. Cocinaré para usted cuando quiera.

Él se rio.

–Lo siento. Tengo cosas de las que ocuparme. Los canapés estaban deliciosos. Y gracias por la receta –le dijo a Morie–. Espero volver a verte algún día.

–Lo mismo digo –respondió ella con una sonrisa–. Gracias.

Su tío se encogió de hombros.

–El placer ha sido mío –se despidió de ella una vez más antes de regresar a la fiesta.

–¿Quién es? –le preguntó Mavie.

–Un juez del tribunal supremo de Texas amigo de Cane, según parece –respondió Morie–. Quería que le explicase cómo preparar esas salchichas para que su ama de llaves las preparase para una fiesta que va a celebrar en breve. ¿Te lo puedes creer? ¡He hablado con un juez de verdad!

—Y además no era feo —agregó Mavie con una sonrisa—. ¿Le has dicho algo a Gelly? —preguntó preocupada.

—No, no he dicho nada. Pero ya has oído lo que ha dicho el juez. Ha salido para decirme que dejase de hablar con sus invitados y me pusiera a trabajar. Él ha respondido que se metiera en sus propios asuntos.

—¡Ja!

—Es un hombre muy amable —dijo Morie con una gran sonrisa—. Ojalá pudiera quedarse con nosotras.

—Sí, ojalá —Mavie parecía inquieta—. Pero te meterás en un lío.

—Siempre me meto en líos. Vamos a limpiar, porque quiero irme a la cama.

—Te pondré algunos de los canapés en una fuente.

—Gracias.

—Eres una gran trabajadora —respondió Mavie—. Me gusta tenerte cerca.

—Eso es lo más bonito que me han dicho en mucho tiempo —contestó Morie, conmovida.

Mavie simplemente sonrió.

Morie estaba sentada frente a su pequeño televisor, viendo una antigua comedia en blanco y negro mientras se comía sus canapés. Habían salido bastante bien. Era toda una sorpresa que su tío se hubiese presentado en la fiesta de los Kirk. No sabía que conociera a Cane. Al menos había logrado convencerlo para que guardase su secreto. Se estremeció solo con pensar en lo que su padre le diría a su jefe.

Sabía que su madre no le había dicho a King Brannt dónde estaba trabajando su hija, ni lo que hacía. Shelby se había limitado a decir que Morie trabajaba en unos grandes almacenes, pero no había dicho dónde. Qué ironía. Morie no habría podido venderle radiadores ni a la gente que vivía en el Yukón.

Habían pasado varios días desde que Mallory la había besado. Desde entonces había estado evitándola. O ella había estado evitándole a él. Había sido inesperado y sorprendente, pero también un delicioso interludio que se repetía una y otra vez en su mente. Le había encantado. Pero obviamente a su jefe no. Parecía que quería asegurarse de que no se hiciera ideas equivocadas. Se comportaba de manera estrictamente profesional cada vez que se dirigía a ella. Ya no había conversaciones agradables. Solo trabajo.

Se terminó el último canapé y apagó el televisor. Tendría que levantarse al amanecer para seguir ayudando en los partos de las vacas, y aún le dolía el cuerpo después de ayudar a Darby a sacar dos terneros que no tenían ganas de nacer. Su recompensa era el chillido que soltaban los teneros cuando llegaban al mundo, se ponían en pie y recibían los lametazos de sus madres.

Era increíble ayudar a traer al mundo a un ternero. El proceso del parto le resultaba fascinante a cualquiera que trabajara con ganado. En un rancho, el ciclo de la vida y la muerte no tenía fin.

A Morie le encantaba trabajar al aire libre, lejos de la ciudad, lejos del tráfico y de la vida reglamentada. Allí, el reloj era el sol. Se levantaban con él y se iban a la cama con él. Aprendían a identificar a los pájaros por sus trinos. Identificaban las sutiles señales meteorológicas que se perdían entre tanto pronóstico electrónico. Formaban parte de la tierra. Le parecía que era el trabajo más maravilloso, aunque el sueldo no fuera gran cosa y el trabajo fuese duro y una acabase con la ropa manchada. No lo habría cambiado por desfilar en París, y en una ocasión le habían ofrecido la posibilidad. Aunque a su madre le había encantado la idea, no le había sorprendido que Morie respondiera que prefería aprender a atrapar vacas con una cuerda.

Su padre se negaba a enseñarle. Su hermano, Cort, era quien estaba al cargo del adiestramiento. El anticuado de su padre, que vivía en la Edad de Piedra, como solía decirle ella, deseaba que fuese una dama delicada y que hiciese cosas femeninas. Ella le dijo que podía trabajar con el ganado igual de bien que su hermano y que deseaba probar. Su padre se rio y se marchó. En su rancho no. Jamás.

Así que se fue al rancho de otro a probar. Había terminado la universidad. Su padre debería alegrarse de que hubiese logrado al menos una de las cosas en las que él había insistido. Ahora iba a hacer lo que realmente deseaba.

Se puso una camiseta y unos pantalones de pijama y se metió en la cama. Se quedó dormida en cuestión de segundos.

A la mañana siguiente, el jefe se acercó al granero, donde ella se encontraba alimentando a un ternero cuya madre había sido atacada por una manada de lobos. La madre había muerto y las agencias estatales habían ido a atrapar a los lobos para trasladarlos.

Mallory se quedó mirándola, con el ternero en las rodillas, y algo en su interior empezó a derretirse. Morie tenía buen corazón. Le encantaba la imagen que estaba viendo. Pero se controló. No pensaba tener más episodios vergonzosos con una empleada que después pudieran explotarle en la cara.

Ella levantó la mirada y vio que estaba observándola. Evitó mirarlo a los ojos.

–Buenos días, jefe –murmuró.

–Buenos días.

Su tono no era tranquilizador y ella suspiró.

–Supongo que vuelvo a tener problemas.

–Gelly me dijo que hiciste que un invitado la insultara cuando te dijo que volvieras a trabajar en la cocina –contestó él sin más.

Morie volvió a suspirar.

–¿Y bien? –insistió él.

–El tipo era un juez del tribunal supremo que deseaba saber mi receta de los canapés para su ama de llaves, así que salí con él para dársela –respondió con hastío–. La señorita Bruner nos interrumpió y él se enfadó por el modo en que me habló. Yo no le hice hacer nada.

–¿Un juez? –preguntó él con el ceño fruncido.

–Bueno, eso dijo –contestó ella, sonrojada. Se suponía que no debía saber a qué se dedicaban los invitados a la fiesta.

–Entiendo.

«No, no lo entiendes», pensó ella para sus adentros. «No entiendes nada. Gelly te maneja a su antojo y tú se lo permites».

Él vaciló un instante.

–Los canapés estaban muy buenos.

–Gracias. Mavie y yo trabajamos duramente.

–Sí –Mallory entornó los ojos–. ¿Cómo es que sabes tanto sobre cómo organizar una fiesta para la alta sociedad? ¿Y dónde lo aprendiste?

5

Morie se quedó mirándolo con los ojos muy abiertos mientras pensaba una respuesta que no la delatara.

–Eh… en el último lugar en el que trabajé –dijo–. El ama de llaves sabía todas esas cosas y a su jefe no le gustaba contratar gente, así que tuve que aprender cómo hacerlo todo para ayudarla.

–Entiendo.

–No es más que algo que aprendí y, sinceramente, preferiría dar de comer a los terneros que trabajar en la cocina –añadió–. Por si acaso tenías en mente ponerme a trabajar con Mavie en vez de aquí fuera.

–No tenía eso en mente.

–Bien.

Mallory se metió las manos en los bolsillos de los vaqueros.

–No te gusta Gelly.

–A mí no me tiene que gustar o disgustar ninguna de tus amigas, jefe –respondió ella con voz sumisa–. Yo no soy más que la recién llegada… nada más.

–Gelly se siente amenazada por ti, Dios sabe por qué –añadió él de manera inconsciente. Habría sido guapa si se arreglara el pelo, si se pusiera maquillaje y llevara ropa bonita. Pero era una muchacha desaliñada y no muy atractiva la mayor parte del tiempo. Aún le sorprendía haberla besado y haber disfrutado tanto. Intentó no pensar en ese incidente.

–No es mi problema –murmuró ella, y esperó no parecer insolente.

–Dijo que el juez parecía conocerte.

–No entiendo por qué –dijo ella con inocencia–. No me muevo en esos círculos. Aunque puede que me viera en la cocina en la que trabajaba antes.

–¿Dónde era eso? –preguntó él–. El lugar donde trabajabas antes.

Ella se quedó mirándolo sin saber qué decir. Se había inventado el nombre del lugar, aunque había dado el número del ama de llaves de una amiga que había prometido sonar convincente si alguien llamaba para pedir referencias.

–¿Y bien? –insistió él.

Morie se sonrojó y la leche empezó a gotear del enorme biberón que estaba utilizando para dar de comer al ternero. Justo cuando parecía que estaba a punto de descubrirlo todo, se oyó un fuerte ruido frente al granero. Fue seguido de una serie de blasfemias aún peores que lo que Morie le había oído decir a su padre en alguna ocasión.

Mallory salió corriendo. Morie, sintiendo curiosidad, dejó al ternero en su pesebre, el biberón en una balda cercana y siguió a su jefe.

Cane estaba lanzando cosas. Había una silla de montar tirada en el suelo. En la distancia se veía un caballo que se alejaba galopando.

–¡Imbécil, maldito hijo de…! –exclamó hasta que vio a Morie y se tragó la última palabra.

–¿Qué diablos te pasa? –preguntó Mallory.

Cane lo miró con odio. Tenía el pelo revuelto por toda la cabeza. Sus ojos marrones, grandes y fríos brillaban con mal humor y tenía los labios apretados.

–Estaba intentando ponerle la silla al viejo Bill –murmuró–. Creí que podría manejarlo. No me he subido a un caballo desde que volví a casa. El muy imbécil me ha tirado al suelo con la silla y ha salido corriendo.

La manga vacía, que llevaba enganchada al codo donde le habían amputado el brazo, resultaba conmovedora. Cane era muy sensible con su lesión. Nunca hablaba de las circunstancias en las que había perdido parte del brazo, ni sobre su servicio en el Ejército. Bebía mucho y hablaba poco. Casi todos los hombres le evitaban, sobre todo cuando empezaba a blasfemar, como en esa ocasión.

Morie suspiró y regresó al granero. Volvió a salir con otro de los caballos para montar que tenían para las visitas. Aquel era un animal tranquilo, como el que acababa de escaparse. Oyó que Mallory le decía a uno de sus hombres que fuera tras él.

Ella recogió la silla de Cane, ignorando su mirada enojada e indignada. Le colocó la silla al caballo sobre el lomo y la sujetó con destreza.

–No digas nada –le dijo a Cane cuando le entregó la brida–. Todos necesitamos ayuda de vez en cuando. No es humillante dejar que alguien te haga un favor. Aunque sea una empleada.

Él se quedó mirándola con rabia unos segundos, durante los cuales Morie pensó que probablemente se marcharía malhumorado o la reprendería por su insolencia.

Pero finalmente negó con la cabeza y dijo:

–De acuerdo. Gracias.

–De nada –contestó ella mientras le entregaba las riendas.

Cane miraba al caballo con incertidumbre. Era evidente que no había intentado montarse en uno desde que perdiera el brazo.

–Tenemos un amigo en Texas con el que solíamos ir a montar –explicó ella sin revelar demasiado–. Perdió un brazo mientras trabajaba como mercenario en el extranjero. Montaba el caballo por el lado derecho para poder usar la mano que tenía para agarrarse a la perilla y erguirse sobre la silla. Funcionaba muy bien.

Cane arqueó las cejas bajo el ala del sombrero.

–No dejas que nadie te intimide, ¿verdad?

Ella sonrió.

–Tú no eres intimidante. Es solo que a veces das un poco de miedo.

Cane volvió a negar con la cabeza.

–De acuerdo, lo intentaré. Pero, si me doy de bruces contra el suelo, estás despedida.

–No puedes despedirla –señaló Mallory–. A no ser que la contrataras tú, cosa que no hiciste. Súbete a ese caballo y vamos a buscar a las vaquillas rezagadas. Esta vez tienen razón con lo de la nieve.

Cane miró a su hermano.

–Lo intentaré.

La primera vez falló y estuvo a punto de caer al suelo. Pero volvió a intentarlo, y de nuevo una vez más, hasta que logró subirse a la silla con un suspiro y agarró las riendas con la mano. Le dio la vuelta al caballo y miró a Morie.

–Gracias.

Ella le dirigió una mirada alentadora.

–De nada.

Mallory se interpuso entre ellos.

–Vamos. Empieza a hacer calor.

–Yo iré detrás.

Mallory miró a Morie sin sonreír. No le gustaba que Cane le sonriera. No sabía por qué, y eso le enfurecía más aún.

–Tú vuelve al trabajo –le dijo, y se alejó detrás de su hermano sin decir nada más.

Morie se quedó mirándolo con rabia.

–Eso iba a hacer –murmuró–. ¿Qué pensabas? ¿Que había quedado para ir a navegar por el Caribe?

–Estás hablando sola –bromeó Darby–. Ten cuidado con eso. Intentarán ponerte una camisa de fuerza.

–Si lo hacen, les diré que el jefe me ha vuelto loca –le aseguró ella.

–Ha estado bien lo que has hecho por Cane –añadió Darby–. No había intentado subirse a un caballo desde que volvió. Pensé que se rendiría después de que el viejo Bill saliera huyendo. Ninguno de nosotros se habría atrevido a hacer lo que has hecho tú. Una vez le vi golpear a un vaquero por ofrecerse. Fue hace unos meses.

–Simplemente está herido –dijo ella–. No sabe cómo afrontarlo, cómo interactuar con la gente, cómo seguir haciendo cosas normales. He oído que no quiere ir a las sesiones de fisioterapia ni hablar con un psicólogo. Eso también le hace daño. Debe de ser horrible que un hombre tan activo y vital pierda un brazo.

–Era el campeón del rodeo –respondió Darby solemnemente–. Fue un duro golpe para él tener que dejar de competir.

–Se acostumbrará –respondió ella–. Tardará un tiempo y necesitará ayuda. Cuando se dé cuenta de eso y empiece a ir a terapia, aprenderá a vivir con ello. Como hizo nuestro amigo.

Darby entornó los párpados.

–¡Qué amigo tan raro! Un mercenario.

–Tenemos amigos de todo tipo –respondió ella riéndose–. A mi padre le gustan los renegados y la gente rara.

–Bueno, supongo que tiene que haber de todo en el mundo –dijo él–. Y será mejor que nosotros volvamos al trabajo. Con esta crisis, es un mal momento para perder un empleo.

–¡A mí me lo vas a decir!

Cuando Cane y el jefe regresaron, ella se marchaba a revisar las vallas.

–Guárdate el chisme ese de música en el bolsillo y no te pongas los auriculares mientras estés sola, ¿entendido? –ordenó Mallory abruptamente.

Morie supo sin necesidad de preguntar que Tank

le habría contado que se la había encontrado moviendo la rama del árbol.

–De acuerdo, jefe.

–¿Qué tipo de música te gusta? –preguntó Cane.

–De todo –respondió ella con una sonrisa–. Ahora mi favorita es la banda sonora de *El triunfo de un sueño*.

Él arqueó las cejas.

–Qué bien. A Tank le encanta también. Se compró la partitura. Sigue intentando dominarla.

–¿Dalton toca? –preguntó ella. Se sonrojó y se rio cuando Mallory se quedó mirándola–. Me fijé en el piano de cola que hay en el salón. Me preguntaba quién lo tocaría.

–Tank es bueno –respondió Cane con una sonrisa. Después señaló a Mallory con la cabeza–. Él también toca. Claro, no tiene oído, pero eso no le impide intentarlo.

–Yo toco mejor que Tank –se defendió Mallory, ofendido.

–No es lo que dice él –observó Cane.

–Ya hemos reparado la valla –le dijo Mallory a Morie–. No deberías haber intentado mover esa rama tú sola –se quedó mirando fijamente el arañazo que tenía en la mejilla.

Ella se lo tocó avergonzada.

–Solo me rozó. Las heridas me cicatrizan bien.

–Incluso yo habría llamado a alguien para que me ayudase –insistió Mallory.

Ella arqueó las cejas.

–¿No eres tú el mismo hombre que intentó levantar el extremo delantero de un coche aparcado porque estaba bloqueando el acceso al granero? –preguntó con una sonrisa.

–Normalmente habría llamado a alguien para que me ayudara. Soy el jefe. No cuestiones lo que hago… simplemente haz lo que te digo.

—Oh, sí, señor —respondió ella.

—Y deja de reírte —murmuró Mallory.

—¡No estaba riéndome!

—Te reías por dentro, donde pensabas que no podía oírte. Pero puedo oírlo.

—Está bien —contestó ella.

Él negó con la cabeza.

—Vámonos —le dijo a su hermano.

Pero Cane no le siguió. Seguía mirando a Morie con unos ojos que veían más que los de él.

—¿Sabes? Me resultas muy familiar —le dijo, y frunció ligeramente el ceño—. Creo que ya te he visto antes en alguna parte.

Morie había tenido la misma sensación al ver a Cane. Pero no lo recordaba de ninguna de las fiestas de su padre. Sin embargo, era posible que hubiera ido con uno de los grupos de ganaderos que visitaban con frecuencia Skylance para ver el ganado de King Brannt. No estaba segura. Se puso nerviosa. No quería que Cane recordase dónde la había visto, si acaso la había visto.

—Supongo que tengo ese tipo de cara —dijo ella con expresión de inocencia—. Dicen que todos tenemos un doble en alguna parte, alguien igual que nosotros.

—Puede que sea cierto —hizo una pausa durante unos segundos—. Ha sido muy amable por tu parte que ensillaras al caballo por mí. Siento haber sido tan brusco.

—No ha sido nada. Además, estoy acostumbrada a la brusquedad. Trabajo para él —explicó señalando a Mallory.

—Una palabra más y serás historia —respondió Mallory, aunque en sus labios podía verse una ligera sonrisa.

Morie se rio y volvió al trabajo.

***

Aquella noche echaban en uno de los canales clásicos una serie de antiguas películas protagonizadas por Maria Kane, la abuela de Morie. Resultaba fascinante ver su trabajo, ver rasgos de Shelby e incluso de sí misma en aquel rostro hermoso y delicado.

–Ojalá te hubiera conocido –susurró sentada frente a la pantalla. Pero Maria había muerto incluso antes de que Shelby se casara con Kingston Brannt. De hecho, su funeral había sido el catalizador que había convencido a King de que no podía vivir sin Shelby.

Morie lo sabía todo sobre el romance de sus padres. King y Shelby habían sido enemigos desde que se conocieran. Su madre y el hermano de su padre, Danny, habían sido buenos amigos que salían juntos de manera puramente platónica. Después, Danny le pidió a Shelby que fingiera estar prometida con él y la llevó a Skylance. En su momento, King dejó claro que no le caía bien Shelby. Eso hizo que la tratara mal, cosa de la que después se arrepintió. Shelby, al recordarlo, decía que King la había tratado como a una princesa desde el día de su boda, intentando compensarla por su anterior comportamiento y sus palabras desagradables. King había cambiado tanto que Shelby a veces se preguntaba si seguiría siendo el mismo hombre que había conocido al principio, según le contó a su hija.

–No puedo imaginarme a papá siendo malo contigo –había contestado Morie entre risas–. Te compra flores y bombones a todas horas, te regala algo cada vez que se va de viaje, te cubre de joyas, te lleva de compras a París…

–Sí. Es el marido más maravilloso que cualquier mujer podría desear, ahora –había respondido Shelby con una sonrisa–. Pero tú no lo conocías antes. Fue un cortejo muy difícil. Estaba dolido por otra relación y lo pagó conmigo –suspiró y sonrió por algún recuerdo secreto–. Yo estaba desfilando en la Semana de la Moda de Nueva York y él se presentó entre el público. Me tomó en brazos y me sacó del edificio. Yo pataleaba y protestaba, pero él no se detuvo.

Morie se echó a reír.

–Puedo imaginarme a papá haciendo algo así.

Shelby suspiró de nuevo con la mirada perdida.

–Tomamos café y tuvimos un malentendido. Me llevó de vuelta a mi apartamento, dispuesto a despedirse para siempre.

–¿Y qué ocurrió entonces? –preguntó Morie, fascinada por el hecho de que sus padres hubieran sido jóvenes como ella en otra época. Le costaba trabajo imaginárselos como una pareja que salía.

–Le pedí que me diera un beso de despedida –continuó su madre, y de hecho se sonrojó–. Nos prometimos en el coche y nos casamos tres largos días después. Nunca conoces realmente a una persona hasta que no vives con ella, Morie –añadió con cariño–. Tu padre siempre parecía ser el hombre más duro, más enfadado y más intratable de la tierra. Pero, cuando estábamos solos… –se aclaró la garganta y se sonrojó más aún al recordar su tempestuosa y apasionada noche de bodas, y el increíble placer que les había mantenido en la habitación del hotel durante dos días y dos noches a base de agua y chocolatinas durante un maratón de sexo en el que habían concebido a su primer hijo, Cort. Tenían tantas ganas de estar juntos que no se habían parado a tomar precauciones. Pero ambos deseaban tener hijos, así que no había supuesto un problema. El recuerdo era tan conmovedor que aún hacía que se le pusiera la cara roja.

Morie se rio.

–Mamá, te has sonrojado.

Shelby se rio tímidamente.

–Sí, bueno, tu padre es único en algunos aspectos, y no voy a hablar de ello. Es demasiado personal. Solo espero que seas la mitad de afortunada de lo que he sido yo cuando elijas marido.

Morie frunció el ceño.

–Si no salgo de aquí, nunca me casaré. Todos me desean porque tengo un padre rico.

–Algún hombre te deseará por lo que eres. El contable fue una mala elección. Estabas vulnerable y él era un depredador –dijo Shelby con cierta rabia–. Fue muy afortunado al marcharse del pueblo antes de que tu padre pudiera atraparlo.

–Es cierto –Morie se quedó mirando a su madre–. ¿Por qué papá no me deja trabajar en el rancho como a Cort?

–Su padre y él son muy parecidos en algunas cosas –respondió Shelby–. Jim Brannt lo educó para que tuviera gran respeto por las mujeres y para entender que son demasiado delicadas para el trabajo físico –negó entonces con la cabeza–. Supongo que parte de eso es culpa mía. Ya sabes que yo vivía con mi tía y ella era igual. No quería que levantara un solo dedo porque las damas no hacían eso. Por otra parte, ella odiaba a mi madre. Tampoco quería que acabara siendo como ella.

–A veces echan películas de la abuela en televisión –dijo Morie–. Era una actriz maravillosa. Dicen que se casó con cuatro hombres.

Shelby asintió.

–El último era el mejor… Brad. Murió en un accidente de tráfico después de que yo me casara con King.

–¿La abuela se suicidó o fue solo un rumor malicioso?

–Yo nunca lo supe –confesó su madre–. Brad dijo que fue una sobredosis porque el estudio la había despedido. Pero mi tía había dicho con frecuencia que no tenía una personalidad suicida. Tal vez se tomó accidentalmente demasiadas pastillas para dormir. Me gustaría pensar que fue eso.

–Tal vez lo fue.

Shelby la había abrazado.

–En cualquier caso, no querrás ir por ahí cubierta de barro y de excrementos de vaca, ¿verdad? Aunque también te ensuciaras estudiando Arqueología, al menos eso era una suciedad limpia.

Morie se había echado a reír a carcajadas.

Su padre había entrado en la habitación durante la conversación. Parecía satisfecho al darle un beso y un abrazo a Shelby.

–Tengo entradas –le dijo.

–¿Para El pájaro de fuego? –preguntó Shelby entusiasmada–. ¡Pero si estaban agotadas!

–He convencido al viejo doctor Caldwell para que renunciara a las suyas. Creía que su mujer iba a matarme a besos, porque ella odia a Stravinsky –contestó su padre, y sacó del bolsillo de su camisa las entradas, que le entregó a Shelby.

–¿Cuándo vamos? –preguntó ella.

–Esta noche –miró a Morie y le dio una palmadita cariñosa en la mejilla–. Lo siento, hija, no he podido conseguir otra entrada.

–No pasa nada, papá –respondió ella con una sonrisa–. A mí me gusta más Debussy. Stravinsky es demasiado experimental para mi gusto.

–¿Quieres un vestido nuevo para ponértelo esta noche? –le preguntó King a Shelby–. Podemos volar a Dallas para ir a Neiman Marcus.

–Tengo un precioso vestido nuevo en el armario que estaba reservando –se pegó a él y se vio rodeada por sus brazos–. Gracias, cariño.

King le dio un beso en la cabeza.

–Nada es demasiado para mi chica.

Al verlos, Morie se había dado cuenta de que su

amor no había hecho más que intensificarse desde que se casaran. Seguían siendo como unos recién casados, a veces se perdían el uno en el otro y se olvidaban del resto del mundo. Ella había esperado encontrar ese tipo de romance en su vida, y nunca lo había encontrado. Cort también decía que sus padres eran perfectos el uno para el otro y que envidiaba esa relación.

A Cort le gustaba la hija del vecino y amigo de King, Cole Everett, que tenía un hijo y una hija y vivía en el Rancho Big Spur. Solían intercambiar toros de cría e iban juntos a convenciones. Odalie Everett era rubia y con los ojos azules como su hermosa madre y, aunque no era realmente guapa, tenía una voz conmovedora y clara. Sonaba igual que su madre, salvo que Heather era una famosa cantante contemporánea antes de casarse con su hermanastro, Cole, y Odalie estaba entrenando para ser cantante de ópera. Sus padres estaban en contra de que tuviera algún tipo de relación con un hombre debido a sus aspiraciones musicales. Sería difícil para ella triunfar en ese mundo tan competitivo y, al mismo tiempo, formar una familia. Tenía una voz que había sido alabada por críticos desde California hasta Nueva York, e incluso había empezado a estudiar ya en la Ópera de Nueva York. Como no era de extrañar, Cort nunca había expresado abiertamente sus sentimientos por ella. De hecho, fingía no sentir nada. Había sido enemigo de Odalie durante años por razones que nadie entendía. Y mucho menos la pobre Odalie, que lo adoraba.

Morie regresó al presente. Tenía sus propios problemas. Su hermano tendría que aprender él solo a amar. Devolvió la atención al televisor cuando terminó la publicidad y su abuela volvió a aparecer en pantalla en todo su esplendor.

Cuando terminó la película, Morie se miró en el espejo y le sorprendió ver que era casi la imagen de su abuela. Si se hubiera puesto maquillaje y se hubiera arreglado un poco el pelo, podrían haberla confundido con Maria Kane. Así que había sido buena idea descuidar su melena y olvidarse de los cosméticos para trabajar en el Rancho Real. No sería bueno que la gente que veía películas antiguas se diera cuenta del parecido y empezase a hacer preguntas.

A la mañana siguiente, Darby le ofreció un teléfono móvil.

–El jefe ha dicho que te lo entregara y que me asegurase de que lo lleves siempre que estés sola. ¿Sigues llevando en las alforjas la pistola que te di?

–Sí –respondió ella–. ¿Han atrapado ya al asesino fugado?

Darby negó con la cabeza.

–Es un cazador. Conoce estos bosques como la palma de su mano y es capaz de vivir de la tierra. Les llevará un tiempo localizarlo. Además tiene parientes por aquí y el sheriff cree que algunos de ellos podrían estar ayudándole a esconderse.

–Yo no sé si ayudaría a un asesino a escapar de la justicia –advirtió ella.

–¿Y si fuera tu hermano o tu padre? –preguntó él.

Morie suspiró.

–Esa decisión es más difícil.

–El asesino tiene un primo que creen que podría ayudarle. Tienen su casa vigilada. Están seguros de que Bascomb estará cobijado en algún lugar. Pero la casa del primo está a kilómetros de aquí. No creo que Joe Bascomb aparezca en el rancho.

–No tiene nada contra los Kirk, ¿verdad? –preguntó ella, un poco preocupada.

–No que yo sepa –respondió Darby–. De hecho, Tank testificó a su favor durante el juicio. Sigue pensando que es inocente.

–¿Qué hizo?

–Mató a un hombre que, según él, estaba dándole una paliza a su novia. Dijo que no pretendía hacerlo. Le golpeó, cayó contra una pared de ladrillo, se dio en la cabeza y murió. Habría sido considerado como homicidio involuntario, pero la novia de pronto testificó que le golpeó al hombre la cabeza contra el muro y que lo mató deliberadamente.

–¿Por qué iba a mentir? –preguntó ella.

–Le gustaba Bascomb, pero él estaba enamorado de su difunta esposa y no quería saber nada de esa chica. El tema es que ella le llamó para que fuese a ayudarla porque le tenía miedo a su nuevo novio. Como a Bascomb le caía bien, fue a verla. El novio la había golpeado una o dos veces y Joe Bascomb intervino para salvarla. Fue un esfuerzo noble. La salvó y le dijo que ya estaban empatados, porque no saldría con ella, aunque ella lo negó en el juicio. Eso hizo que le condenaran. Con posibilidad de ser castigado con la pena de muerte. Se escapó del furgón, con esposas y cadenas en las piernas, y se ocultó en el bosque. Encontraron las esposas y las cadenas más tarde –Darby sonrió–. Joe es herrero. Supongo que no le costó trabajo liberarse.

–Me parece un hombre decente.

Él asintió.

–Más de un hombre decente ha ido a la cárcel por las palabras de una mujer resentida –miró el reloj–. Será mejor que te vayas, o llegarás tarde a comer.

–Ya voy.

Morie ensilló a su caballo y se marchó.

Al menos ya no tenía que preocuparse tanto por el asesino fugado, ahora que sabía por qué había sido condenado. Pero, claro, estaría desesperado y ella no quería encontrarse con él ni amenazarlo. Aunque comprendía su situación. Por desgracia, no parecía haber manera de salvarlo. Iría a prisión de por vida o moriría en la silla eléctrica por voluntad de algún juez. No le parecía bien.

No encontró más trozos rotos en la valla. Hacía muy buen tiempo. La nieve que habían anunciado no se materializó. Todo estaba verde y frondoso y por fin se quitó la chaqueta porque hacía calor.

Se detuvo junto a un arroyo y cerró los ojos para escuchar el borboteo del agua. Empezó a relajarse. Oyó que una ramita se partía. Se dio la vuelta y miró a su alrededor, apretando con fuerza la brida. Menos mal, porque el caballo dio un respingo al oír el sonido. Los caballos eran criaturas nerviosas, y normalmente por una buena razón. En una ocasión había visto a uno soltarse del poste al que estaba amarrado y saltar una valla solo por una cacerola que había caído al suelo en la cocina.

–¿Qué sucede, chico? –le preguntó suavemente, y volvió a mirar a su alrededor con cierta inquietud.

Nada se movió, pero prefirió no arriesgarse. Se subió al caballo y salió galopando hacia el rancho.

Más tarde se lo contó a Mallory cuando este regresó a casa. Lo encontró en la cocina bebiendo café con Mavie. Parecía preocupado.

–No sería raro que Joe apareciese aquí. Tank le ayudó en el juicio y cree que es inocente –dijo Mallory–. Pero el hecho es que se trata de un asesino convicto. Si le ayudas, o si Tank le ayuda, habrá consecuencias. Recuérdalo.

–Yo no he visto a nadie –protestó ella–. Solo he oído una rama crujir, como si alguien la hubiera pisado. Pensé que debería decírtelo, por si acaso. Supongo que podría haber sido algún animal.

–Podría. O podría haber sido Joe Bascomb –añadió él–. Mantén los ojos abiertos. ¿Darby te ha dado el teléfono móvil?

Ella asintió y se lo mostró.

Mallory entornó los párpados al mirarla.

–Cane dijo que creía haberte visto antes. Y, ahora que lo pienso, sí que me resultas familiar.

–Ya le dije que... que tengo ese tipo de cara –se rio. No podía reaccionar a aquel comentario–. Puede que me parezca a alguien que recuerdas.

Él frunció el ceño.

–No creo. Tank y yo estábamos viendo una película antigua en el canal clásico. La protagonista era esa actriz que se suicidó. ¿Cómo se llamaba? Kane –dijo finalmente–. Maria Kane. Eso es. Me recuerdas a ella.

–¿De verdad? –Morie sonrió abiertamente para disimular su incomodidad–. ¡Gracias! ¡Creo que era muy guapa! Yo también vi esa película. Me gustan las películas en blanco y negro.

Con eso le distrajo, como era su intención.

–A mí también. Me gustan Randolph Scott, Gary Cooper y John Wayne.

–A mí Bette Davis.

–Muy dura. A mí me gustan las mujeres femeninas.

Morie cambió de postura incómodamente. Aquello era una declaración en toda regla. Probablemente Gelly Bruner fuese su ideal de mujer. Ya había dicho que le gustaba la actriz rubia de la película del hombre lobo. Gelly era rubia, tenía los ojos azules y además era guapa. Ella, con su pelo oscuro, sus ojos marrones y su piel bronceada, nunca sería de su agrado. Tal vez le gustara besarla, pero no la miraba como si deseara algo más de ella.

–¿Alguna vez te pones algo que no sean pantalones y camisetas con frases o dibujos? –le preguntó de pronto.

Morie se quedó mirándolo.

–Me costaría mucho ayudar a parir a una vaca llevando un vestido –contestó con seriedad.

Mallory soltó una carcajada.

–¡Maldita sea!

–Bueno, es la verdad –agregó ella.

Él se limitó a beber café.

–Supongo que sí –murmuró.

Se oía música de piano procedente del salón. Al principio era suave y hermosa, después se oyeron algunos fallos y finalmente un golpe.

–¡Maldita sea! –exclamó Tank.

Le oyeron levantarse y a los pocos segundos apareció en la cocina. Miró a Morie.

–No le pillo el ritmo a esa coda. ¿Tienes aquí el iPod con las bandas sonoras?

–No –respondió ella. Lo había dejado en su habitación–. Pero puedo enseñártelo.

Tank frunció el ceño.

–¿Sabes tocar el piano?

Mallory también se quedó mirándola fijamente.

–Más o menos.

–Más o menos –Tank la agarró de la mano y tiró de ella hacia el salón. Después la sentó ante el piano de cola–. Demuéstramelo.

6

–Aprendí a tocar un poco el piano en el último trabajo que tuve –protestó Morie para negar sus años de clases de piano–. Ahora mismo no podría hacer ni una octava.

–¿Sabes solfeo? –preguntó Tank.

–Sí. Un poco.

–Entonces, adelante. Toca.

No sabía cómo librarse de aquello. Le harían todo tipo de preguntas si supieran lo bien que tocaba. En la universidad le habían ofrecido una beca de música, pero la había rechazado. Sus padres podían permitirse su educación y la beca podría ayudar a alguien que no tuviera tantos medios.

Tras vacilar durante un minuto, colocó los dedos sobre las teclas y se quedó mirando la partitura que tenía ante ella.

Encontró los pedales con el pie, apoyó las manos sobre el teclado y de pronto comenzó a tocar.

Mallory, de pie en la puerta, se quedó sin palabras. Tank, que estaba más cerca, sonrió mientras se sentaba en un sillón. Un minuto más tarde, Cane oyó la música, entró en la sala y se sentó también en el sofá.

Perdida en la música, Morie tocaba con alegría. Hacía semanas que no tenía acceso a un piano y aquel era de una calidad excelente. Además lo habían afinado recientemente. Los sonidos que producía eran tan exquisitos como la partitura que estaba tocando con tanta intensidad.

Cuando llegó al crescendo final y tocó las últimas notas, la habitación quedó en completo silencio y después todos comenzaron a aplaudir.

Ella se puso en pie, avergonzada y sonrojada.

–Solo toco un poco –se justificó–. Gracias.

Mallory estaba mirándola con los párpados entornados.

–Estás llena de sorpresas, para ser una pobre vaquera –observó con cierta suspicacia.

Ella se mordió con fuerza el labio inferior.

–Todos tenemos algún talento natural. Yo siempre supe tocar. Durante mucho tiempo tocaba de oído, después una mujer muy amable me dio clases donde trabajaba –de hecho había sido Heather Everett, que tocaba igual de bien que cantaba.

–¿Y dónde dices que fue eso? –preguntó Mallory.

Pero en esa ocasión no le pilló por sorpresa.

–En el rancho Story, a las afueras de Billings –sabía que habían vendido el rancho tras la muerte del dueño. No había nadie que pudiera negar su historia. Y siempre podría darle el número del ama de llaves que había prometido apoyar su coartada.

Mallory pareció decepcionado.

–Entiendo.

–Era maravilloso trabajar para él –explicó ella–. Tenía un piano y me dejaba practicar con él. Me quedé destrozada cuando murió –estaba segura de que habría sido así, de haberlo conocido. Su padre hablaba con gran cariño del anciano. Lo conocía de las convenciones de ganaderos.

–Tienes verdadero talento –observó Cane–. ¿Has pensado en dedicarte a ello?

–Calla –dijo Mallory mirando con odio a su hermano–. No quiero tener que buscar a una nueva empleada que cuide de mis vacas porque ella –añadió señalando a Morie– quiera encontrar un contrato discográfico.

–Debería usar su talento –argumentó Cane acaloradamente–. Está malgastando su vida trabajando por una minucia, dejándose la salud mientras retira las ramas caídas de las vallas. A la larga, todo este trabajo físico acabará pasándole factura. ¡Ni siquiera tiene la constitución adecuada para realizarlo!

Mallory lo sabía, pero le molestaba que su hermano tuviera que decírselo.

–Ella pidió el trabajo y estaba dispuesta a hacer cualquier cosa que fuese necesaria –respondió.

Cane se puso en pie con brillo en la mirada.

–¡Y tú te estás aprovechando de eso!

–Podrías enviar a alguien con ella a revisar las vallas –intervino Tank colocándose entre ambos hermanos. Le dirigió una sonrisa a Morie, que contemplaba con horror contenido el enfrentamiento que ella misma había provocado de forma inocente–. De hecho, yo podría ir con ella. Tengo tiempo libre de sobra.

–O podría ir yo –aseguró Cane–. Tú tienes que trabajar en el *marketing* para la feria. Yo soy quien más tiempo libre tiene.

–¡Ella trabaja para mí, maldita sea! –exclamó Mallory–. Yo le diré lo que tiene que hacer. ¡Vosotros no contratáis ni despedís! ¡Los problemas con el personal son asunto mío!

–¡Yo no soy un problema! –se defendió Morie–. Escuchad, a mí no me importa hacer lo que exija el trabajo, sinceramente. Agradezco vuestra amabilidad. Pero simplemente trabajo aquí. No soy más que una trabajadora.

Todos se quedaron mirándola.

–Tus manos son muy valiosas –respondió Cane con ternura y emoción, ya que él solo tenía una y sabía mejor que sus hermanos lo valiosas que eran–. No debes ponerlas en riesgo con el trabajo físico.

–¡Entonces le compraré unos malditos guantes! –respondió Mallory–. ¿Queréis que, ya que estoy, contrate a alguien para que sea su acompañante?

Morie se sentía mareada. Agachó la mirada y se apartó.

–Volveré al trabajo –dijo en voz baja–. No pretendía causar problemas. Lo siento mucho.

Salió por la puerta antes de que pudieran detenerla.

–Oh, eres un auténtico príncipe –le dijo Cane a su hermano mayor–. ¡Ahora se ha disgustado!

–Debería ir tras ella –dijo Tank.

–Yo iré tras ella –respondió Cane secamente, y se dirigió hacia la puerta.

–¿Qué diablos os pasa a vosotros dos? –preguntó Mallory con vehemencia–. ¡Es una empleada!

Ambos lo miraron con rabia.

–Ya os habéis olvidado de Vanessa, ¿verdad? –les preguntó con una sonrisa fría–. Cuando la pillamos, estaba pasándole por la ventana a su amante las reliquias de nuestra familia –les recordó–. Era dulce y cariñosa, la mejor cocinera de la zona. Nos mimaba. Nos llevaba chocolate caliente y galletas al granero bajo la nieve cuando no podíamos abandonar a los toros enfermos. Nos preparaba sopa cuando teníamos que hacer turnos para quedarnos en las cabañas. Nos trataba como a príncipes. Y durante todo ese tiempo estuvo poniéndole precio a todo lo que había en los armarios, a los cuadros, a la plata, a la porcelana y a la cristalería que llevaban cien años en nuestra familia.

Sus hermanos parecieron avergonzados.

–Ella también traía unas referencias excelentes –continuó Mallory–. Pero al final resultó que eran falsas. Mintió incluso cuando la pillamos con las manos en la masa. Su amante le había obligado a hacerlo. Ella era inocente. Le encantaba trabajar para nosotros. Haría cualquier cosa si la perdonábamos y le permitíamos regresar. Incluso testificaría contra su amante.

–Pero tenía muchos antecedentes –intervino Tank.

–Y un gran talento para la mentira –añadió Cane.

–Y estuvimos a punto de perder el rancho porque nos demandó por difamación y acoso sexual, cosa de la que éramos inocentes.

–Suerte que el jurado nos creyó –respondió Cane.

–Suerte que teníamos el mejor abogado de Wyoming –convino Mallory–. No podemos permitirnos confiar en gente a la que no conocemos. Gelly ya desconfía de Morie y ya me ha contado en un par de ocasiones historias sobre ella que después niega o a las que quita importancia. No confío en ella –no añadió que su atracción física hacia ella era una de las principales razones. Le hacía sentirse vulnerable. No podía permitirse confiar en sus instintos, pues tal vez le guiaran por un camino oscuro y peligroso–. Sabe preparar canapés y organizar una cena de gala. Además toca el piano como una profesional. No encaja con su currículum.

–Entonces, ¿cuál crees que es su verdadero pasado? –preguntó Cane.

–Piénsalo –respondió Mallory–. Una mujer que quisiera introducirse en una casa rica, sin llamar la atención sobre su pasado, fingiría no saber nada sobre la gente adinerada. Pero, en el fondo, sabría cómo viven, lo que hacen. Conocería sus costumbres y sus gustos. Después sacaría esos talentos, poco a poco, para aumentar el misterio y ser aceptada.

–Estás paranoico –contestó Tank–. Gelly te ha envenenado en contra de Morie.

–Ya iba encaminado en esa dirección –le aseguró Mallory–. No nos ha dicho la verdad sobre su pasado. Estoy seguro.

–Eso no significa que sea un pasado turbio –señaló Cane–. Durante un tiempo, Vanessa nos hizo desconfiar de las mujeres. Por eso contratamos a Mavie, que no es joven, ni guapa, ni está interesada en nosotros. Pero Morie podría ser sincera.

–Y podría no serlo –argumentó Mallory–. Solo creo que debemos tenerla vigilada y no confiar demasiado en ella. Como si fuera cualquier otra nueva empleada.

Estaban todos de acuerdo. Se habían dejado encandilar porque parecía dulce, amable y servicial. Pero podría ser todo fachada. Sabían por experiencia lo crédulos que podían llegar a ser los tres.

–Supongo que tienes razón –admitió Cane con solemnidad.

–Siempre tengo razón –respondió Mallory–. Soy el mayor.

Tank lo miró con rabia.

–Solo por dos años. No te lo creas demasiado.

Mallory se carcajeó.

–Será mejor que volvamos al trabajo.

Morie se había quedado desconcertada por la discusión. Estaba preocupada cuando fue a la habitación de las monturas a por su brida y su silla para ir a revisar la valla. Había una gran extensión de vallas en el rancho. Nunca había visto tantos kilómetros, salvo en el rancho de su padre. Aquella era una gran porción de tierra y estaba rodeada por kilómetros y kilómetros de vallas.

Darby la miró cuando salió.

–¿Algún problema? –preguntó amablemente.

Ella vaciló y asintió con la cabeza.

–¿Otra vez Mallory?

–He dado pie a una discusión. No era mi intención. Solo estaba tocando el piano.

Él arqueó las cejas.

–¿Eras tú? –preguntó sorprendido–. ¡Pensé que sería un disco que habían puesto!

Morie miró tímidamente hacia el suelo.

–Di clases de piano durante casi diez años –murmuró–. Me encanta tocar. Tank, quiero decir el señor Kirk, tiene la partitura de esa película, *El triunfo de un sueño*, y, al enterarse de que sabía tocar, me ha pedido que se la enseñara. Así que lo he hecho. Pero entonces los hermanos han dicho que no debería arriesgar mis manos haciendo trabajo físico y Mallory, quiero decir el señor Kirk, se ha enfadado y ha dicho que me contrató para hacer el trabajo del rancho…

–Entiendo lo que quieres decir –respondió Darby–. Debe de haber sido desagradable.

Ella volvió a asentir y tomó aliento.

–No pretendía causar problemas. Era maravilloso tener un piano en el que tocar –sonrió–. Toda mi vida me ha encantado la música. También sé tocar la guitarra clásica, y antes llevaba conmigo una guitarra allá donde fuera. Pero no puedes meter un piano en la maleta, así que perdí la costumbre de tocar –cerró los ojos–. Oigo sonatas en mi cabeza cuando me voy a la cama. Nunca he visto una partitura clásica que no me gustara. Especialmente Debussy…

–¿Ahora te pago para hacer la crónica musical? –preguntó Mallory con frialdad desde la puerta.

Ella dio un respingo y estuvo a punto de dejar caer la silla.

–Lo siento, jefe. Lo siento –salió corriendo por la puerta con la silla al hombro y estuvo a punto de tropezar al bajar los escalones aceleradamente.

Darby estiró una mano y le dio la vuelta a Mallory.

–Relájate –le dijo con tono amenazador–. La chica ya ha tenido bastante por hoy.

Mallory le apartó la mano y se quedó mirando con rabia a su encargado.

–No me presiones.

–Entonces no la presiones a ella –dijo Darby–. ¡Mírala, por el amor de Dios!

No deseaba hacerlo, pero lo hizo. Morie estaba

intentando hacerse con el control de la silla. Le temblaban las manos y las lágrimas resbalaban por sus mejillas. Mallory sintió como si estuvieran atravesándole el corazón con un cuchillo.

–Si yo fuera ella, dejaría el trabajo ahora mismo –añadió Darby–. Y, cuando vuelva esta noche, le voy a recomendar que haga eso mismo. Conozco a un par de rancheros que necesitan ayuda…

–Mantendrás la boca cerrada o serás tú el que se marche –le dijo Mallory furioso–. No interfieras.

–Entonces deja de tratarla como si fuera la peste –fue la respuesta de Darby–. Sinceramente, ¿qué es lo que te pasa? ¡Nunca te había visto tratar a una muchacha de ese modo!

–No es ninguna muchacha –protestó Mallory–. Es una mujer –él lo sabía mejor que Darby.

–Bueno, quizá sea así –admitió Darby–. Aun así, es dos veces más adulta que esa insoportable mujer que llevas contigo a todas partes –le dijo al jefe–. Estás permitiendo que te predisponga contra Morie. Está haciendo que desconfíes. Ahora ves defectos en todo lo que hace Morie. Y todo porque tus hermanos y tú os dejasteis engañar por Vanessa Wilkes. Es tu orgullo el que te hiere y te hace sospechar de todos. Incluso del viejo Harry. Él no robó aquel taladro. Tu novia estaba en el barracón justo antes de decirte que le había visto llevárselo. Ella le inculpó y tú se lo permitiste.

–Ya es suficiente –dijo Mallory con actitud amenazadora–. Era culpable.

–No lo era, pero sabía que nunca te convencería mientras Gelly estuviera aquí. Ahora está intentando hacer lo mismo con Morie, para lograr que la eches. He conocido a gente buena y a gente mala. Te advertí sobre Vanessa y no me hiciste caso. Ahora te aseguro que Morie no es así. Ella es auténtico oro. Si no tienes cuidado, arruinarás su vida. Puede que también la tuya propia.

–No es lo que parece ser –dijo Mallory.

–¿Quién lo es? –preguntó Darby con una sonrisa–. Pero no es mala. Está huyendo de algo. No sé de qué. Pero no tenía ni idea de cómo trabajar en un rancho, te lo aseguro.

–¿Qué?

–Estaba desesperada por conseguir un trabajo –explicó Darby–. Así que le enseñé a hacer las tareas, a bañar al ganado, a marcarlo, a apilar el heno, a revisar las vallas y a ayudar en el parto de las vacas. Has de admitir que se ha convertido en una de las mejores empleadas que hemos tenido jamás. Trabaja a todas horas y nunca se queja por nada. ¿Y crees que alguien así podría no ser sincera? ¿No se quejaría a la mínima e intentaría librarse del trabajo duro?

–No lo sé –confesó Mallory–. Vanessa hizo que me lo cuestionara todo. Ya no estoy seguro de nadie.

–Si deseas desconfiar de alguien, fíjate bien en Gelly Bruner –le aconsejó Darby–. Hay algo turbio en ella.

–No es más que una amiga –murmuró Mallory.

–Ella no piensa lo mismo. Te desea. Y encontrará la manera de librarse de Morie. Recuerda mis palabras. No va a permitir que se quede aquí.

–Es mi rancho. Yo contrato y yo despido.

–¿Eso crees? Ya veremos. Mientras tanto, ¿y si te relajas un poco con Morie? A saber qué habrá tenido que soportar en su vida para acabar aquí, haciendo un trabajo para el que no estaba preparada. Me duele ver el arañazo que tiene en la cara. Tiene una piel perfecta. Podría haber sido modelo.

Mallory frunció el ceño. No se había parado a pensar en su piel ni en su pasado. Solo le preocupaba que pudiera ser una estafadora. Tendría que mirarla con más atención. Por un lado, desconfiaba. Por otro, confiaba en la opinión de Darby aunque no pudiera confiar en la suya propia.

Le dio una palmadita en el hombro a su encargado.

–Jamás podría desconfiar de tus palabras, viejo pirata.

Darby sonrió.

–Yo siempre te diré la verdad. Aunque no quieras oírla.

Mallory suspiró. Morie se había ido galopando, aún llorando. Él se sentía como si fuera un villano.

–Creo que voy a ir a dar un paseo.

Darby sonrió.

–Buena idea. Hazlo.

Morie se detuvo junto al arroyo y se bajó del caballo. Se lavó la cara en el agua y utilizó el único pañuelo que llevaba para secarse las lágrimas. Era ridículo permitir que aquel hombre horrible la hiciese llorar. Debería haberle dicho lo que podía hacer con su trabajo. Eso era lo que habría hecho su padre. Él nunca se habría marchado llorando. Intentó imaginárselo y sonrió.

Oyó que se acercaba un caballo y se dio la vuelta, imaginando que sería Darby. Pero era el jefe. Parecía extrañamente contrito, observándola con un brazo cruzado sobre la perilla y los ojos fijos en su cara compungida por las lágrimas.

–Quizá podría haber elegido mejor mis palabras –murmuró.

Ella se encogió de hombros y miró hacia otro lado.

–Trabajo aquí. Tú eres el jefe.

–Sí, pero... –Mallory tomó aliento–. ¿Por qué no has contraatacado? ¿Por qué has huido?

Ella lo miró con rabia.

–Ya he causado suficientes problemas por un día –respondió secamente–. Mira, debería dejar el trabajo...

–¡No!

Se bajó de la silla en un abrir y cerrar de ojos y se

acercó a ella. La agarró por los hombros. En el silencio del bosque, Morie oía su propio corazón latiendo mientras él la miraba fijamente a los ojos, sin apartar la mirada hasta que el corazón se le desbocó. Tuvo que separar los labios para respirar. Los latidos amenazaban con ahogarla.

Mallory vio aquella reacción indefensa y eso le conmovió. Morie no podría haber fingido su atracción por él. Era demasiado evidente.

Relajó las manos y empezó a acariciarla. Las deslizó por sus brazos por encima de su camiseta de algodón.

–Me desconciertas –le dijo él con voz profunda, aterciopelada–. No me gusta.

Morie apretó las manos contra su camisa y sintió el vello y los músculos duros. Olía a colonia fresca y al jabón masculino que se pegaba a su piel. Solo con estar cerca de ella hacía que se estremeciera. Morie se quedó mirando su bosa carnosa y sensual y recordó lo que había sentido al besarlo. Deseaba que la besara. ¡Lo deseaba mucho!

–Maldita sea –murmuró él, porque lo sabía. Sentía su deseo, incluso antes de que se quedara mirando sus labios y se lo demostrara.

Antes de que Morie pudiera entender el significado de sus palabras, Mallory la besó con pasión. La estrechó contra su cuerpo, le colocó la mano en la base de la columna y le demostró la fuerza de su deseo por ella.

Ella intentó protestar, pero su propio cuerpo le traicionó. Gimió y se retorció contra él, devorando su boca, provocándolo y rogando más.

Sintió que él se movía, notó de pronto el suelo bajo su espalda y el peso de su cuerpo encima. Sintió que le separaba las piernas con una de las suyas antes de colocar las caderas entre ellas.

–¡Dios! –murmuró Mallory al notar el placer que recorría su cuerpo.

Había metido las manos por debajo de su camiseta y de su sujetador. Sintió la suavidad de sus pechos pequeños y firmes, con los pezones erectos bajo sus dedos. Después le levantó la camiseta y se llevó esos mismos pezones a la boca.

Succionó con fuerza y sintió que arqueaba la espalda y gemía. Pensó que le había hecho daño con el gesto y comenzó a levantar la cabeza, pero ella se la empujó con las manos hacia abajo para que siguiera.

Sabía a miel. Él estaba ahogándose de deseo. Siguió restregándose contra ella con un ritmo sensual que fue volviéndose más insistente a cada minuto que pasaba. Le levantó las caderas con la mano y las presionó contra su erección.

Se desabrochó los botones de la camisa y se la abrió para poder sentir sus pechos bajo el peso de su torso desnudo. Invadió entonces su boca. Estaba desesperado por poseerla. ¡No podía soporta la idea de parar!

Ella tampoco podía. Era el momento más apasionado de su corta vida. No podía protestar. Deseaba conocerlo, como hombre, como amante. Deseaba sentirlo dentro, sentir que la poseía. Deseaba… un hijo.

No se dio cuenta de que había hablado en voz alta hasta que Mallory se apartó de ella y se quedó tumbado a su lado, como si estuviera atormentado por mil demonios.

Ella se quedó perpleja, con la boca abierta, al darse cuenta de lo lejos que habían llegado. Se incorporó y se recolocó aceleradamente la ropa, mientras temblaba por el placer obtenido. Se puso en pie y apartó la mirada mientras intentaba recuperar el aliento. Le horrorizaba su propia falta de control. ¡Había estado tan cerca!

Tragó saliva varias veces. No podía mirarlo, aunque le oyó levantarse, oyó su respiración entrecortada mientras intentaba recuperar también el control que había perdido.

Transcurrido un minuto, le oyó maldecir mientras contemplaba su espalda rígida.

–¿Así que ese es tu juego? –preguntó con frialdad–. Quieres un hijo, ¿No? Supongo que no estarás tomando ningún tipo de anticonceptivo. Seduces al jefe, te quedas embarazada y ya tienes la vida resuelta. ¿Es así como funciona?

Ella se dio la vuelta, sorprendida. Se quedó mirándolo avergonzada y después apartó la mirada. Estaba sonrojada y mareada.

–No… no pensaba lo que he dicho.

–Oh, sí que lo pensabas –respondió él fríamente. Sonrió, aunque no era una sonrisa agradable–. Buen intento. Pero no soy un novato en esto y tampoco soy un blanco fácil.

–No ha sido así –se defendió ella, pero se sonrojó más aún.

Él se quedó mirándola largo rato con una actitud insultante.

–Seguro –recogió su sombrero del suelo, le quitó el polvo, se lo puso y se fue a buscar a su caballo, que se había alejado para ir a comer hierba verde. Se montó y dio la vuelta. Se quedó mirándola, pero ella no le devolvió la mirada, ni respondió. Fue a por su caballo y se alejó sin decir nada más.

Iba a tener que marcharse. Lo sabía sin lugar a dudas. Mallory había dejado muy claro lo que pensaba de ella. Lo que no estaba tan claro era por qué de pronto había empezado a besarla así. Ella no se lo había pedido. ¿O sí? Su evidente atracción hacia él iba a ser desastrosa. Ya desconfiaba de ella, gracias a su novia. Había soltado ese vergonzoso comentario sobre tener un hijo y ahora él pensaría que era una cazafortunas.

Decidió que debía de ser culpa de su subconsciente, ya que conscientemente no había pensado en formar una familia. Pero tener un hijo con un hombre como Mallory, tan masculino y atractivo...

Y testarudo, desconfiado y desagradable, añadió para sus adentros. ¡Claro que deseaba tener un hijo con un hombre así!

De hecho, a lo largo de su vida, nunca había experimentado tanta pasión ni tanto deseo; nunca había pensado en casarse y tener hijos. Se había creído enamorada del contable hasta que descubriera los verdaderos motivos de su interés amoroso. Pero ahora sabía que en aquella relación no había nada. Y la había presionado para que se acostase con él. Incluso había dicho que no tenían por qué tomar precauciones porque deseaba tener hijos con ella. Por suerte ella había tenido la sensatez de decirle que no.

Mallory pensaba exactamente lo mismo de ella que ella había pensado sobre su antiguo amante. El contable, ya que aún era incapaz de decir su nombre incluso para sí misma, había pretendido engañarla para casarse. Mallory pensaba que ella se había propuesto el mismo juego. Resultaba humillante.

Debería haber tenido más control sobre sí misma. Pero besarlo era como estar en el paraíso. Y de pronto los besos no habían sido suficiente para satisfacerlos. Si no hubiera abierto la boca para decir algo tan fuera de lugar, si él no se hubiera apartado justo a tiempo...

Se sonrojó al recordar lo dulce que había sido. No podía permitir que sucediera de nuevo. Aunque tampoco se quedaría allí mucho tiempo. Había causado problemas entre los hermanos al enfrentarlos, aunque de manera inocente. Su presencia allí era un problema. Debería marcharse. Aquel mismo día.

Sí. Debería. Dirigió a su caballo hacia el rancho, pero, en el último momento, no se sintió capaz. «Solo un poco más», se prometió a sí misma. Unos días más para poder contemplar a Mallory en la distancia, hablar con él y soñar con él. ¿Qué tendría eso de malo?

De modo que regresó junto a la valla para seguir revisándola.

Pasaron varios días sin más incidentes. Sin embargo, Mallory apenas le dirigió la palabra a Morie. Le transmitía instrucciones por mediación de Darby, que parecía incómodo por alguna razón.

Cane encontró a Morie en la cabaña. Había ido allí a pasar el día y a esperar a que nacieran los terneros. Se bajó del caballo con esfuerzo y se acercó al porche. Morie estaba bebiendo café de un termo y comiendo una galleta de mantequilla.

–Hola –le dijo al verlo–. ¿Quieres compartir el almuerzo? –preguntó ofreciéndole la galleta a medio comer.

–No, gracias. Acabo de comerme un sándwich de roast-beef con patatas fritas caseras.

Ella soltó un gruñido y se quedó mirando su galleta.

–Sabía que no llevaba una buena vida.

Él sonrió, se apartó el sombrero de los ojos y la miró con los párpados entornados.

–¿Qué pasa entre Mal y tú? –preguntó inesperadamente.

A ella le temblaron las manos y derramó el café sobre sus vaqueros. Ya estaban sucios de todos modos.

–¿Qué… qué quieres decir? –preguntó, pero se delató a sí misma al sonrojarse.

–Entiendo –respondió Cane.

–No, no entiendes –dijo ella–. No lo entiendes. No hay nada. ¡Nada en absoluto!

–¿Por qué? ¿Porque él es el jefe y tú la empleada?

–preguntó apoyándose en un poste–. No somos de la realeza.

–Podríais serlo –dijo ella secamente–. Él cree que voy detrás de su dinero.

–¿De verdad? –preguntó Cane con las cejas arqueadas.

Morie se quedó mirando la mancha de café sobre su rodilla y dio un trago más al termo.

–No es así –aseguró con orgullo–, pero él cree que sí –entonces levantó la mirada–. Estoy bastante segura de que su novia le ayuda a pensar así. Me odia.

–Ya me he dado cuenta.

Morie lo miró con solemnidad.

–Vigiladla –le dijo con una pasión inesperada–. Finge ser algo que no es.

Cane arqueó las cejas.

–¿Y cómo lo sabes?

–Para empezar, lleva ropa del año pasado. Para continuar, los zapatos que usa ya no se llevan. Las joyas están desfasadas y el bolso que lleva es de alta costura, pero no es nuevo.

–¿Perdón?

Morie cambió de postura y evitó mirarlo a los ojos.

–Tengo una amiga que es modelo –mintió. Era su madre, que además era su mejor amiga–. Sé lo que se lleva y lo que no, algo que la señorita Bruner parece no saber. Supongo que piensa que a los hombres no les interesa la moda y que no se darán cuenta –lo miró entonces a los ojos–. Intenta hacerse pasar por miembro de la alta sociedad, pero hay algo que no cuadra. ¿Quieres un consejo? Contratad a un detective privado para que la investigue. Apuesto a que encontraréis algo interesante.

–¿Por qué no se lo dices a Mal? –preguntó él.

Ella se rio con frialdad.

–Oh, claro. Seguro que me hace caso. Ya piensa que soy una oportunista en busca de dinero.

Cane suspiró.

–Tú tampoco eres lo que finges ser, ¿verdad?

Ella sonrió irónicamente.

–No –confesó–. Pero soy una persona sincera. No estoy huyendo de la ley ni planeo infringirla. De hecho, tengo un primo que es Ranger de Texas. Lo conozco de toda la vida y siempre lo he admirado. Me repudiaría si cometiera algún delito. Y también mis padres.

–¿Por qué estás trabajando aquí?

–Te sorprendería –le aseguró.

–Puede ser –Cane vaciló unos instantes–. ¿Quieres que vaya contigo a revisar la valla? Tengo algo de tiempo libre. El asesino sigue suelto. No quiero que te ocurra nada.

A Morie le sorprendió para bien su actitud protectora.

–Gracias –respondió–. Pero estoy bien. Tengo el móvil que el jefe fue tan amable de proporcionarme, y tengo una pistola que me prestó Darby. No me pasará nada.

Cane se quedó mirándola inquisitivamente.

–De acuerdo. Te dejaré aquí. ¿Y llamas almuerzo a una galleta?

Ella suspiró.

–Es una galleta deliciosa. Me las ha preparado Mavie.

–Es una gran cocinera.

–Sí que lo es. Gracias de nuevo –añadió mientras él se subía al caballo para marcharse.

–De nada.

Cane se tocó el ala del sombrero y se alejó. Morie se terminó la galleta y el café y volvió al trabajo.

7

Morie se sentía confusa por sus sentimientos hacia Mallory y por el creciente antagonismo de Gelly Bruner. Aquella mujer la odiaba de verdad e iba a encontrar la manera de crearle problemas. Aunque Morie no estaba dispuesta a marcharse sin luchar. En el caso de que ocurriera lo peor, siempre podría contarles la verdad sobre sí misma. Pero Mallory, que odiaba las mentiras, la consideraría una mentirosa sin remedio y probablemente no volviese a dirigirle la palabra.

Se terminó la galleta y el café y suspiró. Cuando estaba a punto de levantarse, oyó el crujido de una ramita. Se produjo otro sonido, rítmico. Cualquier cazador sabía que caminar con normalidad era una manera de alertar a la presa a la que estaba acechando. Los animales nunca se movían rítmicamente. Oirían el ritmo y sabrían que era un humano incluso antes de olerlo.

Morie miró hacia su caballo, en cuya alforja tenía la pistola. Pero sí que llevaba el móvil en el bolsillo. Se puso en pie, lo sacó e intentó encenderlo con dedos torpes. Buen momento para tenerlo apagado...

–No hagas eso –ordenó una voz masculina desde detrás.

Morie se dio la vuelta, asustada y sorprendida, y vio a un hombre alto de pelo rubio con un rifle a pocos metros de distancia. Dio un respingo y dejó caer el teléfono. Contempló con horror el rifle y esperó haber llevado una vida lo suficientemente buena como para no ir a un lugar terrible cuando muriese.

No dijo nada. Sería inútil. O la mataba o no la mataba. Pero el calibre de aquel rifle parecía de al menos veinticinco milímetros. Levantó las manos y esperó.

Pero, sorprendentemente, el hombre no disparó y bajó el arma.

–¿Dónde ha ido Tank? –preguntó de pronto.

–¿Tank?

–Tank Kirk –aclaró él. Sus ojos azules eran oscuros y brillantes.

–Ese no era Tank. Era Cane. Había venido para ofrecerse a revisar la valla conmigo, porque hay un asesino suelto por aquí.

–Asesino –murmuró él–. Fue un accidente. El muy idiota cayó contra el muro de ladrillo y la idiota de su novia mintió y dijo que yo lo había hecho deliberadamente. Una manera de devolvérmela, porque yo sabía cómo era y no quería tener nada que ver con ella.

Morie bajó las manos lentamente. El corazón le latía desbocado contra las costillas.

–Eres Joe Bascomb.

–Sí, por desgracia –el hombre suspiró y se quedó mirándola–. ¿Tienes algo de comida aquí? Estoy harto de comer conejos y liebres. Es una mala época para comer de eso. No es temporada, pero uno tiene que comer.

–Me queda una galleta. No tengo café, lo siento, pero sí una botella de agua –le ofreció ambas cosas.

Bascomb dejó el rifle y se comió la galleta con placer, cerrando los ojos para saborearla.

–Esto debe de haberlo hecho Mavie –murmuró–. Nadie cocina como ella –se terminó la galleta en un abrir y cerrar de ojos y después se bebió media botella de agua.

Morie lo observó con evidente curiosidad. No actuaba como un asesino.

Él advirtió su mirada y se rio.

–No iba a acabar en una cárcel de máxima seguridad mientras mi abogada recurre una y otra vez. Odio las celdas. Dios, ¡las odio! Pensar que podría acabar así por culpa de una mujer perversa y rencorosa…

–Si hubieras tenido un buen abogado, podría haber desarmado sus argumentos en la vista oral –respondió ella.

–Mi abogada es de oficio y las hay de todo tipo. Esta es dócil y tranquila, y piensa que las mujeres han sido muy victimizadas en los tribunales, así que no dice nada que pueda herir los sentimientos de quien me acusa.

–Deberías haberle pedido al juez que te asignara a otra persona.

–Lo hice. Pero no se ofreció nadie más –suspiró y se pasó una mano por el pelo–. Dijo que recurriría. Creo que por fin se dio cuenta de que era inocente, después de que me hubieran condenado. Dijo que lo sentía. ¡Sentirlo! A mí me van a poner la inyección letal, ¡y ella lo siente!

–Yo también lo siento –comentó Morie–. Normalmente la justicia funciona. Pero siempre se pueden cometer errores humanos.

–¿Y cómo lo sabes? –preguntó él, aunque con una sonrisa.

–Mi tío es juez del tribunal supremo –respondió–. En Texas.

–Impresionante.

–Sí, lo es. Cuando era más joven, era abogado de oficio y donaba su tiempo. Sigue pensando que todo el mundo tiene derecho a una representación adecuada.

–¡Ojalá él trabajara en Wyoming! –respondió Bascomb con tristeza.

–Deberías entregarte –le aconsejó ella–. Esto solo empeorará las cosas.

–No podrían empeorar mucho –dijo él–. El año pasado perdí a mi esposa. Murió de un ataque al corazón. Solo tenía veintinueve años. ¿Quién se muere de un ataque al corazón a los veintinueve años?

–En mi instituto había un jugador de fútbol que cayó muerto en el campo a los diecisiete años a causa de un problema cardíaco desconocido –respondió Morie–. Era un chico encantador. A todos nos dio mucha pena. En la juventud, la gente tiene todo tipo de dolencias. Uno no piensa que los niños pequeños puedan tener artritis, ¿verdad? Pero algunos niños de primaria tienen artritis reumatoide que les limita en muchos aspectos. Los niños también tienen enfermedades como la diabetes. No solo enfermamos cuando envejecemos.

–Supongo. No vivimos en un mundo perfecto, ¿verdad?

Ella negó con la cabeza.

Bascomb se terminó la botella de agua.

–Gracias. He estado yendo a casa de mi madre a por comida, pero tienen gente vigilándola. No quiero que ella sufra por lo que yo he hecho. He estado cazando para comer.

–¿Y el agua? –preguntó ella–. Es peligroso beber agua de los manantiales…

Él sacó un paquete de pastillas del bolsillo de su chaleco y se lo mostró.

–Esto hace que el agua sea potable –explicó–. Estuve en el Ejército. Tank y yo estuvimos juntos en Irak. Parece que hayan pasado cien años desde aquello. Testificó a mi favor. Fue muy valiente por su parte, cuando todos pensaban que era culpable. La familia del chico que murió es muy querida y respetada, y eso hizo que me resultara más difícil contar con un jurado imparcial. De hecho, uno de los miembros del jurado era pariente ilegítimo de sangre. Mi abogada tampoco se percató de eso.

–Eso debería invalidar el resultado. Debería servir para que hicieran otro juicio.

–¿Eso crees? –preguntó él con curiosidad.

–Lo creo. Deberías hablar con tu abogada.

Él se rio suavemente.

–Ya no es mi abogada. Leí en un periódico que declaró que no podía representar a alguien que, al huir, había demostrado ser culpable. Así que ahora no tengo defensa ni nadie que me aconseje.

Morie se acercó más a él.

–Yo te estoy aconsejando. Entrégate antes de que sea demasiado tarde.

–No puedo hacer eso. No puedo sobrevivir encerrado en una celda. Ya he pasado meses así. Preferiría morir antes que regresar, y es la verdad.

Morie podía empatizar con él. A ella tampoco le gustaban los espacios cerrados.

–Será peor para ti no haber esperado al recurso.

–No me importa –le aseguró Bascomb–. Mi mujer ha muerto… la vida que tenía ha desaparecido. De todos modos no tengo razón para seguir. Si me disparasen en mitad del bosque, no sería tan malo. Dios perdona a la gente. Incluso a la gente mala. No creo que me envíe al purgatorio.

–No puedes rendirte –le dijo para intentar consolarlo–. Dios nos pone aquí por una razón. Puede que nunca sepamos por qué. Puede que sea para inspirar a una persona, o para darle a otra una razón para no suicidarse, o estar en el lugar adecuado para ayudar a salvarle la vida a alguien que algún día podría salvar el mundo. ¿Quién sabe? Pero creo que tenemos un objetivo. Todos nosotros.

–¿Y cuál crees que es el mío? –le preguntó él sorprendido.

–No lo sé –respondió Morie–. Pero tienes un papel que desempeñar. Estoy segura de ello. No te rindas. No te rindas nunca.

–Había una película llamada *Héroes fuera de órbita*,

protagonizada por Tim Allen y Alan Rickman. Era una especie de parodia de *Star Trek* –recordó él–. Allí decían «¡No te rindas nunca!».

–Vi esa película. Era muy divertida –respondió ella con una sonrisa.

Bascomb se encogió de hombros.

–Supongo que no era un lema tan malo –se colgó el rifle del hombro–. No le digas a nadie que he estado aquí.

Ella se mordió el labio. Parecía una amenaza.

Bascomb le dirigió una mirada de sufrimiento.

–Puede que te metas en problemas por darme comida y agua –añadió.

–Oh, gracias –respondió ella, más relajada.

–Soy un hombre perseguido –dijo él–. No voy a rendirme, pase lo que pase. Tendrán que acabar conmigo. La cárcel es un lugar horrible para un hombre de campo –miró a su alrededor y contempló los inmensos árboles y el cielo azul–. Esta es mi catedral –agregó con solemnidad–. No hay lugar más cercano a Dios que el bosque –cerró los ojos y respiró profundamente–. Nunca debería haber dejado que me convenciera para ir a su apartamento. Estaba gritando. Decía que su novio estaba aporreando la puerta, que amenazaba con matarla y que yo era la única persona que sabía que podría enfrentarse a él. Debí de perder la cabeza. Estaba defendiéndose de él cuando yo llegué, pero él murmuró que había sido ella la primera en atacar. Nos engañó a los dos. No creo que ella quisiera que muriera, o que yo fuera a la cárcel... No era más que una llamada de atención. Pero ella lo provocó todo. Ahora ella es la parte perjudicada y a mí la familia del chico me acusa de asesinato.

–Lo siento mucho –dijo ella.

–Sí, yo también –respondió él con pesar–. No sé qué he hecho para merecer esto.

–Es una prueba –le aseguró ella–. Todos las tenemos. Es parte del proceso de la vida. Lo superarás –añadió con firmeza.

–¿Eso crees? Si me gustara el juego, vería esa apuesta y me haría rico –se quedó mirando su ropa y se rio–. Bueno, quizá no. Tú no tienes mucho mejor aspecto que yo, pero no te ofendas.

–No me ofendo.

–Tengo que irme. Gracias por la ayuda. Pero, si me atrapan, juraré que no hiciste nada por ayudarme –añadió.

–Y yo juraré que sí –contestó ella con orgullo–. No me asustan los procesos judiciales. Mi tío es juez. Encontraría a alguien bueno que me representara.

Él le sonrió con los ojos azules.

–¡Qué suerte la tuya! Gracias, muchacha.

Ella se rio.

–De nada. Ojalá pudiera ayudarte.

–Eres una persona agradable. Mi esposa era así. Habría ayudado a cualquiera, perseguido por la ley o no. La echo mucho de menos.

–No es más que una pequeña separación –dijo ella–. Al final todos nos vamos. Es cuestión de tiempo.

Él ladeó la cabeza.

–Ella también habría dicho eso –miró a su alrededor–. Ten cuidado cuando estés por aquí. A veces es peligroso. Hay muchos renegados. Algunos son personas sin hogar con diversas enfermedades mentales. Podrían hacerte daño.

–Lo sé. Llevo un teléfono.

–Mantenlo encendido –le aconsejó.

–Sí, bueno, si lo hubiera tenido encendido, la policía ya estaría aquí, ¿no?

Él se rio.

–Supongo –le dirigió una última mirada–. Cuídate.

–Tú también.

Se dio la vuelta y se alejó. Cuando ya casi lo había perdido de vista, Morie advirtió que el ritmo de sus pisadas cambiaba y se volvía más sigiloso. Como el paso de un animal. Se dio cuenta entonces de que había caminado antes como un humano para alertarla de su presencia y que no se asustara demasiado cuando apareciera de repente. Sintió pena por él. Se preguntó si podría ponerse en contacto con el tío Danny para ayudarle en algo. Incluso, aunque fuera culpable, necesitaba un abogado. El tío Danny conocería a alguien. Estaba segura de ello.

Aquella noche le llamó. Conocía sus costumbres bastante bien, y una de ellas era trabajar hasta tarde en su despacho cuando había sesión en el juzgado. Como era de esperar, respondió él mismo al teléfono. Se sorprendió al oír su voz, aunque le hizo ilusión.

–¿Te estás divirtiendo con tu trabajo? –le preguntó, asombrado de que hubiera desafiado a King para trabajar como vaquera en un rancho.

–Mucho –respondió ella–. Pero te echo de menos.

–Yo también te echo de menos, cariño –respondió él–. No es que quiera cotillear, pero ¿me llamas a estas horas por algo más además de porque me quieres? ¿Tienes algún problema?

–Más o menos –dijo ella–. Hay un preso que se ha fugado y al que le tendieron una trampa…

–Oh, ahórrame los detalles –respondió su tío–. Cariño, no tienes idea de la cantidad de gente inocente que cumple condena en la cárcel. Les tendieron una trampa, los policías no fueron sinceros, alguien quería vengarse de ellos…

–Pero no es así –le aseguró ella–. Tank Kirk testificó en su favor. El tipo combatió en Irak. Su esposa murió. Después una mujer fue detrás de él, pero no lo consiguió, así que le tendió una trampa pidiendo ayuda cuando su novio estaba dándole una paliza. El tipo acudió en su ayuda, forcejeó con el novio, que se golpeó en la cabeza y murió. Después la mujer juró que el convicto lo hizo deliberadamente. Es su palabra contra la de él, y solo tuvo una abogada de oficio.

–Ten cuidado, cariño. Yo fui abogado de oficio –le dijo su tío–. Es un trabajo muy noble.

–Sí, pero esta abogada estaba del lado de la mujer y no insistió mucho. Hay algo más. Había un pariente de la víctima en el jurado y eso no se supo.

–Eso ya es otro asunto. Un asunto muy serio –respondió Danny–. Su abogada debería pedir otro juicio basándose en eso, si puede demostrarlo.

–Ahora no le representa nadie –respondió ella–. Su abogada renunció cuando se fugó y huyó de la justicia.

–Oh, vaya.

–Lo sé. No debería implicarme. Pero me parece un hombre decente. Tendrías que conocer a los hermanos Kirk para comprender por qué creo que es inocente. Tank no se deja engañar por la gente.

–Oh, pero se ha dejado engañar por ti, ¿no?

En eso tenía razón.

–*Touché*.

–Te diré una cosa. Conozco a gente del poder judicial de Wyoming. Haré algunas llamadas. ¿Cómo se llama el hombre?

–Joe Bascomb.

–De acuerdo. Pero tú no te metas. Créeme, no querrás que te acusen de cómplice por ayudar a un preso fugado.

–Sí, lo sé. No lo haré. Gracias.

–¿Cómo iba a decepcionar a mi chica favorita? –bromeó él–. Nos veremos pronto. Cuídate.

–Tú también.

Morie cerró el pequeño teléfono y suspiró. No era asunto suyo. Pero el hombre le había parecido muy agradable. Podría haberla matado, o atacado, de haberlo deseado. No había nadie que pudiera ayudarla. Pero había sido amable, cortés y educado. Eso decía algo bueno sobre el tipo de persona que era. Tenía que ayudarle si podía. Y nunca se sabía. La vida tenía un patrón. Él pasaría a formar parte de la suya. Tenía que haber una razón en alguna parte. Tal vez algún día la encontrara.

A la mañana siguiente, Mallory la miraba con más suspicacia que nunca. Se acercó a él e intentó no fijarse en lo atractivo que era. Deseaba haber podido conocerlo siendo ella misma, para que las cosas hubieran estado igualadas desde el principio. Tal como eran las cosas, algún día sabría que le había mentido sobre su estatus. O quizá no lo supiera nunca. Podría irse a casa, volver a su antigua vida, casarse con el respetable millonario que su padre quería y sentar la cabeza. Podría olvidarse del duro ranchero que vivía en Wyoming y pensaba que no era digna de su confianza. Si supiera lo mucho que le dolían esas acusaciones…

Lo miró directamente a los ojos.

–¿Ocurre algo, jefe?

–¿Sabes que aquí llevamos un informe de todas las llamadas de teléfono realizadas? –preguntó él con solemnidad.

El corazón le dio un vuelco. Ella había llamado a Texas. De hecho, había llamado al despacho de su tío.

–¿Ah, sí? –preguntó intentando parecer inocente.

–Me gustaría saber por qué llamaste a un juez del tribunal supremo de Texas –dijo él sin más. Se metió las manos en los bolsillos y le dirigió una sonrisa fría–.

De hecho, el mismo juez del tribunal supremo que vino a nuestra fiesta. ¿Hablabais de algo más aparte de canapés cuando Gelly os pilló fuera? ¿Es tu amante? ¿O tienes pensado interponer una demanda y estás buscando consejo? Recuerdo que amenazaste con demandar a Gelly.

El corazón se le desbocó mientras buscaba excusas que no disparasen más alarmas. No quería delatar al amigo de Tank. Si Mallory se enteraba de que lo había visto en el bosque, probablemente llamase al sheriff. No quería causarle al pobre hombre más problemas de los que ya le había causado.

–Se me olvidó añadir algo a la receta que le di –contestó.

Mallory parpadeó y se quedó mirándola.

–¿Perdón?

–La receta del canapé –continuó Morie–. Se me olvidó decirle cuánto tiempo debía cocinarlos su ama de llaves. Dijo que iban a hacer una gran fiesta en el rancho de su familia el mes que viene y quería la receta para entonces.

–¿Así que le llamaste en mitad de la noche para decírselo? –preguntó él con incredulidad.

–Fue cuando me acordé –respondió ella, y se encogió de hombros–. Se me olvidan cosas.

–Pero al parecer no su número de teléfono.

–Aparecía en Internet –murmuró ella. Mintió porque se trataba de una buena causa–. Utilicé un motor de búsqueda. Sabía su apellido y a qué se dedicaba. El resto fue fácil.

Mallory tomó aire y resopló. Siempre parecía estar sospechando de ella, y se odiaba a sí mismo por ello. Parecía una chica sincera, trabajadora y amable. Pero no confiaba en su instinto. En demasiadas ocasiones se había dejado engañar por una mujer que no era lo que aparentaba ser. Aquella conocía los entresijos de la ley, a pesar de lo que dijera, y podía suponer una auténtica amenaza para el rancho si estaba intentando engañarle.

Por otra parte, el corazón le daba un vuelco cada vez que la veía, y aquello empeoraba día a día. La deseaba. Le costaba trabajo disimularlo, sobre todo frente a sus hermanos, que se daban cuenta de todo.

A Gelly le enfurecía que hablase de ella, cosa que hacía con frecuencia, aunque de forma involuntaria. Había hablado de su ayuda en la cocina, que Mavie había alabado. Gelly ni se plantearía mancharse los dedos en la cocina, y ya estaba celosa. Demasiado celosa. Había dejado que la mujer se tomara demasiadas confianzas al no apartarla de su lado cuando aún podía. Y ahora había empezado a hablar de matrimonio y a persuadirlo en nombre de un amigo suyo que deseaba comprar un terreno en el extremo norte del rancho.

–Es un terreno que no vale nada –decía Gelly–. No puedes criar ganado allí. Este pobre hombre lo ha perdido todo. Solo quiere unos pocos kilómetros cuadrados donde vivir. Tal vez cultivar un pequeño huerto.

–Si es un terreno donde no se puede criar ganado, tampoco puede cultivarse nada, Gelly –había contestado él–. Además, es un rancho familiar y tendría que ser una decisión familiar. Dile a tu amigo que venga y hable con nosotros.

Ella no se atrevía a hacerlo. Los hermanos se darían cuenta enseguida de que era un empresario, no un ranchero sin suerte.

–Oh, está fuera de la ciudad.

–¿Haciendo qué?

Gelly pensó por unos segundos.

–Visitando a un hermano enfermo.

Él se encogió de hombros.

–Da igual. Que venga a vernos cuando regrese. Bueno, ¿y estás muy decidida a ver esta película? –preguntó señalando la pantalla del ordenador–. No me gustan las comedias.

–Es divertida –le aseguró ella–. Al menos eso me han dicho. Necesitas salir alguna noche. Pasas demasiado tiempo trabajando por aquí. Deberías contratar a un gerente. ¿Sabes? Conozco a un hombre que sería perfecto. Tiene título universitario y…

–Yo dirijo el rancho –respondió él con frialdad.

–Bueno, solo era una sugerencia. Con respecto a la película… –añadió, y se apresuró a cambiar de tema. Mallory era demasiado rápido para ella. Tendría que ser más cuidadosa.

Mallory estaba recordando esa conversación mientras miraba a Morie. Ella se sonrojó con su escrutinio. Respiraba aceleradamente y sus pezones se endurecieron; él sintió que su cuerpo reaccionaba también a su excitación. Deseaba acorralarla contra la pared y besarla sin parar.

Se controló. Tenía que sacarla de allí antes de hacer una estupidez.

–De acuerdo –dijo–. Puedes volver al trabajo.

–Gracias –no volvió a mirarlo. Apenas podía caminar por el temblor que se había apoderado de su cuerpo. Mallory la había mirado con auténtico deseo. Sabía que la deseaba, pero no confiaba en ella. Estaría recordando su inapropiado comentario en el bosque. ¡Si hubiera podido mantener la boca cerrada! No volvería a confiar nunca en ella y la culpa era solo suya. Pero podría ganarse su confianza. Sabía que podía. Tenía que intentarlo.

Sin pretenderlo, Mallory le contó a Gelly lo de la llamada de Morie al juez de Texas.

–Bueno, no me sorprende –comentó ella mientras iban de camino al cine.

–¿Por qué no? –preguntó él.

–Parecían muy acaramelados cuando salí a decirle a Morie que volviera al trabajo y que dejara de molestar a tus invitados –mintió ella, y sonrió para sus adentros al ver su expresión–. Fue muy grosero conmigo. No le gustó que les interrumpiera.

–Ella dice que estaba dándole la receta de un canapé.

Gelly soltó una carcajada.

–¡Oh, por favor! –lo miró con los párpados entornados–. ¿Y tú la creíste?

A Mallory no le gustaba que le tomasen el pelo.

–Supongo. Al principio.

–Estoy segura de que hay algo oculto –respondió ella–. Era evidente que se conocían. Y él es juez. ¿Y si está intentando engañarte para demandarte y él está ayudándola? Ya sabes que algunos jueces no son de fiar.

Eso era lo que había pensado él, pero no quería estar de acuerdo con ella.

–A mí me parece de las que buscan el camino fácil –añadió Gelly–. Es tan pobre que probablemente haría cualquier cosa para quitarse las deudas, para tener ropa buena que estuviera de moda, para dejarse ver en los mejores lugares, para viajar en primera clase por el mundo –estaba fantaseando, no sobre los deseos de su rival, sino sobre los suyos propios–. Probablemente esté harta de tener que hacer cosas que odia para poder ascender en la escala social, para tener las cosas que merece y que no puede conseguir de otra forma.

Mallory la miró sorprendido.

Ella se dio cuenta y se aclaró la garganta.

–Quiero decir que ese tipo de mujer espera que algún hombre rico se enamore de ella, y hará lo que sea necesario para lograrlo. Tú eres rico. Y es evidente que te desea.

–¿Lo es?

–Te mira todo el tiempo –murmuró ella–. Como un niño en una tienda de helados.

–¿De verdad? –el corazón le dio un vuelco. Tuvo que hacer un esfuerzo por no reaccionar–. No me había fijado –añadió con desinterés fingido.

–Es asquerosa la manera que tiene de desvivirse por complacerte. Deja que te diga una cosa. Conmigo no es así. Conmigo saca uñas y dientes. Me odia. Y el modo en que me habla... deberías decirle algo al respecto –añadió con firmeza–. No está bien permitir que una empleada le hable así a alguien de mi nivel.

De su nivel. Su padre era un trabajador textil jubilado, según había descubierto accidentalmente mientras hablaba con un vecino. Su difunta madre había sido empleada de un banco; una profesión honrada, pero no algo que le diese acceso directo a la alta sociedad. Gelly tenía aspiraciones. Quería dinero. De pronto él se sintió perseguido. Al principio ella se había mostrado cariñosa, necesitada y aduladora. Pero ahora empezaba a volverse agresiva y exigente, le hablaba todo el tiempo de amigos suyos que querían un terreno o un trabajo. Resultaba algo molesto.

–Últimamente te has vuelto un poco insistente, Gelly –advirtió de pronto.

–¿De verdad? ¿Por qué?

–Conoces a mucha gente a la que yo podría ayudar –explicó él con frialdad.

Gelly se mordió el labio.

–Ah, eso. Me preguntaron por algún trabajo aquí cerca, nada más. Ni siquiera conozco al hombre que quería ser gerente. Es amigo de un amigo. Y el hombre que quiere el terreno es un buen amigo de mi padre. Mi padre trabajaba en una empresa de tejidos, ya sabes. Era muy conocido en ciertos círculos.

Era cortador de telas, pero Mallory no iba a decirle

eso. Había algo en Gelly que empezaba a despertar sus sospechas. Se limitó a sonreír y le preguntó dónde querría cenar después de la película.

Pero después habló con Tank.

–¿Qué piensas realmente de Gelly? –le preguntó mientras bebían café sentados a la mesa de la cocina. No solían beberlo por la noche, pero estaban ayudando con el nacimiento de los terneros y era un trabajo largo y tedioso que no terminaba a la hora de irse a la cama.

Tank entornó los párpados.

–No pienso en ella, si eso te ayuda. ¿Por qué?

–Tiene un amigo que quiere que le vendamos parte del terreno que tenemos, la parte del norte en la que no se puede criar ganado. Ella dice que es un terreno que no sirve para nada. El tipo no tiene suerte y quiere que se lo vendamos barato.

Tank apretó los labios.

–¿No es la misma porción de terreno en la que estaba interesada la compañía petrolera, pero que nos negamos a cederle?

Mallory levantó la cabeza y entornó los párpados.

–Esa misma.

–Me pregunto si su amigo tendrá contactos con la industria petrolera.

–Yo también me lo pregunto –convino Mallory sin sonreír.

–Has estado preguntándole a alguien por el informe de llamadas –añadió Tank–. ¿Puedo preguntar por qué?

Mallory dio un sorbo al café antes de responder.

–Morie llamó por la noche al amigo de Cane que es juez del tribunal supremo en Texas.

–¿A Danny Brannt? –preguntó Tank sorprendido.

–¿Brannt?

–Sí. Su hermano es Kingston Brannt. Tiene todo un imperio en Texas. Cría unos toros de Santa Gertrudis que hacen que los nuestros en comparación parezcan un cruce.

–El apellido de Morie es Brannt –respondió Mallory.

–Sí, pero no están emparentados. Se lo pregunté a Danny. Me dijo que es un apellido muy común en su zona de Texas. Igual que Smith en otros lugares. No es más que una coincidencia.

–¿De verdad?

–Mira a Morie, por el amor de Dios –respondió Tank–. Es dulce, pero muy pobre, ¿no te das cuenta? Ni siquiera tenía un móvil en condiciones hasta que le conseguimos uno.

Mallory sintió un escalofrío.

–Está intentando seducir a un juez –dijo–. Creo que podría querer encontrar la manera de demandarnos.

–Te empeñas en difamarla siempre que puedes –respondió Tank–. Me pregunto por qué.

–Gelly cree que trama algo.

–¿Sí? Bueno, yo creo que es Gelly la que trama algo. Y algo malo para ti –se terminó el café–. Será mejor que estés atento.

–Puede ser –admitió Mallory tras una pausa, después se terminó también el café–. Creo que será mejor que durmamos un poco mientras podamos –añadió.

Tank asintió con la cabeza.

–Buen consejo.

8

Al día siguiente, Morie encontró una excusa para hablar con Tank después de trasladar el ganado de un pasto a otro.

–Tengo que contarte algo. No sé bien cómo hacerlo –le dijo mientras descansaban un minuto.

Tank se apartó el sombrero de los ojos y se secó el sudor de la frente con el antebrazo.

–Adelante.

Morie miró a su alrededor para asegurarse de que no hubiera nadie cerca.

–Joe Bascomb estuvo en la cabaña –confesó.

–¿Qué? ¡Dios mío! Pero qué…

–No me hizo daño. Ni siquiera me amenazó –le aseguró ella–. Tenía hambre, así que le di una galleta y un poco de agua. No tenía buen aspecto.

–Era amigo mío. No creo que pudiera matar deliberadamente a nadie.

–Yo tampoco lo creo. Dijo que su abogada le había abandonado después de fugarse –vaciló unos segundos–. También dijo que había un pariente de la víctima entre los miembros del jurado que le condenó. Eso debería ser motivo suficiente para que se repitiera el juicio, ¿no crees?

Tank la miró con curiosidad.

–Por eso llamaste al juez de Texas, ¿verdad?

Ella se rio amargamente.

–Sí –admitió.

–¿Qué te dijo?

–Que debería ser motivo para realizar otro juicio. Pero Joe tiene que entregarse y necesita otro abogado.

–Yo mismo se lo pagaría si pudiera encontrar a alguien de por aquí dispuesto a defenderle. Aquí aprecian mucho a la familia de la víctima. Nadie piensa que la víctima fuese un miembro muy valioso de la sociedad, pero su familia es poderosa. No hay muchos abogados de la zona que quieran llevar el estigma de defender a su asesino.

–Puede que el juez conozca a alguien que quiera hacerlo sin cobrar –sugirió ella.

–¿Qué hiciste para convencerle de eso? –preguntó él.

–Apelé a su sentido de la justicia. Es un hombre muy amable. Fue a la cocina para felicitar a la cocinera por la comida. ¿A quién se le ocurre hacer algo así en una fiesta? –preguntó, pues ella misma había asistido a docenas de eventos en los que la comida se daba por sentada.

–Debe de ser un hombre agradable –convino Tank con una sonrisa–. Veré lo que puedo hacer. Pero no vuelvas a hablar con Joe, sean cuales sean las circunstancias. Te montas en tu caballo y te vas. Es peligroso ser cómplice de un criminal fugado. Creo que es inocente, pero el tribunal lo declaró culpable.

–¿Y tú te marcharías sin más y no le prestarías ayuda? –preguntó ella.

–Bueno, no. Pero yo estoy en una posición diferente. Tú trabajas para nosotros, así que harás lo que te digamos. ¿Entendido?

–Sí, señor –contestó Morie con un suspiro.

–No quiero ser malo. Solo quiero que no te metas en problemas, si puedo evitarlo. Y será mejor que te mantengas también alejada de Gelly. La tiene tomada contigo.

–No le tengo miedo.

–Deberías –respondió él–. Porque Mallory cree las cosas que dice. No sé por qué. Ni siquiera le gusta especialmente. Simplemente es buena para su ego. Nunca ha tenido suerte con las mujeres, que no le desean por lo que es, y se deja llevar con facilidad. Cree que es feo.

–¿Feo? ¿Mallory? –preguntó ella con sorpresa–. ¡Por el amor de Dios, no es feo!

–¿No lo es?

Ella se sonrojó y se aclaró la garganta.

–Bueno, será mejor que vuelva al trabajo. Pero quería que supieras lo de Joe. Espero que alguien pueda ayudarle.

–Yo también.

Morie se montó en su caballo, se marchó y dejó a Tank más confuso que antes.

Mallory estaba preocupado. Gelly le dirigió una mirada larga e inquisitiva mientras comían sus ensaladas en el restaurante local.

–Estás preocupado por algo, ¿verdad? –preguntó con una sonrisa.

Él se encogió de hombros.

–Mis hermanos están desviviéndose por ayudar a nuestra nueva empleada –murmuró.

–Esa mujer –respondió Gelly con desprecio y dejó su tenedor en el plato–. Mal, ¡es una estafadora de las buenas! ¿Por qué no la despides?

Mallory se terminó la ensalada.

–Me lincharían –dijo–. Todos están locos por ella. Incluso la vieja Mavie, que odia a todo el mundo –le hacía sentir extrañamente orgulloso que la gente que trabajaba para él valorase a Morie. No sabía por qué.

–Va a causarte muchos problemas si dejas que se quede –insistió Gelly–. Ya me contaste lo que ocurrió con tus hermanos cuando empezó a tocar el piano. ¿Cómo crees que aprendió? Quizá tocaba el piano en un bar –sugirió con tono de sospecha–. ¿Qué sabes realmente de ella? Deberías investigarla. Deberías. Estoy segura de que tiene un pasado terrible.

–Podría hacerlo –respondió él.

Su política empresarial era investigar a todos los nuevos empleados, y eso había hecho. Pero el detective se había encontrado con un muro de piedra en lo referente a su historia familiar. Parecía no tener familia en Wyoming. Pero la investigación había revelado que había trabajado para otros dos ranchos y tenía unas recomendaciones excelentes por parte de los dueños. No podría haber sabido que Morie había dado esas referencias deliberadamente y se había asegurado de que la gente implicada supiese qué información dar. Había albergado la esperanza de que el detective elaborase solo un informe superficial y no utilizase su número de la seguridad social para extraer información más comprometida. Pero las leyes de privacidad impedirían ese tipo de investigaciones sin un historial policial. Y Morie nunca había infringido la ley. Ni siquiera tenía una multa de aparcamiento ni por exceso de velocidad.

–Creo que está intentando engañarte para que tengas una relación con ella –sugirió Gelly–. He visto cómo te mira. Te desea. Le encantaría quedarse embarazada. Tú tendrías que mantenerlos al bebé y a ella, o acudiría a las autoridades. ¡Tal vez incluso a las cadenas de televisión! Daría una imagen patética, diciendo que había sido acosada por su jefe.

Mallory no se lo creyó a pies juntillas, pero lo que Gelly decía tenía sentido, sobre todo teniendo en cuenta el último momento apasionado que había pasado con Morie. Se sentía avergonzado por su falta de control y aún desconfiaba de las palabras que Morie había susurrado sin pretenderlo.

Gelly vio su indecisión. Tendría que actuar. A Mallory empezaba a importarle esa mujer, y lo perdería si no se la quitaba de en medio. Tenía planes, grandes planes para Mal y su rancho. Lo único que necesitaba era un poco más de tiempo. Tenía un amigo que deseaba llevar a cabo un gran proyecto en un terreno propiedad de Mal. Ella podría ganar una pequeña fortuna. Lo único que tenía que hacer era mantener una buena relación con Mal y después convencerlo para que le cediera ese terreno por una minucia. Al fin y al cabo, era un terreno baldío; ni siquiera podía criar ganado en él. Su amigo tenía contactos con la industria petrolera y deseaba el terreno para realizar fracturas hidráulicas, poder perforar los depósitos y extraer el petróleo. Había comprobado los informes geológicos y aquel terreno tenía muchos depósitos de gas y de petróleo. ¡Valía una auténtica fortuna!

Era una técnica controvertida que, en ocasiones, había contaminado el agua de la zona hasta el punto de que pudiera arder con una cerilla, por culpa del gas que se filtraba al agua. Pero ese no era problema de Gelly; ella solo quería el dinero que le habían prometido. Sería formidable. Entonces podría comprarse cualquier cosa que deseara, en vez de tener que vestir con ropa de una tienda de segunda mano. Por suerte para ella, los hermanos no sabían nada de moda y no se daban cuenta de que solo fingía la sofisticación que veían. Tenía otros planes, aún mayores, cuando convenciera a Mal para que se casara con ella. Eso llevaría más tiempo. Pero Morie suponía una amenaza y tenía que librarse de ella.

Sería fácil. Mal ya desconfiaba de la nueva empleada, y Morie no parecía muy lista. Lo único que tenía que hacer era engañar a un joven vaquero al que le gustaba y que la observaba siempre que andaba cerca. Algunas palabras cariñosas, unos pocos besos y haría lo que ella le pidiera. Ya se había ganado su confianza, había fingido cariño y preocupación por él, le había comprado regalos. Regalos baratos, como un anillo con sus iniciales grabadas. Pero habían logrado su objetivo. Podría utilizarlo para que la ayudara.

Mal odiaba a un ladrón más que a nada. Sonrió. Sería fácil.

Morie estaba ayudando a Darby a tratar a un toro enfermo. El toro no quería ayuda y dejaba clara su resistencia intentando cocearlos a ambos.

–Vamos, viejo amigo –dijo Darby mientras se acercaba al toro–. La herida se te ha infectado, y no mejorará sin ayuda. El veterinario dijo que te pusiéramos esto dos veces al día y es lo que vamos a hacer, te guste o no.

–Parece que no le gusta nada el ungüento –dijo Morie riéndose–. ¡Oh! –exclamó cuando el animal se volvió y la tiró al suelo contra el heno.

–¿Estás bien? –preguntó Darby, preocupado.

–Claro, pero me he quedado sin aire.

–¡Oye, Bates, ven aquí a ayudarnos! –le dijo a un joven vaquero que acababa de entrar en el granero.

–Claro –respondió él–. Pero dejad que guarde primero a este caballo. La señorita Bruner ha salido a montar y yo le he mostrado algunas de las mejores sendas –se sonrojó al recordar lo agradable que había sido el paseo–. Es una mujer muy agradable.

Darby y Morie se quedaron mirándolo con la boca abierta. Él no se dio cuenta. Aún seguía en una nube. Gelly le había besado y le había susurrado al oído que haría cualquier cosa que quisiera si él le hiciera un pequeño favor. Lo único que tenía que hacer era colocar en la mochila de Morie un huevo de Fabergé que se había llevado del salón de los Kirk. Era un favor muy sencillo. Ella no quería causarle problemas a la chica;

había sido idea de Cane. Era una broma, nada más… ¿querría ayudarla? ¡Por supuesto que querría!

Habló con Morie mientras les ayudaba con el toro. Menuda sorpresa iba a llevarse la señorita Morie, pensó alegremente. Tenía buen humor. No entendía por qué Cane querría gastarle una broma, pero en general no entendía a la gente rica ni su sentido del humor.

–Gracias, Bates –le dijo Darby cuando terminaron–. Eres un buen hombre.

–No hay de qué –respondió él–. Me gusta el trabajo del rancho, incluso la parte más sucia.

–A mí también –convino Morie riéndose–. Es agradable estar al aire libre y no tener que trabajar de nueve a cinco en una oficina.

–Por eso me gusta tanto estar aquí –dijo Bates–. Un buen paisaje, un buen ganado y una gente agradable.

–Mucha gente agradable –convino Morie, y le dirigió una sonrisa a Darby.

Él le devolvió la sonrisa.

–Muy bien, volvamos al trabajo. Será mejor que nos marchemos antes de que este viejo pisador encuentre la manera de acorralarnos y cocearnos. Ya ha ocurrido antes. Odia que lo toquen.

–¿Viejo pisador? –preguntó Morie cuando Bates hubo regresado con los caballos.

–Le gusta pisotear a los vaqueros –explicó Darby–. Le rompió el pie a un hombre una vez. Es un animal complicado, pero es el mejor toro de cría que tenemos, así que está muy malcriado.

–Es el Ransom 428 de Kirk, ¿verdad?

Darby la miró con asombro.

–Sí, ¿cómo lo sabías?

–Eh… porque miro los anuncios de las ferias. Lo he reconocido por su estampa.

Darby se había quedado sin palabras.

–He pasado mi vida rodeada de ganaderos –explicó ella tras una pausa–. Desde luego el tiempo suficiente para reconocer a un toro famoso cuando lo veo. Pero no lo he reconocido antes, mientras intentaba que no se me echara encima.

Darby soltó una carcajada y dejó a un lado sus sospechas.

–Claro. Lo entiendo.

–Será mejor que vuelva a la cabaña.

–¡Señorita Brannt!

Darby y ella se dieron la vuelta al oír aquella voz fría.

–¿Sí, jefe? –preguntó ella.

–Al barracón, por favor –respondió Mallory con frialdad. Se dio la vuelta y se marchó.

–¿El barracón? –repitió ella. Salió con Darby y vio que Bates estaba disimulando una sonrisa.

Darby fue con ella. Conocía el temperamento del jefe y aquella mirada era peligrosa. Ya la había visto antes, cuando la cocinera, Vanessa, había sido despedida. Tuvo un mal presentimiento y miró a Morie con preocupación.

Entraron juntos en el barracón. Mallory estaba allí, con la señorita Bruner, con Cane y con Tank. Ninguno sonreía.

–Abre tu mochila, por favor –le pidió Mallory secamente.

Ella arqueó las cejas.

–Claro. Pero ¿por qué? –preguntó mientras sacaba la mochila de su habitación y se la entregaba al jefe.

–Ábrela, por favor –repitió él.

Ella se encogió de hombros, dejó la mochila sobre la mesa cercana a la puerta y la abrió. Sacó ropa, libros y…

Se quedó con la boca abierta. Aquella era una réplica de uno de los famosos huevos de Fabergé de la dinastía Romanov, que había sido originalmente creado para el zar de Rusia y su esposa. Estaba fabricado en oro y valorado en más de mil dólares el gramo en los mercados actuales. Además llevaba incrustados diamantes, zafiros, rubíes y esmeraldas. Costaba un dineral. Lo levantó con la mano y se quedó mirándolo con asombro. Recordaba haberlo visto en el salón de los Kirk, en una vitrina cerrada con llave. ¿Cómo...?

Se dio la vuelta y los miró. La señorita Bruner no sonreía, pero la mirada que vio en su rostro hizo que le dieran ganas de lanzarla por la ventana.

–Este huevo nos lo dejó en herencia nuestra abuela, a la cual se lo regaló su marido por Navidad hace décadas –explicó Mallory con hielo en sus palabras–. No tiene precio.

–Tal como están los precios del oro actualmente, solo el oro serviría para comprar un Jaguar –murmuró ella, sorprendida.

–Interesante que una pobre vaquera trabajadora sepa eso –respondió Mallory.

Morie le entregó el huevo a Mallory.

–¿Crees que lo he robado? –preguntó con orgullo.

–Las pruebas hablan por sí solas –respondió él.

Morie miró después a Cane, que parecía sorprendido, y a Tank, cuya expresión era menos severa. Darby levantó la barbilla.

–No es ninguna ladrona –dijo él–. Puede que mi opinión no sea la más infalible del mundo, pero apostaría el dinero de mi jubilación a que esta chica es inocente. La he visto avisar a un vaquero al que se le había caído sin darse cuenta un billete de cinco dólares de la cartera. No es así como actúa una ladrona.

–Este huevo había desaparecido de la vitrina –dijo Mallory señalando el huevo.

–¿Y cómo iba a conseguir ella la llave? –preguntó Tank.

–La mía ha desaparecido –respondió Mallory fríamente, y miró a Morie con los párpados entornados.

Ella se quedó mirándolo con el corazón roto. Sin un juicio estaría perdida. Todos la miraban con diferentes grados de desconfianza. Sabía que le habían tendido una trampa y sabía quién lo había hecho. Gelly Bruner, con ayuda, a juzgar por la sonrisa de aquel vaquero del granero que había ido a montar con ella. Bates.

Pero no serviría de nada condenarlo a él sin pruebas. Nada de lo que dijera convencería a Mallory de que había sido una trampa. Podía verlo en su cara. Eso le partía el corazón. Si le hubiera importado algo, jamás la hubiera creído capaz de aquello.

Se quedó mirándolo con resignación.

–Supongo que ahora querrás llamar al sheriff –dijo, y pensó en cómo les explicaría aquello a sus padres. Su padre se quedaría escandalizado. Perseguiría a Mallory con su equipo de abogados y sería un duro golpe para su reputación y su riqueza. Su padre era un hombre vengativo. Sobre todo en lo que respectaba a sus hijos. Mallory Kirk no tenía ni idea de a qué se enfrentaba, y tampoco Gelly Bruner, cuyo pasado saldría a la luz cuando su padre se lo propusiera.

–No –dijo Mallory sin mirarla a los ojos–. No haré eso. Pero dejarás el trabajo de inmediato. Quiero que estés fuera de mi propiedad dentro de una hora. No más. Y Darby te vigilará mientras recoges tus cosas para asegurarse de que no desaparezca nada más.

Morie levantó la barbilla. La realeza española de hacía tres generaciones se notaba en su porte y en su arrogancia.

–En mi vida he robado nada –aseguró con orgullo–. Y te arrepentirás de esto. Te lo prometo.

–¡Amenazas! –murmuró Gelly–. ¡El último recurso de un ladrón al que pillan con las manos en la masa!

–Recuerda mis palabras –le dijo Morie–. Llevas

ropa del año pasado, probablemente de una tienda de segunda mano, y estás intentando meterte en la vida del jefe –aquello sorprendió a todos, especialmente a Gelly–. Tú también eres una mentirosa. No sé qué te propones, pero tarde o temprano te delatarás.

Gelly se acercó más a Mallory. Había algo extrañamente peligroso en los rasgos delicados de la otra mujer. Algo que Gelly reconoció porque ya lo había visto antes.

–¿Por qué ibas a saber tú algo de moda? –preguntó Mallory con frialdad, y señaló sus pantalones socios y rotos, y la vieja sudadera que llevaba.

–Te sorprendería lo que sé y dónde lo he aprendido –respondió ella. Sus ojos negros brillaban como fuegos artificiales–. Algún día tú también sabrás la verdad sobre mí. Y hasta el día en que te mueras te arrepentirás de haberme acusado de un delito.

–Los delincuentes siempre dicen esas cosas –dijo Gelly.

–Tú lo sabes mejor que nadie –contestó Morie con una sonrisa fría.

–¡Cómo te atreves! –Gelly se acercó con la mano levantada.

–Te demandaré si me pegas –le dijo Morie–. Te lo prometo.

Mallory agarró del brazo a Gelly y tiró de ella.

–Acabemos con esto sin complicaciones –le dijo. Se sentía mal por haberla acusado de aquello. Ni siquiera le había permitido hablar–. Si tienes una defensa, adelante –añadió mirándola a los ojos.

Morie se carcajeó.

–Claro. Me han tendido una trampa y ella… –dijo señalando a Gelly– lo sabe. Pero nadie va a creerme. Yo soy solo la nueva.

Metió sus cosas en la mochila y recogió su pequeña tele, su iPod y su abrigo.

–Esto es todo lo que traje. ¿Puede alguien llevarme a la estación de autobuses del pueblo, o queréis que vaya caminando hasta allí? –preguntó con ironía.

Mallory se sintió aún peor al ver lo poco que tenía. Tal vez necesitara desesperadamente el dinero. Pero, de ser así, ¿por qué no pedirle ayuda directamente? No. Con su antagonismo, él mismo había hecho que eso resultase imposible.

–Yo te llevaré, cariño –le dijo Cane–. Vamos.

–Puedo llevarla yo –protestó Tank.

Ninguno de los dos creía que fuese culpable, y eso era evidente.

–Gracias –les dijo Morie con sinceridad–. Os recordaré a ambos con gran cariño.

Mallory estaba echando humo.

Odiaba encontrarse en aquella situación. Y sobre todo odiaba que sus hermanos le hicieran parecer a él el malo.

–Darby, ¿puedes llevarme tú al pueblo, por favor? –le preguntó a su amigo–. Si al jefe no le importa.

–Llévala –ordenó Mallory. Después miró a sus hermanos con rabia–. Por si no os habíais dado cuenta, ¡llevaba el huevo de la abuela en la mochila!

Ambos hermanos miraron a Gelly con una hostilidad solapada.

Ella se acercó más a Mallory.

–¿Por qué me miráis así? ¡Yo no he robado nada!

–Yo tampoco –le dijo Morie mientras Darby recogía las cosas más pesadas y ella se colgaba la mochila al hombro. Le dirigió una sonrisa a Gelly. No fue una sonrisa amable–. Cuando llegue a casa, mi padre querrá saberlo todo sobre ti –añadió suavemente–. Estoy segura de que encontrará cosas interesantes.

Gelly se vio asaltada por el pánico durante unos segundos. Pero se fijó en la ropa vieja de su rival y dejó de preocuparse.

–Oh, sí. Seguro –contestó riéndose–. ¿Acaso tiene ordenador?

«Puede que te sorprendas», pensó Morie, pero no dijo nada. Miró a Mallory con tristeza y dolor al pasar frente a él.

–Podrías haberme otorgado el beneficio de la duda –murmuró.

–Lo he hecho –respondió él.

–Crees que te he robado –dijo ella con voz herida.

–Y eso has hecho.

–Algún día descubrirás la verdad y lo lamentarás. Pero ya será demasiado tarde.

Mallory sintió un escalofrío por la espalda. No estaba equivocado. Gelly le había asegurado que uno de los empleados sabía algo, pero tenía miedo a decirlo. Ella se había enterado por casualidad mientras cabalgaban. El pobre chico estaba casi al borde del llanto mientras aseguraba haber visto a Morie con el hermoso huevo que en una ocasión había visto en el interior de una vitrina dentro de la casa. Por supuesto, sin él saberlo, Gelly había convencido a Bates para que fuese a hablar con Mallory y le contase su historia.

Mallory sentía náuseas. Morie iba a marcharse. No volvería a verla nunca. No debería importarle. Sabía que iba detrás de él por su dinero; ninguna otra mujer le había deseado jamás por otra razón. Sabía que no era guapo. Morie era una cazafortunas. ¿Por qué le hacía tanto daño ver el dolor en su cara, oírlo en su voz?

–Si vas a marcharte, hazlo –le dijo–. ¡Antes de que cambie de opinión y haga que te detengan!

–Oh, eso sí que sería interesante –respondió Morie con su descaro habitual–. Muy interesante. De hecho, me dan ganas de desafiarte a hacerlo –añadió mirando a Gelly, que parecía sonrojada y preocupada.

–¡No! –exclamó Gelly. De pronto ya no estaba tan

segura de sí misma al ver la sonrisa de la otra mujer. Era amiga del juez que conocía a Cane. Tal vez desenterrara algo que ella no quería que se supiese–. No. Es demasiado. Es una pobre chica. Deja que se vaya. Algún día tendrá lo que se merece.

–Es más probable que eso te pase a ti –respondió Morie. Después miró a los hermanos–. Lo he pasado bien aquí.

–No me lo creo –dijo Cane.

–Yo tampoco –convino Tank.

Y ambos miraron con rabia a Mallory.

–Bueno, os habéis dejado encandilar por ella –respondió Mallory en su defensa–. ¿Es que no habéis visto el huevo en su mochila? Supongo que ha llegado ahí por arte de magia.

Empezaron a discutir, pero Morie se interpuso entre ellos.

–Ya he causado suficientes problemas –les dijo–. Supongo que tendré que regresar y afrontar las consecuencias –se refería a regresar y dejar que su padre organizara el matrimonio con el hijo de su mejor amigo, que era multimillonario y tenía cebaderos de ganado al norte de Texas. Sería una unión muy beneficiosa.

–¿Tienes problemas en casa? –le preguntó Mallory.

–Algunos –respondió ella–. Gracias por el trabajo –añadió sin mucho sarcasmo–. He aprendido mucho aquí –se volvió hacia Darby–. Sobre todo gracias a ti –dijo con una sonrisa–. Te echaré de menos.

–Yo también te echaré de menos –dijo Darby, y miró con frialdad a Mallory mientras salía.

Morie se volvió hacia la puerta, pero se detuvo antes de salir y miró a Mallory.

–A ti no te echaré de menos –le dijo con desdén–. Me equivoqué por completo. Pensé que tú serías la última persona del mundo que me acusaría basándose en pruebas circunstanciales. Pero, claro, no puedo esperar que un desconocido se preocupe por mí. Tenía sueños… –dejó caer la mirada–. Sueños absurdos. Da igual, cuidaos, chicos –les dijo a los otros dos hermanos con una sonrisa débil–. Quizá nos veamos algún día.

Ellos fruncieron el ceño y miraron de nuevo a Mallory con odio. Pero Morie ya estaba en la camioneta con Darby al volante. De camino a Texas.

–Acuérdate de mis palabras. Esa mujer ha tenido algo que ver –dijo Cane con rabia–. Le ha tendido una trampa a Morie.

–Estoy de acuerdo –respondió Tank–. Deberíamos haber impedido que se marchara. Tendríamos que haber obligado a Mal a escucharla.

–No lo hará. Estaba encaprichado con Morie. No le gustaba la idea. Quería creer que era una ladrona para tener excusa para despedirla –se volvió hacia su hermano–. Morie ha estado a punto de desafiarle a que la demandara. ¿Una ladrona estaría dispuesta a ir a juicio?

–No lo creo. Recuerdo que Joe Bascomb dijo que estaba ansioso por que su caso fuese a juicio y que así pudiera lavar su imagen a los ojos de la comunidad. Pero, claro, ya sabemos cómo acabó eso –entornó los párpados al mirar hacia el granero–. Es interesante que Bates viera a Morie con ese huevo. Ella vive en otra habitación y la puerta siempre está cerrada, según dice Darby. ¿Cómo la vio entonces?

–¿Y qué diablos hacía montando a caballo con la novia de Mal? –añadió Cane–. Ahí hay algo sospechoso. Muy sospechoso. Fue Gelly la que encontró el taladro desaparecido en la maleta de nuestro antiguo empleado. Y ahora, sorpresa, resulta que oye a un vaquero que ha visto a una ladrona manipulando una valiosa joya. Qué casualidad.

Tank apretó los labios.

–Creo que debemos investigar por nuestra cuenta. Sigo teniendo contactos en el gobierno, algunos son agentes de incógnito. No nos costaría mucho trabajo indagar en el pasado de la señorita Bruner.

–Mal nunca creerá nada malo de ella.

–¿Eso crees? Vamos a averiguarlo.

–Me apunto. Vamos allá.

Morie, ajena a las maquinaciones de los dos hermanos, iba en un autobús de camino a Jackson para tomar un vuelo a casa. No había permitido que Darby viese cómo compraba el billete a Jackson, porque se suponía que iba a volver a Texas. Y en realidad así era, pero en el avión privado de su padre, que estaría esperándola en el aeropuerto de Jackson.

No quería contarles a sus padres lo ocurrido por varias razones. Primero, resultaría humillante que supieran que su hija había sido acusada de robo. Segundo, su padre arremetería contra los Kirk con todas sus fuerzas. No pararía hasta haber utilizado todos sus recursos legales, y Gelly Bruner sería condenada, junto con aquel que hubiese sido su cómplice.

Tenía que ser Bates, pensó Morie. El muy estúpido estaba loco por Gelly. A saber qué le habría dicho para lograr su ayuda, pero Morie no se quitaba aquella extraña sonrisa de la cabeza. ¡Qué raro que Bates la mirase con esa sonrisa y, poco después, la despidieran del rancho acusada de robo! El vaquero había pasado toda la mañana con Gelly. Esta además ya había acusado a un antiguo empleado, que había sido despedido por robar. Todo era inútil.

Por supuesto, nadie sabía realmente quién era ella,

ni cuál era su pasado. De haberlo sabido, nadie habría creído a Gelly. Morie era rica más allá de lo imaginable. Gelly, por el contrario, deseaba ser rica. Deseaba casarse con Mallory para poder tener lo que quería. Ella había sido un obstáculo en su camino. Gelly había sentido celos de ella desde el principio, y debía de saber que Mallory sentía algo más que respeto profesional hacia su nueva empleada.

Aquellos besos apasionados habían pillado a Morie con la guardia baja. Nunca imaginó que las cosas pudieran acabar así. Tuvo que contener las lágrimas de rabia y de dolor. Se dijo a sí misma que tal vez fuese lo mejor. Mallory la consideraba culpable. Si le hubiera gustado ella, nada habría podido convencerle de que había robado aquel huevo. Eso demostraba que lo que sentía por ella era solo físico. No se preocupaba por ella. Era imposible que se preocupara y que la tratara al mismo tiempo con esa frialdad.

Se secó los ojos con el pañuelo. Su padre se pondría hecho una fiera cuando descubriera dónde había estado. Pero Shelby la defendería. No pasaría nada. Simplemente tendría que superar los próximos días y todo empezaría a mejorar. Seguiría con su vida y Mallory iría borrándose de su memoria, día a día, hora a hora. Tal vez en un año ni siquiera fuese capaz de recordar cómo era. El tiempo era bondadoso.

Su padre y su madre estaban esperando en la pista del rancho. Estaban muy juntos, como siempre, sonriéndose el uno al otro hasta que Morie bajó los escalones del avión.

–¡Morie! –Shelby corrió hacia ella y la abrazó con fuerza–. ¡Cuánto me alegro de tenerte de nuevo en casa!

–¿Has estado revolcándote en la paja? –le preguntó su padre con desconfianza.

Ella sonrió y le abrazó.

–Sí, así es. No exageres, papá.

Él le devolvió el abrazo y se rio.

–De acuerdo. Es bueno tenerte en casa, muchacha –después la apartó de su lado y la miró–. Ahora dime dónde diablos has estado estas últimas semanas.

Ella suspiró.

–Trabajando en un rancho como vaquera –confesó.

–¡Dios todopoderoso! –exclamó su padre–. Yo no te dejo ni levantar un fardo de heno aquí y te vas a trabajar a un…

–Por favor, no empieces a exagerar –le dijo Morie–. He aprendido mucho allí. Cosas sobre el parto y la alimentación de las vacas, sobre las vallas… todas las cosas que tú nunca me enseñabas. He aprendido desde cero. Y me lo he pasado bien haciéndolo.

–¿Dónde has trabajado? –preguntó su padre.

–En Wyoming, para unas personas que no sabían quién era –respondió ella–. Y eso es lo único que voy a contar al respecto.

–¿Era un rancho grande? –preguntó su padre.

–Un rancho familiar –respondió ella encogiéndose de hombros.

–Entiendo.

–De unos hermanos. Eran amables. Incluso tenía mi propia habitación en el barracón y todos los vaqueros cuidaban de mí. Era como aquí, pero más pequeño. Mucho más pequeño.

–¿Les dijiste quién eras cuando te marchaste? –quiso saber Shelby.

–No. Solo dije que tenía que volver a casa –contestó Morie mirando al suelo.

Shelby, que la conocía demasiado bien, estaba segura de que había cosas de la historia que su hija no quería contarles.

–Bueno, hablaremos de ello más tarde –dijo Shelby, y le dirigió una sonrisa a King–. Ahora, lo importante es que entre en casa y se arregle un poco. Sinceramente, Morie, estás hecha un desastre.

Morie se rio.

–Ha sido divertido, mientras ha durado.

–Es agradable tenerte en casa –contestó Shelby antes de abrazarla de nuevo–. Cuando no estás aquí, me veo rodeada de hombres. Nadie quiere hablar de recetas, ni de compras, ni de las ferias en París.

King puso cara de fastidio.

–Yo puedo hablar de la feria de finales de mes –se ofreció.

–Estoy ya cansada de oír hablar de eso. ¿Quién crees que tiene que encargarse de los preparativos, cariño? ¡No eres tú, precisamente! Seguro que tú no tienes ni idea sobre *catering*, bandas de música, mesas, sillas, carpas…

–Oh, pero ¿qué hora es? –preguntó King mirando el reloj–. ¡Tengo que ir a marcar ganado!

Shelby lo miró con el ceño fruncido.

–Entonces, ya que vas de camino, podrías dejarnos en la casa a Morie y a mí –le dijo con una carcajada.

Él le devolvió la sonrisa. Se echó al hombro la caja y la mochila que Morie había llevado consigo y se dirigió hacia el coche.

Más tarde Shelby acorraló a su hija en el dormitorio y cerró la puerta.

–Puedes engañar a tu padre –le dijo–, pero a mí no. Así que cuéntamelo –se sentó junto a Morie sobre la colcha de la cama–. ¿Qué ha ocurrido realmente?

Morie apoyó la cabeza en el hombro de su madre.

–Me he enamorado.

–¿De verdad?

–Era un tipo sensible. Tenía una novia que fingía ser algo que no es. Consiguió que alguien metiera un huevo de Fabergé en mi mochila y después fue al jefe y le dijo que yo lo había robado. Así que me despidió. Y aquí estoy. Fin de la historia.

–¿Te acusó de robo? –preguntó su madre, escandalizada.

–Sí. Dijo que no llamaría al sheriff, pero me despidió.

–¡Le demandaremos por difamación! –exclamó Shelby.

–Nada de eso –respondió Morie–. No serviría de nada. Esa mujer me tendió una trampa. No puedo demostrarlo, pero sé que lo hizo. Y él la creyó. Un hombre que ama a una mujer jamás la condenaría basándose en pruebas circunstanciales, por muy evidentes que fueran.

Shelby tomó aliento y, tras una pausa, asintió con la cabeza.

–Si eso es lo que deseas.

–Por favor, no se lo digas a papá.

–Tengo que decirle algo.

–Pues adórnalo un poco, por favor –sabía que sus padres no tenían secretos el uno para el otro. Envidiaba su complicidad. Sentía que nunca encontraría a nadie con quien compartir secretos.

–Lo suavizaré –le prometió su madre–. Pero no me gusta. No eres ninguna ladrona.

–Nosotros lo sabemos. No tenemos que demostrárselo a nadie.

–Eso es cierto. Pero me gustaría dejarles las cosas claras a tu jefe y a su novia –Shelby no era una mujer violenta, pero tenía carácter.

Morie le dio un abrazo.

–Gracias.

–Eres mi hija. Te quiero –le dio un beso en la mejilla y después frunció el ceño–. ¿Qué diablos te ha pasado en la cara?

–Es solo un arañazo. Estaba levantando una rama y me golpeó. Es superficial. Se me curará bien, ya lo verás. Ahora, ¿qué me dices de un poco de pescado asado con hierbas y mantequilla?

Shelby se rio.

–De acuerdo. Solo por ti. Un regalo de bienvenida. Me alegra que hayas vuelto.

–Sí –Morie suspiró y miró a su alrededor–. Yo también.

9

Morie se entretuvo ayudando a su madre con los detalles para la gran feria. Mientras tanto, tuvo que hacer frente a los intentos de su padre por emparejarla. Daryl Coleman era alto, moreno y guapo. Su familia tenía enormes cebaderos al norte de Texas, y el propio Daryl era director general de una empresa petrolera con base en Oklahoma. Era hábil con las innovaciones tecnológicas y un genio con los ordenadores. Tenía todo lo que una mujer podría desear. Simplemente no era Mallory Kirk.

Pero le gustaba Morie y siempre estaba por allí. Después de la desconfianza y el trato poco amable de Mallory, Daryl era como un soplo de aire fresco. Tenía unos modales exquisitos y le encantaba bailar. A Morie también. Era una de las cosas que más le gustaban en la vida.

Daryl la llevó a Dallas en el avión de la empresa familiar y allí la llevó a un auténtico club de baile latino.

–Así que quieres aprender a bailar el tango –le dijo con una sonrisa–. Pues este es el lugar adecuado para aprender.

–No sé si me apasiona la idea –murmuró ella mirando a su alrededor–. En las películas parece mucho más fácil.

–Lo que aparece en las películas no es auténtico –le aseguró él. Le agarró la mano derecha con la izquierda y apoyó la otra en su cintura–. El tango es una batalla entre un hombre y una mujer. Es rápido y lento, insistente y sensual. Casi todo es juego de pies. Tú sígueme. Eres una bailarina excelente. Debería ser fácil para ti.

–¡Fácil! –exclamó ella tras tropezar con él en tres ocasiones y estar a punto de tirarle la bandeja con copas a un camarero que se dirigía hacia el restaurante situado al otro extremo del club. Cerca de la pista de baile no se permitía beber alcohol.

Daryl se carcajeó.

–Estás oxidada, muchacha –bromeó–. Has pasado demasiado tiempo entre ganado y no el suficiente con hombres atractivos como yo.

Ella levantó la mirada y se echó a reír.

–¡Y tan modestos!

–Yo soy modesto. Al fin y al cabo, tengo muchas cosas por las que ser modesto –le aseguró él.

Morie se apoyó en él mientras se reía.

–Daryl, eres de lo que no hay.

Él la abrazó con fuerza.

–Así es. De verdad, tienes que casarte conmigo –añadió con una sonrisa–. Tu padre lo dice cada vez que me ve.

Ella frunció el ceño.

–Me gustas mucho, pero mi padre busca fusiones, no relaciones. Estamos en crisis y quiere diversificar sus inversiones. Como tus padres.

Él se encogió de hombros.

–No he conocido a nadie con quien realmente desee casarme –dijo con sinceridad–. Tú eres guapa y cariñosa, y no te casarás conmigo por mi dinero.

Morie dejó de bailar y lo miró.

–Alguien quería casarse contigo por eso –imaginó.

Daryl asintió.

–Ella también era cariñosa y guapa. Me volví loco por ella. Pero entonces, cuando estaba listo para declararme, la vi en una fiesta metiéndose en un dormitorio con el anfitrión. Salieron pocos minutos más tarde, despeinados y riéndose. Cuando le pregunté, dijo que claro que se acostaba con él. Le había regalado un anillo de diamantes y quería devolverle el favor. Dijo que todo el mundo lo hacía, que por qué me enfadaba tanto. Solo era sexo.

Morie se quedó mirando sus ojos negros.

–Esa es la actitud que tiene hoy en día casi todo el mundo. Ahora nada importa. Tener muchos amantes es lo normal. Es curioso que hace cincuenta años los hombres y las mujeres por igual estuvieran sometidos a una moralidad más estricta y las familias permanecieran unidas. ¿Hoy en día el índice de divorcio no es del cincuenta por ciento?

–Probablemente más –contestó él con un suspiro–. Soy tan anticuado que no encajo en ninguna parte.

–Yo también, querido –respondió ella, se acercó más a él y cerró los ojos–. Tal vez debería casarme contigo, Daryl. Nos parecemos en muchas cosas. Me gustas de verdad.

–Tú también me gustas, cariño. Supongo que hay razones peores en las que fundamentar un matrimonio.

Morie siguió con los ojos cerrados mientras bailaban e intentó no pensar en lo que había sentido cuando Mallory la había abrazado y besado hasta hacer que la cabeza le diera vueltas. Tal vez fuese más seguro casarse con un hombre que le gustase sin más. El amor apasionado hacía que la vida fuese más complicada.

Daryl le dio un beso en el pelo.

–¿Qué tipo de anillo te gustaría? –le preguntó.

Ella tomó aliento.

–No sé. Quizá un rubí. Me gustan los rubíes.

–Casualmente mi familia tiene acciones en una cadena de joyerías –bromeó él–. Así que podrás tener la piedra que se te antoje, y contrataremos a un diseñador para que cree el conjunto matrimonial de tus sueños.

El conjunto matrimonial de sus sueños habría incluido a Mallory como novio, pero no podía decir eso. Estaba cayendo en la red de su padre, permitiéndole controlar su vida. Había intentado rebelarse y había acabado mal. Muy mal. Tal vez fuese el momento de seguir el consejo de su padre y hacer algo sensato. Al fin y al cabo, Daryl era un buen hombre, y bastante guapo. Además, se conocían desde hacía tiempo. No sería una relación apasionada, pero sí duradera. De eso estaba segura.

Ahora lo único que tenía que hacer era dejar de pensar en Mallory Kirk. Eso no iba a ser fácil.

Mallory también estaba teniendo problemas. Sus hermanos se negaban a estar en la misma habitación que Gelly y, cuando ella iba al rancho, dejaban claro su desprecio desapareciendo en cuanto su coche aparcaba frente a la casa.

–¿Es necesario que dejéis tan claro que no os cae bien? –le preguntó Mallory a Cane.

–Inculpó a Morie –contestó Cane con frialdad.

–¡Maldita sea, no es cierto! Gelly estaba montando con Bates cuando este mencionó lo que había visto.

–Igual que resultó que sabía lo del taladro robado en la maleta de nuestro antiguo empleado –respondió Cane–. Cualquiera que hace que Gelly se enfade acaba despedido.

–No es más que una coincidencia –le aseguró Mallory evitando mirarlo a los ojos.

Cane se metió la mano en el bolsillo y se acercó al ventanal para contemplar los kilómetros de pastos verdes que empezaban a asomar por encima de los últimos restos de nieve.

–Y no permitiré que su amigo compre nuestra parte de terreno supuestamente baldío, por si acaso pensabas preguntármelo.

–Yo tampoco lo permitiré –añadió Tank secamente al reunirse con ellos.

Mallory no respondió. Llevaba días escuchando a Gelly hablar del tema. Casi estaba a punto de vender el terreno solo para que le dejara en paz. Cuando no se mostraba odiosa, era la chica más cariñosa que jamás había visto. Le acariciaba, le besaba y le decía lo guapo que era, lo feliz que le hacía que se hubiera librado de esa cazafortunas a la que había tenido que despedir.

Para ser un hombre que no se consideraba guapo de una manera convencional, sus palabras resultaban una inyección para su ego. Eso le impedía ver sus otros defectos. No reconocería que era vulnerable porque se sentía culpable por haber despedido a Morie basándose en pruebas circunstanciales.

–¿Apareció la llave de la vitrina? –le preguntó Cane de pronto con los párpados entornados.

Mallory se acercó a él y se metió las manos en los bolsillos.

–Sí –respondió–. La encontré en el bolsillo de mi abrigo. Supongo que se me olvidó y la puse ahí en vez de en el cajón donde solemos guardarla.

–¡Qué raro! –murmuró Tank.

Y Gelly sabía dónde guardaban la llave porque en una ocasión había dicho que le gustaba ese huevo y él había sacado la llave para abrir la vitrina y enseñárselo. Eso no se lo dijo a sus hermanos.

Se acercaron a la vitrina y observaron el huevo.

–¿Sabéis? –dijo Mallory de pronto con el ceño fruncido–. Me parece extraño.

–Yo estaba pensando lo mismo –respondió Cane–. Ábrela.

Mallory sacó la llave del cajón y abrió las puertas de cristal de la vitrina. Levantó el huevo y frunció el ceño de nuevo.

–Estos engastes parecen muy chapuceros. Y aquí... –señaló las joyas– no parecen muy... ¡Dios mío, es falso!

Cane se quedó con la boca abierta.

–Una falsificación barata.

–Morie –murmuró Mallory–. Ella llevaba el de verdad en la mochila.

–Pero te lo devolvió –respondió Tank con rabia–. Volviste a ponerlo en la vitrina. Yo te vi hacerlo. ¡Morie ya se había ido para entonces!

Mallory no quería admitirlo. Le convenía pensar que Morie era una ladrona. La había echado de allí, le había herido el orgullo y la había tratado como a una delincuente. Y todo basándose en la palabra de un vaquero al que apenas conocía y una mujer que le atosigaba día y noche para que contratara a sus amigos y les vendiera terrenos.

–Sí –no le quedó más remedio que admitir–. Para entonces ya se había ido.

Y toda la alegría de su vida se había ido con ella. Se había quedado con un vacío en el corazón y con la certeza de que tenía por delante largos años en los que Gelly tendría que aliviar el dolor que Morie había dejado atrás. No podría hacerlo. Le gustaba Gelly, pero no despertaba su deseo, ni siquiera con sus besos más apasionados. Intelectualmente no valía nada. Sus temas de conversación se basaban en programas de televisión, películas y moda.

–Es hora de llamar a los detectives privados –dijo Cane–. De hecho, Morie ya me lo aconsejó hace tiempo, cuando hablé con ella en la cabaña.

Mallory se quedó mirándolo con rabia.

–¿Qué estabas haciendo allí?

Su hermano sonrió con frialdad.

–Buscando a Morie después de que la hubieras disgustado.

–Era una empleada. Metía las narices en todo –murmuró.

–Sí, como preparar canapés para una fiesta y ayudar en la cocina. Y ni siquiera pidió más dinero ni se quejó al no obtenerlo –le recordó Tank.

Mallory se sintió culpable.

–Tenía intención de compensarla por ello. Claro, que iba detrás de ese juez amigo tuyo –añadió con frialdad mirando a Cane.

–Danny Brannt es un gran chef –respondió Cane–. Su esposa y él tienen un ama de llaves que estudió cocina en París, y siempre andan buscando nuevos canapés para sus fiestas. De hecho, son famosos por ello. Según creo, su ama de llaves está ayudando en los preparativos de la gran fiesta que se celebrará el mes que viene en el rancho Brannt. Creo que estábamos invitados.

–Sí –murmuró Mallory sin prestar mucha atención–. King Brannt tiene unos toros de cría de los que habla todo el mundo. Tengo pensado comprarle uno para nuestro programa de cría –no añadió que aquel apellido le provocaba un vuelco en el corazón. No era que Morie tuviera relación con ese famoso Brannt; ella no era más que una pobre chica trabajadora.

–¿Podemos permitirnos comprar uno? –preguntó Cane–. Ahora es cuando empezamos a ver beneficios después de los dos últimos años de inversiones y cambios.

–Podemos permitírnoslo –respondió Mallory–. Tank y tú sois tan responsables como yo de esos éxitos. Sé que ha sido duro. Agradezco lo que habéis hecho.

–Y yo agradezco lo que has hecho tú –dijo Cane–. Tú eres el que dirige el negocio. Puede que Tank sea el especialista en *marketing*, y a mí me gusta enseñar nuestro ganado en las ferias, con la ayuda de los vaqueros que viajan conmigo, pero tú eres el que tiene la intuición para invertir el dinero y que dé resultados. Eso es algo bueno en mitad de una crisis.

–He tenido ayuda. Nuestro corredor de bolsa es un genio. Yo solo he hecho caso a sus sugerencias –estaba preocupado–. ¿Quién podría haberse llevado ese huevo? –preguntó–. ¿Y en qué momento desapareció?

–No lo sé. En algún momento desde que se marchó Morie hasta que encontraste la llave. La pregunta es, ¿quién tenía la llave y la oportunidad de acceder a la vitrina?

–No pudo ser por la fuerza –dijo Mallory, pensando en voz alta–. Nuestro sistema de seguridad lo habría detectado.

–Y apostaría lo que fuera a que Mavie es inocente –añadió Tank.

Mallory asintió.

–Yo también. Su antiguo jefe no tolera a los ladrones, igual que nosotros. Trabajó para él durante veinte años hasta que tuvo que renunciar a su rancho y jubilarse, lo que la dejó sin trabajo. Ha sido una adquisición muy valiosa.

Cane apretó los labios.

–¿Bates, quizá? –estaba pensando en voz alta–. Fue él quien dijo haber visto a Morie con el huevo. Interesante, porque Darby dice que ella tenía la puerta de su habitación cerrada siempre que estaba en el barracón, y la cerraba con llave.

–Sospechoso –confirmó Mallory.

–Una mujer en un barracón lleno de hombres cerraría su puerta con llave –respondió Cane–. Sobre todo una como Morie. Darby me dijo que vivía fuera del campus cuando estaba en la universidad, porque se negaba a vivir en una residencia mixta, aunque al resto del mundo le pareciese lo más normal.

–Podría haber mentido –dijo Mallory arqueando las cejas.

–¿Por qué crees que mintió? –preguntó Cane–. ¿Porque Gelly dijo que era así?

–No metamos a Gelly en esto –respondió Mallory a la defensiva–. Le tengo cariño –explicó metiéndose las manos en los bolsillos–. Está pasando por dificultades económicas porque su padre realizó algunas malas inversiones –se encogió de hombros–. Tal vez debería casarme con ella…

–Yo me marcho el día que ella entre por la puerta –le advirtió Cane–. Y Tank se irá conmigo.

–En un abrir y cerrar de ojos –convino Tank–. Y nos llevaremos nuestra parte de los beneficios del rancho –añadió con frialdad–. ¡A ver cómo lográis Gelly y tú manteneros a flote solo con un tercio del terreno y del ganado!

–No haríais eso –respondió Mallory, herido.

–Lo haría sin pensar –le aseguró Tank.

–Yo también –convino Cane–. No pienso vivir con Gelly.

–Pero, ¿qué os ha hecho para que seáis tan hostiles con ella? –preguntó Mallory, exasperado.

Cane miró a Tank.

–Está más ciego que un murciélago.

–Y es más testarudo que una mula –convino Tank–. No distingue la pirita del oro.

–Morie robó el huevo –insistió Mallory–. ¡Lo escondió en su mochila e iba a venderlo!

–Claro –Cane agarró el huevo falso y se lo mostró a Tank–. Y lo reemplazó por este después de que lo guardáramos en la vitrina –añadió mirando a su hermano–. Claro, que para entonces ya iba en un autobús de camino a su casa. Supongo que habrá sido magia.

Tank asintió.

–Y qué curioso que la llave reapareciera en el bolsillo del abrigo de Mal.

–Qué conveniente.

–Gelly no podría haberse llevado el huevo –dijo Mallory, respondiendo a una acusación que sus hermanos no habían expresado verbalmente–. ¡Nunca ha estado a solas aquí!

–Tuvimos una conferencia telefónica con el comité de la asociación de ganaderos del estado –le recordó Cane–. Los tres fuimos al despacho para hablar. Mavie estaba en la cocina preparando la cena y Gelly estaba aquí sola. En cuanto regresamos, dijo que tenía un asunto urgente y debía irse al pueblo.

–No pudo ser ella –protestó Mallory, aunque era una protesta sin fundamento.

–Si crees que es inocente, vamos a demostrarlo –dijo Cane–. Conozco al mejor detective privado. Dane Lassiter, de Houston. Deja que investigue para nosotros. Si Gelly no tiene nada que ocultar, eso la exculpará.

–Y, si no –intervino Tank–, será mejor saberlo ahora, sobre todo si eres tan cabezón como para intentar casarte con ella.

–Ella me quiere –respondió Mallory–. Dice que no puede vivir sin mí –añadió sin mirarlos a los ojos–. Cree que soy guapo.

–Nadie que piense que eres guapo puede ser sincero –le dijo Cane–. ¡Mírate en un espejo! Pero el aspecto no tiene nada que ver con el carácter, y tú tienes mucho de eso. A las mujeres no les importa el aspecto. Les importan las acciones.

Mallory lo miró con rabia.

–Tiene razón –añadió Tank dándole una palmadita en la espalda–. Te queremos. Nosotros no te mentiremos. Pero podrías preguntarte por qué Gelly sí. Y por qué no para de intentar conseguirles trabajos a sus amigos y terrenos a un desconocido al que apenas conoce.

Mallory empezaba a flaquear. Había sido testarudo porque se sentía culpable por cómo había tratado a Morie. Sus hermanos tenían razón. Morie no podría haberse llevado el huevo. Había abandonado el rancho minutos después de que lo encontraran en su mochila, y él estaba seguro de que había tenido en sus manos el auténtico cuando estaba en el barracón. Él mismo lo había vuelto a poner en la vitrina, después de que Morie se fuera. Así que tendría que haber sido reemplazado después de que ella se marchara… reemplazado por aquella copia barata que solo habría logrado engañar a alguien desde lejos. A ninguno de ellos se les había ocurrido mirarlo de cerca. No había habido razón para ello.

–Deja que llame a Dane –insistió Cane–. Si tienes razón sobre Gelly, me disculparé.

–Y yo también –convino Tank.

Mallory respiró profundamente.

–De acuerdo –dijo tras unos segundos con expresión sombría–. Llámale.

La finca estaba resplandeciente, llena de color y adornos, sobre todo el enorme patio de piedra donde colocarían las mesas la semana próxima para la gala de la feria de King. Acudirían rancheros de todo el mundo para ver su ganado, que sería subastado allí mismo.

–Papá hace las cosas a lo grande –murmuró Morie mientras su madre y ella repasaban los detalles con el equipo de profesionales que darían los últimos retoques y contratarían al *catering* para la ocasión. Era una misión demasiado grande para una sola persona, aunque Shelby llevaba las riendas de la operación y dictaba lo que quería que se hiciera.

–Sí, es verdad –contestó su madre con una sonrisa–. Está muy orgulloso de su rebaño.

–Yo también –respondió Morie–. Ahora que sé

cómo funciona un rancho desde abajo, admiró aún más lo mucho que papá cuida de sus animales y de sus empleados.

–Mi hija, la vaquera –comentó Shelby riéndose.

–Me lo pasé bien. En general –respondió ella, y agachó la mirada.

Shelby se volvió hacia la mujer que se encargaba de los planes para la fiesta.

–Has podido contratar a Desperado para que toquen, ¿verdad?

Tenny Welsh se rio.

–Sí, así es –respondió–, aunque el grupo ya está medio retirado. Todos tienen hijos y las giras no son compatibles con la familia, según dicen. Pero lo harán por vosotros –le dijo a Shelby–. Heather Everett es muy buena amiga del cantante. Ella los convenció.

–¡Que Dios la bendiga! –dijo Shelby con fervor–. Es un encanto.

–Y también su hija, Odalie –respondió Tenny con un suspiro–. ¿La has oído cantar alguna vez? ¡Canta como los ángeles!

–¿Dónde la has oído tú? –preguntó Morie con curiosidad.

–Va a nuestra iglesia y canta solos en el coro –respondió la otra mujer con una sonrisa–. Es un placer oírla.

–Por cierto, ha recibido una oferta de la ópera de Nueva York –le dijo Shelby a su hija–. Está planteándose si ir o no.

–Sería una pena malgastar un talento como ese –dijo Tenny–. ¡Me encantaría tener una voz así!

Morie no dijo nada. Estaba pensando en su hermano, Cort, que estaba enamorado de la tímida rubia, que al parecer le odiaba. Nadie sabía por qué. Bueno, tal vez Cort sí lo supiera, pero no contaba nada sobre su vida privada.

–Aquí está el menú definitivo –dijo Shelby mientras le entregaba una hoja impresa a Tenny–. Y, por favor, asegúrate de que haya variedad de canapés para todos los gustos, y mucha fruta.

–Siempre lo hago –le recordó Tenny con una sonrisa. No era la primera vez que organizaba grandes fiestas para los Brannt–. Conozco bien tus gustos, Shelby.

Shelby se rio.

–Será una ocasión muy especial. Tenemos a una famosa estrella del fútbol, cuatro actores y actrices, el presidente de una gran empresa de ordenadores, dos agentes del gobierno, varios mercenarios y el antiguo vicepresidente.

–¿El vicepresidente? –preguntó Morie, sorprendida.

–Es amigo de tu padre –respondió su madre–. Claro, que también lo son los mercenarios. Le gustan las ovejas negras.

–Bueno, son gente interesante –añadió Tenny–. Sobre todo ese hombre, Grange, que trabaja para los Pendleton. ¡Las cosas que he oído sobre él!

–Sí. Era comandante de los Boinas Verdes –comentó Shelby–. Y corre el rumor de que condujo a un grupo de mercenarios hasta México para rescatar a Gracie Pendleton cuando fue secuestrada por aquel dictador sudamericano derrocado, Emilio Machado.

–He oído hablar sobre él –dijo Morie con el ceño fruncido–. ¿No se dijo que había relación entre Machado y nuestro Rick Márquez, que trabaja como detective de homicidios para el departamento de policía de San Antonio?

–Sí –respondió Tenny–. Hay documentos que lo relacionan con la madre de Márquez.

–Barbara, la que lleva el café de Jacobsville –murmuró Morie–. Sirve una comida deliciosa. He comido allí cuando he ido a visitar a una amiga…

–No. No me refiero a su madre adoptiva –aclaró Tenny–. Me refiero a su madre biológica.

Ambas mujeres se quedaron mirándola sin decir nada.

–Eso sí que es interesante –comentó Shelby.

–Y no os atreváis a repetirlo –respondió Tenny–. A mí me lo contó alguien en quien confío y se supone que no debo decírselo a nadie. Pero tú puedes guardar un secreto –le dijo a Shelby con una sonrisa–. Como bien sé.

–Sí –Shelby no dijo nada más, y su hija se quedó extrañada por aquel comentario.

Daryl fue a hablar con King sobre un nuevo toro que su padre quería añadir al programa de cría, pero se detuvo el tiempo suficiente para poder hablar con Morie en privado.

–Dijiste que querías rubíes –le recordó.

Ella se sonrojó, porque en realidad no se había tomado lo del compromiso muy en serio. Al parecer él sí.

–Daryl...

–Si no te gusta el diseño, podemos cambiarlo –le aseguró él antes de abrir la cajita–. He pedido que lo hicieran así porque sé lo mucho que te gustan las rosas.

Morie se quedó sin aliento al ver los anillos. Tenían los engastes más hermosos que había visto en su vida, realizados en oro de dieciocho quilates. El anillo de compromiso era una rosa con los pétalos engastados en oro y con rubíes rojos. El del centro era el más grande de todos. Estaba diseñado de tal manera que se entrelazaba con el anillo de boda.

–Toma –Daryl los sacó de la caja y le agarró la mano. Vaciló con una sonrisa–. ¿Quieres probártelos?

Sin presión. Vienen con un prometido, pero puedes dejarle siempre que quieras si encuentras a alguien que te merezca más.

Morie contempló sus ojos negros con gran placer. La había llevado al cine, le había enseñado a bailar el tango, había cabalgado con ella por el enorme rancho de su padre. Había sido un amigo e incluso un confidente. Aunque a sus padres no, a él le había contado toda la verdad sobre su estancia en el Rancho Real, y Daryl se había mostrado empático y cariñoso. Además era un hombre discreto. En ningún momento les había contado sus secretos a sus padres.

Morie podría encontrar a alguien peor.

Daryl se rio, porque lo había dicho en voz alta.

–Sí, podrías –le aseguró–. ¡Y yo aún conservo casi todos mis dientes!

–¿Casi todos? –preguntó ella con curiosidad.

–Tu hermano me partió uno cuando íbamos juntos a la universidad. No recuerdo por qué discutíamos. Pero dijo que, como no podría vencerme en una pelea justa, sería mejor que fuésemos amigos. Y lo hemos sido todos estos años.

–Sí, bueno, mi hermano tiene problemas de actitud de vez en cuando –admitió Morie. Era un hombre temperamental, como decía Shelby que era su padre antes, y tendía a ser demasiado impulsivo. Pero era una buena persona. Como Daryl.

Se encogió de hombros.

–Por lo menos puedo probármelos, ya que te has tomado la molestia de pedir que los diseñaran –bromeó mientras estiraba la mano.

Le quedaban perfectamente. Combinaban muy bien con el suave bronceado de sus manos, y los engastes reflejaban la luz de mil formas diferentes. El corte era exquisito.

–Me encantan –confesó.

–¡Bien! –contestó él con una sonrisa–. ¿Cuándo nos casamos?

Morie se quedó mirándolo con pánico. Mallory seguía ahí, en alguna parte, aunque la odiase y la considerase una ladrona. Ella debería odiarlo, pero no podía. Lo amaba. La realidad era que, si él hubiera reconsiderado la historia del robo, ya se habría puesto en contacto. La habría llamado, le habría escrito una carta, algo. Cualquier cosa. Pero por su parte solo había habido silencio. Seguía pensando que era una ladrona. Eso le atormentaba.

–No cambiará de opinión, Morena –le dijo Daryl utilizando su nombre real–. Los hombres así nunca se equivocan, o eso creen. Te estás aferrando a los sueños. Siempre es mejor vivir en la realidad.

–Tienes razón, claro –respondió ella–. Es solo que...

Daryl se inclinó y le dio un beso en la frente.

–Un compromiso no es un matrimonio. Simplemente di que sí. Lo anunciaremos en la fiesta, nuestros padres se alegrarán y dejarán de meternos presión para que nos casemos –le levantó la cabeza para que lo mirase–. Y, si las cosas al final salen bien entre tu ranchero y tú, yo me quedaré con los anillos y me iré. No tienes nada que perder, de verdad.

Morie tomó aliento. Aquello tenía sentido. No estaba del todo de acuerdo, pero estaba segura de que el futuro sería muy negro si se enfrentaba a él ella sola. En ciertos aspectos, Daryl era perfecto para ella, y a su padre le haría mucha ilusión. Tal vez sirviera para lograr que dejase de indagar en su pasado reciente y para evitar que arremetiese contra los Kirk si descubría por qué la había despedido Mallory. Esa era razón suficiente para decir que sí. Daryl tenía razón en otra cosa más; un compromiso no era un matrimonio. Podría romperlo cuando quisiera, sin rencores.

–Sería una pena desperdiciarlos –murmuró acariciando los anillos.

–Es justo lo que yo pensaba –convino él.

–De acuerdo. Podemos estar prometidos. Pero es como un compromiso de prueba –añadió ella con firmeza–. Nada más.

Daryl le acarició la punta de la nariz con el dedo índice.

–Nada más. Lo prometo.

Su padre se alegró muchísimo cuando le dieron la noticia.

–Gracias a Dios que has entrado en razón –le dijo antes de estrecharle la mano a Daryl–. Bienvenido a la familia. Podréis casaros muy pronto.

–No queremos precipitarnos –dijo Daryl al notar la incomodidad de Morie–. Vamos a tomarnos nuestro tiempo y a conocernos mejor.

King entornó los párpados.

–¿Es necesario? ¿Por qué?

–Papá, por favor, no presiones –dijo Morie con ternura.

–Es por ese maldito ranchero de Wyoming que te despidió, ¿verdad? –preguntó de pronto su padre–. El hijo de Satán se enfrentará a una demanda por difamación en cuanto descubra quién te inculpó. ¡Y la suya no será la única cabeza que ruede cuando lo descubra!

10

Morie sintió un vuelco en el corazón al oír la rabia y la amenaza en las palabras de su padre.

–¿Cómo lo…? –preguntó, horrorizada al darse cuenta de que iba a intentar arruinar a los Kirk. Estaban en una situación económica precaria. Podría lograrlo.

–No me creí la historia de que volviste a casa voluntariamente. Te conozco –respondió su padre–. Estabas destrozada por lo que hubiese ocurrido. Le pedí a un amigo de Houston que investigara un poco. Y, vaya, lo que descubrí.

Morie se acercó más a él.

–Palabras –dijo con calma–. No eran más que palabras. Me tendieron una trampa… ya lo sabes. Mallory Kirk tiene una novia celosa. Ella pensaba que estaba acercándome demasiado a él, así que encontró la manera de hacer que me despidieran.

–Deberías haber hecho que te demandara –respondió King acaloradamente–. Habría logrado desarmar los argumentos de esa rubia en el estrado.

Estrado. Jurado. De pronto Morie entornó los párpados.

–Has hablado con el tío Danny. ¡Me ha delatado!

Su padre pareció incomodarse.

–Danny no me dijo nada. Solo hizo algunos comentarios raros y a mí me extrañó que de pronto dejaras un trabajo que le habías dicho que te encantaba.

–Así que contrataste a un detective privado –dijo ella con resignación–. Mira, papá, no importa. Voy a casarme con Daryl. En Wyoming nadie me conoce.

¿A quién le importan los rumores que circulen por ahí sobre por qué me marché del rancho?

–A mí me importan –respondió su padre–. Eres mi hija. Te acusaron de un delito. Y ahora hay otro delito del que podrían intentar culparte.

–¿Perdón? –preguntó ella con un nudo en el estómago.

–Robaron un huevo de Fabergé de la casa y lo reemplazaron por una falsificación barata que pasó inadvertida hasta hace unos días –dijo King–. Si pensaron que lo habías robado tú la primera vez, puede que vayan detrás de ti y te demanden ahora que ha desaparecido de verdad.

–Yo vi a Mallory Kirk regresar hacia la casa con el huevo en la mano, justo después de que me dijera que me fuera.

–Sí, bueno. Pues alguien se lo llevó después.

–Yo ya me había ido de Wyoming –protestó ella.

–Podrían decir que te lo llevaste contigo –respondió su padre–. Podrían decir que dejaste que Kirk lo encontrara en tu mochila porque tenías el de verdad escondido. Fue una discusión acalorada. Él podría decir que no se dio cuenta de que era falso porque estaba muy alterado.

Morie se sentó en el brazo del sofá con cara de preocupación.

–No pienso dejar que tachen a mi hija de ladrona –continuó su padre–. Limpiaremos tu nombre y no me importa quién caiga. La gente que roba debería estar entre rejas, Morena. Deberías haber hecho que llamasen a las autoridades y te denunciaran.

–Eso fue lo que hizo Joe Bascomb –dijo ella amargamente–. Y fue condenado por asesinato, cuando era inocente.

–¿De verdad? –preguntó su padre con los párpados entornados–. Danny cree que en esa historia hay más datos de los que conoces. Es él quien se puso en contacto con los detectives privados, para investigar a tu amigo Bascomb porque tú le pediste ayuda para conseguirle un abogado. Y en el proceso averiguaron lo del huevo robado.

Morie se sentía cada vez peor. La situación no podía empeorar.

–De acuerdo, tienes razón. Pero ¿no puede esperar a después de la fiesta? –preguntó amablemente–. No lo estropeemos con procesos judiciales. Mamá ha trabajado mucho.

King frunció el ceño. Sabía lo duramente que había trabajado Shelby para el evento.

–De acuerdo –convino tras una pausa–. Solo quedan unos días. Pero, después –añadió con hielo en la voz–, dejaremos las cosas claras en Wyoming.

Ella asintió. No era algo que quisiera hacer. Mallory Kirk iba a llevarse una gran sorpresa, y no iba a gustarle. Su padre se lo comería vivo. Se quedó mirando a King mientras este hablaba con Daryl. En otras circunstancias, Mallory le habría caído bien. Se parecían en muchos aspectos. Además, su padre también había desconfiado de su madre y la había considerado una oportunista durante su tempestuosa relación. Aunque no pensaba decírselo, claro.

El tío Danny y su esposa, Edie, acudieron con sus hijos y con Safie, su ama de llaves, para quedarse allí durante la subasta. Morie y Daryl se llevaron a los niños a montar a caballo y al cine para tenerlos ocupados mientras los adultos lo organizaban todo para el evento.

La casa era grande, y habían añadido instalaciones cuando los niños iban al colegio para que pudieran invitar a sus amigos. Tenía un inmenso salón de baile, una piscina interior, una cancha de tenis en la parte de atrás, los establos y un redil para los toros de King. Era una finca maravillosa. En el garaje había seis Jaguar, dos sedanes, dos descapotables y dos deportivos antiguos. Los descapotables eran de Cort y de Morie, aunque habían tardado mucho tiempo en convencer a King de que eran tan seguros como la mayoría de los otros coches.

La mañana del sábado en que daba comienzo la subasta llegó casi sin que Morie se diese cuenta. Al pequeño aeropuerto situado al sur del rancho no paraban de llegar aviones privados, que aterrizaban, repostaban y volvían a despegar tras dejar allí a sus pasajeros.

A Morie le fascinaba la lista de invitados. Veía con asombro a gente famosa paseando por los alrededores.

–Déjalo ya –bromeó Daryl dándole la mano–. Ya los has visto antes.

–Sí, en la tele –le aseguró ella–. ¡Mi padre nunca se había excedido tanto para una subasta!

–Está haciendo una declaración de intenciones –comentó Daryl de un modo extraño.

–¿Perdón?

–Da igual –respondió él con un suspiro–. Te acompaño al granero de la subasta.

–No puedo –contestó ella–. Tengo que ayudar en la cocina preparando canapés. Aunque ayudemos todos, incluyendo a la tía Edie, a Safie y a los del *catering*, tendremos que esforzarnos para que esté todo listo para la fiesta de esta noche. Mientras todos los ganaderos babean con los toros de mi padre, las mujeres se devanan los sesos intentando que haya suficiente comida. Y eso no incluye la barbacoa que tendrá lugar en las carpas a la hora de la comida –añadió señalando hacia las carpas y las parrillas humeantes–. ¡Al menos de eso se encargan los vaqueros! Gracias a Dios que logramos que el viejo Rafe saliese de su retiro el tiempo suficiente para preparar sus famosas galletas. Por no hablar de su barbacoa de ternera.

–Todo merecerá la pena si tu padre vende suficientes toros –observó Daryl.

De pronto a Morie se le ocurrió una cosa.

–Daryl, tú tienes explotaciones petroleras. ¿Realizáis fracturas hidráulicas?

–No –respondió él de inmediato–. Realizamos extracciones lejos de la costa, y tenemos algunas plataformas en Oklahoma, pero ponemos atención a donde perforamos y tenemos dispositivos de seguridad.

–No pretendía ofenderte –se apresuró a decir ella–. Pero me preguntaba si sabías de alguna empresa que realizase fracturas hidráulicas en Wyoming.

–Sé de una que quiere intentarlo –respondió él–. El dueño es un hombre apellidado Cardman. Ha sido demandado en dos estados por sus escasas medidas de seguridad; si no se hace bien, contamina el agua de la zona. Se inyectan agua y productos químicos a gran presión en la roca para fracturarla y que así se liberen el petróleo y el gas. En estos momentos no tiene muy buena fama. Grabaron un documental sobre los peligros. Esa es una de las razones por las que no invertimos en ello.

–Cardman –repitió ella.

–Es un tipo sospechoso –afirmó Daryl–. Es cono cido por comprarles tierras baldías a los terratenientes incautos y después explotarlas. Mucha gente le ha demandado. Pero él se va a otro estado y sigue haciéndolo.

–¡Qué vergüenza!

–Desde luego.

***

Se lo mencionó a su madre mientras terminaban de llenar la última bandeja con canapés aquella noche, antes de que los invitados se congregaran en el salón de baile.

–Fractura hidráulica –murmuró su madre–. No suena nada bien.

–Sé que necesitamos petróleo. Nadie quiere tener que vivir en chozas y caminar ochenta kilómetros hasta una ciudad –argumentó Morie–. Pero hay maneras seguras de extraer petróleo, y luego está la fractura hidráulica. Esa mujer de la que te hablé no paraba de intentar convencer a Mallory para que le vendiera a un amigo suyo unos terrenos baldíos de su propiedad. Nunca dijo por qué, pero ahora siento curiosidad.

–Deberías comentárselo a tu tío Danny. Él conoce a los Kirk.

–Puede que lo haga.

Shelby le acarició la mejilla a su hija. El arañazo se le había curado y su piel volvía a estar suave y lisa, como la suya propia.

–Cariño, ¿de verdad vas a casarte con Daryl?

–Papá quiere que lo haga.

–¿Y qué quieres hacer tú, Morena?

–Yo quiero casarme por amor –respondió con tristeza en la mirada–. Pero, cuando no es correspondido, tal vez sea mejor conformarse con alguien sincero y amable que de verdad te guste. Daryl es una persona maravillosa.

–Sí que lo es. Pero, si no le amas, y si él no te ama, os estaréis engañando mutuamente. Yo me casé por amor. Nunca me he arrepentido. Ni una sola vez.

–Tuviste suerte –dijo Morie con una sonrisa.

–Al final sí –respondió su madre riéndose–. ¡Si hubieras conocido a tu padre como era antes! Fue como domesticar a un lobo.

–¿De verdad?

–¡Peor! A un oso. Ese tal Mallory Kirk, según lo describes, debe de parecerse a tu padre. Al principio se enfrentarían, pero después se harían amigos.

–Las probabilidades serían mínimas –contestó Morie con un suspiro.

–No sé. La vida es curiosa –dijo Shelby–. Nunca se sabe las sorpresas que te tiene reservadas.

Quince minutos más tarde, Morie se encontró con una buena razón para recordar el comentario de su madre. Mallory Kirk entró por la puerta con Gelly Bruner.

Morie, de pie junto a Daryl, los vio entrar con frialdad. El corazón le latía desbocado en el pecho, pero intentó actuar con normalidad. Con su exquisito vestido blanco de alta costura, sus pendientes de diamantes y un elegante recogido en el pelo, parecía una auténtica debutante de la alta sociedad. Gelly, sin embargo, llevaba un vestido negro de la temporada anterior; no estaba mal, pero tampoco llamaba la atención. Mallory, vestido de etiqueta, estaba impresionante, aunque no tuviera el porte de una estrella de cine. Su cuerpo fornido estaba hecho para la ropa de etiqueta. Estaba elegante, aunque parecía sombrío.

Morie vio a su padre acercarse a Mallory y el estómago le dio un vuelco.

–Usted debe de ser Kingston Brannt –dijo Mallory ofreciéndole la mano–. Yo soy Mallory Kirk. Mis hermanos y yo tenemos un rancho en Wyoming. He venido a comprar uno de esos toros de cría sobre los que tanto he leído en la prensa especializada.

King no le dio la mano. Se quedó mirándolo con unos ojos negros capaces de cortar un diamante.

–Ya sé quién es usted.

Mallory pareció confuso.

–Esta es mi amiga, Gelly Bruner.

–Señor Brannt, he oído hablar mucho sobre usted –murmuró ella.

King ni siquiera la miró.

–Nunca había visto tanta gente famosa –continuó Gelly–. ¡Debe de conocer a toda la gente rica del planeta!

–Son amigos, señorita Bruner –respondió King secamente–. No los escojo por sus cuentas bancarias.

–Claro que no –se apresuró a decir ella.

–Hola –le dijo Danny Brannt a Mallory, y él sí le estrechó la mano–. ¿Qué tal están tus hermanos?

–Trabajando, como siempre. Me alegra volver a verte.

–Lo mismo digo –Danny miró a su hermano, que seguía con cara de pocos amigos–. Siempre nos gusta recibir la visita de otros ganaderos.

–Me encanta la decoración –comentó Gelly–. Me gustaría saber dónde han encontrado tantas rosas de esa clase.

–Oh, eso es cosa de mi sobrina. Le encantan –respondió Danny–. Su prometido le ha regalado un juego de anillos con ese diseño. ¡Ahí está! Ven aquí, cariño.

Estaba dejando suelto al gato entre las palomas y le encantaba. A King le molestaba que su hermano le hubiese robado el protagonismo, porque él tenía otra cosa pensada para las presentaciones.

Morie le apretó la mano a Daryl con fuerza y se unió a ellos.

–Esta es mi sobrina, Morena –anunció Danny–. Y su prometido, Daryl Coleman. Es presidente de una empresa petrolera.

Morena levantó la cabeza con orgullo. Fue consciente de que Gelly palidecía y Mallory se quedaba muy quieto al darse cuenta de quién era.

–Sí, mi hija trabajó para usted varias semanas, según creo –dijo King con tono amenazador–. Y se le permitió dejar su trabajo en vez de ser denunciada por robo. Puede que le interese saber que he contratado a un detective privado para investigar esas acusaciones. Y le aseguro que habrá represalias. ¡Nadie acusa a mi hija de ser una maldita ladrona!

Mallory se quedó mirándola con la boca abierta. Aquella elegante mujer, con su vestido de alta costura, rodeada de lujos, prometida de un joven adinerado, era la misma vaquera que había puesto su vida patas arriba y se había marchado rodeada de sospechas.

–Vaya... vaya, menuda sorpresa –dijo Gelly con una risa nerviosa.

–¿Verdad? –respondió Morie–. Por cierto, señorita Bruner, ¿ese amigo suyo que quería comprar el terreno del rancho, no se apellidará Cardman, por casualidad? Porque Daryl me ha contado cosas muy interesantes sobre su pasado, y sobre las demandas a las que se enfrenta por sus prácticas de extracción poco seguras.

–Era Cardman –respondió Mallory, y se quedó mirando fijamente a Gelly. Ya eran demasiadas sorpresas para una sola noche.

–Deberías venderle el terreno –le aconsejó Morie con una sonrisa–. Así, cuando quieras ver fuegos artificiales, solo tendrás que echar una cerilla encendida en el agua.

Mallory la miró con rabia.

–Me mentiste –dijo con voz áspera.

–Bueno, los ladrones mienten, ¿no? –respondió ella.

–Mi hija no es ninguna ladrona –le dijo King a Mallory con brillo en la mirada–. No le hace falta robar. Según he oído, desapareció un huevo de Fabergé de su rancho. Dado que mi hija parece estar implicada en el caso, he contratado a Dane Lassiter, de Houston, para que investigue el robo.

–Cane ya le contrató para que lo investigara –le informó Mallory–. Y yo no creo que Morie se lo llevara –añadió sin mirarla a los ojos–. Fue robado después de que ella abandonase el rancho.

–Qué amable por tu parte eliminarme de la lista de sospechosos –dijo ella–. Algunas semanas tarde, claro –estaba mirando a Gelly, que estaba pálida y parecía tambalearse–. Tal vez en el futuro tenga más cuidado a la hora de acusar a alguien de robo, señorita Bruner. En esta ocasión, parece que le ha salido el tiro por la culata.

–Yo no he acusado a nadie –murmuró Gelly–. ¿Podemos marcharnos? –le preguntó a Mallory–. ¡No toleraré que se me ataque de esta forma!

–Si no recuerdo mal, no le importó atacarme a mí –respondió Morie–. Ni a ese pobre vaquero que fue despedido por un taladro que apareció misteriosamente en su maleta.

–¡Tenemos que irnos! –exclamó Gelly. Parecía cada vez más nerviosa.

–Si usted tiene algo que ver con los cargos contra mi hija, señorita Bruner –continuó King–, haré que mis abogados acaben con usted. Es una promesa. Si tiene algo que ocultar, le aseguro que saldrá en las noticias.

Gelly le soltó el brazo a Mallory y salió literalmente corriendo hacia la puerta de entrada.

–En cuanto a usted –le dijo King a Mallory–, en la historia de este rancho nunca he tenido que hacer que expulsen a nadie de la propiedad. Si su amiga y usted no se han marchado dentro de una hora, juro por Dios que el sheriff en persona le acompañará hasta el aeropuerto.

Mallory suspiró con pesar. Miró a Morie, que estaba guapísima con aquel vestido, aunque sus ojos fueran de hielo. Se aferraba a aquel maldito crío, su prometido, y parecía encantada de no volver a verlo nunca más. Y él se moría por ella. La había echado de menos, la deseaba, se culpaba a sí mismo por su situación. Se la había imaginado sin recursos, en un albergue en alguna parte porque no podía encontrar otro trabajo. Y de pronto aparecía en una mansión, rodeada de riqueza, mimada por su padre, el ganadero más rico de Texas.

Gelly le había engañado. Morie le odiaba. Su padre le odiaba. Nunca superaría aquello. Había sido un estúpido, y ahora tenía lo que se merecía. Morie había deseado amarlo. Él la había rechazado. Ahora estaba prometida a otro hombre, dispuesta a casarse y a formar una familia. Él regresaría a Wyoming para pensar en su idiotez y enfrentarse al futuro él solo.

–Bueno, si tuviera cicuta –dijo metiéndose las manos en los bolsillos–, supongo que me la bebería ahora.

Danny tuvo que contener una carcajada. A nadie más le hizo gracia. King tenía cara de odio. Morie se mostraba impasible, al menos en apariencia.

Shelby llegó en mitad de la conversación. Arqueó las cejas al ver la escena.

–Dios mío, ¿se ha producido un asesinato? –preguntó.

Mallory la miró sorprendido al reconocerla.

–Yo conozco su cara –dijo.

–Era modelo profesional cuando me casé con King –contestó ella con una sonrisa mientras entrelazaba el brazo con el de su marido.

–Su madre era Maria Kane, la actriz –continuó Mallory. Ella asintió.

–He estado viendo sus películas por televisión –comentó él, y miró a Morie–. Ahora entiendo por qué nos resultabas familiar.

–Se parece a mi madre –contestó Shelby–, señor...

–Kirk. Mallory Kirk.

Shelby dejó de sonreír inmediatamente y sus ojos oscuros comenzaron a brillar.

Mallory suspiró.

–No hace falta que diga más –asintió y miró a Morie–. Que conste que nadie creyó que te hubieras llevado el maldito huevo. No tuviste oportunidad. En cuanto a mis acusaciones, lo siento. He sido un idiota, he estado ciego, como no han parado de recordarme mis hermanos desde que te marchaste. Supongo que he necesitado un golpe en la cabeza para convencerme –se encogió de hombros–. No necesito un mapa para saber dónde buscar al ladrón. Lo siento mucho –les dijo a los Brannt–. Morie era una de las mejores trabajadoras que he tenido nunca. No se quejaba, no pedía que hiciéramos concesiones con ella y corría riesgos que yo nunca le hubiera permitido correr de haberlo sabido.

Morie no dijo nada. Estaba demasiado compungida. Era tarde. Demasiado tarde.

–¿Qué riesgos? –preguntó King fríamente.

–Para empezar, un encuentro con un asesino fugado que es amigo de mi hermano Tank –respondió él.

–No es culpable –dijo Morie en tono defensivo–. Estoy segura.

–Y yo estoy seguro de que lo es –respondió Mallory–. Tank le tiene cariño y no atiende a razones –miró de nuevo a King, que seguía furioso–. Me temo que es un rasgo familiar. Pero el hecho es que Joe Bascomb tiene un temperamento atroz y en una ocasión golpeó a una mula hasta casi matarla. Cualquier hombre que trate así al ganado tratará igual a otro hombre.

–Aquí nadie trata así a los animales –dijo King.

–Tampoco en mi rancho –aseguró Mallory.

–Deberías dejar que se quedara –le dijo Danny a su hermano.

King sonrió. No era una sonrisa agradable.

–No le gustará estar aquí.

Mallory contempló el rostro tenso de Morie y sintió un vacío frío en su interior.

–Podrías haberme dicho quién eras desde el principio.

–Yo quería aprender a trabajar en un rancho y él... –señaló a su padre con la cabeza– no me dejaba hacerlo aquí.

–Te educamos para ser una dama –contestó King–. No una vaquera.

–¡No tenías por qué andar quitando ramas de las vallas! –exclamó Mallory.

–No le grite a mi hija –respondió King con furia.

–Su hija fue una idiota –argumentó Mallory–. Podría haberse hecho daño de verdad. Yo pensaba que era lo que decía ser; una pobre chica sin suerte que necesitaba el trabajo desesperadamente.

–Y necesitaba el trabajo –aseguró Morie a la defensiva–. Estaba harta de que los hombres me desearan por lo que tenía mi padre en vez de por lo que yo era.

Mallory miró a Daryl con rabia.

–A mí no me mires –contestó Daryl con una sonrisa–. Mis padres aparecen en la lista de las quinientas mayores fortunas del mundo. Y yo tengo mi propio negocio. No me hace falta casarme por dinero.

–Él tenía el mismo problema –respondió Morie–. Por eso nos vamos a casar.

–No es cierto –respondió Daryl.

–¿No lo es? –preguntó ella.

–Ella se casa conmigo porque sé bailar el tango.

–Bueno, sí. La mayoría de los hombres no sabe bailar –dijo Morie mirando a su padre.

–Tu madre no se casó conmigo por mis habilidades como bailarín –señaló King.

–Menos mal –añadió Shelby, y miró más allá de Mallory–. Creo que su amiga le está haciendo gestos.

Mallory se dio la vuelta. Gelly estaba señalando frenéticamente hacia la puerta.

–Le da miedo que la arresten antes de que puedas llevarla hasta el avión –comentó Morie con una sonrisa. Pero de pronto la sonrisa desapareció–. Y puede que sea la verdad.

Mallory se sentía como un insecto bajo una lupa. Sabía que allí no iba a hacer cambiar de opinión a nadie. Tendría que volver a casa y hacer lo posible por deshacer el daño. Morie iba a casarse con aquel palurdo, ¿verdad? No si él podía evitarlo.

–No te cases con él –le dijo con firmeza señalando a Daryl con la cabeza.

–Bueno, tú no sabes bailar el tango –respondió ella amargamente.

–¿Cómo lo sabes?

–No va a quedarse el tiempo suficiente para demostrar sus habilidades como bailarín –dijo King con impaciencia.

–Ya me voy –Mallory se dio la vuelta, pero vaciló un instante–. Todos cometemos errores. Por eso le ponen gomas de borrar a los lápices.

–Algunos cometemos errores mayores que otros –respondió Morie–. Admito que no debería haber solicitado el trabajo sin decir la verdad. Pero deberías haberme concedido el beneficio de la duda.

–Dadas las circunstancias, eso no me parecía posible.

–No mientras tu novia siguiera colocando pruebas a diestro y siniestro.

–No es mi novia –aseguró Mallory–. Ya no –miró a Morie a los ojos al decirlo, y todo su cuerpo se estremeció.

–Voy a casarme –le informó con una sonrisa tensa–. Así que no me mires a mí para reemplazarla.

–Imposible –dijo Mallory mirando a Kingston

Brannt–. Jamás entraré en una familia a la que pertenezca él.

–¡Lo mismo digo con respecto a mi hija! –respondió King.

Mallory miró a Shelby y negó con la cabeza.

–Debe de ser usted una mujer con muchas agallas.

–¿Porque me casé con él? –preguntó Shelby con una sonrisa–. No es tan malo, cuando lo conoces un poco.

–Cosa que usted no hará –murmuró King–. ¿No se iba?

–Supongo que sí –convino Mallory. Volvió a mirar a Morie con algo de orgullo y evidente arrepentimiento–. ¿No quieres oír mi parte de la historia?

–Claro –respondió ella–. Igual que tú quisiste oír la mía.

Mallory miró a todos los miembros de la familia, uno detrás de otro, después se dio la vuelta y se alejó lentamente. Gelly lo agarró del brazo cuando llegó a la puerta y comenzó a hablar antes de que hubieran salido. Pero Mallory no la escuchaba.

–Bueno, ahora entiendo por qué tuviste que abandonar Wyoming –dijo Shelby después de que los invitados se fueran a casa, cuando estaban sentadas en la cama de Morie.

–Es un fastidio –admitió Morie–. Pero ¿has visto la cara que ha puesto Gelly al darse cuenta de quién era yo? Me ha venido muy bien.

–Probablemente también se haya dado cuenta del problema en que se ha metido –respondió Shelby. Se quedó mirando la cara de su hija–. Realmente quieres a ese hombre, ¿verdad?

–Eso creía –dijo Morie–. Pero, si fue capaz de juzgarme por las palabras de otra persona, es que no me conoce. No quiere conocerme. Es feliz siendo un soltero junto a sus hermanos.

–No sé.

–Yo estaba viviendo una fantasía –dijo Morie mientras acariciaba la colcha–. Pensaba que él empezaba a conocerme y que le gustaba, igual que él a mí. Pensé que me deseaba. Pero en realidad estaba jugando.

–¿Por qué iba a hacer eso? –preguntó Shelby–. No me ha parecido un hombre frívolo.

–No lo es.

–Tal vez a él también le hayan deseado por su riqueza.

–Y aún le pasa, ¿o es que no has visto a Gelly? –preguntó Morie con una carcajada.

–Es una mujer oportunista y fría, si quieres mi opinión –admitió su madre.

–Incluso sus hermanos sospechaban que estaba teniéndome una trampa, pero Mallory no les hizo caso. ¡Es increíblemente cabezón!

–Igual que tu padre, querida.

–Supongo.

–No deberías casarte con Daryl cuando sigues enamorada de otro hombre –le aconsejó Shelby–. No es justo para ninguno de los dos.

Morie no respondió. Recordaba la sorpresa en la cara de Mallory al verla de la mano de Daryl. Había sido una dulce venganza. Pero de eso al perdón había un trecho.

–¿Cómo podría volver a confiar en él? –preguntó Morie–. ¿Quién dice que no volvería a hacer lo mismo?

Shelby le dio un beso en la mejilla.

–El amor requiere confianza. Ahora me voy a la cama. Seguiremos hablando mañana, ¿de acuerdo? Estoy muy cansada.

–Sé que lo estás. Todo ha salido a la perfección. Bueno, salvo por Mallory, que ha echado a perder la velada.

–Se ha defendido bien frente a tu padre –murmuró su madre–. Eso no es fácil. Casi todos los hombres le tienen miedo. Mallory, en cambio, no.

Morie se había dado cuenta de eso. Hacía que se sintiese orgullosa. Pero no iba a decirlo.

–Que duermas bien –le dijo a su madre antes de darle un abrazo.

Shelby le dio un beso en el pelo.

–Tú también, cariño. Buenas noches.

11

–¡No puedes creer lo que dicen! –exclamó Gelly, al borde de la histeria–. ¡Es rica, así que puede acusarme de cosas y yo no puedo defenderme!

Mallory la miró, sentada en el asiento del avión junto a él.

–¿No eras tú la que hacía lo mismo antes con ella?

Gelly lo miró con rabia.

–Ella robó el huevo. Sé que lo robó. ¡Tú mismo lo viste en su mochila!

–Sí que lo vi –aún se reprendía mentalmente a sí mismo por haber considerado a Morie culpable.

–Yo no lo puse ahí. ¡Lo juro!

–Han contratado a un detective privado. Mis hermanos también. El mismo detective. Qué coincidencia, ¿verdad?

Ella cambió de posición sobre su asiento. Empezaban a acercarse demasiado a la verdad. No podría soportar una investigación minuciosa.

–¡Pondré una demanda por invasión de mi intimidad!

–Gelly, el detective está investigando el robo de un huevo de Fabergé –le recordó él–. ¿Qué tiene que ver eso con tu intimidad?

Ella se aclaró la garganta.

–Lo siento –dijo con una sonrisa forzada–. No pensaba con claridad. Estoy muy disgustada. ¡Su padre es odioso!

–Su padre la quiere. Es muy protector. Yo sería así con mis propios hijos.

Gelly se acurrucó junto a él.

–¿No te gustaría formar una familia? A mí sí. Podríamos casarnos de inmediato.

–Podríamos. Pero no vamos a hacerlo.

–Pero yo te gusto, ¿verdad?

Mallory se quedó mirándola a los ojos, que eran como cajas registradoras, fríos como el hielo, y se dio cuenta de que nunca hasta ese momento la había visto como realmente era. Había hecho falta casi una tragedia para abrirle los ojos.

–Realmente quieres ser rica, ¿verdad?

Ella se quedó mirándolo con los ojos abiertos.

–¿Y quién no?

–Hay cosas más importantes que el dinero.

Gelly se rio con frialdad.

–Claro que las hay, si lo tienes.

–Quiero saber más sobre ese amigo tuyo, Cardman –dijo él de pronto.

Ella miró a su alrededor con inquietud.

–No es más que un tipo al que conozco. No tiene mucha suerte.

–¿No será por culpa de las demandas?

Gelly se aclaró nuevamente la garganta.

–Creo que voy a intentar dormir un rato –dijo con una sonrisa ensayada–. He tenido una velada muy desagradable. ¿No te importa?

–No me importa.

Se acurrucó en su asiento y apoyó la cabeza en su brazo. Mallory se levantó y fue a sentarse en el asiento de enfrente, donde tenía acceso a un ordenador portátil. Lo abrió y comenzó a hacer sus propias averiguaciones.

Cuando llegó a casa, sus hermanos estaban en el salón tomando café y viendo las noticias antes de irse a dormir.

Se quedaron mirándolo con curiosidad.

–Has vuelto pronto –dijo Tank–. Pensé que la idea era volver mañana.

–Ha habido una sorpresa inesperada.

Ambos arquearon las cejas.

Mallory se metió las manos en los bolsillos y los miró.

–Kingston Brannt tiene una hija.

–Ah –contestó Cane con una sonrisa perversa.

–¿De verdad? –añadió Tank–. ¿Y te has fijado en ella?

–Era difícil no hacerlo –respondió Mallory–. Trabajó para nosotros durante varias semanas.

Sus hermanos se quedaron perplejos.

–¿Morie? –preguntó Cane–. ¿Es la hija de Brannt?

–Ya te dije que el apellido no era una coincidencia, ¿no? –comentó Tank–. Tenía elegancia y educación.

–¿Qué diablos hacía trabajando aquí? –quiso saber Cane.

–Estaba cansada de que los hombres quisieran casarse con ella por su dinero –explicó Mallory.

–Lo entiendo bien –convino Tank.

–Así que ha encontrado a un hombre que está forrado y ahora está prometida a él –continuó Mallory–. Es un chico guapo. Su familia figura entre las quinientas mayores fortunas del mundo. Y a su padre le cae bien.

El énfasis en las últimas palabras fue lo que llamó la atención de sus hermanos.

–Doy por hecho que a King no le caes bien tú –murmuró Cane.

–Es difícil. Acusé a su hija de robo y la despedí –contestó Mallory. Se quitó la chaqueta, se aflojó la corbata y se dejó caer en su sillón reclinable–. Debí de estar ciego para pensar que nos había robado.

–Tenías a Gelly, que te ayudaba a pensarlo –le recordó Cane.

–Gelly estaba medio histérica cuando nos hemos marchado –les confesó Mallory–. El padre de Morie contrató a un detective privado –miró a Cane–. Al mismo que contrataste tú. Dane Lassiter. Al mencionarlo, Gelly ha estado a punto de desmayarse. Y hay algo más. Ese amigo suyo, Cardman, que quería comprarnos parte del terreno baldío, está en el negocio del petróleo. Utiliza el proceso de la fractura hidráulica para extraerlo del subsuelo. Ha sido demandado en varios estados por la falta de seguridad que dio como resultado la contaminación del agua.

–Creo recordar que estabas a favor de venderle el terreno –comentó Tank.

–De acuerdo, restriégamelo. He sido un auténtico idiota –murmuró Mallory–. No tengas reparos en recordármelo.

–Cualquiera puede dejarse engañar por una mujer –dijo Cane amargamente.

–Salvo yo –agregó Tank con una sonrisa.

Nadie dijo nada. No era cierto. Antes tenía un radar a prueba de fallos en lo referente a las mujeres. De hecho, había sido el primero en sospechar que Gelly no era lo que aparentaba ser. Pero su historial estaba manchado desde su último romance fallido.

–¿Y qué hay de Morie? –preguntó Cane.

–¿Qué pasa con ella? –dijo Mallory con actitud defensiva.

–No intentes engañarnos… somos tu familia –respondió Tank–. Era evidente que sentías algo por ella, aunque te resistieras con uñas y dientes.

Mallory entornó los párpados.

–Puede ser. Pero no voy a entrar en una familia en la que esté King Brannt.

–Ooooh –murmuró Tank–. ¡Cuánto rencor!

–Desde luego –convino Cane.

–Es un hombre cabezón, intransigente, sarcástico,

beligerante y temperamental con los modales de un perro rabioso.

–Así que te cayó bien –respondió Cane con una sonrisa.

–Nunca he visto un perro rabioso –comentó Tank.

–Te llevaré a Texas para que puedas verlo por ti mismo –murmuró Mallory.

–Por defender un poco al hombre, debe de ser bastante ofensivo que acusen a tu única hija de robo. Y, por lo que he oído, nadie iguala en temperamento a King Brannt.

–Deduzco que no llegaste a ver a Cort en la fiesta –dijo Cane.

Mallory frunció el ceño.

–¿Quién es Cort?

–Su hermano mayor. Si crees que King tiene temperamento, aún no has visto nada –explicó Cane–. Un ganadero hizo un comentario desagradable sobre sus prácticas medioambientales que no le gustó, así que lo lanzó a través de la cristalera del restaurante. Vino la policía y se produjeron arrestos. Cort simplemente se rio. Al parecer el ganadero vendía ganado de raza cuya sangre digamos que no era muy pura. Cort le delató en el juicio. Se retiraron los cargos y el ganadero desapareció. Creo que aún siguen buscándolo.

–Cualquier ganadero que sea digno de llamarse así puede distinguir a un buen toro solo por su estampa –murmuró Tank.

–Sí, bueno, el ganadero iba a venderle el ganado a un recién llegado desde el este que acababa de adquirir un rancho y estaba comprando toros para su nuevo rebaño –respondió él–. Se puso furioso al descubrir lo que había perdido.

–Que Dios nos ayude –exclamó Tank–. Así que el criminal se fugó y dejó al chivato cargando con las consecuencias.

–¿El criminal? Sigues hablando como un policía.

Tank se encogió de hombros. Era doloroso recordar el incidente de la frontera en el que había resultado herido. Pero cada vez le costaba menos trabajo vivir con ello.

–Lo siento –se disculpó Cane–. No pretendía traerte malos recuerdos. A veces se me olvida.

–A mí también –respondió Tank con una sonrisa–. No hay problema.

Mallory estaba escuchando sin decir nada. Veía a Morie con su precioso vestido, con el pelo recogido y sus hombros al descubierto. Veía a aquel joven agarrado a su cintura y sentía la rabia creciendo en su interior. Morie habría sido suya si él la hubiese deseado. La había besado, la había abrazado y acariciado. Ella era inocente. ¿Seguiría siéndolo? ¿O se habría lanzado sin dudar a la cama de aquel casanova, resentida por su rechazo y su falta de confianza?

–¡Maldito niño guapo! –murmuró para sí mismo.

–¿Perdón? –dijo Cane.

–El prometido de Morie –respondió con frialdad.

–Estoy seguro de que solo le gusta porque es guapo –dijo Tank.

–Qué vas a decir tú –contestó Mallory con fastidio–. Vosotros sois los guapos de la familia. Yo me parezco a nuestro abuelo. Parecía como si se le hubiera prendido fuego la cara y alguien lo hubiera apagado con un hacha.

Sus hermanos se carcajearon.

–Bueno, aún tenemos que hacer frente a las demandas –continuó Mallory–. Brannt va a demandarnos por difamación.

–No lo hará –contestó Cane–. Morie no lo permitirá. Tiene buen corazón.

–Un gran corazón –convino Tank–. Es tan inocente como Joe Bascomb.

Cane se quedó callado y Mallory lo miró.

–Eres leal a tus amigos. Es uno de tus mejores rasgos. Pero Joe golpeó a la mula de su padre y estuvo a punto de matarla. ¿Lo has olvidado?

–Joe dijo que fue su padre –respondió Tank.

–Hubo testigos, Tank –le recordó Mallory–. En la misma época su madre tuvo que ir a urgencias con una fractura en el brazo. Se dijo que había intentado impedir que Joe golpeara a la mula y este la golpeó con una llave de tuercas.

–Ella dijo que se cayó –respondió Tank.

–No quieres oír estas cosas, pero ya sabes que Joe se fue del Ejército por problemas mentales –le recordó Cane–. Atacó a dos hombres en el barracón por reírse de él porque no sabía deletrear. Uno de ellos acabó en el hospital.

–Puede que todo eso sea cierto, pero aun así podría no haber causado deliberadamente la muerte del hombre que estaba dándole una paliza a Laura Teasley.

–Lo sé –contestó Cane–. Pero tiene un largo historial de comportamiento violento. Eso salió en el juicio. Además, Laura testificó que Joe ya le guardaba rencor a la víctima por un trabajo que realizó y nunca cobró.

–Estábamos hablando de los Brannt –dijo Tank para cambiar de tema–. Y seguimos sin saber quién se llevó ese huevo.

–Las únicas personas que tenían acceso a esta habitación eran Mavie, que sabemos que no lo hizo, y nosotros. Y Gelly –añadió Cane.

–Eso no es del todo cierto, ¿verdad, Tank? –preguntó Mallory de pronto.

Tank se quedó mirándolo.

–Joe solo estuvo aquí una vez, justo antes de que lo arrestaran.

–Tank, se acercó a la cabaña para hablar con Morie sin que ella se diese cuenta –le recordó Mallory–.

Es un hombre del bosque. Puede entrar y salir de donde quiera. Es herrero y cerrajero. Puede abrir cerraduras.

–¿No es suficiente que le acusen de un crimen que no cometió? ¿Es que también vamos a empezar a acusarle de robo? –preguntó Tank, y se puso en pie exasperado–. Me voy a la cama. Esta discusión no nos lleva a ninguna parte.

–Yo también –convino Cane poniéndose en pie–. Dane Lassiter ha enviado a uno de sus mejores detectives a echar un vistazo por aquí. Descubrirá algo, estoy seguro.

–Probablemente tenga que ver con Gelly, me temo –dijo Tank mirando a Mallory con preocupación–. Espero que no estés más encariñado con ella de lo que parece.

–No lo estoy –aseguró Mallory con pesar–. No era más que una mujer con la que salir.

–Será mejor que no se le ocurra una acusación mejor que las que hizo contra Morie y nuestro antiguo empleado –le dijo Cane.

–¿Como qué? –preguntó Mallory.

–Quizá resulte estar embarazada.

–No de mí –respondió Mallory–. No soy tan descuidado.

–Podría mentir.

–La prueba de paternidad me exculparía. Además nunca llegué a tener intimidad con ella.

–Me alegro –dijo Tank.

–Sí –convino Cane.

Mallory no mencionó que había estado a punto una vez, después de que Morie se marchara. Él estaba deprimido y necesitaba consuelo. Pero no había cruzado la barrera con Gelly. Así que, aunque le acusara de eso, podría refutarlo. Sin embargo sí le preocupaba que intentara tenderle una trampa. Quería dinero y estaba desesperada. Se preguntó si se habría llevado ella el huevo. Había tenido la oportunidad y los motivos. Imaginó que tendrían que esperar a que el detective privado averiguase algo.

Se fue a la cama pensando en la verdadera identidad de Morie y en la última imagen que tenía de ella, con aquel vestido blanco, elegante como una princesa, rodeada de los ganaderos más ricos del mundo.

Pocos días más tarde llamó a la puerta un hombre alto y moreno de pelo negro y largo, con ojos grises y vestido con traje.

Mavie le dejó entrar y llamó a Mallory, que era el único hermano presente en la casa en ese momento.

–Ty Harding –se presentó el hombre al estrecharle la mano–. Trabajo para Dane Lassiter, de Houston.

–Adelante –respondió Mallory–. Mavie, café, por favor.

–Enseguida –respondió ella, y le dirigió una mirada sonriente al atractivo recién llegado. No solo era guapo, sino que además tenía el físico de una estrella de cine; alto y musculoso, aunque no de manera evidente.

Harding se sentó frente a Mallory.

–He terminado con la investigación.

–Entonces, ¿sabe quién robó el huevo? –preguntó Mallory de inmediato.

El detective asintió.

–Se vendió a un traficante de Denver mediante una tercera persona por diez mil dólares.

Mallory se quedó mirándolo con la boca abierta.

–¡Pero si vale diez veces eso!

–Sí, lo sabemos. El traficante ha sido arrestado y le han confiscado el huevo a su nuevo dueño. Está bastante disgustado. Pagó por él un cuarto de millón.

Por suerte, el traficante no había tenido tiempo de distribuir más de un tercio del dinero.

Mallory se sintió aliviado.

–Esa joya era de nuestra abuela –explicó–. No tiene precio, pero sí un valor sentimental. ¿Quién lo robó?

Harding vaciló un instante. Mavie entró con las tazas de café sobre una bandeja de plata. También había bizcocho. Lo dejó sobre la mesa y volvió a sonreír al detective. No sonreía mucho. A Mallory le sorprendía su reacción.

–Espero que le guste el bizcocho –dijo–. Lo hice ayer.

–Me encanta. Gracias.

–¿Leche? ¿Azúcar?

Harding negó con la cabeza y se rio, lo que dejó ver unos dientes blancos y perfectos.

–Hace años que me acostumbré a tomarlo solo. Es difícil encontrar leche y azúcar en algunos de los lugares en los que he trabajado.

–Gracias, Mavie –dijo Mallory.

Ella lo miró, se aclaró la garganta, se excusó y se marchó.

–Una mujer muy agradable –comentó Harding antes de probar el café–. Colombiano –adivinó–. Mi favorito.

–¿Sabe distinguir el origen de la mezcla? –preguntó Mallory con asombro.

–Es una afición.

Mallory no dijo nada.

–Bueno. Entonces ¿quién robó el huevo?

Harding dio otro trago al café y dejó la taza.

–Un trío, me temo.

–¿Qué trío? –Mallory le daba vueltas a la cabeza mientras buscaba sospechosos.

–Una mujer de la zona, Gelly Bruner, robó el huevo. Tenía una llave de la vitrina, que le proporcionó un preso fugado, Joe Bascomb, que necesitaba dinero para evitar que le pillaran. Había un tercer hombre involucrado, aunque de manera indirecta. Un tipo apellidado Bates. Parece ser que ayudó a la señorita Bruner a colocar las pruebas.

–¡Bates trabaja para mí! –exclamó Mallory–. Dijo que vio a Morie Brannt con el huevo en el barracón.

–Creo que también ayudó a colocar pruebas contra otro vaquero que trabajaba aquí, un hombre llamado Harry Rogers, que piensa poner una demanda por arresto injustificado.

–Genial –dijo Mallory–. Supongo que nuestros abogados estarán entretenidos.

–Rogers tiene razón, pero es al sheriff que le arrestó a quien piensa demandar, y a la señorita Bruner. No le va a demandar a usted. Dijo que a usted le engañaron, igual que a él.

Mallory se sintió conmovido.

–En ese caso, podrá recuperar su empleo con un aumento, si así lo desea, y además le pagaré el abogado.

–Tendrá que hablar con él de eso. Sin embargo, su vaquero Bob Bates ha sido arrestado y acusado de ser cómplice del robo.

–Estoy asombrado. Sospechaba de Gelly, pero no tenía ni idea de que Bates estuviera implicado.

–Sentía algo por ella y es muy joven –respondió Harding–. Está horrorizado por lo que hizo. Ella le dijo que era una broma. No supo la verdad hasta que la señorita Brannt fue despedida, y entonces le dio miedo decir la verdad.

–Eso no excusa el robo –aseguró Mallory.

–Es su primer delito –dijo Harding–. Estoy seguro de que quedará en libertad. Sin embargo, la señorita Bruner está en una situación bien distinta. Ella tiene antecedentes.

–¿Por qué? –preguntó Mallory.

–Por robo. No es su primer tropiezo con la justicia. Nunca la han condenado, pero ha sido acusada en dos ocasiones por el robo de antigüedades en casas privadas. Me temo que no va a ser fácil para ella. Aparecía su firma en el recibo de los beneficios de la venta del huevo robado, y Bates va a testificar contra ella a cambio de una reducción de condena. Puede situarla en la casa con un duplicado de la llave en el momento del robo. Parece ser que Bascomb también le hizo una copia de la llave de la casa.

–Oh, Dios mío –exclamó Mallory.

–Así que tal vez sea buena idea revisar sus otros objetos de valor para ver si falta alguno o si ha sido reemplazado –le sugirió el detective.

–Lo haré hoy mismo –le aseguró Mallory–. Ha descubierto muchas cosas en muy poco tiempo.

Harding se encogió de hombros.

–Me encanta mi trabajo. Antes era policía, pero me cansé del horario, así que dejé el departamento de policía de Houston y me fui a trabajar para Dane Lassiter. Es un buen jefe.

–Eso he oído.

–Corre el rumor de que Joe Bascomb no obtuvo su parte del dinero y que busca venganza –añadió Harding–. Si yo fuera usted, colocaría patrullas extra para que vigilaran por aquí. Ahora está realmente desesperado. Han traído personal especializado para que se adentre en el bosque a buscarlo.

–Me aseguraré de que todos vayamos armados –le dijo Mallory–. Y gracias.

–Ha sido un placer –contestó Harding con una sonrisa.

Mallory les contó a sus hermanos lo que Harding le había dicho y juntos recorrieron la casa en busca de algún otro objeto desaparecido. Para su sorpresa, descubrieron que faltaban al menos dos valiosos jarrones de cerámica y una copa de oro macizo en miniatura, por no hablar de una cubertería de plata que guardaban separada de las demás en un armario especial. Casi nunca la utilizaban y los hermanos le prestaban poca atención, porque no estaba en una zona de paso de la casa.

Mallory llamó al departamento del sheriff y un agente se encargó de tomarles declaración. Prometió que su investigador se pondría en contacto con las autoridades pertinentes en Denver para buscar los objetos. Mallory no esperaba que apareciesen, pero siempre cabía esa posibilidad, por pequeña que fuera.

Gelly le había llamado a cobro revertido desde el centro de reclusión, llorando y pidiéndole ayuda.

–Soy inocente –decía–. ¡Me han tendido una trampa! ¡Es mentira!

–Gelly, tenías duplicados de las llaves que Bascomb te proporcionó –respondió él–. El fiscal tiene un testigo que te vio vender el huevo a un traficante en Las Vegas. ¿Qué esperas que haga?

–¡Tienes que ayudarme! –exclamó ella–. ¡Les diré que estoy embarazada! ¡Llamaré a los periódicos!

–Adelante –respondió él.

–¡Lo digo en serio!

–Yo también. Tendrías que demostrarlo. Ambos sabemos que es imposible.

–Bueno, yo lo sé. Pero puedo mentir. ¡Sé cómo mentir y hacer que la gente me crea!

–Desde luego que sí –convino él con frialdad–. Hiciste que despidiéramos a Morie con tus mentiras. Por no mencionar a Harry Rogers, que trabajaba para nosotros y fue despedido por robar un taladro que ni siquiera se había llevado.

–Esa imbécil –murmuró Gelly–. Me inventé todo tipo de historias sobre ella y tú te las creíste todas.

–Sí, así es.

–Quizá yo no pueda tenerte, pero ahora tú nunca la tendrás a ella. No creo que te deseara realmente. ¡Eres más feo que un sapo!

Se sintió herido por aquel comentario.

–Puede ser –respondió–. Pero yo soy rico.

Gelly se limitó a resoplar.

–Adiós, Gelly.

Colgó el teléfono y extrajo el dispositivo en el que había grabado la conversación. Aunque no le había dicho que estaba siendo grabada, aquello serviría como prueba de que él no era responsable de ningún embarazo que ella pudiera alegar. Lo guardó en el cajón de la mesa del teléfono, lo reemplazó por uno nuevo y después bloqueó el número desde el que le había llamado, el centro de reclusión, para que no pudiera volver a localizarlo. Sus palabras le dolían. Sabía que no tenía un atractivo fuera de lo común. Se dio la vuelta y se fue a trabajar, aunque no prestó atención a lo que estaba haciendo. Lo cual fue una lástima.

Morie estaba caminando por el granero con su padre y con su hermano. No había dicho ni dos palabras en toda la mañana.

Cort era tan alto como su padre, con el pelo y los ojos negros. A Morie le parecía muy guapo, aunque fuese su hermano. En aquel momento la miró con los párpados entornados.

–No sigas pensando en ese maldito tipo de Wyoming –le dijo con vehemencia–. No se merece que pienses en él.

–Amén –murmuró King Brannt.

–Ninguno de los dos sabéis nada sobre él –respondió Morie sin levantar la mirada–. Tiene cosas buenas. Se dejó engañar por Gelly Bruner.

–Sus hermanos no –respondió King.

–El amor ciega a los hombres –dijo Morie con más dolor del que pretendía–. Mallory está enamorado de Gelly.

Ambos se quedaron mirándola.

King, que no era en absoluto cariñoso, le pasó un brazo por encima y la estrechó contra su pecho.

–Daryl será un buen marido –le dijo con firmeza.

–Lo sé –respondió ella con una sonrisa.

–Si ella no le ama, no lo será –intervino Cort.

–Se supone que tú estás de mi lado –le dijo su padre.

–Estoy de tu lado, pero ella es mi hermana y la quiero. No es buena idea meterse en una nueva relación cuando no has zanjado la anterior.

–Yo nunca he tenido una relación con ese horrible ganadero –murmuró Morie.

King la soltó y la miró a la cara.

–¿Estás segura?

–Estoy segura.

King arqueó una ceja.

–Te miraba como miro yo un filete bien jugoso cuando tu madre lleva dándome pollo toda una semana.

A Morie le dio un vuelco el corazón.

–¿De verdad?

–Y además me desafió –añadió su padre.

–Creí que no te caía bien –dijo Morie.

–He recibido noticias del detective privado –continuó King–. Parece ser que la señorita Bruner está en prisión esperando el juicio por robo, junto con uno de los vaqueros de los Kirk. El criminal fugado que están buscando también está en la lista, pero aún no lo han encontrado.

–Ha salido en las noticias esta mañana –dijo Cort–. Lo están buscando con perros.

–Me da pena Tank –respondió Morie–. Joe Bascomb era su amigo.

–¿Tank? –preguntó Cort.

–Se enfrentó a un tanque en Irak y sus hombres le pusieron ese mote.

–Supongo que es mejor que Tinaja –dijo su hermano.

Tinaja era como llamaban a uno de sus empleados, que era increíblemente delgado y el mejor vaquero que habían tenido nunca. Nadie sabía cómo había acabado con aquel mote.

–Han dicho que Bascomb le había dicho a un miembro de su familia que tenía una cuenta que saldar antes de que le atraparan, y que no le pillarían vivo.

Morie sintió un escalofrío por los brazos. Fue como si supiera que algo terrible estaba a punto de ocurrir y no tuviera manera de impedirlo.

–Me siento extraña –murmuró.

–¿Extraña? –preguntó su padre.

Antes de que pudiera responder, Shelby entró en el granero con unos vaqueros y una camiseta de manga corta. Tenía el ceño fruncido.

–¿Qué sucede, cariño? –preguntó King, que la conocía bien. La estrechó entre sus brazos y le dirigió una sonrisa–. ¿Puedo ayudarte?

Ella negó con la cabeza y miró a Morie con pesar.

–Se trata del ganadero para el que trabajabas. Mallory Kirk.

El corazón le dio un vuelco.

–¿Qué pasa con él?

–El criminal que se fugó lo ha secuestrado en su propio rancho. Dice que va a matarlo... ¡Morie!

Morie no la oyó. Se desmayó allí mismo.

12

Si a su familia le sorprendió que se desmayara al enterarse de que habían secuestrado a Mallory, su siguiente movimiento les horrorizó a todos. Anunció que tenía pensado volar a Wyoming.

–¿Qué diablos crees que puedes hacer que no puedan hacer los agentes de la ley? –le preguntó su padre acaloradamente.

–Puedo hablar con Joe Bascomb –respondió ella.

–Nadie puede hablar con él. Está desesperado –su hermano intentó razonar con ella–. Puede que te secuestre y te mate a ti también.

–No lo hará –contestó ella. Estaba segura–. Yo hablé con él. Compartí mi almuerzo con él. A mí me hará caso.

Shelby no había dicho nada aún. Estaba observando, escuchando, preocupándose.

–Mamá, ¿recuerdas cuando el viejo Hughes se emborrachaba? –preguntó Morie–. ¿Recuerdas a quién llamaban para que le sacase de los bares y evitase que se metiese en peleas? A mí. Siempre hacía lo que yo le pedía, sin importar lo loco que estuviera o lo malo que fuera.

–Sí, lo recuerdo –dijo Shelby–. Se te da bien la gente.

–Joe Bascomb no hará caso a ningún hombre –añadió Morie–. Pero puede que haga caso a una mujer.

–No permitiré que te pongas en peligro –le dijo su padre.

Morie se acercó a él.

–Sí lo harás, papá –le dijo con ternura–. Porque es

lo que harías tú en mi lugar, y lo sabes. Amo a Mallory Kirk. Puede que sea un ingenuo, puede que sea un desastre de hombre, pero no puedo permitir que muera y no intentar salvarlo.

King tomó aliento.

–Supongo que no.

Morie se quitó el anillo de compromiso y se lo entregó a su padre.

–Por favor, devuélveselo a Daryl y dile que sí que he encontrado a alguien mejor, pero solo porque es un hombre al que amo. Él lo entenderá.

–Lo hará –convino King–. Les diré que preparen el avión.

–Gracias.

Su padre le dio un beso en la frente.

–No dejes que te maten –le dijo muy en serio.

–No lo haré. Lo prometo –le aseguró Morie antes de abrazarlos a los tres.

–Podría ir contigo –se ofreció Cort.

–No necesitan a más hombres problemáticos de los que ya tienen –murmuró King–. Tú te pareces demasiado a mí. Pondrías a todo el mundo muy nervioso.

Cort se encogió de hombros, pero no contradijo a su padre.

–Ten cuidado –le dijo a Morie tirándole del pelo.

–Lo haré. Lo prometo.

Llamó a Tank desde el aeropuerto. Cane y él fueron a buscarla. Pero, cuando les explicó lo que deseaba hacer, se opusieron.

–De hacer caso a alguien, me haría caso a mí –argumentó Tank.

Estaba demacrado, igual que Cane. Habían sido un par de días duros desde que Mallory saliera a revisar las vallas situadas junto a la vieja cabaña y no regresara. Joe Bascomb había llamado horas más tarde y les había dicho que tenía a Mallory y que iba a matarlo por estropear sus planes. Tank le había rogado a su amigo que no lo hiciera, pero Joe había respondido que no tenía nada que perder y que no volvería a hablar con ellos. Después había colgado el teléfono.

–Puede que Mal ya esté muerto –dijo Tank con pesar–. No tenemos manera de saberlo.

–No creo que lo esté –respondió ella, sin explicar por qué lo pensaba. En su interior sabía que Mallory seguía con vida. Lo sabía.

–Ni siquiera sabes cómo encontrar a Joe, en caso de que te permitiésemos intentarlo –le recordó Cane.

–Sí que lo sé –respondió ella–. Iré a la cabaña y le esperaré. Vendrá. La tiene vigilada.

Ambos fruncieron el ceño.

–Ahí es donde secuestró a Mal –dijo Cane–. Vimos restos del forcejeo.

–¿Por qué la cabaña? –preguntó Tank.

–Tiene provisiones, ¿verdad? –dijo Morie–. Tiene hasta una cama. Y nadie se queda allí salvo cuando es necesario. ¿Dónde creéis que ha estado viviendo? ¿En una cueva?

–Ya has dicho anteriormente esa teoría –murmuró Tank.

–Por entonces mi credibilidad aquí andaba por los suelos –contestó ella con ironía.

Ambos parecieron arrepentidos.

–Sé que vosotros dos creíais que era inocente –les dijo–. Gracias.

Cane se quedó mirándola con curiosidad.

–Mallory dijo que resplandecías como una joya en casa de tu familia. La hija de Kingston Brannt revisando vallas en un rancho. Apenas podíamos creerlo.

–Mi padre no me dejaba acercarme al ganado –

explicó ella, encantada con la descripción que Mallory había hecho sobre ella–. Mi hermano tampoco. Y, además, los hombres me pretendían por el dinero de mi padre. Necesitaba un descanso.

–Mallory ha estado torturándose desde que volvió a casa –le dijo Tank–. Cree que es demasiado feo para atraer a una mujer por sí mismo, así que solo desean su dinero.

–No es feo. Estúpido sí –murmuró ella–. Idiota. Desconfiado. Temperamental…

–Eso ya lo sabemos –admitió Cane–. Pero le queremos.

Morie los miró con tristeza.

–Sí. Yo también. Por eso he venido. Y no me disuadiréis. Llevo razón.

–Si Joe no mata a Mal –dijo Tank–, y si finalmente le deja libre, entonces él nos matará a nosotros por dejarte correr ese riesgo.

–Ya nos enfrentaremos a eso cuando llegue el momento. Ahora necesito cambiarme de ropa, subirme a un caballo e irme a la cabaña.

–Está lloviendo a mares –le informó Cane.

–Da igual. ¡He traído chubasquero!

También había llevado cinco mil dólares en billetes grandes, con los que pensaba tentar a Joe para que liberase a Mallory. Era un riesgo calculado. Quizá se quedara con el dinero y con ella, y los matase a los dos. Pero estaba dispuesta a correr un riesgo que él no iba a correr. Bascomb era una persona básica. Necesitaba dinero y estaba furioso por haber sido engañado. Pero aun así necesitaba el dinero y tal vez negociara. El sheriff estaba acercándose. Joe tendría que huir deprisa. No sabría que Morie ya había hablado con el sheriff, que también era amigo del tío Danny, y le había explicado su plan. El sheriff tendría a dos agentes gubernamentales ocultos en el bosque vigilando la cabaña. No podía contarles eso a los hermanos Kirk, por si acaso se les escapaba la información.

Darby se disgustó cuando le pidió que le ensillara el caballo.

–No puedes hacer eso –protestó mientras ella guardaba en las alforjas una bolsa con galletas y un termo de café que Mavie había preparado para su viaje–. ¡No podéis permitir que lo haga! –les exhortó a los dos hermanos.

–Sí que pueden, Darby –le dijo Morie amablemente–. No permitiré que Joe mate a Mallory. Da igual lo que tenga que hacer para salvarlo.

–No está bien.

–Sí lo está. Tú reza por mí, ¿de acuerdo?

–Rezaré sin parar –le prometió Darby–. Ojalá hubiera sabido quién eras desde el principio. Jamás te hubiera dejado ir a revisar las vallas.

–Si no lo hubieras hecho, no habría conocido a Joe Bascomb y no tendría la posibilidad de convencerlo para liberar a Mallory. Las cosas salen como tienen que salir. Hay un plan para todo. Un objetivo –dijo ella, y se sorprendió al recordar haberle dicho eso mismo a Joe.

Se subió al caballo preparada para iniciar su camino. La lluvia resbalaba por el impermeable y el ala del sombrero. Además estaba oscureciendo, pero no dejaría que eso la desanimase. Llevaba una linterna en las alforjas.

–Intentad no preocuparos. Os llamaré en cuanto sepa algo –llevaba un teléfono móvil en el bolsillo del impermeable.

–Si no sabemos nada de ti dentro de una hora, iremos para allá –le advirtió Tank.

Ella asintió.

–Me parece justo.

Dio la vuelta al caballo y salió galopando hacia la cabaña. Solo le quedaba la esperanza. Pero la esperanza era lo último que perdería.

Morie se detuvo frente a la cabaña y bajó del caballo. Sacó de las alforjas las galletas, el termo, el dinero y la linterna.

Advirtió un movimiento en la cortina. Estaba en lo cierto. Joe se encontraba en esa cabaña. Se preguntó si tendría a Mallory allí y rezó para que así fuera. Si ya lo había matado, su vida no valdría nada.

Subió los escalones y abrió la puerta. Se encontró cara a cara con el cañón de una escopeta cargada.

–¿Qué estás haciendo aquí? –preguntó Joe Bascomb.

Morie sentía náuseas y estaba aterrorizada, pero no se atrevía a demostrarlo. Así que se limitó a sonreír.

–Te he traído una cosa.

Él parpadeó y la escopeta se tambaleó ligeramente.

–¿Me has traído una cosa?

Morie asintió.

Él vaciló. Ella miró a su alrededor. Mallory no estaba allí. El corazón le dio un vuelco. ¿Y si ya estaba muerto?

Joe bajó la escopeta.

–¿Qué me has traído? –preguntó.

–¿Mallory Kirk sigue vivo?

Joe tomó aliento y se quedó mirándola.

–¿Sigue vivo? –repitió ella con la voz más temblorosa.

Joe le puso el seguro a la escopeta y la dejó sobre una mesa larga de madera.

–Sí –respondió tras unos segundos que parecieron horas.

Morie respiró aliviada.

–¿Dónde está?

–Atado a un árbol, a cierta distancia de aquí –respondió él–. Donde nadie puede encontrarlo. Está magullado, porque se enfrentó a mí cuando intenté llevármelo de aquí. Pero no está muerto. Aún –añadió en tono amenazador–. ¿Por qué estás aquí? ¿Cómo sabías dónde encontrarme?

–No lo sabía –respondió ella–. Tenía la esperanza de que regresaras aquí. Es donde nos conocimos, ¿recuerdas?

–Sí.

Morie dejó la bolsa sobre la mesa, la abrió y sacó dos galletas recién hechas con mermelada de fresas por encima, así como un termo de café caliente.

–Las galletas de Mavie –murmuró Joe con la voz casi rota. Agarró una de ellas y empezó a comérsela con placer. Después dio un trago al café y puso la misma expresión.

–¡Cuando uno vive en el bosque, echa de menos muchas cosas! –exclamó. Después la miró y frunció el ceño–. Es peligroso venir aquí. ¿Por qué te han dejado?

–No podían detenerme –respondió ella sin más mirándolo a los ojos–. Amo a Mallory Kirk.

Eso le hizo sentir incómodo y apartó la mirada.

–No tiene nada de guapo.

–Es lo que tiene dentro lo que le convierte en el hombre que es –respondió ella–. Es sincero, trabajador y nunca miente.

Joe se rio abiertamente.

–Gelly Bruner dijo que me amaba –dijo con frialdad–. La conocí tras la muerte de mi esposa. Quería que le hiciera unas llaves. Dijo que el hombre al que maté le debía mucho dinero, y que el dinero estaba en su casa, en una caja. Le contó mentiras sobre su novia para hacer que la golpeara. Gelly sabía que la mujer me llamaría a mí pidiendo ayuda, porque estaba cerca.

–Santo Dios –murmuró Morie.

–Así que la saqué a ella de la habitación e intenté que el hombre me contara lo del dinero, pero se enfrentó a mí y tuve que matarlo. Gelly dijo que no importaba... que tenía otra forma de ganar aún más dinero. Me habló del huevo de Fabergé, pero yo ya lo sabía porque Tank me lo había enseñado en una ocasión. Entonces no sabía lo mucho que valía. Así que le quitó las llaves a Mallory y me pidió que hiciera copias para poder entrar en la casa y abrir la vitrina. Tuve que colarme en la herrería de noche y arriesgarme a que me capturasen por ella. Dijo que se haría con el huevo, que lo vendería y que tendríamos dinero para fugarnos. Consiguió la ayuda de un vaquero. Y entonces va, le vende el huevo a un traficante y hace que la arresten. Y yo me quedo sin nada, porque Mallory Kirk llamó a un detective privado y este lo destapó todo.

–Mi padre llamó al detective –dijo Morie–. Primero me culparon a mí del robo.

–¿De verdad?

–Fue Gelly. Y Bates, el vaquero que lo puso en mi mochila.

–No lo soporto –contestó Joe–. Nunca fue mi intención que salieras perjudicada. Fuiste muy amable conmigo. A la gente no suelo importarle.

–Lo siento mucho por ti, de verdad –le dijo ella–. Pero matar a Mallory no resolverá tus problemas. Simplemente hará que te condenen a la pena de muerte.

Joe volvió a reírse. Fue un sonido escalofriante que retumbó en la habitación.

–No volveré. Maté a ese hombre deliberadamente –dijo con la misma frialdad en la mirada que en la voz–. No quería decirme dónde estaba el dinero. Yo quería el dinero para llevar a Gelly de viaje y comprarle cosas bonitas. Decía que me amaba más que a nadie en el mundo. Nadie me había amado desde que mi esposa murió...

Morie sintió que el corazón se le detenía en el pecho. No sabía que Joe hubiera tenido una relación con Gelly. Apostaría a que los Kirk tampoco lo sabían.

–¿Sabías que tenía antecedentes? –le preguntó–. Fue arrestada dos veces y acusada de robo, pero se libró de ir a juicio. Esta vez no tendrá tanta suerte.

–Dijo que tenía otra manera de conseguir dinero, dado que este plan había salido mal –murmuró Joe–. Iba a decir que Mallory la había dejado embarazada –negó con la cabeza mientras Morie seguía paralizada–. Pero, después de que yo le secuestrara, me dijo que había grabado la conversación con ella en la que admitía que sería mentira, pero que podía hacer que la gente se lo creyera. ¿Cómo puede ser tan estúpida?

Morie se relajó. Por un instante había temido que fuese verdad. ¡Era un alivio! Pero todavía tenía que salvar a Mallory…

–Te he traído algo más –dijo señalando la bolsa de cuero donde llevaba el dinero.

Joe frunció el ceño. Dejó la taza del termo y abrió la bolsa. Se quedó sin aliento.

–¡Esto es una fortuna!

–No tanto. Solo son cinco mil. Es parte de mi herencia. Mi padre posee un gran rancho de ganado en Texas. Su madre me dejó el dinero –se acercó más a él–. Te ayudará a huir, ¿verdad? Entonces, ¿dejarás libre a Mallory?

Él entornó los párpados con desconfianza.

–Los billetes están marcados, ¿verdad?

Ella levantó las manos.

–¿Cómo voy a marcar los billetes? –preguntó exasperada–. Fui directamente desde el banco al aeropuerto y no le dije a nadie lo que iba a hacer con el dinero. ¡Ni siquiera les dije a mis padres que lo había sacado de mi cuenta!

Joe se relajó. Sacó el dinero de la bolsa y lo miró

fascinado. Había hecho muchas cosas para lograr salir con vida de aquel condado. Ahora tenía los medios necesarios. Lo único que tenía que hacer era marcharse...

–¿Te han seguido? –le preguntó a Morie.

Ella negó con la cabeza.

–Les hice prometer que no lo harían.

Joe estaba pensando, planeando, maquinando. Con el dinero podría comprarse un coche barato, ropa y comida. Podría irse a Montana, donde tenía otros amigos que le esconderían. Podría escapar.

Se volvió hacia ella y agarró la escopeta. Por un instante, Morie se preguntó si iba a matarla después de haberle dado el dinero.

–No te haré daño –le dijo de un modo extraño–. Solo quiero huir. No puedo volver a la cárcel. No puedo dejar que me encierren –volvió a mirar el dinero–. Golpee a mi madre con una llave de tuercas. No fue mi intención herirla. No fue mi intención herir a nadie. Pero me dan esos ataques. Me vuelvo loco y no puedo controlarlo. No puedo evitarlo –cerró los ojos–. Tal vez estaría mejor muerto, ¿sabes? Así no haría daño a nadie más. El pobre Mallory fue amable conmigo en una ocasión, me ayudó porque Tank se lo había pedido, cuando abandonamos el servicio militar. Tank era mi amigo. Le mentí. Le dije que me habían tendido una trampa. Pero no era cierto. Yo quería matar a aquel hombre. He hecho cosas terribles. Cosas que nunca quise hacer. Pero no puedo permitir que me encuentren con vida, ¿lo comprendes? No puedo dejar que me encierren.

Ella frunció el ceño.

–Si te entregaras, tal vez podrían conseguirte un psicólogo que te ayudara...

–He matado a un hombre –le recordó él–. Y he secuestrado a otro. Eso significa que intervendrán los federales. Me seguirán hasta el infierno. Podré escapar durante un tiempo. Pero, al final, los federales me atraparán. Una vez conocí a uno. Era como un bulldog. No comía ni dormía, solo buscaba hasta encontrar al hombre en cuestión. Muchos de ellos son así –agarró la otra galleta y el termo de café–. Gracias. Por la comida y por el café. Y por el dinero –vaciló un instante–. Por escucharme. Nadie me había escuchado nunca, salvo mi esposa. Le pegaba… Dios sabe por qué no me abandonó. Nunca la merecí. Tuvo cáncer. Dijeron que sabía que lo tenía y no quiso tratamiento. Yo sabía por qué. Me amaba, pero no podía seguir viviendo conmigo, y no podía dejarme. ¡Maldita sea! ¡No merezco vivir!

–No debes decir eso –le respondió ella–. La vida es un regalo.

Joe tragó saliva y la miró con unos ojos que ya estaban muertos.

–Cuando era pequeño, mi madre ya sabía que algo me pasaba. Me lo decía. Pero era demasiado orgullosa para contárselo a nadie. Pensaba que era como decir que a ella le pasaba algo malo. Yo era incapaz de aprender nada, ¿sabes? Dejé el colegio porque se reían de mí. Veía las palabras al revés.

Morie se acercó más. No le tenía miedo.

–Lo siento. Lo siento mucho.

Joe apretó los dientes.

–Yo siento haberte implicado en esto. No era tu problema. Mallory está a unos ochocientos metros por el sendero –dijo tras una pausa–. A la derecha, entre unos arbustos. Será difícil encontrarlo, porque yo no quería que lo encontraran.

–Yo lo encontraré –aseguró ella.

Joe se dirigió hacia la puerta, vaciló y se volvió hacia ella.

–¡Es un hombre afortunado! –dijo apretando los dientes. Cerró la puerta y se fundió con la oscuridad.

***

Morie no perdió un solo minuto. Salió corriendo, se subió al caballo y comenzó a recorrer el sendero que conocía después de pasar semanas revisando las vallas. Mallory estaba por ahí, en alguna parte, empapándose bajo la lluvia. A saber cuánto tiempo llevaría atado. Necesitaría atención médica. Hacía mucho frío, algo fuera de lo normal. El corazón se le aceleró al pensar en la posibilidad de no lograr encontrarlo. Podría pedir ayuda, pero, si Joe seguía cerca y se daba cuenta, podría pensar que le había delatado e intentar matarlos a modo de venganza. No quería correr ese riesgo.

Recorrió lo que consideró que serían ochocientos metros del camino, bajó del caballo, lo ató a un árbol y comenzó a atravesar la maleza. Pero no encontró nada. ¿Y si Joe le había mentido? ¿Y si había matado realmente a Mallory y ella estaba a punto de encontrarse con un cadáver? Sintió el terror crecer en su interior.

Tal vez hubiera calculado mal la distancia. ¡Quizá estuviera más lejos!

Volvió a subirse al caballo y avanzó unos metros más. En algún lugar oyó un sonido, un sonido extraño, como un trueno. Pero no había tormenta. Debía de estar imaginándoselo. Volvió a bajarse del caballo e inspeccionó de nuevo el terreno. Tenía que avanzar despacio porque apenas veía nada y la linterna fallaba. Buscó y buscó, pero no encontró nada. Había árboles por todas partes, pero ninguno con un hombre atado.

–Maldita sea –murmuró, desesperada por encontrar a Mallory. ¿Y si Bascomb había mentido? ¿Si había matado a Mallory y había tirado su cadáver en otra parte? Si un hombre era capaz de matar, también era capaz de mentir.

Tragó saliva y trató de contener las lágrimas. Tenía que pensar positivamente. Joe no mentía. Mallory estaba vivo. Estaría por allí, en alguna parte. ¡Y ella iba a encontrarlo! Tenía que encontrarlo. Sin él no podría vivir.

Cabalgó unos metros más, se bajó del caballo y volvió a inspeccionar. Pero, una vez más, no encontró nada. Repitió el procedimiento una y otra vez, temiendo pasarlo por alto en un descuido. Podría pedir ayuda cuando amaneciera, pero entonces quizá fuese demasiado tarde…

Siguió por el camino hasta llegar a una curva, se bajó y atravesó la maleza. La linterna comenzó a emitir un brillo amarillento. ¡Se había olvidado de cambiarle las pilas! La agitó y la golpeó con la esperanza de que el impacto volviera a encenderla durante unos minutos más, pero no fue así y la luz comenzó a apagarse.

–¡Maldita sea! –exclamó para sí misma–. Y no tengo pilas de sobra. ¡Qué idiota!

Oyó un sonido y se detuvo. Escuchó con atención. La lluvia sonaba cada vez con más fuerza sobre las hojas, pero fue capaz de distinguir un sonido amortiguado. El corazón le dio un vuelco.

–¡Mallory! –gritó. Al diablo con Joe. No iba a dejar morir a Mal solo porque le diese miedo alzar la voz.

Volvió a oír el sonido amortiguado con más fuerza a su derecha.

Atravesó los arbustos frenéticamente, sin importarle que pudieran arañarle la piel ni rasgarle la ropa. Tropezó con las ramas caídas por el suelo hasta llegar a un lugar donde se alzaban varios pinos.

–¡Mallory! –gritó de nuevo.

–Aquí –su voz sonaba amortiguada y cansada.

Morie apartó unos matorrales que crecían alrededor del árbol y allí lo encontró. Con la cabeza descubierta, pálido, con los brazos atados a la espalda, sentado. Estaba empapado. Tenía el rostro magullado. Pero, cuando vio a Morie, sus ojos se iluminaron de tal forma que ella se quedó sin respiración.

Consiguió quitarle la mordaza que Joe le había puesto.

Él tosió.

–¿Tienes algo de beber? –le preguntó con la voz ronca–. Llevo un día y medio sin beber agua…

–No –respondió ella–. ¡Lo siento mucho! –pensó angustiada en el termo de café que le había dado a Joe Bascomb–. Te desataré –se colocó detrás del árbol e intentó soltar los nudos, pero la cuerda de nylon estaba mojada y no cedía.

–La navaja. En el bolsillo izquierdo.

Morie rebuscó en su bolsillo y, mientras lo hacía, sus caras casi se tocaban.

Él le acarició la mejilla con la boca.

–¡Qué chica tan guapa y tan valiente! –susurró–. Estoy orgulloso de ti.

Morie sintió las lágrimas resbalar por sus mejillas. Se agachó y le dio un beso en la boca.

–Te quiero –le dijo–. No me importa el pasado.

Él consiguió sonreír.

–Yo también te quiero, cariño.

–¿De verdad? ¡Oh, Mal! –se inclinó y volvió a besarlo con deseo.

–No es que me queje –murmuró él–. Pero ¿crees que podrías desatarme pronto? Se me han dormido las manos.

–¡Oh, Dios!

Volvió a colocarse detrás del árbol, abrió la navaja y empezó a cortar la cuerda. Mallory tenía las manos blancas. La sangre volvió a fluir por sus venas cuando le soltó.

–¿Puedes levantarte? –le preguntó Morie.

Él lo intentó y cayó al suelo.

–Lo siento –murmuró–. Las piernas también se me han dormido.

Era evidente que sufría cierto grado de congelación y a saber qué otras lesiones le habría causado Joe.

–Pediré ayuda –dijo ella mientras sacaba su teléfono móvil.

De pronto aparecieron unas luces brillantes a su alrededor y se acercaron unos hombres.

–¿Señorita Brannt? –preguntó alguien.

–¡Sí! –exclamó ella.

Se fijó entonces en un hombre alto de pelo oscuro. Llevaba vaqueros y una cazadora de ante. Tenía el pelo recogido con una coleta y una expresión sombría.

–Soy Ty Harding. Trabajo para Dane Lassiter.

–Hola, Harding –dijo Mallory–. Me alegro de verle.

–Puedo dejar atrás a cualquiera de estos federales –respondió para tomarles el pelo a los otros dos hombres–, así que me ofrecí para ayudar con la búsqueda. Jameson, ¿puedes traer un todoterreno hasta aquí?

–Claro. Enseguida vuelvo.

Harding se arrodilló junto a Mallory.

–No creo que pueda volver montado a caballo.

–Probablemente no –convino Mallory–. ¿Tiene agua?

–Yo sí –dijo uno de los federales, y le lanzó una botella a Harding, que se la entregó a Mallory. A Morie le resultaba doloroso ver lo sediento que estaba mientras bebía y se atragantaba por el ansia.

–¡Dios, qué gusto! –exclamó Mallory cuando se terminó la botella–. Llevaba casi dos días atado aquí. Pensé que iba a morir. Pero entonces ha aparecido un ángel y me ha salvado –añadió mientras le dirigía una sonrisa a Morie–. Mi propio ángel de la guarda.

–Le he dado a Joe Bascomb una bolsa con dinero –le dijo ella a Harding–. Hablé con el sheriff antes de venir, así que él lo sabe. No puedo decirle en qué dirección se fue Joe. Estaba lloviendo…

La expresión de Harding a la luz de la linterna parecía severa.

–No tiene que preocuparse por eso.

–¿Ya lo han atrapado? –preguntó ella.

–No –respondió él–. Lo hemos encontrado. Sentado contra un árbol a un kilómetro de aquí. Muerto.

Morie se quedó sin aliento y un escalofrío recorrió sus brazos. Aquella especie de trueno que había creído oír. ¿Un disparo?

–¿Muerto? –preguntó.

–Se disparó con una escopeta. Dejó una nota –Harding la sacó del bolsillo–. Va dirigida a usted, señorita Brannt.

Con manos temblorosas, Morie desdobló el pedazo de papel. Estaba manchado de sangre. La sangre de Joe. No eran más que unas pocas líneas garabateadas.

He matado a un hombre y secuestrado a otro por culpa de una mala mujer que solo quería dinero. Nunca volvería a salir de la cárcel. Gracias por ser tan amable cuando nadie más lo fue. Tu hombre es afortunado. Que seas feliz. Tu amigo, Joe.

Morie se echó a llorar.

Mallory se acercó y la abrazó con fuerza, a pesar del dolor que sentía en los brazos por llevar tanto tiempo atado.

–No pasa nada. Ya ha pasado todo.

–Pobre hombre –murmuró ella.

–Él escogió su vida, señorita Brannt –le dijo Harding.

–No es verdad –respondió ella entre lágrimas–. Tenía dificultades de aprendizaje y todo tipo de problemas psicológicos. Pero no recibió ayuda porque su madre pensaba que dirían que a ella también le pasaba algo malo.

–Santo Dios –murmuró Mallory–. Si lo hubiéramos sabido…

–Todos tenemos un objetivo –repitió Morie.

–Así es –convino Harding–. La gente aparece en nuestras vidas por razones que a veces no entendemos. Pero hay un propósito para todo. Incluso para el suicidio de Bascomb.

–Al menos su madre no ha vivido para ver su final –comentó Mallory–. Y hablando de familia, será mejor que empecemos a hacer llamadas. Mis hermanos deben de estar volviéndose locos, por no hablar de tu madre, de tu hermano y del salvaje de tu padre.

–No es salvaje –respondió Morie–. Aprenderás a quererlo.

–¿Eso cree? –preguntó Harding–. He conocido a su padre y tengo serias dudas al respecto.

Ella se rio.

–Usted no lo conoce. Yo sí.

–Una pena para mí, sin duda –admitió Harding, y levantó la mirada cuando apareció el todoterreno–. Vamos a llevarle al hospital, señor Kirk. Tendrán que hacerle un chequeo.

–¿Al hospital? ¡No pienso ir a un maldito hospital! –respondió Mallory mientras le ayudaban a subir al todoterreno.

–Sí que vas a ir –le dijo Morie con firmeza–. Ahora recuéstate y cállate. Vamos a salvarte.

Mallory se quedó mirándola fijamente y después se carcajeó.

–De acuerdo, jefa –murmuró–. Lo que usted diga.

–Recuerda eso y nos llevaremos de maravilla –lo miró batiendo las pestañas y sonrió.

13

Tank y Cane se reunieron con ellos en urgencias. Abrazaron a su hermano y se quedaron boquiabiertos al saber lo cerca que había estado de la muerte.

–Habéis permitido que fuese a buscarme ella sola –les acusó Mallory.

–Ya nos sermonearás cuando estés mejor –respondió Cane.

–Pero mira lo que ha hecho –añadió Tank–. Te ha salvado.

–Sí, así es –confirmó Morie–. A pesar de las objeciones de mi hermano, de mi madre, de mi padre, de tus hermanos y de Darby.

–Todos nos sentimos aliviados –dijo Cane con una sonrisa–. Pero ella ha hecho lo que ninguno de nosotros podríamos haber hecho. Bascomb nos habría disparado nada más vernos.

Se oyeron gritos y pasos en el vestíbulo.

–¡Papá! –exclamó Morie, porque reconoció aquella voz.

King Brannt entró en la consulta seguido de una enfermera y de un médico.

–¡Oh, papá! –Morie corrió hacia él y lo abrazó–. Estoy bien. No ha pasado nada.

–¿Dónde está él? –preguntó Shelby desde el vestíbulo.

–Sigue el rastro de cuerpos –respondió Cort con una carcajada.

–¡Mamá! ¡Cort! ¿Qué estáis haciendo aquí? –preguntó Morie mientras los abrazaba a ellos también.

–Salimos diez minutos después de ti –respondió

King–, pero no logramos que nadie nos dijera nada. Y ellos –señaló a Cane y a Tank– no contestaban al maldito teléfono. ¡He tenido que gritarles a un sheriff y a un detective para averiguar algo!

–No deberías gritarle a la gente. No está bien –dijo Shelby con amabilidad.

–¡Está justificado cuando temes que tu hija haya sido asesinada! –exclamó King.

El médico y la enfermera comprendían la ira de King. Sonrieron y se marcharon. Sin embargo el médico regresó un minuto más tarde para examinar a Mallory.

–Congelación, deshidratación, magulladuras en las costillas y un hombro dislocado, pero las pruebas no revelan huesos rotos ni lesiones internas –les dijo–. Ha tenido mucha suerte, señor Kirk. Mucha más suerte que su secuestrador. Le han llevado al hospital local para realizarle la autopsia.

–¿Qué? –preguntó King.

–Se ha suicidado –explicó el médico. Después miró a Morie y negó con la cabeza–. Si mi esposa hubiera hecho lo que ha hecho usted esta noche, le habría echado un buen sermón antes de abrazarla fuertemente. ¿El comportamiento temerario es un rasgo de familia?

–¡Sí, lo es! –exclamó Shelby señalando a su marido y a su hijo.

–Bueno, el señor Kirk se pondrá bien –dijo el médico con una sonrisa–. Solo necesita reposo, algo para el dolor y algunas vendas. Nos encargaremos de eso ahora mismo.

–¿Vendas? –murmuró Mallory–. Si solo son unos cortes. Me hago cosas peores trabajando en el rancho todos los días.

–Yo también –convino King acercándose a él con las manos en los bolsillos–. Hace dos días me golpeó un toro y tuvieron que darme puntos.

–A mí me pisó uno la semana pasada –dijo Mallory–. Esos malditos bichos lo hacen a propósito.

King se quedó mirándolo.

–Será mejor que seas bueno con ella

–Lo seré –le aseguró Mallory.

–Puedes apostar a que sí –añadió Tank–. O haremos que se divorcie y yo me casaré con ella.

–Puede casarse conmigo si decide librarse de él –dijo Cane señalando a Mallory con el pulgar–. Conservo casi todos los dientes y sé bailar el tango –agregó con seriedad, porque Mallory le había contado que a Morie le fascinaba el baile.

–Yo estoy aprendiendo –protestó Mallory–. Lleva su tiempo. Necesito a alguien que me enseñe.

Morie apretó los labios.

–Creo que estoy preparada para hacerlo.

–Creo que aprenderé más deprisa si me enseñas tú –contestó Mallory con brillo en la mirada–. Y hay algunas cosas que yo puedo enseñarte a ti.

–¿De verdad? –preguntó ella con fascinación fingida.

–Sí. ¡Por ejemplo te enseñaré a no salir en mitad de la noche a buscar a criminales fugados! ¿Y si te hubiera matado?

–Entonces supongo que tendrías que encontrar a otra que te enseñara a bailar el tango –respondió ella sin más.

Mallory suspiró con exasperación.

–¿Ves? –preguntó King–. Ahora ya sabes cómo va a ser. Yo he tenido que soportarla desde que aprendió a decir que no. Ahora te toca a ti.

Morie simplemente se rio.

No regresó a casa con su familia. Se mudó a la casa de los Kirk, a una habitación propia, y Mallory le compró un juego de anillos, pero de esmeraldas en vez de rubíes. Se prometieron, aunque él nunca había llegado a pedirle que se casaran. Shelby se encargó de las invitaciones. La ceremonia se celebraría en el rancho de Texas.

La noche antes de que volaran hasta allí, Mallory la tenía sobre su regazo, sentados los dos en el sillón reclinable del salón después de que sus hermanos se hubieran ido a la cama. La besó con pasión.

–Me muero de hambre –murmuró mientras deslizaba las manos por debajo de su blusa–. Nunca en mi vida había tenido tanta hambre.

Ella sonrió bajo sus besos.

–Yo tampoco.

–Pero vamos a esperar de todos modos.

–Sí –respondió ella riéndose.

Mallory levantó la cabeza. Respiraba entrecortadamente.

–Recuérdame otra vez por qué vamos a hacerlo, cuando nadie más lo hace.

–El hecho de que todo el mundo lo haga no significa que esté bien a los ojos de la gente que tiene fe –respondió ella–. Yo quiero una noche de bodas. Una de verdad. No una noche como cualquier otra que sucede después de la ceremonia. Yo quiero llevar encaje en mi vestido, quiero sentir la excitación de la ceremonia y del banquete, la anticipación al pensar en lo maravillosa que será la noche que me espera. Solo hay una primera vez. La mía va a ser justo como la deseo. Punto.

Él suspiró resignado.

–A veces los principios son un fastidio.

Morie se inclinó hacia delante y le mordisqueó el labio inferior.

–Te alegrarás de haber esperado.

–¿Estás segura de eso?

–Segurísima.

–De acuerdo. Me daré una ducha fría, me tomaré una cerveza aún más fría y me iré a la cama.

–Buen chico.

–No es que quiera –respondió él con resignación.

–Eres un buen chico. Y será un orgullo ser tu esposa.

Mallory sonrió.

–Mi preciosa Morena –susurró–. Casada con el hombre más feo de Wyoming.

–Mentiroso –contestó ella–. Para mí eres el hombre más guapo del planeta.

–¿Yo? –preguntó él con las cejas arqueadas.

–Tú. No es tu aspecto el que te hace guapo. Es el hombre que eres.

Mallory se sonrojó.

Ella sonrió, volvió a besarlo y se puso en pie.

–Saldremos mañana temprano. Ya sabes que Mavie y Darby tienen que venir también.

–Ellos también lo saben. Ya han hecho la maleta.

Morie se puso seria un momento.

–Siento mucho lo de Gelly. Dicen que probablemente le caigan veinte años si la condenan.

–Yo siento haberte culpado –respondió él abrazándola–. Estuve a punto de cometer un error terrible. Me tenía completamente cegado.

–Pero te despertaste a tiempo. Eso es lo que cuenta.

–Supongo que sí.

La boda fue el mayor evento que Branntville recordaba desde que Shelby Kane se casara con King Brannt. La lista de invitados era increíble. Incluía a estrellas de cine, presentadores de televisión, deportistas de élite, políticos e incluso miembros de la realeza europea.

Daryl estaba invitado. Había ido antes para darles la enhorabuena y para decirle a Morena que se alegraba por ella. No le había ofendido que Morena le enviara los anillos en vez de entregárselos en persona, sobre todo después de saber que había arriesgado su vida para salvar a Mallory. Simplemente se alegraba de que estuviese a salvo.

Sin embargo, ahora que ya no estaba prometido, sus padres insistían de nuevo en casarlo con cualquier mujer de buena familia. Le contó que se había resignado a dejar que le persiguieran por su dinero. Pero, bueno, quizá le encontraran alguien realmente agradable. Como ella. Mallory se mantuvo a su lado mientras hablaban. Finalmente Daryl le estrechó la mano y, tras varios minutos, todos sonrieron.

Para la ceremonia, Morena se puso un vestido de diseño que uno de los antiguos compañeros de su madre había hecho para ella. Iba radiante y su amor se reflejaba en su cara. Llevaba el pelo adornado con flores blancas bajo un velo de fantasía con reflejos perlados que le cubría la cara. El vestido era tradicional, con mangas abombadas, escote redondo y una larga cola. Además iba adornado con encaje belga de importación. Las joyas pertenecían a la colección de su madre, y además llevaba un broche en el pelo que le había prestado su dama de honor, Odalie Everett, que caminó hacia el altar orgullosa del brazo de Cane Kirk, ignorando significativamente a Cort Brannt durante el recorrido.

En el órgano sonó la marcha nupcial mientras Morena caminaba por el pasillo de la capilla del rancho hacia Mallory Kirk, que estaba en el altar con sus hermanos como padrinos. Ella llevaba un ramo de rosas blancas y amarillas atadas con una cinta amarilla. Miró a Mallory y estuvo a punto de tropezar al ver la expresión de amor en su mirada. «Qué camino tan largo hemos recorrido», pensó.

Lo miró a los ojos y el resto de la ceremonia pasó tan deprisa que apenas se dio cuenta. Dejó que le pusiera el anillo en el dedo, dijo las palabras apropiadas y observó cómo su marido le apartaba el velo de la cara y la veía por primera vez como esposa. Era una tradición antigua y hermosa que ambos valoraban, en una época en la que el mundo en general ridiculizaba las tradiciones.

–Mi preciosa esposa –susurró con una sonrisa antes de inclinarse para darle un beso.

Ella le devolvió el beso y suspiró como si tuviera el mundo a su alcance. Y así era.

El banquete fue divertido. Se ofrecieron tarta el uno al otro, posaron para la prensa y para el fotógrafo de la boda y bailaron al son de la música que tocaba la orquesta.

–¡Qué camino tan largo hemos recorrido! –le susurró Mallory al oído mientras bailaba con ella el vals.

–Es curioso. Yo pensaba lo mismo cuando estábamos en el altar –respondió ella.

–Ya empezamos a leernos el pensamiento –bromeó él.

Ella asintió y lo miró a los ojos. La electricidad que había entre ellos vibraba como una corriente subterránea. Aguantó la respiración al ver la intensidad de su mirada.

–Aún no –susurró.

Él asintió sin dejar de mirarla a los ojos.

–Aún no.

Dos largas horas más tarde, se subieron a una limusina que les llevaría a San Antonio, donde pasarían la noche de bodas. Al día siguiente se irían al Caribe, a una isla privada propiedad de un amigo que les prestaba su finca durante una semana. Sería una luna de miel de ensueño. No tendrían nada que hacer salvo conocerse mejor y tomar el sol. Morena estaba deseándolo.

Entraron en la suite que Mallory había reservado. Le dieron propina al botones. Cerraron la puerta. Desconectaron el teléfono. Mallory agarró a Morena por la cintura y la miró a los ojos durante largo rato.

Después estiró el dedo índice y le rodeó con él un pezón, que de inmediato se endureció.

–Llevo semanas soñando con esto –susurró.

–Yo también –respondió ella, casi sin aliento.

Mallory se inclinó y frotó la nariz contra la suya. Aumentó la presión del dedo índice y después lo retiró.

–Me has hecho esperar –susurró–. Ahora voy a hacerte esperar yo a ti.

La besó en la boca lentamente, con una maestría que ella empezaba a reconocer. Fue bajándole el vestido con determinación y le quitó el sujetador. Cubrió su cuerpo de besos hasta llegar al vientre. Ella gimió al sentir sus manos deslizándose hacia abajo.

Mallory la soltó el tiempo suficiente para retirar las sábanas de la cama. La tomó en brazos, le dio un beso y la dejó sobre el colchón. Devoró su cuerpo desnudo con la mirada mientras se quitaba la chaqueta y la corbata, que dejó caer sobre una silla. Sonrió mientras se desabrochaba la camisa y dejaba ver un torso ancho y musculoso cubierto de vello negro y rizado.

Ella pensó en cómo sería sentirlo sobre sus pechos desnudos y se movió impaciente sobre las sábanas, temblorosa bajo la intensidad de su mirada.

Mallory se rio suavemente.

–La anticipación es divertida –murmuró.

–Eso lo dirás tú –contestó ella.

Él se quitó los zapatos, los calcetines, el cinturón y el pantalón. Después, muy lentamente, los boxers negros que llevaba.

Ella se quedó mirándolo con las mejillas encendidas. Había visto fotografías. Casi todas las mujeres lo habían hecho, aunque solo fuera mirando una revista por encima del hombro de un compañero de clase. Pero nunca había imaginado que los hombres fuesen tan, tan…

Mientras lo observaba con admiración su miembro comenzó a hincharse.

Mallory se tumbó en la cama junto a ella.

–Como ya habrás notado –le susurró con voz aterciopelada–, estoy algo más dotado que la mayoría de los hombres. Pero no te haré daño, te lo prometo.

–No tengo miedo.

–Tonterías –contestó él antes de besarle los pechos–. Claro que lo tienes. Es la primera vez.

–Claro que lo tengo –admitió ella–. ¿No te importa?

Él levantó la cabeza y la miró extrañado.

–¿El qué?

–Leí un artículo –confesó ella–. Algunos hombres decían que no querían acostarse con una mujer virgen porque no querían tener que preocuparse por las complicaciones…

–¿De verdad? –Mallory deslizó la mano por su vientre y sonrió cuando ella intentó apartarla–. Tranquila. Esto es parte del juego. No te sientas avergonzada. Es natural lo que sientes.

Ella no sabía lo que sentía. Al principio sorpresa al notar las caricias en un lugar que solo se tocaba cuando se bañaba. Y después más sorpresa, porque, cuando Mallory movió la mano, experimentó tanto placer que no pudo evitar gritar y agarrarse a sus brazos.

–Inesperado, ¿verdad? –preguntó él–. Pero mejorará.

Le besó los pechos mientras la tocaba. La saboreó y la exploró en un auténtico festín para los sentidos mientras ella se arqueaba hacia la fuente de todo aquel placer.

–Puede que esto resulte un poco incómodo –susurró contra su boca mientras volvía a mover la mano.

Al principio ella se tensó. Pero, cuando se dio cuenta de lo que estaba haciendo, no se resistió. Se recostó y se mordió el labio inferior hasta que terminó.

Cuando Mallory apartó la mano, dejó un rastro de sangre. Alcanzó una caja de pañuelos de papel situada en la mesilla y lo limpió sin dejar de mirarla a los ojos.

–No ha sido tan malo –susurró ella.

Él asintió.

–Así te dolerá menos cuando esté dentro de ti –susurró mientras se colocaba encima. Le separó las piernas y miró hacia abajo–. Iré despacio.

–De acuerdo.

Morena levantó los brazos hacia él y recibió el roce de su torso contra sus pechos. Abrió la boca al sentirlo en su lugar secreto, ese lugar oscuro que nunca había experimentado un contacto parecido. Le clavó las uñas en los brazos cuando empezó a frotarse contra ella.

–No estés nerviosa –le dijo él–. No hay de qué preocuparse.

Deslizó la mano entre sus cuerpos y la tocó. En esa ocasión, no se tensó. Levantó las caderas y se estremeció de placer. Gimió y cerró los ojos para poder saborearlo.

La presión aumentaba poco a poco, atormentándola, haciendo que se volviera loca de placer.

–¡Por favor! –gritó.

–Sí.

Apartó la mano y la reemplazó con su cuerpo. La penetró deliberadamente, con decisión, apoyándose en su antebrazo mientras la recolocaba para hacerle sentir más placer y guiar sus movimientos.

Ella gimió. La tensión aumentaba cada vez más.

No podía pensar. Apenas podía respirar. Se concentró en su cara, que se acercaba y se alejaba al ritmo de las embestidas de sus caderas. Se estremeció mientras el placer crecía y crecía, hasta que todo su mundo quedó reducido al sonido de sus cuerpos deslizándose el uno contra el otro, al roce de las sábanas mientras se movían encima, a sus respiraciones entrecortadas.

–Mallory –murmuró ella entre gemidos mientras se estremecía y se arqueaba.

–Ahora, cariño –susurró él, aumentó el ritmo y no pudo seguir controlándose–. ¡Ahora, ahora, ahora!

Ella gritó y se aferró a él mientras se movía, desesperada por sentirlo dentro, ansiosa por notar sus embestidas con más profundidad, con más fuerza, cada vez más ardientes.

Le clavó los dientes al alcanzar el clímax, su cuerpo se convulsionó y se dejó llevar por un placer que jamás hubiera pensado que pudiera existir. Apenas fue consciente de los movimientos de Mallory, de sus gemidos de placer cuando se lanzó al abismo con ella. Se abrazaron extasiados.

Y ni siquiera entonces pudieron parar. Ella levantó las caderas para rogarle más.

–Oh, no pares.

–No puedo –susurró él con una carcajada profunda–. Ha sido maravilloso. Pensé que me iba a morir.

–¡Yo también!

Mallory levantó la cabeza mientras seguía moviéndose dentro de ella, viendo cómo su placer crecía de nuevo. Se quedó encantado con su respuesta, pues no parecía querer parar en absoluto.

–Adelante, regodéate –susurró ella.

–Te quiero –respondió él antes de besarla–. Mi esposa sexy, guapa y valiente. Moriría por ti.

Ella lo abrazó con fuerza.

–Yo también moriría por ti.

–Estoy agotado, cariño –susurró él contra sus labios–. Pero puedo aguantar un poco más. Te daré todo el placer que quieras, ¿de acuerdo?

Ella no le oía ni le comprendía. Sentía en su interior un calor tan intenso que creía que iba a arder hasta morir. Pero finalmente se estremeció una última vez y la tensión explotó. Se derrumbó bajo su cuerpo con un suspiro tembloroso.

Él se echó a un lado y la abrazó.

–¿Satisfecha?

–Sí. No lo comprendo –susurró ella contra su garganta.

–Las mujeres tardan más que los hombres –le explicó Mallory–. Pero un hombre queda agotado y tarda un tiempo en poder volver a hacerlo. A las mujeres les dura más la pasión.

–Ah.

Mallory levantó la cabeza y la miró a los ojos.

–Tenías razón.

–¿Sí? ¿En qué?

–En lo de esperar –contestó él antes de besarle los párpados–. Ahora siento haber estado con otras mujeres antes de haberte conocido.

–Yo no sé si lo siento –respondió ella.

Mallory arqueó las cejas.

–Eres muy, muy bueno en la cama –explicó ella–. Desde el punto de vista de una principiante, quiero decir. Tenía miedo –confesó–. Había oído historias terribles de mujeres en su noche de bodas. Mujeres que decían que los hombres perdían el control y les hacían daño.

–Oh, yo no podría hacerte daño –respondió él con suavidad antes de volver a besarla–. Te quiero demasiado. Tenía que ser agradable para ti, de lo contrario no habría sido agradable para mí en absoluto.

Ella sonrió perezosamente y se acurrucó junto a él, pero de pronto puso cara de dolor.

–¿Te duele? –preguntó Mallory.

Ella se sonrojó.

–Es un efecto secundario de la pasión y de la abstinencia –contestó él riéndose–. No te preocupes. Un par de días de reposo y estarás bien. Mientras tanto, podríamos pensar en pedir algo de comer y ver algo en la tele. ¿Qué te parece?

Ella se incorporó y asintió.

–Puede que sea buena idea.

Mallory se levantó, se estiró y sonrió al ver su mirada de admiración. La tomó en brazos y la llevó al cuarto de baño.

–Pero primero podemos darnos una ducha relajante y jugar a los médicos.

Ella se echó a reír. El matrimonio no solo era un festín de pasión, sino también la cosa más divertida que jamás había experimentado.

Una semana más tarde estaban bailando tango en un exclusivo club de Jamaica, junto a la playa.

–Te dije que aprendería rápidamente si tenía la maestra apropiada –bromeó Mallory antes de darle un beso en la oreja mientras se movían por la pista.

–Así es. Y lo has hecho.

–Tú también –susurró él.

Ella lo miró con picardía.

–Hoy he comprado un libro.

–¿Un libro? ¿Qué clase de libro?

–Es un libro detallado sobre cómo… cómo hacer cosas. Con tu marido.

–Yo no tengo marido –se quejó él–. ¿Qué pasa conmigo?

–Es un libro para mujeres sobre cómo hacer cosas con sus maridos –le informó ella–. Es muy detallado.

–¿Tiene dibujos? –preguntó él.

–No necesita dibujos.

–Entonces, ¿puedes demostrármelo?

Ella se carcajeó.

–Me parece que sí.

–¿Ahora? –preguntó Mallory tras detenerse en mitad de la pista de baile.

–¿Aquí? –preguntó ella horrorizada.

–¿Cómo te atreves? Soy un hombre decente.

–No puedes ser decente si quieres que te demuestre lo que he aprendido –contestó ella con una sonrisa.

–Esto se pone cada vez mejor. ¿Nos vamos?

Mallory le ofreció el brazo y ella lo entrelazó con el suyo mientras se reía.

–Puede que me lleve algo de tiempo –dijo mientras abandonaban el local–. Creo que todavía no me lo sé de memoria.

–Prometo no quejarme, tardes el tiempo que tardes –le aseguró él.

Y tardó mucho tiempo. Pero él mantuvo su promesa y no se quejó. Ni una sola vez.

EL CAMINO DEL ENCUENTRO

DIANA PALMER

Querida lectora:

Quise escribir la historia de Cane Kirk desde el instante en el que le descubrí acechando en mi cerebro. Era un hombre con problemas serios. Pero, al fin y al cabo, un hombre sin defectos sería un hombre aburrido.

La historia fue desarrollándose en la pantalla del ordenador ante mis propios ojos. Yo tenía una trama, pero los personajes escribieron el libro. Tengo que admitir que la parte de los gallos no es del todo inventada. No hace mucho tiempo, yo misma tuve un problema con unos gallos.

Un día, salí a la puerta de mi casa y vi un gallo rojo y dos gallinas blancas comiendo en mi césped. Vivo en una ciudad, así que era algo bastante sorprendente. Pensé que volverían a su casa y que allí acabaría todo. Pero al día siguiente, regresaron. Intenté sacarlos por la puerta y cerrarla. Pero volvían cada vez que la abría. Las gallinas continuaron viniendo a mi casa y dejándome dos bonitos huevos cada día y el gallo regresó allí de donde procediera. Hasta que un buen día, comenzó a aparecer todas las mañanas sobre mi sólida cerca de madera de más de dos metros al amanecer, como un reloj.

Yo le echaba diariamente del jardín, pero él comenzó a contraatacar. Tenía espuelas y sabía volar. Me atacó en dos ocasiones, hasta que descubrí la manera de protegerme. Aprendí a utilizar la tapadera del cubo de la basura para mantenerlo a distancia. Así que me dedicaba a correr detrás de él por todo el jardín (en realidad, renqueaba tras él por todo el jardín), y eso que estábamos a cerca de treinta grados de temperatura. Así que correteábamos y nos tambaleábamos hasta que él terminaba caminando sin resuello y yo caminaba sin resuello tras él. Pero jamás conseguí acercarme a menos de dos metros de él. Jamás conseguí darle alcance. Pero hay páginas web en las que te enseñan a comprender el comportamiento de los gallos y la manera de atraparlos. No, no es lo que estás pensando. Me gusta la sopa de pollo, pero no me comí a tan fiero y emplumado oponente. El gallo se retiró con sus laureles a una ubicación más adecuada.

En cualquier caso, compadezco al pobre Cort Brannt, personaje que aparece al final de este libro. Cuando llegues a ese episodio, entenderás por qué.

Y, como siempre, gracias por tu amabilidad y tu lealtad a lo largo de todos estos años.

Tu mayor admiradora,

Diana Palmer

Para Cinzia (¡y no me refiero a las furgonetas de helados!), Vonda, Cath y todas mis seguidoras

1

A Bolinda Mays le estaba costando concentrarse en el libro de Biología. No había dormido bien, estaba preocupada por su abuelo. Este tenía poco más de sesenta años, pero era un hombre enfermo y tenía dificultades para pagar sus facturas.

Bolinda había regresado a su hogar desde la universidad de Montana en la que estaba estudiando para pasar el fin de semana con él. El viaje era caro, teniendo en cuenta la gasolina que se necesitaba para ir y volver en su vieja, pero todavía útil, camioneta. Gracias a Dios, tenía un trabajo a tiempo parcial en un pequeño supermercado durante el curso, en caso contrario, ni siquiera habría podido permitirse el gasto de volver a casa para ver a su abuelo.

Estaban a principios de diciembre. No faltaba mucho para Navidad y al cabo de una semana, tendría los exámenes finales. Pronto llegaría el frío. Pero el padrastro de Bolinda estaba volviendo a amenazar con echar a su abuelo de la que había sido la casa de la madre de Bolinda. La muerte de esta había dejado al anciano a merced de aquel loco cazafortunas que estaba metido en todos los asuntos turbios de Catelow, Wyoming. Bolinda se estremeció al pensar que no iba a poder pagar los libros de texto de segunda mano que había cargado a la tarjeta de crédito. Iba a tener que hacerse cargo también de las facturas de su abuelo. La gasolina era demasiado cara, pensó con tristeza. Y el pobre hombre ya había tenido que elegir entre la comida y las medicinas para la tensión. Bolinda había pensado en pedir ayuda a sus vecinos, los Kirk. Pero al único de la familia al que realmente conocía era Cane, y Cane estaba resentido con ella. Muy resentido. Sería arriesgado pedirle dinero. En el caso de que se atreviera.

Y no porque Cane no le debiera algo después de todas las veces que había intercedido por él en el pequeño pueblo de Catelow, Wyoming, un pueblo situado no muy lejos de Jackson Hole. Cane había perdido el brazo en Oriente Medio durante la última guerra, cuando estaba en el Ejército. Había vuelto a casa amargado y frío como el hielo, odiando a todo el mundo. Había comenzado a beber, se había negado a ir a rehabilitación, no había querido saber nada de psicólogos y había terminado enloqueciendo.

Cada dos semanas, organizaba una trifulca en el bar de la localidad. Los otros hermanos Kirk, Mallory y Dalton, siempre pagaban las cuentas y conocían al propietario de la taberna, que era suficientemente bondadoso como para no hacer que arrestaran a Cane. Pero la única apersona que podía acercarse a Cane era Bolinda, o Bodie, como la llamaban sus amigos. Ni siquiera Morie, recientemente casada con Mallory, podía tratar con Cane cuando estaba borracho. Era un hombre intimidante.

Aunque no para Bodie. Ella le comprendía como pocos lo hacían. Algo sorprendente, teniendo en cuenta que solo tenía veintidós años y Cane ya tenía treinta y cuatro. Era una gran diferencia de edad. Pero nunca había parecido importar. Cane hablaba con ella como si fuera de su edad, a menudo sobre cosas que ella no tenía por qué saber. Parecía considerarla como un amigo más.

Pero Bodie no tenía el aspecto de un amigo. Evidentemente, en cuanto al tamaño de su pecho, no podía considerarse muy bien dotada. Sus senos eran pequeños y respingones y no se parecían nada a los de las mujeres de las revistas para hombres. Lo sabía porque Cane había salido en una ocasión con una de esas modelos que aparecían en las páginas desplegables y le había hablado a Bodie sobre ello. Había sido otra de aquellas conversaciones embarazosas que Cane mantenía con ella cuando estaba borracho y de las que, seguramente, después ni siquiera se acordaba.

Bodie sacudió la cabeza e intentó concentrarse una vez más en el libro de Biología. Suspiró mientras se pasaba la mano por el pelo, un pelo negro, corto y ondulado. Sus ojos, de un peculiar color castaño claro, estaban fijos en los de dibujos de los órganos internos del cuerpo humano, pero no era capaz de poner su cerebro a funcionar. Iba a tener un examen final la semana siguiente, además de un examen oral en el laboratorio, y no quería ser la típica estudiante que terminaba escondiéndose debajo de la mesa cuando el profesor empezaba a hacer preguntas.

Cambió de postura sobre la moqueta, en la que estaba tumbada boca abajo, e intentó concentrarse. Comenzó a sonar la música. Era raro. Sonaba igual que la melodía que tenía en el móvil, un fragmento de la banda sonora de la película *Star Trek*.

–¡Eh, Bodie! Es para ti –la llamó su abuelo desde la habitación de al lado, donde Bodie había dejado el teléfono en el bolsillo del abrigo.

Musitó algo ininteligible y se levantó.

–¿Quién es, abuelo?

–No lo sé, cariño –su abuelo le tendió el teléfono.

–Gracias –susurró–. ¿Diga? –contestó.

–Eh… ¿Señorita Mays? –llegó hasta ella una voz vacilante.

Bodie la reconoció inmediatamente y apretó los dientes.

–¡No pienso ir! –advirtió–. Estoy estudiando para un examen de Biología. ¡Y tengo que preparar una prueba para el laboratorio…!

–Por favor –repitió la voz–, están amenazando con llamar a la policía y creo que esta vez lo harán. Los periódicos se pondrían las botas.

Se hizo un incómodo silencio. Bodie apretó los labios.

–¡Oh, maldita sea! –musitó.

–Darby dice que con usted se tranquilizará. De hecho –añadió el vaquero esperanzado–, ahora mismo Darby la está esperando justo delante de su casa.

Bodie caminó a grandes zancadas hasta la ventana y miró a través de los listones de las cortinas. Había una enorme camioneta negra en el camino de la entrada con los faros encendidos y el motor en marcha.

–Por favor –insistió el vaquero.

–De acuerdo –Bodie colgó cuando él todavía estaba dándole las gracias.

Agarró la cazadora y la riñonera y se puso las botas.

–Tengo que salir. Estaré fuera una hora, no tardaré mucho –le aseguró a su abuelo.

Rafe Mays, acostumbrado a aquella rutina, apretó los labios.

–Deberían pagarte –señaló.

Bodie elevó los ojos al cielo y caminó hacia la puerta.

–Espero no tardar mucho –dijo antes de salir y cerrar la puerta tras ella.

Se metió en la camioneta. Darby Hanes, que durante mucho tiempo había sido el capataz de los Kirk, sonrió con pesar.

–Lo sé y lo siento. Pero eres la única persona que puede hacer algo por él. Está destrozando el bar y los dueños están empezando a cansarse de que ocurra lo mismo semana tras semana.

Después de asegurarse de que Bodie se había puesto el cinturón de seguridad, salió a la carretera.

–Anoche tuvo una cita en Jackson Hole y la cosa terminó mal. O al menos eso creo por la forma en la que maldecía cuando llegó a casa.

Bodie no contestó. Odiaba enterarse de las chicas con las que salía Cane. Parecían ser muchas, a pesar de que le faltara un brazo. Para ella, aquel problema no suponía ninguna diferencia. Cane continuaba siendo Cane de cualquier manera. Le amaba. Le quería desde que se había graduado en el instituto y Cane se había presentado ante ella con un ramo de rosas de color rosa, sus flores favoritas, y un frasco de un carísimo perfume floral. Incluso la había besado. En la mejilla, por supuesto, como a una niña por la que sintiera un gran aprecio más que como a una adulta. El abuelo de Bodie había trabajado para el Rancho Real hasta que la salud le había fallado y había tenido que renunciar. Aquello había sido cuando Cane todavía estaba en el Ejército, después de la segunda guerra del Golfo, antes de que aquella terrible bomba colocada al borde de la carretera le hubiera arrebatado la mayor parte del brazo izquierdo y hubiera estado a punto de quitarle también la vida.

Bodie suponía que Cane le tenía cariño. Hasta el año anterior, la gente no había descubierto la capacidad casi mágica de Bodie para tranquilizarle cuando estaba bajo los efectos del alcohol. Desde entonces, cada vez que se emborrachaba, iban a buscarla a su casa.

Durante un breve período de tiempo, Cane había ido a fisioterapia, le habían tomado las medidas para hacerle una prótesis y parecía estar acostumbrándose a su nueva vida.

Hasta que, por razones que nadie conocía, todo había caído en picado. Sus estallidos se habían convertido en legendarios. Los gastos eran terribles, y eran sus hermanos, Mallory y Dalton, los que tenían que hacerse cargo de ellos. Cane recibía mensualmente una paga del Ejército, pero nadie era capaz de convencerle de que solicitara una incapacitación.

Él era el encargado de ir a las ferias de ganado con un vaquero que manejaba en su lugar a los toros más grandes, y también era la parte creativa del rancho. Se le daban muy bien las relaciones públicas, era el encargado de mantener las relaciones con los grupos de ganaderos más influyentes, estaba al tanto de toda la legislación que afectaba al sector ganadero y, generalmente, era el portavoz del rancho.

Cuando estaba sobrio.

Pero últimamente no lo estaba. Al menos, no muy a menudo.

–¿Tienes idea de lo que ha pasado? –preguntó Bodie con curiosidad.

Seguramente, Darby lo sabría. Estaba al tanto de todo lo que ocurría en el Rancho Real, un rancho que había recibido el nombre de su primer propietario, un caballero procedente de Valladolid, una ciudad situada al norte de Madrid, la capital de España, que había montado aquel rancho hacia finales del siglo XIX.

Darby la miró y esbozó una mueca. Era de noche y hacía frío a pesar de la calefacción y de la vieja, pero todavía funcional, cazadora de Bodie.

–Tengo alguna idea –confesó–. Pero, si Cane se enterara de que te lo he contado, me echaría inmediatamente.

Bodie suspiró y jugueteó con la riñonera que prefería llevar en vez de un incómodo bolso.

–Supongo que ella le habrá hecho algún comentario sobre el brazo.

Darby asintió débilmente.

–Eso es lo que me he imaginado yo. Es muy susceptible con ese tema. Es extraño –añadió muy serio–. Yo pensaba que lo estaba llevando bien.

–Si volviera a terapia, tanto física como mental, mejoraría.

–Desde luego. Pero ni siquiera quiere hablar sobre ello. Se está encerrando en sí mismo –añadió con voz queda.

–Aquí tenemos a este físico teórico haciendo horas extras otra vez –bromeó, porque la mayor parte de la gente no sabía que Darby estaba graduado en ese campo.

Darby se encogió de hombros.

–¡Eh! Que yo solo me dedico a llevar el ganado.

–Seguro que por las noches te encierras en tu habitación para imaginar el desarrollo de alguna nueva y potente teoría unificada de campos –se echó a reír.

–Solo los miércoles –contestó él, riendo a carcajadas–. Por lo menos mi campo de estudio no me deja cubierto de barro ni me obliga a andar metiendo palas en agujeros por todo el país.

–No te metas con la Antropología –le regañó Bodie con firmeza–. Algún día descubriré el eslabón perdido y podrás presumir de haberme conocido antes de que me hiciera famosa, como ese tipo que siempre sale en los documentales sobre las tumbas de los faraones egipcios –alzó su redondeada barbilla–. Es un trabajo honesto, no tiene nada de malo.

Darby esbozó una mueca.

–Pero dedicarse a desenterrar huesos…

–Los huesos pueden contarte muchas cosas –replicó.

–Eso dicen. Bueno, ya estamos –añadió, señalando hacia aquel bar situado en medio de ninguna parte que Cane frecuentaba.

Afuera había una señal de stop que los bebedores solían aprovechar para practicar su puntería cuando salían en sus vehículos de tracción a las cuatro ruedas a última hora de la noche. Tras aquellas prácticas la señal solo decía S…p. Las dos letras de en medio ya no eran reconocibles.

–Tendrían que cambiar la señal –observó Bodie.

–¿Para qué? Todo el mundo sabe que pone Stop. ¿Por qué malgastar el metal y la pintura? Seguro que volverían a hacer prácticas de tiro con ella. Por aquí no hay muchas otras maneras de divertirse.

–Supongo que tienes razón –suspiró.

Darby aparcó delante del bar. Solo había dos vehículos fuera. Probablemente, los de los empleados. Cualquiera con un poco de sentido común se habría marchado en cuanto Cane había empezado a maldecir y a tirar cosas. Por lo menos, eso era lo que solía pasar.

–Dejaré la camioneta en marcha por si esta vez alguien llama al sheriff –comentó Darby.

–El sheriff y Cane son amigos íntimos –le recordó Bodie.

–Eso no impedirá que Cody Banks le encierre si alguien le pone una denuncia por destrozos y agresión. La ley es la ley, por muy amigos que sean.

–Supongo que tienes razón. A lo mejor eso le haría entrar en razón.

Darby negó con la cabeza.

–Eso ya lo intentaron. Mallory dejó que le tuvieran encerrado en una celda durante dos días. Al final, pagó la fianza y, al salir, Cane regresó de nuevo a las andadas ese mismo fin de semana. Nuestra oveja negra está fuera de control.

–Veré lo que puedo hacer para controlarle –le prometió Bodie.

Salió de la camioneta, se pasó la mano por el pelo y esbozó una mueca. Sus ojos castaños tenían una expresión sombría mientras permanecía vacilante en el porche cerca de un minuto. Al final, abrió la puerta del bar.

El caos era total. Mesas boca abajo y sillas por todas partes, una de ellas detrás de la barra, sobre un montón de cristales rotos. Y todo apestaba a *whisky*. Aquello iba a salir caro.

–¿Cane? –le llamó.

Un hombre delgado vestido con una camisa hawaiana se asomó desde detrás de la barra.

–¡Bodie, gracias a Dios!

–¿Dónde está? –preguntó Bodie.

El camarero señaló hacia el cuarto de baño.

Bodie se dirigió hacia allí. Estaba a punto de llegar cuando la puerta se abrió violentamente y salió Cane. Su camisa, una camisa vaquera de color beis con un bonito bordado, estaba manchada de sangre. Probablemente suya, pensó Bodie al ver la sangre alrededor de la nariz, que tenía amoratada, y la mandíbula. Su sensual boca tenía un corte justo en la comisura. También le sangraba. El pelo, corto, tupido, negro y ligeramente ondulado, lo tenía revuelto. Y tenía los ojos inyectados en sangre. Pero, incluso en aquel estado, estaba tan atractivo que a Bodie comenzó a latirle violentamente el corazón. Era un hombre alto, de hombros anchos y piernas fuertes embutidas en unos vaqueros. Llevaba unas botas que todavía conservaban un brillo de espejo a pesar de sus hazañas. Cane tenía treinta y cuatro años frente a los veintidós de Bodie, pero en aquel momento parecía más joven que ella.

La fulminó con la mirada.

–¿Por qué siempre te traen a ti? –exigió saber.

Bodie se encogió de hombros.

–¿Será por mi extraordinaria capacidad para tranquilizar a los tigres furiosos? –sugirió.

Cane parpadeó y se echó después a reír.

Bodie dio un paso adelante y tomó la enorme mano de Cane entre las suyas. Cane tenía los nudillos amoratados, hinchados y cubiertos de sangre. Pero Bodie no sabía si la sangre era suya o de otro.

–Mallory se va a enfadar mucho.

–Mallory no está en casa –respondió Cane en un ronco susurro. Incluso sonrió–. Morie y él se han ido a Louisiana a ver un toro. No volverán hasta pasado mañana.

–A Tank tampoco le hará ninguna gracia –añadió, utilizando el apodo con el que la familia se refería a Dalton, el más pequeño de los hermanos.

Cane se encogió de hombros.

–Tank estará embobado con alguna de esas películas de cine mudo de vaqueros de Tom Mix. Es sábado por la noche. Suele hacer palomitas, descuelga el teléfono, se encierra y se harta de películas en blanco y negro.

–¡Y eso es lo que deberías estar haciendo tú, en vez de dedicarte a destrozar bares! –reflexionó Bodie.

Cane suspiró.

–Un hombre tiene que encontrar maneras de divertirse, criatura –contestó Cane a la defensiva.

–Pero no de esta clase –repuso Bodie con firmeza–. Vamos, ahora el pobre Sid tendrá que limpiar todo este desastre.

Sid rodeó entonces la barra. Era un hombre alto y de aspecto peligroso, pero, aun así, se mantuvo a varios metros de Cane.

–¿Por qué no haces esto en tu casa, Cane? –gruñó, mirando a su alrededor.

–Porque en mi casa tenemos *objets d'art* muy delicados en las vitrinas –contestó Cane con sensatez– Mallory me mataría.

Sid le fulminó con la mirada.

–Cuando el señor Holsten vea lo que le va a costar reemplazar todo esto… –hizo un gesto con la mano–, es posible que recibas una visita.

Cane sacó la cartera del bolsillo y plantó un puñado de billetes en la mano del camarero.

–Si con esto no es suficiente, avísame.

Sid esbozó una mueca.

–Será suficiente, pero ese no es el problema. ¿Por qué no te vas a Jackson Hole a destrozar bares?

Cane parpadeó.

–Bodie tardaría mucho más en llegar hasta allí y terminarían arrestándome.

–¡Eso es lo que tendrían que hacer!

Cane entrecerró sus ojos oscuros y dio un paso adelante.

Sid retrocedió.

–¡Oh, vamos! –gruñó Bodie. Tiró a Cane de la mano–. Voy a suspender Biología por tu culpa. ¡Estaba estudiando para un examen!

–¿Biología? Pero si tú estabas estudiando Antropología.

–Sí, pero, aun así, tengo que aprobar también otras asignaturas, y esta es una de ellas. No podía seguir retrasándolo, así que tuve que matricularme en ella este semestre.

–¡Ah!

–Adiós, Sid. Espero no tener que verte pronto –añadió con una risa.

Sid consiguió esbozar una sonrisa.

–Gracias, Bodie. Sobre todo por… –señaló hacia Cane–. Bueno, ya sabes.

–¡Oh, sí, claro que lo sé! –asintió.

Tiró de Cane a través de la puerta y salió con él al porche.

–¿Dónde tienes el abrigo? –le preguntó.

Cane parpadeó al sentir el frío aire de la noche.

–En la camioneta, creo. Pero no lo necesito. No hace frío –contestó. Estaba comenzando a arrastrar las palabras.

–¡Pero si hace un frío mortal!

Cane le dirigió una mirada adormilada y sonrió.

–Soy un hombre de sangre caliente.

Bodie desvió la mirada.

–Vamos, Darby nos está esperando. Te llevaré al rancho. ¿Dónde tienes las llaves de la camioneta?

–En el bolsillo derecho de delante.

Bodie le fulminó con la mirada.

–¿Puedes sacarlas para dármelas?

–No.

Bodie apretó los labios en una dura línea.

–¡Cane!

–Tienes que buscarlas tú.

Bodie miró a su alrededor, buscando a Darby.

–No –le advirtió Cane, tapándose el bolsillo con la mano.

–¡Cane!

–No –repitió él.

–¡Oh, muy bien!

Le apartó la mano y metió la mano en el bolsillo para buscar las llaves. Odió el sonido profundo y sensual que salió de la garganta de Cane cuando cerró los dedos alrededor de ellas. Se estaba ruborizando y esperaba que Cane no pudiera verlo. El contacto resultó casi íntimo, sobre todo cuando de pronto Cane se acercó de tal manera a ella que lo senos erguidos de Bodie se estrecharon contra su ancho pecho.

–Me gusta –susurró Cane, rozando con los labios las ondas de su pelo–. Huele muy bien. Y da gusto tocarlo –añadió, estrechándola con su única mano contra su pecho para poder sentir la repentina dureza de sus pezones.

Bodie soltó un grito ahogado.

–Sí, a ti también te gusta, ¿verdad? –susurró él–. Me gustaría quitarme la camisa para sentir tus senos desnudos contra mi pecho.

Bodie le quitó las llaves y se alejó de él con el rostro encendido.

–¡Cierra la boca! –le ordenó en un susurro.

Cane esbozó una mueca.

–¿Cómo te atreves? –la imitó con voz aguda–. Suenas de lo más victoriana –soltó una carcajada–. Lo sé todo sobre las estudiantes universitarias. Os acostáis con todo el mundo y después pretendéis que se paguen impuestos para poder conseguir métodos anticonceptivos que os permitan hacer lo que os apetezca.

Bodie no contestó. Sabía que eran muchos los que pensaban así. No iba a empezar otra discusión con él, que era lo que Cane pretendía. Estaba provocándola. Y era extraño, porque nunca lo había hecho con aquella actitud tan sensual. Aquello le afectaba, y no le gustó.

–Vamos, entra –musitó, obligándole casi a subirse en la camioneta al lado de Darby.

–¡Y ponte el cinturón de seguridad! –añadió.

Cane volvió a mirarla medio dormido.

–No, pónmelo tú.

Bodie soltó una palabrota. Inmediatamente, se disculpó avergonzada.

–No tienes por qué disculparte –musitó Darby, fulminando a Cane con la mirada–. Yo siento lo mismo.

A pesar de las protestas de Bodie, Cane abandonó entonces la camioneta y cuando Darby se bajó para obligarle a montar, levantó el puño, dispuesto a comenzar otra pelea.

Aquello les recordó a los dos que era cinturón negro en una disciplina asiática de artes marciales.

–¡Oh, muy bien! Si quieres, puedes ir en tu camioneta. Pero conduciré yo –se ofreció Bodie enfadada.

Cane sonrió, consciente de que se había salido con la suya. Se dirigió a su camioneta como un corderito, esperó a que Bodie la abriera con el control remoto, se montó e incluso se ató él mismo el cinturón.

Bodie puso la camioneta en marcha, y le hizo un gesto a Darby para que se adelantara.

–¡Das más problemas que el ganado! –acusó a Cane.

Cane le sonrió.

–¿Tú crees? ¿Por qué no te acercas un poco a mí? –y añadió cuando Bodie arqueó la ceja–: Podemos hablar del ganado.

–Estoy conduciendo.

–¡Ah! –parpadeó–. De acuerdo, entonces, me acercaré yo a ti… –empezó a desabrocharse el cinturón de seguridad.

–Como se te ocurra acercarte, llamaré a Cody Banks –le amenazó mientras sacaba su móvil de prepago y se lo enseñaba–. Cuando una camioneta está en marcha, tienes que llevar puesto el cinturón de seguridad. Lo dice la ley.

–¡La ley! –se burló Cane.

–Sí, bueno, tú desátate el cinturón y le llamaré.

Cane hizo una mueca, pero dejó de juguetear con el cinturón. Después, la miró fijamente, con expresión dura, taladrándola con la mirada. En realidad, a Bodie solo le quedaban cinco minutos de llamadas en el teléfono y no quería desperdiciarlos llamando al sheriff cuando podría necesitarlos para cualquier emergencia. Cane podía permitirse los mejores teléfonos móviles y pagar una tarifa plana. Pero Bodie podía considerarse afortunada al poder costearse uno barato.

–¿Qué ha pasado esta vez? –preguntó, sin estar muy segura de querer realmente una respuesta. Pero, por lo menos, así le haría hablar.

Cane apretó la mandíbula.

–Vamos –le animó–. Puedes contármelo. Sabes que no se lo contaré a nadie.

–Me temo que no te atreverías a contar la mayor parte de las cosas que te digo –musitó Cane, desviando la mirada.

–Es cierto.

Bodie espero, no le presionó, no le urgió, ni siquiera intentó convencerle.

Cane pareció serenarse un poco.

–Tenía esa maldita prótesis. Es una prótesis que parece de verdad, ¿sabes? Por lo menos, hasta que la miras muy de cerca –desvió la mirada hacia la ventanilla, hacia las oscuras siluetas de tres árboles desnudos–. Subí a la chica a mi habitación. Había pasado mucho tiempo desde la última vez. Estaba loco de deseo –afortunadamente para Bodie, fue imposible que Cane viera la angustia fugaz que cruzó sus ojos–. Comencé a quitarme la camisa y cuando vio las tiras que sujetaban la prótesis, me obligó a detenerme. Me dijo que no era nada personal contra mí, pero que no podía acostarse con un hombre tullido, que ella tenía que tener un hombre completo.

–¡Oh, Cane! –dijo Bodie suavemente–. Lo siento.

–Lo sientes, Sí, ella también. Así que me quité esa maldita prótesis, la tiré contra la pared y me largué –apoyó la cabeza contra el reposacabezas–. No podía pensar en nada más. La cara que puso al ver esa prótesis me persiguió durante todo el día. Al anochecer, ya no podía seguir soportándolo. Tenía que sacarme ese recuerdo de la cabeza. ¡Tenía que hacerlo!

Bodie se mordió el labio. ¿Qué podía decir? De todas las cosas que podían haberle ocurrido y tenía que enfrentarse a aquella. Odiaba enterarse de que salía con otras mujeres. Aquello no era asunto suyo. Pero que una mujer le tratara así, después de todo lo que había pasado, como si fuera menos hombre por haber perdido parte del brazo luchando por su país, era imperdonable.

–¡No puedo vivir así! –estalló–. ¡No puedo pasarme el resto de mi vida siendo menos que un hombre, despertando la compasión de…!

Bodie detuvo la camioneta.

—¡Ya basta! —le dijo con dureza—. ¡No eres menos hombre! ¡Eres un héroe! Te lanzaste directamente a por esa maldita bomba sabiendo que te podía explotar para salvar a los médicos que iban detrás de ti. Sabías que tu vehículo estaba más protegido y que la bomba explotaría en cuanto pasaras por encima de ella. Hiciste un sacrificio. Solo Dios sabe cuántas vidas salvaste al salvar a esos médicos. Y estás arrojando todo tu coraje, todo ese acto de valentía, como si fuera un pañuelo de papel usado. Pues bien, ¡no pienso permitirlo! ¡No voy a permitirlo, Cane!

Cane se quedó boquiabierto y la miró con aquellos ojos enturbiados por el alcohol. Sacudió la cabeza.

Bodie pudo la camioneta de nuevo en funcionamiento. Sentía que le ardía la cara.

—¿Cómo sabes lo que pasó con esa bomba?

—Tank me lo contó —respondió con amabilidad—. Me lo dijo la última vez que tuve que ir a buscarte al bar. Me dijo que era una tragedia no solo lo que te había pasado, sino que quisieras olvidar algo que te había hecho ganar una estrella de plata.

—¡Ah!

Bodie tomó una profunda bocanada de aire.

—Para empezar, ¿por qué sales con mujeres como esa?

—La mayor parte de las mujeres de esta zona están casadas o son feas.

Bodie le fulminó con la mirada.

—Gracias, por lo de fea, quiero decir.

—No me refería a ti —contestó él tranquilamente. Apretó los labios y la estudió con atención—. No eres fea, pero tienes muy poco pecho.

La camioneta estuvo a punto de salirse de la carretera.

—¡Cane!

–No te preocupes por eso, hay muchos hombres a los que les gustan los senos pequeños. Yo prefiero los grandes. Y un vientre blando y dulce para estrecharme contra él cuando me meto dentro de ese húmedo y delicado…

–¡Cane! –volvió a exclamar Bodie sonrojada.

–¡Oh, vamos! Pero si ya sabes a lo que me refiero –replicó Cane, reclinándose contra el asiento–. No hay nada tan confortable como una mujer elevándose hacia a ti entre las sábanas, y sentir cómo te hundes en ella y vas hinchándote e hinchándote hasta que estallas y ella termina gritando de placer.

–¡Ya recibo clases de educación sexual en la universidad!

–Sí, supongo que te enseñan lo básico, pero no creo que te hablen del gusto que da, ¿verdad? Ni de que los hombres tienen diferentes tamaños y formas. Yo estoy bien dotado. No es que sea demasiado grande, pero…

–¿Quieres hacer el favor de parar? –le pidió furiosa.

Cane la miró de reojo.

–Nos estamos excitando, ¿verdad? –se echó a reír con una risa profunda y sensual–. En realidad, no eres mi tipo, muchacha. Eres demasiado joven, pero podría hacer que te corrieras como una ráfaga de ametralladora.

Bodie tragó saliva y pisó el acelerador.

–Pero creo que tu abuelo nunca me lo perdonaría. Probablemente, esa es la razón por la que has decidido estudiar en otro estado. Para que no sepa lo que haces. ¿Cuántos amantes has tenido ya?

–¿Podemos hablar del tiempo? –preguntó Bodie, intentando no parecer desesperada.

Estaba excitada. Increíblemente excitada. Cane no lo sabía, pero todavía era virgen. Y, a pesar de su virginidad aquellas imágenes le estaban causando problemas serios.

Cane se estiró y esbozó una mueca.

–Claro. Hace frío.

–Gracias.

–¿Te gusta que se ponga el hombre encima o prefieres ponerte tú? Yo me hundo más profundamente cuando estoy arriba –comentó con la misma tranquilidad con la que podría haber estado hablando del tiempo.

Bodie gimió.

–Puedo hundirme mucho, de hecho –musitó con voz soñadora–. Recuerdo a una mujer en particular. Era tan pequeña que tenía miedo de hacerle daño. Pero se colocó encima de mí y comenzó a montarme como una amazona, gritando todo el tiempo. Aguantamos toda la noche –sonrió de oreja a oreja–. Le gustaba probar nuevas posturas. Así que una vez…

–¡No quiero oír hablar de tus acrobacias sexuales, Cane! –gritó con voz aguda y en tono de desesperación.

Cane giró la cabeza contra el reposacabezas para poder mirarla a la cara.

–¿Estás celosa?

–¡No estoy celosa!

Cane sonrió. Pero, a los pocos segundos, desapareció su sonrisa.

–Tendrías que ponerte encima –dijo fríamente–. Ahora ya no tengo dos brazos en los que apoyarme. Ni siquiera sé si soy capaz de hacerlo. Quería averiguarlo. Quería ver si todavía sigo siendo un hombre.

–Cane, el mundo está lleno de hombres que han perdido brazos y piernas y siguen manteniendo relaciones sexuales –señaló Bodie, intentando dominar su azoro–. ¡La gente encuentra la manera de hacerlo!

Cane tomó aire.

–Creo que no tendré valor para volver a intentarlo –se lamentó en tono angustiado–. Esa mujer me dijo que era un tullido –cerró los ojos–. ¡Un tullido! Quería un hombre completo…

Bodie aparcó delante de la casa del rancho y tocó el claxon. Prácticamente saltó de la camioneta cuando vio salir a Tank al porche.

2

–¡Maldita sea, Cane! –farfulló Dalton, alias Tank, mientras ayudaba a Bodie a sacar a su hermano de la camioneta y a subir al porche–. ¿Por qué te haces esto?

–No se lo ha hecho a él solo –respondió Bodie por él–. El bar también se ha llevado su parte.

Dalton gimió.

–He pagado la cuenta que tenía y algo más, incluso –Cane suspiró y se alejó de su hermano–. Quiero que sea ella la que me suba a mi habitación –señaló a Bodie.

–De ningún modo. Tengo que volver a casa. Estoy estudiando los exámenes finales de Biología.

–Pues no pienso subir si no vienes conmigo –insistió Cane, obstinado.

Dalton hizo una mueca y miró a Bodie con expresión suplicante.

–De acuerdo, muy bien. Pero después tengo que volver a mi casa, y alguien tendrá que llevarme.

–Yo te llevaré a casa –le prometió Dalton. Sonrió–. Gracias.

Bodie se encogió de hombros.

–De nada.

Se colocó bajo el brazo bueno de Cane, temblando de los pies a la cabeza al sentir aquel cuerpo tan potente cerca del suyo, y le condujo escaleras arriba.

–Me debes una –musitó.

Cane deslizó la mano bajo el brazo de Bodie, rozándole involuntariamente al hacerlo el lateral del seno y despertando un placer incontenible que encontró eco en la garganta de Bodie.

–Mm –murmuró él.

Bodie le condujo a su dormitorio. Cane empujó la puerta, la cerró tras él y dejó que le llevara hasta la cama, pero, cuando se tumbó, la arrastró con él.

–Ahora –susurró con la mano bajo la espalda de Bodie–, quiero averiguar algo…

Bodie abrió la boca para preguntar lo que era y, de pronto, Cane comenzó a mordisquearle el labio superior y a acariciarle tentadoramente el interior de la boca con la lengua. La perfección de aquella caricia la dejó indefensa. Se limitó a permanecer allí, paralizada, excitada… sintiendo cosquillear nuevas sensaciones por todo su cuerpo.

Cane le desabrochó el sujetador y, apoyado en el muñón del brazo izquierdo, comenzó a desabrocharse la camisa mientras continuaba acariciando los labios de Bodie. Segundos después, le había quitado a Bodie la camiseta y el sujetador y estaba presionando su propio pecho, musculoso y cubierto de vello, contra una piel que jamás había sido acariciada.

–Son pequeños –gimió–, pero firmes, suaves y muy dulces.

Estaba ya acariciando el pezón con el pulgar y el índice, haciéndolo endurecerse. Bodie se estremeció.

–Sí… –susurró Cane.

Inclinó la cabeza y abrió la boca húmeda y caliente sobre el pezón. Tiró delicadamente de él, lo acarició con la lengua y, al final, lo hundió en su boca y succionó.

Bodie se arqueó hacia él, temblando e intentando contener el ronco y palpitante grito de placer que acompañó aquel movimiento.

Sentía la mano de Cane tras ella, deslizándose por el interior de sus vaqueros mientras él cambiaba de postura para que las caderas de Bodie pudieran entrar en un contacto más íntimo con él. Bodie sintió crecer su excitación, sintió el tamaño y la potencia de Cane con una intimidad que jamás en su vida había compartido con ningún otro hombre. Educada en un ambiente religioso y represor por un abuelo cuyos principios continuaban siendo victorianos, se había mantenido completamente casta hasta entonces. Y, de pronto, aquel hombre, un mujeriego, estaba intentando utilizarla como a cualquiera de las mujeres con las que salía, convirtiéndola en su juguete para salvar el ego que otra mujer había dañado.

Intentaba recordarse todo aquello mientras Cane la rodeaba con la pierna y sus besos iban haciéndose cada vez más insistentes. Y estaba tan absorta en aquellas nuevas sensaciones que no oyó que estaban llamando a la puerta hasta que volvieron a golpearla por segunda vez y con más fuerza.

–¡Cane! Bodie tiene que volver a su casa.

Bodie se sentó bruscamente y miró boquiabierta a Cane, cuya expresión era una mezcla de sorpresa y vergüenza.

–¡Oh, Dios mío! –exclamó, esperando no parecer tan asustada como se sentía.

Se puso con movimientos torpes el sujetador y la camisa y clavó su desconcertada mirada en Cane.

Este tenía la boca hinchada por el largo contacto con su cuerpo. Tenía también la respiración agitada. Pero el alcohol pareció hacerle efecto de pronto. La miró fijamente, parpadeó, comenzó a decir algo y se cayó de espaldas en la cama, roncando.

Bodie se levantó y abrió la puerta.

Tank miró tras ella y suspiró.

–¡Gracias a Dios! –musitó–. Tenía miedo de que intentara pasarse de la raya –recorrió a Bodie con la mirada y, aparentemente, no vio nada que le pareciera preocupante.

Tenía el pelo revuelto y la camisa arrugada, pero

eso podía atribuirlo a los esfuerzos que había hecho para meter a Cane en la cama. O, al menos, eso fue lo que se dijo Bodie.

–No ha sido fácil manejarle. Pensaba que no iba a poder acostarle. ¡Pesa mucho! –musitó, intentando disimular.

–Sí, desde luego –Dalton sacudió la cabeza–. Me gustaría que dejara de ligar en los bares –añadió fríamente–. A su edad, ya debería estar pensando en formar una familia.

–Hay hombres que nunca sientan la cabeza –respondió ella, mientras se le adelantaba en las escaleras–. Y él parece ser uno de ellos.

–Nunca se sabe. Te debemos mucho –añadió Tank, y le sonrió con amabilidad–. ¿No podemos hacer nada por ti?

Bodie sonrió y asintió.

–Sí, llévame a casa, por favor. Tengo que estudiar.

–De acuerdo. Todavía me acuerdo de lo que eran los exámenes finales. Y, desde luego, no eran nada divertidos.

–Desde luego. Pero ya solo me queda un semestre. Si lo apruebo todo, obtendré el título.

–¿Y después qué?

–Después tendré que hacer un máster –suspiró–. Con excavaciones de por medio y un buen trabajo a tiempo completo durante el próximo verano para poder financiarlo.

–Nosotros podríamos…

Bodie le interrumpió, alzando la mano.

–Ya habéis hecho mucho por mi abuelo. No tenéis que hacer nada por mí. En cualquier caso, me alegro de poder ayudaros. Sois una familia encantadora.

Tank sonrió.

–Gracias. Tu abuelo es uno de los mejores vaqueros que hemos tenido nunca. Es una pena que tuviera que dejar el trabajo, y también que envejezca –añadió con delicadeza.

–Sí, es una pena.

Tank la condujo a casa. Bodie entró justo a tiempo para pillar a su abuelo en medio de una conversación telefónica.

–¿Pero adónde vamos a ir, Will? –estaba preguntando con tristeza–. Esta era la casa de mi hija... Sí, ya sé que eres el propietario. ¡Pero no puedo pagar ese alquiler! La paga mensual que recibo de los Kirk me ayuda, pero todavía estoy intentando conseguir mi pensión por incapacidad. Sí, lo sé, lo sé. De acuerdo. Intentaré conseguir el dinero. Pero tú realmente no... ¿Hola?

Bodie entró en el comedor. Su abuelo estaba de pie junto a la mesita que en otro tiempo había pertenecido a la bisabuela de Bodie con el teléfono en la mano y completamente paralizado.

–¿Abuelo? ¿Qué ha pasado?

Rafe la miró y comenzó a hablar, aunque se lo pensó mejor y colgó el teléfono.

–Eh... nada, nada en absoluto. Vuelve a tu cuarto y ponte a estudiar Biología. Yo voy a leer un rato. Hasta mañana, Bodie –e incluso consiguió esbozar una sonrisa.

–Que duermas bien –le deseó Bodie.

Su abuelo vaciló un instante.

–¿Has conseguido llevar a Cane a su casa?

Bodie asintió.

–Sí, Tank me ha traído a casa. Cane se ha quedado completamente dormido.

El abuelo de Bodie suspiró.

–Cane es un buen chico. Lo que le pasó fue una auténtica desgracia –sacudió la cabeza–. Una desgracia –se dirigió a su dormitorio y cerró la puerta.

Bodie se metió en su habitación y se sentó en la cama, incapaz de asimilar lo que había pasado en el dormitorio de Cane. Él jamás la había tocado. Le había contado todo tipo de cosas, algunas muy impactantes, como los detalles más íntimos de sus citas. Pero aquello había sido diferente. Aquella había sido la primera vez que la había tratado como a una mujer adulta.

Bodie no sabía si sentirse indignada, enfadada o halagada. Cane era mucho mayor que ella. Era un hombre rico y atractivo. Sufría una discapacidad que le había hecho olvidarse de lo atractivo que les resultaba a las mujeres. Pero ella no podía olvidar la expresión de su rostro junto antes de caer inconsciente en la cama. Era una expresión de vergüenza. De auténtica vergüenza.

Suspiró. Toda su vida acababa de cambiar en el curso de una sola noche. Hasta entonces, tenía la mente centrada en sus estudios, en las ganas de graduarse, conseguir un trabajo en su campo y hacer algo que realmente importante, un descubrimiento famoso que conmocionara el mundo de la Antropología. Sin embargo, en lo único en lo que podía pensar en aquel momento era en la boca de Cane sobre su cuerpo.

No podía permitir que continuaran aquellos pensamientos. Ella no tenía dinero. Su abuelo tenía todavía menos y todo apuntaba a que su padrastro había vuelto a amenazar con subir el alquiler. Bodie esbozó una mueca. Will Jones era un hombre horrible. Tenía todo tipo de revistas de lo más explícitas por toda la casa y la madre de Bodie se había enfadado cada vez que llegaban las facturas de la televisión por satélite porque se pasaba prácticamente las veinticuatro horas del día viendo pornografía. Su madre la había vigilado de cerca para asegurarse de que no se quedara nunca a solas con aquel hombre. Bodie se había preguntado muchas veces por aquella situación, pero no se la había cuestionado realmente hasta que había muerto su madre.

Al día siguiente del entierro, al que su padrastro había asistido sin derramar una sola lágrima, este había hecho un comentario íntimo sobre el cuerpo de Bodie. Le había dicho que sabía mucho sobre las universitarias y que tenía una nueva manera de ganar dinero, una vez que su madre ya no podía censurarle. Si Bodie se mostraba dispuesta a colaborar, compartiría los beneficios con ella. Estaba comenzando a montar un negocio *online* que podría convertirla en una estrella. Lo único que tendría que hacer sería posar para unas cuantas fotografías...

Profundamente afectada por aquellas palabras y llorando todavía la muerte de su madre, Bodie se había marchado inmediatamente de casa y había decidido mudarse a la casa que alquilaba su abuelo con solo una maleta que contenía sus preciados tesoros y algo de ropa. Rafe la había recibido con expresión sombría y jamás le había preguntado por qué se había ido a vivir con él. Pero, a partir de aquel momento, se habían convertido en un equipo. Su padrastro había intentado convencerla de que volviera, pero ella se había negado y le había colgado el teléfono. Will le había dicho que tenía un amigo al que le gustaba. Al parecer, Larry quería salir con ella. Pero a Bodie no le gustaban ni el aspecto de Larry ni a lo que se dedicaba cuando estaba con su padrastro. Imaginaba que tenía el mismo gusto que él en cuanto a revistas y películas se refería. Le daba miedo hasta pensar en ello.

Abrió el libro de Biología y se tumbó en la cama. No podía seguir pensando en ese tipo de cosas. Ya se enfrentaría a ellas cuando tuviera que hacerlo. En aquel momento, lo prioritario era aprobar la Biología, una asignatura que le encantaba, pero que no se le daba particularmente bien. Recordó su primer examen. Ella comprendía la materia y tenía un profesor excelente. Pero durante los exámenes orales en el laboratorio, lo pasaba fatal. Su profesor, un buen hombre, aunque la aterraba cuando le veía con la bata blanca durante los exámenes orales, le había sonreído mientras ella iba recitando de un tirón toda la información sobre el sistema linfático y la circulación. Había sido una experiencia dramática. Y eso que solo había sido un examen parcial. Estaba segura de que el examen final sería mucho peor.

Suspiró, cerró los ojos y sonrió. La clase de Antropología Física era su favorita. De hecho, estaba deseando examinarse de aquella asignatura. Su compañera de piso, Beth Gaines, una joven encantadora con la que vivía en un pequeño apartamento fuera del campus, iba también a clase de Antropología. Y antes de que Bodie hubiera ido a pasar aquel fin de semana a casa, habían pasado días repasando aquella materia.

–Huesos, huesos y más huesos –había gemido Beth mientras volvían a estudiar la dentición una vez más–. Esos dientes pertenecían a este primate, aquellos a otro más evolucionado, los otros son de *Homo sapiens*... ¡Ahhh! –había gritado mientras se tiraba del pelo–. Jamás me los aprenderé –había fulminado a Bodie con la mirada–. ¡Y jamás te perdonaré que me convencieras para que me apuntara a esa clase contigo! Yo soy alumna de Historia ¿para qué necesito hacer esta asignatura?

–Para que, cuando yo sea famosa y consiga un trabajo como profesora en una universidad de primera, puedas venir a dar clases conmigo –movió las cejas–. ¡Tengo contactos! Espera y verás.

Beth la miró con expresión dubitativa.

–Solo serán unos años –bromeó Bodie.

Beth la miró con los ojos entrecerrados.

–No pienso recibir más clases de Antropología y punto.

Bodie se había limitado a sonreír. Su mejor amiga era como ella, una joven de costumbres un tanto anticuadas y profundamente religiosa. Era difícil serlo en un campus tan moderno sin sentirse acosadas por estudiantes más progresistas. Pero Beth y ella se las habían arreglado bien manteniéndose unidas.

Bodie abrió los ojos. Jamás iba a conseguir memorizar aquellos temas si seguía pensando en otras cosas.

Frunció el ceño cuando comenzó a sonar el teléfono. Se levantó para contestar mientras sonaba la melodía de *Star Trek*.

Abrió el teléfono.

–¿Diga?

Se produjo un silencio.

–¿Bodie?

El corazón le dio un vuelco.

–Sí.

Se acercó a la puerta y la cerró para no molestar a su abuelo.

–Sobre lo que ha pasado esta noche… –comenzó a decir Cane lentamente.

–¿Sí? –estaba empezando a sonar como un disco rallado.

Cane se aclaró la garganta.

–Si he dicho algo que estaba fuera de lugar, lo siento.

Bodie vaciló.

–¿No te acuerdas de lo que has dicho? –le preguntó.

Cane rio suavemente.

–Estaba demasiado borracho –contestó con un pesado suspiro–. Sinceramente, de lo único que me acuerdo es de que he subido a la camioneta contigo. Después me he despertado con un terrible dolor de cabeza y con tantas ganas de vomitar que he tenido que ir corriendo al cuarto de baño.

Se interrumpió un instante mientras a Bodie se le caía el corazón a los pies. ¿No se acordaba de nada de lo que había pasado?

–Deberías dejar de frecuentar bares –le recomendó con voz queda.

–Si voy a seguir teniendo lapsus de memoria como este, supongo que tienes razón.

–Y, más específicamente, deberías dejar de ligar en los bares –añadió con cierta acidez en su dulce voz.

Cane suspiró.

–Vuelves a tener razón.

–Deberías volver a terapia. Tanto física como mental.

Se produjo un largo silencio.

–No les estás haciendo ningún favor a tus hermanos comportándote así, Cane –le advirtió Bodie–. Algún día, no bastará con que te hagas cargo de los daños que ocasionas y te denunciarán. Piensa en lo que pasaría si la noticia apareciera en los periódicos.

Se oyó algo, era al sonido de un hombre sentándose en una butaca de cuero. No era un sonido desconocido para Bodie, que se había pasado la vida deseando poder comprarle una butaca de aquellas a su abuelo. La butaca que tenía Rafe en aquel momento estaba tapizada en una tela desteñida y llena de desgarros que Bodie cosía constantemente.

–Tú no eres la única persona que ha regresado a casa con problemas de algún tipo después de estar en el Ejército –continuó en un tono menos hostil–. La gente intenta enfrentarse a ellos. No les queda otro remedio.

–Sí, yo no me estoy enfrentando a ellos… demasiado bien –admitió Cane.

–Necesitas encontrar un psicólogo que te guste y

en el que puedas confiar –le dijo, recordando la terapia que había recibido Beth tras un incidente sufrido durante la infancia–. Creo que el último que tuviste no te gustaba nada.

–No –respondió inmediatamente–. Era un tipo inteligente, no había nada que le hiciera sufrir o le causara dolor. Decía que lo único que había que hacer era recomponerse como un hombre y enfrentarse a los hechos que a uno le asustaban.

–¡Oh, por el amor de Dios! –exclamó Bodie–. Deberías haberte largado inmediatamente.

–Y lo hice –musitó–. Pero después todo el mundo dijo que no estaba intentando superar lo que me había ocurrido porque había abandonado la terapia.

–Deberías haber explicado por qué la habías dejado. Seguro que entonces nadie te habría dicho nada –respondió Bodie.

–Sí, supongo que eso es lo que debería haber hecho.

–¿Y no se supone que por la mañana deberías estar en la carretera con Big Red para ir a una feria de ganado? –preguntó de pronto, al acordarse del toro que iban a llevar al circuito.

Era un ejemplar que hasta entonces había ganado toda clase de premios.

Cane solía llevarse a uno de los vaqueros del rancho para que le ayudara a manejar a aquel enorme animal que, sin embargo, era dócil y bueno como un corderito. Pero llevar a otro hombre que pudiera ayudarle en el caso de que Big Red se le fuera de las manos era una medida precavida e inteligente.

–Sí, saldremos dentro de unas horas. Pero antes quería asegurarme de que no había abusado de tu confianza –añadió con amabilidad–. No creo que sea una buena política hacer enfadar a la única persona que te cuida.

–Tank o Mallory podrían sacarte de los bares si tuvieran que hacerlo –señaló.

–Bueno, sí, pero seguramente me dejarían sin algún diente. Tú eres capaz de hacerlo con muchos menos moretones.

–Me alegro de saber que soy útil –respondió Bodie con una sonrisa en la voz.

Se produjo un nuevo silencio. A Cane no le gustaba hablar por teléfono. Lo hacía, como poco, a regañadientes.

–¿Estás saliendo con alguien de esa universidad? –preguntó de pronto.

A Bodie le dio un vuelco el corazón.

–¿Por qué lo preguntas?

–Solo por curiosidad.

–Estoy demasiado ocupada como para dedicarme a salir con hombres –musitó– No soy tan inteligente como los Kirk. Tengo que esforzarme para sacar buenas notas.

–Es verdad que todos estudiamos una carrera –admitió Cane–, pero también tuvimos que esforzarnos mucho. Bueno, a lo mejor Mallory, no. Él sí que es muy intcligente.

–Sí, lo es.

–¿Cuándo vuelves a la universidad?

–Mañana por la mañana, antes de que salga el sol –dijo con pesar–. Tengo el primer examen pasado mañana después del almuerzo. Voy a tener exámenes durante toda la semana.

Se produjo una nueva pausa.

–¿Y volverás a casa cuando los acabes?

–Sí, estaré aquí hasta el uno de enero, pasaré todas las vacaciones. Mi abuelo se sentiría muy solo sin mí. Solo nos tenemos el uno al otro.

–Y a tu padrastro –le recordó Cane, pero sin ningún calor.

–Will Jones no forma parte de mi familia –replicó ella–.De ninguna manera.

–No puedo culparte por no querer saber nada de él –admitió Cane–.Ninguno de nosotros entendía lo que vio tu madre en él.

Jamás en su vida admitiría Bodie lo que su madre le había confesado, que sabía que se estaba muriendo y le merecía la pena soportar las excentricidades de Will porque era un hombre con dinero y estaba dispuesto a pagar sus gastos médicos y a hacerse cargo de Bodie. La realidad había demostrado ser después algo más complicada que eso. Bodie había pasado los dos años anteriores desnudándose en el cuarto de baño y cerrando con cerrojo su habitación por las noches para evitar cualquier tipo de atención no deseada por parte del marido de su madre. Después, el día posterior al entierro de su madre, la situación había llegado al límite y se había ido a casa de su abuelo para siempre.

–Sobre gustos no hay nada escrito –dijo Cane.

–Eso es cierto.

–Era por el dinero, ¿verdad? –preguntó Cane de pronto–. Había pasado mucho tiempo enferma y no podía trabajar.

A Bodie comenzó a latirle violentamente el corazón. Apretó los labios en una dura línea.

–Algo así.

–Era una mujer orgullosa –dijo Cane inesperadamente–. No era la clase de persona a la que le gusta pedir ayuda.

Bodie no contestó.

–De acuerdo, dejaré de meterme en tu vida –continuó Cane ante su pertinaz silencio–. Entonces, supongo que te veré cuando vuelvas a casa.

–Sí –contestó, vacilante.

–Si dije o hice algo que te haya afectado, lo siento –añadió–. Me gustaría recordarlo, pero solo me ha quedado un recuerdo borroso. Tank me ha dicho que tenías el pelo revuelto y la ropa arrugada cuando te llevó a casa.

–¡Y cómo no! –respondió con vigor–. Intentar meter a un hombre enorme en una cama cuando se está dejando caer como un peso muerto habría dejado así a cualquiera. Y después te quedaste dormido…

–¡Ah! –Cane rio suavemente–. De acuerdo, eso era lo que quería saber.

Bodie estaba sonrojada. Era una suerte que Cane no pudiera verla.

–Así que no me debes ninguna disculpa –le dijo.

–Supongo que no. Esta noche he tenido un sueño muy raro… pero supongo que solo ha sido un sueño –se echó a reír y Bodie tuvo que morderse la lengua–. Maldita mujer, no sé por qué tuve que dejar que me hiriera los sentimientos de esa manera –añadió con pesar–. Me tomo las cosas demasiado en serio.

–Hay mujeres de todo tipo y condición –señaló Bodie–. No creo que las mujeres que se dedican a ir a los bares buscando hombres sean particularmente sensatas. Aunque, por supuesto, solo es una opinión.

–¿Quieres saber lo que buscan esas mujeres? Porque te lo diré.

–¡No!

–Quieren dinero –dijo Cane sin ninguna emoción–. Estaba en un hotel de cinco estrellas por el que pasa mucha gente rica a tomar una copa. Ella estaba esperando a que apareciera alguna presa fácil y aparecí yo. Si hubiera visto una manga vacía, probablemente jamás se habría acercado a mí, con los prejuicios que tenía –dijo bruscamente–. Supongo que debería tirar esa maldita prótesis a la basura. Y lo haría, si no fuera por lo que me costó.

–Están diseñando prótesis que pueden ir directamente conectadas a las terminaciones nerviosas para que puedan funcionar como auténticas manos –le explicó Bodie–. Es un campo de investigación muy interesante, está habiendo muchos avances…

–¿Y por qué lees ese tipo de cosas? –preguntó Cane de pronto.

Bodie vaciló un instante antes de contestar.

–Porque tengo un amigo estúpido que cree que es un discapacitado –replicó al instante.

Cane estalló en carcajadas.

–¿Somos amigos?

–Si no fuéramos amigos, ¿por qué iba a ir yo a sacarte de los bares para evitar que te arresten? –le preguntó ella.

Cane suspiró.

–Sí –contestó–, supongo que somos amigos –se interrumpió un instante–. Solo tienes veintidós años, Bodie –dijo con delicadeza–. Yo tengo treinta y cuatro. Es una extraña amistad. Y, solo para que lo sepas, no soy un asaltacunas.

–¿Y crees que yo querría casarme contigo? –exclamó Bodie.

Se produjo una ligera vacilación. Bodie casi podía sentir la furia de Cane. Pensaba que no se casaría con él por culpa de su brazo.

–No voy a casarme contigo solo porque sepas distinguir una tibia de una fíbula cuando la desentierras –continuó rápidamente Bodie en tono irónico–. Ni porque sepas pronunciar Australopitecus y sepas lo que es el foramen magnum –dijo, refiriéndose a un orificio mayor situado en la base del cráneo.

Cane pareció sorprendido.

–Sí, bueno, sé lo que es.

–Así que tendrás que esperar –dijo Bodie–. Cuando termine el trabajo de máster y consiga un doctorado en Antropología, podré estar a tu altura.

–Para eso tendrás que estudiar mucho.

–Lo sé, años y años, pero no tengo intención de casarme y, desde luego, no voy a casarme con un hombre solo porque sea capaz de distinguir el atlas del sacro. Así que ya ves.

Cane rio suavemente.

–Antes me gustaban las excavaciones.

–Puedes conseguir gente que excave para ti y continuar trabajando en ellas –le sugirió–. De hecho, para hacer los trabajos más delicados, no se necesitan las dos manos. Basta con un cepillo de dientes, una pala y no tener miedo a mancharte de polvo y de barro.

–Sí, supongo,

–No deberías renunciar a algo que te gusta.

–Los huesos y el barro.

–Sí –contestó Bodie, riendo–, los huesos y el barro.

–Bueno, pensaré en ello.

–Y piensa también en lo de la terapia, ¿de acuerdo? –le pidió–. Ya tengo programado un trabajo de excavación para el verano siguiente a la graduación, será en Colorado y estaré fuera varias semanas. No tendrás a nadie que te rescate de los bares entonces –añadió intencionadamente–Y, dependiendo de la especialidad que elija, es posible que tenga que cruzar el Atlántico para hacer el trabajo de doctorado. A lo mejor me dedico a la arqueología clásica en Oriente Medio…

–¡No! –exclamó Cane con rotundidad–. Ni se te ocurra pensar en ello. Como se te ocurra plantearte esa posibilidad, hablaré con tu abuelo.

A Bodie le sorprendió y halagó aquella protesta. Sabía que se estaba acordando de lo que le había pasado en Irak.

–Cane, no trabajaría en una zona de combate –le dijo suavemente–. Sería en una excavación y con personas encargadas de la seguridad.

–Sí, he visto la calidad de algunas de esas personas que se encargan de la seguridad –replicó él–. «Alquila un mercenario» –dijo con sarcasmo–. Ni siquiera son auténticos militares. Pertenecen a contratas privadas que trabajan para el mejor postor. ¡Yo no les confiaría ni nuestras vacas estériles! –dijo, refiriéndose a las vacas que ya no podían criar y que sacaban a subasta durante la temporada de apareamiento.

–Vender a unas pobres vacas porque no pueden tener hijos –musitó Bodie–. ¡Qué bárbaros!

Cane rio a carcajadas.

–Mira, los ranchos se sostienen por las crías. Si no hay crías, no hay rancho, ¿lo entiendes?

–Lo entiendo. Pero aun así, demuestra muy poca sensibilidad hacia las vacas. Imagínate que no pudieras tener hijos y que alguien te echara del rancho por eso.

–Lo que me imagino es que les iba a costar sacarme de aquí –admitió–. Además, no creo que eso sea algo por lo que tenga que preocuparme –vaciló un instante–. ¿Tú quieres tener hijos?

–Por supuesto, algún día. Cuando haya terminado la universidad, tenga el doctorado y haya conseguido algún éxito en mi profesión, para así poder mantenerlos.

–Me temo que si piensas esperar a estar caminando con un andador, podrías tener problemas.

–¡No voy a esperar tanto tiempo!

–Generalmente, si esperas hasta que consideras que puedes mantenerlos, no los tienes nunca –se produjo un silencio–. Espero que no pienses hacer lo que hacen muchas mujeres profesionales, tener un hijo de un donante al que ni siquiera conocen.

Bodie emitió un sonido burlón.

–Si tengo hijos, pienso tenerlos de manera normal y con un marido, por impopular que pueda parecer esa idea últimamente.

Cane se echó a reír.

–Estadísticamente, la gente casada sigue siendo la que más hijos tiene.

–La civilización se basa en cuestiones como la religión y la moral –declaró Bodie–. Primero llegó el arte, después los principios morales, después las leyes y, a partir de ahí, surgieron las diferentes civilizaciones. Egipto bajo el régimen de los faraones, Roma...

–Tengo que irme pronto.

–¡Estaba yendo a toda velocidad! –protestó Bodie–. ¿Dónde está mi púlpito?

–En otro momento, si no te importa. ¿Sabes? Yo también estudié las diferentes civilizaciones.

Cane titubeó un instante.

–Sí, lo siento.

–¿Estás segura de que... no ocurrió nada? –volvió a preguntar.

–Cane, estabas demasiado borracho como para que sucediera nada –contestó–. ¿Por qué estás tan preocupado?

–Los hombres pueden llegar a ser peligrosos cuando beben, cariño–dijo Cane, y a Bodie le dio un vuelco de placer el corazón porque Cane jamás había utilizado palabras cariñosas para referirse a ella–. No me gustaría haber hecho nada que estuviera fuera de lugar. A lo mejor no es una buena idea que mis hermanos sigan llamándote cuando me emborracho. Algún día podría hacer algo que terrible y ambos tendríamos que vivir con ello.

–La única respuesta a eso es que dejes de emborracharte en los bares –dijo Bodie en tono jocoso.

–Aguafiestas.

–Siempre puedes beber en casa, ¿no?

–En mi casa no tengo el ambiente que hay en los bares. Además, Mavie me echaría por la puerta de atrás y me ametrallaría con peladuras de patatas si lo intentara siquiera.

–Tu ama de llaves es una mujer sensata.

–En algo tiene que ser buena. Y por lo menos sabe cocinar. Bueno –añadió–, supongo que tengo que colgar.

–Ten cuidado en la carretera –le pidió Bodie suavemente, en un tono mucho más íntimo de lo que pretendía–. Está bajando mucho la temperatura.

–Sí, ya lo he notado.

Llegó hasta ella la respiración de Cane a través del teléfono.

–Bueno, supongo que tengo que colgar.

–Eso ya lo has dicho –dijo Bodie en un tono tan reluctante como el de Cane.

Cane rio suavemente.

–Sí, supongo que sí. Bueno... buenas noches.

–Buenas noches, Cane.

–Me gusta cómo dices mi nombre –dijo Cane de pronto–. Adiós.

Cane colgó bruscamente, como si se arrepintiera de lo que acababa de decir. A Bodie le latía violentamente el corazón mientras colgaba el teléfono y abría la puerta del dormitorio. Se sentía como si sus pies no tocaran el suelo.

En cualquier caso, al final consiguió aprender toda la materia que entraba en el examen final. A la mañana siguiente, se levantó muy pronto para regresar a la universidad en su vieja camioneta.

Se despidió de su abuelo con un beso.

–Buena suerte en esos exámenes –le deseó él mientras la abrazaba.

Bodie sonrió.

–Gracias. Voy a necesitarla. Te veré la semana que viene.

Su abuelo consiguió esbozar una sonrisa.

–Te echo de menos cuando no estás aquí.

Aquellas palabras la conmovieron.

–Yo también te echo de menos. Pero esta vez no estaré fuera mucho tiempo. Y después, pasaremos juntos las vacaciones de Navidad. Prepararé tartas y empanadillas…

–¡Déjalo! Ya me está entrando hambre –bromeó.

Bodie volvió a sonreírle y le besó.

–¿Lo ves? Ahora ya tienes algo que esperar.

Los exámenes finales fueron tan agotadores como Bodie había imaginado. El primero fue el examen oral de Biología. Colocaron una rata de laboratorio en una tabla de disección sujeta con alfileres en los diferentes puntos de su anatomía que tenían que nombrar y sobre los que debían disertar en el examen.

Bodie sudó tinta en el examen escrito, sobre todo, al intentar recordar la metodología del Cuadro de Punnett, especialmente diseñado para predecir la probabilidad de heredar determinados rasgos genéticos. Aquella era una parte del libro de texto con la que había tenido problemas, pero esperó haber recordado lo suficiente de la materia como para aprobar.

El siguiente examen fue de Antropología Física. Aquel no la preocupaba. Le encantaba la asignatura y se sentía completamente en su elemento cuando la estudiaba. El examen le resultó pan comido. Y ya solo le faltaban otros dos, el de Inglés y el de Sociología.

Terminaron por fin los exámenes. Rellenó los formularios con los que evaluaban a los profesores al final de cada semestre, los entregó y comenzó a preparar el equipaje para volver a casa.

–Deberías quedarte esta noche y salir a celebrarlo con nosotros –le propuso Beth con una sonrisa–. Ted va a traer a su amigo Harvey. Es un encanto, seguro que te gustaría. Nunca sales con nadie –le dijo en tono acusador.

Bodie se limitó a negar con la cabeza mientras continuaba preparando la maleta. No quería hablarle a su amiga de Cane por miedo a que se burlara de ella. Y su cambio de actitud hacia él era demasiado reciente como para comentar nada al respecto.

–Intento concentrarme en la carrera. No tengo tiempo para actividades románticas.

–Pero ahora estaremos de vacaciones. Podríamos salir algún día –insistió Beth.

Bodie volvió a negar con la cabeza.

–Voy a pasar las vacaciones en casa y estando el precio de la gasolina como está, estaré demasiado lejos como para poder venir hasta aquí. Lo siento mucho, de verdad –añadió al ver la desilusión de su amiga.

–Bueno, yo también volveré a mi casa, a Maine –respondió–. Pero, cuando empiece el próximo semestre, deberías conocer a Harvey, de verdad. ¡Es monísimo!

–¡Pobre Ted!

–¡No! Solo quiero decir que es guapo. Ted es maravilloso –añadió moviendo las cejas–. Y quiere casarse conmigo.

–¿De verdad?

–De verdad –suspiró–. Y no sé qué hacer. En realidad, me gustaría continuar haciendo el trabajo para el máster de Historia, pero Ted quiere que nos casemos cuanto antes.

–Deberías hacer lo que realmente deseas –le aconsejó Bodie.

–Lo que de verdad quiero es casarme con Ted, tener muchos hijos y una casa preciosa rodeada de una cerca –dijo con aire soñador.

–¡Hijos! –se rio Bodie–. Yo también quiero tener hijos, pero todavía no. Antes quiero conseguir algún éxito profesional.

Beth le dirigió una mirada que Bodie se perdió porque tenía la nariz enterrada en la maleta.

–Por eso no quieres salir con nadie –aventuró Beth–. Si te enamoras, terminas dejando de lado la carrera.

–Me has leído el pensamiento –dijo Bodie–. Ahora, vístete para la cita y déjame terminar de hacer la maleta.

–Ted quiere que vayamos a bailar. ¡Y a mí me encanta bailar!

–No lo había notado –dijo Bodie con ironía, porque era un tema del que hablaban habitualmente.

–Muy bien. Ten cuidado en la carretera. Nos veremos en enero. Espero que disfrutes de una Navidad maravillosa y que tengas un feliz Año Nuevo.

–Gracias e igualmente. Y también te deseo que Ted te compre un enorme diamante –bromeó.

–¿Con su salario? No creo que tenga muchas probabilidades. Pero el anillo es lo de menos –suspiró–. Lo único que me importa es Ted.

Bodie se limitó a sonreír.

3

Al llegar a casa, Bodie descubrió con preocupada tristeza que su abuelo había sufrido un repentino ataque de indigestión. Él había intentado remediarlo con una dosis de bicarbonato, un viejo remedio que había aprendido de su propia abuela, pero no parecía estar funcionando.

Bodie se preocupó lo suficiente al verle como para llevarle al médico de familia, que hizo un diagnóstico que le puso a Bodie los pelos de punta.

–Creo que es el corazón –explicó el doctor Banes con amabilidad–. Tiene la tensión anormalmente alta y se oye también un cierto murmullo. Le pediré a la enfermera que le haga un electrocardiograma. Necesito enviarle a un especialista. En Billings, Montana, hay uno muy bueno que podrá hacerle una ecografía del corazón para ver si tiene las arterias obstruidas.

La expresión de Bodie fue más que elocuente.

–Recibe una pensión del rancho para el que trabajaba –dijo, recordando al hacerlo la generosidad de los hermanos Kirk–. Ahora es candidato a recibir la pensión de la Seguridad Social, pero no comenzará a hacerlo hasta enero. También está intentando que le reconozcan una incapacidad, pero es un proceso muy largo. Ahora mismo no tenemos ni dinero ni seguro médico.

El doctor le palmeó el brazo.

–Eso podremos arreglarlo –le aseguró–. Sé que estás consiguiendo sacar adelante tus estudios gracias a becas y créditos para estudiantes –le dijo–. Y que, además, tienes un trabajo a tiempo parcial para cubrir tus gastos. Admiro tu enorme capacidad de trabajo.

–Es algo que aprendí de mi abuelo –suspiro–. Él siempre insistió en que las cosas había que hacerlas uno mismo y no esperar a que los demás nos las dieran hechas.

–Es un gran hombre. Haremos todo lo que podamos por él. Te lo prometo.

Bodie sonrió.

–Gracias.

–Puedes entrar con él cuando tengamos los resultados de la prueba que le estamos haciendo. No tardará mucho.

–Gracias.

Cerca de una hora después, Bodie entraba de nuevo con su abuelo en la consulta del médico. Este estaba muy serio.

–Le he pedido a la recepcionista que solicite una cita con el especialista de corazón de Billings –le explicó a Rafe–. Pero no hay por qué asustarse todavía –le advirtió–. Son muchas las cosas que se pueden hacer cuando un corazón comienza a fallar. Hay muchas opciones y habrá que descubrir…

–¿Qué han encontrado? –preguntó el abuelo de Bodie bruscamente–. Y no intente suavizarlo.

El médico esbozó una mueca y se reclinó en la silla.

–Creo que es una insuficiencia cardiaca.

–¡Oh, no! –gimió Bodie.

–Yo ya me imaginaba que era algo malo –se mostró de acuerdo su abuelo, que no parecía más afectado que antes–. Me dolían el pecho y el brazo izquierdo y me costaba respirar. Ese tipo de cosas. ¿Voy a morir pronto?

–Eso nadie puede decirlo. Lo único que puedo decirle es que es una situación bastante común en personas de su edad y que no es necesariamente una sentencia de muerte. La medicina nos ofrece diferentes opciones. Medicación por una parte y también intervenciones quirúrgicas que podrían ayudar.

–Nada de operaciones –dijo Rafe con gesto obstinado–. No pienso dejar que nadie me abra.

–Abuelo –comenzó a decir Bodie.

–No pienso cambiar de opinión –insistió rotundo–. He disfrutado de una larga vida, de una buena vida. No tiene sentido intentar arreglar un cuerpo que ya no va a funcionar.

–Algún día tendrás nietos –le dijo Bodie con firmeza–, y quiero que los conozcas.

Rafe la miró.

–¿Nietos?

–¡Sí! –Bodie le fulminó con la mirada–. Así que tendrás que hacer todo lo que te diga el médico.

El anciano se echó a reír.

–Eres igual que tu abuela –dijo–. Mi esposa era así –le explicó al médico–. Siempre estaba dándome órdenes, diciéndome lo que tenía que hacer. Es algo que he echado mucho de menos –añadió.

–Yo te daré más órdenes a partir de ahora –le prometió Bodie–. Tendrás que intentarlo. Por favor. Hazlo por mí.

Rafe esbozó una mueca.

–De acuerdo. Pero no pienso dejar que me corten y no hay más que hablar.

Bodie miró al médico con expresión angustiada.

–Podemos hacer muchas cosas con la medicación –la tranquilizó el doctor–. Habrá que esperar a ver los resultados de los análisis. Cuando los tengamos, podremos sentarnos a tomar decisiones. Pero no nos anticipemos, ¿de acuerdo? Y lo digo por los dos.

Ambos asintieron.

–Ahora, váyase a casa e intente descansar –dijo el

médico mientras se levantaba–. ¿Sabe? La mayor parte de las malas noticias se aceptan con más tranquilidad cuando dejan de ser una novedad. Hacen falta un par de días para ello, pero lo que en un primer momento nos parece insoportable comienza a ser más fácil de manejar cuando uno comienza a acostumbrarse a la idea. Las cosas no siempre se dan como yo quisiera –se lamentó malhumorado.

–En cualquier caso, lo comprendo –le aseguró Bodie–. Gracias.

–Muchas gracias –dijo Rafe, y le estrechó la mano al médico–. Le agradezco que me lo haya dicho abiertamente. Por eso he venido a verle a usted –añadió y se echó a reír–. No soporto que me mientan ni que me traten como a un niño de tres años.

–Lo comprendo perfectamente –se mostró de acuerdo el médico.

Bodie siguió a su abuelo a la calle sintiendo todo el peso del mundo sobre sus hombros.

La situación empeoró todavía más cuando llegaron a casa. Encontraron a su padrastro esperándoles en el salón. Y resultó inquietante que hubiera utilizado una llave para entrar. Aquella casa había sido la casa de la madre de Bodie. Aquel hombre no tenía ningún derecho a entrar sin previa invitación, aunque fuera su propietario.

Bodie se lo dijo nada más verle.

Will Jones se quedó mirándoles fijamente con expresión altiva. Su forma de mirar a Bodie, que iba vestida con unos vaqueros ajustados y desteñidos y una sudadera, fue escalofriante. Ella le fulminó con la mirada.

–¡No tienes ningún derecho a meterte en mi casa! –le reprochó Rafe.

Will, que estaba sentado en la butaca de Rafe, cambió de postura, pero no dijo nada.

–¿Qué estás haciendo aquí? –le preguntó Bodie.

–Vengo a cobrar el alquiler –respondió su padrastro–. Acabo de subirlo doscientos dólares. No me basta con ese penoso seguro de vida que tenía tu madre. Y ni siquiera podría contar con ello si yo no hubiera insistido en que se lo hiciera antes de que enfermara de cáncer –dijo con brusquedad.

–La solución es fácil –le espetó Bodie– Consigue un trabajo.

–Ya trabajo –respondió Will con una extraña sonrisa–. Y me pagan por ello. Pero necesito más dinero.

Más dinero para seguir comprando pornografía, quería decir. La madre de Bodie se había quejado muchas veces de lo caro que le resultaba, dada la enorme cantidad que consumía. A Bodie se le revolvió el estómago. Quería echarle, recordarle que aquella casa había pertenecido a su familia durante tres generaciones, al igual que aquella tierra. Pero no estaba segura del terreno en el que se movía. No podía alterar a su abuelo en un momento como aquel, en el que se estaba enfrentando a una de las pruebas más difíciles de su vida. De modo que se mordió la lengua para intentar no contestar.

–Yo me encargaré de ello –le aseguró a su abuelo–. Pero, ahora mismo, el banco está cerrado, así que habrá que esperar hasta mañana.

–¡Oh! Puedes firmarme un cheque –propuso Will.

Bodie tomó aire.

–Ahora mismo no tengo suficiente dinero en mi cuenta corriente. Tendré que sacarlo de mi cuenta de ahorros. De hecho, ni siquiera tengo chequera. Para comprar la gasolina y la comida, utilizo la tarjeta de crédito.

La vieja camioneta necesitaba unos neumáticos

nuevos, pero tendrían que esperar. No podía permitir que su abuelo perdiera la casa en un momento como aquel.

Debería hablarle a su padrastro de los problemas de salud de Rafe, pero sabía que no serviría de nada. Cuando su madre se estaba muriendo, Will Jones se dedicaba a ver películas antiguas en casa mientras Bodie acompañaba a su madre en el hospital. Tras su muerte, habían sido su abuelo y ella los que habían organizado el entierro. Jones decía que no estaba en condiciones de hacerlo, aunque sí había llamado rápidamente a la compañía de seguros y había vaciado las cuentas de su madre. También se había dado prisa a la hora de conseguir un testamento firmado por su madre en el que se lo dejaba todo a él. Había sido algo inesperado, porque la madre de Bodie le había asegurado antes de morir que se lo dejaría todo a ella. A lo mejor había cambiado de parecer en su lecho de muerte. Era algo que ocurría a veces. Bodie no había sentido ninguna amargura por el hecho de que su madre hubiera dejado la casa en herencia a su marido. Al fin y al cabo, había sido él el que había pagado todos los gastos ocasionados por su enfermedad.

–Pasaré por aquí mañana por la mañana a primera hora –dijo Will en tono de enfado–. Y será mejor que tengas preparado el dinero.

–El banco no abre hasta las nueve –señaló ella con expresión fría–. Si vienes antes de esa hora, tendrás que esperar.

Will Jones se levantó, mirándola furioso con sus ojos oscuros. Era un hombre grueso y de aspecto descuidado, con un pelo de color castaño que parecía no haberse lavado nunca. Bodie retrocedió un paso. Su olor era repugnante.

–No te gusto, ¿eh? –musitó Will–. Eres una mujer

muy fina, ¿verdad? En fin, el orgullo es algo que se puede curar. Espera y verás. Yo tengo un buen remedio para eso.

Miró a Rafe, que parecía agitado y enfermo.

–No debería haber dejado que os quedarais aquí. Podría haber conseguido que gente más acomodada me pagara el doble de alquiler.

–Claro que sí –respondió Bodie con voz fría–. Conozco a docenas de personas ricas que están deseando venir a vivir a una casa con un tejado de chapa con goteras y con un porche en el que puedes hundirte.

Will Jones alzó la mano y ella alzó la barbilla con expresión desafiante.

–¡Bodie! –le gritó su abuelo–. ¡No!

Bodie estaba temblando de rabia. Casi estaba deseando que la abofeteara.

–Vamos, hazlo –le desafió, siseando las palabras a través de los dientes–. A los cinco minutos, tendrás al sheriff en tu casa con una orden de arresto.

Will bajó la mano, repentinamente temeroso. Sabía que Bodie lo haría. Y que, si lo hacía, aquel sería el final de su vida tal y como la conocía.

Alzó el rostro también él.

–No, claro que no –replicó con insolencia–. No voy a darte la oportunidad de convertirme en el malo del pueblo. Además, no quiero ensuciarme la mano.

–Mejor –respondió Bodie con voz glacial–. Porque podría hacerte daño. Podría hacerte mucho daño.

–Eso ya lo veremos –respondió él, mirando a su alrededor–. Será mejor que vayáis buscando otra casa. Quizá una vivienda pública, si tenéis la suerte de encontrar algo suficientemente barato.

Bodie apretó las manos a ambos lados de su cuerpo. En aquel momento, era él el que la estaba provocando para que le pegara. Era una buena estrategia, de esa forma, podría revertir sus amenazas. Pero Bodie era demasiado inteligente como para hacer algo así. Fue capaz de sonreír incluso, para dejar claro que había adivinado sus intentos de provocación.

Will la fulminó con la mirada.

–Puedo echarte de aquí cuando me apetezca.

–Sí, claro que puedes echarme –se mostró de acuerdo Bodie–, en cuanto puedas demostrar que no pagamos el alquiler Pero pienso pedirte un recibo en cuanto te dé el dinero. Y, si decides echarnos por cualquier otro motivo, será mejor que consigas una justificación y una orden judicial. Y tendrás que contar con el sheriff –añadió con una fría sonrisa–, porque también vas a necesitar su presencia.

Will soltó una furiosa maldición, se volvió y salió de la casa dando un portazo.

El abuelo de Bodie estaba muy pálido. Corrió hacia él y le ayudó a sentarse en la butaca.

–Ahora intenta tranquilizarte. Lo siento, no debería haber dicho nada...

Se interrumpió al ver que su abuelo se estaba riendo.

–¡Maldita sea muchacha, eres idéntica a mi madre! –le dijo–. Cuando yo era pequeño, agarró con una cuerda a un hombre que pretendía quedarse con una de nuestras vacas, diciendo que se había metido en su terreno y que le pertenecía. Le golpeó con ella hasta hacerle ponerse de rodillas y después le invitó a ir a su casa a llamar a la policía para pedir que la arrestaran –le brillaban los ojos–. Pero el pobre hombre tenía tan magullado el orgullo que jamás volvió. No quería admitir delante de nadie que le había golpeado una mujer.

–¡Dios mío!

–Te pusimos tu nombre por ella. Se llamaba Emily Bolinda, y también la llamaban Bodie.

–Lo había olvidado –confesó Bodie, sonriendo–. ¿Estás bien?

Rafe asintió.

–Solo me cuesta un poco respirar. Escucha, ese hombre va a buscar la manera de echarnos de aquí de una u otra forma. El problema no es el dinero. Es una cuestión de venganza. Me odia. Yo hice todo lo que estuvo en mi mano para evitar que tu madre se casara con él. Le dije a tu madre que encontraríamos la manera de manteneros a ella y a ti, pero no quiso hacerme caso. Quería facilitarte las cosas. Sabía que no disponía de dinero suficiente para pagar el tratamiento del cáncer, no tenía ninguna clase de seguro y terminó haciendo lo que consideraba que era lo mejor para todos –sacudió la cabeza–. Pero se equivocó. Estoy seguro de que nos las habríamos arreglado de alguna manera.

Bodie se sentó frente a él.

–Es injusto que la gente no pueda recibir un tratamiento médico por ser pobre. No es justo que haya personas que tengan diez casas, veinte coches y vayan por la vida con chóferes y limusinas cuando otras viven en casas de cartón. Los impuestos deberían ser más justos.

–Eso no te lo voy a discutir –le aseguró Rafe. Suspiró–. Bueno, ¿cuándo vamos a ir a ver al especialista?

–Ahora mismo voy a llamar a la recepcionista del médico para averiguarlo –se levantó y se acercó al teléfono.

Estaba muy preocupada. No solo por su abuelo, sino también por las amenazas de su padrastro. Quería arruinarles. Si no lo conseguía subiéndoles el alquiler, encontraría otra manera de humillarla. La odiaba porque ella era capaz de ver en cada uno de sus actos al hombre repugnante que tras ellos se ocultaba. Tenía planes para todo lo que había heredado de su madre, sobre todo para las dos joyas que habían pertenecido a la familia durante cuatro generaciones y por las que podría conseguir un buen pellizco. Una de ellas era una sortija de esmeraldas y diamantes, la otra, una gargantilla a juego. Bodie las tenía guardadas. No las habría vendido por nada del mundo. Eran su legado. Su madre se las había entregado meses antes de morir. Pero su padrastro conocía su existencia y las quería. Le enfurecía no encontrar la manera legal de conseguirlas. Había intentado argüir ante el abogado que todas las posesiones de su madre le pertenecían, en tanto que había sido su marido, pero el abogado le había enseñado una nota manuscrita de su madre ante testigos en la que se las cedía a Bodie, probablemente imaginando que Will podría reclamarlas. La nota le daba a Bodie pleno derecho sobre las joyas. No había forma de evitarlo. Por lo menos, legalmente.

Así que aquello era la guerra. Will Jones no solo quería las joyas, sino que su amigo Larry quería a Bodie. Ella se había echado a reír cuando le había propuesto que saliera con él. Sabía cómo era aquel tipo porque su madre le había hablado de él. Le gustaba salir con prostitutas y grabarlas. Le había contado también que Will Jones había comentado en una ocasión que sería divertido grabar a Larry con Bodie y que habían tenido una violenta discusión por aquel comentario. «Por encima de mi cadáver», había dicho su madre y, por una vez en su vida, Will había reculado. Pero a Bodie le aterraba saber que había pensado siquiera en tan sórdida posibilidad.

Odiaba violentamente a aquel hombre. En alguna ocasión, había llegado a pensar incluso en pedir ayuda a los hermanos Kirk. Pero ellos apenas estaban empezando a salir del agujero. Había oído decir que habían conseguido dinero por la venta de algunos de sus toros de pura raza y que el negocio estaba creciendo a pasos agigantados. La situación había mejorado cuando Mallory se había casado con una de las herederas de la enorme fortuna de King Brannt, uno de los rancheros más ricos de Texas. Este le había regalado a su hija dos sementales que, se rumoreaba, valían millones. De hecho, los tenían guardados bajo llave y vigilados veinticuatro horas al día. Mallory no estaba dispuesto a correr ningún riesgo con sus premiados toros.

La cita con el especialista se fijó para el lunes siguiente. Se la habían dado rápido, le dijo la recepcionista. Normalmente, las citas con los especialistas se conseguían con meses de adelanto. Pero los problemas de corazón de Rafe Mays le habían parecido tan preocupantes al médico de cabecera que el especialista se había comprometido a atenderle.

Mientras tanto, Bodie fue al banco a retirar el dinero del alquiler. Sus pequeños ahorros se vieron seriamente mermados en el proceso. Iba a tener que encontrar otro trabajo a media jornada hasta que comenzara de nuevo la universidad. Tendrían que comprar medicinas, comida…

Tenía hasta ganas de llorar, pero no podía permitir que su abuelo viera lo desanimada que estaba. No tenían dinero. Vivían con lo que iban consiguiendo de paga en paga, sin ninguna clase de lujos. Ni siquiera podía permitirse un perrito caliente y unas patatas fritas de los puestos callejeros de comida rápida. Bodie cocinaba de la manera más sencilla posible, compraba la comida más barata que encontraba y planificaba cada plato para que durara por lo menos dos días.

Era una existencia penosa y frugal. Muchas veces se sentía culpable por ir a la universidad. Pero, cuando se graduara, por lo menos podría conseguir un trabajo por el que le pagaran un salario decente, de modo que el sacrificio merecía la pena. Aunque el máster tendría que esperar un poco. En junio, si conseguía graduarse en Antropología, podría conseguir un trabajo a tiempo completo y mejorar el estado de sus cuentas antes de volver a la universidad. Podría combinar el trabajo con los estudios, trabajar un año y estudiar al siguiente. Mucha gente lo hacía. Y también ella podría hacerlo si de esa forma podía dejar a su abuelo en una situación económica mejor y con menos preocupaciones. Sabía que su situación financiera le asustaba tanto como a ella.

Aunque a él también le costaba, había sugerido que pidieran dinero a los Kirk. Bodie no le comentó que Tank ya le había ofrecido ayuda y que ella la había rechazado. De hecho, en aquel momento ni siquiera podía hablar con Tank, estaba de viaje en Europa por algunos asuntos relacionados con el rancho. Mallory y Morie también andaban fuera del país.

–Eres amiga de Cane –le recordó Rafe–. No te haría ningún daño pedírsela.

Bodie, incómoda, cambió de postura.

–Es muy susceptible con la gente que le pide dinero, sobre todo últimamente.

No añadió que, en una de las ocasiones en las que había ido a buscarle a un bar, Cane había estado a punto de convertirse en víctima de una mujer que quería su dinero.

–Me lo imagino. Con su discapacidad, probablemente piensa que es lo único que quieren de él las mujeres –reflexionó Rafe.

Por nada del mundo habría mencionado Bodie que ninguna mujer en su sano juicio rechazaría a un hombre tan atractivo, con discapacidad o sin ella. Cane era un hombre tan sexy que los recuerdos de aquel breve encuentro en su habitación todavía la mantenían despierta y dando vueltas en la cama por las noches. Su cuerpo entero se encendía cuando le recordaba tocándola.

Se aclaró la garganta. No tenía ningún motivo para seguir pensando en aquel tema, sobre todo, porque Cane ni siquiera se acordaba de lo ocurrido. Lo cual, por muchas razones, era una suerte.

–Nos las arreglaremos –le prometió Bodie a su abuelo.

Este la miró con los ojos entrecerrados.

–No se te ocurra siquiera pensar en renunciar a la universidad –le advirtió con firmeza–. Ha costado mucho tiempo y mucho trabajo tener a una persona universitaria en la familia. Yo ni siquiera pude terminar el instituto. Tuve que ponerme a trabajar cuando enfermó mi madre. Y eso siempre es una trampa. Crees que podrás volver en algún momento a terminar los estudios, pero, en cuanto empiezas a ganar dinero, surgen un montón de cosas que te hacen necesitarlo –añadió muy serio–. En cuanto uno lo deja, no vuelve. Y en tu caso, eso sería una pena. Una verdadera pena.

Bodie sonrió y le abrazó con fuerza.

–De acuerdo.

Rafe rio y le devolvió el abrazo.

–Tú y yo contra el mundo –dijo Bodie cuando se separaron.

Sonreían sus ojos castaños y también sus labios.

–Sí, me temo que así es –suspiró Rafe–. No quiero ir a ver a ningún especialista –añadió con pesar–. No me gusta la gente que no conozco. ¿Qué pasará si decide mandarme a un hospital para que me abran en canal?

–No se lo permitiremos –mintió Bodie.

Rafe pareció tranquilizarse entonces, como si de verdad creyera que Bodie podía ver el futuro.

–Hay que ir pensando las cosas a medida que van surgiendo, abuelo –le recomendó Bodie con delicadeza–. Paso a paso.

Rafe vaciló un instante y después asintió.

***

El especialista resultó ser un hombre solo unos años menor que el abuelo de Bodie. Para sorpresa de este, le llevaron a una sala de reconocimiento en la que le colocaron en una máquina que permitía ver directamente el corazón. Lo llamaron «ecocardiograma», y era un aparato de ultrasonido que permitía reconocer el corazón.

–Es lo más increíble que he visto en mi vida –le explicó Rafe a Bodie mientras esperaban a que el cardiólogo analizara los resultados–. Me han dejado mirar a través de la pantalla. ¡He podido ver mi cuerpo por dentro!

–Las nuevas tecnologías son increíbles –se mostró de acuerdo Bodie.

Estaba sentada en al borde de la silla, nerviosa. Había mantenido una larga conversación con la recepcionista sobre la posibilidad de ir pagando los gastos mensualmente mientras le estaban haciendo la prueba a su abuelo. La factura iba a ser estratosférica. El hecho de que le hubieran aceptado un plan de pago daba cuenta de las capacidades de vendedora de Bodie. Pero no podría pensar en pagarse ninguna clase de matrícula después del siguiente semestre. Además, tendría que asegurarse de mantener unas notas altas para poder aprobar todas las asignaturas y graduarse. Eran tantas preocupaciones que se preguntaba cómo iba a conseguir controlar cualquiera de ellas.

–No te muerdas las uñas –la regañó su abuelo–. Te las vas a destrozar en cuestión de minutos.

–¡Oh! –Bodie se sacó el dedo de la boca–. Lo siento. Estoy un poco nerviosa.

–Sí, yo también.

Bodie se levantó y encontró una revista sobre caza y pesca que le tendió inmediatamente a su abuelo.

Este pareció encontrarla mucho más interesante de lo que la había encontrado ella.

Mientras esperaban, Bodie observó con atención a las personas que estaban junto a ellos en la sala de espera. Algunas de aquellas personas tenían la misma expresión abatida que su abuelo y ella. Saber que no eran las únicas personas angustiadas de aquella habitación le proporcionó cierto consuelo.

Fue pasando el tiempo. Bodie dejó de mirar el reloj. Había demasiada gente en la sala de espera. Pero, de pronto, el tiempo pareció acelerarse, la gente fue pasando a las diferentes salas de reconocimiento y, al final, la enfermera llamó a su abuelo.

Bodie entró con él, dispuesta a enfrentarse a cualquiera que quisiera impedírselo, pero la enfermera se limitó a sonreír y les hizo pasar a los dos a la consulta del médico, donde les invitó a sentarse frente a su escritorio y su butaca.

Entró después del doctor McGillicuddy con cara de preocupación y pendiente de una tableta electrónica. Miró a las dos personas que tenía frente a él, las dos evidentemente nerviosas.

–No voy a recomendar una operación –dijo inmediatamente.

Aquel mensaje fue recibido con grandes suspiros de alivio y lágrimas por parte de Bodie.

–No es que la situación no sea grave –añadió mientras se sentaba y dejaba la tableta a un lado. Entrelazó los dedos frente a él–. Tiene una insuficiencia cardiaca –le explicó.

–¡Oh, no! –exclamó Bodie, horrorizada.

El médico alzó la mano.

–No es lo que está pensando, en absoluto. Es una insuficiencia que puede ser tratada con medicación y con ciertos cambios de vida. Así que no significa que tu abuelo vaya a necesitar pronto un velatorio.

Bodie se estremeció. ¡Había pasado tanto miedo!

Su abuelo le sonrió.

–Esta mujer es mi mano derecha –le explicó al médico–. Me da órdenes, me cuida, y también me alimenta.

–A partir de ahora, nada de fritos –ordenó el médico–. Todo tiene que ser bajo en grasas. Procure evitar la carne de ternera y cualquier otra carne con excesiva grasa, sobre todo las carnes saladas y con conservantes. Añada a su dieta verduras y pescado.

Rafe puso un gesto de contrariedad.

–Odio el pescado.

–Pues tendrá que aprender a apreciarlo. Yo lo hice –añadió el especialista con una sonrisa–. De todas formas, la enfermera le dará toda la información necesaria antes de que se vaya. Tendrá que tomar tres medicamentos. Quiero volver a verle dentro de dos meses, antes si tiene algún síntoma extraño. Quiero estar informado del efecto de la medicación. Si conseguimos detener el progreso de la enfermedad, todo irá bien. En caso contrario, tendremos que optar por otro tipo de procedimientos.

Sonaba como un mal presagio, pero Bodie no reaccionó a él. Se limitó a sonreír.

–Suena bien.

–Sí, suena bien –añadió su abuelo con vehemencia–. Odio pensar en hospitales y operaciones. Y la verdad es que tampoco me gustan mucho más esas pruebas que mencionó mi médico de cabecera.

–Lo sé, hablé con él –respondió el especialista tranquilamente–. Me dijo que usted estaba dispuesto a luchar con uñas y dientes para evitar que le hiciera un cateterismo.

–No, no lucharía. Me limitaría a irme a casa y a descolgar el teléfono –contestó Rafe riendo.

–Sí, eso tengo entendido. Pero, ¿sabe? Esa es la mejor manera de averiguar lo que le está pasando. De saber si tiene las arterias obstruidas o algún otro problema.

–Pero el radiólogo me ha dicho que en esa máquina las arterias parecían estar bien –replicó.

–Sí, así es –concedió el especialista–. De momento, no insistiré en el cateterismo. Hemos tomado las medidas de su corazón a través de una radiografía para poder tener un punto de referencia y, a lo largo del tiempo, iremos haciendo otras para comparar. Si la tensión le sube de manera inesperada o si aumenta el tamaño del corazón, eso significará que la situación es peligrosa y habría que tomar otro tipo de precauciones.

Rafe se revolvió en su asiento.

–Un caballo volador.

El especialista parpadeó con extrañeza.

–¿Perdón?

–Es un cuento que me contaron. Al parecer, un rey quería ejecutar a un tipo y él pidió que aplazaran la ejecución diciendo que, si le concedían otro año de vida, enseñaría a volar a su caballo. El rey dudó, pero al final aceptó. Al fin y al cabo, no tenía nada que perder. El tipo salió de la cárcel. Sus amigos le dijeron: «¡Estás loco! ¿Cómo vas a enseñar a volar a un caballo?». Pero el hombre que estaba condenado a muerte rio y dijo: «De aquí a un año, es posible que muera el caballo, o que muera el rey, o yo mismo, o incluso que enseñe a ese caballo a volar». La moraleja del cuento es que nunca hay que perder la esperanza.

–Procuraré recordarlo –dijo el especialista con una sonrisa–. Bonito cuento.

–Lo contaron en una serie de televisión que vi hace mucho tiempo, era sobre el rey Enrique VIII de Inglaterra. Jamás lo olvidaré.

–Y lo comprendo –el especialista se levantó y le tendió la mano–. Ahora, váyase a casa, tómese la medicación y llámeme si tiene algún problema. Mejor todavía –se corrigió, riendo–, llame a mis enfermeras ¡Ellas saben más que yo!

Bodie y su abuelo respondieron con una carcajada.

–¡Bueno, qué alivio! –le dijo Rafe a Bodie de camino a casa–. Tenía mucho miedo de que quisiera operarme.

–Yo también –confesó Bodie–. Desde luego, ha sido un alivio.

Y lo fue, hasta que llegaron a la farmacia y presentaron las recetas. Bodie le pidió a su abuelo que fuera a comprar unos melocotones al supermercado. Mientras él estaba distraído con aquel encargo, ella le preguntó al dependiente por el precio de las medicinas.

Y estuvo a punto de desmayarse al oír la cifra.

–¡Tienes que estar de broma! –exclamó horrorizada.

–Lo siento, pero no –contestó el joven con tono compasivo–. Mira –le dijo en voz más baja–, puedo darte el genérico de los tres medicamentos. Seguirá siendo caro, pero no tanto.

Le dio una cifra que equivalía al pago del alquiler de todo un mes. Bodie se sintió enfermar.

El empleado hizo un gesto de disgusto.

–Es difícil, lo sé –dijo–. Mi madre es mayor y tiene problemas cardiacos. También nosotros tenemos que comprar medicinas. Si no fuera por mi trabajo y por el de mi esposa, tendría que prescindir de ellas. La Seguridad Social solo le cubre una parte, aunque consiguió que le concedieran un descuento por gasto farmacéutico por una pequeña cantidad de dinero.

–La gente no tendría que verse obligada a elegir entre la calefacción, la comida, las medicinas y la gasolina –reflexionó Bodie desolada.

–Dímelo a mí –contestó el dependiente de corazón.

Bodie tomó aire. Comenzó a pensar en las joyas que tenía en casa y en cuánto le duraría el dinero que le dieran por ellas si lo utilizaba para pagar el alquiler y las medicinas. No podía permitir que su abuelo muriera por falta de medicación. Sencillamente, no podía.

Alzó la barbilla.

–Adelante, encárgamelas –dijo con voz queda–. Heredé unas joyas que puedo vender. Por ellas me darán algo más de lo que tengo que pagar por la medicación.

–Odio que tengas que venderlas. Yo tuve que vender la sortija de compromiso de mi abuela para pagar una reparación del coche –le explicó con los ojos cargados de tristeza–. Debería haberla heredado mi hija algún día.

–Al final, solo son cosas materiales –vio a su abuelo, que estaba al final del pasillo, y sonrió–. Las personas son mucho más importantes.

–Eso no lo voy a discutir. Tendremos la medicación dentro de media hora, si te parece bien.

–Sí, me parece perfecto –le aseguró.

Bodie llevó a su abuelo a casa. Después, sacó la gargantilla y el anillo que tenía debajo de la cama dentro de una caja de fotografías que tenía allí desde que se había mudado a casa de su abuelo. Las miró con cariño, las acarició y cerró la caja. El sentimentalismo podía salirle muy caro en un momento como aquel. Prefería tener a su abuelo a poder conservar unos objetos de otra época, aunque se le fuera a romper el corazón cuando los vendiera. Su madre adoraba aquellas joyas, se las había enseñado desde que era una niña y le había explicado las leyendas que las rodeaban.

Bodie había crecido apreciándolas y considerándolas como una suerte de conexión con algún lugar que estaba en alguna parte de España.

No era muy probable que ella fuera a tener hijos. No quería casarse, al menos, de momento, y ni siquiera estaba segura de que quisiera tener hijos cuando lo hiciera. O, por lo menos, eso fue lo que se dijo a sí misma. Aquello hizo que le resultara más fácil agarrar la caja, llevarla al pueblo, ir a una tienda de empeños y hablar después con el dependiente.

–¿De verdad quiere venderlas? –le preguntó el dependiente de la casa de empeños–. Son un recuerdo de su familia…

–No me queda otro remedio –contestó–. Mi abuelo está muy enfermo. No tenemos dinero suficiente para comprarle la medicación.

El dependiente hizo una mueca.

–¡Es una vergüenza! –le dijo.

Bodie fijó la mirada en las joyas, vagamente consciente de que entraba alguien en la tienda tras ella.

–Sí –dijo–. Lo sé –tuvo que hacer un enorme esfuerzo para contener las lágrimas.

–Bueno, le prometo que no las venderé –le aseguró el dependiente–. Las guardaré hasta que pueda recuperarlas, ¿qué le parece?

–¿De verdad puede hacer eso? –le preguntó sorprendida–. Pero podría tardar meses…

–En ese caso, esperaré meses.

Bodie tuvo que tragar el nudo que tenía en la garganta para poder hablar. ¡Aquel hombre estaba siendo tan amable con ella!

–Gracias –consiguió decir.

–De nada. Quédese con esto –añadió mientras le tendía un ticket–. Lo necesitará.

Bodie sonrió.

–Muchas gracias.

El encargado de la casa de empeños le dio un buen número de billetes, más de los que esperaba conseguir por las joyas.

–Tenga cuidado con ese dinero –le aconsejó.

Bodie se lo guardó en el bolsillo.

–Lo tendré.

–La veré dentro de unos meses –le dijo, y volvió a sonreír.

–De acuerdo, trato hecho.

Bodie se volvió y estuvo a punto de chocar con un vaquero. No levantó la mirada para ver quién era. Había muchos ranchos en la zona y no conocía a todos los vaqueros que trabajaban en ellos.

El vaquero la vio salir de la tienda y frunció el ceño.

–¿Esa no era Bodie? –le preguntó al dependiente, que era su cuñado.

–Sí, su abuelo está enfermo. No podía pagarle las medicinas y ha venido a empeñar las joyas de la familia –se las enseñó–. Es una lástima.

–Sí, desde luego.

El vaquero sacó el teléfono móvil e hizo rápidamente una llamada.

4

Bodie compró la medicación de su abuelo con parte del dinero que había conseguido a cambio de las joyas. El resto lo guardó debajo de la cama por si surgía alguna emergencia. Tendría que encontrar un trabajo a tiempo parcial hasta que comenzaran las clases. Cualquier cosa que la ayudara a conseguir unos cuantos dólares más.

Pero revisó los anuncios de empleo y no encontró a nadie que quisiera contratar a una persona, ni siquiera temporalmente, durante las vacaciones de Navidad. Quizá pudiera conseguir un trabajo en Jackson Hole, en alguna tienda, pero las repentinas nevadas lo habían cerrado todo y al menos una de las carreteras de la zona estaba cortada al tráfico. De modo que la posibilidad de ir hasta Jackson Hole para pedir trabajo quedaba descartada. Por supuesto, aquel montón de chatarra que era su vieja camioneta ni siquiera habría podido llegar hasta allí, pensó sombría, y tampoco habría podido pagar la gasolina para el viaje de ida y vuelta.

Se acercó a dos restaurantes del pueblo y a los puestos de comida rápida para ver si necesitaban a alguien, aunque fuera para lavar los platos, pero no estaban contratando a nadie.

Regresó a casa alicaída, con la sensación de haber perdido doce dólares en gasolina que difícilmente podía gastarse solo para buscar trabajo. Había dejado solicitudes de empleo en un par de establecimientos, pero los encargados no le habían dado ninguna esperanza.

Desesperada, decidió buscar trabajo en algún rancho. No en el de los Kirk, puesto que le resultaría demasiado humillante hasta pedirlo, pero sí en un par de ranchos de la zona. En uno de ellos buscaban a alguien que supiera conducir maquinaria pesada. Pero Bodie no estaba preparada y tampoco era algo que tuviera intención de aprender. Así que regresó a casa sintiéndose derrotada.

Tras los primeros días, su abuelo pareció reaccionar bien a la medicación. Estaba más animado, tenía más energía y menos dificultades para respirar. Bodie sonreía y fingía que todo iba bien, pero, en realidad, estaba muy preocupada. Ella había tenido un trabajo a media jornada en una tienda de Billings, cerca de donde ella estudiaba, pero el trayecto hasta allí en transporte público era muy caro y ella seguía sin poder permitirse pagar la gasolina. No sabía cómo se las iba a arreglar para pagar las medicinas al mes siguiente, ni para asumir la subida de alquiler que exigía Will Jones. Ni siquiera tenía suficiente dinero para los regalos de Navidad.

Angustiada, se metió en su habitación, cerró la puerta y lloró. Jamás había estado tan desanimada y tenía miedo de que su abuelo descubriera lo angustiada que estaba. Aquello le parecía el fin del mundo.

Pero se secó los ojos y fue a la cocina, dispuesta a ponerse a cocinar, confiando en que Dios, que todo lo podía, les proporcionara alguna salida. Siempre se había apoyado en la fe en los momentos difíciles. De hecho, a veces tenía la sensación de que era lo único que la sostenía.

Salió al patio trasero y cortó un pequeño abeto, encontró una maceta y lo plantó en ella. Tenían adornos de Navidad que había guardado su madre, algunos de ellos habían pertenecido a la familia durante tres generaciones. Decorar el árbol la animó y el abeto adornado dio vida y color al comedor.

Por lo menos, la animó hasta que Will Jones apareció en la puerta y exigió que le pagara por haber cortado uno de sus abetos.

–¿De tus abetos? –exclamó Bodie indignada–. ¡Mi madre plantó esos árboles antes de enfermar!

–Esta casa es mía, y también me pertenecen el patio y los árboles. Así que me debes cincuenta dólares por ese árbol –dijo Will en tono altivo–. Eso es lo que cobran en cualquier tienda.

Bodie sintió que la sangre abandonaba su rostro. Ni siquiera se lo había pensado dos veces a la hora de cortar el árbol. Era algo que habían hecho durante años. De hecho, su madre había plantado esos abetos con ese propósito.

–Puedes añadirlo al alquiler –sugirió Will fríamente, y sonrió–. ¿Cómo te las estás arreglando, por cierto? No tienes trabajo, ¿verdad? Yo pensaba que con tantos estudios podrías conseguir un trabajo realmente bueno.

–He estado buscando trabajo por todo el pueblo –contestó Bodie con voz queda.

–Pero supongo que todos los puestos importantes están ocupados, ¿eh? –se burló él.

–Tendrás tu dinero –le aseguró Bodie fríamente.

Will miró alrededor de la habitación, intentando encontrar algún motivo de queja.

–Tienes que quitar el polvo –murmuró después de pasar el dedo por la mesa del comedor.

–Hoy no he tenido tiempo de limpiar. He estado buscando trabajo –le recordó.

–Supongo que no hay mucho trabajo por la zona. Pero yo tengo uno –le dirigió una mirada lasciva–. Cuando te veas desesperada, ven a verme.

Bodie imaginaba perfectamente el tipo de trabajo que le estaba ofreciendo.

–Puedo arreglármelas sin ti.

–A mi amigo Larry le gustas –le recordó–. Le gustas mucho. Le encantaría poder pasar algún tiempo contigo en mi casa. Tendrías una carabina en todo momento, si es eso lo que te preocupa.

Se echó a reír a carcajadas y a Bodie se le revolvió el estómago. Sabía exactamente lo que estaba insinuando. Ya le había comentado en alguna ocasión que le gustaría grabarla mientras estaba con su amigo Larry.

–Para hacer ese tipo de trabajo, puedes encontrar una mujer en cualquier esquina –replicó ella con frialdad.

Su padrastro la miró con dureza.

–Siempre tan intachable, ¿verdad? –se burló–. Una joven honrada, que jamás da un paso equivocado y nunca sale con ningún hombre. ¿Eres lesbiana?

–No, pero, si lo fuera, no me importaría admitirlo.

Will emitió un sonido burlón.

–Todo el mundo sabe cómo sois las universitarias –dijo con sarcasmo–. Tú eres igual que todas ellas, pero no quieres que nadie de por aquí lo sepa.

–No, yo no soy así. Soy una persona religiosa.

–Santa Bolinda –musitó él–. Bueno, algún día a lo mejor te llevas una sorpresa. No te vendría mal aprender un poco de humildad. No está bien mirar a los demás por encima del hombro, como si fueras mucho mejor que ellos, con tus intachables principios morales. Alguien debería bajarte un poco los humos.

–¿Y crees que tú eres la persona que tiene que hacerlo? –le preguntó con amargura.

–A lo mejor –replicó–. Solo podrás quedarte en esta casa si pagas el alquiler y haces lo que yo te digo –miró a su alrededor–. A lo mejor hay que hacer algunas reformas. En ese caso, tu abuelo y tú tendríais que salir de aquí mientras se llevan a cabo. Reformas que podrían durar un año o dos –dijo, pensando en voz alta. Sonrió con desprecio–. Nadie podría decir que os estoy echando y no habría ningún inconveniente legal para hacerlo.

–¡Cualquiera puede darse cuenta de que esta casa no necesita obras! –replicó enfadada.

–Pero podría ocurrir algo en el tejado en medio de la noche –respondió él, con expresión pensativa–. Nadie podría demostrar que he sido yo.

Bodie sintió que se le helaba la sangre en las venas. No podía pagar el alquiler de aquella casa, ¿cómo iba a pagar el de ninguna otra? Incluso el precio de una mudanza estaba fuera de su alcance en aquel momento. Solo tenía unos cuantos dólares, los suficientes apenas para pagar la comida y la gasolina. Sintió que el pánico se instalaba en la boca de su estómago.

Y Will Jones lo notó. Sonrió de oreja a oreja.

–Da miedo, ¿verdad? –musitó– Mejor. Piensa en ello. Si no eres capaz de tenerme contento, es posible que tengáis que mudaros mañana mismo. Podría surgir cualquier emergencia.

–Lo contaré –le amenazó.

–¿Qué es lo que vas a contar?

–Lo que acabas de decirme –respondió ella.

–¿Ah, sí? Tendrás que demostrarlo –se echó a reír.

Bodie le miró horrorizada.

–Sí –continuó él–, es posible que haya que hacer algunas reparaciones pronto. Y quiero que me pagues ese árbol… este fin de semana –endureció su expresión–. Si no lo haces, tendrás que venir a mi casa el sábado por la noche y pasar un rato con Larry. No es mucho pedir, ¿verdad? Solo te estoy pidiendo que vengas a pasar unas cuantas horas conmigo y con mi amigo.

–Prefiero la muerte –contestó Bodie con voz ronca.

Will arqueó las cejas.

–¿Ah, sí? Apenas has podido permitirte pagar las

medicinas de tu abuelo este mes, ¿cómo piensas pagarlas el mes que viene? ¿Y el siguiente? –apretó de nuevo los labios y la miró de una forma que le heló la sangre–. Yo podría solucionar todos tus problemas. Hasta podría pagar las medicinas de tu abuelo. Si lo hiciera, me estarías muy agradecida, ¿verdad?

Bodie estaba tan enfadada que ni siquiera era capaz de hablar.

–Tú piensa en ello –añadió Will Jones con una risa–. Estoy seguro de que terminarás mostrándote de acuerdo conmigo.

Bodie preferiría pasar hambre, e incluso la muerte. Y seguía pensando en todo lo que haría antes de aceptar su propuesta cuando él se fue. Su abuelo, que estaba en el patio ocupándose de los rosales, no oyó una sola palabra de la conversación.

–¿Era Will? –preguntó enfadado–. ¿Qué quería? Ya le pagamos el alquiler.

–Pero he cortado un árbol.

–¡Oh, Dios mío! ¿Pretende hacernos pagar un árbol que plantó mi propia hija en su casa?

Bodie forzó una sonrisa.

–No, claro que no. No ha pasado nada. ¿Te pongo un trozo de bizcocho y un café descafeinado? –preguntó inocentemente.

Se debatía consigo misma ante la posibilidad de ir a ver a los Kirk. Cualquier cosa, incluso un orgullo herido, era preferible a la solución que proponía su padrastro. Ya había empeñado las joyas de su madre. No tenía ningún otro objeto de valor que pudiera empeñar. No tenía trabajo, ni dinero, ni ninguna esperanza, y su abuelo padecía una enfermedad que podía llegar a matarle.

Y, para colmo de la desesperación, la camioneta estaba empezando a hacer un ruido extraño y todo daba a entender que iba a tener que cambiar las pastillas de freno. Ella no tenía dinero para reparaciones. Si por lo menos supiera hacer algo de verdad, algo que le permitiera ganar algún dinero extra. Pero saber desenterrar huesos viejos no iba a servirle de nada en aquel momento.

Suspiró y frotó la piedra que tenía en el bolsillo. Era una piedra que le había regalado su madre. Su abuela, que tenía una colección de piedras considerable, la había encontrado cerca de la casa en la que vivía cuando era niña. Aquella piedra llevaba ya tres generaciones en la familia. Bodie le llamaba «la piedra de las preocupaciones», porque la utilizaba para tranquilizarse cuando estaba agobiada. Le encantaba la suavidad de sus contornos. Y era bastante pesada para su tamaño. Se preguntó por qué. A lo mejor tenía oro entre sus componentes. Ella no sabía nada de geología. Ni siquiera reconocía la clase de piedras que formaban la colección. Pero no le importaba. Para ella, eran auténticos tesoros.

–Vuelves a estar preocupada, muchacha –observó su abuelo cuando se reunió con él en el cuarto de estar, al ver que tenía la mano en el bolsillo–. Ya estás con la piedra. Tu abuela la llevaba siempre en el bolsillo y la acariciaba cuando algo le inquietaba. Supongo que es cosa de familia.

–Sí, supongo que sí –Bodie se echó a reír.

Sacó la piedra y le dio la vuelta. Era extrañamente pesada y tenía forma de cuña. Era de color gris oscuro y brillante por fuera. El interior, que se podía ver porque había un pedazo roto, tenía una composición diferente.

–Me gustaría saber qué tipo de piedra es.

–Es solo una piedra –contestó su abuelo suspirando–. Tu abuela elegía siempre las más extrañas, pero ninguna de ellas tenía diamantes en su interior. Es una pena.

Bodie se echó a reír y guardó la piedra.

–Desde luego, es una pena.

Rafe hundió las manos en los bolsillos de sus vaqueros gastados. Era en un hombre alto y delgado de pelo blanco. Y en aquel momento, estaba muy pálido.

–¿Estás bien? –preguntó Bodie preocupada.

Su abuelo se encogió de hombros.

–Tengo un ligero malestar en el estómago. Supongo que es por culpa de esa comida mexicana de anoche –se frotó el estómago–. Me encanta, pero esas especias eran muy picantes.

Bodie esbozó una mueca.

–Lo siento. No me di cuenta de que había puesto tanto chile.

–Tú no tienes la culpa. Te gustan las cosas picantes. A mí también me gustaban. Pero las cosas que me gustaban ya no me sientan bien.

Bodie sonrió.

–No te preocupes, la próxima vez, le echaré menos picante.

Rafe sonrió.

–Gracias.

Bodie tomó su abrigo.

–Voy a salir un rato.

–Esa camioneta chilla como un cerdo –observó su abuelo–. Tiene algún problema en los frenos, así que ten cuidado. Deberías cambiar las pastillas.

Bodie no le confesaría a su abuelo por nada del mundo que no tenía dinero para llenar el depósito de gasolina y, mucho menos, para hacer ninguna reparación. No cobrarían la paga por jubilación que recibía de los Kirk hasta después de Navidad y con ella tenían otras muchas cuentas que pagar. Su abuelo no comenzaría a recibir nada de la Seguridad Social hasta enero. Para entonces, ya sería demasiado tarde, sobre todo porque la camioneta estaba ya en las últimas.

Salió con la camioneta y gimió al oír el chirrido de los frenos cuando se paró ante un semáforo, porque el ayudante del sheriff iba tras ella. Afortunadamente no la obligó a detenerse. Bodie soltó un suspiro de alivio mientras ponía la camioneta en marcha y, con mucho cuidado, conducía hasta el rancho de los Kirk. Sabía que iba a ser un error, pero no tenía otra opción.

Aparcó en el porche, pero no vio ningún otro vehículo por la zona. Un mal principio para la que en aquel momento le parecía la peor decisión que había tomado en su vida. No había vuelto a ver a Cane desde la noche que había ido a rescatarle al bar, ni había vuelto a hablar con él después de aquella inesperada llamada telefónica. En realidad, la ponía nerviosa volver a verle y, para cuando llamó al timbre de la puerta, el corazón le latía enloquecido en el pecho. Casi deseó que no hubiera nadie en casa.

Pero sería un gesto de cobardía. Tenía que encontrar a alguien que la ayudara a solucionar sus problemas económicos antes de verse obligada a hacer lo que Will pretendía. Antes preferiría robar un banco, pero no conseguía encontrar una solución que le permitiera mantener intacto el orgullo. El mero hecho de pedirle un préstamo a Cane Kirk ya iba a resultarle suficientemente humillante. No tenía ninguna propiedad, de modo que pedir un crédito al banco era inútil. Tenía que pensar en su abuelo. Él era lo más importante de su vida. Haría cualquier cosa para mantenerle con vida. Incluso, como último recurso, estaría dispuesta a salir con el amigo de su padrastro. Pero incluso en ese caso, se prometió a sí misma, si en algún momento le insinuaban que hiciera algo más subido de tono, se marcharía y encontraría alguna otra manera de pagar las medicinas de su abuelo, aunque tuviera que suplicar que le permitieran trabajar cavando zanjas.

Esperó un momento con la respiración agitada, pero no se oía nada en el interior de la casa. Comenzó a llamar otra vez, hizo una mueca al pensar en lo mucho que le iba a costar pedirle ayuda a Cane y giró sobre sus talones. Podría volver a casa, ponerse un vestido bonito y prepararse para salir con Larry. Puso una cara horrible. Aquel hombre era horroroso. Sencillamente, horroroso. Ninguna mujer en su sano juicio...

–Hola...

Bodie se sobresaltó al oír la voz de Cane tras ella. Se volvió sonrojada.

–¡Ah, hola! Me has asustado –se llevó la mano al pecho y rio nerviosa–. Pensaba que no había nadie en casa.

–Estaba fuera, viendo el nuevo cuchillo de talla de Darby. Se lo ha enviado su hermana. Me ha dicho que es un regalo de Navidad por adelantado –inclinó la cabeza y la miró con atención–. ¿Querías algo?

¿No era evidente?, se preguntó Bodie en silencio. Se mordió el labio.

–Me estaba preguntando...

–¡Eh, hola! –les interrumpió Darby, que apareció en el porche detrás de Cane–. He oído ese ruido tan horrible que hace la camioneta. Esos frenos están mal, muchacha. Deberías cambiarlos antes de que tengas un accidente.

–Me encantaría poder hacerlo –respondió con pesar–. Pero acabo de pagar la medicación para el corazón de mi abuelo y me temo que no me queda dinero para los frenos.

–Lleva ese coche al garaje y pídele a Billy que cambie el revestimiento de esos frenos, ¿quieres? –le pidió Cane a Darby inmediatamente–. Y ya que estás en ello, échale un vistazo al resto.

–Sí, claro –dijo Darby, tendiendo la mano para que Bodie le pasara las llaves.

–¡Oh, no, de verdad! –intentó protestar Bodie.

–Dale las llaves –le ordenó Cane. Arqueó una ceja y sonrió–. A no ser que prefieras que las saque yo.

Bodie buscó con torpeza en los bolsillos y le plantó las llaves a Darby en la mano. Los dos hombres se echaron a reír.

–Creo recordar que la última vez que estuviste aquí te hice sacarme las llaves del bolsillo –comentó Cane.

–Por lo menos, últimamente te has mantenido lejos de los bares, ¿no? –contestó Bodie con los ojos brillantes.

Cane se echó a reír otra vez.

–Algo así. Ahora tengo que ir a revisar una valla. Puedes venir conmigo. De todas formas, pasará un buen rato hasta que tengan la camioneta lista –miró la camioneta con desprecio–. La pintura es lo único que aguanta las puertas en su lugar –dijo mordaz.

–Es una camioneta preciosa –replicó ella–. Solo tiene algunos defectos.

–Sí, como un motor con solo dos cilindros y un carburador que explota cada vez que lo enciendes.

–¡Pero la radio funciona perfectamente! –se defendió Bodie al cabo de un minuto, tras devanarse los sesos pensando en alguna virtud atribuible a su vehículo.

Cane se echó a reír.

–De acuerdo. Un punto para ti.

Se dirigieron al establo.

–¡Eh, Roy! Ensilla a Pirate para Bodie, ¿quieres?

–Sí, jefe.

La yegua que Cane solía montar estaba ya ensillada y preparada en un cubículo cercano. Pirate era un caballo viejo, castrado y tranquilo.

–Sigues pensando que no sé montar –se quejó Bodie.

–Diablos, puedes montar a Buzzsaw si quieres –respondió Cane suavemente–. Pero no me gustaría tener que pagar los gastos de hospital cuando te estampe contra un árbol.

Bodie apretó los labios.

–Podría montar a Buzzsaw si quisiera.

–Seguro.

–Hay gente a la que no se le da bien montar a caballo.

–Como tú, que eres una universitaria –bromeó Cane.

–Y, gracias a ello, sé cómo datar una punta de flecha –respondió.

–Yo también. Algún día podríamos hacer una competición.

Bodie suspiró. Era una discusión sin sentido y no tenía ganas de hacer desaparecer el buen humor de Cane. Odiaba tener que pedir ayuda. Pero él mismo había visto en qué estado estaba la camioneta. Probablemente, sabía que tenía problemas económicos por la enfermedad de su abuelo. A lo mejor incluso era él el que le ofrecía ayuda y le permitía salvar su orgullo. Esperaba que así fuera.

Pero Cane no habló en ningún momento de dinero. Cabalgaron tranquilamente por el rancho, cubierto por una ligera capa de nieve por la mañana. Seguramente, la nieve desaparecería para cuando llegara la tarde, porque estaba subiendo la temperatura. Era una imagen preciosa, la de los árboles desnudos recortados contra la nieve y el color beis del rastrojo allí donde había crecido el trigo en otra época del año.

–A lo mejor este año nieva en Navidad –comentó Bodie.

–No es muy probable.

–Pero podría ocurrir.

Cane se encogió de hombros.

–Sí, supongo.

Bodie agarró las riendas de su montura mientras sentía mecerse la silla con los movimientos del caballo. Era un caballo viejo, pero delicado en sus movimientos y digno de toda confianza. Ella nunca sería una buena amazona. En primer lugar, porque no tenía una buena montura y, en segundo lugar, porque le daban miedo los caballos. Pero, por supuesto, no era algo que fuera a admitir delante de un ranchero.

–¿Por qué está tomando tu abuelo unas pastillas para el corazón? –preguntó Cane de pronto.

–El médico ha dicho que tiene una insuficiencia cardiaca –respondió Bodie con pesar–. He estado muy preocupada por él. Le han recetado tres o cuatro medicamentos para poder tenerle bajo control y dicen que no tiene por qué ser mortal. Pero los dos nos llevamos un buen susto. Al principio, él pensaba que era una indigestión, y yo también.

Cane tiró de las riendas y la miró con curiosidad.

–¿Todavía no tiene edad suficiente como para empezar a cobrar la pensión?

Bodie suspiró.

–Empezará a cobrarla en enero. Por lo menos eso servirá de alguna ayuda.

–¿Tiene algún seguro?

Bodie se movió incómoda en la silla. Aquella conversación estaba adquiriendo un cariz excesivamente personal y le dolió el orgullo más de lo que pensaba que iba a hacerlo.

–Sí, tiene un seguro –mintió–. Eso, más el cheque que le enviáis vosotros, le está ayudando a pagar la medicación. No sabes cuánto os lo agradece.

Cane la miró con los ojos entrecerrados. No dijo nada. Volvió a azuzar al caballo.

Vieron un poste que se había visto afectado por

la caída de un árbol. Cane desmontó, levantó el árbol con el brazo bueno y lo apartó. Después, enderezó el poste y lo miró furioso.

–¡Maldita sea! Necesito una pala y a alguien que sujete el alambre mientras lo clavo –la miró.

–No llevo una pala en el bolsillo. Lo siento –Bodie curvó los labios y le brillaron los ojos.

Se sintió orgullosa de Cane por el hecho de que no pareciera molesto por no ser capaz de hacer el trabajo solo. Su incapacidad parecía afectarle menos que la última vez que había estado con él.

Cane hizo una mueca. Después, sacó el móvil, llamó a Darby y le transmitió la localización del poste y la necesidad de arreglarlo.

–Será mejor que lo hagas esta tarde o mañana –dijo por teléfono–, por si alguna vaca se pone nerviosa y decide escapar por ahí. La carretera está muy cerca.

Escuchó en silencio y se echó a reír.

–Muy bien. Hasta luego –colgó el teléfono y volvió a guardárselo en el bolsillo–. Dice que sería una lástima que pasara un descapotable por la autopista y la vaca decidiera ir a darse una vuelta.

Bodie soltó una carcajada.

–El otro día dieron una noticia en los informativos sobre una vaca que se escapó del matadero y salvó así su vida. El tipo que redactó la noticia dijo que era una vaca, pero, en realidad, era un cabestro –sacudió la cabeza–. La gente que no vive en el campo no reconoce la diferencia.

–Si no recuerdo mal, yo tuve que enseñártela a ti también. Pensabas que una novilla de un año era una vaca. En realidad, no son vacas hasta que no cumplen dos años y las hemos cruzado.

Bodie le dirigió una elocuente mirada.

–Supongo que no todos nacemos sabiendo el vocabulario del rancho –se disculpó Cane.

–¿De verdad? –preguntó Bodie con ironía.

–Vamos por ese camino. Este otoño han caído muchos árboles por esa zona. Parece que el tiempo está enloqueciendo.

–Sí, ya lo he notado.

–Le he pedido a Darby que nos corte un buen árbol para adornarlo –la miró–. Supongo que tú ya tienes preparado el tuyo.

Bodie se echó a reír. Todo el pueblo conocía su pasión por el árbol de Navidad.

–Sí, claro que sí –no añadió que tendría que pagar a su padrastro por haberlo cortado– Me encanta la Navidad. Son mis fiestas favoritas.

Cane, haciendo un gran esfuerzo, volvió a montar en la silla. Bodie fingió no notar lo mucho que le costaba para no herir su orgullo. Era difícil para un vaquero perder un brazo. Ni siquiera con la prótesis le hubiera resultado fácil montar. Una prótesis tampoco le habría permitido hacer fuerza.

–Estaba pensando… –comenzó a decir, intentando encontrar la manera de abordar el tema.

–No pienses mucho –le aconsejó Cane secamente– Pensar puede ser mortal.

Parecía sombrío. Bodie azuzó al caballo con las riendas y miró fijamente a Cane.

–¿Por qué dices eso?

Cane cabalgó hasta un arroyo que corría por el rancho, desmontó y dejó que el caballo bebiera sin soltarle las riendas. Bodie le imitó.

–Ya llevas mucho tiempo conviviendo con ese problema –Bodie señaló lo que le quedaba del brazo–. Y, excepto por alguna que otra borrachera ocasional, lo estás llevando bastante bien.

–Las apariencias engañan –suspiró y miró hacia los campos yermos–. Así es como me siento por dentro –señaló la vasta desnudez de los pastos–. Muerto. Vacío.

–Seguramente, así es como te sentirías si perdieras el cerebro –respondió Bodie, acercándose a él para poder mirarle a la cara. Era tan alto que apenas le llegaba por el hombro–. Pero todavía eres capaz de hacer muchas cosas. Puedes marcar el ganado, exhibirlo y hablar con compradores potenciales, entre otras muchas otras cosas. Y esa sí que es una buena cualidad –se movió incómoda–. A mí no se me da bien relacionarme con los demás. Soy muy tímida y me resulta difícil hablar con la gente.

–Conmigo sí que hablas.

–¡Claro! Porque te conozco. Bueno, todo lo que se puede conocer a una persona desde cierta distancia –se corrigió–. Tú no me haces sentirme torpe.

–¿No? –dio un paso hacia ella. Estaban tan cerca que Bodie podía sentir el calor de su cuerpo. Contuvo la respiración y Cane soltó una risa suave y profunda–. ¿Estás segura, Bodie?

Cane olía a especias. A Bodie le encantaba la colonia que usaba. Siempre iba inmaculadamente limpio. Hasta las uñas las tenía perfectamente cortadas. Cuando se acercó un poco más, Bodie posó las dos manos sobre la tela de la camisa y sintió el vello y los músculos que ocultaba bajo ella.

Cane le apartó entonces el pelo de la cara y le hizo alzar el rostro hacia él para poder ver aquellos ojos castaños de cerca. Ya no sonreía.

–Tienes los ojos idénticos a los de un lobo al que tuve ocasión de ver una vez desde muy cerca –le dijo con voz queda–. Me lo crucé en bosque cuando estaba dando caza a una gacela. Era otoño. Pasó algo increíble, se acercó a mí, se me quedó mirando fijamente durante cerca de un minuto y después dio media vuelta y se alejó trotando. Era un ejemplar grande, de color gris, parecía muy fuerte. Jamás en mi vida había visto un animal como aquel.

–¿No dicen los nativos americanos que cada persona tiene un animal totémico? A lo mejor, el lobo es el tuyo.

Cane comenzó a acariciarle el pelo.

–Dicen que tengo algo de sangre nativa. Lakota, por lo que tengo entendido, pero nunca he estado seguro –sonrió con ternura–. A lo mejor debería investigar la historia de la familia para cuando tenga hijos. Me encantan los niños.

–A mí también –consiguió decir Bodie.

Cane clavó su oscura mirada en sus labios.

–Eres muy joven –continuó diciendo con voz ronca–. Seguramente, demasiado joven para lo que estoy a punto de hacer.

–¿Qué… qué estás a punto de hacer? –susurró ella con la voz entrecortada y la mirada fija en sus labios.

–Esto.

Inclinó la cabeza y deslizó los labios delicadamente por su boca, abriéndoselos un poco. Después, se acercó con un beso duro y demandante. Bodie jadeó contra sus labios, impactada por el placer que recorrió su cuerpo al saborear su boca.

–¿Por qué todo esto me resulta familiar? –susurró Cane.

Pero no contestó a su propia pregunta. Deslizó la mano por la espalda de Bodie, forzándola a estrecharse contra sus duros contornos.

–¡Oh, qué diablos! Estoy muriéndome de deseo –exclamó.

Devoró sus labios mientras la estrechaba contra él. Bodie comenzó a desbrocharle enfebrecida los botones de la camisa hasta poder posar las manos sobre su piel y hundirlas en el vello que cubría su pecho. Abrió la boca, incitándole, invitándole a acceder a su interior. Y Cane lo hizo. Hundió la lengua en la oscura suavidad de su boca y Bodie gimió estremecida.

–Te gusta, ¿verdad? –preguntó Cane contra sus labios.

La hizo apoyarse en el árbol que tenía detrás y devoró sus labios, dejándole sentir la dureza de su repentina excitación.

–También sabes lo que es esto, ¿verdad? –susurró contra su boca abierta.

Bodie se estremeció al sentirle moverse contra ella. Los labios de Cane, duros, hambrientos y ardientes, la forzaron a abrir los suyos, moviéndose insistentemente sobre ellos. Cane deslizó la mano libre por la parte delantera de los vaqueros de Bodie y comenzó a bajarle la cremallera.

Ella quería resistirse. ¡Claro que quería! Pero su cuerpo estaba en llamas. Había soñado con besar a Cane otra vez, había ardido con el recuerdo de la última vez, aquella vez que Cane no recordaba.

–Cane –gimió, y arqueó la espalda indefensa mientras contestaba a las demandas de sus besos.

Y, de pronto, Cane se detuvo. Algún instinto enterrado debió de refrenarle y hacerle retroceder. Estaba sonrojado y sin aliento y sus ojos resplandecían cuando la miraba.

Su expresión acusadora la hizo sentirse incómoda.

–Has empezado tú –le acusó a su vez ella temblorosa.

–Tú me has incitado a ello –replicó Cane, furioso por haber caído en la tentación.

Bodie se estremeció, sintiendo de nuevo el frío al no poder contar con el calor de su cuerpo. Le observó con expresión ausente mientras él se abrochaba de nuevo la camisa con expresión pétrea. Estaba furioso y quería demostrarlo.

–¿Por qué has venido? –le preguntó de pronto.

Bodie se sonrojó.

–Yo, bueno… yo…

–No has aparecido sin ningún motivo ante mi puerta –continuó Cane, mirándola con recelo–. Has venido aquí buscando algo. ¿Qué querías, Bodie? Suéltalo –dijo con voz glacial al verla titubear.

Bodie tragó saliva.

–Yo… quería saber si podías prestarme algo de dinero.

La expresión de Cane fue tan desdeñosa, tan cargada de desprecio, que Bodie supo que sufriría la condena de aquel hombre eternamente. Había descendido a la altura de las mujeres que le abordaban en los bares porque tenía dinero y le despreciaban porque le faltaba un brazo.

Cane sonrió. Fue la sonrisa más fría que Bodie había visto nunca en sus labios.

–¿Y por qué iba a estar dispuesto a darte dinero? –preguntó con desprecio–. ¿Por algo más de lo que hemos hecho? ¿Estarías dispuesta a acostarte conmigo por dinero? ¿Crees que podrías ganártelo? –le preguntó con calor.

Bodie retrocedió un paso.

–Lo siento –dijo con voz atragantada, humillada por su tono y por su forma de mirarla. Estaba roja como la grana–. ¡Lo siento! Me las arreglaré. No podría haber hecho nada más estúpido. Dejaré el caballo en el establo. Y gracias por haberle pedido a Darby que me arreglara la camioneta. Pero me las arreglaré, de verdad.

–Te las arreglarás. ¿Con unos frenos que no funcionan? –preguntó Cane entre dientes.

Bodie volvió a montar el caballo. La vergüenza añadía torpeza a sus movimientos.

–Lo siento –repitió, luchando para reprimir las lágrimas. Toda su vida estaba a punto de hundirse por culpa de su propia estupidez–. Lo siento mucho. No debería haberte pedido nada.

–¿Por qué no? Lo único que quieren las mujeres

de mí es dinero, ¿verdad? Porque es la única manera de que una mujer pueda considerar siquiera la posibilidad de acostarse con un tullido –estaba furioso, absolutamente encolerizado–. Yo pensaba que eras diferente –parecía escupir las palabras–. Pero no eres mejor que una prostituta, Bodie. ¡Una vulgar prostituta dispuesta a hacer cualquier cosa por dinero!

Bodie tragó saliva con fuerza, con el corazón hundido y un frío terrible por dentro. Sintió en los ojos el escozor de las lágrimas.

–Lo siento –consiguió decir una vez más.

Logró hacer girar a su montura con torpeza y se alejó de allí antes de hacer o decir cualquier otra estupidez.

Cane permaneció donde estaba, observándola, confundido e incómodo por lo que acababa de pasar entre ellos. Le había resultado familiar, como si aquella no fuera la primera vez que la besaba o la acariciaba. Volvió a pensar en aquella noche en la que estaba borracho. No recordaba lo que había hecho, pero tenía la sensación de que había hecho algo y que había sido precisamente eso lo que había animado a Bodie a pedirle un préstamo.

¡Estaba dispuesta a acostarse con él por dinero! Era igual que todas las mujeres que se acercaban a él por lo que podían conseguir. Estaba furioso, y no solo por haber sido tan incauto como para besarla de aquella manera, sino porque Bodie le había puesto en una situación que lo hacía sentirse culpable por haberla hecho marcharse tan afectada.

Sacó el teléfono, llamó a Darby y habló rápidamente con él. Colgó, montó a su caballo y regresó lentamente al establo. No quería llegar antes de que Darby le entregara la camioneta a Bodie. Si por él fuera, no volvería a ver a aquella mujer jamás en su vida.

5

Bodie estuvo llorando durante todo el camino de regreso al establo. Pero se secó los ojos con un extremo de su vieja cazadora e intentó sonreír cuando se encontró de nuevo con Darby.

–Deja ahí el caballo, yo me encargaré de desensillarlo –le dijo el vaquero con cierta preocupación–. Vamos, te llevaré a casa. Tendrás la camioneta en tu casa mañana a primera hora.

–No, no te preocupes. Me la llevaré ya –protestó.

–Bodie, le hemos quitado las ruedas –respondió él con una sonrisa cariñosa–. Todavía no te la puedes llevar.

–¡Ah!

–Ven conmigo.

La condujo hasta una de las camionetas del rancho y la ayudó a sentarse en el asiento de pasajeros. Arrancó el motor y, justo cuando salían por el patio, Bodie vio a Cane dirigiéndose lentamente hacia el establo. Era evidente que no quería saber nada de ella.

Bodie se mordió el labio con tanta fuerza que se hizo sangre.

–Cane tiene muchos cambios de humor –le explicó Darby con delicadeza–. Tú ya lo sabes. Tan pronto es capaz de arrancarte la cabeza como de dedicarte la mejor de sus sonrisas. No es nada personal. Continúa pensando en el Ejército y en lo que le ocurrió y no lo lleva nada bien.

–Debería volver a terapia.

–Y volvió. Pero duró una semana. Tuvo una discusión con el psicólogo y decidió no volver –la miró e hizo un gesto de pesar–. No tienes que tomarte las cosas tan a la tremenda. Mira, en cuanto uno cumple treinta y cinco años, ya todo comienza a dejar de preocuparle. No dejas que las cosas te afecten demasiado, ni que el mundo interfiera en tu vida. Puedes creerme.

Bodie suspiró.

–En ese caso, me gustaría tener ya treinta y cinco años –dijo sombría, e hizo una mueca–. Le he pedido un préstamo. ¡Dios mío, no sé cómo he podido hacer semejante estupidez!

–¿Un préstamo?

Con alguien tenía que desahogarse. ¡Guardar aquel secreto la estaba matando!

–Mi abuelo tiene una insuficiencia cardiaca, Darby. Tiene que tomar una medicación muy cara y ahora mi padrastro nos ha subido el alquiler. Además, quiere cobrarme cincuenta dólares por el abeto que corté para Navidad, uno de los que plantó mi madre. Dice también que va a hacer alguna reforma drástica en la casa para tener una excusa para echarnos –intentó reprimir las lágrimas–. ¡Dios mío! Lo he intentado todo para conseguir trabajo, pero nadie puede ofrecerme nada, salvo Jake Hall, que necesita un conductor de maquinaria pesada. Yo ahora mismo no puedo aprender a hacer ese tipo de trabajo. Estoy dispuesta a lavar platos, a fregar suelos... pero no consigo nada. No tenemos dinero y la única forma que tengo de conseguirlo es hacer... lo que mi padrastro quiere que haga.

–¿Y eso es? –le preguntó Darby fríamente–. Dímelo, Bodie.

–Quiere que pase un rato con su amigo Larry este sábado –confesó con dolor–, y hacernos fotografías. En realidad, nada particularmente malo... Solo unas cuantas poses –prefirió pasar rápidamente aquella parte–. Dice que con eso bastará para pagar las medicinas de mi abuelo y el alquiler. En enero, cuando vuelva a la universidad, podré trabajar. De hecho, tengo ya un trabajo esperándome para cuando empiece el semestre. Pero, hasta enero, no puedo hacer nada –se derrumbó–. Para entonces, ya deberé el alquiler. He empeñado las joyas de mi abuela, he vendido todos los objetos que he podido vender para conseguir dinero, pero, con Will, nada es suficiente.

Sintió en la boca el sabor de la sangre procedente del mordisco en el labio. Reconoció también el sabor de Cane. Era inquietante recordar el placer que le había proporcionado a pesar del desprecio con el que la había tratado después.

–¡Maldita sea! –exclamó Darby–. Escucha, muchacha, tengo algún dinero ahorrado.

–¡No! –Bodie le miró con firmeza–. Por supuesto que no. Si Tank hubiera estado en casa, le habría pedido el dinero a él. Seguro que no me habría hecho sentirme como una prostituta por hacerlo. De hecho, incluso me lo ofreció en una ocasión. Sabía que estaba pasando una mala racha –endureció la expresión–. Jamás olvidaré la manera de mirarme de Cane. Ni lo que me ha dicho. ¡Nunca se lo perdonaré!

–Supongo que ha pasado muy poco tiempo desde la última vez que se sintió rechazado por una mujer por culpa del brazo –aventuró Darby, intentando encontrar una explicación a la conducta de su jefe.

–Por lo menos vais a dejarme la camioneta en condiciones para que la pueda conducir. Os lo agradezco mucho.

–Haremos todo lo que podamos para ayudarte –dijo Darby–. Puedo llamar a Tank y…

–No –tomó aire y sonrió mientras aparcaba en el porche de su casa–. Mi abuelo no está al tanto de lo que está pasando. Él cree que ya hemos saldado las deudas pendientes con Will y que no tenemos problemas económicos. No quiero contarle lo que pasa. Está muy enfermo, incluso con la medicación –se encogió de hombros–. Ni siquiera sé durante cuánto tiempo voy a poder tenerle cerca. Se queda sin respiración, el corazón le late de forma extraña, está pálido y tiene problemas de estómago –hizo una gesto de pesar–. Voy a tener que llevarle otra vez al médico, pero quieren que pague antes lo que debo de la última visita. Y, en cuanto al médico de cabecera… –le miró con una expresión de pura desesperación–. ¿Cómo se supone que puede vivir la gente con una economía como esta? ¿Por qué el gobierno no hace nada?

–Supongo que tienen miedo de que no les voten si hacen algo que no gusta, así que prefieren no hacer nada. Lo único que les interesa es volver a ocupar sus despachos, no ayudar a la gente –sacudió la cabeza–. Deberían elegir a gente pobre para gobernar el país, ¿sabes? –dijo filosóficamente–. Ellos sí que saben lo que es pasar penurias y harían cosas para ayudar a los trabajadores y a las personas que no están en condiciones de trabajar.

–Sí, no estaría nada mal –abrió la puerta de la camioneta–. Gracias por escucharme, Darby. Y no le cuentes nada a Cane, ¿de acuerdo?

–No le diré nada si tú no quieres –contestó Darby al cabo de unos minutos de silencio.

–No quiero. Lo último que quiero es su compasión. Haré lo que tenga que hacer para que mi abuelo no tenga que vivir en un asilo ni terminar en la calle –endureció la expresión–. Y espero que Will se vea algún día en una situación parecida.

–La gente termina recogiendo lo que siembra, aunque tarde años en hacerlo –observó Darby con voz queda–. Pero no hagas nada a la desesperada, ¿me oyes? Dame un día o dos para ver si puedo ayudarte de alguna manera, ¿de acuerdo?

Bodie sonrió.

–De acuerdo –mintió–. Gracias, Derby. Muchas gracias.

–De nada. Me gustaría poder hacer mucho más por ti.

Bodie le observó marcharse. Al día siguiente era sábado. Tenía un vestido bonito. Y estaba dispuesta a sufrir un poco a cambio de poder mantener vivo a su abuelo. Por supuesto, él jamás se enteraría. Eso le mataría. Pero ella era una mujer fuerte. Podía hacer lo que tenía que hacer, hasta cierto punto, al menos. Por supuesto, no se desnudaría ni aunque Will amenazara con desahuciarles.

Darby regresó al rancho y estuvo ayudando a arreglar la camioneta de Bodie, pero el vehículo estaba en tan mal estado que estuvieron trabajando en él hasta la tarde del sábado.

Estaba preocupado porque estaba seguro de que Bodie terminaría yendo a casa de Will para hacer cualquier cosa que este le pidiera, dentro de lo que ella considerara razonable, para que su abuelo pudiera seguir viviendo bajo techo. No intentó acercarse a Cane en ningún momento. Este se mostraba malhumorado y distante y saltaba cada vez que alguien se dirigía a él.

Pero, gracias a Dios, Dalton llegó a casa justo cuando Darby estaba terminando de arreglar la camioneta. Darby corrió rápidamente a ver al pequeño de los hermanos Kirk.

–Necesito hablar contigo –le dijo a Tank.

–Claro, ¿qué ha pasado? ¿Cane ha vuelto a beber otra vez? –le preguntó Tank preocupado.

–El problema no es Cane, es Bodie –respondió con voz queda, y le contó lo que había pasado el día anterior y lo que Will quería que hiciera Bodie–. Probablemente, ya está a punto de ir a casa de Will –concluyó–. Está dispuesta a hacer cualquier cosa para que Rafe Mays no se quede sin hogar.

–¡Maldita sea! ¿Y Cane va a permitir que se meta en una cosa así? –explotó Tank.

–En realidad, él no sabe nada. Bodie me hizo prometer que no le contaría nada después de lo mal que la había tratado –contestó Darby–. Pero no prometí no contártelo a ti –añadió.

Tank posó su enorme mano en el hombro de Darby.

–Gracias, amigo. Te debo una. Será mejor que me pase por casa de Will Jones antes de que le haga algo a Bodie que ni todos los psicólogos del mundo puedan arreglar.

–Yo también te debo una. Aprecio mucho a esa joven.

Tank sonrió.

–Y yo.

Tank se dirigió al interior de la casa, descolgó el teléfono y llamó a Rafe Mays.

–Hola, Rafe. Soy Tank. ¿Está Bodie por allí?

–No –respondió el abuelo de Bodie, su voz sonaba rara–. Creo que ha ido a casa de Will, y me preocupa. Sé lo que esa serpiente es capaz de hacer. Tank, Bodie no me ha contado lo que está pasando, pero oí que le decía a Will que más le valdría mantener la promesa de no echarnos de esta casa. Sé que él la está amenazando, y ella es tan inocente… ¡Maldita sea! –tosió–. Tengo indigestión y casi no puedo hablar. Voy a tomar un poco de bicarbonato para ver si mejoro. Tank, ¿puedes pasarte por casa de Will para asegurarte de que no le haga nada malo a mi nieta? –le suplicó con voz débil–. Odio tener que pedirlo, pero yo estoy demasiado enfermo para poder ir. Además, tampoco tendría manera de llegar, la camioneta de mi nieta no está en casa.

–Está aquí –le explicó Tank–. Se la estamos arreglando.

–Ese Larry quiere hacer algo con ella –añadió Rafe fríamente–. Bodie se ha arreglado y estaba muy pálida. Me ha dicho que quería hablar con ese Larry y con su padrastro, que iba a cenar con ellos. Pero sé que había algo más. Estaba muy asustada…

–Voy hacia allí. Tú siéntate y procura estar tranquilo, ¿de acuerdo?

El anciano suspiró.

–Esa muchacha es todo lo que tengo –dijo Rafe con tristeza–. No dejes que le hagan ningún daño.

–Sabes que no lo permitiré. Tranquilízate. Nos veremos pronto.

–Dile… dile que la quiero.

–Claro que se lo diré.

Y colgó el teléfono. Era raro el tono de Rafe. Inquietante, de hecho. Pero, en aquel momento, Bodie era el problema más importante.

–¿Estás en casa? –preguntó Cane cuando entró en el cuarto de estar. Parpadeó. Tank estaba muy pálido–. ¿Qué está pasando aquí?

–Bodie va a venderse a Will para pagar el alquiler de su casa –contestó su hermano sin andarse con rodeos–. Por lo visto, te pidió un préstamo y la mandaste a paseo, así que está haciendo lo que puede para evitar que les echen a su abuelo y a ella a la calle.

–¡Dios mío! –explotó Cane–. ¡A mí no me contó nada de eso!

Tank le fulminó con la mirada.

–A lo mejor pensaba que eras suficientemente inteligente como para saber que si no estuviera desesperada no le pediría dinero a nadie.

–Tiene un trabajo fuera de la universidad…

–Es un trabajo a tiempo parcial y solo lo tiene cuando está estudiando. Ha intentado encontrar trabajo por la zona, incluso limpiando establos, pero no ha encontrado nada. Will está amenazando con hacer obras en la casa para poder echarlos. Se quedarían en la calle y su abuelo está muy enfermo. Tiene una insuficiencia cardiaca y tiene que tomar unos medicamentos que Bodie tampoco puede pagar. Will incluso quiere cobrarle el árbol de Navidad que ha cortado del patio.

Cane se sintió profundamente avergonzado. Si al final Will y su estúpido amigo forzaban a Bodie mientras ella intentaba salir a flote, jamás se lo perdonaría. ¿Por qué no le habría preguntado para qué necesitaba el dinero? Probablemente, reflexionó Cane, porque se había sentido culpable por haber intentado seducirla. Bodie era muy joven. Pero eso no justificaba que la hubiera tratado como lo había hecho.

–¿Adónde vas? –le preguntó Cane a Tank cuando este comenzó a salir de la casa.

–A salvar a Bodie.

–Voy contigo –dijo Cane, y le siguió.

Cuando llegaron a casa de Will Jones, todas las luces estaban encendidas. Tank llamó a la puerta.

–¡Un momento! –gritó Will.

Tank volvió a aporrear la puerta.

Will salió a abrir, sonrojado y desconcertado.

–¿Señor Kirk? –farfulló.

–Invítanos a pasar. De esa manera, no tendrás que dar explicaciones de ningún hueso roto –intervino Cane, adelantándose a su hermano.

–Pero… eh… no es un buen momento.

Cane le empujó con los hombros para pasar al interior. En el sofá había un joven con la camisa desabrochada que estaba comenzando a levantarse. Bodie también estaba allí sentada, blanca como el papel, con aspecto desaliñado, el vestido colgando del hombro y el pelo revuelto. Estaba llorando.

–¡Dios mío! –susurró Cane.

Se acercó a ella e intentó levantarla. Pero Bodie hizo un gesto de dolor y le apartó la mano temblando. Cane se quedó paralizado. Se le revolvió el estómago.

–¡Tank!

Dalton rodeó a su hermano, agarró a Bodie en brazos y la llevó a la puerta. Una vez allí se detuvo y le dirigió a Will una mirada glacial.

–Es posible que se presenten cargos contra ti. Si yo estuviera en tu lugar, conseguiría un buen abogado.

Cane les siguió de cerca. Pero, cuando se dirigía hacia la puerta, miró hacia la mesita que había al lado del sofá. Sobre ella descansaba un ordenador portátil del que colgaba una cámara. En la pantalla aparecía la imagen de Bodie con el hombro desnudo mientras Larry la besaba. Cane estuvo a punto de explotar de furia. Sin pensarlo siquiera, empujó con la cadera la mesa e, intencionadamente, la tiró al suelo. El ordenador aterrizó en el suelo haciendo un gran estruendo.

–¡Me has roto el ordenador! ¡Te denunciaré! –gritó Will mientras recogía los restos.

–Ha sido un accidente. Lo siento, pero estaré encantado de reemplazártelo –contestó Cane con voz glacial–. Le diré a mi abogado que se ponga en contacto contigo. ¡Y al sheriff!

–¡Espera! –le pidió Will casi temblando–. Espera, ¡seguro que podemos solucionar todo esto! Bodie ha venido aquí voluntariamente, podéis preguntárselo a ella.

–¿Y qué me dices del alquiler? –preguntó Cane fríamente.

–¿Qué alquiler? –replicó a su vez Will nervioso–.

En realidad, ya me ha pagado dos meses. No me debe nada. Nada de nada, ¡te lo juro!

–Espero que así sea –le dijo Cane. Posó sus ojos negros en el rostro devastado de Bodie–. Vamos.

Sostuvo la puerta para que saliera Tank. Bodie estaba sollozando. Cane no se había sentido más miserable en toda su vida.

Tank sentó a Bodie entre Cane y él y comenzó a conducir hacia casa de Rafe Mays. Y allí les esperaban más problemas.

Cuando abrió la puerta de la casa con intención de explicarle al abuelo de Bodie lo que había ocurrido, le encontró tumbado en el suelo del cuarto de estar. Estaba frío como el hielo.

Tank retrocedió vacilante mientras abría la puerta del todo.

–No, no salgas de la camioneta, Bodie –le dijo con delicadeza–. ¡Dios mío! No encuentro la manera delicada de decirte esto. Tu abuelo… nos ha dejado. Se ha ido, pequeña. ¡Lo siento mucho!

–¡Se ha ido! ¿Quieres decir que… se ha muerto? –Bodie estaba tan impactada que no encontraba sentido a sus palabras–. ¿Quieres decir que mi abuelo ha muerto, Tank? –susurró–. ¿De verdad está muerto?

Tank asintió.

–Llamaré a emergencias y al sheriff y me quedaré aquí hasta que lleguen. Tú vete a casa con Cane. Puedes quedarte allí hasta que… hasta que todo esté arreglado.

–Está muerto… Está muerto –repetía Bodie con el rostro blanco como el papel.

Comenzó a temblar. Toda su vida se había derrumbado en cuestión de minutos. Se sentía vacía y entumecida por dentro.

–Te llevaré a casa –se ofreció Cane con amabilidad.

Tenía que consolarla, pero Bodie se alejó de él

cuando Cane se sentó tras el volante y puso la camioneta en marcha. Se comportaba como si ni siquiera soportara mirarle. Y no la culpaba. Acababan de destrozarle la vida.

Cane llevó a Bodie a la casa del rancho, abrió la puerta y odió ser un minusválido porque le habría gustado poder levantarla en brazos.

Bodie salió de la camioneta con la cabeza gacha y tan abatida que Cane se sintió enfermo. Quería volver y darles la paliza de su vida a Will Jones y a su amigo.

Mavie salió al porche, abrazó a Bodie y la acunó mientras ella lloraba.

–¿Qué ha pasado? –le preguntó a Cane.

–Ha muerto su abuelo –contestó él, decidiendo dejar el resto para otro momento.

–¡Oh, pobrecilla! Vamos, te prepararé una cama. Y te prestaré un camisón, ¿de acuerdo?

–Gracias, Mavie –contestó Bodie con la voz atragantada–. ¡Es que ha sido tan… tan de repente! Me dijo que estaba teniendo una mala digestión, que solo le dolía un poco el estómago. ¡No le habría dejado solo si…!

–No habría supuesto ninguna diferencia, Bolinda –la consoló Cane con delicadeza–. Probablemente fue una muerte fulminante. Mi abuelo murió así. Sencillamente, se desmayó. Todo transcurrió en unos segundos. Yo estaba a su lado y no pude hacer nada.

Bodie no le miró siquiera.

–Gracias –le dijo con un hilo de voz–. Eso me ayuda un poco.

–Lo siento –musitó Cane–. De verdad, lo siento mucho.

Bodie sabía que no se refería solamente a la muerte de su abuelo, pero no dijo nada. Se limitó a asentir.

Mavie la ayudó a meterse en la cama. Bodie lloraba de tal manera que apenas podía ver por dónde andaba. Tras ella, al pie de las escaleras, oyó maldecir a Cane.

Cane tenía el corazón destrozado. Había tratado a Bodie como si fuera una prostituta que estuviera negociando una noche en un hotel y no había nada, absolutamente nada, que pudiera hacer para aliviar el dolor que había causado. Bodie había terminado yendo a casa de su padrastro y había hecho cosas que jamás olvidaría para intentar salvar a su abuelo. En aquel momento, su abuelo estaba muerto y Bodie tendría que vivir con lo que había hecho. No iba a ser fácil para una mujer que era completamente inocente, para una persona tan religiosa.

Y todo podría haberse evitado si no hubiera sido tan estúpido. Pero todavía estaba muy dolido por el rechazo de la mujer del bar a la que solo le interesaba su dinero. ¡Maldita fuera! Él sabía que Bodie no era así. Sabía que no era la clase de mujer que pedía dinero para un capricho o para algo frívolo. Él ni siquiera sabía que su abuelo tenía problemas de corazón. Y no se le había ocurrido pensar lo difícil que era su situación económica hasta entonces, cuando ya era demasiado tarde para hacer nada por ella.

Se dejó caer en el sofá. Recordó la fotografía que había visto en el ordenador de Will Jones y el semblante pálido y ojeroso de Bodie empapado en lágrimas. Cerró los ojos con fuerza. Esperaba que no pudieran recuperar el disco duro de aquel ordenador después de que lo hubiera tirado al suelo. Por lo menos, Bodie podría ahorrarse la notoriedad que Will había planeado. Se rumoreaba que Will Jones tenía una página web especializada en pornografía para la que él mismo producía imágenes. Evidentemente, pensaba utilizar a Bodie y a su amigo para obtener nuevos contenidos para la página. Solo Dios sabía lo que tenía en mente. Bodie era tan inocente que, probablemente, ni siquiera era consciente de hasta dónde podrían haber llegado si Tank y él no hubieran aparecido.

Se reclinó en el respaldo del sofá con un suspiro. Aquello era un desastre. Bodie estaba muy sola, se había quedado sin su abuelo y, probablemente, si Will se salía con la suya, también sin casa. Él era el propietario legal. Seguramente, tiraría todo lo que Bodie tuviera allí.

Sacó el teléfono móvil y llamó a su hermano.

–Tienes que moverte rápido –le dijo a Tank muy serio–. Will tirará las pocas cosas que tiene Bodie en casa si tiene oportunidad.

–Me aseguraré de que no la tenga –respondió Tank fríamente–. Sacaremos los muebles del dormitorio de invitados y los dejaré en un almacén. Podemos dejar allí todas las cosas de Bodie. Me aseguraré de que lo lleven todo con cuidado. El sheriff está viniendo hacia aquí. Cody Banks es muy amigo mío –añadió con una fría risa–. Le contaré lo que ha estado haciendo Will. Estoy seguro de que se le podrá aplicar alguna ley, aunque Bodie no sea menor.

–Haz que revisen su servidor de Internet –le aconsejó–. Y que comprueben si tiene alguna red social vinculada a esa página.

–Yo mismo puedo hacerlo. Y, como encuentre una sola fotografía de una menor, podrán detenerle.

–Me encantaría poder estar seguro –dijo Cane con pesar–. La culpa de todo esto es mía. Yo soy el culpable de lo que ha pasado. Si hubiera pensado en esto antes de hablar…

–A toro pasado todo parece muy fácil –se mostró de acuerdo Tank.

–Tendremos que ayudarla con el entierro –añadió–. Ella no tiene ni idea de lo que hay que hacer. Rafe era un veterano de guerra, así que es probable que el Ejército le proporcione alguna ayuda, pero estoy prácticamente seguro de que no tenía ningún seguro de entierro.

–En realidad, sí que tiene una póliza –le recordó Tank–. La contratamos cuando Rafe trabajaba para nosotros y, desde entonces, los pagos han ido renovándose automáticamente.

–Gracias a Dios.

–Sí, porque, a pesar de lo que piensas de ella, Bodie rechazaría cualquier ofrecimiento caritativo –le recordó su hermano con voz queda–. Es una mujer orgullosa.

–No hace falta que me lo restriegues –Cane hizo una mueca.

–Pues debería –replicó Tank–. Eres mi hermano y te quiero, pero Bodie tendrá que vivir siempre con lo que ha hecho. Llegamos allí a tiempo de impedir que hiciera nada realmente traumático, pero lo que ha hecho ya es suficientemente terrible. Pensará que lo que hizo fue venderse por dinero, aunque fuera por una causa noble. No será fácil para ella soportar ese peso. Y –añadió enfadado–, si Will comienza a hacer correr el rumor de que tiene unas fotografías comprometidas de Bodie, ella se va a encontrar en una situación muy complicada.

–Siempre podríamos denunciarle.

–¿Y por qué exactamente? –preguntó Tank con lógica– Siempre puede decir que Bodie fue a su casa y posó por voluntad propia. Además, es mayor de edad. Y, con todas las reservas, eso fue exactamente lo que ocurrió. Bodie no mentirá, ni siquiera para proteger su honor.

–¡Maldita sea!

–Déjame hablar con el sheriff –propuso Tank–. No pienso permitir que Jones se vaya de rositas.

–Rafe se puso enfermo de preocupación cuando se enteró de las razones por las que Bodie había ido a su casa –dijo Cane–. Supongo que ahora ella pensará que contribuyó a que sufriera ese infarto –suspiró–. Me gustaría que Morie estuviera aquí –añadió con tristeza–. Ahora mismo, Bodie la necesita más que nunca.

–Llamaré a Mallory –dijo Tank, refiriéndose a su hermano mayor–. Cuando se entere de lo que ha pasado, volverá a casa.

–Buena idea.

–Mientras tanto, yo me encargaré de todo esto si tú llamas a la funeraria para que comiencen todo el procedimiento. Podemos llevar a Bodie a la funeraria mañana por la mañana para hacer los arreglos.

–Rafe tenía muchos amigos –recordó Cane–. El velatorio estará a rebosar.

–Desde luego.

–Gracias –dijo Cane al cabo de un minuto–, por todo lo que has hecho.

–Es a Darby a quien tienes que dárselas –contestó Tank–. Bodie le contó todo y le hizo prometerle que no te diría nada. Pero no le prometió que no me lo contaría a mí.

–¿No quería que yo lo supiera? –farfulló Cane.

–Aparentemente, piensa que la odias.

–¡Dios mío! –exclamó Cane suavemente.

–Es una ingenua, en el mejor sentido de la palabra –dijo Tank–. Ni siquiera ha salido nunca con nadie. No tenía ninguna experiencia en hombres. Eso hace que todo sea mucho más difícil para ella.

Cane no se atrevió a mencionar lo que había pasado entre Bodie y él, pero agradeció a Dios que hubiera sucedido. Por lo menos, no era una mujer completamente ignorante en lo que a hombres se refería cuando aquel sapo baboso le había puesto las manos encima. Recordaría al menos lo tierno que había sido él al principio con ella, aunque después se hubiera comportado como un auténtico estúpido. Le había encantado besarla. Le había gustado tanto, de hecho, que había sentido un miedo mortal al pensar a dónde podría llevarles. Le habían herido muchas veces y era exageradamente susceptible en lo que a su relación con las mujeres se refería.

Habían sido sus propias inseguridades las que habían metido a Bodie en aquel desastre, y también su conducta irracional. Quería enmendar lo ocurrido. Pero no sabía por dónde empezar.

Bodie estuvo llorando hasta quedarse dormida. Mavie se quedó un rato con ella antes de bajar al piso de abajo y preparar la cena para los dos hermanos.

Cane entró en el dormitorio, dejando la puerta abierta. Se sentó en una silla al lado de la enorme cama y se quedó mirándola fijamente, haciendo un gesto de dolor al ver su rostro marcado por el llanto y enmarcado por aquel pelo oscuro, tupido y ondulado. Alargó la mano y le colocó con ternura un mechón detrás de la oreja.

Recordó la noche en la que estaba borracho y era él el que estaba en una situación de vulnerabilidad. Bodie le había llevado a su cuarto y le había ayudado a meterse en la cama. Los recuerdos se tornaban borrosos después de aquello, pero la imagen de Bodie en su lecho comenzó a despertar imágenes con sorprendente claridad.

La había besado aquella noche. La había besado con una pasión feroz y enfebrecida y la había tumbado en la cama, estrechándola contra él. Le había desabrochado la camisa y la había abrazado, manteniendo sus senos desnudos contra su pecho. La había sentido estremecerse y la había oído gemir de placer.

¿Cómo podía haber olvidado una experiencia como aquella? Frunció sus cejas oscuras por encima del puente de la nariz mientras la observaba dormir y recordaba el placer prohibido que habían compartido.

Bodie nunca lo había mencionado. Él incluso la había llamado para asegurarse de que no le había ocurrido nada malo, porque no era capaz de recordar. Bodie le había mentido, le había dicho que estaba demasiado borracho como para hacer nada, pero no era cierto. Había intentado seducirla. Había estado a punto de llegar demasiado lejos. ¿Cómo podía haber olvidado algo tan impactante?

Bodie entre sus brazos, amándole, abrazándole, deseándole. Bodie, toda inocencia, experimentando la pasión por primera vez en su vida con un hombre que estaba demasiado borracho como para apreciar su vulnerabilidad; un hombre que la había tratado como a una mujer experimentada, mostrándole cosas que deberían haber aparecido mucho más tarde en su turbulenta relación.

Ya era demasiado tarde para dar marcha atrás. Pero, en cierto modo, era una suerte que aquel hombre tan repugnante, Larry, no hubiera sido el primero en saborear su inocencia. El primero había sido él y atesoraría aquel recuerdo durante toda su vida.

Por lo menos, Bodie podría recordar algo de él, y, quizá, no había sido tan desagradable como él pensaba. Recordaba que Bodie no se había resistido ni siquiera al principio. Se había fundido contra él como si acabara de descubrir aquel placer. Cane todavía podía recordar el sabor de su boca, la suavidad de su piel bajo sus manos, el calor de aquel cuerpo dulce y joven retorciéndose bajo el suyo mientras Bodie intentaba acercarse todavía más a él.

Lo único que la había salvado había sido el que estuviera borracho. Si hubiera estado sobrio, no habría sido capaz de detenerlo.

Una vez recuperado el recuerdo de la intimidad que habían compartido, le sorprendió no haber sido capaz de acordarse antes de aquella noche. Pero, quizá, había sido una forma de esconderse de ella, de protegerse de la posibilidad de que volvieran a destrozarle el corazón. Bodie era una mujer joven e impresionable y, al menos durante unos minutos, le había encontrado muy atractivo.

Algo que no volvería a ocurrir, pensó con algo parecido a la desesperación. Bodie le odiaría durante el resto de sus días por lo que había provocado al rechazar su tímida petición de ayuda. Seguramente, pensaría que si la hubiera ayudado jamás habría tenido que ir a casa de su padrastro, ni dejar a su abuelo en casa, enfermo de preocupación por ella. Pensaría siempre que él le había fallado. Al igual que se había fallado tantas veces a sí mismo desde que se había quedado sin brazo.

Pensó largamente en lo que se había estado haciendo a sí mismo y a la gente que le rodeaba, y no le gustó. Había estado tan pendiente de sus propias necesidades y sentimientos, de sus carencias, que había ignorado completamente los problemas de su familia y los de Bodie.

Ya era hora de mirar hacia delante, de dejar de compadecerse a sí mismo y retomar su vida. El primer paso de aquel proceso era dejar de emborracharse y encaminar su vida. Se lo debía a Bodie. Y a sí mismo.

Se levantó de la silla, se inclinó y rozó el pelo oscuro de Bodie con tal ternura y ligereza que Bodie no pudo sentirlo.

–Lo siento, cariño –susurró con voz ronca mientras fijaba la mirada en su rostro dormido–. Lo siento mucho. Tc juro por Dios que te compensaré de alguna manera.

Salió del dormitorio y cerró la puerta.

Una vez abajo, abrió el teléfono y buscó el número de los servicios funerarios de la localidad. Solo había una funeraria en el pueblo. Por lo menos, podía hacer algo por Bodie. Podía intentar asumir parte de aquella carga.

6

Rafe Mays había vivido durante toda su vida en Catelow. Era un hombre muy conocido en el pueblo, de modo que la sala del velatorio estuvo llena a partir del momento en el que se anunció su muerte en el periódico y en la emisora de la localidad.

Bodie, con un vestido negro que Morie había insistido en comprar, recibió a las visitas en la sala alfombrada de la funeraria. De vez en cuando, miraba al ataúd cerrado en el que descansaba su abuelo. Había sido él el que lo había querido así.

–Si no te importa, prefiero que la gente no esté pasando por delante de mí y mirándome con la boca abierta –le gustaba decir.

Todo el mundo fue muy amable. Algunos le contaron anécdotas del pasado de su abuelo, cuando era un hombre joven y atractivo y podía elegir entre todas las jóvenes solteras de la localidad.

Había perseguido a la abuela de Bodie con flores y bombones, e incluso le había regalado un bonito caballo palomino antes de llegar a conquistarla. Bodie se sabía aquella historia de memoria, pero le resultaba reconfortante oírla contar. Era como si su abuelo continuara viviendo en el recuerdo de las personas que le querían.

–Solo es el tiempo –dijo Cane a su lado.

Se había presentado en la funeraria con un traje de color negro y la prótesis que había jurado no volver a ponerse nunca más. Con el pelo negro, los ojos de color oscuros y el rostro aceitunado, era el hombre más atractivo que Bodie había conocido nunca. Podría haber hecho una fortuna trabajando como modelo, pero Bodie jamás se lo diría. A Cane le gustaba su imagen de hombre duro.

–¿El tiempo? –farfulló, distraída por su impactante atractivo.

–Sí, el tiempo –repitió Cane–. Yo no estudié Física Teórica en la universidad, como ese amigo tan inteligente que tienes allí –dijo, señalando al capataz del rancho, Darby Hanes–, pero sé algo sobre los conceptos de los que se ocupa. Todas las personas a las que amamos y perdimos siguen vivas de alguna manera, ¿sabes? El tiempo es lo único que nos separa de ellas.

Bodie se le quedó mirando fijamente, intentando comprender lo que estaba diciendo.

–Escucha –continuó Cane–, cuando tienes que marcar una posición, necesitas conocer la latitud y la longitud. De esa forma, consigues fijar un objetivo en el mapa. Pero en un sentido más amplio de las cosas, también necesitas el vector tiempo. Por ejemplo, si tú fueras hoy a Laredo, en Texas, y buscaras una dirección en concreto, la encontrarías. Pero si fueras a ese mismo lugar y pudieras retroceder doscientos años, hay muchas probabilidades de que no pudieras encontrarla. ¿Entiendes lo que quiero decir?

Bodie comenzaba a comprenderlo.

–Si pudiera retroceder un mes en el tiempo, mi abuelo continuaría vivo en el pasado.

Cane sonrió con ternura.

–Sí. El tiempo es lo único que nos separa de ellos. Solo el tiempo.

Por increíble que pareciera, aquello la hizo sentirse mejor. El consuelo provocado por aquellas palabras se hizo visible en la postura relajada de Bodie, en la luz que iluminó sus ojos claros.

Cane le acarició la mejilla con el dedo y permaneció suficientemente cerca de ella como para que pudiera sentir el calor y la fuerza de su cuerpo.

–Superarás esto –le aseguró con su voz profunda y cargada de sentimiento–. Nosotros ya hemos pasado por ello, hemos perdido a todos los mayores de nuestra familia. Nunca es fácil, pero forma parte del proceso de la vida.

Bodie tragó saliva.

–Gracias –dijo suavemente.

Pero retrocedió un poco, recordando involuntariamente las cosas que Cane le había dicho cuando le había pedido tímidamente un préstamo.

Cane se dio cuenta y no se ofendió por ello. Tomó aire.

–Este no es el momento –le dijo con cariño–. Pero lo siento, lo siento mucho. Tengo la sensación de que he pasado los últimos dos meses destrozándote la vida –frunció el ceño–. Y ni siquiera sé por qué. Siempre has sido muy buena conmigo y yo no soy la clase de hombre que disfruta haciendo sufrir a las mujeres. Nunca lo he sido, ni siquiera antes de esto –señaló la prótesis.

Bodie tragó saliva.

–Tuve que hacer cosas que… –se interrumpió y se mordió el labio.

Cane la miró, atormentado por lo ocurrido.

–Tank fue al sheriff después de estar en casa de tu asqueroso padrastro –dijo bruscamente–. Me encantaría que encontrara la manera de encerrarle de por vida.

–Will es muy cuidadoso –dijo Bodie fríamente–. En el pueblo hay una chica que le conoce. Trabaja en el supermercado y me habló de él en una ocasión. Dice que pide algún tipo de identificación antes de grabar a nadie para asegurarse de que no está violando la ley. Sería terrible que no pudieran encarcelarlo –añadió con dureza.

–Sí, sería una vergüenza –respondió Cane–. Pero hay muchas maneras de pillar a quienes creen que pueden burlar la ley.

Bodie le dirigió una larga mirada.

–Apuesto a que conoces la mayoría de ellas –bromeó con la primera muestra de humor que Cane reconocía en ella en mucho tiempo.

Él sonrió. Al sonreír, la expresión de sus ojos se suavizó y miró a Bodie como nunca la había mirado. Bodie no era capaz de decidir qué significaba aquella mirada, y todavía estaba intentándolo cuando se acercó un amigo para expresar sus condolencias. Cane se fundió de nuevo entre la multitud.

Aquella noche, Bodie estaba sentada en el borde de la cama con un pijama que parecía un chándal y la mirada perdida en el vacío. En realidad, nunca había creído en los fantasmas, pero le daba miedo apagar la luz. Su abuelo la adoraba, lo sabía, la quería tanto como ella a él. Pero recordaba todas aquellas historias que contaba la gente por la noche tras la muerte de los seres queridos. Bodie estaba nerviosa, triste y angustiada.

Llamaron suavemente a la puerta y entró Cane con una taza de chocolate caliente. Tampoco él se había acostado. Llevaba todavía los vaqueros y una camisa azul, pero iba descalzo, sin las botas. Tenía el pelo revuelto, como si hubiera estado mesándoselo con la mano.

–Supongo que no podías dormir –dijo–. Toma. También tiene nubecitas.

Bodie contuvo la respiración. Le encantaba el chocolate caliente, sobre todo con nubecitas dentro.

–¿Como has…?

–Lo ha hecho Mavie –se echó a reír–. Yo solo ofrezco el servicio de transporte.

Bodie consiguió esbozar una sonrisa mientras tomaba la taza, cerraba los ojos y bebía con deleite.

–Está riquísimo. Gracias. A los dos.

Cane se encogió de hombros.

–Cuando mi madre murió, pasé dos noches sin dormir –le explicó–. Pero hace mucho tiempo de eso. Éramos adolescentes. Murió de cáncer.

–Mi madre también. Cuando la perdimos, fue terrible.

Cane asintió.

–No es fácil de entender, a no ser que se haya pasado por ello. Es un proceso muy largo. A veces, el tratamiento funciona, y otras, no. Nosotros siempre hemos pensado que nuestra madre renunció a la vida. Era de esa clase de personas. Vivía para sus hijos, pero no tenía una verdadera vida fuera de su hogar. A menudo me pregunto si soñaba con ser algo más, pintora, quizá, porque le encantaba dibujar. Renunció a sus sueños para criarnos a nosotros.

–Hizo un trabajo maravilloso con los tres –reconoció Bodie con voz queda–. ¿Eso ya no tienen ningún valor en nuestra sociedad? ¿Es que todas las mujeres tienen que convertirse en directivas de grandes corporaciones, o en militares de alta graduación, o en políticas de alto nivel? ¿No basta con formar una familia, enseñar ciertos valores a tus hijos y mantenerlos felices y a salvo durante su infancia?

–No lo sé –respondió Cane–. Nunca he tenido hijos.

Bodie desvió la mirada.

–A mí me gustaría tenerlos algún día –dijo suavemente–. Quiero dedicarme a desenterrar dinosaurios y dejar mi pequeña huella en el mundo –añadió con una risa–. Pero también quiero formar una familia. No veo ningún motivo por el que no pueda tener las dos cosas. Los niños se pueden llevar a todas partes. Los padres de una de mis amigas eran antropólogos. Iban por todo el mundo y se llevaban a sus hijos con ellos. Se educaron casi siempre en su propia casa, pero siempre han ido por delante de los niños de su edad que estaban integrados en el sistema educativo –sus ojos adquirieron una expresión soñadora–. No me importaría hacer algo así. Llevar a mis hijos de excavación en excavación, quiero decir, aunque tuviera que desenterrar dinosaurios en vez de artefactos culturales.

Imaginar a Bodie con hijos de algún otro hombre le enfureció. La fulminó con la mirada.

Bodie le miró con los ojos abiertos como platos.

–Mira, que no quieras casarte no es razón para que me mires como si estuviera loca –señaló.

Cane desvió la mirada.

–No te estaba mirando así.

–Claro que sí.

–Déjalo, Bodie. Esta noche no voy a discutir contigo.

–¡Ah! Así que estás dispuesto a firmar una tregua.

Cane rio brevemente.

–Algo así –estudió su rostro pálido y ojeroso–. Siento que todo haya sucedido como ocurrió, que no hayas tenido tiempo de despedirte adecuadamente de tu abuelo. Pero recuerda lo que te dijo Tank. Rafe le pidió que te dijera que te quería mucho. Creo que él sabía lo que le estaba pasando. Quería asegurarse de que supieras que te quería.

A Bodie se le llenaron los ojos de lágrimas. Las reprimió y bebió un sorbo de chocolate. No le supo muy bien con el nudo de las lágrimas cerrándole la garganta. No volvió a levantar la mirada hasta que terminó el chocolate y las lágrimas ya solo eran una amenaza. No quería mostrar su debilidad delante del enemigo. No podía olvidar lo que Cane le había dicho aquel día antes de que ella se fuera a su casa. Todavía tenía el orgullo herido.

Cane sacó un pañuelo limpio del bolsillo y se lo acercó a los ojos. Bodie alzó la mirada sorprendida. La expresión de Cane era sombría.

–Estoy intentando enmendar lo que… dije… y lo que te hice –farfulló–. Voy a dejar de beber, Bodie. Voy a volver a terapia. ¿Eso te ayudará?

Bodie le tendió la taza.

–Es lo mejor que puedes hacer. Tu familia te quiere. No es justo que les hagas pasar un infierno por culpa de lo que te sucedió en el extranjero –buscó sus ojos oscuros–. Sé que todo ha sido muy difícil. Pero tienes que intentar seguir viviendo. Hay todo un mundo que ni siquiera estás viendo. Te estás escondiendo dentro de ti mismo.

–Ya basta –Cane volvió la cara con una mirada turbulenta.

–¿Lo ves? –le dijo Bodie.

Cane se volvió y la fulminó con la mirada.

–Deja de leerme el pensamiento.

–Lo siento, no lo estaba haciendo a propósito –se echó el pelo hacia atrás–. Me da miedo dormirme, ¿no te parece una estupidez?

–La verdad es que no. Después de la muerte de mi madre, estuve dos días sin apagar las luces. En realidad, no tenía miedo a la oscuridad. Era solo… inquietud.

–Así es como me siento. Mi abuelo jamás me haría ningún daño, lo sé –se echó a reír–. Supongo que son vestigios del espiritismo y los tabúes primitivos.

Cane asintió.

–Quizá.

Bodie suspiró.

–Bueno, gracias por el chocolate. Y dale también las gracias a Mavie.

Cane abrió la cama y tiró a Bodie del brazo para que se acostara.

–Muévete.

Bodie parpadeó.

–¿Qué?

–Que te muevas.

Bodie obedeció sorprendida. Cane se tumbó a su lado en la cama, se recostó contra la almohada y movió la parte del brazo izquierdo que le quedaba para que Bodie apoyara la cabeza en su hombro.

–Ahora, duérmete –le dijo, y alargó la mano derecha hacia el interruptor de la mesilla de noche.

Bodie estaba tensa como una tabla. Y también muy sorprendida.

–La puerta está completamente abierta –le recordó Cane, señalando hacia la puerta con la cabeza–. Incluso en el caso de que tuviera el impulso de hacerlo, no sería capaz de hacer nada estando tú tan triste y tan asustada. Es posible que sea un canalla, pero espero que tengas una opinión suficientemente decente sobre mí como para considerarme incapaz de hacer algo así.

Bodie se relajó ligeramente.

–¿Pero qué pensará tu familia?

–Que estoy haciendo algo quijotesco –murmuró, aludiendo a don Quijote y a su desatinada caballerosidad–. Proteger a los vulnerables.

–¿Yo soy vulnerable?

Cane volvió la cabeza en la almohada. La miró fijamente con sus ojos negros.

–Era de noche y yo había bebido. ¿No eras vulnerable entonces, Bodie? –le preguntó con un ronco y profundo susurro.

Bodie se sonrojó.

–Dijiste que no te acordabas –le acusó.

–Y no me acordaba. Hasta el otro día –apoyó la cabeza en la almohada y fijó la mirada en el techo–. No me acordé hasta que ya era demasiado tarde. Dije cosas que no puedo retirar, Bodie, y te forcé a tomar una decisión que te marcará de por vida.

Bodie tragó saliva.

–¡Oh!

Estaba recordando aquella noche con una claridad brutal. Cane había sido un poco brusco con ella, pero también tan tierno y dulce que revivió mentalmente aquel placer.

–¿Fue la primera vez? –preguntó Cane con voz tensa.

Bodie vaciló. No era algo que quisiera admitir, y menos aún delante de él.

Cane volvió la cabeza en la almohada. Bajo la luz del pasillo, Bodie podía verle la cara.

–¿Lo fue, Bodie?

Bodie se mordió el labio inferior.

–Sí. Yo nunca... Quiero decir –dijo, vacilante.

Algo brilló en los ojos de Cane. Le hizo volver el rostro hacia el suyo con delicadeza, le acarició la mejilla y se inclinó para besar sus párpados cerrados.

–Por lo menos –susurró–, disfrutaste de algo limpio antes de que el amigo de Will te pusiera sus sucias manos encima, aunque yo estuviera borracho en aquella ocasión.

Bodie comenzó a hablar, pero Cane movió los labios suavemente sobre los suyos, saboreándolos con reverencia, con una anhelante y apasionada ternura.

–Suaves como un capullo de rosa –susurró contra sus labios tensos–, temeroso de abrir sus pétalos.

–¡Yo tampoco me atrevo...!

Cane se echó a reír mientras la indignada protesta de Bodie le proporcionaba la oportunidad que quería. Presionó los labios contra los de Bodie, haciéndola abrirlos a un beso tan respetuoso como experto. Le mordisqueó el labio inferior y saboreó su húmedo interior de una manera que hizo tensarse el cuerpo de Bodie en los lugares más extraños.

Jadeó.

Cane se retiró; su respiración agitada acariciaba los labios de Bodie.

–Si tuvieras unos años más y yo fuera más mujeriego de lo que soy, me levantaría y cerraría la puerta.

Bodie estaba completamente perdida. No tenía ninguna experiencia en hombres, excepto con él, y no estaba segura de lo que estaba insinuando.

–¿Quieres decir que me encerrarías en…?

La boca de Cane descendió voraz sobre la suya.

–Me encerraría aquí contigo y comenzaría a desnudarte –le espetó.

Bodie jadeó bajo su demandante boca mientras él se inclinaba hacia ella.

Tenía ya la mano bajo la camisa de Bodie y estaba empezando a subirla cuando sonaron unos pasos en la escalera. Afortunadamente, estaban suficientemente cerca de la puerta como para oírlos.

Cane apartó la mano, hizo un gesto de fastidio y se obligó a respirar con normalidad.

–Por favor, intenta fingir que estás dormida para que mi hermano no me tire por la ventana más cercana –le pidió con un rudo intento de humor.

–Y yo debería ayudarle –consiguió contestar Bodie.

Pero cerró los ojos e intentó adoptar una expresión inocente.

Los pasos se detuvieron en la puerta bruscamente. Se oyó una respiración de alivio y después una risa. Y comenzaron de nuevo los pasos.

Cane contuvo la respiración que había estado conteniendo y volvió la cabeza para poder ver los sorprendidos ojos de Bodie, en aquel momento muy cerca de los suyos.

–Tú no me tirarías por la ventana –reflexionó con los ojos resplandecientes–. Porque entonces, nadie te enseñaría a besar.

–¡Cane! –exclamó ella enfadada.

Cane deslizó el dedo por la suavidad de sus labios.

–¡Dios mío, me encanta besarte! –susurró–. Eres demasiado joven y yo estoy demasiado loco como para mirarte siquiera. Te he hecho daño, te obligué a huir y a pasar por un infierno por culpa de mi mal carácter…

–Te olvidas de la parte en la que me dijiste que era una prostituta en ciernes.

Cane suspiró.

–Sí, había olvidado esa parte.

Cane tenía un aspecto tan culpable que la propia Bodie se sintió culpable por haber sacado el tema. Hizo una mueca.

–Lo siento. Todavía me duele.

–Te deseaba.

Bodie parpadeó.

–¿Perdón?

Cane se volvió en la cama para poder mirarla.

–Te deseaba –respondió con voz queda–. Estábamos solos, me moría por desahogarme después de haberte besado y, francamente, tú me habrías dejado hacer lo que quisiera. Y a mí me habría gustado hacer muchas cosas –tensó la mandíbula–. Dije cosas que no pretendía decir para que te marcharas. Lo siento. Debería haber sido sincero contigo. Pero parece ser que solo soy sincero cuando estoy borracho –bajó la mirada hacia la barbilla de Bodie en vez de mirarla a los ojos–. Eres demasiado joven, Bodie –dijo abiertamente–. Apenas has vivido nada todavía.

–Me deseas –repitió Bodie, ligeramente sorprendida.

–Sí.

–Pero… nunca me lo habías dicho.

Cane le dirigió una elocuente mirada.

–¿Y no te diste cuenta al ver cómo me excitaba cuando te besaba?

Bodie soltó un grito ahogado.

–¡Cane Kirk! –musitó, y le dio un golpe.

Cane sonrió.

–¿Quieres que te lo vuelva a demostrar?

Bodie estaba a punto de hablar cuando volvieron a resonar los pasos por el pasillo.

–Estamos dormidos –le recordó Cane.

Volvió a reclinarse contra la almohada y cerró los ojos.

Los pasos sonaban de manera extraña. Bodie se dio cuenta entonces de que no eran los de una sola persona. No se atrevió a mirar.

Se oyeron exclamaciones de al menos dos personas. Y unas risas reprimidas. Al cabo de un minuto, durante el cual Cane estuvo deseando que no les miraran con excesiva atención, los pasos volvieron a alejarse.

Cuando miró a Bodie, esta tenía los ojos abiertos y estaba haciendo un esfuerzo para no echarse a reír.

–¿Qué pasa? –preguntó Cane.

–Eran tus hermanos, con Morie y con Mavie –contestó en voz muy baja–. Deberías haberles visto las caras.

–¿Y tú cómo…?

–Tu pecho hacía de pantalla –contestó–. Ellos no podían verme.

Cane sacudió la cabeza.

–Supongo que debemos de tener un aspecto un tanto extraño.

Bodie apoyó la cabeza en su hombro, contra la parte de brazo que todavía le quedaba.

–Gracias susurró.

–¿Por haberte besado? –bromeó Cane.

–Por ser tan noble –respondió con voz queda–. Por haberte dado cuenta de que estaba aquí sola y asustada… y por no haberte reído de mí.

Cane no había vuelto a abrazar a ninguna mujer desde el accidente. Tenía miedo de no ser capaz de hacer el amor otra vez, o de mostrarse torpe y ponerse en ridículo delante de una mujer experimentada que se riera de él. Pero Bodie no le hacía sentirse incómodo. Así que la rodeó con el brazo, posando el muñón contra su cintura. Ella ni siquiera se movió.

–¿No te molesta? –le preguntó Cane con voz tensa.

–No seas tonto –Bodie suspiró–. ¿Por qué iba a molestarme?

–Porque no tengo mano –respondió él entre dientes.

–Muchos hombres perdieron los brazos y las piernas en la guerra –su voz sonaba ligeramente adormilada–. Muchos de ellos estaban casados. No creo que a sus mujeres les importara cuando regresaron a casa.

Cane parpadeó.

Bodie se acurrucó contra él.

–¿Te importaría que a mí me faltara un brazo?

–No –contestó él inmediatamente, sin pensarlo siquiera.

Bodie sonrió.

El pecho de Cane descendía y se elevaba con fuerza. Tenía sentimientos encontrados. Parte de él estaba encantada con el hecho de que Bodie pudiera aceptarle como un hombre completo y no como a un ser digno de desprecio. Pero otra parte se sentía incómoda y con cierta aprensión a la hora de iniciar una relación seria con ella. Bodie había sufrido una pérdida importante a la que había sumado la desagradable experiencia con su padrastro y con el amigo de este. En aquel momento, segura entre sus brazos, no era capaz de pensar correctamente. Pero recobraría la razón y, cuando cesara aquel aturdimiento, aquel bendito entumecimiento que facilitaba a las personas que perdían a sus seres queridos soportar la peor parte del dolor y la angustia, tendría que enfrentarse a ello. Podría terminar odiándolo por su desgracia. Podría culparle por la pérdida de su abuelo, por haberla obligado a renunciar a su orgullo para poder conservar un techo sobre sus cabezas.

Podría. Pero, en aquel momento, estaba confiadamente acurrucada entre sus brazos, dejándose arrastrar por el sueño. Y allí estaba él, abrazándola como si fuera un precioso tesoro, embebiéndose del delicado olor a rosas que impregnaba su suave piel.

El día siguiente llevaría consigo más dolor, más problemas. Aquella noche estaba salvo, y también Bodie estaba a salvo con él. Estaban juntos, disfrutando de una nueva ternura en su relación que era como un penique resplandeciente, recién acuñado, en un día de primavera. Se sentía renacido, lleno de esperanza y de una sutil pasión.

No iba a pensar en nada malo aquella noche. Iba a disfrutar de poder tener a Bodie entre sus brazos, cerca de su corazón, y dejaría que llegara el mañana. Aquella quizá fuera la única noche en la que podría tener a Bodie para él solo. No iba a desperdiciar ni un segundo pensando en posibles problemas. Cerró los ojos. E incluso sonrió.

A la mañana siguiente, cuando se despertó, Bodie descubrió que estaba sola. Al principio, pensó que había soñado con que Cane la abrazaba mientras dormía. Pero entonces vio la taza de chocolate vacía y la almohada hundida allí donde Cane había apoyado la cabeza. Sonriendo en un impulso, enterró la cabeza en la almohada. Todavía conservaba el olor especiado de su colonia. Lo aspiró con fuerza.

Se levantó de la cama y entonces se acordó. Aquel

día enterrarían a su abuelo. Toda la luminosa felicidad se apagó como si acabaran de dar un interruptor. Iba a estar sola durante el resto de su vida. El último pariente que le quedaba acababa de morir. Se había quedado sin casa, porque Will Jones era el propietario de su hogar. Todas sus cosas, y las de su abuelo, estaban en el almacén de los Kirk.

Por alguna razón absurda, se acordó en ese momento del árbol de Navidad que había decorado con tanto amor y optimismo. Se sentó en la cama y rompió a llorar.

–¡Oh, Dios mío! –exclamó Morie desde la puerta.

Se acercó a Bodie, la abrazó con fuerza y la meció mientras permanecían juntas en la cama.

–Sabía que te pasaría antes o después –añadió con delicadeza–. No pasa nada, de verdad.

–Mi árbol de Navidad –dijo con la voz atragantada–. Sé que es una tontería llorar por eso. Era uno de los que plantó mi madre antes de morir para que pudiéramos tener árboles naturales. Lo corté y Will Jones me hizo pagárselo porque estaba en su jardín…

–¡Qué sinvergüenza! –musitó Morie.

–Le había puesto los adornos. Algunos eran de mi abuela. ¡Y ahora lo he perdido todo!

–No, no los has perdido –la tranquilizó Mallory desde el marco de la puerta. Entró y le sonrió a su esposa–. Morie se acordaba de los adornos, así que llamó a Tank y le pidió que los quitara del árbol. Están en una caja, junto al resto de tus cosas, en el cobertizo del establo. Están a salvo. Es un edificio con la temperatura controlada, así que allí no correrán ningún riesgo.

–Sí, porque nuestros preciados toros de crianza viven allí también –dijo Morie.

–¡Oh, qué amable! –y Bodie rompió de nuevo a llorar.

–Te hemos comprado otro vestido para el entierro –le dijo Morie con cariño–. No te molestes, si la situación fuera a la inversa, tú harías lo mismo por mí y lo sabes. Ya está todo preparado, incluso la parcela del cementerio de la iglesia en la que están enterrados tu abuela, tu padre y tu madre.

–Deberías ver las flores –dijo Tank desde el marco de la puerta.

Iba vestido de traje y tenía un aspecto muy elegante. Tenía los mismos ojos negros y el pelo oscuro que sus hermanos.

–La iglesia ya está llena y el florista está encorvado después de haber cargado tantas flores. Vas a tener muchas flores que plantar.

–Sí, espero que mi compañera de piso me permita plantarlas en el suelo del apartamento –dijo Bodie con ironía.

–Puedes plantaras aquí –le ofreció Morie con amabilidad–. Así podrás verlas cada vez que vuelvas a casa. Aquí siempre tendrás una habitación esperándote.

Bodie alzó la mirada y la miró sin comprender.

–Ahora esta es tu casa, Bodie –añadió Mallory sonriente–. Hemos tenido una reunión familiar y hemos decidido que, a partir de ahora, formarás parte de esta familia. Este será tu lugar en el mundo, cuando no estés en la universidad o en alguna excavación.

Las lágrimas la estaban ahogando.

–No sé qué decir –contestó con la voz atragantada–. Estáis siendo muy buenos conmigo.

–Ha sido idea de Cane –Tank se echó a reír.

–Nos dijo que no podías vivir en un hotel –confirmó Morie.

–Aunque nosotros nos ofrecimos a montarte una tienda de campaña delante de casa de Will Jones y a hacer que la prensa local publicara un artículo sobre cómo os robó las propiedades a tu madre y a ti –dijo Mallory con puro veneno.

–Algo sobre lo que acordamos que no íbamos a hablar, ¿verdad? –le dijo Morie a su marido con una elocuente mirada de sus enormes ojos oscuros.

–Lo siento –musitó él–. No he podido evitarlo.

–Will Jones se encontrará algún día con lo que se merece –le prometió Tank–. El sheriff tiene algunas pistas prometedoras sobre una joven que, por lo visto, es menor de edad. Si se confirman las sospechas, Will irá a prisión.

–No creo que haya nadie que se lo merezca más que él –dijo Bodie entre sollozos.

–Queremos que nuestros abogados investiguen la legalidad del testamento de tu madre –le explicó Tank–. Pensamos que pueden haberse cometido algunas irregularidades, sobre todo porque tu madre dejó dicho específicamente que heredarías su casa cuando muriera.

–Pero él tiene un testamento –comenzó a decir Bodie.

–Will puede haberlo falsificado, cariño –repuso Morie con delicadeza.

–Sería maravilloso recuperar mi casa –dijo Bodie–. Pero, al fin y al cabo, solo es una casa. Cuando termine los estudios, tendré que hacer un máster y después, doctorarme. No creo que pase mucho tiempo aquí –se secó las lágrimas con el dobladillo de la camisa–. Pero gracias por dejarme espacio para mis cosas –consiguió decir con una sonrisa llorosa.

–Todo el mundo tiene derecho a tener sus objetos personales –la apoyó Mallory.

Todos se echaron a reír.

–Mallory tiene más cosas que la mayoría –Morie señaló a su marido con una cariñosa sonrisa.

–Porque también tengo más años que la mayoría –se defendió Mallory.

–Mi querido anciano –musitó Morie. Se levantó y le dio un beso a su marido–. Deberíamos vestirnos. Tenemos que irnos pronto.

–Algunos ya estamos vestidos, y muy elegantes –respondió Tank, haciendo una pose.

–¡Ja! –respondió Cane desde la puerta–. Ni lo sueñes. Cuando hablamos de hombres elegantes, nos referimos a esto… –se señaló a sí mismo.

Iba vestido con un traje azul marino, una camisa de un blanco inmaculado y una corbata estampada.

–La arrogancia corre por las venas de esta familia, ¿no te parece? –susurró Morie de nuevo.

Cane le hizo un gesto burlón.

–¿Acaso puedo evitar el tener tantas cosas de las que presumir?

Bodie soltó una carcajada.

Cane le dirigió entonces una sonrisa provocadora.

–Díselo. Diles que tengo cualidades.

–Las tiene –tuvo que admitir Bodie.

–Sí, y fue un buen gesto por tu parte que dejaras la puerta abierta ayer por la noche –le dijo Morie a Cane–. Si no, algunos habríamos sospechado de los motivos por los que querías compartir la cama con Bodie.

–Qué mujer tan perversa –replicó Cane–. Me comporté como un auténtico caballero.

Todo el mundo miró a Bodie, buscando la confirmación de aquella declaración. Cuando Bodie se sonrojó, estallaron todos en carcajadas.

–Por eso dejé la puerta abierta –aclaró Cane con un suspiro de cansancio. Se echó a reír–. Será mejor que la dejemos vestirse –y añadió más solemnemente–: Este ya es el último obstáculo que superar, Bodie.

Bodie asintió.

–Y también tienes decisiones que tomar –le recordó Tank.

–¿Si?

Pensaba que ya había tomado todas. Había elegido la música, el ataúd y los ministros que oficiarían el entierro, y así lo dijo.

–No –le aclaró Tank–, lo que quiero saber es cómo te apetece que manejemos la situación si aparece Will.

–¡No se atreverá! –exclamó Bodie–. Ni siquiera se acercó al velatorio.

–Sí, pero vive en un pueblo y, si no aparece en el entierro de su suegro, correrán rumores. Normalmente, no le importa lo que piensen los demás. Pero en este caso, podría importarle.

–Tendré que pedirle al director de la funeraria que le diga que se vaya –decidió Bodie muy seria–. A mi abuelo no le habría gustado que apareciese ese hombre en su funeral. Odiaba a Will.

–Mucha gente odia a Will –contestó Tank–. Por lo que cuenta la gente que se ha criado en el pueblo, siempre ha estado involucrado en todos los asuntos desagradables que han ocurrido en esta comunidad. Nunca le han detenido, pero le han investigado muchas veces. El problema es que nunca han encontrado pruebas que pudieran llevarle a juicio.

–Eso puede cambiar –dijo Cane.

–Sí –Tank sonrió–. Vete preparándote, Bodie. Después del entierro, tendremos la casa llena de gente que vendrá a ayudarnos a comer las toneladas de comida que han traído nuestros vecinos. Vivimos en un pueblo maravilloso.

Bodie también sonrió.

–Uno de mis primeros recuerdos es el de mi madre horneando bizcocho y guisando para personas que habían tenido algún fallecido en la familia. Los miembros de la parroquia siempre colaboraban. Tenían un listado de todos los miembros y llamaban para decir quién tenía que llevar la comida a la familia.

–Por eso nos encanta vivir aquí –declaró Mallory–. Muy bien, ahora, todo el mundo fuera.

–Gracias –les dijo Bodie mientras iban saliendo–. Muchas gracias.

Cane se detuvo en el marco de la puerta.

–Tú harías lo mismo por nosotros, cariño –sonrió al ver cómo reaccionaba ante aquella palabra de afecto y cerró la puerta.

7

Bodie estuvo llorando durante todo el funeral., con los ojos fijos en el ataúd, que estaba rodeado por lo que parecían montañas de flores de todos los colores. Había muchas ponsetias, puesto que la Navidad estaba ya próxima, unas blancas y otras rojas, y todas en gran cantidad. Las flores la hicieron acordarse de que no podría compartir la Navidad con su abuelo, y lloró todavía más. De pronto, fue consciente de que Cane le estaba pasando el brazo por los hombros para estrecharla contra él.

–Aguanta –le susurró Cane al oído–. Ya casi hemos terminado.

Bodie asintió.

Se rezó una última oración y el pianista tocó Amazing Grace mientras los portadores sacaban el ataúd por una habitación lateral para llevarlo al coche funerario.

Cuando Bodie se volvió hacia Cane, vio a su padrastro en el pasillo de la iglesia. Le fulminó con la mirada. Cane le miró y le hizo un gesto brusco con la cabeza, señalando hacia la puerta con fría determinación.

Will no tenía valor suficiente como para enfrentarse a un hombre más joven que él y que le miraba con abierta hostilidad. De modo que se encogió de hombros y se dirigió hacia la puerta, pero con suficiente lentitud como para que a Cane le entraran ganas de salir tras él.

Una vez superado aquel desagradable incidente, Bodie siguió a los portadores mientras Cane le sostenía la mano con fuerza. La ayudó a meterse en la limusina y se dirigió después a hablar con Tank y con Mallory. Bodie no podía oír lo que estaban diciendo, pero estaba completamente segura de que tenía algo que ver con su padrastro.

Había una enorme multitud en el cementerio, al igual que la había habido en la iglesia. Cane sostenía la mano de Bodie casi de un modo posesivo, ajeno a la curiosidad de los presentes, mientras se rezaban las últimas oraciones.

Una alfombra de rosas rojas, blancas y azules cubría el ataúd. Era un regalo de los Kirk en reconocimiento de los servicios de Rafe Mays en Vietnam, una despedida digna de un veterano de guerra. Toda la zona estaba cubierta de arreglos florales y coronas de hermosos colores. Colores de Navidad. El cielo estaba oscuro y amenazante y habían pronosticado posibles nevadas. A Bodie no le importaría. Adoraba la nieve, a pesar de los inconvenientes que representaba para los rancheros y los habitantes de un pueblo como aquel.

Una vez terminadas las últimas plegarias, los miembros de la comunidad se pusieron en fila para estrecharle la mano a Bodie, abrazarla y expresarle sus condolencias. Tardaron un buen rato y fue un consuelo para su corazón el que tanta gente le presentara sus respetos.

Después, permaneció sola unos minutos al lado de la tumba, despidiéndose de su abuelo en la intimidad.

–Te echaré de menos durante el resto de mi vida –susurró–. Te quiero, abuelo.

Sintió en los ojos el escozor de las lágrimas. Se las secó, miró la tumba por última vez y se volvió par marcharse. Le resultó difícil alejarse de allí. Y más todavía no mirar atrás.

***

Más tarde, en casa de los Kirk, con montañas de comida en la mesa del comedor y una cola frente al bufé, porque todos los trabajadores que trabajaban en el rancho habían sido invitados al festín, Bodie se llenó el plato de pollo frito, puré de patatas y guisantes. En realidad, no tenía hambre, pero habría sido un insulto no comer cuando sus vecinos se habían tomado tantas molestias para preparar la comida para la familia. Como todo el mundo sabía que estaba viviendo en casa de los Kirk, puesto que en un pueblo pequeño no había secretos, hicieron comida suficiente como para asegurarse de que los Kirk y los vaqueros del rancho pudieran comer también. Fue un gesto de amabilidad que Bodie reconoció con humildad. No había sido consciente de hasta qué punto eran bondadosos sus vecinos hasta ese momento.

–Ha venido muchísima gente –dijo Mallory cuando se sentaron a la mesa del comedor, mientras se servía los postres que incluían bizcochos, pasteles y púdines–. Tu abuelo tenía muchos más amigos de lo que yo pensaba.

–Nació aquí –le recordó Bodie, forzando una sonrisa–. Y su nombre figura entre los de los grandes veteranos en el monumento del centro del pueblo.

–Agradecimos mucho que viniera con nosotros al rancho cuando lo compramos –añadió Tank, dando un sorbo a su café–. Lo sabía todo sobre el trabajo diario del rancho y le enseñó a Darby a organizarse.

–Sí, así es –respondió Darby–. Era un buen hombre, Bodie.

Bodie sonrió.

–Gracias.

–Me enseñó a nadar cuando era niño –dijo uno de los peones más viejos del rancho.

–¿Ah, sí?

–Sí –le brillaron los ojos–. Le dije que no sabía nadar, me agarró y me tiró directamente a una poza.

–¡Dios mío! –exclamó Bodie–. ¿Y no te ahogaste?

–Bueno, el miedo a ahogarse es un buen incentivo para aprender a nadar. Comencé a nadar a lo perro donde estaba. Por supuesto, Rafe no se habría quedado sin hacer nada, dejando que me ahogara –añadió–. Me dijo que habría saltado detrás de mí si hubiera tenido algún problema, y que así le había enseñado su padre a nadar –miró a Bodie y apretó los labios–. ¿Tú sabes nadar?

–¡Sí! –contestó inmediatamente.

Y todo el mundo se echó a reír.

Más tarde, mientras Mallory y Morie veían el informativo, Bodie se sentó con Tank en el salón mientras él ensayaba una pieza de música que había comprado *online*.

–Me gusta mucho –dijo Bodie cuando Tank terminó.

–A mí también –se mostró de acuerdo él. Giró en el taburete del piano–. ¿Alguna petición? –preguntó con una tierna sonrisa.

–Sí –dijo Cane desde la puerta–. Deja de tocar.

Tank le hizo una mueca.

–No te pongas celoso porque domino el Concierto para piano número tres y tú nunca fuiste capaz de hacerlo –respondió, refiriéndose a una complicada pieza compuesta por Rachmaninov que muy pocos pianistas clásicos eran capaces de tocar a la perfección.

–Si hubiera querido, la habría aprendido –respondió Cane.

Pero no saltó por el hecho de que hubiera hecho referencia a una época de su vida en la que tenía dos manos y podía tocar casi tan bien como Tank. Todos los Kirk tenían un talento especial para la música.

–No tiene suficiente paciencia –le explicó Tank a Bodie, señalando a su hermano con la cabeza–. Mi madre casi tenía que atarle al taburete para obligarle a escuchar al profesor de piano.

–Siempre me interesaron más las actividades al aire libre –respondió Cane.

Se sentó en el sofá al lado de Bodie y cruzó las piernas.

–Como disparar a otros niños con carabinas de aire comprimido –recordó Tank con ironía–. En una ocasión, estuvieron a punto de ponernos una denuncia.

–Fue el otro el que disparó primero –se defendió Cane–. Pero mintió. Yo nunca miento.

–Eso es absolutamente cierto –Tank suspiró–. En una ocasión, le pedí que dijera una mentirijilla, solo para evitar que una determinada mujer continuara persiguiéndome. Pero él no solo le dijo que estaba en casa, sino que me trajo directamente el teléfono.

–Yo solo quería ayudarte –dijo Cane, arrastrando las palabras–. Huir de los problemas nunca es la solución.

Bodie y Tank casi tuvieron que morderse la lengua para no mencionar que beber también era una huida.

Cane les fulminó con la mirada.

–Ya estoy superando esa fase –dijo, poniéndose a la defensiva–. Tengo una cita con un nuevo psicólogo y le pedí a Mavie que tirara todo el *whisky* que tenía en casa por el fregadero –hizo una mueca–. Se lo pasó en grande mientras lo tiraba.

–Esa sí que es una actitud comprometida –tuvo que reconocer Tank.

Cane miró a Bodie con expresión pensativa.

–Ahora me dedico a algo más adictivo que el alcohol.

–¿Ah, sí? –preguntó Tank con fingida inocencia–. ¿Y qué es?

Los ojos negros de Cane resplandecieron.

–No pienso decírtelo. ¿Pero tú no estabas tocando?

Tank se volvió de nuevo hacia el teclado.

–Pues la verdad es que sí. Hay bandas sonoras actuales que son preciosas, pero nada puede competir con el *Segundo concierto para piano* de Rachmaninov –y comenzó a tocar.

Cane miró a Bodie a los ojos durante tanto tiempo que al final, ella se sonrojó y desvió la mirada.

Cane rio para sí.

Aquella noche, Bodie estuvo dando vueltas en la cama, pero, al final, consiguió dormir. Sin embargo, tuvo un sueño muy agitado y, cuando bajó a desayunar al día siguiente, tenía grandes ojeras bajo los ojos.

–Vaya, no tienes muy buen aspecto –comentó Cane mientras Bodie se sentaba a su lado y alargaba la mano hacia la taza de café que acababa de servirle.

–No conseguí dormirme hasta las tres de la madrugada –confesó.

–¿Has tenido pesadillas?

–Tenía miedo de tener pesadillas –respondió con voz queda.

–Se pasará –la tranquilizó Mallory con delicadeza–. Solo necesitas tiempo, Bodie.

–Lo sé –le sonrió–. Os estoy muy agradecida a todos. Ni siquiera tendría un techo sobre mi cabeza si no fuera por vosotros.

–Tonterías –contestó Tank–. Medio pueblo te ofreció su casa en el funeral. Eran muchas las personas que apreciaban a Rafe.

–Sí, supongo que sí –comenzó a juguetear con los huevos.

–No desprecies estos huevos de gallinas cuidadosamente alimentadas y que viven en libertad, son huevos caseros –dijo Mavie mientras le tendía una fuente de beicon crujiente y salchichas junto a otra de bizcochos caseros–. Les doy serenatas a mis gallinas todos los días para conseguir esos huevos.

–Es cierto. La he visto en el gallinero tocando el violín.

Mavie blandió el cucharón de servir.

–Creo que ya tienes suficientes problemas sin necesidad de buscarte más –le advirtió.

–¿Qué ha hecho? –preguntó Bodie.

–Se ha llevado una bandeja de galletas que había preparado como postre para esta noche y se las ha comido todas –le explicó Mavie indignada.

–¡Mentira! –replicó Cane, saboreando la salchicha que tenía en el plato–. Las habías hecho para mí.

–¡No es verdad!

–Tú misma dijiste que necesitaba alimentarme.

–Sí, pero no solo de galletas. ¡No has probado un solo panecillo!

–Soy alérgico a los panecillos.

–Nadie es alérgico a los panecillos.

–Yo sí. Mira esto –tomó un panecillo y lo catapultó con la cuchara de su plato al mantel–. ¿Lo ves? Tengo un trastorno de conducta relacionado con la aprensión a los bizcochos. Es muy extraño. Y se acentúa cuando tienen mantequilla por encima.

Mavie estalló en carcajadas.

–Me rindo.

–Y haces bien –la felicitó Tank–. Nadie gana una discusión con él.

–Yo gané una en una ocasión –intervino Mallory.

–Sí, bueno, la química no es mi terreno –admitió Cane, arrastrando las palabras.

–No era un problema de química –contestó Mallory. Se terminó el café–. Yo estaba en el instituto en aquella época y tú dijiste que el metano no era inflamable. Tank encendió una cerilla y te demostró que estabas equivocado.

–Y estuvo a punto de hacer explotar a la pobre vaca que le proporcionó la materia prima para el experimento –le acusó Cane.

–¡La infancia! –suspiró Mallory, sonriendo con placer–. Mi padre les dio una buena azotaina –sonrió–. Qué recuerdos tan felices.

–Fue él el que nos provocó –dijo Cane, señalando a Mallory con el cuchillo con una mirada amenazadora–. Le dijo a Tank que me dijera que el metano no era peligroso. Sabía que yo porfiaría. Siempre lo hacía.

–Y sigues haciéndolo –dijo Tank riendo.

–Solo cuando sé que tengo razón.

–Es decir, constantemente –apuntó Tank.

Cane esbozó una mueca.

–Bueno, de todas formas, fue un experimento muy instructivo. Y me libró de limpiar los establos durante bastante tiempo.

–Durante toda una semana –confirmó Mallory.

–Mi abuelo me contó que habíais estado experimentando con una manera de utilizar el gas metano para producir electricidad en el establo –intervino Bodie.

–Es cierto –contestó Mallory–. Fue un experimento caro, pero nos está ahorrando una fortuna en electricidad. La tecnología moderna es impresionante.

–¿Y no se podría hacer eso en otros lugares? –se preguntó Bodie.

–Bueno, hay sitios en los que utilizan los residuos de los vertederos para producir electricidad –dijo Cane–. Pero el invento, como Mallory lo llama, es bastante caro. Solo se puede utilizar en grandes ciudades.

–¿No pensáis que sería maravilloso poder utilizar nuestros propios residuos para resolver nuestros problemas energéticos?

–Desde luego.

–¡Vaya tema de conversación para un desayuno! –exclamó Morie mientras se sentaba a la mesa con una taza vacía.

Mallory la besó con ternura y le sirvió café.

–Estamos hablando de conceptos energéticos.

–Sí, eso he oído –alzó la mirada–. ¿Cómo estás, Bodie?

Bodie sonrió.

–Un poco triste. Pero me pondré bien.

–Claro que te pondrás bien. Solo hace falta algo de tiempo.

Cane apretó sus sensuales labios.

–Tengo que ir a Jackson Hole a hablar con un hombre sobre un toro. ¿Quieres venir conmigo? –le preguntó a Bodie.

Bodie se sorprendió. Pero fue una sorpresa agradable Y lo demostró.

–Sí, claro.

Cane se echó a reír.

–No tardaremos mucho. Quiero echar un vistazo a uno de los novillos. Han escrito sobre su progenitor en las principales publicaciones sobre ranchos del país y quiero verlo con mis propios ojos.

–Me gusta el ganado –dijo Bodie.

–Y a nosotros también –se sumó Mallory riendo.

–Iremos después del desayuno –le dijo Cane a Bodie.

Bodie sonrió y asintió. Le sentaría bien hacer algo que la ayudara a olvidarse de su abuelo. Y le emocionaba que Cane buscara su compañía, algo en absoluto habitual.

***

Cane condujo una de las camionetas del rancho, la manejaba con facilidad con una sola mano.

–El ranchero se llama Bill Sanders –le explicó a Bodie–. Es ya la tercera generación de rancheros. Su padre estuvo a punto de perder el rancho por culpa de una empresa constructora hace unos años. Querían construir un hotel en sus terrenos. Pero acudió a los tribunales y estuvo luchando durante dos años. Al final, ganó. La empresa se fue a otra zona del estado en la que la gente es menos resistente a los cambios.

–Jackson Hole está muy urbanizado, ¿verdad? Hay montones de hoteles y de edificaciones.

–Sí, se ha convertido en una zona muy comercial. La cordillera Teton es tan famosa que va a verla gente de todo el mundo. Además, esa parte del estado está muy bien conservada. Disponer de aire fresco y agua limpia no es poco.

–Mi abuelo decía que viviríamos para ver a la gente enfrentarse en guerras por el agua. A mí me parecía absurdo cuando era más joven. Pero ahora ya no me parece tan imposible.

Cane la miró sonriendo. Bodie estaba muy guapa con el jersey de cuello alto de color verde y los vaqueros. Hacía calor en la camioneta, así que llevaba su vieja cazadora de cuero en las rodillas.

–Estás muy guapa, Bodie. De hecho, siempre estás muy guapa.

Bodie sonrió.

–Gracias.

Cane volvió a fijar la atención en la carretera.

–Había pensado que podríamos comer en algún sitio de camino hacia allí. Conozco un restaurante en el que sirven una de las mejores barbacoas de Wyoming.

–Me encantan las barbacoas –señaló ella.

–Sí, lo sé. A mí también. Y cuanto más picantes, mejor.

–Todavía me quedan algunas papilas gustativas. Supongo que también pueden hacerlas más suaves.

–Tan suaves como tú quieras, cariño –contestó él.

Pronunció la palabra «cariño» con total naturalidad, como si ni siquiera se hubiera dado cuenta de que lo hacía.

Pero Bodie sí. Cane no solía utilizar palabras cariñosas con nadie. Y le emocionaba que las utilizara con ella. A lo mejor se sentía culpable por la conducta que había tenido hacia ella antes de que Rafe Mays muriera. Pero, fuera cual fuera la razón, le levantó el ánimo.

–Con patatas fritas –añadió.

Cane sonrió.

–No se puede disfrutar de una barbacoa sin patatas fritas. Las hacen ellos mismos. Nada de patatas congeladas.

–¡Vaya!

–Y la madre del propietario es la que hornea los bizcochos para el restaurante. Algunos son de lo mejor que he probado en mi vida.

–Ahora sí que me está entrando hambre –señaló Bodie.

Cane se echó a reír.

–Genial. No te vendría mal engordar un poco.

–No estoy delgada.

–Sí, un poco. Pero no me extraña, con todo lo que has tenido que pasar últimamente –endureció su expresión–. Me gustaría que me lo hubieras contado, Bodie. A veces perdía la cabeza y decía cosas que jamás me perdonaré. Si hubiera sabido la terrible situación por la que estabais pasando en tu casa, jamás te habría hablado con tanta dureza.

Bodie tragó saliva.

–Fue un problema de orgullo –confesó–. No quería admitir que no podía hacerme cargo de mis propios gastos.

–Nadie puede hacerse cargo de su situación con una tragedia acechando –la miró de reojo–. Uno de los vaqueros del rancho me contó que habías empeñado las joyas de tu madre para pagar las medicinas de Rafe.

Aquello le dolió. Apretó los dientes.

–No tuve otro remedio –dijo, al cabo de un minuto–. Las joyas, aunque sean recuerdos de la familia, son solo objetos. La gente es más importante. Además, el prestamista me prometió que no las vendería. Yo me comprometí a desempeñarlas el año que viene.

Cane no contestó. Pero apareció en sus labios una sonrisa secreta que no le permitió ver a Bodie.

El restaurante era una parada habitual de camioneros, estaba lleno de transportistas de ganado y el aparcamiento lleno de remolques alineados como una fila de patos.

–No me habías dicho que era una parada de camiones –señaló Bodie.

Cane rio mientras le abría la puerta.

–Nadie conoce mejor que un camionero los mejores restaurantes para comer. Con los trayectos tan largos que hacen, se desviven por una buena comida.

Varios hombres alzaron la mirada cuando Bodie entró con Cane, haciéndola sentirse incómoda. Solo vio a otra mujer en el interior, estaba sentada con un hombre mucho mayor que ella en una de las mesas.

Cane frunció el ceño. A Bodie le inquietó su reacción.

–Eh, tranquila, no pasa nada –le dijo Cane con amabilidad.

Bodie se mordió el labio. Uno de los camioneros parecía estar desnudándola con la mirada. Le dio un codazo a su compañero y este volvió la cabeza hacia Bodie. El otro hombre la miró durante un largo minuto y después sonrió de una forma en absoluto agradable.

Bodie se acercó un poco más a Cane.

Este se detuvo en seco y miró al camionero con los ojos entrecerrados. El camionero pareció acordarse de pronto de su comida y dejó de mirar a Bodie.

–Vámonos –dijo Cane bruscamente. Agarró a Bodie de la mano y salió con ella del restaurante–. ¿A qué demonios venía todo eso? –se detuvo junto a la camioneta y miró a Bodie a los ojos–. Nunca he visto a ningún hombre reaccionar de esa manera al verte.

–Yo tampoco –respondió, incómoda–. No llevo nada especialmente provocador, ¿verdad? –preguntó en tono inseguro y bajando la mirada hacia su ropa–. ¡Dios mío, me he sentido como si estuviera en oferta o algo parecido!

Cane tomó aire. Acababa de acordarse del ordenador de Will Jones. Aquel hombre era informático. Podía hacer cualquier cosa *online*. Pero Tank había visto la imagen del ordenador y había dicho que el amigo de Larry solo estaba besando a Bodie. Que eso era todo. Aun así, seguro que había sido algo traumático para una mujer tan inocente como ella, que estaba haciendo algo contra su voluntad para evitar que su abuelo fuera desahuciado.

–Tú también crees que soy una mujer fácil, ¿verdad? –preguntó Bodie en tono angustiado–. Así me miraban esos hombres, como si fuera una prostituta.

Cane la estrechó en sus brazos, la sostuvo con fuerza y la acunó contra su musculoso cuerpo.

–No sé lo que estaba pasando allí, pero ningún hombre en su sano juicio te vería nunca como una mujer fácil –le susurró al oído–. Y yo menos que ninguno. Sé mejor que cualquier otro hombre hasta qué punto eres inocente.

A Bodie le dio un vuelco el corazón en el pecho. Se sentía sin aliento y más excitada de lo que había estado en su vida.

Cane le acarició aquel pelo tan negro, tan suave.

–Pero ya has tenido demasiados disgustos últimamente. Encontraremos otro lugar para comer. Un lugar para familias, no de camioneros, ¿de acuerdo?

Bodie consiguió esbozar una sonrisa.

–De acuerdo.

–¡Eh! –se oyó una voz profunda tras ellos.

Se volvieron. Un hombre alto y corpulento se acercó a ellos con una mujer. Bodie advirtió que Cane cambiaba de postura, solo ligeramente, para adoptar una posición de equilibrio. Recordó entonces que tenía un cinturón negro en artes marciales y que Tank le había contado que había estado impartiendo clases cuando estaba en el Ejército. ¿Habría percibido algún peligro?

El otro hombre se acercó y vaciló un instante al ver el rostro pálido y ojeroso de Bodie.

–El propietario de ese restaurante es amigo mío. No sé el motivo por el que esos hombres os han hecho sentiros incómodos, pero les ha echado. Podéis pasar y disfrutar de una agradable comida. No dejéis que esos estúpidos os echen de uno de los mejores restaurantes de Wyoming.

La mujer sonrió.

–He visto lo incómoda que te sentías –le dijo a Bodie–. Mi marido y yo solemos hacer juntos estos viajes tan largos. Yo conduzco mientras él duerme y viceversa –alzó la mirada con expresión enamorada hacia el hombre que tenía a su lado–. Llevamos diez años casados. Pero me parece mentira que haya pasado tanto tiempo.

Su marido se echó a reír.

–A mí también, querida –miró a Bodie–. Volved adentro. Podéis sentaros con nosotros. Si alguien os lo hace pasar mal, le enseñaremos buenos modales –se volvió de nuevo hacia Cane y se echó a reír–. Te he visto colocarte en posición de lucha. No podría haberte derribado –añadió, ajeno a lo mucho que le irritaba a Cane que otro hombre se hubiera ofrecido a ayudar a Bodie porque creía que él no estaba en condiciones de hacerlo–. Tenías un aspecto bastante peligroso.

Entonces Calle recordó que llevaba la prótesis y que aquel hombre no sabía que le faltaba un brazo. Se relajó visiblemente.

–Solo lo soy cuando alguien amenaza a mi chica –contestó con amabilidad, y bajó la mirada hacia una evidentemente avergonzada Bodie.

–A mí me ocurre lo mismo. Vamos. ¡Nadie debería perderse esta barbacoa!

Encabezó junto a su esposa la vuelta al interior del restaurante. Cane y Bodie se sentaron con ellos, conscientes de las miradas de disculpa de los otros hombres allí presentes, y pidieron los platos de la barbacoa. Para cuando terminaron, habían hecho amistad con sus rescatadores e incluso con algunos de los camioneros que estaban sentados cerca de ellos.

–Bueno, eso sí que ha sido una sorpresa –comentó Bodie cuando regresaron a la carretera que conducía hasta Jackson Hole.

–Sí, ¿verdad? –Cane sonrió–. La gente puede ser muy amable. Para serte sincero, cuando ese hombre que parecía una montaña se ha acercado a nosotros, no sabía qué pensar. Creía que pretendía comenzar una pelea.

–Yo también. Pero no he tenido miedo. En las peleas te las arreglas bastante bien.

–Sí, yo y mi único brazo.

–Deja eso ya –musitó Bodie, fulminándole con la mirada–. Has perdido una mano, sí, pero eso no te hace menos hombre. Cuando las cosas se ponen difíciles, apostaría por ti antes que por cualquier otro en una pelea.

Cane la miró sorprendido.

–¿De verdad?

–Por supuesto.

Cane cambió de postura tras el volante. Alzó la barbilla. Bodie no lo sabía, pero él se había puesto inmediatamente a la defensiva al pensar que el otro hombre estaba insinuando que no podría protegerla. En aquel momento se sentía mucho mejor. Ya no tenía ninguna duda sobre su capacidad para cuidar de ella. Aquello le hizo sentirse hasta más alto.

–Siento mucho lo que te pasó –dijo Bodie con delicadeza–. Sé que no te gusta hablar sobre ello, pero fuiste muy valiente. No conozco a nadie capaz de hacer un sacrificio como el tuyo para salvar las vidas de otros. Bueno, a lo mejor, tus hermanos –se corrigió–. Pero la cuestión es que te comportaste como un bombero cuando se mete en un edificio para salvar a un niño –miró su duro rostro y desvió de nuevo la mirada–. Creo que eres la persona más valiente que he conocido nunca.

Cane se sonrojó. Ni siquiera fue capaz de contestar.

–Vaya, ¿he vuelto a meter la pata? –preguntó Bodie con un gesto de contrariedad–. ¡Parece que soy incapaz de encontrar las palabras adecuadas…!

–Creo que has encontrado las palabras exactas –pisó el freno ante la señal de stop de una intersección–. A mí también me cuesta expresarme. Estoy siempre a la defensiva. Cuando ese camionero ha dicho que él se encargaría de la situación si volvían a meterse contigo, ha herido mi orgullo –soltó una carcajada que no pareció sincera–. Pero, de pronto, me he dado cuenta de que él no sabía que me faltaba parte del brazo. Este cacharro parece bastante real –señaló hacia el brazo izquierdo, que la prótesis hacía parecer completo.

–A veces te ofendes cuando la gente no pretende hacerte ningún daño.

–¿Cómo esa mujer del hotel? –preguntó Cane, endureciendo la expresión.

Miró hacia ambos lados de la carretera y pisó el acelerador.

Bodie permaneció en silencio.

–¿Qué pasa? –la urgió Cane.

–No pensaba que fueras de esa clase de hombres –respondió ella muy tensa.

–¿A qué clase de hombres te refieres?

–A la clase de hombre que se dedica a ligar con la primera chica que encuentra –respondió con voz queda–. Sí, ya sé que vivo en la ignorancia. Pero me parece una imprudencia. Tú no sabes nada de las chicas que conoces de esa manera. Es posible que esa mujer solo quisiera tu dinero, pero podría haberte drogado y haberte dejado inconsciente, o tener un amigo cerca, dispuesto a pegarte una paliza.

–¡Caramba! Parece que te cuesta confiar en la gente.

–Yo no me dedico a ir a los bares para buscar hombres –replicó.

Cane la miró de reojo.

–Sí, llevas años yendo a buscarme a los bares.

–No me estás escuchando –replicó Bodie, exasperada–. Mira, las mujeres que se dedican a salir con cualquier hombre pueden transmitir toda clase de enfermedades, algunas mortales, incluso. ¿Cómo sabes que están sanas? ¿Les pides un certificado de buena salud antes de...? –ni siquiera podía pronunciar las palabras. Se volvió hacia la ventanilla–. De todas formas, supongo que yo no pertenezco a ese mundo tan moderno. Creo que la gente debería casarse antes de hacer nada.

Cane se aclaró la garganta.

–Bueno, tienes que ser consciente de que actualmente hay mucha gente que no comparte ese punto de vista tan retrógrado.

–Sí, ya me he dado cuenta.

–Y, tanto si lo apruebas como si no, la gente continuará haciendo lo que le plazca.

–No soy ninguna mojigata –se movió incómoda en el asiento–. Sencillamente, tengo una visión más conservadora de la vida.

–Acabar con los teatros, cerrar los bares y eliminar el alcohol. Vivir en una casa rodeada por una cerca, llevar un delantal y tener docenas de hijos.

Bodie se sonrojó.

–No te burles de mí, por favor –se sonrojó.

Cane se echó a reír.

–Es difícil no hacerlo, cariño. De verdad, estás un poco anticuada. ¿De dónde has sacado esos principios tan extraños?

Bodie se volvió hacia él.

–De mi padre, que era ministro metodista –contestó con una mirada abiertamente hostil, más incluso ante la expresión sorprendida de Cane–. Me educó en la creencia de que hay cosas que no están bien aunque todo el mundo diga lo contrario. Él vivía de acuerdo con su fe, no era un hipócrita que hablara de valores y después se dedicara a viajar a escondidas a Las Vegas.

Cane frunció el ceño. Después miró de nuevo hacia la carretera.

–Nunca hablas de tu padre.

–Me resulta muy doloroso –contestó con tristeza–. Iba en coche con él el día que murió. Había hielo y nieve en la carretera y teníamos que atravesar un paso de montaña. La carretera estaba cerrada, pero uno de los miembros de su congregación acababa de salir del hospital y estaba sufriendo una crisis de fe. Mi padre pensaba que el viaje era necesario –tragó saliva. Era un recuerdo difícil–. De pronto, apareció un ciervo en la carretera. Yo agarré el volante –se mordió el labio con tanta fuerza que le sangró–. Nos salimos de la carretera y chocamos contra un árbol. Mi padre murió al instante –cerró los ojos–. Yo maté a mi padre.

8

En cuanto pudo, Cane desplazó la camioneta hacia un lado de la carretera, hacia un aparcamiento en aquel momento vacío, apagó el motor y estrechó a Bodie en sus brazos. La sostuvo contra él, la meció y le besó el pelo mientras ella lloraba.

–Tú no le mataste –le aseguró al oído–. Fue un accidente.

–¡Yo giré el volante!

–Bodie –dijo Cane suavemente, besándole los ojos para secarle las lágrimas–. Si eres una persona de fe, entonces crees en la voluntad divina, ¿no es cierto?

–Bueno, sí.

–Cariño, cuando te llega la hora, te llega, estés haciendo lo que estés haciendo –le echó el pelo hacia atrás y rozó sus labios con un beso–. A tu padre le llegó la hora. Tan sencillo como eso. Quizá tú fuiste el instrumento, pero eso no te convierte en una asesina.

–Le quería mucho –susurró–. Mi madre también. Le lloró durante mucho tiempo. Jamás me culpó de lo ocurrido, pero yo siempre me he preguntado si el cáncer no fue una consecuencia de lo mucho que sufrió. Sé que no es un pensamiento racional, pero es lo que pienso. Perdí a mi padre, a mi madre y ahora acabo de perder a mi abuelo. He perdido a toda mi familia, Cane.

–No, a toda no. Todavía nos tienes a todos nosotros.

Bodie esbozó una sonrisa llorosa.

–Gracias.

Cane sacó un pañuelo y se lo tendió.

–Sécate los ojos. La gente va a pensar que soy yo el que te ha hecho llorar.

Bodie esbozó una mueca.

—Y me haces llorar. Continuamente.

Cane la fulminó con la mirada.

—Solo cuando no sé lo que hago.

Bodie tomó aire, intentando tranquilizarse.

—Y lo siento mucho. De verdad lo siento —añadió Cane.

Bodie consiguió contestar con una sonrisa.

—Yo también.

Cane inclinó la cabeza y la miro a los ojos durante tanto tiempo que Bodie terminó sonrojándose.

—Me gusta ponerte nerviosa —reconoció Cane con voz ronca y hablando lentamente.

—No me parece algo propio de una buena persona.

—Yo nunca he dicho que lo fuera —señalo. Bajó la mirada hacia su suave y sensible boca—. Nunca —mientras hablaba, inclinó la cabeza para devorar su boca—. Todavía sabes a salsa de barbacoa —susurró.

—¿De... verdad?

Cane rio suavemente.

—No me estaba quejando —se irguió en el asiento y miró por el espejo retrovisor—. Deberíamos volver a la carretera

—¿Nos persiguen los marcianos? —preguntó Bodie con una sonrisa.

—No creo que los ayudantes del sheriff sean marcianos —respondió Cane mientras regresaban a la carretera—. Pero tampoco quiero averiguarlo.

—Buena idea —dijo Bodie.

Cane le sonrió.

—De todas formas, como empiece a levitar el coche patrulla, estoy dispuesto a saltarme todos los límites de velocidad para salir de aquí.

Llegaron al rancho y estuvieron viendo los novillos. Cane se quedó muy impresionado. Hizo los arreglos oportunos para poder llevarse dos en la camioneta. Durante todo el tiempo que duró la conversación con el ranchero, estuvo dándole la mano a Bodie. De vez en cuando, la miraba con tanta ternura que la hacía sonrojarse. Era algo que a Cane le divertía, pero en el buen sentido.

Bodie estaba tan contenta que sentía que se le desbordaba el corazón. Se acordó de algo que su madre solía decir: «después de la herida, el beso». La muerte de su abuelo y su traumática experiencia con Will habían sido la herida. La atención que Cane le prestaba, sus ganas de estar con ella eran el beso. Aquello le estaba rompiendo todos sus esquemas.

Cuando se dirigían de nuevo hacia casa, Cane se detuvo en la ferretería de Catelow para comprar algunos productos para el rancho. En un pueblo tan pequeño, todo el mundo se conocía y las familias habían mantenido contacto entre ellas durante generaciones. Los Kirk eran relativamente nuevos en la comunidad, pero la familia de Bodie llevaba allí cerca de cien años.

–El abuelo de Jack solía venderle productos de ferretería a mi abuelo cuando estaba recién casado –le susurró Bodie a Cane, señalando al hombre que estaba detrás del mostrador–. Cuentan que, años atrás, los dos habían estado envueltos en una pelea terrible por culpa de una mujer y que acabaron los dos magullados. Al final, se convirtieron en amigos íntimos y se olvidaron de aquella mujer.

–Una suerte para tu abuela –bromeó Cane.

Bodie asintió.

–Sí, mucha. Quería a mi abuelo con locura. Y era una de las mejores cocineras que he conocido nunca. Me encantaría cocinar bien –comentó con un suspiro–. Pero estoy demasiado ocupada estudiando una carrera.

No había vuelto a pensar en la universidad hasta entonces. Habían pasado demasiadas cosas en su vida, había sufrido muchos sobresaltos y una gran tragedia. Desde que a su abuelo le habían diagnosticado una dolencia cardiaca hasta aquel momento, la situación había sido inestable y terrible. Y el episodio con su padrastro y su amigo solo había servido para empeorar las cosas.

–Estás volviendo a ponerte triste –musitó Cane–. Tienes que intentar evitarlo. Yo sé mucho sobre las consecuencias de dejarse llevar por la tristeza.

–En tu caso –señaló Bodie con ojos brillantes–, el resultado es que terminas rompiéndolo todo.

Cane se encogió de hombros.

–Cada uno maneja las tensiones a su manera –se inclinó hacia delante–. Por lo menos, normalmente me dedicaba a romper vasos y botellas en vez de mandíbulas.

–Normalmente –contestó Bodie entre risas.

Cane hizo un gesto de pesar.

–Bueno, hay veces que…

–¿Puedo ayudaros? –preguntó Jack al verlos en el mostrador.

–Sí, traigo una lista –dijo Cane, y se la tendió–. Es un poco más larga de lo habitual, pero esta vez no tenemos prisa. Algunos de nuestros hombres van a estar de vacaciones durante una semana, así que no haremos gran cosa.

–Sí, ya hemos oído hablar de las ventajas de trabajar en el Rancho Real –Jack se echó a reír–. Creo que debería aprender a montar a caballo y pedirte trabajo. Para que yo tuviera una semana de vacaciones pagadas haría falta un milagro.

Cane sonrió.

–Nuestros empleados trabajan mucho, así que pensamos que se merecen algunas ventajas a cambio de su sacrificio.

–Dos semanas de vacaciones pagadas al año, paga de jubilación, seguro médico –Jack fue contando con los dedos–. Conozco rancheros que pagan la mitad que vosotros y gente a la que se le reduce la paga por no ir a trabajar el día de Navidad.

–Nosotros hemos tenido suerte –respondió Cane con diplomacia–. Hay muchos rancheros que lo están pasando mal con la crisis económica. Se ven obligados a tomar ciertas medidas para poder mantenerse en el negocio.

–Eso es cierto –respondió Jack, asintiendo–. Ahora nadie está seguro en su trabajo. Ni siquiera nosotros. Tenemos suerte de que no haya ninguna franquicia importante que tenga interés en poner un negocio en un pueblo tan pequeño como este. Si no, el pequeño comercio se hundiría. He visto cómo ha pasado en otras partes.

–Yo también –dijo Cane–. Y es una auténtica pena.

–Bueno, creo que tendremos la mayor parte de lo que pides para la semana que viene –le aseguró Jack tras revisar la lista–. Estás herramientas son especializadas y tendremos que pedírselas a un distribuidor del este, así que a lo mejor tardan unos diez días. A no ser que las necesites de un día para otro –añadió.

–No, no hace falta. Tú llámanos cuando lleguen y enviaremos a alguien a buscarlas.

–Encantado –dijo Jack–. Y gracias por comprar en la ferretería.

–Siempre que podemos, intentamos comprar en las tiendas del pueblo –respondió Cane–. Tenemos tanto interés como vosotros en que permanezcan abiertas.

Jack se echó a reír.

–Sí, mi mujer y mis hijos también os lo agradecen.

Cane se limitó a sonreír.

De camino al rancho, estuvo pensativo.

–Estás muy callado –señaló Bodie.

–Estaba pensando.

–¿En qué?

–En la familia.

Bodie parpadeó.

Cane la miró y rio, ligeramente avergonzado.

–Hasta ahora, nunca he pensado en sentar cabeza. Una mujer, hijos, la responsabilidad de mantener una familia… Siempre me ha parecido un compromiso excesivo.

A Bodie se le cayó el corazón a los pies, pero consiguió sonreír de todas formas.

–No creo que sea una responsabilidad que la gente elija en realidad. Es como si ella te eligiera a ti.

–En otras palabras, una mujer te echa el anzuelo y consigue retenerte con promesas de delicias nocturnas hasta que consigue una sortija de compromiso.

Lo dijo con tanta amargura que Bodie comprendió que era una situación con la que se había encontrado en el pasado.

–Bueno, también hay mujeres con principios –comenzó a decir.

Cane la miró de soslayo y con una sonrisa de hombre cansado de la vida.

–En determinadas situaciones, se puede prescindir de los principios. Y tú lo sabes.

Bodie se sonrojó violentamente. Volvió la cara y cruzó los brazos en el pecho en un gesto defensivo. Jamás olvidaría lo que se había visto obligada a hacer para intentar salvar a su abuelo. Y, para colmo, iba a tocarle vivir, no solo con aquella decisión equivocada, sino con el desprecio del único hombre en el mundo cuya opinión realmente le importaba.

–Hice lo que pensaba que tenía que hacer –contestó con voz tensa–. Will estaba amenazándonos con echarnos de casa y la enfermedad de corazón de mi abuelo era peligrosa…

–¡Oh, Dios mío!

Cane se desvió hacia el arcén y apagó el motor.

–No pretendía decir eso –se disculpó con el rostro tenso por la angustia–. ¡Bodie, no pretendía decir eso!

Bodie tragó saliva. No era capaz de mirarle.

–Hice una cosa horrible. Les dije que solo llegaría hasta allí. Que dejaría que Larry me besara –cerró los ojos–. Fue terrible. Me repugnaba que me tocara y dejar que Will lo grabara. Me prometió que solo utilizaría aquel material para uso privado y que nadie lo vería nunca. Que nos dejaría quedarnos en la casa si lo hacía solo una vez, que pagaría los gastos médicos de mi abuelo. Yo todavía tenía que pagar al especialista y no me quedaba dinero… –se mordió el labio–. ¡Me sentí como una prostituta!

Cane deseaba estrecharla en sus brazos y consolarla. Pero, si lo hacía cuando todavía estaba luchando contra aquel recuerdo, un recuerdo que él había ayudado a forjar con su desafortunada actitud, podría hacer mella en la relación que se estaba creando entre ellos.

–Escucha –le dijo muy serio–, sé por qué tomaste esa decisión, y tú también. Fue un sacrificio que hiciste por amor a tu abuelo, no por dinero. Y la culpa fue mía. ¿Crees que a mí me resulta fácil vivir con lo que tuviste que hacer? He pasado noches despierto pensando en lo estúpido que fui, pensando en el daño que te hice al acusarte de ser una mujer que solo quería mi dinero. Fue un error que, al parecer, sigo cometiendo –gimió.

Bodie se secó las lágrimas.

–Tú tienes tus propias tragedias que superar –admitió Bodie.

–Sí –clavó la mirada en el parabrisas con los ojos tristes y oscuros–. Y no estoy enfrentándome a ninguna de ellas. Ni a la del accidente, ni a la de la pérdida del brazo ni… ni a nada –apoyó la cabeza en el asiento–. No puedo hablar con nadie. No confío en la gente. Todos los psicólogos a los que me envían quieren que me abra y empiece a contarles mis pensamientos más íntimos, como si estuviera en una de esas redes sociales de Internet –volvió a tensarse–. No te puedes imaginar cuánto me repugna leer cosas tan íntimas en una página a la que todo el mundo tiene acceso. ¿Qué demonios le pasa a la gente? ¿No pueden hablar de ese tipo de cosas con sus familias? ¿Necesitan compartir sus sórdidas historias con todo el mundo para sentirse absueltos?

–A mí no me lo preguntes. Yo no utilizo ninguna red social. Yo tengo una página privada para mis amigos.

Cane arqueó una ceja.

–¿Y tus amigos no comparten contigo lo que dicen sus amigos? –preguntó con cinismo.

Bodie se le quedó mirando fijamente. Se sentía incómoda.

–Bueno, no lo sé…

–¿Qué tipo de información íntima compartes con ellos?

Bodie se movió incómoda en el asiento.

–No mucha. En realidad, tampoco he hecho demasiadas cosas que la gente pueda considerar interesantes. Hablo principalmente de la universidad, comparto noticias sobre Antropología, sobre lo que pienso de los nuevos descubrimientos… Nada que pueda considerarse demasiado íntimo o personal.

–Y haces bien –respondió Cane–. Conozco un tipo que se puso a despotricar contra su jefe. Su jefe lo leyó y le despidió. Todavía está sin trabajo.

–Entiendo lo que quieres decir. Me refiero a lo de compartir demasiada información. Tendré más cuidado.

–Procura tenerlo. En cuanto has colgado la información, ya no puedes hacer nada con ella. Puedes borrarla, pero para ello necesitas a alguien especializado. Alguien como Red David, nuestro encargado, podría hacerlo –se echó a reír–. Hasta la CIA respeta sus habilidades.

–¿Cómo lo sabes? –preguntó Bodie con curiosidad.

–¡Oh, él mismo nos lo contó la noche que se lo llevaron esposado por haber entrado en los archivos de la CIA sobre Al Qaeda! –se echó a reír–. Hasta estuvo arrestado.

–¿Y qué ocurrió después? –preguntó Bodie, fascinada.

–Consiguió convencerles de que le soltaran compartiendo un programa informático que él mismo había creado. No tengo ni idea de qué programa hizo, pero, al parecer, ha sido adoptado como una nueva herramienta para los servicios de espionaje. Intentaron contratarle, pero les dijo que le gustaba más el ganado que las oficinas y volvió a casa.

Bodie se echó a reír.

–Supongo que fue una suerte para ti –suspiró–. Mi amiga Beth colgó una vez una fotografía suya en ropa interior. Se suponía que solo tenía que verla su prometido –recordó de pronto–, pero terminó distribuida por toda la red. Tuvo que escribir a unas diez páginas diferentes para suplicar que quitaran la fotografía.

–¡Qué estupidez!

Bodie asintió.

–Beth es una persona religiosa, pero, en realidad, no es tan estricta como yo. Su prometido, Ted, sí –se echó a reír–. Estaba horrorizado. Él ni siquiera quiere acostarse con ella antes del matrimonio.

–Ya entiendo

Bodie le miró con el ceño fruncido.

–Sí, él también está reservándose para después de la boda, ¿lo ves? No son solo las mujeres las que quieren hacer eso. Las personas religiosas tienen una visión diferente del mundo.

–No tiene nada de malo pasar una noche agradable en la cama de algún desconocido –respondió Cane, solo para irritarla.

Bodie le dirigió una mirada cargada de veneno.

–No, claro que no. Sigue así. Continúa compartiendo noches con desconocidas, arriésgate a pillar cualquier enfermedad de transmisión sexual y solo Dios sabe cuántas otras cosas más y después contagia a alguna mujer inocente que jamás se ha permitido esas libertades. Hazlo con la conciencia tranquila, sin ninguna clase de remordimiento. E imagínate que en algún momento aparece esa información en una red social y al cabo del tiempo termina viéndola tu propia familia.

–Estás pintando una imagen muy triste.

–Porque lo es. La gente piensa que el sexo libre es el contrapunto a una vida de castidad, de entrega a una sola persona y a una vida en común que incluye los hijos, seguridad y amor.

–Y hay gente que no cree en la existencia de esa fórmula mágica.

–Bueno, pues existe –respondió–. Y te aseguro que no se encuentra en los bares con mujeres desconocidas.

Cane la miró con los ojos entrecerrados.

–Un punto para ti –reconoció.

Bodie apretó los labios en una delgada línea.

–Tú has sido el primero en atacar.

–¡Yo en ningún momento te he atacado!

–Sí, lo has hecho. Has dicho que los principios pueden venderse si se encuentra un motivo para hacerlo.

Cane desvió la mirada y puso la camioneta en marcha. Tenía los labios apretados mientras se incorporaba de nuevo a la carretera. No volvió a decir una sola palabra durante todo el trayecto a casa.

Morie estaba esperándolos en el porche cuando llegaron. Le bastó una sola mirada para saber que las dos personas que bajaban taciturnas de la camioneta habían tenido una discusión.

–¿Ha pasado algo malo? –preguntó con delicadeza.

–No quiero casarme –respondió Cane con brusquedad.

–¡Nadie te ha pedido que te cases! –replicó Bodie.

–Además, terminaré acostándome con cualquiera, no tendré ningún sentimiento de culpa y me contagiaré alguna enfermedad.

–¡Muy bien! ¡Por mí puedes hacer lo que te apetezca!

Cane dio media vuelta y comenzó a caminar enfadado hacia el establo.

Morie empezó a decir algo a Bodie, pero se lo pensó mejor. Bodie adoptó un gesto contrito, le dirigió una mirada de disculpa y se encaminó rápidamente a su habitación.

El ambiente durante la cena fue tenso. Bodie comió sin saborear nada y sin mirar siquiera a Cane. Él, por su parte, se comportaba como si Bodie no estuviera en casa. Aquella actitud puso en una situación difícil al resto de la familia.

Después del postre, fueron todos al cuarto de estar, pero, en vez de encender la televisión, Tank se sentó al piano.

–Creo que uno poco de música podría tener propiedades relajantes –señaló, dirigiendo una significativa mirada al silencioso Cane y a una tensa y distante Bodie–. Dicen que calma a los corazones fieros.

–Yo pensaba que calmaba a las bestias –musitó Mallory, apoyando la lengua en la mejilla.

–Qué más da –Tank comenzó a tocar la *Rapsodia sobre un tema de Paganini* de Rachmaninov.

Mientras aquella potente música inundaba el salón. Bodie descruzó los brazos y se sentó, embelesada ante el improvisado concierto. La belleza de la pieza seleccionada le llenó los ojos de lágrimas, algo que le ocurría cada vez que la oía.

Para cuando Tank terminó de tocar, se estaba secando abiertamente los ojos. Y también Morie.

–Te juro que tocas mejor cada día –le dijo Cane a su hermano, e incluso sonrió–. Es un don ser capaz de tocar de esa manera.

–Sí –se sumó Mallory con los labios apretados y los ojos brillantes–. De hecho, es casi tan bueno como yo. He estado ensayando desde hace meses. Y él se ha dedicado a holgazanear –se echó a reír.

–Desafíale –le provocó Morie–. Vamos, toca tú algo.

Mallory esbozó una mueca, pero Tank se levantó e hizo un gesto florido con la mano, señalando el taburete del piano.

–Muy bien, de acuerdo –aceptó Mallory mientras se acercaba el piano–. Pero, si empieza a mirar a su alrededor buscando un objeto afilado para cortarse las venas, que alguien le detenga. Los egos son una cosa seria.

Todo el mundo se echó a reír.

Mallory deslizó los dedos sobre el teclado, pensó un instante y después se lanzó a tocar una hermosa canción de la película *El triunfo de un sueño*, cuya banda sonora pertenecía a Mark Mancina. Era una pieza inolvidable, una exquisita combinación de armonías y discordancias.

Cuando terminó, se levantó y saludó con una reverencia.

Tank esbozó una mueca.

–Muy bien, me rindo. ¿Alguien tiene un pañuelo blanco?

Morie soltó una carcajada.

–Oí el tema del órgano en un teatro. Fue absolutamente impresionante. Es una de las mejores composiciones que he oído nunca.

–¿Y cuál es tu pieza favorita, Bodie? –preguntó Tank.

Bodie se movió incómoda en su asiento.

–Os vais a reír.

–No, nos reiremos –le prometió Tank y le sonrió–. Vamos, dilo.

–*El pájaro de fuego* de Igor Stravinsky.

–Yo no me pienso reír –intervino Cane–. También es una de mis piezas favoritas

Mavie, que llegaba en ese momento con una bandeja con las segundas taza de café, sonrió mientras se sentaba.

–A mí me gusta Harry–Gregson Williams. ¿Qué os parece la música de las películas de Narnia?

–¡Oh, sí! –convino Bodie entusiasmada–. ¡Es preciosa!

–Y no te olvides de Basil Poledouris, el compositor del tema de la miniserie de televisión *Paloma solitaria* y de la banda sonora de películas como *La caza del Octubre Rojo* –señaló Mavie–. Siempre ha sido uno de mis favoritos.

–Y de Jerry Goldsmith, autor de la música de *Patton, El mundo secreto de la señora Brisby* y varias películas de *Star Trek* –añadió Tank.

–O de Respighi, *Los pinos de Roma* y *Los pinos cerca de una catacumba* –apuntó Bodie con una sonrisa–. Cuando oigo esa música, tengo la sensación de estar oyendo a las legiones romanas marchando.

–A mí me gusta Debussy –intervino Morie.

–Y tampoco tengo nada malo que decir de Toby Keith –la interrumpió Mavie mientras empezaba a levantarse–. Ojalá fuera rica y famosa, porque así llamaría a uno de los chicos con los que salía y le preguntaría, ¿y te gusto ahora? –se echó a reír tras hacer alusión a una de las primeras y más famosas canciones de Keith.

–A mí me gusta una de las canciones de Brad Paisley que habla de ser mucho más frío en Internet –Bodie se echó a reír–. El vídeo es genial. Y tiene otra en la que se supone que está intentando convertirse en una estrella de la canción a través de un concurso de talentos y William Shatner es el juez. ¡Es desternillante!

–La música mueve el mundo –se mostró de acuerdo Mallory–. Yo siempre he valorado mucho a James Horner, que compuso el tema *Don Juan Demarco* y a Alan Silvestri, el compositor de la banda sonora de *El expreso polar*.

–Y a Howard Shore, autor de las bandas sonoras de la trilogía de *El señor de los anillos* –intervino Cane.

–David Arnold, *Los últimos guerreros* –contraatacó Tank–. Y Trevor Rabin, que puso música a *La montaña embrujada*. Dwayne Johnson, *La Roca*, aparecía en esa película. Es mi actor favorito. Bueno, él y también Vin Diesel.

Se echaron todo a reír. Tank era un auténtico admirador de las películas de acción y le gustaba ver algún combate de lucha todas las semanas.

–Hablando del tema –comentó Mallory mirando la programación de televisión–. Están volviendo a poner *Eclipse mortal*, esa película de ciencia ficción protagonizada por Vin.

–Mira a ver si puedes encontrar *Las crónicas de Riddick* en alguna parte. Es la secuela de *Eclipse mortal*, mi película favorita. Tiene unos efectos especiales increíbles.

Mallory encendió la televisión y empezó a buscar entre las películas de pago que aparecían en la programación.

–Está ahí –dijo Morie–. La grabé yo. Mira en esa sección. También es una de mis favoritas –le dijo a Tank.

Cane se levantó de su asiento y se estiró.

–Creo que voy a dar una vuelta. Estoy demasiado nervioso como para sentarme y relajarme.

Bodie no levantó la mirada. Medio esperaba que le pidiera que fuera con él. Quizá así podrían arreglar las cosas. Pero Cane ni siquiera la miró. Se limitó a abandonar la habitación.

Los hombres continuaron sentados frente a la televisión, esperando a que comenzara la película. Morie le hizo un gesto a Bodie, la condujo al estudio y cerró la puerta tras ella.

–Muy bien, ¿qué está pasando entre Cane y tú? –preguntó con amabilidad–. Sé que os habéis peleado.

Bodie se mordió el labio.

–En realidad, ha sido una tontería. Cane ha comenzado a hablar del matrimonio y a decir que prefiere ir acostándose con quien le apetece a sentar cabeza. Yo le he respondido diciéndole que algunas mujeres todavía tenemos principios. Entonces, él me ha echado en cara lo que hice –dijo al final con un largo y pesaroso suspiro–. Creo que nunca voy a poder superar la vergüenza de lo que hice. Supongo que yo solo quería salvar a mi abuelo. Ni siquiera me di cuenta de que…

–¡Oh, Bodie, nadie te culpa por lo que pasó! –le aseguró Morie, abrazándola con fuerza–. Escucha, nadie es tan perfecto como para poder echarle a nadie nada a la cara. La vida también consiste en saber perdonar. Tú sabes mucho más que la mayoría de la gente sobre Antropología. Sabes que los cazadores recolectores vivían en grupos de menos de cincuenta personas, en estricta proximidad. Ellos también tenían conflictos.

–Sí, pero tenían maneras de resolverlos –contestó Bodie–. Si un hombre mataba a otro hombre, llevaba ofrendas a la familia del muerto e intentaba enmendar lo ocurrido. Había castigos, pero a la gente rara vez se la desterraba definitivamente, ni siquiera por ofensas muy graves –sonrió–. También eran más tolerantes. Había hombres en la comunidad que no querían cazar, que preferían llevar la vida que llevaban las mujeres. Y se les permitía hacerlo sin censurarlos. La gente se llevaba bien porque no les quedaba otro remedio. Su supervivencia dependía de ello.

–Algún día serás una profesora maravillosa –le dijo Morie–. Si necesitas ayuda para terminar de pagarte los estudios, yo me haré cargo de todo –añadió–. Y no protestes. Sabes que puedo permitírmelo.

Bodie se sonrojó.

–Es muy amable por tu parte…

–No, no lo es. Mi familia financia becas de estudio en dos universidades –le explicó–. Le damos mucha importancia a la educación. Para mí sería un placer poder ayudarte de cualquier manera que me sea posible. Eres parte de mi familia –le dijo con cariño.

–Ahora mismo, eso significa mucho para mí –contestó Bodie de corazón–. Todavía estoy intentando acostumbrarme a vivir sin mi abuelo. Es difícil.

–Yo también adoraba a mi abuelo –le contó Morie–. Era un hombre muy divertido. Mi padre y él tenían todo tipo de conversaciones ridículas. Mi madre me contó que un día estaban cenando cuando ella estaba saliendo con mi tío Danny, mucho antes de que se casara con mi padre, y mi padre soltó una palabrota. Su padre le regañó y mi abuela intervino para decir que él también decía palabrotas en la mesa. Y entonces Big Jim, mi abuelo, soltó «¡y una mierda!» –se echó a reír–. Era un hombre maravilloso. Él me enseñó a pescar.

–Dicen que tu padre era terrible a la edad de Cane –comentó Bodie.

–Y lo era. Sigue teniendo un carácter terrible. Mallory y él se enfrentaron durante la venta de ganado

–recordó–. Mallory dijo que no pensaba casarse con nadie de la familia de mi padre. Por suerte para mí, cambió de opinión –rio suavemente.

–Mallory es genial. Y también Tank –contestó Bodie– Debería casarse con una mujer maravillosa y formar una familia.

–Todavía está intentando superar sus propios problemas –le explicó Morie con voz queda–. No los expresa de manera tan obvia como Cane, pero si estás cerca de él cuando explota el motor de un coche…

–Se tira al suelo, lo sé –contestó Bodie.

Morie suspiró.

–Yo no lo sabía –suspiró Morie–. Me eché a reír y Darby me contó lo que había pasado y por qué Tank reaccionaba de esa forma. Me sentí ridícula. Resulta extraño que Tank fuera a la guerra en Oriente Medio y llegara a casa sin un rasguño para terminar recibiendo un tiro de un cártel de la droga mexicano cuando estaba trabajando como agente fronterizo.

–Es escalofriante –dijo Bodie–. Y un milagro que todavía esté vivo.

–Supongo que tiene heridas que no se ven –comentó Morie con aire pensativo–. A lo mejor, cicatrices que no se atreve a enseñar a mujeres a las que no conoce –miró a Bodie con repentino interés–. Le caes muy bien.

–A mí también me cae muy bien él –dijo Bodie, sonriendo–. Es como el hermano mayor que nunca he tenido.

–Ya entiendo.

–Y Cane es como el hermano mayor que me alegro de no haber tenido –añadió Bodie fríamente.

–No, no creo que le consideres un hermano –reflexionó Morie en voz alta, y sonrió al ver que Bodie se ponía roja como la grana–. Me lo imaginaba.

–Bueno, aunque no sea así, definitivamente, va a

ser algo completamente unilateral –dijo Bodie con firmeza–. Porque no pienso tomarme en serio a un hombre que considera a las mujeres como un mero objeto de diversión.

–Hay hombres que tardan en sentar cabeza.

–Y otros que no la sientan nunca –dijo Bodie bruscamente–. Él cree que el matrimonio es para estúpidos. Incluso ha llegado a decirlo.

–Pero podría cambiar de opinión si encontrara la motivación adecuada –intentó convencerla Morie–. Dale tiempo, Bodie. Ahora mismo está intentando enfrentarse a sus propios problemas.

–No está dispuesto a hablar con ningún psicólogo. Él mismo dice que no puede abrirse instantáneamente a ellos, como ellos pretenden.

–En ese caso, podría intentar hablar con una persona en la que confíe –sugirió Morie.

–¿Como sus hermanos, quieres decir?

–Como tú, Bodie –contestó Morie.

Bodie soltó una carcajada.

–No hablará conmigo sobre ningún tema personal a no ser que esté borracho –replicó.

–¿No has pensado que quizá se emborracha para así poder hablar contigo y contarte todo lo que le inquieta? ¿Para hablarte de temas que no es capaz de abordar cuando está completamente sobrio?

Bodie pensó entonces en los temas tan profundos de los que hablaba Cane cuando tomaba una copa de más. Y se sonrojó al recordar otros temas más íntimos.

–Así que eso lo que hace, ¿verdad? –insistió Morie.

–No lo sé. Es posible. Pero yo no tengo experiencia en ese tipo de temas –contestó preocupada–. No sé qué decirle, no sé cómo ayudarle.

–¿Y si te pongo en contacto con una psicóloga que conozco? A lo mejor ella puede darte algún consejo sobre cómo tratarle.

–Sí, eso podría ayudar. Pero no quiero empeorar su situación diciendo cosas que puedan hacerle daño.

–Estoy segura de que no te va a recomendar que le psicoanalices –Morie soltó una carcajada–. Pero podrá decirte qué cosas que podrían ayudarle.

Bodie asintió.

–En ese caso, de acuerdo. Creo.

El teléfono de Morie sonó en ese momento con la melodía de una conocida película. Lo sacó del bolsillo de los vaqueros y lo abrió.

–¿Diga?

–Señora Kirk, ¿puede enviar a alguien para que se haga cargo de Cane? –preguntó quejoso el preocupado camarero de un establecimiento cercano–. ¡Está destrozándolo todo!

Bodie, que pudo oír la queja, hizo un gesto de pesar.

–Ahora mismo envío a alguien a buscarle –le prometió Morie–. Y nos haremos cargo de todos los gastos que genere, ¿de acuerdo?

–De acuerdo, ¡pero dese prisa!

–Ahí tienes tu oportunidad –le dijo Morie a Bodie. Esta volvió a hacer una mueca–. Lo siento, le pediré a Darby que te lleve.

–Y dile que esconda el gato –le aconsejó Bodie sombría–. Porque no sé si voy a ser capaz de superar la tentación de utilizarlo.

9

Empezó a nevar y Darby aparcó con Bodie delante del bar asador desde el que les habían llamado.

–Ahora, no le pegues –le aconsejó Darby mientras le abría la puerta.

–Me encantaría poder hacerlo –musitó ella.

Avanzó a grandes zancadas hacia el interior del bar. Era muy tarde y solo quedaban dentro un par de hombres. En la barra había toda una exhibición de botellas y vasos rotos.

Pero a Cane no se le veía por ninguna parte. Frunció el ceño y se fue a hablar con el camarero.

–¿Está aquí Cane Kirk? –preguntó tentativamente.

El camarero la taladró con la mirada.

–Ha venido y se ha ido –le dijo. Señaló con la mano a su alrededor–. Y, una vez más, ha vuelto a causar destrozos de cientos de dólares. Escucha, Bodie, puedes decirles a sus hermanos que, si vuelve a hacerlo otra vez, le denunciaré. Ya es más que suficiente. Compadezco a Cane, pero, si esto no se acaba, vamos a terminar perdiendo clientes. Además –suspiró–, es posible que unos cuantos días en prisión le hagan recuperar la cordura.

Bodie hizo una mueca.

–No creo –confesó–. Está completamente fuera de control. ¿Tienes idea de adónde puede haber ido? –preguntó.

Estaba preocupada porque, si Cane estaba conduciendo bebido, podía matarse o matar a cualquiera.

–Ni idea –contestó el camarero–. Lo único que sé es que se dirigía hacia el norte, hacia Jackson Hole.

–Gracias, Sid –contestó Bodie con una lánguida sonrisa.

–Eh, tranquila, Bodie. Y siento mucho lo de tu abuelo –le dijo con cariño–. Era un buen hombre.

–Sí, lo era.

–Y tu padrastro… –musitó–. Dicen que le están investigando. Se comenta que tenía una página porno y estaba utilizando a chicas menores de edad.

Bodie abrió los ojos como platos.

–¿Will? –farfulló horrorizada.

Ella sabía que filmaba escenas para su propio entretenimiento, pero no tenía la menor idea de que fuera capaz de algo así.

–Él lo niega, por supuesto, pero la madre de una de las chicas la ha forzado a dar un paso adelante. Tenía dieciséis años cuando posó para Will, aunque ella dice que no le confesó nunca su verdadera edad. Pero tampoco él la preguntó. Es una auténtica vergüenza. Una joven dulce e inocente y ahora aparece su cuerpo por toda la red y en las posturas más bochornosas. O, por lo menos, eso es lo que se comenta –reflexionó–. Yo nunca entro en páginas de ese tipo, pero mucha gente lo hace, incluso de por aquí.

–¿Y no pueden borrar esas fotos? –preguntó Bodie.

Le preocupaba que Will hubiera manipulado el vídeo que le había grabado y lo hubiera colgado en su web para vengarse de ella por haber involucrado a los hermanos Kirk.

–No, no se puede –contestó Sid–. Las imágenes se distribuyen a demasiada velocidad. O, por lo menos, eso fue lo que me dijo el sheriff. Me dijo que no sabía qué podía hacer la chica al respecto, excepto que sus padres denunciaran a Will. Pero a la pobre se le están poniendo difíciles las cosas por la zona. Su madre me dijo que suponía que la enviaría a Oregón donde, con un poco de suerte, nadie la reconocería. Se ha teñido el pelo y todo –se encogió de hombros–. A lo mejor, eso ayuda.

–¡Pobre chica!

Sid asintió.

–Pero hacen falta años para tener criterio –dijo con voz queda–. Larry, el amigo de Will, la convenció prometiéndole una carrera cinematográfica. Le dijo que tenía contactos con la industria de la Costa Oeste. La joven pertenece a una familia de pocos recursos. Quería algo más para ella, así que hizo lo que le pidieron. Y ahora ahí está, con la reputación por los suelos y su familia caída en desgracia –secó una gota de la barra–. La cuestión es que lo que hace alguien siempre tiene repercusiones en todos los que le rodean. Es como cuando se tira una piedra al río. Las ondas se expanden mucho más allá del impacto.

Bodie sonrió.

–Eres todo un filósofo, Sid.

–Trabajando en un lugar como este, se aprende mucho sobre la naturaleza humana.

–¿Y han arrestado a Will?

Sid negó con la cabeza y endureció el gesto.

–Todavía no han encontrado ninguna prueba que le incrimine. Pero la chica está dispuesta a testificar y la madre dice que van a contratar un abogado. Incluso, en el caso de que no le procesaran por falta de pruebas, están dispuestos a denunciarle –rio con tristeza–. No entiendo de qué va a servir, excepto para hacer público a qué se dedica. No se puede sacar de donde no hay.

–Sí, eso dicen –Bodie miró de nuevo a su alrededor–. Mallory se hará cargo de todos los gastos –le prometió.

–Y alguien tendrá que hacerse cargo de Cane –repuso Sid–. Necesita ayuda.

–Todo el mundo lo sabe, excepto él.

–Supongo que hay gente muy cabezota.

–Sí, desde luego. Gracias, Sid.

Sid asintió.

–Espero que le encuentres.

–Te aseguro que, si le encuentro, él va a desear todo lo contrario –dijo combativa.

Sid ese echó a reír.

–¡Así me gusta! –sonrió–. Ahora, ve a por él.

–Eso pretendo –regresó a la camioneta.

Darby la miró con el ceño fruncido cuando se sentó a su lado.

–¿Dónde está Cane? ¿Necesita ayuda para montarse en la camioneta?

–No está aquí –respondió Bodie–. Le han visto dirigiéndose hacia el norte, hacia Jackson Hole. Será mejor que vayamos por la autopista, no vaya a ser que se haya parado y se haya quedado dormido.

Lo que no dijo es que temía que le encontraran en una situación mucho peor. Pero Darby también lo sabía. Puso el motor en marcha sin decir una sola palabra y se incorporó a la carretera en dirección a Jackson.

Conducía lentamente. Era de noche, no había luna y tenían que mirar a ambos lados de la carretera buscando la camioneta de Cane. La carretera estaba desierta a aquella hora de la noche. No era normal conducir durante tantos kilómetros sin ver ningún otro vehículo. Aquella era la zona más agreste del estado, un área hermosa y salvaje. Había nevado, pero ni siquiera el débil resplandor de los faros sobre la nieve ayudó a localizar la camioneta de Cane.

–A lo mejor ha vuelto a casa –especuló Darby.

Detuvo la camioneta y utilizó el teléfono móvil,

que estaba conectado a un sistema de comunicación instalado en el vehículo. Aquel sistema permitía utilizarlo en el modo manos libres y, por lo tanto, todos los ocupantes podían oír la conversación.

–¿Mal? –preguntó cuando Mallory contestó–. ¿Es posible que Cane esté en casa?

–No, ¿no estaba en el bar? –preguntó Mallory.

–Ya se había ido cuando hemos llegado. Dicen que le han visto dirigirse hacia Jackson Hole, así que esa es la dirección que hemos tomado.

Mallory se quedó durante unos segundos en silencio.

–No debería conducir en ese estado –dijo al final.

–Estoy totalmente de acuerdo –contestó Darby–, pero tenemos que convencerle.

–Es más fácil decirlo que hacerlo –respondió Mallory con pesar–. Voy a despertar a algunos hombres para que os ayuden a buscarlo. Es posible que esté por alguna de las carreteras secundarias que se dirigen hacia el norte.

–Gracias, jefe –contestó Darby.

–Es mi hermano, por muchos defectos que tenga –le recordó Mallory–. No le puedo dar la espalda a mi familia, aunque te aseguro que me entran ganas de hacerlo. Pero esta vez va a recibir su merecido, te lo prometo. Esto no puede continuar así. Hemos permitido que esta situación se prolongue durante demasiado tiempo.

–Sid dice que no le vendría mal pasar alguna noche en prisión para reflexionar sobre su vida –Bodie se sumó a la conversación–. Es una medida drástica, lo sé, pero esto no va a cambiar a no ser que algo le haga cambiar de actitud antes de que sea demasiado tarde.

–Estoy de acuerdo –dijo Darby–. En vez de pagar sus destrozos y sus cuentas, deberíamos dejar que el sheriff hiciera su trabajo.

Se produjo un silencio.

–Sabes que tengo razón, Mal –dijo Darby al cabo de un minuto de silencio–. No le estamos haciendo ningún favor dejando que este tipo de conducta no tenga ninguna consecuencia.

–Supongo que tienes razón –reconoció Mallory con pesar.

–Lo mejor sería que fuera a rehabilitación –propuso Bodie.

No soportaba imaginar a Cane en la cárcel, a pesar de lo que había dicho cuando estaba enfadada.

–Sí –dijo Mallory–. Desde luego. Muy bien, enviaré a los chicos a buscarle. Manteneos en contacto conmigo.

–Lo haremos –respondió Darby, y colgó el teléfono. Miró a Bodie, que permanecía en silencio–. Esta va a ser una larga noche –profetizó.

Y lo fue. Los vaqueros del Rancho Real se sumaron a la partida de búsqueda, cada uno de ellos tomando una carretera diferente de las muchas que salían desde la autopista de Jackson. Bodie y Darby se mantuvieron en la carretera principal, pendientes de cualquier señal de una camioneta aparcada en la cuneta o en la mediana.

Al cabo de una hora de infructuosa búsqueda, Bodie estaba agotada, somnolienta y de mal humor.

–Me entran ganas de pegarle de verdad –musitó.

–Mallory lo hará cuando le encontremos –contestó Darby, riendo. Se puso serio–. Estoy preocupado –confesó–. Cane era el más prudente de los hermanos. Era el especialista en mercadotecnia, un tipo al que se le podía confiar cualquier trabajo. Mallory tuvo que hacerse cargo de las ventas cuando Cane resultó herido. Después, cuando Mallory se involucró en el trabajo diario del rancho, Tank dejó el puesto de agente fronterizo tras sufrir su propio trauma y se encargó él de todos los aspectos comerciales. A Cane solo le quedaron las ferias de ganado. Es un trabajo menor para un hombre tan inteligente como él. Fue el primero de su promoción cuando se graduó en Antropología –añadió para sorpresa de Bodie–. Era un hombre brillante, con un gran futuro. Le invitaron a unas excavaciones en Egipto que podrían haberle hecho famoso después de lo que allí se descubrió. Pero él prefirió ir a la guerra, convertirse en un patriota. Hizo un sacrificio enorme.

–No sabía lo de sus notas. ¿Tuvo un *summa*? –preguntó, refiriéndose al más alto honor de un graduado, el *summa cum laude*.

–Sí.

–Qué manera de desperdiciar su vida –musitó Bodie–. Y todo porque perdió un brazo. ¿Sabes? Son muchas las personas que han vuelto de Oriente Medio sin brazos o piernas. Aprendieron a asumirlo y a continuar con sus vidas. No entiendo por qué Cane no puede hacer lo mismo.

–Es el orgullo –Darby suspiró–. Es demasiado orgulloso para pedir ayuda. Tuvimos que forzarle para que le acompañara otro hombre a las ferias de ganado. Intentó hacerlo solo, pero un toro le embistió y le tiró. Al tener un solo brazo, le faltó fuerza para detenerlo. Para él fue una humillación, sobre todo porque un comprador borracho hizo un comentario sobre «el tullido».

–Qué estúpido.

–Se disculpó, después de que Cane le dejara sin un diente –añadió Darby.

–¡Bien por Cane!

Darby se echó a reír.

–Pero eso no evitó que tuviera que reconocer que no era capaz de controlar a un toro en la arena.

–Supongo que no. Eso tuvo que dolerle mucho.

Darby asintió.

–Le duele todavía más cómo le tratan las mujeres –dijo abiertamente–. Después de perder el brazo, tuvo dos malas experiencias. Ahora se está vengando contigo.

Bodie tragó saliva.

Darby la miró.

–Tienes agallas al seguir todavía por aquí. Nos encanta tu compañía, pero no deberías aguantar las tonterías de Cane.

Bodie consiguió esbozar una sonrisa.

–Y no lo hago, de verdad –suspiró y clavó la mirada en la ventanilla–. ¿No se supone que en Navidad tenemos que ser buenos con los que nos rodean?

–Sí, se supone que sí –contestó–. A lo mejor deberíamos plantar a Cane en el cuarto de estar, al lado del árbol, y decorarlo con acebo.

Bodie se echó a reír al imaginárselo.

–Sería muy gracioso. Y podríamos utilizar cuerdas y espuelas para decorarlo.

–Sí, estaría muy guapo –contestó Darby–. No sé si deberíamos esperar a Navidad para… ¡Oh, Dios mío!

Frenó la camioneta en medio de la frase. Allí, a un lado de la carretera, estaba la camioneta del rancho. Estaba boca abajo y, en medio del frío, salía el vapor del motor.

Darby dejó la camioneta en el arcén, apagó el motor y siguió a Bodie, que salió corriendo inmediatamente hacia el lugar del accidente.

–¡No mires! –le ordenó Derby con firmeza, intentando apartarla.

Tenía el terrible presentimiento de que iba a encontrar el cuerpo destrozado de Cane en el interior del vehículo y quería evitarle aquella imagen.

–Ni lo sueñes –replicó ella frenética.

Se lanzó a por la puerta, que estaba también boca abajo, con el cristal de la ventanilla roto.

–¡Ayúdame! –gritó.

Darby la ayudó a abrir. En el interior, Cane continuaba atado al asiento, con la cabeza ensangrentada, los ojos cerrados y su musculoso cuerpo colgando hacia abajo.

Darby manipuló con torpeza el cinturón de seguridad, pero no fue capaz de accionar el mecanismo de apertura. Sacó una navaja del bolsillo, agarró a Cane y le sacó con delicadeza de entre los restos de la camioneta.

Bodie lo siguió preocupada.

–Sé que se supone que no hay que mover a las víctimas de un accidente –le explicó Darby sombrío–, pero la postura en la que estaba era más peligrosa. Saca la manta que tengo en la camioneta. Le taparemos con ella. Voy a llamar para pedir ayuda –sacó el teléfono móvil.

Bodie continuaba paralizada, contemplando horrorizada a Cane, que estaba completamente inmóvil.

–Date prisa –la urgió Darby con amabilidad.

Bodie comenzó entonces a correr.

Darby fue explorando las heridas de Cane mientras marcaba el teléfono de emergencias.

–Condado de Carson, novecientos once –se oyó al otro lado–. ¿Cuál es la emergencia?

Darby le explicó la situación e intentó indicar el lugar en el que se encontraban.

–Un momento –mantuvo a la operadora en espera mientras utilizaba el GPS del móvil.

Después, dio las coordenadas. Estaban en un estado tan grande que la unidad de rescate se las vería con serias dificultades para encontrarles utilizando otros puntos de referencia. Estaban en un tramo de carretera completamente recto, sin ninguna referencia significativa a la vista.

La operadora continuó haciendo preguntas. Darby sacó la cartera de Cane y le dio todos los datos que pudo.

–Va una unidad hacia allí –le dijo la operadora–. No cuelgue.

–Le aseguro que no pienso hacerlo.

Bodie había regresado con la manta mientras Darby hablaba con el servicio de urgencias. La extendió delicadamente sobre Cane, haciendo una mueca al ver la sangre. Evocaba recuerdos terribles del accidente en el que había muerto su padre. También su padre había sangrado de aquella manera. Y nadie había podido salvarle. Todos los sucesos que estaban teniendo lugar en su vida desde hacía dos semanas estaban siendo excesivamente traumáticos. La muerte de su abuelo, el entierro y, antes, el episodio con Will. Y, de pronto, allí estaba Cane, posiblemente mortalmente herido después de haber discutido con ella. Su último recuerdo de Bodie sería el del disgusto y el enfado. Y ella no podía hacer nada para remediarlo. Si Cane moría, para ella se apagaría la única luz que iluminaba su mundo. ¿Cómo iba a poder continuar viviendo?

Darby la observó visiblemente compadecido.

–No renuncies a él, muchacha –le dijo– Es un Kirk. Es un hombre duro.

Bodie se mordió el labio y asintió, pero las lágrimas rodaban ya por sus mejillas.

–¿Cuánto tiempo tardarán en llegar? –preguntó quejosa.

–Nuestra unidad está a unos quince kilómetros de allí –contestó la operadora, que había podido oírla–. Llegarán lo más rápido que puedan. Intenten aguantar.

Las lágrimas de Bodie siguieron fluyendo a más velocidad.

–Gracias –susurró con la voz atragantada.

–Para eso estamos aquí –respondió la operadora.

–Mira, Bodie –dijo Darby, señalando a Cane.

Cane gimió y comenzó a mover la cabeza.

–No te muevas –le pidió Bodie, acariciándole el pelo suavemente–. No pasa nada. No pasa nada, Cane.

Cane parpadeó. El alcohol le nublaba la mente y entorpecía sus reflejos. Intentó sentarse, pero Bodie le empujó suavemente para que no lo hiciera.

–No puedes moverte –le dijo Bodie–. Los servicios de urgencias vienen hacia aquí.

Cane tragó saliva. Alzó la mirada hacia Bodie y frunció el ceño.

–¿Qué estás haciendo tú aquí? –le preguntó bruscamente.

Era mucho esperar que hubiera olvidado su última discusión.

–Intentar salvar vidas –respondió ella sin andarse con rodeos.

Cane emitió un sonido ronco y miró a Darby de reojo.

–¿Estoy muy mal?

–La camioneta está destrozada –contestó Darby–. Y yo diría que, cuando llegue el ayudante del sheriff, vas a tener problemas.

Bodie palideció.

–¿El ayudante del sheriff? –preguntó con voz ronca.

Darby asintió.

–Las fuerzas de la ley siempre acompañan a los servicios de urgencia cuando hay algún accidente.

–Pues se van a encontrar con un serio problema –dijo Cane, desorientado.

–Cierra la boca –le ordenó Bodie con brusquedad–. ¡Si te meten en la cárcel, iré al juez y le pediré que no te saquen hasta dentro de quince años!

–Tienes el corazón frío y la lengua ácida, pequeña… –comenzó a decir Cane.

–¡Eh, eh! –intervino Darby–. Nada de eso –le ordenó con firmeza.

Cane les fulminó a los dos con la mirada, pero cerró la boca. Frunció el ceño. Le dolía todo. Se movió e hizo una mueca de dolor.

–Maldita sea –susurró, y se llevó la mano a las costillas–. Creo que tengo una costilla destrozada.

–Bueno, esperemos que no sea la misma en la que te pegó una coz un toro hace seis meses –contestó Darby.

Cane tomó aire con dificultad y alzó la mirada hacia el cielo nocturno.

–Ahí está Orión –dijo pesaroso–. Brilla mucho, ¿no es…? –cerró los ojos.

–¿Se ha desmayado? –preguntó Bodie frenética–. Pero ¿cómo va a desmayarse estando tumbado? ¡Cane! ¡Cane!

–Seguramente será una conmoción –dijo Darby, y entonces comenzó a preocuparse de verdad.

–Gírele la cabeza –le aconsejó la operadora–. Es por si vomita. Tenemos que evitar que el vómito le llegue a los pulmones.

–Buena idea –Darby alargó la mano y colocó delicadamente a Cane de lado.

Justo a tiempo. Porque Cane se incorporó de pronto y comenzó a vomitar en la hierba. Cuando terminó, se derrumbó de nuevo, completamente inconsciente.

–¡Oh, Dios mío! –sollozó Bodie.

–No te asustes –le recomendó Darby con amabilidad–. Las conmociones pueden tratarse.

Pero no añadió que había visto a hombres morir por conmociones cerebrales menos evidentes que la de Cane. Bodie ya estaba suficientemente asustada. No necesitaba cargarla con más preocupaciones.

***

Escasos minutos después, comenzaron a ver sobre una rasante el resplandor de unas luces rojas y azules. Darby se levantó y comenzó a hacer gestos. Sabía que podían ver la camioneta, pero no a Cane, que estaba tumbado. El ayudante del sheriff abandonó el vehículo mientras los miembros del equipo de emergencias saltaban de la ambulancia y corrían hacia el paciente.

Darby saludó al hombre y a la mujer uniformados mientras ellos se inclinaban sobre Cane.

–Ha estado consciente durante un par de minutos –les explicó–. Después, ha perdido la consciencia, ha vomitado y ha vuelto a desmayarse.

El equipo médico comenzó a trabajar con él. Uno de los miembros fue a buscar la camilla y la llevó hasta el herido.

–Ya puede colgar –le dijo amablemente la operadora del novecientos once–. Espero que todo salga bien.

–Muchísimas gracias –respondió Darby–. Acaba de hacer un trabajo que vale su peso en oro.

–Gracias –contestó ella con una risa–. Le contaré a mi supervisor lo que me ha dicho.

Y colgó.

El equipo de urgencias se llevó a Cane a la ambulancia y le pinchó una arteria para conectarle a un goteo. Estaban ya en contacto con el médico de la sala de urgencias, describiendo los síntomas de Cane y recibiendo órdenes.

–Les seguiremos al hospital –dijo Darby–. Llamaré a sus hermanos para que vayan allí y se encarguen del ingreso.

–Gracias –dijo el conductor de la ambulancia–. Y no corra –le advirtió–. No necesitamos otro accidente.

Darby asintió.

–No correré.

A su lado, Bodie estaba volviéndose loca. Quería

meterse también ella en la ambulancia, sentarse con Cane, cuidar de él. Pero la ambulancia se marchó, y ella permaneció observándola, demasiado impresionada incluso como para llorar mientras contemplaba un futuro sin aquel hombre cabezota y difícil. No soportaba ni pensar en ello.

El ayudante del sheriff se acercó hasta la camioneta destrozada, hizo las comprobaciones correspondientes sobre el vehículo y los daños que había sufrido y pidió una grúa para que la recogieran y la dejaran bajo custodia policial.

–Me temo que tendremos que denunciarle –le explicó a Darby–. Lo siento, pero conducir bajo los efectos del alcohol no es ninguna broma. He tenido que rescatar a demasiadas víctimas de accidentes como este y en muchos de ellos estaba involucrada gente completamente inocente. Niños, incluso. Esos accidentes son los más terribles.

–Me lo imagino –dijo Darby–. Él tiene suerte de continuar vivo.

–Mucha suerte, teniendo en cuenta el estado en el que ha quedado la camioneta. Conduzca con cuidado –le recomendó a Darby–. ¿Es familiar suyo?

–En cierto sentido –contestó Darby–. Trabajo para él.

Bodie no añadió nada más. Prefería que el oficial pensara lo que quisiera. Por mucho que ella hubiera estado diciendo que había que encerrar a Cane, el hecho de que se hubiera hecho real aquella posibilidad la hacía sentirse triste y deprimida. Se volvió hacia la camioneta.

–¿Podemos irnos? –le preguntó a Darby con evidente preocupación.

–Sí, ahora mismo. Adiós –le dijo al ayudante del sheriff.

El ayudante del sheriff asintió y regresó al coche patrulla.

Darby condujo hasta el hospital, que estaba en Jackson

Hole. Hasta aquel momento, Bodie no se había dado cuenta de lo lejos que estaban.

–Estamos a muchos kilómetros del rancho –le dijo a Darby, sorprendida.

–Sí. Y de lo único que me alegro es de que Cane no haya matado a nadie.

Acababa de marcar el teléfono del rancho de los Kirk y estaba esperando una respuesta.

–¿Diga? –se oyó la voz de Mallory al otro lado de la línea–. ¿Eres tú? ¿Le habéis encontrado?

–Sí. Ha tenido un accidente. Un accidente serio –le explicó Darby con tacto.

–¿Está vivo? –preguntó Mallory, horrorizado.

–Sí, pero conmocionado e inconsciente –contestó Darby con voz sombría–. Será mejor que despiertes a Dalton y vayáis al centro médico de Jackson Hole tan rápido como podáis.

No quería decirlo exactamente así para no preocupar a Bodie, pero era esencial que Mallory comprendiera la gravedad de la situación. Mallory también había sido testigo de cómo ese tipo de lesiones en la cabeza podían llevar a la muerte. Si eso ocurría, era posible que la familia no tuviera tiempo de volver a ver a Cane con vida.

–Vamos inmediatamente hacia allí –dijo Mallory–. Te llamaré en cuanto lleguemos al hospital.

–Conduce con cuidado –le pidió Darby.

–¿Cómo está Bodie? –preguntó Mallory con delicadeza.

Darby la miró. Estaba tensa y asustada a su lado.

–Aguantando. Pero no muy bien.

–Pronto estaremos allí.

Mallory colgó el teléfono.

–Tienes que tener fe –le dijo Darby a su acompañante con cariño–. Cane es un hombre duro, de verdad. Estoy seguro de que superará esto.

Bodie tragó saliva.

–Le grité.

–Sí. Pero él te gritó primero –respondió–. No hagas eso. No te castigues a ti misma.

Bodie cerró los ojos.

–Si muere…

–No va a morir –contestó Darby con firmeza–. Tienes que creerlo.

Bodie se movió nerviosa en su asiento.

–Lo intentaré.

–Y abróchate el cinturón de seguridad –añadió él.

–¡Ah! –se puso el cinturón–. No me había dado cuenta.

–Estás muy nerviosa –le dijo Darby suavemente–. Sí, lo sé, Cane puede ser insoportable, pero ninguno de nosotros quiere perderle.

–Ni siquiera yo –se mostró de acuerdo Bodie.

«Por tu forma de mirarle, especialmente tú», pensó Darby, pero no lo dijo en voz alta. Hasta entonces, no había sido consciente de lo mucho que significaba Cane para la joven que viajaba en silencio a su lado. Se estaba fraguando una tragedia. Cane era un vividor. No era la clase de hombre que sentaba cabeza y criaba a unos hijos. Si se le daba la oportunidad, le rompería el corazón a Bodie y después la dejaría destrozada. Lo único que Darby esperaba era que ella ya lo supiera, porque él no iba a decírselo. Darby tenía debilidad por Bodie, como todos los Kirk. Era una pena que Cane mostrara una actitud tan hostil hacia ella. Una verdadera pena.

Darby y Bodie se sentaron en la sala de espera de la sala de urgencias. Bueno, en realidad, se sentó Darby. Bodie paseaba nerviosa, con los brazos cruzados y el rostro ojeroso y demacrado mientras esperaban a que saliera el médico residente que estaba atendiendo a Cane y les dijera algo.

–¿Por qué tardan tanto? –Bodie, preocupada, lanzaba miradas hacia la puerta tras la que el personal médico estaba tratando a Cane.

–Supongo que le estarán haciendo pruebas –contestó Darby–. Tendrán que averiguar la dimensión del daño antes de ponerle en tratamiento.

–Una conmoción cerebral –musitó Bodie–. ¿Cómo se trata una conmoción cerebral?

–Eso depende de lo grave que sea –contestó Darby evasivo.

–¿Y si es muy grave?

–Tendrán que ingresarle en la UCI –contestó–. A lo mejor le tienen allí durante un par de días hasta que se estabilice.

–La UCI –murmuró Bodie otra vez, y volvió a mirar hacia la zona de tratamiento–. Están tardando mucho –repitió una vez más.

La puerta de la sala de espera se abrió y entraron Mallory, Dalton y Morie, todos ellos con expresión preocupada.

Morie vio inmediatamente a Bodie y la abrazó con fuerza.

–Pobrecita –susurró–. Siento mucho que lo hayas visto.

Bodie se derrumbó. Aquella muestra de compasión desbordó su maltrecha capacidad de contención.

–Le grité –lloró–. Le dije que esperaba que le encerraran y…

–¿Y qué te dijo él antes de que le dijeras tú eso? –preguntó Morie con sensatez.

Bodie se apartó y se secó las lágrimas con un pañuelo que sacó de una caja estratégicamente colocada en una mesa de la sala de espera.

–Me dijo muchas cosas –respondió.

–Me lo imagino –Morie se volvió hacia Darby, que estaba hablando entre susurros con los recién llegados–. ¿Está muy grave? –preguntó, manteniendo un brazo alrededor de Bodie.

–Los médicos todavía no han salido, pero creo que es una conmoción cerebral masiva –dijo Darby con voz queda–. Aunque es posible que esté equivocado.

No pretendía ocultar información a los hermanos, pero odiaba que Bodie supiera hasta qué punto era desesperada la situación de Cane.

–¿Puede morir? –preguntó Bodie, y las lágrimas anegaron sus ojos claros.

–Existe esa posibilidad –contestó Mallory muy serio–. Pero intentemos pensar de forma positiva. Está recibiendo cuidados médicos y cuando le encontrasteis, estaba consciente –añadió, indicando así que Darby le había puesto al corriente de los detalles de lo ocurrido.

–Estaba completamente consciente –confirmó Bodie–. Pero pareció apagarse de repente, se despertó, vomitó y volvió a perder la consciencia otra vez.

–No es una buena señal –murmuró Tank, hundiendo las manos en los bolsillos de los vaqueros.

También su rostro estaba tenso como el de Mallory. Había estado en combate. Había visto morir a hombres de heridas en la cabeza. Conocía el pronóstico, o el posible pronóstico, mejor que nadie de los que estaban allí.

–En este hospital trabaja un personal excelente –apuntó Mallory con ánimo. Le palmeó el hombro a su hermano–. Es un Kirk. Ha superado situaciones peores que esta.

–Lo sé –Tank se estiró–. Bueno, no nos vendría mal recitar una oración. ¿Hay capilla en este hospital?

–Lo preguntaré –dijo Morie, y se fue a buscar al capellán.

Bodie cruzó los brazos en su pecho. Ella ya estaba rezando. Y con todas sus fuerzas

Fueron a la capilla y se quedaron allí durante varios minutos, en silencio y terriblemente preocupados, mientras una de las capellanas permanecía discretamente fuera, esperándoles. Cuando salieron, les acompañó a la sala de espera y permaneció junto a ellos.

Fue un gesto muy amable, pero Mallory interpretó su presencia mejor que nadie. La capellana había estado hablando por teléfono con el médico que estaba tratando a Cane. Cuando había colgado, tenía una expresión sombría que se había obligado a cambiar por una sonrisa antes de ofrecerles sus palabras de ánimo.

Pero Mallory sabía por qué no se apartaba de su lado. No esperaba que Cane sobreviviera. Era posible que la necesitaran, y por eso se había quedado junto a ellos. A pesar del consuelo que les proporcionaba, su presencia resultaba ligeramente aterradora.

Mallory no dijo lo que estaba pensando. Bodie estaba ya al borde del desmayo mientras los minutos se transformaban en horas y los médicos seguían sin aparecer.

–¿Cree que podría llamar otra vez al médico? –le pidió Mallory.

–Por supuesto –contestó suavemente–. Un momento.

En vez de utilizar su teléfono móvil, fue a buscar uno de los teléfonos del hospital. Evidentemente, no quería que oyeran ni lo que iba a decir ni lo que iban a decirle.

A su alrededor, la gente llegaba y se iba. Algunos con expresión esperanzada. Otros, con el rostro arrasado por las lágrimas. Una pareja que estaba sentada a su lado miró a Bodie. La mujer, una mujer madura, sonrió suavemente, consolándola sin necesidad de palabras. Las personas que se encontraban en una situación desesperada, temiendo perder a aquellos que amaban, se convertían en una familia de una forma inexplicable para aquellos que no habían pasado por una situación parecida. Bodie le devolvió la sonrisa, intentando expresar su propia compasión.

Pero estaba temblando por dentro. Aquello estaba siendo tan terrible como la pérdida de su abuelo. La muerte de su abuelo había sido rápida, casi misericordiosa en cierto modo. Pero recordaba la consulta del médico, el miedo que había sentido. Aquella situación se parecía mucho a aquella. Pero lo que estaba pasando con Cane era peor. La espera. La espera era terrible. Una verdadera tortura.

Miró hacia la capellana, que hablaba de espaldas a la pareja. La vio escuchar, asentir y volver a asentir. Al final, colgó con expresión fugazmente tensa y preocupada.

Se volvió entonces y se dirigió hacia los Kirk. Bodie la observó regresar con puro terror en la mirada. El rostro demacrado de aquella mujer anunciaba que Cane no iba a sobrevivir… Significaba que iba a morir.

10

El corazón de Bodie latía al ritmo de los pasos de la capellana, cada vez más fuertes. «No lo diga», deseaba decirle en voz alta. «No nos lo diga. Déjenos mantener la esperanza. Déjenos…».

Apretó los dientes y permaneció muy rígida al lado de los Kirk, que también temían su llegada.

Pero la capellana no de detuvo ante ellos. Se limitó a sonreír y continuó avanzando hacia la mujer que estaba al lado de Bodie. Le habló con delicadeza, la mujer rompió a llorar y ella la abrazó mientras le susurraba palabras de consuelo. La pareja hizo algún comentario, asintió y salió lentamente de la habitación.

La capellana regresó entonces junto a los Kirk.

–Lo siento. Me estaban dando noticias de su hermano cuando el médico me ha dicho que acababan de perder a la madre de esta mujer. Era muy mayor, pero, cuando quieres a alguien, eso no importa.

–Lo siento mucho –dijo Bodie, mientras observaba a aquella pareja madura abandonar la sala.

–Sí, yo también. Y ahora, en cuanto a su hermano –dijo, y sonrió–, está consciente y gritándole al médico. Ha sufrido una conmoción cerebral, pero no particularmente grave. Esta noche la pasará en la UCI para que esté más seguro. Es solo una medida de precaución –les aseguró–. Si la situación fuera más extrema, no les mentiría.

Bodie dejó que las lágrimas rodaran por sus mejillas.

–¡Gracias! –exclamó.

La capellana sonrió otra vez.

–Para eso estamos aquí, para facilitarles las cosas a las familias. Me alegro de poder darles una buena noticia.

–Sí, nosotros también –contestó Mallory–. Aunque lo siento mucho por la otra familia.

–Todos lo sentimos –dijo Morie.

–La vida y la muerte son las dos caras de una misma moneda –reflexionó ella–. Aquí tenemos que enfrentarnos a ambas. Y, cuando podemos dar una buena noticia en vez de una triste, es maravilloso.

–Desde luego, para nosotros lo es. ¿Cuándo podremos verle? –preguntó Mallory.

–Lo averiguaré. Ahora mismo le están trasladando a la UCI. Me temo que allí el número de personas que pueden entrar está limitado a dos –añadió antes de alejarse.

–Tank y Bodie –propusieron Mallory y Morie casi al mismo tiempo.

Y se echaron a reír ante aquella coordinación.

–Pero… yo no soy un miembro de la familia –tartamudeó Bodie.

–Sí, claro que lo eres –respondió Morie cariñosamente–. Cane puede ser un estúpido, pero tú sientes algo por él. Todos lo sabemos, aunque él no se haya dado cuenta. Así que entrarás con Tank.

–Gracias –les agradeció Bodie, desviando la mirada hacia Mallory, para incluirle también a él.

–Yo iré a verle más tarde con Morie –dijo Mallory suavemente– .Díselo –le pidió a Tank–. A ti te quiere más que al resto de nosotros. Le gustará verte.

Tank sonrió.

–De acuerdo.

Bodie se secó los ojos otra vez y consiguió sonreír. Gracias a Dios, Cane viviría, aunque nunca quisiera casarse ni formar una familia. Viviría y eso era más que suficiente. Al menos, de momento.

Cuando por fin les permitieron entrar en la UCI, donde yacía Cane tumbado sobre sábanas blancas y cubierto por una manta ligera, Bodie apretó los dientes. Su madre había pasado en la UCI los últimos días de su vida, conectada con un montón de tubos y cables a todo tipo de máquinas que emitían pitidos de forma regular. Cane tenía el oxígeno conectado a la nariz y un vial en el brazo. Tenía cortes en la cabeza y algunos puntos justo en el límite del cuero cabelludo. Estaba blanco como el papel y tenía los ojos cerrados. Bodie contempló sus pobladas y oscuras pestañas y se preguntó por la expresión de su rostro. Siempre estaba tan tenso, tan nervioso. Nunca parecía capaz de relajarse y su semblante mostraba aquella tensión. Pero allí, en la cama del hospital, la dureza de sus rasgos se había suavizado. Parecía más joven, más atractivo. E, incluso, casi frágil.

Hasta que abrió los ojos y vio a Bodie.

–¿Por qué te han dejado entrar? –preguntó, rezumando hielo en cada una de las roncas sílabas que pronunciaba.

Bodie se quedó paralizada. No le contestó. No dijo nada.

–Fueron Darby y ella los que te encontraron –le aclaró Tank–. Deja de gruñir. Te han salvado la vida. Si no te hubieran encontrado, a lo mejor, para cuando hubiera llegado la mañana, habría sido demasiado tarde.

Cane parpadeó, se movió en la cama y gimió.

–Dicen que me he roto una costilla.

–Por lo que he oído, han sido tres –contestó Tank–. Tendrán que ponerte una faja y apenas vas a poder hacer nada hasta el año que viene.

–Tengo una feria en Denver la semana que viene –musitó Cane.

–Red Davis se encargará de enseñar los toros –respondió Tank con tranquilidad–. Se le da muy bien.

–Sí, pero también es capaz de meterse en los archivos del FBI cualquier noche y conseguir que le arresten –gruñó Cane–. Y allí se quedarán los toros, en el establo, mientras nosotros intentamos liberar a Davis y coordinar el transporte de los animales a casa.

–No le dejaremos llevarse el ordenador –le prometió Tank.

–¿También el FBI? ¿Además de la CIA? –preguntó Bodie, fascinada por lo que Darby le había contado sobre el encargado del ganado.

–Le gusta jugar con fuego –contestó Tank entre risas–. Lo del FBI fue el año pasado. Y hace tres meses se lo llevaron esposado los agentes de la CIA por entrar en los archivos de su página principal. Pero consiguió convencerles de que le soltaran. Ahora está intentando encontrar información clasificada sobre un incidente relacionado con un caso de terrorismo relacionado con la CIA –sacudió la cabeza–. Yo conozco a uno de los agentes. Y Davis debería evitar cualquier lío con esos tipos.

–Deberían ofrecerle un trabajo en la unidad de ciberterrorismo –señaló Bodie.

–Ya lo hicieron, pero él lo rechazó. Y procura morderte la lengua, muchacha –musitó Cane–. Es el mejor trabajador que tenemos, además de Darby.

Le habló sin aparente rencor. Por lo menos, estaba siendo civilizado, pensó Bodie.

–Lo siento –susurró, desviando la mirada.

–¿Cuándo vais a poder sacarme de aquí? –preguntó Cane, señalando hacia todo el equipo–. Me siento como un ciborg.

–Te van a mantener aquí toda la noche –le explicó Tank.

–Sí, claro. Para poder salvarme si vuelvo a perder la consciencia, ¿verdad? Lo sé todo sobre las conmociones cerebrales. A Jamie Franklin le mató una.

–Jamie era un anciano y el toro le pegó una coz en la cabeza y después le pisoteó –respondió Tank.

–Eso fue en Arizona –recordó Cane–. Hace años, cuando éramos adolescentes.

–¿Tú has sido alguna vez un adolescente? –preguntó Bodie, estudiándole con atención.

–E incluso un niño –respondió él.

Bodie consiguió sonreír.

–Me cuesta imaginármelo.

Cane estudió su rostro tenso durante cerca de un minuto y después volvió a desviar la atención hacia su hermano.

–Estoy muy adormilado. ¿Me han dado algo?

Tank asintió.

–Sí, para el dolor. Pero te vas a poner bien. Te lo prometo.

Cane sonrió débilmente y cerró los ojos.

–Si tú lo dices… –contestó, arrastrando las palabras y, al cabo de un minuto, se quedó dormido.

Tank salió, pero Bodie no le siguió inmediatamente. Permaneció junto a la cama, con la mirada fija en Cane, frunciendo el ceño y asustada.

Acarició con ternura el pelo oscuro de Cane, mordiéndose la lengua.

–Lo siento –susurró–. Lo siento mucho.

Cane no se movió. Ella se inclinó y posó los labios sobre su frente, teniendo mucho cuidado de no rozarle apenas. Los ojos se le llenaron de lágrimas.

–Tienes que vivir –susurró–. Si tú no vives, yo no puedo vivir, ¿sabes?

Tragó con fuerza y se obligó a volverse y salir de la habitación. Pero no pensaba abandonar el hospital. Se sentó en la sala de espera mientras los demás iban a comer algo. Al final, la obligaron a ir a la cafetería y tomarse un sándwich, pero ella regresó casi inmediatamente a la sala de espera. Cuando le dijeron que tenía una habitación reservada en un hotel cercano para pasar allí la noche, ella se limitó a sonreír y se aferró a su asiento con más determinación incluso. Al final, los demás renunciaron y la dejaron allí.

Durante las altas horas de la madrugada, una enfermera veterana la vio sentada en la sala de espera. Cane Kirk se encontraba en un estado crítico. La enfermera había visto muchos casos como aquel. Conmociones que empeoraban repentinamente, que se agravaban de una manera drástica. Cane se les estaba yendo.

Se acercó a Bodie y le sonrió.

–¿Cómo va todo? –le preguntó a la joven.

Bodie se fijó en el diseño floral de su blusa y en el estetoscopio que llevaba alrededor del cuello. Era una enfermera, decidió.

–No muy bien –contestó, y forzó una sonrisa–. Estoy preocupada por mi amigo. Está en la UCI.

–¿Le gustaría sentarse un rato con él? –le preguntó la enfermera.

Bodie parpadeó.

–Pensaba que no estaba permitido. Que solo podíamos verle en determinadas horas y durante muy pocos minutos.

La enfermera sonrió.

–A veces, hacemos alguna excepción. Vamos. Hablaré con mi supervisora.

Le costó convencerla, pero la supervisora sabía, al igual que la enfermera, que el paciente no estaba respondiendo como les habría gustado. Habían avisado al médico que le atendía y le habían pedido que pasara a verle en cuanto tuviera un momento. Así que la supervisora comprendió la urgencia de la petición y los motivos que habían impulsado a hacerla. La joven estaba pálida, demacrada, era evidente que tenía algún vínculo especial con el paciente que estaba en UCI. Seguramente, ella pensaba que le permitían aquella visita por su propio bien, pero, en realidad, lo estaban haciendo por el del paciente, para no desperdiciar ni una sola oportunidad de salvarle la vida.

–De acuerdo –dijo la supervisora al cabo de un minuto– Pero tendrá que estar muy callada y no interferir en el trabajo de las enfermeras. Y solo podrá quedarse unos minutos.

Bodie asintió.

–Seré como un ratón. De verdad. Muchas gracias –farfulló nerviosa.

La supervisora sonrió. ¿Alguna vez había sido ella tan joven?, se preguntó.

–De nada.

La enfermera, aliviada, condujo a Bodie hasta el cubículo de Cane.

Bodie se acurrucó en una silla, al lado de la cama. Advirtió que Cane había perdido color, realmente, tenía muy mal aspecto. La enfermera hizo las observaciones pertinentes, las anotó y miró a Bodie.

–Siempre hay esperanza –le dijo con amabilidad.

Bodie volvió a asentir.

Cuando se quedó a solas con Cane, movió la silla con mucho cuidado para acercarla a la cama y volvió a acurrucarse en ella. La enfermera que estaba controlando los cubículos en el mostrador central no pudo menos que pensar en lo frágil y pequeña que parecía.

Bodie alargó la mano, deslizó los dedos por la mano cálida y grande de Cane y la sostuvo con fuerza. La aguja intravenosa y el tubo estaban pegados con esparadrapo a una tablilla que ayudaba a inmovilizar la mano.

Bodie movió delicadamente los dedos sobre los de Cane.

–Hemos tenido muchas discusiones –dijo suavemente–. Y tú siempre las ganas porque nunca he sabido cómo replicar. Y te he deseado cosas terribles. Pero nunca en serio. Creo que lo sabes. Que siempre lo has sabido.

Cane no se movió. Ella sabía que no la oía. No estaba respondiendo en absoluto.

Bodie curvó los dedos alrededor de los suyos.

–Tienes que luchar, Cane –susurró con voz rota–. ¡Qué más da que una mujer te rechazara porque perdiste un brazo! Te comportaste como un héroe. Te sacrificaste para salvar a tus hombres. ¡Eso tiene que tener importancia! Incluso para una mujer tan estúpida que no es capaz de ver más allá de una prótesis.

Tuvo que interrumpirse. La estaba atragantando la emoción. Odiaba imaginarse a Cane con otras mujeres. ¡Lo odiaba! Pero él ya le había dejado muy claro que no tenía ningún lugar ni en su vida ni en su futuro. Ella, con sus principios mancillados y sus obstinadas ilusiones, era muy diferente a él.

–Puedes conocer a mujeres mejores –le dijo, sufriendo por sus propias palabras–. Pero no tienes por qué buscarlas en los bares. Puedes ir a los encuentros de ganaderos. Allí van muchas mujeres que adoran el campo y los animales y que también podrían quererte a ti. Pero, por supuesto, no es eso lo que quieres, ¿verdad? No quieres que te quieran. Solo quieres... solo quieres mujeres con las que divertirte de vez en cuando.

Tragó saliva. Miró fijamente la mano de Cane, inmóvil sobre la cama con sus pequeños dedos a su alrededor.

–Es tu vida. No tengo derecho a decirte nada, no tengo derecho a juzgarte. Si yo hubiera pasado por una situación tan difícil como la tuya, a lo mejor estaría haciendo lo mismo –vaciló–. Bueno, no. No lo haría. Tú crees que soy una persona anticuada y que vivo fuera de la realidad, y supongo que tienes razón. Pero creo que algunas personas tenemos que seguir siendo convencionales para que la sociedad siga funcionando, ¿sabes? Son el orden, la fe y el cumplimiento de nuestros deberes los que evitan que nos convirtamos en unos salvajes.

Sonrió.

–Sí, lo sé, me estoy poniendo filosófica y es una estupidez. Pero solo estaba intentando explicarte cómo me siento. Por supuesto, sé que no te importa. Que crees que soy idiota.

Le acarició los dedos. Cane tenía una mano preciosa. Grande y hermosamente esculpida, con unas uñas planas, inmaculadas y perfectamente cortadas. Tenía un cutis de color aceituna. Y era tan atractivo que casi le dolía mirarle. La gente decía que cuando no le faltaba el brazo las mujeres le seguían allí adonde iba. Nunca había tenido problemas para conseguir una cita. En otras circunstancias, Cane jamás se habría fijado en ella. Pero, en su situación, con el ego herido, quizá se había fijado en una mujer tan poco atractiva como ella porque necesitaba asegurarse de que una mujer, cualquier mujer, todavía podía pensar en él como hombre. La había acariciado, la había besado y le había dicho cosas intolerables. Y ella había respondido a él porque…

Tragó con fuerza. Pero le amaba. Sintió que la sangre abandonaba su rostro. No había ninguna esperanza. Él nunca iba a ser capaz de responder con los mismos sentimientos. Cane no quería ni amor ni matrimonio. Bodie jamás se conformaría con ningún otro tipo de relación, en el caso de que Cane enloqueciera y le propusiera alguna.

–Menudo par –dijo con voz ronca–. Tú eres el prototipo de donjuán y yo parezco haberme criado en un convento.

Cane no se movió. Bodie inclinó la cabeza hacia su mano y le besó el dorso con ternura.

–Yo solo quiero que vivas –susurró–. Aunque te pases los próximos veinte años de tu vida haciendo muescas en el cabecero de la cama para ir contando todas las mujeres con las que te acuestas. A mí me bastará con saber que estás vivo y que los dos vivimos en el mismo mundo. De verdad, con eso me bastará.

Alzó la cabeza y le miró. Era curioso, estaba menos pálido. Le apretó la mano todo lo fuerte que se atrevió.

–Yo nunca... Bueno, yo nunca he estado con ningún hombre, excepto contigo. Todo lo que sé me lo has enseñado tú –bajó la mirada hacia su mano–. Sé que no te gusto. Me meto en tu vida y soy brusca e irascible –tragó saliva–. Sé que no soy una mujer atractiva, no tengo habilidades sociales y nunca ganaré un premio por mi ingenio o por mi inteligencia. Pero te quiero –se echó a reír sin mirarle siquiera–, aunque a ninguno de nosotros vaya a servirnos de nada. Nunca podré decírtelo, porque te morirías de risa. O, a lo mejor, te sentías ofendido. No lo sé. En cualquier caso, ese será mi secreto –susurró emocionada–. Mi propia carga. Nadie lo sabrá, solo yo. Y, cuando te rías de mis principios éticos y te enfades conmigo y me digas cosas desagradables, fingiré que no me importa. Pero, en cada una de esas ocasiones, me moriré un poco por dentro.

Se reclinó hacia atrás en la silla y respiró hondo.

–Tú lo único que tienes que hacer es vivir, eso es todo –le dijo con firmeza, luchando contra las lágrimas–. Ni yo ni mis sentimientos hemos importado nunca nada. Tú no puedes evitar ser como eres. Hay hombres a los que solo les gustan las mujeres atractivas y eso no tiene por qué ser malo. Pero yo no soy atractiva –rio con tristeza–. Soy como esos cómodos zapatos viejos que escondemos en el armario cuando va a venir alguien. Para ti no supongo ninguna amenaza. Yo jamás te insultaría por el hecho de que te falte un brazo, ni te haría sentirte pequeño. Yo solo soy la vecina de la puerta de al lado que siempre está a mano cuando necesitas a alguien con quien hablar.

Le acarició la mano con la yema de los dedos.

–Porque te gusta hablar conmigo, ¿verdad? Y sobre los temas más embarazosos –dijo, sonriendo–. Al principio, ni siquiera entendía de lo que me hablabas y tenía que buscarlo en Internet –suspiró–. Dios mío, ¡eras tan gráfico! Supongo que todo lo que me contaste podría considerarse como una clase de educación sexual –se sonrojó y clavó la mirada en sus uñas inmaculadas–. Es lo más cerca que he estado de recibir información sobre ese tipo de cosas. No soy una chica fácil, ni siquiera contigo. Estoy chapada a la antigua y no estoy dispuesta a cambiar –tragó saliva–. Así que algún día seré una antropóloga famosa –aventuró, y rio suavemente–. A lo mejor consigo ser profesora en alguna universidad. O encuentro el eslabón perdido o hago algún descubrimiento controvertido –contempló su rostro inmóvil–. Eres tan guapo, Cane –susurró–, tan guapo, que nunca me cansaría de mirarte.

Cane se movió de manera apenas perceptible y frunció ligeramente las cejas.

Por un momento, Bodie temió que pudiera estar oyéndola, pero sabía que estaba durmiendo. Los latidos de su corazón sonaban en el monitor firmes y fuertes. Bueno, quizá un poco rápido, pero eso era por culpa de la herida de la cabeza, imaginaba, que estresaba todas sus funciones vitales.

Llamaron suavemente a la puerta.

–Me temo que es hora de irse –le dijo la enfermera–. Le daré otro minuto –sonrió y se marchó.

–Voy a tener que irme –le explicó Bodie a Cane.

Hizo una mueca–. Si me dejaran, me quedaría contigo toda la noche. No te dejaría nunca –se le quebró la voz y se levantó–. Tienes que luchar, ¿me oyes? –consiguió adoptar un tono firme–. ¡Tienes que luchar! ¡No te atrevas a renunciar! Si renuncias, yo... –se tragó las lágrimas–, no sé qué haré –susurró. El miedo hacía que le temblara la voz–. No puedo vivir sin ti.

Cane volvió a moverse. Exhaló suavemente el aliento, pero no abrió los ojos. Bodie tenía la plena seguridad de que no podía oírla, y esperaba que así fuera, porque, de pronto, se avergonzaba de lo que estaba confesando tan abiertamente.

–Bueno, tengo que irme –repitió en un susurro–. Mañana estarás despierto y gritándole a todo el mundo como en los viejos tiempos. Sí, mañana estarás perfectamente, lo sé.

Se inclinó y posó los labios en su frente, al lado de los puntos.

–Duerme y sueña con todas las mujeres atractivas que hay ahí fuera, esperando a que te despiertes para salir con ellas. Algún día encontrarás una mujer a la que seas capaz de amar y serás feliz. Eso es lo único que quiero. Que vivas y seas feliz. Sea como sea –se levantó con el rostro pálido y ojeroso.

El rostro de Cane parecía haber cambiado. Tenía más color. Su respiración era más fuerte y también los latidos de su corazón. Era extraño. Cuando Bodie había entrado en la habitación, estaba muy pálido y peligrosamente inmóvil.

–Los demás vendrán a verte mañana –dijo con voz queda–. Yo no vendré. Necesitas ponerte bien. Yo... yo solo te hago enfadarte, te altero, y eso es lo último que necesitas. Que duermas bien. Hasta la vista, Cane.

Se volvió y se marchó, negándose a mirar atrás. Estaba angustiada. Y profundamente asustada.

La enfermera la estaba esperando. Sonreía.

–Sus señales vitales están mejorando –le informó suavemente–. Están fortaleciéndose por momentos.

Bodie la miró con extrañeza.

–Me ha parecido que estaba mejor cuando he salido.

–Las lesiones en la cabeza son muy traicioneras –le explicó la enfermera mientras salía con ella de la unidad–. A veces se necesita una motivación especial para sacar adelante a los pacientes –se volvió y la miró–. No está demostrado científicamente, pero, en ocasiones, una caricia puede suponer una gran diferencia.

–¿Vivirá? Por favor dígame que sí –le pidió Bodie emocionada.

La enfermera volvió a sonreír.

–Nadie puede garantizar nada en casos como este. Pero, si quiere saber mi opinión, creo que saldrá adelante. Ahora, intente descansar, ¿de acuerdo?

–De acuerdo –contestó Bodie, y le devolvió la sonrisa.

Pero no abandonó el hospital. Se sentó en una de las butacas y pasó el resto de la noche durmiendo a trompicones.

Cuando Mallory, Tank y Morie llegaron a primera hora de la mañana, todavía estaba allí sentada.

–¡Dios mío! ¿Por qué no has ido al hotel y has dormido en una cama? –exclamó Tank cuando la despertaron.

–Estaba demasiado lejos –susurró y consiguió esbozar una sonrisa–. Las enfermeras me dejaron quedarme un rato con él.

–¿Ah, sí? –preguntó Mallory, sorprendido.

Bodie asintió.

–¿Podemos preguntar a alguien qué tal está esta mañana? –propuso, todavía preocupada–. Yo no soy familiar suyo y, además, no sabía a quién preguntar.

–Voy a averiguarlo –se ofreció Mallory, y se dirigió hacia el mostrador.

–Tienes un aspecto terrible –le dijo Morie, tomándole la mano–. Ha sido una noche muy larga para todos nosotros.

–Sí, muy larga –Bodie suspiró.

Al cabo de un minuto, regresó Mallory sonriendo.

–Dice que quiere huevos con beicon –les contó, y soltó una carcajada, provocando las risas de todos los demás–. El médico dice que ya está prácticamente fuera de peligro. Le cambiarán de habitación a lo largo de la mañana.

–¡Oh, gracias a Dios! –exclamó Bodie, rompiendo a llorar.

Morie la abrazó.

–Ahora, ¿por qué no vuelves al hotel e intentas dormir como es debido? –le sugirió.

–Por supuesto –contestó Bodie, y se levantó con un suspiro.

–Puedes venir a verle más tarde –le dijo Tank con una sonrisa.

–No, no creo que sea una buena idea –respondió Bodie delicadamente–. Le pongo nervioso y eso es lo último que necesita en su estado. Necesita ponerse bien –forzó una sonrisa–. Así que, si a nadie le importa, he pensado en volver al rancho.

–Claro que no nos importa –dijo Mallory–, si estás segura de que es eso lo que quieres.

–Creo que es lo mejor para Cane –respondió Bodie.

–Yo te llevaré –se brindó Morie. Le dio un beso a Mallory–. Volveré dentro de una hora o dos, ¿de acuerdo?

–De acuerdo. Conduce con cuidado.

–Sabes que lo haré.

Cruzaron una sonrisa de complicidad que le pasó

desapercibida a todo el mundo, como si estuviera pasando algo ente ellos de lo que los demás no estaban al corriente.

–¿Quieres que le digamos algo a Cane? –preguntó Tank.

–Solo que… solo que me alegro de que esté bien –dijo Bodie–. Nada más.

–En ese caso, te veremos después –se despidió Tank.

Bodie asintió y siguió a Morie fuera del edificio. Cuando sus hermanos entraron a verle, Cane estaba mucho más tranquilo. Y también silencioso y pensativo. Apenas hablaba.

–¿Está bien? –le preguntó Tank preocupado.

–Creo que sí –respondió–. ¿Dónde está Bodie? –preguntó, mirando por encima de sus hermanos con expresión extraña–. ¿No la han dejado pasar con vosotros?

–Morie se la ha llevado al rancho –le explicó Mallory con voz queda.

Cane endureció su expresión.

–¿Qué pasa? ¿Está decepcionada por lo que hice?

–¡Qué comentario tan miserable! –murmuró Tank.

–Sobre todo, teniendo en cuenta que ha pasado toda la noche en la sala de espera.

Cane desvió la mirada.

–Probablemente porque se sentía culpable por haber empezado una discusión conmigo antes de que tuviera el accidente –contestó irritado.

–Te recordaré que fuiste tú el primero en provocarla –le dijo Tank con dureza–. No fue ella la que empezó la discusión. Fuiste tú.

Cane le fulminó con la mirada.

–¡Y tú que sabes! Siempre me está fastidiando, hablándome de matrimonio, de hijos y de hogares.

–A mí me gustan ese tipo de cosas –dijo Tank muy

serio–. Y Bodie es una mujer muy dulce. Tiene un corazón tan grande como Wyoming.

Los ojos de Cane relampaguearon.

–Es demasiado joven para ti.

Tank arqueó las cejas.

–Tengo dos años menos que tú –apretó los labios–. La edad ideal para ella. Además, me gusta.

El rostro de Cane adquirió la dureza de la piedra.

–Como se te ocurra tener algo con ella, no volveré a hablarte jamás en mi vida.

–Lo que tenga yo con ella es cosa mía –replicó Tank.

Mallory se interpuso entre ellos.

–Estamos en un hospital y tú no estás en condiciones de empezar una pelea –le advirtió a Cane con firmeza–. Estás aquí para recuperarte.

Cane emitió un sonido profundo con la garganta y fulminó a Tank con la mirada, que, a su vez, le fulminó a él con otra.

–Es pobre y tú tienes dinero –le dijo Cane a Tank al cabo de un minuto, en un tono extrañamente venenoso–. Es fácil querer a un hombre rico, ¿no crees?

–¿Crees que el dinero es mi única cualidad? –gruñó Tank.

–Sé que es la única que yo tengo –le espetó Cane. Dejó caer la cabeza en la almohada y clavó la mirada en el techo–. Es lo único que quieren las mujeres de mí.

Mallory y Tank se miraron preocupados.

–Me gustaría poder tomar una copa –se lamentó Cane.

–En cuanto salgas de aquí, vas a ir a rehabilitación –le advirtió Mallory cortante–. Ya he tenido más que suficiente. Necesitas dejar de regodearte en la autocompasión y comenzar a construir una vida.

Cane le miró boquiabierto. Y también Tank.

–Lo digo en serio –añadió Mallory lacónico–. Eres mi hermano y te quiero. No voy a quedarme parado viendo cómo te destruyes. Necesitas asimilar que te falta un brazo y aprender a vivir con ello. El mundo no se termina ahí. Todavía estás vivo. Por alguna razón, has conseguido salvarte. Necesitas averiguar cuál es esa razón.

Cane continuaba mirándole con la boca abierta.

Mallory se movió visiblemente incómodo.

–Sí, me estoy convirtiendo en una persona religiosa –admitió cohibido–. El estrés puede tener ese efecto. Hemos estado locos de preocupación. Nos dijeron que a lo mejor no sobrevivías. No quisimos decírselo a Bodie, pero ella se negó a abandonar el hospital de todas formas –señaló con la cabeza hacia la puerta–. El médico nos ha dicho que la enfermera de la UCI estaba tan preocupada que dejó a Bodie pasar algunos minutos contigo. No sabemos lo que te dijo, pero consiguió devolverte de nuevo a la vida. A ti no se te ocurre hacer otra cosa que insultarla, pero, probablemente, Bodie sea la razón por la que estás suficientemente bien como para despotricar contra ella esta mañana.

Cane desvió la mirada. Estaba oyendo algo en el fondo de su mente, una voz dulce entremezclada con lágrimas y hablándole en susurros. Recordó con un sobresalto lo que había oído. Bodie le había dicho que…

Contuvo la respiración.

Ni siquiera podía repetirse aquellas palabras en la intimidad de sus propios pensamientos. Era demasiado sobrecogedor. Lo que Bodie le había dicho le avergonzaba, le ponía en una situación violenta. Y, al mismo tiempo, le tentaba con nuevas posibilidades. Le hacía sentirse… entero otra vez. Pero Bodie no estaba allí, y él no estaba siendo razonable, porque quería a Bodie y ella le había abandonado.

Entró la enfermera sonriendo.

–Vamos a cambiarle a una habitación, señor Kirk. Lo siento, pero tendrán que dejarnos mientras lo preparamos todo. Podrán volver a verle dentro de unos minutos.

Mallory se echó a reír.

–No necesita disculparse. Te veremos dentro de un rato –le dijo a Cane.

–No me vendría mal tomarme un café –comentó Tank.

–Y a mí tampoco –se sumó Cane.

–No –respondió la enfermera–. Todavía no. De momento, nada de cafeína.

Cane hizo una mueca y ella se echó a reír.

–Si se porta bien, le pondrán helado para el almuerzo.

Cane arqueó las cejas y sonrió.

–De acuerdo. Seré bueno.

La enfermera le devolvió la sonrisa y se sonrojó ligeramente. Cane era un hombre muy atractivo.

Cane reconoció el interés que había despertado y sus ojos oscuros resplandecieron.

Mallory y Tank sacudieron las cabezas. El hecho de que Cane estuviera flirteando con las enfermeras significaba que estaba volviendo a la normalidad. No era una buena señal para la pobre Bodie.

Más tarde, instalado ya en su habitación, Cane se mostró más animado, aunque las costillas rotas le estaban causando algunos problemas.

–Duele mucho –musitó, tocándose la faja.

–Mejorarás –le aseguró Tank–. Yo también tuve las costillas rotas después del disparo –le explicó.

Era la primera vez que se dirigía a él desde hacía largo rato.

Cane frunció el ceño.

–Lo había olvidado, lo siento.

Tank se encogió de hombros.

–Todo resulta más fácil una vez que te enfrentas a ello.

Cane hizo un gesto de dolor.

–Yo todavía no lo he hecho.

–¿Y no va siendo hora de que lo hagas? –le preguntó Tank con cariño–. Dedicarte a destrozar bares y a estrellarte con la camioneta no te va a ayudar.

–Eso me recuerda que hemos recibido una llamada del ayudante del sheriff que estuvo en el lugar del accidente ayer por la noche –le contó Mallory muy serio–. Estás acusado de conducir bajo los efectos del alcohol.

Cane suspiró y esbozó una mueca porque, al suspirar, alzó la caja torácica y eso le provocó más dolor.

–Que es lo que me merezco –confesó avergonzado–. Será mejor que llames a nuestros abogados. Voy a necesitarlos.

–Ya lo hemos hecho –contestó Mallory–. El abogado nos ha dicho que podríamos conseguir que retiraran la acusación si te comprometes a recibir ayuda.

Cane le miró irritado, pero no dijo nada. Movió la cabeza en la almohada.

–He intentado recibir ayuda –dijo al cabo de un momento–. Pero me envían con personas acostumbradas a participar en foros sociales que esperan que les hable como si fuéramos amigos íntimos en cuanto nos presentan.

–Necesitas hablar en alguien en quien confíes.

–¡Ja! –exclamó Cane–. Bueno, no creo que la lista sea muy larga.

–¿Qué tal si lo intentas con nosotros? –le ofreció Tank–. Somos tu familia. Nosotros no te vamos a juzgar.

Cane respondió con un gesto de desconfianza.

–Sí, somos familia y tenemos una relación muy cercana. Pero hay cosas que... que jamás te contaré.

–Podemos contratar un psicólogo privado.

Cane fulminó a Mallory con la mirada ante aquella sugerencia.

–Y tendríamos el mismo problema que tuve con el militar. No puedo abrirme a alguien a quien no conozco. Necesito tener más confianza.

–Se me ocurre otra posibilidad –dijo Mallory.

Tank le fulminó con la mirada.

–No me parece una buena idea.

Cane miró fijamente a sus hermanos.

–¿Qué es lo que no te parece una buena idea?

–Cuando te emborrachas, siempre terminas hablando con Bodie –le explicó Mallory con una sonrisa–. ¿Por qué no intentas hablar con ella cuando estés sobrio?

11

–¡Yo no hablo con Bodie! –explotó Cane–. Ni siquiera cuando estoy borracho.

–No es eso lo que tengo entendido.

Cane desvió la mirada, rojo de enfado.

–Es solo una niña.

–De acuerdo –admitió Mallory, intentando aplacarle–. Es una mala idea, tenías razón –le dijo a Tank, que pareció tranquilizarse un poco.

–Además, Bodie ya tiene sus propios problemas –añadió Tank con voz queda–. Todavía está intentando superar la pérdida de su abuelo. Y, si al final denuncian a Will por lo de web, es posible que aparezcan fotografías de Bodie por alguna parte. Y, si eso ocurre, jamás superará la vergüenza. La destrozará.

–Espera, ¿a qué denuncia te refieres? –preguntó Cane, parpadeando.

–Se rumorea que el detective del sheriff ha encontrado indicios de que Will Jones ha estado traficando con pornografía e involucrando a menores.

–¡Por fin! Es una gran noticia –se felicitó Cane.

–Sí, excepto porque eso va a poner a Bodie en primera línea –respondió Tank secamente–. Will utilizó una cámara para grabarla cuando estaba con ese tipo. Tú rompiste el ordenador y, probablemente, también el disco duro y las imágenes, pero él conserva la cámara y todo lo que había dentro.

–Si se le ocurre colgar las imágenes de Bodie en Internet, será mejor que se vaya preparando –amenazó Cane en un tono tan gélido que sus hermanos se quedaron mirándole fijamente.

Ninguno de ellos dijo nada, pero Tank parecía irritado.

Mallory sabía que su hermano pequeño sentía algo por Bodie y, a juzgar por la reacción de Cane, cada vez eran mayores las probabilidades de que también él sintiera algo por ella. Sentimientos que jamás admitiría ante nadie.

–¿Y no sería una buena idea intentar eliminar el problema? –preguntó Cane, pensando en voz alta–. ¿Buscar un experto en ordenadores que pueda buscar las imágenes de Bodie y borrarlas?

Mallory y Tank se miraron el uno al otro.

–Red Davis –dijeron al unísono.

Cane asintió.

–Me pondré en contacto con él lo antes posible –se ofreció Mallory–. Buena idea.

–El problema es que Internet es enorme y las cadenas de búsqueda no siempre son fiables –comentó Tank preocupado–. Odiaría ve a Bodie expuesta de esa manera y que la gente pudiera verla.

–Yo también –dijo Mallory.

–La culpa es suya –repuso Cane enfadado–. Debería haberle dicho a Will que agarrara el ordenador y se fuera al infierno con él.

–Podría haberlo hecho si alguno de nosotros hubiera estado al tanto de las dificultades económicas que estaban atravesando su abuelo y ella –le corrigió Mallory, intentando ser razonable.

–Y –añadió Tank enfadado– si no la hubieras echado haciéndola sentirse como una mujer barata por haberte pedido ayuda.

–Pensé que era algo frívolo –replicó Cane–, que quería lo mismo que todas esas malditas mujeres que se acercan a mí buscando mi dinero porque saben que lo tengo.

–Bodie no es así, Cane –la defendió Tank con rotundidad–. Y, si no eres capaz de darte cuenta, tú te lo pierdes. Es una mujer maravillosa.

–Es una niña –insistió Cane sin mirar a su hermano a los ojos.

–¡Menuda niña! –exclamó Tank con burla–. Este sábado hay un baile en el pueblo y voy a invitarla a ir conmigo.

–¡Y una mierda! –replicó Cane furioso–. ¡Mientras me quede una gota de aliento en el cuerpo, no vas a salir con ella!

–Bueno, pues, después de cómo la has tratado, no creo que ella quiera salir contigo –respondió Tank con suficiencia.

Cane desvió la mirada.

–Tengo mis dudas –respondió con voz queda. Estaba recordando las tiernas palabras de Bodie, entrelazadas con el llanto, palabras susurradas en el silencio de la habitación del hospital–. De verdad que las tengo.

Sus hermanos intercambiaron sendas miradas de perplejidad y optaron por cambiar de tema.

Bodie estaba dando de comer a las gallinas cuando llegó un enorme coche con Cane en el asiento de atrás.

Ella se detuvo en las escaleras de la entrada con el cubo del pienso en la mano mientras los hombres salían del coche. Iba vestida con unos vaqueros gastados y una sudadera gris. Parecía muy pequeña, y cansada, y estaba sonrojada por la emoción reprimida.

–¿Cómo estás? –le preguntó a Cane vacilante.

Cane la fulminó con la mirada.

–Mejor, pero no gracias a ti.

Bodie se sonrojó y giró sobre sus talones para volver con las gallinas, luchando al mismo tiempo para contener las lágrimas.

–Bodie –la llamó Cane entre dientes–. Vuelve, lo siento.

Bodie se detuvo, pero no se volvió.

–No pasa nada –dijo con voz ronca–. Yo... tengo cosas que hacer. Me alegro de que hayas vuelto a casa –y siguió caminando.

–¡Maldita sea! –gruñó Cane–. ¡Maldita sea!

–Sigue así –le pidió Tank, sonriendo–. Me estás ayudando mucho –se volvió y salió detrás de Bodie.

–Como se te ocurra pedirle que salga contigo, me voy de casa –le amenazó Cane.

–Eso es cosa tuya –Tank continuó caminando.

–Tranquilízate –le recomendó Mallory a su hermano con firmeza–. No vas a resolver tus problemas gritando con todas tus fuerzas. Entra en casa. No hace falta que empieces a pelearte nada más poner un pie en el rancho.

Cane no contestó. Estaba harto, dolorido y cansado, y odiaba a Tank. Le odiaba de verdad. Tank iba a aliviar los sentimientos heridos de Bodie. Era posible que, dolida como estaba, Bodie decidiera apoyarse en él. Fue tal la inquietud que le produjo a Cane aquella posibilidad que tropezó con los escalones y Mallory tuvo que agarrarle.

–Muy bien, vamos a la cama –dijo Mallory con firmeza–. Todavía no estás en condiciones de hacer nada.

–A lo mejor tienes razón –Cane dejó que su hermano le acompañara por las escaleras hasta su habitación–. A Tank le gusta.

–Sí, es una mujer muy guapa –respondió Mallory con sencillez–. Y Tank lleva mucho tiempo solo. Tú no quieres a Bodie. Deberías alegrarte de que tu hermano por fin vaya a salir con alguien.

Cane se volvió y miró fijamente a su hermano mayor.

–Es mía –estalló Cane–. ¡Mía!

Mallory arqueó las cejas con expresión de sorpresa.

–Y no voy a renunciar a ella –añadió Cane–. No, hasta que sea ella la que me diga que no tengo ninguna oportunidad. Y eso no es ni siquiera una posibilidad. Bodie me quiere.

–¿Y tú cómo lo sabes? –preguntó Mallory suavemente.

–Porque me lo dijo en el hospital, cuando pensaba que estaba inconsciente –contestó Cane con voz queda y tranquila–. Yo estaba perdiendo la consciencia. Sentía que me iba. Entonces, ella me agarró la mano, me dijo que luchara, que no podía renunciar y morir –cambió de postura en la cama con un pesado suspiro. Alzó la mirada hacia Mallory y continuó explicando en tono de asombro–. Me dijo que era el hombre más atractivo que había conocido nunca.

Mallory sonrió.

–No estás mal –admitió–. Pero no tienes ni punto de comparación conmigo, por supuesto.

Cane se echó a reír, como su hermano pretendía, porque Mallory podía ser un hombre fuerte y capaz, pero era también era el más feo de los tres hermanos y todo el mundo lo sabía.

–Fue un gran gesto por su parte el intentar animarte –añadió Mallory.

Cane se sonrojó.

–No lo dijo por esa razón. Lo decía en serio –contestó.

–En ese caso, no tienes que preocuparte porque Tank vaya a invadir tu territorio, ¿no te parece? –le preguntó Mallory.

–Supongo que no –se tumbó en la cama después de que Mallory le quitara los zapatos–. Gracias –dijo.

Mallory sonrió.

–De nada.

–No debería haberle contestado de esa manera –se lamentó Cane con tristeza–. No sé por qué le salto a la yugular cada vez que tengo una oportunidad. En realidad, ella es la única persona al margen de mi familia a la que le importo algo. Me ha rescatado de peleas en los bares al menos media docena de veces. Darby y ella estuvieron buscándome cuando salí del bar y me salvaron la vida. Y lo primero que hago cuando la veo es insultarla.

–A lo mejor es porque tienes sentimientos encontrados –sugirió Mallory–. Conoces los sentimientos de Bodie, ¿pero cuáles son los tuyos?

Cane alzó la mirada hacia el techo y frunció el ceño.

–No quiero casarme.

–Bueno, sabes que Bodie no es la clase de mujer con la que puedas mantener una relación menos comprometida –le advirtió Mallory–. Ella no va a renunciar a sus principios. Los siente de verdad.

–Lo sé. Y eso complica las cosas –suspiró–. Me gusta. Lleva mucho tiempo gustándome, creo que desde que es suficientemente adulta como para ello. Pero he intentado ocultármelo hasta hace muy poco –miró a Mallory, que estaba sentado en la cama a su lado–. A ella no le importa que sea un hombre... discapacitado –añadió al cabo de un momento–. No le importa de verdad. No es como esa mujer del bar que dijo que no podía acostarse con un hombre que tenía un solo brazo porque le resultaba repulsivo –apretó los dientes. Aquel recuerdo todavía le dolía.

–Tú antes no eras un hombre que intentara ligar en los bares –le recordó Mallory, endureciendo su expresión–. Y te recordaré que ese tipo de mujeres no son precisamente de las que les dan coba a ningún hombre, por lo menos, no más de las que le daría cualquier prostituta. Ninguna mujer a la que no le importa el hombre con el que está va a mostrarse compasiva con él.

–A no ser que se pague el precio adecuado –dijo Cane con cinismo.

–El dinero todo lo puede.

–Puede más de lo que te imaginas.

Mallory asintió e inclinó la cabeza.

–¿Sabes? Cuando envejezcas, esa imagen de playboy terminará perdiendo brillo. Verás a mis hijos jugando aquí, en el jardín, y a los de Tank, si se casa alguna vez con alguien. Y tú continuarás saltando de cama en cama, sin nadie con quien volver a casa o a quien le importe si estás vivo o muerto. Desde mi punto de vista, es una imagen bastante deprimente.

–El matrimonio es una trampa. No para ti –añadió rápidamente–. Morie y tú sois almas gemelas. Estoy encantado por ti. Pero no puedo renunciar a mi libertad por ninguna mujer.

–¿Qué es la libertad? –preguntó Mallory filosóficamente.

–Poder entrar y salir cuando me plazca. Quedar con cualquier mujer que me apetezca y acostarme con ella –rio sin alegría–. Aunque el problema es que yo ya no le gusto a nadie por culpa de esto –señaló lo que le quedaba de brazo, se mordió el labio y dejó escapar una bocanada de aire–. Mallory, no he vuelto a acostarme con ninguna mujer desde que me pasó esto –confesó con dolor.

Mallory le miró asombrado.

–Pero has estado hablando constantemente de tus acercamientos a todo tipo de mujeres.

–Acercamientos, sí. Intentaba demostrarme que todavía podía funcionar como hombre –Cane desvió la mirada–. Pero así no le gusto a nadie.

–Eso no es verdad.

Cane suspiró.

–Sí, a Bodie le gusto, lo sé –admitió–. Pero ella exige ataduras firmes. Una boda, un anillo. Matrimonio, familia –miró a Mallory–. No estoy preparado para dar ese paso.

–Tienes treinta y cuatro años. Estás destrozando tu vida, Cane. Beber no te va a servir de ayuda. Al final, lo único que conseguirás será terminar en la cárcel. Ese accidente ha sido una advertencia. Es como si te hubieran dado unos golpecitos en el hombro y te hubieras llevado una buena reprimenda. A la larga, ocurrirá alguna tragedia. Y la sufriremos todos nosotros, porque somos tu familia y te queremos. Esta no es una experiencia que quisiera volver a repetir. No sabes lo que ha sido para nosotros estar en el hospital, esperando a saber si ibas a morir o conseguirías sobrevivir.

Cane frunció el ceño. Hasta ese momento, no había considerado los sentimientos de las personas que le rodeaban. Solo había estado preocupado por sí mismo. De pronto, se sintió culpable al reconocer en la expresión de su hermano una tensión que no era habitual en él, al advertir las nuevas arrugas que surcaban su rostro.

–Creo que estoy empezando a darme cuenta –contestó Cane en voz baja.

–Tu conducta no solo te afecta a ti –le dijo Mallory–. Afecta a todas las personas que te quieren.

–He sido muy egoísta.

–Has sido un hombre atormentado –respondió Mallory con cariño–. Sé lo que has sufrido por culpa de lo que te pasó. Y Tank lo comprende mejor que yo porque él también ha pasado por ello. Pero está intentando enfrentarse a lo que le pasó y tú no. No quiero que termines en la cárcel.

Cane sonrió débilmente.

–Gracias. A mí tampoco me hace mucha gracia la idea.

–En ese caso, tendrás que conseguir ayuda –terminó diciendo Mallory–. El cielo sabe que podemos permitirnos el lujo de pagar a un psicólogo privado. He tenido mucha suerte a la hora de diversificar las acciones y las inversiones, por no hablar de los precios que estamos consiguiendo por nuestros sementales.

–El problema sigue siendo el mismo –respondió Cane–. No quiero hablar con desconocidos.

–En ese caso, encontraré a alguien que pueda hablar contigo –le prometió Mallory–. Tú solo intenta cooperar.

Cane vaciló.

–De acuerdo –dijo por fin–. Pero con una condición.

Mallory arqueó una ceja con expresión interrogante.

–¡Sal ahora mismo de aquí y haz lo que sea para impedir que Tank me quite a mi chica! –le suplicó Cane.

Mallory se echó a reír. Se levantó.

–Le encontraré alguna ocupación.

–Gracias. Y… pídele a Bodie que suba a verme, ¿quieres? –le pidió Cane con voz vacilante.

–Se lo pediré –enfatizó la última palabra.

–Dile que lo siento y, después, pídeselo.

Mallory volvió a reír.

–De acuerdo. Estoy dispuesto a hacer cualquier cosa por mi hermano.

–De verdad, eres el mejor. Y siento mucho haberte hecho pasar por todo esto –dijo Cane con voz queda–. Voy a intentar enderezar mi vida.

–Eso es lo único que te pido –respondió Mallory–. Volveré a verte dentro de un rato.

Salió, dejando la puerta abierta.

Cane le siguió con la mirada en silencio. No sabía qué iba a decirle a Bodie, pero no podía permitir que Tank se entrometiera en su territorio. Bodie era suya. No estaba dispuesto a dejarla. De alguna manera, había llegado a reconciliarse con la distancia que les separaba en cuestión de principios morales. No podía sentirse agobiado con una mujer que le consideraba el hombre más atractivo del mundo. Sonrió al recordar la delicada voz de Bodie en su oído. Aquella, pensó mientras se fijaba en el arbolito de Navidad que tenía en la mesilla de noche, iba a ser una Navidad digna de recordar. Para bien o para mal.

Tank estaba ayudando a Bodie a dar de comer a las gallinas.

–Por lo menos en invierno no tengo que preocuparme de que me muerda una serpiente –dijo Bodie riendo–. Por supuesto, tampoco tengo huevos –suspiró–. Me gustaría que las gallinas pusieran huevos durante todo el año.

Tank miró alrededor del gallinero con expresión pensativa.

–Necesitamos poner un tejado nuevo. No podemos dejar que nuestras chicas se mojen –añadió con una risa, señalando a las gallinas que deambulaban por el patio.

–Me encantan las gallinas –comentó Bodie–. Mi abuelo solía tener cuando mi madre todavía estaba viva, antes de que se casara con Will Jones. Las echo de menos. Esta es una manera de compensarlo. Además, estas gallinas son muy cariñosas.

Se agachó y acarició a una que emitió ese raro cloqueo propio de las gallinas cuando estaban satisfechas. Parecía que estuviera hablándole encantada y feliz.

–A mí también me gustan las gallinas –dijo Tank–. Pero echo de menos los huevos. Los que compramos en las tiendas no saben igual.

–Estoy de acuerdo.

Tank miró hacia el enorme patio.

–Siento que Cane esté siendo tan desagradable contigo. Supongo que no es consciente de que pasaste toda la noche con él en el hospital.

–Cane siempre es desagradable conmigo –respondió suavemente–. Pero ya me voy acostumbrando. Y no es culpa suya. Prefiere a las mujeres guapas.

Tank se volvió hacia ella.

–¿Y tú qué tienes de malo? –bromeó, sonriendo mientras estudiaba sus delicadas facciones, sus ojos castaño claros y el pelo corto y oscuro–. A mí me pareces muy guapa.

Bodie se sonrojó y desvió la mirada. Era la primera vez que Tank le hacía un comentario tan personal. Le resultaba halagador, pero, para ella, Tank era como un hermano. No supo qué decir.

–¡Eh, tranquila! –dijo Tank con amabilidad al ser consciente de su incomodidad–. Solo era un comentario. Hasta un hermano mayor puede decirle a su hermana pequeña que es guapa, ¿no te parece?

Bodie alzó la mirada. El alivio se reflejaba en sus facciones. Sonrió con timidez.

–Sí, tienes razón.

–Además… –suspiró, hundió las manos en los bolsillos de los vaqueros y la miró con cierta nostalgia–, Cane ya ha amenazado con darme una paliza si se me ocurre intentar algo contigo.

Bodie sintió que el corazón le subía a la garganta.

–¿Qué?

–Ha dicho…

–¿Bodie? –les interrumpió Mallory.

Bodie se volvió, debatiéndose entre la necesidad de saber lo que Tank estaba a punto de decir y el no querer ser grosera con Mallory.

–¿Sí? –farfulló.

–Cane quiere hablar contigo.

Bodie abrió los ojos como platos, pero no se movió.

–¿Para qué? ¿Se le ha ocurrido otro insulto y quiere compartirlo conmigo? –preguntó, intentando hacer un comentario gracioso.

–Me ha pedido que me disculpe por sus malos modales –respondió Mallory con una sonrisa–. Si vuelve a insultarte, insúltale tú a él. Es un hombre que pisotea a todos aquellos a los que consigue intimidar. No permitas que se vaya de rositas cuando se meta contigo.

Bodie tomó aire.

–Eso es lo que intento. Pero es un hombre muy enérgico.

–Todos nosotros lo somos –Tank se echó a reír–. Pero estoy seguro de que podrás enfrentarte a ello.

–¿Tú crees? Yo tengo mis serias dudas –le tendió el cubo con la comida de las gallinas–. ¿Puedes terminar de dar de comer a las chicas? –preguntó–. Y vigila a Charlie.

Tank parpadeó.

–¿A Charlie?

Bodie señaló a un presumido gallo que había cerca de ellos.

–Siempre llevo un palo cuando vengo aquí. Intentó atacarme en un par de ocasiones. Por suerte para mí, la tela de los vaqueros es suficientemente gruesa –señaló el palo, que no era más que una pequeña rama rota–. Lo uso como protección. No le hace ningún daño, pero me permite mantenerlo a distancia.

–Sí, yo he tenido que utilizarlo en un par de ocasiones. Morie y Mavie ya ni siquiera se acercan por aquí. Hasta que llegaste tú, era yo el que se encargaba de alimentar a las gallinas –confesó Mallory–. Pero me alegro de que Charlie haya encontrado a alguien que esté a su altura.

–Deberías regalárselo a alguien y conseguir un gallo más amable –sugirió Tank.

–No creo que exista –respondió Mallory secamente–. Jamás he visto a uno que no ataque a cualquier cosa que se mueva, especialmente cuando están alrededor de las gallinas. Son muy protectores.

–Y también muy sabrosos –dijo Tank con los labios apretados–. ¿Te acuerdas de cuando éramos pequeños y ese enorme gallo blanco me atacó y me hizo sangre?

Mallory se echó a reír.

–Mi padre salió directamente y le retorció el cuello. Nos lo cenamos esa misma noche.

–Dijo que no iba a permitir que ningún gallo le hiciera daño a uno de sus hijos –recordó Tank. Suspiró–. Es el mejor pollo que he cenado nunca.

–Pues a Charlie no te lo vas a comer –le advirtió Bodie con firmeza–. Las gallinas sufrirían mucho.

–Pero siempre podemos conseguirles otro gallo – bromeó Tank.

Bodie le hizo una mueca.

–Voy a ver lo que quiere Cane –suspiró y miró a Mallory–. ¿Crees que debería llevarme el palo? –preguntó–. Los dos hombres se echaron a reír.

Cane observó a Bodie mientras esta entraba en la habitación. La vio vacilar en la puerta, sus ojos castaños reflejaban su inseguridad y su preocupación.

–No muerdo –le dijo Cane con voz queda. Escrutó su rostro con una intensidad que Bodie no recordaba de pasados encuentros–. Pasa.

Bodie entró en el dormitorio, se acercó a los pies de la cama y allí se quedó.

–¿Cómo estás? –le preguntó suavemente.

–Mejor. Todavía me duelen un poco las costillas y se me va un poco la cabeza, pero estoy mejor.

Bodie asintió.

–Me alegro. Todo el mundo estaba muy preocupado.

–Tú te fuiste.

Bodie se sonrojó. Lo había dicho como si fuera una acusación, como si de verdad le importara que no hubiera ido a verle al hospital después de haber pasado aquellos minutos junto a su cama. Pero debían de ser imaginaciones suyas. A Cane ella no le importaba. Nunca le había importado.

–Te estaba poniendo nervioso –farfulló–, y eso era lo último que necesitabas.

Cane clavó los ojos en los suyos y los entrecerró con expresión especulativa.

–Estuviste hablándome.

Bodie se puso roja como la grana. Tragó saliva, visiblemente nerviosa.

–Creo que las enfermeras estaban preocupadas –intentó contestar con una evasiva–. Dije lo que pensaba que podía ayudarte a mejorar. Eso es todo.

–¿Ah, sí?

No le gustó su mirada. Había cambiado. De pronto, se sintió vulnerable. ¿Recordaría Cane lo que le había dicho? ¿Había oído su bochornoso discurso?

Cane se compadeció de ella. No quería hacerla sentirse peor de lo que ya se sentía. Bodie pensaba que el suyo era un secreto muy bien guardado. Y él decidió que era preferible que mantuviera la ilusión, sobre todo, teniendo en cuenta lo contradictorios que eran sus propios sentimientos hacia ella. En realidad, no sabía qué decirle. Lo único que sabía era que, por alguna extraña razón, le gustaba mirarla. Bodie le transmitía paz.

–No me acuerdo de nada –mintió Cane con cara de póquer–. Mallory me dijo que estuviste sentada a mi lado toda la noche.

Bodie pareció aliviada.

–En realidad solo fueron unos minutos. La enfermera me dejó entrar. Creo que tenían miedo de que murieras.

–Yo también lo tuve –le confesó–. Lo sentí. Pero entonces oí tu voz –añadió en un tono profundo y aterciopelado–, suplicándome que no renunciara. Eso es lo único de lo que me acuerdo –le aseguró al ver que volvía a sentirse acorralada–. Y eso fue lo que me hizo volver.

Bodie sonrió.

–Me alegro.

–Pero ya te has quedado sin la diversión de tener que ir a sacarme de los bares, ¿eh? –bromeó y se echó a reír.

Bodie se encogió de hombros.

–Alguien tiene que hacer el trabajo sucio.

Cane cambió de postura en la cama.

–Acércate, ¿quieres? Me están entrando calambres en el cuello al intentar verte.

A Bodie no le apetecía acercarse más. Cane la ponía nerviosa y sabía que tenía experiencia suficiente como para reconocer los síntomas si la miraba de cerca. Se sentía mucho más vulnerable de lo que se había sentido nunca. Pero se acercó, porque Cane se lo había pedido.

–Siéntate, Bodie.

Bodie comenzó a sentarse en una silla que había cerca de la cama.

–No –dijo Cane, bajando la voz una octava. Palmeó la cama–. Aquí, a mi lado, para que pueda mirarte a los ojos.

Bodie estaba casi temblando de excitación. La expresión de Cane, el interés que reflejaban sus ojos, resultaba inquietante. Se sentó a su lado. Cane posó el brazo en su regazo, apoyando la mano delicadamente en su cadera.

–¿Qué has estado hablando con Tank? –le preguntó intencionadamente.

–¡Oh! Estaba… solo me estaba ayudando a dar de comer a las gallinas –farfulló.

Cane comenzó a acariciarle la cadera con una extraña familiaridad. Probablemente, Bodie debería protestar.

Sentía el pulgar de Cane contra su vientre, en la zona en la que se unía con la cadera, y las sensaciones que provocaba estaban comenzando a hacerse visibles.

–¿Dónde está ahora? –preguntó Cane.

Sonrió. Podía ver el efecto que sus caricias tenían en Bodie. Ella no era capaz de ocultarlo. No estaba fingiendo porque él tuviera dinero. Se sentía real e intensamente atraída hacia él. Y no le importaba que le faltara un brazo. Le deseaba. El corazón comenzó a latirle violentamente al ser consciente de la intensidad de los sentimientos de Bodie.

Deslizó el pulgar entre el muslo y la cadera de la joven, buscando un contacto más íntimo.

–¿Y qué te ha dicho? –le preguntó, con la voz convertida casi en un ronroneo.

Bodie estaba deslizándose en toda una fantasía sensual mientras él continuaba acariciándola de una manera que, sabía, debería hacerla protestar.

–Eh… Ha dicho…

–¿Qué ha dicho?

Bodie se estremeció.

Realmente, debería decir algo. ¡Aquello se estaba convirtiendo en algo extraordinariamente íntimo!

Bodie jadeó suavemente y le agarró la mano.

–Cane –susurró inquieta.

–¿Estamos yendo demasiado lejos y todavía es demasiado pronto? De acuerdo –alzó la mano, pero la deslizó bajo el dobladillo de la camiseta y la subió hacia sus costillas, donde la detuvo mientras comenzaba a acariciar con el pulgar el extremo del sujetador–. ¿Y qué te parece esto entonces?

Bodie estaba temblando. Las caricias de Cane la reducían a carne derretida.

–¿Eh… el qué? –prácticamente balbuceó.

Su mente se concentraba en las sensaciones que el pulgar de Cane despertaba mientras iba acercándose cada vez más al pezón endurecido.

–¿Bodie? –susurró Cane.

–¿Qué… qué? –tartamudeó.

–Inclínate hacia a mí, nena.

Bodie obedeció sin pensar. Tuvo que apoyar una mano en la almohada, junto al pelo negro de Cane, para evitar caerse.

Cuando se movió, también Cane cambió de postura. Apartó el sujetador de su camino y se apoderó de su seno completo y firme de una forma voraz.

Bodie gimió con tanta intensidad que Cane sintió que su cuerpo se ponía rígido por el deseo.

–Dios mío… –susurró de nuevo, reverentemente estremecido–. ¡Bodie!

Tiró de ella hacia él, ignorando el dolor de las costillas. Se colocó sobre ella y le subió la sudadera y el sujetador para poder ver sus senos rosados, pequeños y perfectos.

–Son preciosos –susurró con voz ronca–. Dios mío, eres preciosa, cariño…

Se inclinó y tomó su seno, deteniéndose allí donde el pezón endurecido se erguía hacia sus labios entreabiertos. Lo succionó y comenzó a acariciarlo con la lengua mientras Bodie se tensaba, jadeaba y gemía hasta llevarle al límite. El deseo era tan intenso que se olvidó de que la puerta estaba abierta.

Ni siquiera fue consciente de que se oían pasos subiendo la escalera, pero Bodie, incluso en medio de su aturdimiento, sí los oyó.

–Viene... alguien –dijo, apartándole a Cane la cabeza.

–Desde luego, algo está a punto de venir –susurró él descaradamente, y volvió a succionar con dureza.

Bodie tuvo que enfrentarse a él para poder apartarle a tiempo. Cane protestó, estremecido. Ella se levantó y se bajó la sudadera justo en el momento en el que Mavie entraba por la puerta con una bandeja. Afortunadamente, iba tan concentrada en no derramar ni una gota de café que no prestó atención a la sonrojada y muy avergonzada Bodie.

Cane reaccionó con rapidez. Gimió y se llevó la mano a las costillas.

–¡Dios mío, cómo me duele! –exclamó, distrayendo a Mavie mientras Bodie se abrochaba el sujetador y se atusaba el pelo.

–Pobrecito –dijo Mavie, preocupada–. ¿No estás tomando ningún analgésico?

–Sí, tengo aquí las pastillas. ¿Puedes abrirme el frasco? –preguntó en tal tono de indefensión que Bodie tuvo que esforzarse para reprimir una risa.

–Claro que sí –canturreó Mavie.

Ni siquiera ella, a su edad, era inmune a los encantos de Cane cuando este decidía ejercerlos. Sonrió.

–Aquí tienes. Te he traído café y una rebanada de bizcocho. Bodie, no sabía que estabas aquí. ¿Te apetece tomar un café y un poco de bizcocho?

–Sí –respondió Bodie–, pero yo misma me los serviré. No hace falta que vuelvas a subir. Te veré después, Cane –añadió rápidamente, sin mirarle siquiera.

–Seguro que sí –respondió él, y su voz sonó a los oídos de Bodie como una aterciopelada caricia mientras abandonaba la habitación.

***

Bodie se sirvió el café con mano temblorosa. Se lo llevó junto a una rebanada de bizcocho a la mesa del comedor. No quería volver a la habitación de Cane a no ser que la acompañara alguien que pudiera protegerla. ¡Dios santo! ¡Ese hombre tenía una potencia increíble! Había conseguido que se acercara a él, acariciarla y besarla, y lo único que había hecho ella había sido ayudarle a quitar la ropa de en medio.

No le servía de nada intentar resistirse. En cuanto Cane presionaba un poco, ella cedía bajo la presión como un saco de arena blanda. De aquella manera, jamás conseguiría conservar la virginidad.

Dada la situación, tenía que ser más creativa y encontrar maneras de mantenerle a distancia. Había estado muy cerca. Si Mavie no hubiera aparecido, la situación podría haberse complicado, se le habría ido completamente de las manos.

Terminó el bizcocho acompañándolo con el café justo en el momento en el que Mavie bajaba sonriendo la escalera.

–¡Qué hombre tan encantador! –dijo riendo.

Y Mavie rara vez reía. Bodie tuvo que sofocar una punzada de celos, a pesar de que Mavie tenía edad suficiente como para ser la madre de Cane.

–Sí, lo es –se mostró de acuerdo. Forzó una sonrisa–. El bizcocho estaba riquísimo, Mavie.

–Gracias. Me alegro de que te haya gustado. Cane me ha pedido que te diga que subas para hablar un rato con él.

Bodie tragó con fuerza.

–Iré dentro un momento –dijo, y sonrió–. Pero antes tengo algunas tareas que terminar en el patio.

–Eso puede hacerlo Mallory por ti, o incluso Tank. Eres muy amable al ayudarnos como lo estás haciendo, criatura. Realmente, estás trabajando duro en el rancho.

–Lo intento. Me gusta trabajar con animales –dijo suavemente–. En cuanto acabe, iré a ver a Cane.

–Se lo diré.

Bodie se precipitó hacia la puerta. Volvería, sí, pero no lo haría hasta que hubiera convencido a alguien para que subiera con ella. No iba a permitir que Cane la indujera a mantener una relación puramente física. No quería convertirse en una muesca en el cabecero de su cama, aunque estuviera locamente enamorada de él.

12

La Nochebuena fue una noche mágica. Toda la familia se reunió en el comedor, alrededor del árbol de Navidad, y estuvieron viendo un programa especial en televisión. Después, cantaron villancicos, tomaron chocolate caliente y comieron bizcochos. Mavie y Darby Hanes se reunieron con la familia para pasar la velada.

Cane estaba sentado en el sofá, al lado de Bodie.

De vez en cuando, entrelazaba los dedos con los suyos, pero evitando siempre que pudiera verle el resto de la familia. La buscaba con sus ojos negros, escudriñando secretos, acariciándola de una manera misteriosa y emocionante.

Desde el día del encuentro en el dormitorio, Bodie había evitado quedarse a solas con él. Al principio, Cane había mostrado cierta irritación, pero parecía haberlo aceptado en cuanto había comprendido que no era por coquetería. Ella también le deseaba. Pero no estaba dispuesta a renunciar a sus principios acostándose con él. Cane se descubrió a sí mismo extrañamente orgulloso de Bodie por aquella actitud, por frustrante que para él fuera. Cada célula de su cuerpo la deseaba. De un tiempo a aquella parte, era en lo único en lo que podía pensar.

Era capaz de excitarse en cuanto estaba cerca de ella, incluso cuando la miraba a los ojos estando en la misma habitación. No había sentido nada igual jamás en su vida. Por supuesto, las mujeres le excitaban cuando estaban cerca de él. Pero Bodie era capaz de excitarle incluso a distancia.

Ella también notó el cambio de actitud de Cane.

La emocionaba, aunque también le producía temor. ¿Estaría buscando nuevas maneras de complicar su relación? ¿Estaría pensando en seducirla sin pensar en un futuro en común? No lo sabía. Ella se limitaba a vivir al día, a observarle, a desearle, pero siempre esperando que se obrara el milagro que le permitiera amarla. Sabía que le resultaba atractiva y eso era algo emocionante y halagador. Pero la atracción no implicaba necesariamente sentimientos más profundos. Un hombre podía querer a una mujer sin amarla. Bodie era consciente de ello y aquello la hacía ser más precavida. No quería ser una más de las aventuras de Cane.

Aun así, su manera de tocarla, de mirarla, la hacían derretirse por dentro.

Entre tanto, Tank, por razones que nadie entendía, también se mantenía cerca de Bodie. Bromeaba con ella y la halagaba cada vez que tenía oportunidad. Aquello irritaba a Cane, que se dedicaba a meterse con su hermano. Tank se limitaba a sonreír, como si la frustración y los celos de Cane le divirtieran.

A Cane todavía le estaban dando problemas las costillas. No podía hacer nada de lo que realmente le apetecía y, desgraciadamente, eso incluía seducir a Bodie. Un hombre con las costillas rotas no estaba en condiciones de convertirse en un amante. Aquel también era un motivo de frustración. Se preguntaba si Bodie sabría que no podía mantener una relación íntima en su situación. La manera en la que continuaba acercándose a él, siempre con alguien cerca, indicaba que no. A Cane no dejaba de sorprenderle lo ingenua que era para los años que tenía.

Y eso también le gustaba.

Cuando los demás fueron a la cocina a buscar más café, Bodie se quedó momentáneamente a solas con Cane.

–Mi lema es «no pierdas nunca una oportunidad»

–susurró Cane, posando la mano en la cabeza de Bodie–. Ven aquí.

Se inclinó hacia ella y la besó con furia, con pasión, con una boca insistente para abrir la de Bodie y hundir la lengua en su interior con una lenta y profunda embestida.

Ella gimió y se estrechó contra él. Cane gruñó, se apartó, abandonando sus labios, e hizo un gesto de dolor.

–¡Oh, tus pobres costillas! –dijo Bodie con voz ronca.

Cane tragó saliva al tiempo que se llevaba la mano a las costillas.

–La culpa no ha sido tuya. He empezado yo –la miró a los ojos con pasión–. ¿Eres consciente de que no podré disfrutar del sexo contigo hasta que no me cure las costillas?

Bodie le miró boquiabierta y se puso completamente roja.

Cane se echó a reír.

–Lo siento. He sido muy brusco. Lo que pretendía decir es que no tienes por qué utilizar a nadie de carabina. Por lo menos, hasta dentro de dos semanas. Bueno –ronroneó, acercándola, pero evitando estrecharla completamente contra él–. Puedo hacer algunas cosas –añadió, deslizando la mano por su seno bajo la bonita blusa roja que llevaba aquella noche–. Esto, por ejemplo…

Bodie le agarró la mano al oír voces que se acercaban.

–No puedes…

Cane se inclinó y la besó rápidamente, apartando la mano al mismo tiempo.

–Pero quiero hacerlo –susurró, y la miró directamente a los ojos–. Y pienso hacerlo, Bodie. Esto es solo una advertencia.

–Por favor –susurró ella con una elocuente mirada–. Estoy segura de que sabes que no puedo resistirme a ti. Por favor, no te aproveches de algo que no puedo evitar. Para ti es algo tan cotidiano como el comer o el beber, pero yo nunca he... No podría soportarlo –tartamudeó.

Cane le acarició la boca con la yema de los dedos.

–Lo sé, cariño –dijo suavemente–. Y no te haré ningún daño. Bueno, a lo mejor un poco. Solo un poco –añadió, inclinándose hacia ella y posando la boca en sus labios llenos–. La primera vez que esté dentro de ti.

Bodie soltó un gemido apasionado e impotente ante aquel comentario tan gráfico y Cane cerró los labios sobre los suyos con ardiente ternura.

–Me excito solo al pensar en ello –susurró casi sin aliento contra su boca–. Te deseo, Bodie. ¡Te deseo mucho!

Bodie se estremeció cuando Cane alzó la mano para deslizarla alrededor de su seno. Incluso a través de la delicada tela, su cuerpo respondió, traicionando sus secretos cuando el pezón se irguió contra sus dedos.

–Y apuesto lo que quieras a que tú también te estás excitando –susurró Cane mientras la besaba–. Y por la misma zona que yo...

–¡Cane! –gimió ella.

–No he vuelto a hacer esto desde que perdí el brazo –confesó Cane contra los labios abiertos de Bodie–. Siempre he tenido miedo de intentarlo, tenía miedo de hacer el ridículo. Pero contigo lo intentaría –añadió con un suave gemido–. No me sentiría avergonzado si vacilara.

Bodie abrió los ojos y lo miró fijamente. La angustia era visible en su semblante.

–No... no puedo –dijo con voz atragantada–. Lo siento mucho.

–Claro que puedes –se apartó y posó la mano en su rostro. Acarició con las yemas de los dedos e inmensa ternura sus labios henchidos–. Bodie, creo que deberías casarte conmigo.

–¿Qué… qué?

La falta de confianza de Bodie multiplicó su deseo. El placer incontrolable de Bodie se hizo visible en sus ojos, resplandecientes y abiertos como platos. Y aquello le hizo sentirse mucho más hombre de lo que se había sentido desde que había perdido el brazo.

–Cásate conmigo –repitió.

Bodie estuvo a punto de decir que sí. Quería decirlo. Pero lo único que Cane pretendía era demostrar que todavía podía ser un hombre y que ella se sentía atraída por él. Pero eso no significaba que la quisiera.

–Tú… tú no me quieres –dijo abiertamente.

Bodie suspiró.

–Te aprecio mucho –insistió.

Bodie se mordió el labio.

–Eso no es suficiente.

–Sí, claro que lo es, mentirosilla –musitó contra sus labios.

No le entusiasmaba en absoluto la idea de tener que proponerle de matrimonio. Pero la resistencia de Bodie añadía emoción a todo aquello. La deseaba. Y no era probable que volviera a sentirse atraído por cualquier otra mujer a la que solo le interesara su cartera. Bodie le deseaba. Le deseaba terriblemente. Y le amaba. Si él no hacía algún movimiento, lo haría Tank. Este estaba encaprichado con ella. Y él no podía perder a su hermano. Pero tampoco podía perderla a ella.

Se apoderó de sus labios, obligándola a apoyar la cabeza contra el sofá.

–Cásate conmigo –insistió–. Vamos. Di que sí. Dilo. ¡Dilo! –enfatizaba cada demanda con un apasionado beso.

–¡De acuerdo! –exclamó Bodie con voz quebrada–. De acuerdo. ¡Sí! ¡Sí! Lo haré.

–No, no vas a hacer nada con él –la interrumpió Mallory con firmeza mientras entraba en el cuarto de estar y fulminaba a su hermano con la mirada–.Cane –añadió en tono de advertencia.

Pero Cane estaba sonriendo de oreja a orea.

–Bodie no está diciendo que sí a una relación ilícita –le informó a su hermano. Miró a Tank, que estaba entrando en aquel momento en la habitación–. Le he pedido que se case conmigo. Ha dicho que sí.

La decepción de Tank se reflejó en su rostro mientras los ojos de Cane brillaban con expresión triunfal. No solía ganar ninguna competición con su hermano, pero había ganado aquella, una que realmente importaba.

–Bueno, felicidades –dijo Mallory, sorprendido.

–Bienvenida a la familia, hermanita –añadió Tank, y forzó una sonrisa.

–Gracias –dijo Bodie con voz ronca.

Se echó a reír algo avergonzada y se separó ligeramente de Cane. Las cosas se habían ido calentando poco a poco y, en aquel momento, estaba intentando tranquilizarse y mostrarse serena cuando, en realidad, todavía estaba temblando por aquella proposición inesperada.

–Será mejor que cuides de ella –le advirtió Tank a su hermano con firmeza.

Sus palabras entrañaban una amenaza no dicha, además del deseo oculto de que Cane fracasara. Tank también quería a Bodie. Nadie más pareció advertir su desilusión, pero Cane la notó. Él también se sintió un poco avergonzado. No debería sentirse victorioso por haber abortado las posibilidades de su hermano de tener alguna oportunidad con una mujer. Pero Bodie era su mujer. Eso era indiscutible. Evidente.

–¿Cuándo? –preguntó Mallory.

Cane parpadeó.

–¿Cuándo qué?

–¿Cuándo pensáis casaros?

Cane vaciló. Comenzaba a sentirse de pronto atrapado por la proposición que acababa de hacer en un impulso. Pero miró a Tank y vio el cinismo que reflejaba su expresión. Tank estaba convencido de que iba a posponer la boda, que iba a postergarla. Pues se iba a llevar una sorpresa.

–Esta misma semana –contestó Cane en un impulso–. En cuanto podamos conseguir la licencia y un ministro –miró a Bodie–. Celebraremos la boda en la iglesia, aunque todo vaya a ser muy precipitado. Invitaremos a todo el mundo. Bueno, a casi todo el mundo –añadió fríamente–. No vendrán todos los miembros de tu familia –le aclaró, refiriéndose a su padrastro.

–¿Tan pronto? –preguntó Bodie tartamudeante–. Pero... pero este semestre tengo que ir a la universidad.

Cane sonrió.

–E irás. Quiero que termines la carrera. Podrás venir a casa los fines de semana. Te dejaremos un coche para que puedas ir y volver. Y podemos utilizar tu camioneta para chatarra –añadió maliciosamente–. Odio verte ir arriba y abajo con esa camioneta. Es peligroso.

Bodie estuvo a punto de salir en defensa de su camioneta hasta que Cane dijo aquello. Sonrió de oreja a oreja. Por lo menos le importaba a Cane lo suficiente como para que no quisiera que sufriera ningún daño. No era mucho, pero era un principio al menos.

–De momento, no habrá luna de miel –dijo Cane con un suspiro–. De aquí a un futuro inmediato, soy como un fardo. Tendréis que ayudarme a cruzar el pasillo de la iglesia –le dijo a sus hermanos entre risas–, porque no pienso ir en silla de ruedas.

–Sabes que lo haremos –dijo Tank, y el afecto que vio Cane en sus ojos hizo que se sintiera menos culpable.

Bodie comenzaba a sentirse menos amenazada. Cane no podría funcionar completamente con las costillas rotas y la pierna en ese estado, así que se sabía a salvo, por lo menos durante algún tiempo. Ya se enfrentaría a sus complejos cuando tuviera que hacerlo y, mientras tanto, Cane y ella podrían llegar a conocerse de verdad el uno al otro. Podrían hablar sin la intrusión del placer físico, aunque solo fuera durante unas semanas. Aquello podría ayudarle a comprenderla, a quererla, si era capaz de ver en ella algo más que un medio para conseguir una mera satisfacción física.

Cane no estaba acostumbrado a hablar con mujeres. Bodie sabía intuitivamente que estaba más interesado en las artes del dormitorio que en las de la conversación. Probablemente, ni siquiera había estado nunca realmente enamorado. Bodie sabía que había estado saliendo durante un breve periodo de tiempo con una mujer que al final le había dejado para dar prioridad a su carrera como abogada, pero nunca habían llegado a estar comprometidos y, según Tank, no había sido una relación seria.

Miró a Tank sintiéndose culpable. Hasta muy recientemente, no había sido consciente de que tenía un verdadero interés en ella. Lo sentía mucho, pero ella estaba enamorada de Cane y no podía hacer nada para evitarlo.

Tank lo sabía. Le sonrió de una forma con la que parecía estar diciéndole que no albergaba pensamientos negativos ni hacia ella ni hacia su hermano. Para él, había pasado a convertirse en su hermana pequeña. La protegería y la cuidaría, pero no volvería a flirtear nunca con ella.

Miró de nuevo a Cane, que estaba mirándola con una expresión extrañamente cariñosa. Le vio sonreír suavemente.

–Estás roja como la remolacha, Bodie –se echó a reír.

–Nunca me habían propuesto matrimonio –tartamudeó.

–Siempre hay una primera vez para todo.

–Supongo –buscó ansiosa sus ojos negros–. ¿Pero estás seguro?

Cane asintió.

–Estoy completamente seguro –y, de pronto, lo estaba.

Estaba convencido de que aquello era lo que tenía que hacer. Estaba seguro de que la quería lo suficiente como para intentar que su matrimonio funcionara. Y, si no salía bien, se divorciarían, reflexionó. Le resultó extraño que le pareciera de pronto tan doloroso pensar en la ruptura. Él no estaba enamorado de Bodie. Le tenía cariño, sí. ¿Pero sería suficiente? Sí, claro que lo sería. Estaba convencido. Por lo menos, casi convencido.

Se casaron a los pocos días en una iglesia a cuyos servicios asistían habitualmente los hermanos Kirk. El ministro, un hombre alto, de pelo plateado y amables ojos oscuros, celebró la ceremonia mientras los hermanos Kirk, Morie, los trabajadores del rancho y un numeroso grupo de vecinos del pueblo ocupaban los bancos.

Bodie llevaba un vestido de novia de color blanco de líneas sencillas con algunos adornos de encaje. Un fino velo cubría su rostro radiante. Llevaba un ramo de flores de Pascua que realzaba el blanco resplandeciente del vestido de una forma muy artística. Cane iba vestido con un traje oscuro, una camisa blanca y corbata estampada. Llevaba también la prótesis. Le había susurrado a Bodie que un fotógrafo profesional haría un reportaje fotográfico del acontecimiento y que él quería aparecer con los dos brazos, aunque no los tuviera. Había sonreído mientras lo decía. Por primera vez, había sido capaz de hablar de su desgracia sin amargura.

El fotógrafo tomó las fotografías con mucho cuidado y discreción, sin desviar la atención en ningún momento de la pareja que estaba en el altar.

Después de que Cane deslizara la alianza de oro en el dedo de Bodie y ella hiciera lo mismo, el ministro los declaró marido y mujer. Cane levantó el velo y miró a su esposa por primera vez en su vida.

No esperaba experimentar un sentimiento tan profundo. Pero lo hizo. Frunció el ceño ante el repentino sentimiento de posesión que se apoderó de pronto de él.

Bodie le miró preocupada porque de pronto parecía enfadado.

Cane se inclinó y la besó con ternura.

–Señora Kirk –susurró contra sus labios.

Bodie se sonrojó y rio nerviosa.

Cane sonrió de oreja a oreja. En cuestión de segundos, la tensión desapareció de su rostro.

Mavie había encargado los servicios de un *catering* para el banquete que se ofreció a los invitados en el enorme vestíbulo de la parroquia. Bodie permanecía al lado de Cane, nerviosa y sonriente, tan radiante que estaba realmente bella. Cane también la miraba sonriente. Él todavía tenía sus reservas. Se sentía encerrado. Era una sensación que nunca había experimentado. También experimentaba un sentimiento de posesión hacia su flamante esposa, pero estaba confundido y no era capaz de averiguar cuáles eran sus verdaderos sentimientos.

Bodie deslizó la mano entre la suya un poco nerviosa. No estaba completamente segura de los sentimientos de Cane y le parecía que estaba raro, como si no le hiciera feliz el haber decidido casarse con ella.

–No seré una mujer posesiva –le prometió Bodie entre susurros–. No voy a agobiarte, ni te pediré nada. Solo quiero que sepas lo orgullosa que me siento de ser tu esposa.

Cane sintió que se le henchía el corazón. Bajó la mirada hacia ella y giró su mano en la suya.

–No estaba seguro de nada de esto –confesó, mirando sus manos entrelazadas y la alianza de matrimonio que adornaba su dedo–. Solo… necesito tiempo para acostumbrarme.

–Tendrás todo el tiempo del mundo en cuanto vuelva a la universidad y desaparezca de tu vista –bromeó Bodie.

Cane frunció el ceño.

–¿Y el máster?

Bodie se encogió de hombros.

–Puedo empezarlo cuando quiera. De momento, solo quiero terminar el proyecto de graduación y acabar el grado. Hay muchos trabajos a los que puedo acceder siendo graduada.

–Trabajos.

–Quiero ganarme la vida –dijo con firmeza–. No soy una persona a la que le guste dedicarse a las relaciones sociales. Me cuesta llevarme bien con la mayoría de la gente.

Canes rio con tristeza.

–A mí también –se sumó Cane.

–Sí, ya lo he notado.

Cane apretó los labios

–Y de verdad te agradecería que pudieras reprimirte a la hora de atacar a nadie en un bar, aunque sea durante un futuro inmediato –le pidió Bodie con timidez.

Cane suspiró.

–Supongo que puedo intentarlo.

–Sé que no tengo edad suficiente como para comprender muchas cosas –dijo Bodie, alzando la mirada hacia él–. Pero sé escuchar. Sé que no confías en la gente que no conoces. En mí puedes confiar. Jamás le contaré a nadie nada de lo que me digas. Ni siquiera a tu familia.

–Ahora tú también formas parte de mi familia.

Bodie sintió que se le henchía el corazón.

–Sí, supongo que sí –sonrió lentamente.

Cane se echó a reír.

Después de la recepción de la boda, Cane y Bodie se cambiaron de ropa y los hermanos Kirk cargaron sus dos maletas en la limusina alquilada que iba a llevarles a Jackson Hole, donde disfrutarían de una breve luna de miel en la lujosa suite de un hotel. Cane habría querido llevarla a un destino más exótico, pero las heridas todavía eran muy recientes. Le resultaba difícil incluso moverse y las lesiones no le permitían, ni mucho menos, montarse en un avión para hacer un viaje largo.

Bodie estaba muy emocionada. No le importaba su destino. Lo único que quería era estar a solas con su flamante marido, incluso aunque supiera que Cane no iba a ser capaz de hacer gran cosa como amante. En realidad, no le importaba. Jamás en su vida había sido tan feliz.

***

Una vez a solas en la habitación del hotel, una habitación con vistas a las picos de las montañas Teton, Bodie se puso un bonito vestido rojo y esperó a que Cane subiera a su habitación. Le había dejado en una de las tiendas del vestíbulo del hotel. Ella había estado mirando los folletos y había encontrado un par de lugares a los que le gustaría ir en el caso de que Cane se sintiera en condiciones de hacerlo. Era casi la hora del almuerzo, así que podían aprovechar para comer algo por el camino. Los Kirk le habían pagado los gastos del chófer de la limusina para que se alojara en el mismo hotel y estuviera disponible para llevarlos a visitar los lugares de interés de la zona. De esa forma, le ahorraría a Cane la molestia de conducir, puesto que todavía no podía hacerlo.

Media hora después, Bodie comenzó a preguntarse a dónde habría ido Cane. Tenía miedo que se sintiera abrumado por su reciente matrimonio. Bajó al piso de abajo, tras haber cerrado la puerta de la habitación y haberse guardado la tarjeta en el bolsillo, y fue a buscarle.

Cane no estaba en la tienda de recuerdos. Preocupada, se dirigió al único lugar en el que sabía que podía encontrarlo: el bar.

Por supuesto, allí estaba, apoyado contra la barra, con aspecto relajado y hablando con una mujer excepcionalmente atractiva, de larga melena rubia y con un vestido blanco que le llegaba cerca de diez centímetros por encima de las rodillas. Tenía un tipo excelente y unas piernas muy bien torneadas.

Bodie se sintió anticuada y ridícula con su barato vestido rojo. Permaneció titubeante en el marco de la puerta, sintiéndose traicionada. Acababa de casarse y su marido ya estaba con otra mujer.

Y, mientras les observaba, vio que Cane se echaba a reír, inclinaba la cabeza y besaba a aquella mujer rubia.

Bodie se sintió enferma. Se volvió y regresó a su habitación. Debería haber esperado a que le dieran una explicación. Debería haberle gritado, haberla emprendido contra él. ¡Debería haber hecho algo!

Pero lo que hizo fue agarrar la maleta, llamar al chófer y volver a casa.

Le sonó el teléfono móvil cuando la limusina estaba a medio camino. Miró el número, reconoció el teléfono de Cane y desconectó el teléfono.

Sonó después el teléfono del chófer. Bodie le oyó hablar, y le vio hacer una mueca a través del espejo retrovisor. Inmediatamente, el chófer bajó la ventanilla eléctrica que los separaba.

–Al señor Kirk le gustaría que conectara el teléfono.

–¡Dígale a mi marido que se vaya al infierno con su amiguita rubia! –exclamó furiosa–. ¡Y suba la ventanilla!

Sonrojado, el chófer subió la ventanilla, volvió a hacer una mueca, asintió y colgó. Condujo con expresión seria hasta que llegaron al rancho y detuvo la limusina en la puerta.

Bodie estaba conteniendo las lágrimas. Jamás en su vida se había sentido tan humillada. Y la situación empeoró cuando vio que la estaban esperando Morie y los hermanos Kirk.

–Cane lo siente mucho –dijo Morie inmediatamente, acercándose a ella con expresión preocupada–. Dice que lo siente de verdad. Estaba hablando con una persona a la que conoce de la asociación de ganaderos…

–Sí, una persona rubia, sexy, despampanante y maravillosa. Estaba con ella en el bar –dijo Bodie entre dientes–. ¡Y la ha besado!

Se quitó la alianza de boda y se la puso en la mano a Morie.

–Usted espere aquí –le ordenó al chófer, todavía furiosa–. Porque ahora mismo va a tener que llevarme a Billings.

–Bodie… –intentó razonar Morie con ella.

–No –le advirtió Bodie con voz glacial–. ¡He sido una estúpida! Sabía cómo era Cane y me he engañado a mí misma, pensando que, en realidad, no importaba. ¡Pero claro que importa! Yo he sido la única que se ha casado esta mañana. Él se ha limitado a ponerme un anillo. Me ha dejado esperándole en la habitación mientras él se divertía con otra mujer. ¿Cómo crees que me siento ahora?

Morie suspiró.

–Traicionada.

–Exactamente. Voy a quedarme con Beth hasta que empiecen las clases la semana que viene. Lo siento –les dijo a los hermanos–. Lo siento mucho, pero no soy capaz de enfrentarme a todo esto. He cometido un terrible error.

–Solo necesita tiempo –dijo Mallory con delicadeza–. Este ha sido un gran paso para los dos.

–Sobre todo para Cane –intentó razonar Tank con ella.

–Sí, pasar de tener varias mujeres a tener solo una. Comprendo que para él ha tenido que ser un paso muy difícil –se mostró de acuerdo. Se mordió el labio al sentir la amenaza de las lágrimas–. No puedo quedarme aquí. Y siento haberos arruinado el resto de las vacaciones.

Morie la abrazó con fuerza.

–Lo que siento es que se te las hayan estropeado a ti. Anda, vamos, te ayudaré a hacer la maleta. Podemos conectarnos por Skype del día de Año Nuevo, ¿de acuerdo?

Bodie contuvo las lágrimas.

–De acuerdo.

–Todo saldrá bien –le aseguró Morie–. Te lo prometo.

Cane llegó a casa colérico y maldiciendo con toda la potencia de sus pulmones.

–¡Me ha plantado el día de nuestra boda! –gritó en cuanto entró en casa.

Estaba furioso porque había tenido que esperar durante todo el día mientras el chófer llevaba a Bodie a Billings y volvía después a por él a Jackson Hole. Ya eran más de las doce de la noche cuando llegaron al rancho.

Morie huyó escaleras arriba para evitar la discusión que sabía se avecinaba. En su frágil estado, no necesitaba más sobresaltos.

Mallory puso los brazos en jarras y fulminó a su hermano con la mirada.

–Y, por supuesto, tú no has hecho nada para merecértelo.

Cane frunció el ceño.

–He bajado a buscar unas aspirinas y, cuando he vuelto a la habitación, Bodie ya se había ido. La he llamado por teléfono y ni siquiera me ha contestado. Después he llamado al chófer y me ha dicho que Bodie se iba y no quería hablar conmigo –alzó la mano–. ¡No sé qué demonios ha pasado!

–Ha ido al bar y te ha visto besándote con una mujer rubia –le aclaró Tank con voz glacial–. Eso es lo que ha pasado.

Cane desvió la mirada. No podía contarles la verdad a sus hermanos. Se había sentido atrapado en la habitación del hotel y había intentado escapar. Había utilizado a Laura para demostrarle a Bodie que no estaba dispuesto a dejarse condicionar por ninguna mujer, ni siquiera por su esposa. Pero, en aquel momento, aquella huida improvisada le estaba golpeando a él mismo en las entrañas.

–Bodie ha ido a buscarte –confirmó Mallory–, y ha pensado... Bueno, ya puedes imaginarte lo que ha pensado. Tú nunca has sido un hombre de una sola mujer.

Cane estaba devastado. El tiro le había salido por la culata. Había visto a Laura y habían comenzado a hablar. La había conocido en un encuentro de ganaderos varios años atrás y, desde entonces, eran amigos. Él había visto a Bodie saliendo del ascensor. Le había irritado que fuera a buscarle y, en un impulso, había pensado en una manera de devolverle el golpe. Pero, en aquel momento, se sentía culpable, y también ligeramente a la defensiva.

–Solo estaba hablando con Laura –mintió.

–Y besándola –replicó Tank–. Bonito gesto para ser el día de tu boda.

–Escucha, tío –comenzó a decir Cane, y se volvió hacia él con expresión beligerante.

–No, escúchame tú –repuso Mallory fríamente, interponiéndose entre ellos–. Lo has echado todo a perder. Bodie se ha ido a la universidad y, en cuanto pueda permitírselo, contratará a un abogado para pedir el divorcio. No te preocupes –añadió al ver que Cane se encolerizaba–, no piensa pedir nada, excepto la anulación del matrimonio. Quería que lo tuvieras claro.

Cane se sintió todavía peor. Le había fallado a Bodie de la peor manera posible. Por supuesto, se había sentido atrapado, como si le hubieran arrastrado al altar en contra de su voluntad. Pero lo de la boda había sido idea suya, no de Bodie. Ella solo era culpable de haberse enamorado de él.

Se apartó de sus hermanos, sintiéndose enfermo. Debería haberse dado cuenta de que Bodie podía ir a buscarle. Por supuesto que debería haberse dado cuenta. De hecho, había dejado deliberadamente que le encontrara en una situación comprometida para que le dejara. Él mismo se lo había buscado porque se sentía atrapado. Bodie y sus inmaculados ideales, Cane y su moralidad de oveja negra. Bodie se merecía algo mejor.

Miró por la ventana hacia el cielo amenazador.

–Ahora ni siquiera tiene manera de llegar al trabajo –dijo Cane con pesar–. Su camioneta, si es que se le puede llamar así a ese conjunto de chatarra, todavía está aquí.

–Les he encargado a Darby y a Fred que llevaran una de las camionetas del rancho al apartamento que compartía con Beth –le dijo Mallory.

Lo dijo de una manera que Cane se sintió extrañamente incómodo. Se volvió y miró a Mallory.

–¿Qué quieres decir? ¿Por qué dices que lo compartía? ¿Por qué hablas en pasado?

Mallory estaba muy serio.

–Hoy se han producido toda una serie de acontecimientos.

–¿Acontecimientos?

–Will Jones ha estado ocupado –dijo Tank en un tono glacial.

Cane tuvo un presentimiento. Ni siquiera quiso pronunciarlo en voz alta.

Mallory tomó aire.

–El sheriff arrestó a Will hace unos días por tráfico de pornografía y utilización de modelos menores de edad.

–Esa es una buena noticia, ¿no? –preguntó Cane.

–Lo era, hasta que hemos descubierto lo enfadado que estaba Will con todo lo que le estaba pasando. Supongo que pensó que Bodie era la más vulnerable y ha sabido hacerle pagar por lo que le pasó. Al parecer, hizo esto hace algún tiempo, pero nosotros acabamos de averiguarlo.

Cane tragó con fuerza.

–¿Y qué hizo exactamente?

–Esto.

Mallory giró el ordenador portátil que tenía en la mesa. Allí, en el inicio de una página web, aparecía una fotografía de una mujer desnuda en una grosera pose al lado de un hombre. Se reía mientras miraba a la cámara. Y era Bodie.

–¡Pero ella me dijo que jamás había posado de esa forma para Bill! –explotó Cane–. ¿Cómo pudo hacer una cosa así? ¿No era consciente de que iba a echar a perder su reputación en esta comunidad?

–Cane, esa no es Bodie.

–¡Y un infierno que no es Bodie! –respondió Cane enfadado–. ¡Esa es su cara!

–Sí, pero no es su cuerpo –respondió Tank fríamente–. Se lo han cambiado con un programa de PhotoShop.

–¿Y tú cómo lo sabes? A no ser que la hayas visto desnuda, claro –preguntó Cane, irracionalmente celoso.

–Porque conozco a un genio de los ordenadores y le he pedido que lo investigara –respondió Tank.

–Red Davis –añadió Mallory–. Le hemos hecho seguir el rastro de la fotografía. Will colocó una fotografía del rostro de Body sobre un cuerpo desnudo. Davis ha encontrado incluso la fuente de la fotografía de Body. Era una que le había hecho su madre con una cámara digital y que había descargado en el ordenador antes de morir.

–Le mataré –dijo Cane en un tono tan amenazador que Mallory sintió un escalofrío recorriendo su espalda.

–La ley se hará cargo de Will. Ahora mismo tengo

a Davis trabajando en la fotografía. Ha tenido que entregar una copia a la policía porque Will ha cometido un delito de robo de identidad al que también tendrá que enfrentarse en los tribunales. Pero Davis sigue trabajando en la red para rastrear la fotografía y borrarla por completo.

–¿Y conseguirá hacerlo? –preguntó Cane entre dientes.

–Eso esperamos –respondió Tank–. Davis es realmente bueno y tiene contacto con muchas agencias del gobierno que se encargan de temas de ciberterrorismo. Él está convencido de que podrá deshacerse de la fotografía.

–¿Y ella lo sabe? –preguntó Cane preocupado–. ¿Bodie ya se ha enterado?

Mallory le miró sombrío.

–No se enteró hasta que llegó a su apartamento y encontró todas sus cosas en la puerta. Beth ni siquiera le habla. Le dejó una nota en la puerta diciéndole que lo sentía, pero que ya no podía compartir su habitación con ella. Que no estaba dispuesta a vivir con una mujer que aparecía desnuda con hombres desconocidos por toda la red. Bodie estaba destrozada.

–¿Y dónde está ahora? –preguntó Cane, violentamente enfadado.

–La hemos instalado en un hotel que está cerca del campus. Pero me temo que sus compañeros de clase terminarán descubriendo la fotografía en la red –respondió Mallory con voz queda.

–Sí, estoy seguro de que su supuesta amiga Beth se encargará de ello –musitó Tank–. ¡Menuda amiga! Por lo menos debería haberle concedido el beneficio de la duda.

–Sí. Al igual que Bodie debería habérmelo concedido a mí –respondió Cane sombrío–. Cosecharás tu siembra –sentenció.

–Bueno, ahora el daño ya está hecho –dijo Tank–. Y lo que nos corresponde a nosotros es hacer todo lo que podamos por Bodie.

–¿Va a volver a casa? –quiso saber Cane.

–¿Estás de broma? –respondió Tank, e incluso sonrió–. Le he dicho al chófer que no estaba dispuesta a marcharse por algo que no había hecho y que iba a presentarse en el campus para contarle a todo el mundo lo que le había hecho el estúpido de su padrastro. De hecho –añadió, acercándose al ordenador para mostrar la página de Facebook de Bodie–, ya lo ha hecho.

Señaló la pantalla. Bodie lo exponía todo allí, hablaba del ultimátum de su padrastro, de la muerte de su abuelo, de la vergüenza de aceptar sus condiciones, aunque de manera discreta, para poder pagar el alquiler, del descubrimiento de que Will se había vengado por su arresto publicando una fotografía trucada que hasta su amiga, añadía con cierta acidez, se había creído sin el menor cuestionamiento.

–Vaya –rio Cane–. Ese golpe va directamente para Beth.

–Y se lo tiene bien merecido –dijo Mallory.

Cane clavó la mirada en la pantalla y experimentó una sensación de pérdida. Recordó el incidente en el restaurante de camioneros. Cómo habían mirado a Bodie… Seguramente, por aquel entonces, ya habían visto la fotografía. Pobre chiquilla. Y ella ni siquiera lo sabía. Bodie, con toda su dulzura e inocencia, apareciendo en las pantallas de ordenador de todo el mundo en una postura lasciva. Se avergonzó de sí mismo por lo que había pensado nada más ver la fotografía. ¿Cómo se sentiría Bodie en aquel momento?

Recordó lo cruel que había sido con ella, con la mujer con la que se había casado a regañadientes y a la que había traicionado el mismo día de su boda.

Primero aquello y después el fiasco de Internet. Estaba más avergonzado de sí mismo de lo que lo había estado en toda su vida.

–Ahora, la pregunta es: ¿qué piensas hacer? –le preguntó Mallory a Cane.

Cane tomó aire.

–No lo sé –confesó. Había perdido toda la confianza en sí mismo–. Sinceramente, no lo sé.

13

La desolación de Bodie al ver toda su ropa y sus pequeños tesoros en una caja de cartón en la puerta del apartamento que había compartido con Beth durante casi cuatro años de universidad había sido total. La nota le había provocado náuseas, porque había comprendido inmediatamente lo que había hecho Will. Se había acordado entonces de los dos camioneros que le habían dirigido miradas lascivas en aquel asador de carretera y había comprendido la razón de su actitud. ¿Cuánto tiempo llevaría aquella repugnante fotografía circulando por Internet? Y, peor aún, ¿iba a dejar de hacerlo alguna vez?

Le había contado al chófer lo que había pasado y había sido él el que había llamado a Mallory. Este había hablado con Bodie, con inmenso cariño, y después con el chófer, que la había llevado al hotel más cercano y la había instalado allí. Después, Darby le había llevado una camioneta al aparcamiento del hotel y le había dejado las llaves. También le había entregado un sobre con dinero y la había hecho callar ante sus protestas. Bodie le había abrazado.

Una vez en su habitación, Bodie había abierto el ordenador portátil, había visto la fotografía y había tenido que ir a vomitar al cuarto de baño. Después del día de la muerte de su padre y, más recientemente de los de la muerte de su madre y su abuelo, aquel había sido el peor día d su vida.

Durante la semana previa al comienzo de las clases, Bodie utilizó todo el tiempo del que disponía para intentar deshacer el daño que Will había hecho a su reputación. Su escasamente visitada página de Facebook llegó a convertirse en un foro de discusión pública cuando explicó los motivos por los que había sido víctima de aquel terrible ataque en Internet por parte de su padrastro. Subió un comentario en el que señalaba que no estaba bien expulsar a alguien de su vida sin oír antes las dos versiones de una historia.

Beth la llamó la noche siguiente a la publicación de aquel comentario.

–Tienes razón –le dijo con voz queda–. Me comporté de una manera absurda y me siento avergonzada. Cuando le envié a Ted una fotografía mía en ropa interior que terminó corriendo por toda la red antes de que consiguiera pararla, tú me ofreciste todo tu apoyo, a pesar de que la culpa había sido mía. Sin embargo, yo te juzgué sin preguntarte nada. Lo siento mucho –titubeó un instante–. ¿Quieres volver a compartir el apartamento conmigo?

–No –respondió Bodie–. Gracias por la oferta, pero estoy cómoda aquí.

–Lo siento de verdad, Bodie –Beth parecía a punto de llorar–. Sobre todo después de haberme enterado de los motivos que te llevaron a posar para tu padrastro. Y no sabía que tu abuelo había muerto...

–Yo no posé para esa fotografía, Beth. Mi padrastro manipuló la fotografía con PhotoShop. Hay pruebas y ha sido denunciado por ello.

–¡Oh! –Beth pareció de nuevo muy impactada–. ¡Oh, Dios mío!

–Tú te creíste inmediatamente lo que viste, ¿verdad? Soy una persona que va a la iglesia y que ni siquiera sale con chicos, y tú, a pesar de haber vivido conmigo durante casi cuatro años, te lo creíste –la voz de Bodie sonaba más triste que acusadora.

–Lo siento mucho –comenzó a decir Beth otra vez.

—Gracias —respondió Bodie, y colgó el teléfono.

Beth y ella habían sido amigas, pero nunca íntimas. Aun así, le resultaba muy duro pensar que su compañera de habitación se hubiera creído aquellas mentiras sobre ella. Se preguntó con cuántos de sus compañeros de clase habría hablado Beth. Pero, bueno, la gente podría leer sus comentarios y conocer la verdad. Algunos continuarían creyéndose lo que habían visto y ella tendría que soportar las consecuencias. Pero, fuera como fuera, estaba dispuesta a conseguir su grado sin importarle los obstáculos con los que se encontrara.

Pensó en Cane con inmenso dolor. Le había visto besar a otra mujer. Y había concluido que le estaba siendo infiel. A lo mejor, ella también le había juzgando sin tener pruebas. Fue un pensamiento perturbador. Le había pedido a Mallory que le dijera a Cane que quería divorciarse de él, pero no había ido a ver a ningún abogado. Podría dejar que lo hiciera Cane cuando le apeteciera. Por su parte, iba a intentar dejar el pasado detrás y centrarse en su futuro. Jamás dejaría de querer a Cane, pero lo de confiar en él iba a ser algo muy diferente. Incluso en el caso de que no hubiera planeado engañarla, todavía estaba el hecho de que le había visto coqueteando con otra mujer el mismo día de su boda. Aquello era algo que no podría superar por mucho que lo intentara.

Bodie se puso en contacto con Morie a través del Skype el día de Nochevieja. Esta se mostró preocupada por su cuñada. Y aquella preocupación resultó reconfortante para Bodie. Al cabo de un minuto, formuló la pregunta que sabía necesitaba hacer.

—¿Cómo está Cane? —preguntó, consciente de que Morie estaba hablando con ella desde el dormitorio, donde Cane no podía oírla.

–Muy triste –respondió Morie–. Va progresando poco a poco, pero ha dejado de sonreír. Está yendo a terapia con un psicólogo que es veterano de guerra. Dice que con él le resulta fácil hablar y que le está ayudando. No ha vuelto a beber desde que volviste a Montana.

–Esa es una buena noticia –dijo Bodie con voz queda–. ¿Ha... ha hablado ya con un abogado?

–No. Dice que tú puedes querer divorciarte de él, pero que él no quiere divorciarse de ti. Cree que puedes llegar a perdonarle y volver algún día.

A Bodie le dio un vuelco el corazón.

–¿Ha dicho eso?

–Bueno, no con esas palabras –admitió Morie–. Pero dice que no quiere ir a un abogado.

–Ya entiendo.

–Mallory cree que Cane lo hizo deliberadamente porque, de pronto, le asustó el estar casado. Sabía que ibas a ir a buscarle. Y, posiblemente, te vio salir del ascensor.

–¿Quieres decir que lo tenía todo preparado?

–Es posible, ¿no te parece? –contestó Morie–. Cane te deseaba, pero no estaba seguro de querer casarse tan pronto. Por otra parte, sabía que a Tank le gustabas y tuvo miedo de no dar un paso adelante. Pero, cuando os pusisteis las alianzas, se sintió atrapado y empezó a buscar una salida. Por lo menos, eso es lo que piensa Mallory.

–No me parece disparatado –musitó Bodie–. Así que... todavía hay alguna esperanza.

–Sí, siempre hay esperanza –respondió Morie con cariño–. Yo también tuve que recorrer un camino complicado hasta llegar a casarme. A veces, nos cuesta aprender a confiar. Es evidente que Cane siente algo por ti. El problema es que no sabe cómo enfrentarse a sus sentimientos. Nunca ha estado enamorado. Se lo he oído decir a sus hermanos.

–Solo me desea –dijo Bodie bruscamente.

–Para un hombre, eso ya es un comienzo –Morie se echó a reír–. Tienes que tener paciencia. Dejar que la vida fluya.

–Buen consejo –Bodie suspiró–. Bueno, Moira, feliz Año Nuevo. Me matricularé en la universidad a finales de esta semana y las clases empezarán después. Deséame suerte.

–Tú no necesitas suerte. Eres una mujer inteligente. Pero te deseo suerte con ese marido tan opuesto al matrimonio –se echó a reír otra vez.

–Ahí sí que la voy a necesitar. Gracias por la camioneta y por la habitación del hotel, Mallory. Pero te juro que, aunque tarde años en hacerlo, le devolveré el dinero.

–No tienes por qué hacer eso –vaciló–. ¿Tu amiga vio la página de Facebook?

–Sí. Me llamó para pedirme disculpas, pero, durante la conversación, reconoció que había pensado que era yo la que había posado para la fotografía.

–Menuda amiga.

–Por eso he decidido quedarme en el hotel. Estoy temiendo el comienzo de las clases. Es posible que alguno de mis compañeros haya visto las fotografías y no haya entrado en mi página de Facebook.

–Ya te enfrentarás a eso –la tranquilizó Morie–. Tengo fe en ti. Lo único que tienes que hacer es mantener la cabeza bien alta e ignorarlos.

–Lo intentaré. Pero ya sabes que la vida no es fácil.

–Sí. Pero sabemos cómo arreglárnoslas.

Bodie sonrió.

–Claro que sí. ¡Gracias!

–De nada.

El primer día de clase, Bodie estaba devorada por los nervios .Pero nadie hizo ningún comentario sobre aquellas fotografías de Internet. Ella ya había ido a hablar con el decano y le había contado lo que había pasado, por si acaso surgía algún incidente. El decano se había limitado a sonreír y le había contado que su propia hija había sido víctima de un problema similar y el caso pronto iría a juicio. Le había dicho también que no se preocupase por ello. Así que Bodie había salido de su despacho mucho más animada.

Pero las cosas no fueron tan bien para Beth. Curiosamente, fue ella la que recibió la mayor censura cuando se corrió la voz por el campus de lo que le había hecho a Bodie. Esta estaba yendo hacia su clase cuando oyó un comentario en el pasillo.

–Dejarle las cosas bajo la lluvia, como si hubieras estado acogiendo a una vagabunda –le estaba espetando a Beth una joven que ni siquiera era amiga de Bodie. Beth se sonrojó violentamente–. ¿Y tú te consideras una persona religiosa? ¿Qué clase de religión es esa? –se volvió y se alejó caminando de allí.

Beth miró a Bodie, se sonrojó todavía más y, prácticamente, se alejó corriendo de ella. Dos días después, comenzó a correr la noticia de que Beth había dejado el campus y se había trasladado a una universidad del Este. Bodie la compadeció. Le había enfadado que Beth se creyera la sucia mentira de Will, pero Bodie jamás había deseado que le ocurriera algo así. Al fin y al cabo, ella también había dado por sentada la infidelidad de Cane sin oír su versión de la historia. Aquello tampoco la dejaba en muy buen lugar.

Un mes después de que comenzaran la clases, ya habían desaparecido los rumores y los chismes sobre ella. Nadie la provocaba ni la hacía sentirse incómoda. Ella había rastreado la fotografía por Internet y no había encontrado nada, ni siquiera una referencia a la fotografía.

Llamó una noche a Morie y, mientras esperaba a que conectara el Skype, frotó su piedra de la suerte, disfrutando de su textura metálica. Definitivamente, tendría que pedirle al amigo que tenía en el Departamento de Geología que le echara un vistazo. Pensó, y no por primera vez, en lo inusualmente pesada que era aquella piedra.

–¡Hola! –le saludó Morie, sonriendo–. ¿Cómo estás?

–Mucho mejor –le dijo Bodie a ella–. ¿Cómo van las cosas por allí?

–Cane ha conseguido una nueva prótesis –dijo Morie con los labios apretados y los ojos brillantes–. Es un prototipo. Su psicólogo tiene un amigo que trabaja en inteligencia artificial. La prótesis ha sido creada para generar un vínculo con el cerebro de la persona, que la controla como si fuera un brazo auténtico. Cane no les ha permitido ponerle los electrodos, pero ha visto cómo funcionaba en el laboratorio. Es muy realista.

–¿Y de verdad se la pone? ¡Vaya! –exclamó Bodie.

–Se ha cortado el pelo y se afeita cada día. Y, por alguna razón, está repasando cosas de Antropología –añadió con una risa–. Y tiene una fotografía tuya en su habitación. Mavie la ha visto y me lo ha dicho.

Bodie se sonrojó.

–¡Vaya!

–Y, ¿sabes? Pensamos ir todos a tu graduación.

Bodie esbozó una mueca.

–Si me gradúo –tragó saliva–. ¿Cómo están Will y su amigo Larry?

–Los dos en la cárcel –contestó Morie para sorpresa de Bodie–. Ayer les acusaron de nuevos cargos y todavía no les han puesto fianza. Red Davis consiguió la prueba acusatoria y se la llevó personalmente al sheriff. También ha borrado cualquier rastro de la fotografía que te hizo Will en Internet.

–Adoro a Red Davis.

–Todos nosotros lo adoramos. En realidad, debería estar trabajando para alguna agencia del gobierno en vez de ser el encargado del ganado del rancho –Morie se echó a reír–. Pero dice que no quiere ponerse traje ni tener que presentarse cada día delante de un tipo con corbata.

–¿Tú crees que Will saldrá de la cárcel? –preguntó Bodie preocupada, consciente de lo vengativo que era su padrastro–. Aunque le pongan una fianza muy alta, siempre puede ofrecer la casa y el terreno...

–No, no puede –respondió Morie–. Pensaba llamarte esta noche porque eso es lo más emocionante que ha pasado. Cuando el detective del sheriff registró la casa de Will, encontró una caja cerrada con llave y consiguió una orden de registro para poder abrirla. Dentro estaba el verdadero testamento de tu madre, en el que te deja la casa, el terreno y todo lo demás. Está en manos de nuestros abogados que están intentando invalidar el testamento falso que se leyó después de la muerte de tu madre. Tú serás la propietaria de todo.

Bodie se sentó.

–¡Dios mío! Nunca voy a poder agradecéroslo lo suficiente. ¡Nunca!

–Tú lo único que tienes que hacer es graduarte y volver a casa, aunque solo sea durante unas semanas –dijo Morie. Sonrió para sí–. Yo también tengo alguna noticia que darte.

–¿Cuál es?

Bodie se echó a reír.

–Estoy embarazada.

–¡Morie! ¡Voy a ser tía! –vaciló–. Bueno, Cane será tío.

–Y tú serás tía... si continúas casada con Cane. ¡Estoy emocionada! El bebé nacerá en agosto.

–Me alegro muchísimo por ti.

–Estamos entusiasmados. Pronto podrán decirnos el sexo, pero Mallory y yo estamos de acuerdo en que preferimos no saberlo. Queremos que sea una sorpresa.

–Vaya, qué capacidad de contención –Bodie se echó a reír–. ¡Felicidades! Estoy segura de que tus padres están emocionadísimos.

–Desde luego, incluso Cort –dijo Morie, sacudiendo la cabeza–. Mi hermano es una caja de sorpresas.

–¿Qué tal le va con Odalie Everett? –preguntó Bodie con curiosidad.

Morie suspiró.

–Odalie tiene un auténtico sentimiento de superioridad. No quiere salir con un hombre que, utilizando sus propias palabras, huele a estiércol de vaca.

–¡Dios mío! Pero su madre no es así, ¿verdad?

–¡No! Heather Everett es un ángel. Sería capaz de encontrar algo bueno que decir hasta del mismísimo demonio. Es un auténtico drama. Cort está loco por ella, que está a punto de marcharse a Italia con un famoso profesor de canto, y después tenemos a una dulce vaquera, la vecina de Cort, que se muere por él y mi hermano ni siquiera se fija en ella –frunció en ello–. Bueno, eso no es del todo cierto. La ve de vez en cuando. Y, normalmente, suelta alguna palabrota.

–¿Y por qué? –preguntó Bodie fascinada.

–Porque ella tiene un gallo como mascota que la adora. Y odia a los hombres. Es parecido a nuestro gallo malo, pero peor. Se pasa al rancho de mi familia para visitar a las gallinas cuando no anda el gallo por el jardín. Y cuando ve a Cort, se lanza hacia él, con espolones y todo. Es muy gracioso –dijo sin poder contener la risa–. Cort no consigue atrapar al gallo. Es un experto en atacar y salir corriendo. Así que Cort sale gritando desesperado detrás de él y el gallo corre a su vez haciendo un ruido muy gracioso, como si estuviera riéndose.

Bodie estalló en carcajadas.

–¡Oh, Dios mío!

–Es posible que esto termine mal. O en una sopa de pollo. O en cualquier cosa. Pero, sea como sea, tú lo que tienes que hacer es estudiar mucho y no dejar de mantenerte en contacto con nosotros. Yo te mantendré informada de todo lo que va pasando por aquí.

–Gracias, Morie. Felicidades otra vez –titubeó un instante–. Si Cane está comenzando a arreglarse, ¿crees que puede ser porque está saliendo con esa chica de Jackson Hole?

–No ha vuelto a salir del rancho desde que te fuiste. No, no está saliendo con nadie. ¿Quieres saber cuál es mi opinión? Creo que está esperando a que su mujer vuelva a casa –sonrió con cariño.

Bodie contuvo la respiración. Sus ojos resplandecían.

–¡Vaya!

–Sí, es sorprendente, ¿verdad? Todos estamos muy orgullosos de él.

–Lo haré lo mejor que pueda. Te lo prometo.

Las semanas pasaron volando. Bodie estaba tan ocupada estudiando que perdió la noción del tiempo. Estaba decidida a graduarse. No tenía ninguna vida social, a pesar de que sus compañeros de clase la invitaron a conciertos y a los diferentes acontecimientos que tuvieron lugar en el campus. Ella pasaba las noches estudiando en su habitación.

Pero se había producido un gran acontecimiento en su vida. Había llevado su piedra de la suerte al Departamento de Geología y se había quedado estupefacta al descubrir que formaba parte de un meteorito y valía casi cien mil dólares.

–Conozco a un coleccionista que pagaría por ella mucho más –le explicó el doctor Gandres, el profesor de Geología–. Es bastante rara y está muy bien conservada. ¿Quieres que te dé su número de teléfono?

Bodie no pudo hacer otra cosa que limitarse a asentir. Estaba casi en estado de shock.

Él sonrió mientras apuntaba el número.

–Vale más que el oro –farfulló Bodie.

–Sí. Un coleccionista pagaría cualquier cosa por una piedra como esa. Bodie, no deberías llevarla en el bolsillo. Es demasiado valiosa.

Bodie rio sin alegría.

–¡Desde luego! Pero hasta ahora no era consciente de ello. ¡Gracias!

–Ha sido un placer.

Bodie volvió al hotel completamente impactada. Aquella pequeña piedra le habría ahorrado todos los problemas de las semanas anteriores. Podría haberle salvado la vida a su abuelo. Y, definitivamente, le habría evitado a ella muchos conflictos. Pero, hasta entonces, había desconocido su valor. Siempre la había llevado con ella sin saber qué tipo de piedra era en realidad. Y una vez lo sabía, seguía sin querer separarse de ella. Pero le serviría para pagar la universidad, para pagarse un buen vehículo, un posgrado e, incluso, si fuera necesario, un divorcio. Se convertiría en una mujer económicamente independiente. De modo que, sí, tendría que venderla. Descolgó el teléfono y llamó al coleccionista.

Una semana después, ingresaba un cheque con una cantidad formidable en el banco. Pagó el hotel y se mudó a un apartamento modesto situado cerca del campus, que estaba en una casa de una pareja mayor. Le pidió a Darby que fuera a recoger la camioneta del rancho y se compró un buen coche de segunda mano.

–¿Qué te ha pasado? –le preguntó Morie esa misma noche.

Bodie se echó a reír mientras veía el rostro de su amiga a través del ordenador.

–¿Te acuerdas de mi piedra de la suerte? ¿Esa piedra que llevaba siempre en el bolsillo?

–Sí, era una piedra muy rara.

–Era parte de un meteorito y acabo de vendérsela por una pequeña fortuna a un coleccionista.

–¡Dios mío! Hay un programa en televisión sobre las personas que se dedican a buscar ese tipo de piedras para ganarse la vida.

–No suelo ver la televisión. Pero tendré que echarle un vistazo a ese programa.

–Deberías. Es fascinante. Es de dos tipos que van por todo el mundo buscando fragmentos de ese tipo –titubeó un instante–. Sabes que sigues teniendo la propiedad de tu madre, ¿verdad? Según los abogados, dentro de unas semanas podrás tener las escrituras.

–Se pusieron en contacto conmigo –respondió Bodie–. Pero no pienso vender esa casa por nada del mundo.

–No te culpo. Una casa debería pertenecer siempre a la familia.

–Y, de todas formas, todavía me queda dinero. Quiero devolveros todo lo que me habéis dado…

–Si se te ocurre intentarlo siquiera, te aseguro que se va a montar una gran escena –le advirtió Morie.

Bodie esbozó una mueca.

–Bueno, gracias.

–De nada –Morie apretó los labios–. El viernes por la noche vas a tener compañía.

Bodie parpadeó.

–¿Qué?

–He oído de una fuente bastante fiable que alguien tiene pensado ir a hacerte una visita a Billings el viernes por la noche. Es un hombre alto, moreno, guapo y con gran determinación.

–¿Cane? –Bodie lo miró boquiabierta.

–Sí, creo que se llama así –Morie se echó a reír.

Fue tal la emoción de Morie que estuvo a punto de tirar el teléfono.

–¿El viernes? ¿Va a venir aquí?

–Sí, va a ir.

–Pero no me ha llamado ni nada –balbuceó Bodie.

Morie volvió a soltar una carcajada.

–Él cree que va a ser una sorpresa. Así que esta llamada era para avisarte.

–Un millón de gracias, Morie. Me pondré mi mejor vestido…

–No, no. En teoría, tú ni siquiera sabes que va a ir a verte. Si no, se dará cuenta de que te lo he dicho.

–Sí, no estaba pensando con la cabeza fría, lo siento. ¡Maldita sea! ¿Qué me puedo poner? ¿Qué le voy a decir? ¿Qué voy a hacer?

–Tranquilízate, toma aire y deja que la vida fluya.

Bodie tomó aire. Pero no se tranquilizó. Estaba inquieta, nerviosa, y más emocionada de lo que había estado desde que Cane le había propuesto matrimonio. Un momento… él había dicho que no quería divorciarse. Pero ¿y si lo quisiera? ¿Y si quería ir a verla porque pretendía pedirle el divorcio? ¿O si aquella mujer rubia había vuelto a su vida?

–No –le advirtió Morie después de su largo silencio–. Deja de atormentarte. Tienes enfrentarte a las cosas de frente, cariño. Lo único que tienes que hacer es esperar a que llegue y hablar con él.

–Parece sencillo.

–Y lo es.

Bodie volvió a tomar aire.

–De acuerdo –dijo por fin–. Fingiré que no sé nada.

–Buena chica. Y buena suerte.

–Eres la mejor amiga que he tenido nunca.

–Gracias. Y lo mismo digo. Hablaremos pronto, ¿de acuerdo?

–De acuerdo.

Bodie colgó el teléfono. Aquella noche, se acostó temprano, pero no se durmió casi hasta el amanecer. Cuando el despertador sonó por la mañana, tenía unas enormes ojeras debajo de los ojos y tuvo que salir corriendo para llegar a clase a su hora.

Durante toda la semana estuvo pensando en qué le gustaría a Cane, en lo que le iba a decir, en lo que harían ambos cuando se presentara en su apartamento. Imaginó todos los escenarios posibles. Y se le ocurrían muchos. Pero sus suposiciones le causaban más preocupaciones que otra cosa. Estaba convencida de que quería ir a verla para poner fin a su compleja relación. Él siempre había dicho que no quería casarse, pero Bodie parecía haberse encontrado con una faceta oculta de ella. Se había casado con ella para evitar que Tank le pidiera salir. Había sido una competición entre hermanos y, a los ojos de Cane, ella había sido el premio a conquistar. Estaba segura.

Se preguntó cómo tendría las costillas. Había pasado tiempo suficiente como para que hubieran sanado por completo. Si ella aprobaba todas las asignaturas, se graduaría en menos de un mes. Aquello implicaría una nueva preocupación. ¿Adónde iría cuando regresara a su pueblo? Pero entonces recordó que tendría su casa, la casa que había compartido con su abuelo y que Will le había robado.

Will estaba en la cárcel, con Larry. Aquello significaba una preocupación menos para Bodie, menos temor a encontrarse con su padrastro en alguna tienda del pueblo y a tener que enfrentarse a él. Todavía estaba enfadada consigo misma por lo que había hecho. Posar para una fotografía lasciva. Era algo absolutamente impropio de ella. Pero lo había hecho para salvar a su abuelo. Había sido inútil. Podría haberse ahorrado la angustia de las consecuencias. Pero había hecho lo que pensaba que debía hacer en ese momento. De hecho, dentro de unos límites, habría hecho cualquier cosa por su abuelo. Todavía le echaba mucho de menos. Siempre le echaría de menos.

El viernes por la tarde, Bodie terminó la última clase y condujo hacia su apartamento. Miró a su alrededor, buscando un coche o alguna de las furgonetas del racho, pero no había un alma por ninguna parte. Dejó escapar un suspiro de alivio. Por lo menos contaría con un poco de tiempo para refrescarse, ordenar el apartamento y cocinar algo que podría calentar más tarde si Cane decidía quedarse a cenar. Fuera lo que fuera lo que tenía que decirle, podían cenar algo antes.

Lo tenía todo planeado. Metió la llave en la cerradura y frunció el ceño cuando descubrió que la puerta estaba abierta. Debía de haberse olvidado de echar la llave cuando se había ido a clase. Un error estúpido. Por supuesto, la encantadora pareja de ancianos con la que vivía no permitiría que entrara nadie en su apartamento. De eso estaba completamente convencida. Eran muy protectores con ella.

Así que entró en el apartamento, colgó el abrigo y, tarareando la banda sonora de una película que le gustaba, dejó el bolso en una silla, se dirigió hacia su minúscula cocina y se encontró cara a cara con un hombre vestido con vaqueros y una camisa de trabajo de color azul cocinando unos filetes en su cocina.

Bodie contuvo la respiración y estuvo a punto a desmayarse.

Cane volvió la cabeza y sonrió. Era tan atractivo que el corazón de Bodie estuvo a punto de dejar de latir. Había pasado mucho tiempo desde la última vez que aquellos ojos negros habían brillado al verla, desde la última vez que le había sonreído. Olía a especias y a jabón y tenía la camisa perfectamente planchada. Un trabajo de Mavie, sin lugar a dudas. Era el hombre soñado por cualquier mujer. No podía dejar de mirarle. De hecho, le estaba devorando con la mirada.

–He pensado que podrías tener hambre. Tiene que ser duro tener clases hasta tan tarde. ¿Qué tenías? ¿Antropología Física?

Bodie asintió. No era capaz de pronunciar una sola palabra.

Cane le dio la vuelta a la carne por última vez, apagó la cocina y colocó los filetes en una fuente enorme. Cerca, había un cuenco lleno de patatas guisadas que olía maravillosamente y otro con coles de Bruselas. Todos aquellos platos juntos constituían la comida favorita de Bodie, y Cane lo sabía.

–¿Te sorprende verme aquí? –susurró Cane, acercándose a ella.

Bodie volvió a asentir.

Cane le tomó el rostro entre las manos. Una de ellas era aquella prótesis tan perfectamente construida que realmente tenía el tacto de la piel.

–No engaña a nadie si la mira de cerca –susurró Cane con la mirada fija en su boca–. Pero a distancia, no está mal. Funciona como una verdadera mano. Tiene montones de poleas, de palancas y cosas… ¡Oh, Dios mío! ¡Voy a morirme si no te beso!

Buscó su boca con un beso furioso, intenso, devorando y entreabriendo sus labios mientras con el brazo la empujaba contra él.

Bodie gimió ante la angustiosa pasión que despertó en ella. Le rodeó con los brazos y le estrechó todavía más contra ella, entreabriendo los labios para responder a su pasión en aquel apartamento en el que, en aquel instante, nada parecía real, excepto la presencia de Cane entre sus brazos.

Cane gimió. Sostenía a Bodie con la prótesis contra él mientras con la otra mano se abría camino bajo la blusa y el sujetador hasta llegar a su piel, cálida y firme. La besó con pura intención, provocándola con los labios mientras rozaba delicadamente el pezón que se erguía y se endurecía bajo aquel dulce tormento. Bodie alzó la mano hacia él, con los ojos cerrados y sin separarse de sus labios.

–Llevas... demasiada ropa –susurró Cane con voz ronca–. ¡Me estoy muriendo de deseo!

La condujo al dormitorio, cerró la puerta y se tumbó con ella sobre la cama sin hacer al tiempo que intentaba quitarle la camisa. Al final, Bodie tuvo que ayudarle y fue exponiendo su suave y sonrosada piel mientras Cane la contemplaba con una intensa y hambrienta mirada.

Bodie se reclinó en la cama. Cane se colocó sobre ella y recorrió con la mirada la rosada belleza de su cuerpo.

–Del todo –le pidió con voz ronca.

Bodie, nerviosa, tragó saliva.

–Desnúdate del todo –insistió Cane–. Después, me desnudaré yo. Pero tendrás que ayudarme Bodie –dijo en un tono tierno y delicado–. No sé si puedo hacer esto...

–Claro que puedes –susurró Bodie.

Su inseguridad le daba fuerza. Sin pensar en su propio pudor, que la atormentaba, se quitó los vaqueros y después continuó desnudándole a él. Fue muy excitante quitarle la camisa botón a botón, descubrir el vello que cubría su pecho y los músculos que se tensaban mientras ella terminaba de quitársela por los brazos.

La prótesis estaba sujeta por un arnés. Aprendió a desabrochársela y advirtió la vacilación de Cane.

–No estoy seguro… –comenzó a decir Cane con pesar.

–Los hombres han perdido brazos y piernas en todas las épocas desde que comenzaron las guerras –le dijo con ternura–. Y las mujeres han sido capaces de enfrentarse a ello. Yo también lo seré. Espera y verás. Tú puedes enseñarme.

–Enseñarte –Cane soltó una risa ronca cuando Bodie acercó las manos al cinturón–. Sí –murmuró, inclinándose hacia su boca–. Creo que eso sí podré hacerlo.

Al principio, le resultó difícil. Bodie nunca había visto a un hombre desnudo, excepto por alguna mirada furtiva dirigida a la revista que una niña había comprado en una ocasión cuando estaban en el instituto. Ella no veía películas extranjeras ni visitaba webs pornográficas, así que no sabía mucho de un asunto que parecía bastante común para las mujeres modernas.

–Eres increíble –musitó Cane mientras Bodie, con cierta torpeza, intentaba deshacerse de las últimas prendas que los cubrían a los dos–. Esto ha sido bastante educativo.

Bodie tragó saliva e intentó no mirar hacia el lugar más destacado.

–Bueno, he estado bastante reprimida.

–Pero no seguirás estándolo durante mucho tiempo, te lo prometo.

La hizo caer sobre las sábanas al tiempo que deslizaba una pierna entre las suyas, apoyándose en lo que le quedaba de brazo. Lo hizo con un movimiento ágil, sin ninguna torpeza, y colocó la otra mano en un lugar que la hizo alzarse de la cama con una mezcla de vergüenza y placer.

–No tengas miedo –susurró Cane contra sus labios–. Esto lo hago para prepararte. Es una parte de tu cuerpo dulce, sexy y excitante. Tú no pienses. Limítate a relajarte y dejar que te acaricie.

Bodie no imaginaba que iba a mostrarse tan entusiasta. Sin embargo, sus reacciones fueron fluyendo de manera natural en cuanto Cane encontró un punto que la hizo explotar de placer. Se arqueó contra su mano, con los ojos abiertos como platos y cargados de asombro mientras se movía como nunca había imaginado que llegaría hacerlo. Ya no era capaz de pensar. Era todo sensaciones, estallaba de placer y se retorcía sobre las sábanas limpias mientras Cane la arrastraba hasta un repentino e impactante clímax sin abandonar nunca sus ojos.

Cane la miró con el rostro sonrojado por el placer.

–Nunca habías sentido nada parecido –dijo, sorprendido.

–No –respondió ella con voz atragantada.

–Entonces esto –susurró Cane, colocándose entre sus piernas– te va a volver loca. Rodéame las caderas con las piernas. Y ahora, déjame enseñarte a hacer el amor.

Bodie se dejó guiar. Su cuerpo solo protestó ligeramente cuando Cane la penetró con un lento y firme movimiento de caderas. Durante todo momento, estuvo mirándola directamente a los ojos. En una ocasión, avergonzada por el placer que sentía crecer dentro de ella, Bodie intentó cerrar los suyos.

–No –susurró él con firmeza–. Mírame. Y déjame verte.

–Es algo… tan… íntimo –susurró Bodie con palabras entrecortadas.

–Eres mi esposa –respondió Cane, hundiéndose más profundamente dentro de ella con una lenta y larga embestida–. Tú lo eres todo. Comparte esto conmigo. Comparte cada segundo conmigo…

Bodie ahogó un grito. De pronto, sintió una urgencia imperiosa. Alzó las caderas para salir al encuentro de la embestida de Cane. Le sintió crecer, inflamarse dentro de ella, y le vio apretar los dientes mientras sus caderas descendían hacia las suyas.

–Eres tan dulce… –susurró Cane–. Tan dulce, Bodie, tan dulce… ¡Oh, Dios mío!

Comenzó a moverse rápidamente dentro de ella, con la intensidad de una ametralladora, mientras Bodie se alzaba contra él con toda la fuerza y la velocidad a las que podía, dejándose llevar por aquel ritmo que pondría fin a la angustia y la tensión que habían ido creciendo y creciendo en su interior.

–¡Cane! –ni siquiera su voz le pareció suya. Le resultó tan extraña que ni siquiera la reconoció.

–¡Bodie… mírame! –consiguió decir Cane en el último momento.

Bodie vio dilatarse las pupilas de Cane mientras él se movía sobre ella en rítmicas sacudidas que encontraban eco en los movimientos espasmódicos de sus caderas. Cuando Cane alcanzó el clímax, Bodie le sintió explotar dentro de ella, sintió su calor, sintió que Cane se convertía en algo suyo mientras su propio cuerpo caía y caía a través de interminables capas de placer que la dejaron casi inconsciente. Cualesquiera que hubieran sido sus sueños sobre una relación íntima con Cane, la realidad los superó de tal manera que apenas podía creer la diferencia.

Cane se derrumbó sobre ella, sudando y temblando con la boca sobre sus tensos senos.

–Jamás en mi vida había sentido algo así.

Bodie se abrazó a él y tragó con fuerza. Miró por encima de él. El placer todavía palpitaba en su cuerpo satisfecho, pero, cuando la realidad comenzó a abrirse paso, volvieron los recuerdos.

–¿Ni siquiera con esa rubia de piernas largas de Jackson Hole? –consiguió susurrarle al oído.

Cane estalló en carcajadas.

Aquello era lo último que Bodie se esperaba.

Cane alzó la cabeza y bajó la mirada hacia Bodie. Estaba todavía dentro de ella. Se levantó ligeramente para que Bodie pudiera ver que todavía estaban completamente unidos.

–No lo sé –susurró–, porque jamás me acosté con ella. Es solo una amiga, la conocí en una feria de ganado –rozó sus labios–. Te vi salir del ascensor. Me sentía atrapado, tenía miedo. Así que hice algo increíblemente estúpido.

–Algo increíblemente estúpido –Bodie se limitó a repetir sus palabras mientras Cane se movía lentamente dentro de ella, convirtiendo su cuerpo en llamas.

–Fingí que tenía una relación con ella. Sabía que te irías, y pensaba que era eso lo que quería en ese instante, que nos divorciáramos y volver a ser libre. Pero no soy libre –se movió otra vez, observándola gemir–. Y tú tampoco. Nos pertenecemos el uno al otro tan completamente que, incluso cuando estamos separados, seguimos estando juntos. Y también... –le dijo–, tenemos esto.

Se movió insistentemente hasta que Bodie comenzó a arquearse contra él de manera convulsa, con los dientes apretados, mientras el placer iba creciendo dentro de ella con una fuerza punzante. Gritó.

–Me has convertido en un hombre completo –dijo Cane jadeante–. Y yo te he convertido en una mujer.

–Yo ya era una mujer –respondió Bodie, riendo en medio de aquel placer.

–Eras virgen –respondió Cane contra sus labios–. Dulce, casta y tímida. Jamás olvidaré lo que he sentido ni el aspecto que tenías cuando has alcanzado por primera vez al clímax –gimió mientras se acercaba todavía más a ella–. Quiero hacer esto una y otra vez y contemplarte todas y cada una de ellas mientras esté vivo, y mientras tú estés viva.

Volvió a hundirse en su interior con sus ojos negros clavados en los ojos castaños de Bodie.

–Te amo, Bodie, te amo.

Bodie intentó decirle que también ella le amaba, pero el placer era tan sobrecogedor que solo fue capaz de aferrarse a él y gemir. Aquello era lo más excitante y lo más dulce que había hecho en su vida. Se sintió como si estuviera subiendo hasta un precipicio del que fue cayendo después en la explosión de placer más intenso que jamás había experimentado. Cane encontró también su propia satisfacción, pero mucho después de que Bodie hubiera alcanzado varias veces el clímax.

Bodie quería hablar con él, pero solo fue capaz de pronunciar un exhausto:

–Te quiero mucho.

Cane enterró el rostro en su cuello.

–Te quiero mucho, pequeña, y nunca dejaré de quererte.

Se quedaron dormidos en un dulce estupor mientras la comida esperaba en la cocina.

14

Eran más de las doce cuando se despertaron, se ducharon y se dirigieron a la cocina en busca de comida.

–¿Cómo te las has arreglado para entrar aquí? –preguntó Bodie.

Lo único que llevaba encima era la camisa de Cane. Él iba vestido únicamente con los vaqueros. Se sentía tan cómodo con Bodie que ni siquiera le importaba que viera su herida. Aquella era una prueba de sus sentimientos hacia ella.

–Primero les enseñé esto –le mostró la alianza y sonrió–. Les dije que habíamos discutido y que yo quería arreglar las cosas. Prácticamente se derritieron. Son buena gente.

–Sí, son muy buenos –se mostró de acuerdo Bodie, y le miró con maravillada.

–Lo sé –musitó Cane con voz ronca, deslizando el brazo alrededor de su cintura para arrastrarla hacia él–. Estás asombrada por mis habilidades en la cama –se inclinó y la besó–. Creo, además, que mejoraré con la práctica.

–Deberíamos practicar continuamente –susurró ella en respuesta, abrazándole con fuerza.

–Si seguimos practicando mucho y como lo hemos hecho esta noche, muy pronto tendremos compañía.

Bodie parpadeó.

–¿Compañía?

–La gente tiene bebés haciendo lo que estamos haciendo, Bodie –bromeó Cane.

Bodie se le quedó mirando fijamente como si no

le entendiera. Pero no tardó en comprenderlo. No estaba utilizando ningún método anticonceptivo y estaba segura de que él tampoco.

–¿Te importaría? –preguntó Cane, y parecía preocupado.

Bodie se abrazó a él, temblando al pensar en la posibilidad de tener un hijo. Un hijo de Cane.

–¡No! –dijo con fervor–. No me importaría nada en absoluto.

Cane la abrazó con fuerza.

–Una mujer y una familia. La gente que me conoce se desmayaría al ver la facilidad con la que me he metido en esto.

–Yo ayer estuve a punto de desmayarme. Imagínate, ¡un hombre desnudo en mi casa!

Cane se echó a reír.

–Creo que lo hiciste muy bien para ser una mujer tan exageradamente pudorosa. Pero por alguna parte había que empezar.

–Sí.

Cane la besó en la frente.

–Preparé la carne, las patatas e incluso las coles de Bruselas –miró por encima de la cabeza de Bodie y esbozó una mueca–. Pero supongo que no nos sentaría muy bien comernos todo eso ahora.

Bodie soltó una carcajada.

–¿Qué tal unos huevos con beicon?

–Me encantaría.

Bodie le besó.

–Ahora mismo los preparo.

Comieron en silencio y volvieron a la cama, pero estaban demasiado cansados como para seguir experimentando. A la mañana siguiente, se vistieron y condujeron a Catelow.

Cuando comenzaron a subir los escalones de la entrada a la casa con las manos entrelazadas, Morie estaba esperándoles en el porche.

–No hace falta que pregunte cómo ha ido todo –bromeó, sonriéndoles a los dos.

Ambos le devolvieron la sonrisa.

–No, no hace ninguna falta –se mostró de acuerdo Cane–. Parece que estamos felizmente casados –bajó la mirada hacia Bodie, que estaba radiante–. No sé si eres capaz de creértelo.

–Me cuesta, pero lo intentaré –respondió Morie–. Vamos, entrad. Mavie lleva toda la mañana cocinando. Tiene una sorpresa para vosotros.

Entraron a la cocina y allí, en medio de la mesa, encontraron una magnífica tarta de bodas, adornada con una pareja de novios en la parte superior.

–¡Mavie, es preciosa! –exclamó Bodie.

–Sé que ya tuviste una tarta el día de tu boda, pero no era de este tipo –dijo, echándose el pelo hacia atrás con la mano manchada de harina–. Quería que tuvieras una tarta como es debido, con tres pisos y una novia y un novio al final. No una de esas tartas de un solo piso de la pastelería.

–En realidad, no queríamos que fuera una tarta de un solo piso –les explicó Morie–, pero todo salió mal.

–Desde luego –respondió Cane con pesar–. Y yo contribuí a que todo terminara siendo un auténtico desastre.

Bodie le abrazó.

–Pero conmigo ya has enmendado tus errores, así que deja de flagelarte.

–Voy a necesitar un cilicio y vestirme con tela de saco –susurró Cane.

–Lo que necesitas es una pala y un cepillo de dientes –respondió Bodie–. Ya he decidido a dónde quiero ir de luna de miel si me gradúo.

–Te graduarás –le aseguró Cane.

Bodie suspiró.

–Eso espero. En cualquier caso, hay un programa especial en Colorado donde puedes ayudar a arqueólogos profesionales a trabajar en una excavación.

–Hace años que no piso una excavación –Cane se movió incómodo–. Y ya no puedo utilizar una pala.

–No tienes por qué hacerlo. Puedes usar una paleta. Y, da la casualidad, de que sé que has estado estudiando.

Cane se echó a reír.

–Sí, he estado repasando los huesos –reconoció.

–Así que podrás ayudar en una excavación.

Cane suspiró.

–Me estás obligando a volver al mundo. Yo estaba haciendo un trabajo bastante bueno intentando esconderme de él.

–Pues no lo voy a permitir –le advirtió Bodie, mirándole con una sonrisa–. Ya no.

Cane se inclinó y la besó.

–De acuerdo, jefa.

Bodie contestó con una mueca.

Mavie agarró entonces la tarta y la llevó al comedor. Cane tomó a Bodie de la mano y siguieron los dos juntos a Mavie.

Se hicieron fotografías con la cámara digital de Morie y después se sentaron y dieron cuenta de la tarta acompañada con tazas de café francés con vainilla.

–¡Está riquísima! –exclamó Bodie–. Absolutamente deliciosa –musitó mientras se metía otro pedazo de tarta en la boca.

–No, el que es delicioso soy yo –la regañó Cane, apuntándola con el tenedor–. La tarta está rica.

Bodie se echó a reír, y también lo hicieron todos los demás.

Mallory y Tank llegaron unos minutos después y

repararon rápidamente en la repentina intimidad que parecía unir a Cane y a Bodie.

–¿Podemos asumir que os habéis reconciliado? –preguntó Mallory, y apretó los labios.

–Sí, podéis –les aseguró Cane–. Bodie se graduará en la universidad con todos los honores y después disfrutaremos de la luna de miel desenterrando cosas viejas de entre montones de tierra.

Bodie le dio un golpe.

–Vamos a formar parte de una muy digna expedición arqueológica –le corrigió. Sonrió de oreja a oreja–, donde desenterraremos cosas viejas de entre montones de tierra.

Rieron todos. Cane la abrazó con fuerza.

–Haremos todo lo que tú quieras, cariño –le dijo y la miró con sus ojos negros llenos de amor y de orgullo.

–No te olvides de lo que acabas de decir –respondió Bodie, pero estaba sonriendo.

Bodie se graduó con un *magna cum laude*, y toda la familia condujo hasta Billings para la ceremonia de graduación. Después, Cane estuvo paseando junto a Bodie, ella con la toga y el birrete y aferrada a su diploma, hablando con sus profesores favoritos y conociendo a algunos de sus compañeros de clase. Al menos una de las mujeres se le insinuó abiertamente, pero Cane se volvió sin mirarla siquiera. Solo tenía ojos para su esposa, le dijo a Bodie, y ella confiaba plenamente en él, algo que jamás habría imaginado. Era un hombre enamorado.

Estuvieron en Colorado dos semanas, excavaban por el día y hacían el amor por las noches. Cuando volvieron a casa, estaban agarrotados y doloridos, pero contaron a la familia que aquello había sido lo más divertido que habían hecho juntos hasta ese momento. Aunque hubiera sido desenterrar huesos de entre montones de tierra.

Will fue condenado por falsificación de identidad y tráfico de pornografía con explotación de una menor, junto a su amigo Larry. También fue acusado de robo por haber dispuesto de los bienes de la madre de Bodie y haber ocultado su testamento. Larry y él fueron condenados a varios años de prisión. Bodie recuperó las escrituras de la propiedad de la casa, encontró a una encantadora pareja de ancianos que necesitaban un lugar en el que vivir y les permitió quedarse en la casa a cambio de nada.

Las joyas de la familia aparecieron en su cómoda una mañana a primera hora. Las bajó a la mesa del desayuno y se las enseñó a Cane.

–Las empeñé –le explicó balbuceante–. Pretendía ir a recuperarlas…

Cane la abrazó y la besó.

–Uno de los vaqueros del rancho te vio empeñarlas. Incluso entonces, supe que no podía permitir que perdieras algo tan importante. Las compré y le juré al propietario de la casa de empeños que lo mantendría en secreto. Estaba esperando el momento adecuado para dártelas. Y creo que es este.

Lo dijo con voz extraña y con una mirada de maravillado asombro. Cuando se las tendió, terminó posando la mano en su vientre plano.

–¿No va siendo hora de que me lo digas, Bodie? –le preguntó mientras la besaba.

Bodie soltó un grito ahogado.

–¡Pero si me he hecho la prueba esta misma mañana! –exclamó, mirándole con la boca abierta.

Cane sonrió.

–He visto la prueba en la papelera. Yo también sé interpretar los colores de una caja, ¿sabes? Vamos. Dímelo.

Bodie tomó aire. Estaba radiante.

–Hicimos un bebé –susurró.

Cane la estrechó contra él, la miró a los ojos y se inclinó para besarla con inmensa ternura.

–Hicimos el amor –le acarició el vientre con delicadeza–. Hicimos el amor de verdad.

Bodie se estremeció y se estrechó contra él.

–Casi me da miedo ser tan feliz.

Cane le dio un beso en la cabeza.

–Sí. Pero es maravilloso.

–Absolutamente maravilloso –se echó a reír–. Tengo que ir al médico para asegurarme, pero lo sé.

–Yo también –la abrazó con fuerza–. Te he causado muchos problemas –dijo contra el suave pelo de Bodie–, ¿crees que ha merecido la pena?

–Ha merecido la pena cada lágrima –le aseguró. Le miró a los ojos–. Estoy muy orgullosa de ti. ¡Y llevas meses sin destrozar un solo bar!

Cane se sonrojó ligeramente.

–Sí, bueno, no quiero que te avergüences de mí.

Bodie sonrió de oreja a oreja.

–¿Esa es la razón?

Cane se encogió de hombros.

–Eso y el hecho de que por fin estoy yendo a un psicólogo con el que puedo hablar. Supongo que, al final, estoy aprendiendo a enfrentarme a lo que me pasó.

–Y te estás enfrentando maravillosamente –susurró Bodie.

–¡Ah! Así que te gusta cómo lo estoy haciendo, ¿eh? –musitó Cane, mirándola con ojos chispeantes.

–Sí, te estás enfrentando a ello de las formas más… particulares –respondió Bodie, aclarándose la garganta y sonrojándose un poco.

Cane se echó a reír.

–Puedes echarle la culpa a mi perversa juventud.

Bodie se reclinó contra él y apoyó la mejilla en su pecho.

–No creo que sea eso. Lo que quiero decir es que no sabía que se podía mejorar tanto.

–Y seguirá siendo mejor y mejor cada día –suspiró y dobló el brazo–. Eres lo mejor que me ha pasado nunca –susurró–. Y te quiero con locura.

–Yo también te quiero con locura.

Cane se inclinó y la besó con exquisita ternura.

–Creo…

–¡… que ese maldito gallo va a terminar en una cazuela y que ella va a terminar dentro con él!

Cane y Bodie se miraron sorprendidos cuando un hombre alto y moreno de pelo ondulado entró furioso en casa. Llevaba vaqueros, botas, una chaqueta y un sombrero Stetson salvajemente caro.

–¡Oh, lo siento! –se detuvo avergonzado y sonrió–. Mal me había dicho que mi hermana estaba aquí.

–Y está –dijo Morie, que salía en ese momento de la cocina con una taza de café–. ¡Cort! Creía que no llegabas hasta el jueves.

Abrazó a su hermano.

–Yo no pensaba llegar, pero ese maldito gallo ha vuelto a atacarme y he decidido marcharme del pueblo antes de que terminaran deteniéndome por agresión.

–¡Oh, Cort! –Morie se echó a reír–. ¿Continúa persiguiéndote ese gallo?

–Puedes reírte todo lo que quieras –musitó–. Ese maldito gallo me está persiguiendo en mi propia casa. ¡Me está persiguiendo en mi propiedad!

–Y no puedes atraparlo y comértelo –sugirió Cane riendo.

–Sí, no estaría nada mal –gruñó Cort–. Tengo hasta al último peón del rancho persiguiendo a ese estúpido gallo. Jack se cayó al agua intentando atraparlo. A Bill le dio una coz un toro porque estaba corriendo por el corral sin mirar. Y Andy se llevó la peor parte. Saltó para agarrar al gallo y aterrizó en una enorme pila de… bueno, fue horrible.

Morie se moría de risa.

–¡Pobre Andy!

–Así que he decidido adelantar la visita –dijo Cort. Esbozó una mueca–. Espero que no te importe que me quede una temporada. No pienso volver a casa hasta que no haya acabado con él.

–A lo mejor llega un halcón más grande que él y te salva –sugirió Bodie.

–No creo que vaya a tener tanta suerte.

–¿Y no puedes denunciar al propietario? –preguntó Cane.

–El propietario es una joven vaquera que vive sola con su tía abuela en una miserable granja que está a punto de derrumbarse –confesó Cort–. No se le pueden pedir peras al olmo –suspiró–. Aun así, todos los vecinos la adoran. Me dirían de todo si lo hiciera. Y mi padre perdería el negocio.

–Papá dijo que deberías pegarle un tiro a ese gallo –le recordó Morie.

–¡Y lo intenté! –exclamó Cort–. Le disparé a quemarropa cinco veces y fallé todas ellas. Cuando vacié el cargador, el maldito gallo se abalanzó contra mí. Os juro por Dios que, cuando al final me metí en casa, el gallo se estaba riendo. ¡Y yo ni siquiera tenía un palo para enfrentarme a él!

Bodie y Cane estallaron en carcajadas.

–Aquí estarás a salvo –le aseguró Morie–. Yo solo tengo gallinas. Bueno, tengo también un gallo, pero le cortamos las alas y no tiene espolones desde la semana pasada, de verdad. Lo único que puede hacer es amenazarte. Es como un león sin dientes.

–Bueno, es un alivio. A lo mejor, no me voy nunca de aquí –añadió.

–Eres bienvenido en esta casa –contestó Morie–. ¿Te apetece un poco de bizcocho?

–¿Qué tal un poco de café con él? –le pidió Cane–. He tenido una semana muy larga.

–¡Será un placer!

Cane y Bodie estaban sentados aquella tarde en uno de los columpios del porche, con las manos entrelazadas y contemplando las luciérnagas volando por el jardín. Todas las plantas habían florecido y el olor de las flores, dulce y sutil, impregnaba el aire cálido de la noche.

–¿Alguna vez llegaste a pensar que te casarías conmigo cuando nos conocimos? –preguntó Bodie con una sonrisa.

–En realidad, lo pensé muchas veces –confesó sorprendentemente Cane–. Pero todavía no había sido capaz de enfrentarme a lo que me había pasado en la guerra, ni al problema que tenía con la bebida, y tú me parecías demasiado joven –bajó la mirada hacia ella–. En aquel momento, no me di cuenta de que ese cuerpo tan joven encerraba un alma adulta –se inclinó y la besó–. Y ahora, cuando pienso en ello, me parece que, en realidad, soy yo el que es demasiado joven para ti.

Bodie le devolvió el beso y suspiró.

–Jamás había esperado ser tan feliz.

–Sinceramente, cariño, yo tampoco –la estrechó contra él–. Te tengo a ti y al bebé que estamos esperando. Y muchos años de felicidad por delante.

Bodie sonrió y se presionó contra él.

–Sí, muchos años de felicidad por delante.

En la distancia, se oía el sonido de los coches en la carretera, más allá de los últimos cercados. Pero lo único que Bodie era capaz de oír era el sonido del corazón de Cane, latiendo fuerte y seguro junto a su oído. Cerró los ojos y sonrió, sintiéndose segura en los brazos de aquel fiero vaquero de Wyoming por fin domesticado.

UN HOMBRE AUDAZ

DIANA PALMER

A Ellen Tapp, mi amiga de la infancia, con cariño

1

Era una de las peores ventiscas en la historia del Rancho Real, en Catelow, Wyoming. Asomado a la ventana, Dalton Kirk hizo una mueca al ver que los copos de nieve parecían crecer a cada momento. Estaban a mediados de diciembre. Por lo general aquel tiempo tan malo solía llegar después.

Sacó su móvil para llamar a Darby Hanes, su capataz.

–Darby, ¿qué tal marchan las cosas por ahí?

–El ganado está bien hundido en la nieve –replicó Darby con voz entrecortada por las interferencias–, pero comida tendrá. Aunque cuesta llegar hasta él.

–Espero que no esto no dure mucho –comentó desanimado.

–Yo también, pero ya sabes que necesitamos esta nieve para compensar lo poco que ha llovido en primavera. Yo no me quejo –rio Darby entre dientes.

–Ten cuidado.

–Claro que sí. Gracias, jefe.

Colgó. Odiaba las ventiscas, pero Darby estaba en lo cierto acerca de su desesperada necesidad de nieve. El verano seco se lo había puesto difícil a los rancheros del Oeste y del Medio Oeste. Solo esperaba que fueran capaces de alimentar el ganado. En una emergencia, por supuesto, las instituciones federales y estatales podían ayudar lanzando desde el aire balas de heno a los animales.

Fue al salón, encendió el televisor y puso el canal de Historia. Haría bien en entretenerse en lugar de preocuparse tanto, pensó con humor.

***

Mavie, el ama de llaves, frunció el ceño cuando creyó haber oído algo en la puerta trasera. Estaba aclarando los platos en la cocina, nerviosa porque la tormenta parecía estar arreciando.

Curiosa, fue a asomarse tras los blancos visillos y se llevó un buen susto al descubrir un rostro pálido y ovalado mirándola a su vez con unos ojos verdes abiertos como platos.

–¿Merissa? –inquirió, sorprendida.

Abrió la puerta. Allí, envuelta en una capa color rojo sangre con capucha, estaba su vecina. Merissa Baker vivía con su madre, Clara, en una cabaña en medio del campo. Eran lo que la gente de la localidad llamaba una familia «peculiar». Clara sabía curar quemaduras y hacer desaparecer verrugas. Conocía todo tipo de remedios a base de hierbas contra las enfermedades y se decía que poseía la capacidad de adivinar el futuro. Se rumoreaba también que su hija tenía las mismas habilidades, solo que magnificadas. Recordaba que, cuando Merissa había estado en edad escolar, sus compañeros la habían rehuido y acosado tanto que su madre había tenido que sacarla del colegio local a causa de los problemas de estómago que le sobrevinieron. Las autoridades educativas le habían asignado un profesor para que la ayudara con las tareas y superara los cursos. Y ella se había graduado con notas que habían hecho avergonzar a la mayoría de sus compañeros.

Había intentado trabajar en la localidad, pero su reputación había inquietado a algunos empresarios de mentalidad conservadora, de manera que se había quedado en casa para ayudar a su madre, ganándose la vida con una combinación de adivinadora del futuro y diseñadora de webs, cosa en la que era muy buena.

Al principio solo había contado con un viejo ordenador y una precaria conexión a Internet, pero luego, conforme el negocio había ido creciendo, había empezado a ganar dinero. Con el tiempo se había podido permitir un mejor equipamiento y mayor velocidad de conexión. A esas alturas, se había convertido en una profesional de éxito, Diseñaba páginas web para un escritor famoso y diversas empresas.

–¡Sal de la nieve, niña! –exclamó Mavie–. ¡Estás empapada!

–El coche no me arrancaba –explicó Merissa con su voz suave y melodiosa. Era casi tan alta como Mavie, que medía un poco más de uno setenta. Tenía el cabello espeso y corto, rubio platino, y unos ojos color verde claro que le llenaban toda la cara. Barbilla pequeña y redonda, boca en forma de arco, de un rosa natural, y orejas diminutas. Y una sonrisa capaz de derretir a las piedras.

–¿Qué estás haciendo aquí con esta ventisca?

–Tengo que ver a Dalton Kirk –dijo con tono solemne–. Es urgente.

–¿A Tank? –inquirió estupefacta Mavie, utilizando el cariñoso mote con que era conocido el hermano pequeño de los Dalton.

–Sí.

–¿Puedo preguntar de qué se trata? –preguntó Mavie, confusa, porque no creía que la familia tuviera asunto alguno que tratar con Merissa.

Merissa sonrió dulcemente.

–Me temo que no,

–Ah. Voy a buscarlo, entonces.

–Esperaré en la cocina. No quiero mojar la alfombra –dijo la joven con una risa que resonó como un campanilleo.

Mavie fue al salón. En la televisión estaban dando un anuncio. Dalton había bajado el volumen.

–Malditas sea –masculló él–. Un minuto de programa y luego cinco minutos de anuncios. ¿De verdad esperan que la gente se quede sentada viendo tantos de una vez? –resopló. En seguida frunció el ceño al ver la expresión de Mavie–. ¿Qué pasa?

–Conoces a las Baker, ¿verdad? Viven en la cabaña que hay carretera abajo, la de la alameda.

–Sí.

–Ha venido Merissa. Dice que tiene que hablar contigo.

–Está bien –se levantó–. Dile que pase.

–No quiere pasar al salón. Se ha empapado mientras caminaba hasta aquí.

–¿Ha venido a pie? ¿Con esta ventisca? –señaló la ventana, donde se podían ver los enormes copos que no cesaban de caer–. ¡Pero si ya han caído más de dos palmos de nieve!

–Dijo que el coche no le arrancaba.

Suspiró. Apagó la televisión y dejó a un lado el mando a distancia. Siguió luego a Mavie a la cocina.

Reparó en la esbelta figura de su visitante. Era muy bonita. Sus labios eran de un rojo natural. Sus ojos eran enormes, verdes, de mirada cálida. Tenía un rostro en forma de corazón con una barbilla redonda que le daba un aspecto vulnerable. Llevaba una capa roja con capucha y, en efecto, estaba empapada.

–Merissa, ¿verdad? –preguntó con tono suave.

Ella asintió. Con los hombres, era muy recelosa. En realidad les tenía miedo. Esperaba que no se le notara demasiado.

Dalton era muy grande, como todos los chicos de los Kirk. Tenía el pelo muy negro, los ojos oscuros y un rostro enjuto y anguloso. Llevaba tejanos, botas y una sencilla camisa de franela. No parecía en absoluto el hombre acaudalado que era.

–¿Qué puedo hacer por ti?

Ella desvió la mirada hacia Mavie.

–Oh. Aprovecharé para limpiar un poco el polvo –dijo Mavie con una sonrisa. Los dejó solos, cerrando la puerta a su espalda cuando salió al pasillo.

–Corres un peligro terrible –le espetó Merissa, sin preámbulos.

Parpadeó asombrado.

–¿Perdón?

–Lo siento. Tengo la costumbre de soltar estas cosas así, no ha sido mi intención –se mordió el labio–. Tengo visiones. Mi madre también las tiene. El neurólogo dice que es debido a las migrañas, cosa que también tengo, pero, si solo fuera eso, ¿cómo es que las visiones siempre acaban haciéndose realidad? –suspiró–. Tuve una visión en la que aparecías tú. Tenía que decírtelo en seguida, antes de que resultaras herido.

–De acuerdo, te escucho –pensó, para sus adentros, que necesitaba un buen psicólogo antes que un neurólogo. Pero no tenía intención de decírselo. Era muy joven: apenas veintidós años, si no recordaba mal–. Adelante.

–Hace unos meses fuiste atacado en Arizona por cuatro hombres –dijo. Había cerrado los ojos. Si no lo hubiera hecho, habría visto la repentina rigidez de Dalton y la tensión de sus rasgos–. Uno de los hombres que estaba contigo llevaba una camisa de cachemira…

–¡Maldita sea!

Merissa abrió los ojos y esbozó una mueca al ver que la estaba fulminando con la mirada.

–¿Cómo es que sabes eso? –le preguntó, avanzando hacia ella con tanta rapidez que tuvo que retroceder y chocó contra una silla. A punto estuvo de caerse. Se agarró a la mesa justo a tiempo. ¿Quién te lo dijo? –exigió, pese a que se había detenido.

–Nadie. Yo lo vi –intentó explicarse. «¡Cielos, sí

que es rápido!», exclamó para sus adentros. Nunca había visto a un hombre moverse así.

–¿Que lo viste? ¿Cómo?

–En mi cabeza. Fue una visión –se esforzó por explicarse de nuevo. Tenía las mejillas ruborizadas. Sabía que pensaba que estaba loca–. Por favor, déjame terminar. El hombre de la camisa de cachemira llevaba un traje y tú confiabas en él. Había otro hombre, uno de piel atezada que lucía muchas joyas de oro. De hecho, tenía una pistola bañada en oro y con perlas incrustadas.

–¡Ese detalle yo se lo conté únicamente a mis hermanos! –dijo, furioso–. ¡A ellos, a mi supervisor y, luego, a los tipos del departamento de Justicia!

–El hombre de la camisa de cachemira –continuó ella–. Él no es quién tú crees que es. Está relacionado con un cártel de la droga –volvió a cerrar los ojos–. Tiene negocios con un político importante. No sé qué tipo de negocios, eso no puedo verlo. Pero lo sé. Ese otro hombre aspira a conseguir un cargo institucional, la dirección de una importante agencia del gobierno con mucho dinero y poder político... –tragó saliva y abrió los ojos–. Quiere hacerte matar.

–¿A mí? –inquirió–. ¿Por qué?

–Por el hombre de la camisa de cachemira –explicó–. Él estaba con el tipo que te disparó, y que ahora se ha convertido en la mano derecha del líder del cártel de la droga. Pero eso es secreto. El cártel está invirtiendo dinero para que él pueda llegar a dirigir esa agencia del gobierno, de alto nivel. Una vez que resulte elegido, caso de que eso llegue a suceder, se asegurará de que los cargamentos de droga atraviesen la frontera sin interferencia alguna. Yo no sé cómo –alzó la mano como adelantándose a su pregunta–. Intentarán matarte para que no puedas delatarlo.

–Diablos. Yo identifiqué al tipo que me disparó

ante la policía. Tienen mi declaración –resopló–. Todo está allí: lo del sicario con la pistola dorada, las joyas de oro, las botas de piel de cocodrilo, el diente de oro con un diamante incrustado... –soltó una seca carcajada–. Ya es demasiado tarde para que intenten acallarme.

–Yo solo te estoy contando lo que vi –balbuceó ella–. No se trata del hombre de la pistola dorada, sino del que llevaba la camisa de cachemira. Trabaja para el político. Ya ha intentado matar a un sheriff, un hombre que habría podido reconocerlo. El sheriff recibió un tiro... –cerró los ojos y torció el gesto, como si le doliera la cabeza. Lo cual era cierto–. Tiene miedo de los dos. Si tú lo reconoces, sus vínculos con el político saldrán a la luz y este acabará en prisión. Y él también. No es la primera vez que mata para proteger a su jefe.

Tank se sentó. Aquello era demasiado. Le despertaba los recuerdos de pesadilla del tiroteo. Los impactos de las balas, el olor a sangre, la desquiciada mirada del hombre de tez morena mientras accionaba su pistola automática. Y realmente había habido otro hombre allí, el tipo de la camisa de cachemira, como ella decía, el que había vestido de traje...

–¿Por qué yo no recuerdo eso? –murmuró en voz alta. Se llevó una mano a los ojos–. Había un hombre de camisa de cachemira. Me pidió ayuda, Me dijo que iba a cerrarse un trato de drogas, uno importante. Yo le llevé hasta allí en mi coche. Me dijo que era de la DEA... –se interrumpió para quedársela mirando boquiabierto.

–Eso no lo habías recordado antes –observó ella.

Él asintió. Estaba pálido como la cera. Gotas de sudor perlaban el labio superior de su boca bien cincelada.

Ella se arrodilló en el suelo junto a su silla y tomó su mano enorme, aquella con la que no se estaba frotando los ojos.

–Tranquilo –le dijo con un tono de voz que le recordó a la que se imaginaba que tendría un ángel misericordioso–. No pasa nada.

No le gustaba que lo trataran como a un niño. Retiró bruscamente la mano, pero lo lamentó cuando vio su expresión dolida mientras se incorporaba y apartaba.

Ella no podía imaginarse los recuerdos que le había despertado. Él seguía intentando lidiar con ellos, y con poco éxito.

–La gente dice que eres una bruja –le espetó.

No se dio por ofendida. Simplemente asintió con la cabeza.

–Ya lo sé.

Se la quedó mirando fijamente. Había algo como de otro mundo en ella. Era casi frágil, pese a su altura. Serena, dócil. Parecía perfectamente en paz consigo misma y con el mundo. El único torbellino anidaba en sus enormes ojos verdes, que lo miraban con una mezcla de miedo y de compasión.

–¿Por qué me tienes miedo? –le preguntó de pronto.

Ella se removió, incómoda.

–No es nada personal.

–¿Por qué? –insistió.

–Eres muy… grande –vaciló, estremecida.

Él ladeó la cabeza, frunciendo el ceño.

Ella forzó una sonrisa.

–Tengo que irme –le dijo–. Solo quería que supieras lo que he visto, para que puedas estar bien alerta.

–Tengo una fortuna invertida en equipamiento de videovigilancia en el rancho, debido a los toros de alta calidad que tenemos.

Ella asintió.

–Eso no significará ninguna diferencia. Encargaron a un asesino profesional que acabara con el sheriff de Texas. Él también tenía cámaras de seguridad. O al menos eso pensaba él.

Tank exhaló un largo suspiro. Se levantó, ya más tranquilo.

–Conozco a gente en Texas. ¿Dónde trabaja de sheriff?

Volvió a removerse inquieta. Él la intimidaba con su estatura.

–Al sur de Texas. En algún lugar al sur de San Antonio. No sé nada más. Lo siento.

Esa pista debía de resultar fácil de seguir. Si habían disparado contra un agente de la ley, el suceso debía de haber sido publicitado, de manera que podía rastrearlo en la red. Deseaba hacerlo, aunque solo fuera para demostrar la falsead de su supuesta «visión».

–Gracias de todas maneras. Por la advertencia –sonrió, sarcástico.

–No me crees. Bueno, como quieras. Simplemente... ten cuidado. Por favor –se volvió y se subió la capucha.

Tank recordó entonces que había llegado hasta allí a pie.

–Un momento –fue al armario del pasillo, sacó una pelliza de pastor y se la lanzó–. Te llevo a casa –le dijo, buscando en el bolsillo las llaves del coche. Luego recordó que las había dejado colgadas en el gancho junto a la puerta trasera. Esbozando una mueca, las recogió de allí.

–No deberías hacer eso –le dijo ella, incómoda.

–¿El qué? ¿Llevarte a casa? Hay una ventisca. ¡Con este tiempo, ni siquiera puedes ver dónde pones los pies! –le dijo al tiempo que señalaba la ventana con una mano.

–Colgar las llaves ahí –vaciló. De repente tenía una mirada extraña, opaca–. No deberías hacerlo. Él las encontrará fácilmente y conseguirá acceder a la casa.

–¿Él? ¿Quién? –inquirió él.

Ella alzó rápidamente la mirada y lo miró perpleja.

–No importa –mascullo Tank–. Vamos.

Se dirigían al garaje cuando Darby Hanes llegó a bordo de una de las camionetas del rancho. Bajó rápidamente, sacudiéndose la nieve de su chaquetón de lana. Pareció sorprendido de ver a Merissa, pero se tocó el sombrero con un dedo y sonrió.

–Hola, Merissa –la saludó.

Ella le sonrió a su vez.

–Hola, señor Hanes.

–Estuve revisando las cercas –explicó, suspirando–. He vuelto a por la motosierra. Un árbol caído nos ha tumbado una –sacudió la cabeza–. Mal tiempo hace. Y el pronóstico es aún peor.

Merissa se lo había quedado mirando fijamente, sin hablar. Dio un paso hacia él.

–Señor Hanes, por favor no vaya a tomarse esto a mal, pero... –se mordió el labio–. Tiene usted que llevarse a alguien con usted cuando vaya a talar ese árbol caído.

El hombre la miró con los ojos muy abiertos.

Ella volvió a removerse inquieta, como tambaleándose bajo una pesada carga.

–¿Por favor?

–Oh, no... ¡No será una de esas premoniciones! –rio Darby–. No se ofenda, señorita Baker, pero... ¡necesita usted salir más! ¡Salir de casa, ver más gente!

Ella se ruborizó, avergonzada.

Tank entrecerró los ojos y estudió sus pálidos rasgos. Se volvió luego hacia Darby.

–La cautela nunca sobra. Llévate a Tim contigo.

Darby suspiró y sacudió nuevamente la cabeza.

–Es un derroche de personal, pero si tú lo dices... Así lo haré, jefe.

–Yo lo digo.

Darby se limitó a asentir. Su expresión era elocuente. Era licenciado en Física y hombre muy pragmático. No creía en las cosas sobrenaturales. Tank tampoco, pero el gesto de preocupación de Merissa no dejaba de inquietarlo. Sonrió simplemente a Darby, que alzó las manos con gesto resignado y fue a buscar a Tim.

Tank la guió hasta su gran camioneta negra, de doble cabina, y la ayudó a subir al asiento del pasajero.

Una vez que se hubo sentado ante el volante y encendido el motor, se dio cuenta de que ella lo estaba mirando todo con expresión fascinada.

–¿Qué pasa? –le preguntó.

–Este vehículo... ¿puede cocinar y hacer la colada, también? –bromeó, con la mirada clavada en el enorme tablero de control–. Quiero decir que parece como si pudiera hacer cualquier cosa. Tiene hasta radio de satélite...

–Este es un rancho grande y pasamos mucho tiempo lejos de la casa. Tenemos GPS, móviles... Todo lo imaginable. Las camionetas están cargadas de aparatos electrónicos con un propósito. Y con grandes y caros motores V 8 –explicó para en seguida añadir con un brillo malicioso en sus ojos oscuros–: Si no fuéramos ecologistas fanáticos que producimos nuestra propia energía, nos condenarían por el inexcusable uso de gasolina.

–Yo también conduzco un V-8 –confesó ella con una tímida sonrisa–. Por supuesto, el mío tiene veinte años y arranca cuando quiere. Hoy no ha querido, por ejemplo.

Él sacudió la cabeza.

–Quizá Darby tenga razón. Pasas demasiado tiempo sola. Deberías conseguirte un trabajo.

–Ya lo tengo –le dijo–. Diseño webs. Trabajo en casa.

–De esa manera no conocerás mucha gente.

Su expresión se volvió tensa.

–Me las arreglo bien sin la mayoría de la gente. Y, desde luego, ellos se las arreglan muy bien sin mí. Tú mismo lo has dicho. La gente me tiene por una bruja –suspiró–. La vaca del viejo señor Barnes se quedó sin leche y él me echó la culpa. Y solo porque vivía cerca de donde él. «Todo el mundo sabe que las brujas hacen esas cosas»: eso fue lo que me dijo.

–Amenázalo con ponerle una denuncia. Eso le callará la boca.

Parpadeó sorprendida y giró la cabeza hacia él.

–¿Perdón?

–Ofensas. Delito de odio –explicó.

–Ah. Entiendo –suspiró–. Pero me temo que eso solamente conseguiría empeorar las cosas. En lugar de «la bruja», sería «la bruja que denuncia a todo el mundo».

Tank rio por lo bajo.

Ella inspiró profundamente y se estremeció. Apenas se veía nada entre la nieve.

–Seguro que tendrás problemas con este tiempo. Dicen que los antiguos pioneros de las caravanas solían quedarse con el ganado durante las tormentas y le cantaban para tranquilizarlo, de manera que no saliera de estampida. Al menos durante las tormentas de verano con rayos, según lo que he leído.

Él se mostró agradablemente sorprendido.

–Esos antiguos pioneros mimaban a su ganado. De hecho, nosotros tenemos un par de vaqueros cantantes que hacen guardias por las noches con nuestra cabaña.

–¿Y se llaman Roy y Gene?

Tardó en darse cuenta de la broma. Al final soltó una carcajada.

–¡No! Tim y Harry.

Ella sonrió. Su rostro se iluminó por completo. «Es guapísima», pensó Tank.

–La broma era buena –reconoció. Había aludido a los famosos vaqueros cantantes y actores Roy Rogers y Gene Autry.

Se estaban acercando a la cabaña. No era gran cosa. Había pertenecido a un viejo solitario antes de que los Baker la compraran más o menos por el tiempo en que nació Merissa. Su padre se había marchado de repente cuando ella solo contaba diez años. Habían corrido rumores sobre el motivo. La mayoría de la gente pensaba que habían sido las escalofriantes habilidades de su madre las que habían precipitado el divorcio.

Tank detuvo la camioneta.

–Gracias por haberme traído –le dijo ella, subiéndose la capucha–. Pero no tenías por qué haberlo hecho.

–Lo sé. Gracias por la advertencia –vaciló–. ¿Qué es lo que viste… con Darby? –le espetó de pronto, odiándose a sí mismo por haberle hecho la pregunta.

Ella se tragó el nudo que le subía por la garganta.

–Un accidente. Pero, si se lleva a alguien consigo, no creo que le pase nada –alzó una mano–. Ya lo sé, tú no crees en todas estas tonterías. Yo solo digo lo que sé, cuando creo que puedo ayudar –lo miró con expresión dulce–. Habéis sido muy amables con nosotras durante todos estos años, todos vosotros. Cuando no podíamos salir a causa de las tormentas de nieve, nos mandabais provisiones. Una vez que nuestro coche se quedó atascado en una cuneta, mandasteis a uno de vuestros vaqueros para que nos lo sacara –sonrió–. Eres una buena persona. No quiero que te pase nada malo. Así que quizá esté loca, pero, por favor… ten mucho cuidado.

–De acuerdo –sonrió.

Ella sonrió también, tímida, y bajó de la camioneta. Cerró la puerta y corrió hacia el porche. Su capa roja, resaltando contra el blanco algodonoso de la nieve, le recordó a la protagonista de una película que había visto sobre un hombre-lobo. Era un tono rojo crudo, como de sangre, contrastando con un blanco inmaculado.

Una mujer mayor, con el cabello plateado, la estaba esperando en el porche. Miró por encima del hombro de Merissa e hizo un amago de saludo, algo incómoda. Merissa también se despidió con la mano. Ambas se apresuraron a entrar.

Por unos momentos Tank se quedó allí con el motor encendido, mirando fijamente la puerta cerrada, hasta que por fin metió una marcha y se alejó.

–¿De qué diablos te estás riendo? –preguntó Mallory a su hermano cuando poco después entraba en el salón.

Mallory y su esposa, Morie, tenían un niño de pocos meses de edad: Harrison Barlow Kirk. Ahora sí que eran capaces de dormir por las noches, para alivio de la casa entera. Cane, el hermano del medio, y su mujer, Bodie, estaban esperando una criatura, así que el barullo empezaría de nuevo para la primavera. Pero a nadie le importaba. Todos los hermanos estaban encantados con la noticia.

Un enorme árbol de Navidad se alzaba en una esquina, con una montaña de regalos que llegaba ya hasta el nivel de la primera fila de ramas. Era artificial. Morie era alérgica a los de verdad.

Tank se estaba riendo por lo bajo.

–¿Te acuerdas de las Baker?

–¿Las mujeres raras de la cabaña? –inquirió Mallory con una sonrisa–. Merissa y su madre, Clara. Por supuesto que me acuerdo de ellas.

–Merissa vino aquí para advertirme sobre un intento de asesinato.

Mallory se quedó perplejo.

–¿Un qué?

–Dice que un hombre va a venir a matarme.

–¿Te importaría explicarme por qué?

–Según ella, la cosa está relacionada con el tiroteo de Arizona, el que sufrí cuando estaba con el patrullero de la frontera –explicó. El recuerdo todavía le llenaba de inquietud–. Uno de los que dispararon teme que yo pueda reconocer a su compañero y causar problemas a un político que aspira a un cargo en el gobierno federal. Un asunto de drogas.

–¿Y cómo ha sabido ella todo eso?

Tank hizo una mueca, agitando las manos con burlona expresión teatral.

–¡Tuvo una visión!

–Yo no me lo tomaría tan a broma –repuso Mallory de forma extraña–. A una mujer del pueblo le aconsejó que no cruzara un puente en su coche. Dijo que había tenido una visión en la que se derrumbaba. La mujer fue de todas formas y, un día después, el puente se cayó justo cuando ella estaba pasando. Sobrevivió de milagro.

Tank frunció el ceño.

–Escalofriante.

–Hay gente que tiene habilidades en las que los demás no creen –dijo Mallory–. En cada comunidad hay alguien capaz de curar quemaduras y quitar verrugas, localizar pozos, incluso vislumbrar el futuro. No es algo lógico, algo que se pueda demostrar por el método científico. Pero yo lo he visto en acción. Recordarás que si ahora mismo tenemos en un pozo fue porque contraté a un zahorí para que viniera a encontrarlo.

–Un brujo de agua –se estremeció Tank–. Bueno, yo no creo en esas cosas y nunca creeré.

–Pues yo solo espero que Merissa esté equivocada –rodeó cariñoso con un brazo los hombros de su hermano–. Detestaría perderte.

Tank se echó a reír.

–No me perderás. He sobrevivido a una guerra y a un asalto con armas automáticas. Tal vez sea indestructible.

–Nadie lo es.

–Tuve suerte, entonces.

Mallory se echó a reír.

–Mucho.

Dalton se sentó ante su portátil cuando se acordó de lo que había comentado Merissa sobre el sheriff que había sido atacado en el sur de Texas.

Bebió un sorbo de café y se rio de sí mismo por haber dado fe a una historia tan disparatada. Hasta que echó un vistazo a las últimas noticias de San Antonio y descubrió que un sheriff del condado Jacobs, al sur de San Antonio, había sufrido un intento de asesinato a manos de desconocidos supuestamente relacionados con un conocido cártel de la droga, en la frontera de México.

Tank se quedó sin aliento mientras contemplaba anonadado la pantalla. El sheriff Hayes Carson del condado de Jacobs, Texas, había resultado herido por un supuesto sicario en noviembre y posteriormente secuestrado, junto con su novia, por miembros de un cártel de la droga que operaba en la frontera. El sheriff y su novia, que era la responsable de un periódico local, habían concedido una entrevista tras la dura prueba sufrida. El propio líder del cártel, a quien sus enemigos llamaban el Ladrón, resultó muerto cuando alguien lanzó una granada de mano debajo de un su coche blindado cerca de una población llamada El Cotillo, justo en la frontera con México. El asesino no habia sido capturado.

Tank se recostó en su silla con un sonoro suspiro. Seguía preocupándole lo que Merissa le había contado sobre el tiroteo que sufrió, con detalles que él únicamente había compartido con sus hermanos y con las fuerzas de la ley. Ella no podía haberlos averiguado de una fuente convencional.

A no ser que… bueno, ella tenía un ordenador. Y diseñaba páginas web.

El cerebro le estaba trabajando a toda velocidad. Merissa poseía habilidades suficientes para romper códigos informáticos de seguridad. Sí, tenía que ser eso. De alguna manera se las había arreglado para acceder a información sobre su persona contenida en alguna web gubernamental.

Las dificultades que entrañaba aquella teoría no lograban penetrar en su confusa mente. No estaba dispuesto a considerar la idea de que una joven a la que apenas conocía poseyera poderes sobrenaturales. Todo el mundo sabía que los videntes no eran más que estafadores que le decían a la gente lo que esta quería escuchar y vivían de ello. No existía la clarividencia ni todas aquellas tonterías.

Él era un hombre inteligente. Tenía una licenciatura. Sabía que era imposible que Merissa hubiera conseguido toda aquella información por otro medio que no fuera uno puramente físico, probablemente también ilegal.

¿Pero cómo podía conocer detalles que él mismo había olvidado, como el tipo del traje, el agente de la DEA, el mismo que lo había atraído a una emboscada para luego desaparecer?

Apagó el ordenador y se levantó. Tenía que haber una explicación lógica y razonable para todo aquello. Solo tenía que encontrarla.

Se había dejado las llaves del coche en la camioneta. Se puso el abrigo y se abrió paso entre la nieve hasta el garaje, para recuperarlas. La nieve era cada vez más profunda. Si no dejaba de nevar, iban a tener que poner en práctica medidas de emergencia para alimentar el ganado que se hallara en los pastos más lejanos.

Wyoming con tormentas de nieve podía ser un lugar mortal. Recordaba haber leído sobre gente que se quedaba atrapada y moría congelada en poquísimo tiempo. Pensó en Merissa y en su madre, Clara, las dos solas en aquella aislada cabaña. Esperaba que contaran con leña y provisiones suficientes, solo por si acaso. Tendría que enviar a Darby para que les echara un vistazo.

Frunció el ceño cuando descubrió que Darby no había regresado todavía. Habían pasado ya varias horas. Sacó el móvil y marcó su número.

Fue Tim quien respondió.

–Ah, hola, jefe –dijo Tim–. Iba a llamarte, pero quería asegurarme antes. Darby se hirió con una rama cuando estábamos tirando el árbol.

–¿Qué? –exclamó Tank.

–Se pondrá bien –se apresuró a asegurarle Tim–. Está magullado y se ha roto una costilla, así que pasará algún tiempo de baja, pero no es nada grave. Me dijo que, si hubiera ido allí solo, probablemente ahora estaría muerto. El árbol lo aprisionó. Yo pude quitárselo de encima. Pero si yo no lo hubiera acompañado... Dice que le debe la vida a esa chica Baker.

Dalton soltó el aliento que había estado conteniendo.

–Ya –murmuró con voz temblorosa–. No lo dudo.

–Perdona por no haberte llamado antes –añadió Tim–, pero tardé algo en llevarlo al pueblo, a la consulta del médico. Estaremos de vuelta en seguida. Tengo que recoger unos medicamentos en la farmacia para Darby.

–De acuerdo. Conduce con cuidado –le recomendó Tank.

–Descuida, jefe.

Dalton cortó la llamada. Estaba casi blanco. Mallory, que entraba en aquel momento con una humeante taza de café, se detuvo en seco.

–¿Qué pasa?

–Que acabo de curarme de mi actitud escéptica respecto a los fenómenos paranormales –respondió Tank con una seca carcajada.

2

Dalton no podía encontrar el número de móvil de Merissa. De haberlo hecho, le habría dado las gracias por la información que había salvado la vida de Darby.

De todas formas, buscó la dirección de su negocio en Internet y le envió un correo electrónico. Ella respondió casi inmediatamente.

Me alegro de que Darby esté bien. Cuídate, le escribió.

Después de aquella experiencia, Tank se tomó mucho más en serio su consejo. Y lo primero que hizo fue llamar a Jacobsville, Texas. A la oficina del sheriff Hayes Carson.

–Esto le va a parecer extraño –le dijo a Hayes–. Pero creo que usted y yo tenemos una conexión.

–Estamos hablando por teléfono, así que yo diría que, efectivamente, tenemos una conexión –repuso secamente el sheriff.

–No, me refiero al cártel de la droga –Tank inspiró profundo. No le gustaba hablar de ello–. No hace mucho tiempo tuve una experiencia en la frontera de Arizona. Estaba con una patrulla fronteriza. Un hombre que se identificó como agente de la DEA me llevó a un lugar donde sospechaba iba a descargarse un convoy de droga y caímos en una emboscada. Me acribillaron a balazos. Me recuperé, pero me llevó mucho tiempo.

Hayes se mostró inmediatamente interesado.

–Eso sí que es curioso. Precisamente estamos buscando a un falso agente de la DEA aquí, en Texas. Yo detuve a un traficante hace un par de meses en compañía de un agente de la DEA, vestido de traje, sobre el que nadie pudo facilitarme información. Ni siquiera su gente sabía quién era, pero pensamos que puede que esté relacionado con el cártel que opera en la frontera. Varios de nosotros, incluido el FBI local y la DEA, hemos intentado darle caza desde entonces. Nadie puede recordar su aspecto. Incluso hicimos que la secretaria del jefe de policía local, que tiene una estupenda memoria fotográfica, recurriese a un dibujante para que elaborara su retrato. Pero nadie, ninguno de nosotros se acordaba de haberlo visto.

–Ese hombre se mimetiza con el ambiente.

–Desde luego que sí –repuso Hayes, pensativo–. ¿Cómo se le ocurrió conectar su caso con el mío?

Tank soltó una tímida carcajada.

–Esto sí que le va a parecer extraño. Una adivina de la localidad vino ayer a advertirme de que me había convertido en blanco de un político que tiene algo que ver con el cártel de droga y con un misterioso agente de la DEA.

–Una adivina. Oh-oh.

–Ya lo sé, usted pensará que estoy loco, pero…

–Da la casualidad de que la esposa de nuestro jefe de policía tiene esas mismas habilidades –fue la sorprendente respuesta del sheriff–. A Cash Grier le ha salvado la vida un par de veces porque sabía cosas que no debería saber. Ella lo llama «clarividencia» y lo atribuye a su ascendencia céltica.

Tank se preguntó si los ancestros de Merissa serían también celtas. Se echó a reír.

–Bueno, ahora me siento mucho mejor –bromeó.

–Ojalá pudiera volar hasta aquí para hablar tranquilamente conmigo –dijo Hayes–. Tenemos un expediente enorme sobre las operaciones del Ladrón y de los hombres que lo sustituyeron después de su inesperado asesinato.

–A mí también me gustaría –confesó Tank–. Pero ahora mismo tenemos mucha nieve. Y con las Navidades tan cerca, es una mala época. Pero, cuando mejore el tiempo, le llamaré y concertaremos una entrevista.

–Buena idea. Su ayuda nos serviría de mucho.

–¿Se está recuperando bien de su secuestro?

–Sí, gracias. Mi novia y yo vivimos una aventura muy interesante, por llamarlo de alguna manera. No se la desearía ni a mi peor enemigo –rio–. Ella apuntó a uno de nuestros captores con un AK-47: fue realmente convincente. Y luego confesó, cuando todo hubo terminado, que no sabía si el arma estaba cargada y el seguro echado. ¡Qué chica!

Tank se echó a reír.

–Y qué hombre afortunado es usted, para ir a casarse con una chica así…

–Sí que lo soy. Nos casamos mañana, por cierto. Y luego nos iremos a pasar unos cuantos días a la capital de Panamá, de luna de miel. La semana que viene es Navidad, así que para entonces ya deberíamos estar de vuelta. ¿Usted está casado?

–Ninguna mujer de Wyoming está lo bastante loca como para quedarse conmigo –repuso Tank, irónico–. Mis dos hermanos sí que están casados. Yo solo estoy esperando a que algún alma caritativa me recoja.

–Pues buena suerte.

–Gracias. Cuídese.

–Lo mismo le digo. Me ha gustado mucho hablar con usted.

–Igualmente.

Tank colgó y fue a buscar a su hermano Mallory. Lo encontró en el salón, siguiendo la preciosa melodía de una famosa película. Mallory, como el propio Tank, era un dotado pianista. Y la esposa de Mallory, Morie, era mejor todavía que los dos.

Mallory advirtió la presencia de su hermano en el umbral y dejó de tocar, sonriente.

Tank alzó una mano.

–No estoy reconociendo que seas mejor que yo. Solo estaba pensando que Morie nos supera con mucho a los dos

–Por supuesto que sí –repuso Mallory con una sonrisa. Se levantó de la banqueta–. ¿Problemas?

–¿Recuerdas lo que te dije sobre el comentario que me hizo Merissa, acerca de un sheriff de Texas cuyo caso estaba relacionado con el tiroteo que sufrí yo?

Mallory asintió, expectante.

Tank suspiró. Se sentó en el brazo del sofá.

–Bueno, pues resulta que existe, de hecho, un sheriff en Texas que fue secuestrado por un cártel de la droga… quizá el mismo cártel que disparó contra mí.

–¡Santo Dios! –exclamó Mallory.

–El sheriff se llama Hayes Carson. Sufrió un intento de asesinato a manos de un señor de la droga al que arrestó, justo antes de Acción de Gracias. Su novia y él fueron secuestrados por varios hombres del Ladrón y retenidos en la frontera con México. Escaparon. Pero Carson dice que, antes de eso, tuvo un encontronazo con uno de los matones del cártel en el que estuvo implicado un agente de la DEA, vestido de traje. La secretaria del jefe de policía local vio al tipo. La mujer tiene una memoria fotográfica estupenda, pero, cuando el dibujante de la policía bosquejó su retrato, ni Carson ni los federales pudieron reconocerlo.

–Curioso –murmuró Mallory.

–Sí. Yo me acordé, después de que Merissa viniera aquí, que fue un agente de la DEA, también vestido de traje, quien me llevó a la emboscada de la frontera.

Mallory exhaló un largo suspiro.

–Dios mío.

–Merissa dice que los mismos tipos andan detrás de mí porque tienen miedo de lo que yo pueda recordar. Lo peor de todo es que no recuerdo nada que pueda ayudar a acusar a alguien. Solo recuerdo el dolor y la certidumbre de que iba a morir allí, en el polvo, cubierto de sangre y completamente solo.

Mallory le puso una mano en el hombro con gesto cariñoso.

–Pero eso no sucedió. Un compasivo ciudadano te vio y avisó a la policía.

Tank asintió.

–Recuerdo vagamente eso. Una voz, sobre todo, diciéndome que me pondría bien. Tenía acento español. Me salvó la vida –cerró los ojos–. Había otro hombre discutiendo con él, ordenándole que no hiciera nada. Pero para entonces ya era demasiado tarde: la llamada ya había sido hecha. Recuerdo también la voz de ese segundo hombre. Estaba soltando maldiciones. Tenía acento de Massachusetts –se echó a reír–. De hecho, se parecía a esas viejas grabaciones de voz de los discursos del presidente Kennedy.

–¿Qué aspecto tenía?

Tank frunció el ceño. Volvió a cerrar los ojos, esforzándose por hacer memoria.

–Apenas lo recuerdo. Llevaba traje. Era alto y muy pálido, pelirrojo –de repente se sobresaltó–. ¡No se me había ocurrido antes! –volvió a abrir los ojos y miró a Mallory–. Creo que era el agente de la DEA –frunció el ceño–. ¿Pero por qué iba a ordenar al otro hombre que no me ayudara si era un agente federal?

–¿Era el mismo que te llevó allí?

Tank frunció el ceño.

–No. No pudo haber sido él. El tipo de la DEA tenía el pelo oscuro y un acento sureño.

–¿Se lo describiste al sheriff?

Tank se levantó.

–No, pero pienso hacerlo.

Sacó su móvil y marcó el número de Hayes Carson, que ya tenía registrado.

Hayes respondió en seguida.

–Carson.

–Soy Dalton Kirk, de Wyoming. Acabo de acordarme de que un hombre avisó a la policía cuando me dispararon. Había otro tipo con él que intentó impedírselo. Era un hombre alto, pelirrojo y con acento de Massachusetts. ¿Le suena eso a alguien que pueda recordar?

Hayes se echó a reír.

–No. Nuestro tipo era alto, rubio y con un ligero acento español.

–¿Un español rubio? –replicó Tank a su vez, divertido.

–Bueno, en el norte de España hay mucha gente rubia y con ojos azules. Algunos son pelirrojos. Y la gente del norte tiene orígenes célticos, como los irlandeses o los escoceses.

–No lo sabía.

–Ni yo, pero uno de nuestros agentes federales es un fanático de la Historia. Lo sabe todo sobre Escocia. Me lo dijo él.

–Todo esto es muy extraño. El hombre que me llevó a la emboscada era alto y de pelo oscuro. El que estaba con el tipo que avisó a la policía era pelirrojo. Pero recuerdo que ambos llevaban traje –sacudió la cabeza–. Quizá el trauma me ha afectado la memoria.

–O quizá el tipo usara disfraces –Hayes estaba pensando en voz alta, concentrado–. ¿Ha visto alguna vez aquella película de El Santo que protagonizó Val Kilmer?

Tank frunció el ceño.

–Creo que sí.

–Bueno, pues el tipo era un auténtico camaleón.

Podía cambiar de aspecto en un santiamén. Se ponía una peluca, cambiaba de acento, etc.

–¿Cree que nuestro tipo podría ser alguien así?

–Es posible. La gente que trabaja en misiones de espionaje y encubrimiento tiene que aprender a disfrazarse para evitar que la descubran. Puede que tenga experiencia en operaciones secretas.

–Si conociera a alguien relacionado con la inteligencia militar, quizá podría averiguar algo al respecto.

–Aquí tenemos a un tipo, Rick Márquez, que es inspector de policía en San Antonio. Su suegro es un jefazo de la CIA. Podría conseguir que nos ayudara.

–Es una buena idea. Gracias.

–No sé si podrá encontrar algo. Sobre todo con las descripciones tan extrañas que tendré que facilitarle...

–Escuche –le dijo Tank–, merece la pena intentarlo. Si alguna vez ese tipo ha usado disfraces en el pasado, existe la posibilidad de que alguien lo recuerde.

–Es posible, supongo. Pero, en las misiones secretas, me temo que usar disfraces no es precisamente una rareza –repuso Hayes y añadió, vacilando–: En mi caso particular, existe otra interesante conexión.

–¿Cuál?

–El padre de mi novia, su padre biológico, es uno de mayores jefes de los cárteles de la droga en el continente.

Se produjo un significativo silencio al otro lado de la línea.

–Él nos ayudó a acabar con el Ladrón –continuó Hayes–. Y salvó a la familia del hombre que ayudó a rescatarnos a Minette y a mí. Para ser uno de los «malos», es lo más parecido que existe a un ángel. Se le conoce como el Jefe.

–Un sheriff con un delincuente como futuro suegro –comentó Tank–. Eso sí que es una rareza.

–Es que él lo es. Puedo pedirle que pregunte a sus fuentes a ver si puede encontrar algo, como por ejemplo algún político en ascenso con relaciones con el narcotráfico.

–Eso estaría muy bien. Gracias.

–Simplemente estoy tan comprometido en esto como usted. Siga en contacto.

–Lo haré. Y, mientras tanto, ambos deberíamos extremar nuestro cuidado.

–No puedo estar más de acuerdo.

Lo siguiente que hizo Tank fue conducir hasta la cabaña de Merissa en medio de la ventisca. Lo que quería hablar con ella no era algo con lo que se sintiera cómodo haciéndolo por teléfono. Si realmente había un asesino tras él, bien podía pinchar su teléfono. Cualquiera que hubiera participado en misiones secretas poseería esa capacidad.

Cuando aparcó frente a la puerta de la pequeña cabaña, Clara, la madre de Merissa, estaba esperándolo. Sonrió cuando lo vio bajar de la camioneta y descendió los escalones a su encuentro.

–Merissa me dijo que vendrías –le dijo con una tímida sonrisa–. Ahora mismo está acostada, con una fuerte migraña. Se despertó con ella, así que la medicina no le está haciendo mucho efecto –añadió, preocupada.

–¿Una medicina prescrita por un médico? –inquirió Tank con tono suave, sonriendo levemente.

Clara bajó la mirada.

–Hierbas medicinales, más bien. Mi padre era un chamán comanche –explicó.

Tank se limitó a arquear las cejas.

–Lo sé. Yo soy rubia y Merissa también, pero así son las cosas. Yo tuve un bebé después de Merissa.

Murió... –vaciló, todavía afectada a pesar de los años transcurridos–, cuando solo tenía una semana de vida. Pero era moreno y de ojos castaños. Merissa y yo debemos de tener genes recesivos. Por nuestro color de piel, quiero decir,

Tank se le acercó. Pudo ver que Clara, como Merissa, retrocedía inmediatamente, inquieta.

Se detuvo en seco, ceñudo.

–Genes recesivos.

Ella asintió. Tragó saliva, relajada al ver que no pensaba acercarse más.

–Clara, yo no la conozco lo suficiente y no quiero pecar de entrometido –empezó de la manera más suave posible–, pero me sorprende que tanto usted como Merissa reaccionen retrocediendo cada vez que yo me acerco.

Clara titubeó. De manera extraña, confiaba en Tank, a pesar de que apenas lo conocía.

–Mi... exmarido... era aterrador cuando perdía la paciencia –forzó una carcajada–. Es un antiguo reflejo. Perdona.

–No se preocupe –repuso, amable.

Ella volvió a alzar la mirada hacia él con unos ojos verdes que eran exactamente de la misma tonalidad que los de Merissa.

–Me divorcié de él, con ayuda del sheriff local... el precedente del actual. Era muy bueno. Consiguió ayuda para nosotras, nos acogió durante el proceso de divorcio y se aseguró de que mi exmarido abandonara no ya el pueblo, sino el estado –esbozó una débil sonrisa. Tragó saliva. No parecía llevarlo demasiado bien, ni siquiera después de tanto tiempo–. Siempre le teníamos miedo, cuando... cuando se enfadaba. Era un hombre grande, como tú. Alto y fuerte.

Tank la miró a los ojos.

–Yo soy un trozo de pan –le confesó–. Pero, si le

cuenta esto a alguien en mi rancho, mandaré un correo electrónico a Santa Claus para que le traiga carbón este año.

Clara, que se había quedado estupefacta, se echó a reír.

–De acuerdo –se puso seria–. Merissa dice que el hombre que te arrastró a la emboscada va a venir.

La expresión de Tank se endureció.

–¿Cuándo?

–Estas cosas no funcionan así –dijo ella–. Esa es la razón por la que no pueden demostrarse científicamente, porque los experimentos bajo parámetros científicos no suelen funcionar. Es algo esporádico. Yo sé cosas, pero generalmente es algo muy nebuloso y tengo que interpretar lo que veo. Merissa está mucho mejor dotada para eso que yo. Eso lo ha convertido en víctima de muchas crueldades, me temo.

–Lo sé. ¿Puedo verla?

–No se encuentra bien…

–Mi hermano mayor, Mallory, es propenso a las migrañas. Tiene una medicación muy fuerte que puede prevenirlas si se la toma con la suficiente antelación. Pero las migrañas con las que se despierta no responden a esos medicamentos.

–Las de Merissa son muy malas –le informó ella–. Entra. ¡Siento haberte tenido aquí fuera con este frío!

–Llevo un chaquetón muy grueso –le aseguró, sonriente.

Merissa no estaba en cama. Procedente del baño, se oían los desagradables sonidos de alguien vomitando.

–Oh, vaya… –empezó Clara.

Tank entró directamente allí, encontró una toallita y la humedeció mientras Merissa, arrodillada ante el inodoro, seguía teniendo arcadas.

–¡No deberías… estar aquí! –protestó débilmente.

–Tonterías. Estás enferma –esperó a que terminaran los espasmos, tiró de la cadena y le limpió el pálido rostro. Sus ojos eran enormes–. Ha pasado ya, ¿verdad?

Ella tragó saliva, con un pésimo sabor de boca.

–Eso creo.

Tank localizó un enjuague bucal y vertió un poco en un vaso. Sonrió mientras la veía enjuagarse la boca, y abrió el grifo cuando ella se apartó por fin del lavabo.

Volvió a lavarle la cara como habría hecho con un niño, admirando su delicada belleza de elfo. Su semblante era de un blanco cremoso, con una ligera tonalidad melocotón: exquisito, como aquella preciosa boca en forma de arco.

–Eres preciosa, ¿lo sabías? –murmuró en voz baja.

Ella se lo quedó mirando sorprendida.

–No importa –le puso la toalla húmeda en la mano, la levantó en brazos y la llevó a la cama. La arropó con delicadeza–. Quédate quieta. Tengo un amigo médico. ¿Te importa que lo llame para que venga?

–Los médicos no hacen visitas a domicilio –protestó ella.

–Oh, este sí –sacó el móvil, marcó su número y esperó unos segundos a que respondiera–. John. Hola. ¿Tienes unos minutos para echar un vistazo a una joven que padece unas migrañas terribles y no está tomando medicación? –se interrumpió, sonriendo–. Sí. Es una belleza –añadió, mirando a Merissa.

Siguió lo que evidentemente debía de ser una pregunta.

–Merissa Banker –respondió Tank.

Merissa cerró los ojos. Ahora el hombre no vendría. Sabía que era la bruja, la mujer a la que todo el pueblo evitaba.

Pero Tank se estaba riendo.

–Sí, es un fenómeno. Yo soy testigo de sus habilidades. Sí, ya sabía que vendrías. Te esperamos. ¿Quieres que te mande a uno de los muchachos para que te traiga hasta aquí? –asintió–. No hay problema. Llamaré a Tim ahora mismo –cortó la llamada, llamó a Tim y le dio instrucciones de que fuera a recoger al médico.

Finalmente se volvió hacia Merissa y se sentó en la cama, junto a ella.

–Se llama John Harrison. Está jubilado, pero es uno de los mejores médicos que he conocido nunca, y su licencia de facultativo sigue vigente.

Merissa se quitó la reconfortante toalla fría y húmeda de los ojos y los entrecerró, cegada por la luz. La fotofobia era uno de los síntomas de su estado.

–¿El doctor Harrison? Está fascinado por los fenómenos paranormales –señaló–. Dicen que es amigo de un investigador que solía trabajar en el departamento de parapsicología de una importante universidad del Este, hace años.

–Es cierto. De ti piensa que eres fascinante. Se muere de ganas de conocerte –le dijo.

Ella suspiró y volvió a ponerse la toalla sobre los ojos.

–Eso es una novedad, al menos. La mayoría de la gente no quiere conocerme. Tienen miedo de que les agríe la leche…

–Tú no eres una bruja –replicó Tank–. Simplemente tienes un don que cae fuera del conocimiento científico. Dentro de un par de siglos, los científicos lo estudiarán como ahora estudian otros estados. Ya sabes, hace unos doscientos años o así, no existían los antibióticos y los médicos no tenían idea de cómo funcionaban exactamente las enfermedades.

–Hemos avanzado mucho desde entonces.

Él asintió.

–Desde luego que sí. ¿Te sientes mejor?

–Un poco. Gracias.

Clara estaba en el umbral, con expresión perpleja.

–Las hierbas medicinales siempre habían funcionado antes –comentó.

Tank alzó la mirada.

–¿Podrías prepararle una taza de café bien cargado?

La mujer parpadeó sorprendida.

–¿Perdón?

–Un viejo remedio contra los ataques de asma y las jaquecas. Ya sabes que la mayoría de las medicinas para las jaquecas contienen cafeína.

Clara se echó a reír.

–Algo sí he aprendido... Sé mucho de hierbas, pero nunca había pensado en el café como en un medicamento. Ahora mismo lo preparo.

–A mí me encanta el café –susurró Merissa–. Esta mañana no pude desayunar, así que me perdí mi primera taza del día.

–Entre los dos haremos que te sientas mejor. No te preocupes.

Ella tragó saliva. El dolor era muy fuerte.

–Eres muy amable. Por lo del médico, quiero decir.

–Es un buen amigo mío.

Ella lo miró por debajo de la toalla.

–Eres bueno con los enfermos.

Tank se encogió de hombros.

–El caso es que, en su momento, pensé en hacerme médico. Pero la perseverancia no es mi fuerte. Quizá se trate de un brote de ADD en la edad adulta –rio por lo bajo, aludiendo al Desorden de Déficit de Atención.

Ella sonrió.

–Bueno, gracias.

Él le devolvió la sonrisa y volvió a colocarle la toalla húmeda sobre los ojos.

–Imagino que la luz te molestará, incluso con las cortinas cerradas. Mallory tiene que meterse en un cuarto oscuro y en el más completo silencio cuando sufre esas jaquecas tan fuertes.

Se oían sonidos procedentes de la cocina. El delicioso aroma del café recién hecho llegó hasta ellos. Un par de minutos después. Clara entró con dos tazas, que entregó a cada uno. El de Tank llevaba leche, sin azúcar.

Se la quedó mirando perplejo.

–¿Cómo sabías cómo tomo el café?

Clara se encogió de hombros y suspiró. Tank se echó a reír.

–Bueno, gracias de todas maneras. Es igual.

La mujer sonrió.

El médico, John Harrison, era alto, de pelo gris y ojos de color azul muy claro. Sonrió cuando Clara lo acompañó hasta el dormitorio, donde Tank seguía sentado en la cama, junto a Merissa.

Tank se levantó. Ambos hombres se estrecharon las manos.

John abrió su maletín, sacó su estetoscopio y se sentó junto a la pálida joven.

–Doctor Harrison, gracias por haber venido –le dijo Merissa con voz débil.

–Así es como se hacían las cosas antes, en los viejos tiempos, cuando yo me licencié –le dijo–. No puedes imaginarte la cantidad de ancianos que, sin fuerzas casi para caminar, casi me aplaudían cuando me veían aparecer en la puerta. Ahora que ya soy un viejo, lo entiendo bien. Es duro para las articulaciones pasar sentado una hora o dos esperando a que te vea el médico.

Examinó sus constantes vitales y se puso el estetoscopio. Le mandó hacer ejercicios muy sencillos y miró luego sus pupilas.

–No he sufrido ningún ataque de corazón –se burló ella.

Él arqueó las cejas.

–¿Cómo sabías que estaba pensando eso?

–No lo sé –se ruborizó–. Son cosas que se me ocurren –y añadió, suspirando–: Mi vida sería mucho más sencilla si fuera normal.

Él rio suavemente, sacó un pequeño frasco y desenvolvió una jeringuilla. Colocó la aguja, la insertó en el frasco, sacó el aire y la fue llenando.

–Esto puede que te duela un poco –le puso en el brazo un algodón humedecido con alcohol antes de clavarle la aguja con gran delicadeza. Segundos después, la retiró.

Ella ni siquiera había pestañeado.

–No me ha dolido nada. Ya me siento bastante mal.

–¿Tienes aura? –le preguntó él.

–Sí. Por lo general me quedo ciega de un ojo, como esas interferencias que se ven en la televisión cuando no se sintoniza ningún canal. Pero esta vez había luces de colores muy brillantes.

El médico asintió.

–¿Tienes médico de familia?

–Antes íbamos al doctor Brady, pero se trasladó a Montana –respondió con tono suave–. Ahora vamos a la clínica.

–A partir de ahora puedes considerarme tu médico de familia. Si quieres –le ofreció–. Y te haré visitas a domicilio.

–Es usted muy amable –le dijo Merissa con sentida gratitud–. ¿Sabe? Nosotras asustamos a la mayoría de la gente. Mi madre y yo.

–Yo no estoy nada asustado. Estoy intrigado. Esta inyección te hará dormir. Cuando te despiertes, el dolor de cabeza habrá desaparecido. Pero si empeora o tienes nuevos síntomas, llámame.

–Lo haré –le prometió ella.

–Y creo que deberías hacerte un escáner. Solo para descartar cualquier cosa peligrosa.

–Odio las pruebas –gruñó–. Pero ya me he hecho muchas. El neurólogo nunca encontró tumor alguno. Dijo que se trataba de una migraña sin causa específica.

–¿Te importa que contacte con él? Sé que apenas acabamos de conocernos, pero...

Ella sonrió.

–En absoluto –era maravilloso tener un médico que no la tenía, a ella y a su madre, por personas «peculiares»–. Le apuntaré su número.

Así lo hizo, en un pedazo de papel, que le entregó. Él se lo guardó en un bolsillo de la chaqueta.

Le dio unas palmaditas en el hombro.

–Cuando te encuentres mejor, me gustaría hablar contigo sobre ese don tuyo. Mientras estudiaba en la universidad, hice varios cursos de antropología. Todavía sigo cursos por Internet, para mantenerme al día en la disciplina. En todas las comunidades culturales, desde que existen registros históricos, ha habido gente con dotes sobrenaturales.

–¿De veras? –inquirió ella.

Asintió.

–En cuanto al don de la clarividencia, el gobierno creó una vez una unidad especial dedicada a lo que llamaba «videntes a larga distancia». Solían usarlos como espías contra otros países. En ocasiones con gran éxito –explicó.

–Me gustaría saber más sobre eso –le confesó ella, cada vez más adormilada.

–Todo a su tiempo. Si el dolor de cabeza no ha mejorado para cuando despiertes, llámame –sacó una tarjeta y la dejó sobre la mesilla–. Ahí está mi móvil. Úsalo. No suelo responder a la línea fija. Solo un puñado de gente conoce la otra.

–Es usted tan amable…

El médico se encogió de hombros.

–Yo adoraba la medicina. Todavía la adoro. Pero detesto esas reglas tan quisquillosas que lo han reducido todo a puros fármacos.

–Gracias.

–Ha sido un placer.

Abandonó la habitación, para luego detenerse a hablar con Clara.

Con extremada delicadeza, Tank le apartó a Merissa el suave cabello de la frente.

–Ya volveré para hablar contigo, cuando no estés en tan mala forma –le dijo con una dulce sonrisa–. Espero que te recuperes muy pronto.

Ella le tomó la mano.

–Gracias. Por todo.

En un impulso, él se inclinó y le dio un beso en la frente.

–Eres muy fácil de cuidar –le confesó en voz baja.

–Viniste a verme por una razón. ¿Cuál?

–Lo adivinaste.

–Sí. Lo sentí.

Tank inspiró profundo.

–Hablé con el sheriff de Texas. Ambos tenemos el recuerdo de un hombre que parecía tener más de un rostro…

Merissa se sentó rápidamente en la cama.

–¡Eso es! ¡Eso es!

Lo primero que pensó él fue que estaba sufriendo una reacción a la medicina.

–¿Te encuentras bien? –le preguntó con tono preocupado, urgiéndola a tumbarse de nuevo.

–No dejo de ver a un hombre sentado ante una

mesa de tocador, probándose pelucas –dijo apresurada–. No sabía lo que eso quería decir. Ahora lo sé. ¡Es el hombre que anda detrás de ti! ¡Es él!

Tank experimentó un escalofrío por todo el cuerpo.

–Tu madre me dijo que venía hacia aquí.

–Sí. Llegará pronto –alzó una mano–. Tienes que tener muchísimo cuidado –le dijo, pálida como la cera–. Prométemelo.

La preocupación que le demostraba lo llenó de un delicioso calor, como si estuviera sentado delante de una acogedora chimenea con una taza de chocolate caliente en las manos.

–Te lo prometo.

Ella suspiró y cerró los ojos.

–Tengo mucho sueño.

–Descansar es lo que más te conviene. Volveré en otro momento.

–Eso sería… –sonrió–, muy amable por tu parte.

Tank se levantó. Ya se había quedado dormida.

Un hombre sentado delante de una mesa de tocador, probándose pelucas. Al menos en aquel momento, gracias a ella, tenía alguna idea sobre el peligro que se cernía sobre él. Tendría que tomar precauciones, y pronto. Bajó a la mirada a la joven dormida, lleno de extraños y posesivos sentimientos. Él no era clarividente, pero estaba seguro de que Merissa iba a jugar un papel muy importante en su vida.

3

Tank se detuvo para hablar con Clara y con el médico en cuanto abandonó la habitación.

–Se ha quedado dormida –les informó.

Clara sonrió.

–Me alegro tanto… Esos dolores de cabeza son terribles. Cualquiera pensaría que es algo muy grave lo que los causa –le dijo al médico, que pareció sorprendido por su intuición. Clara se lo quedó mirando con unos ojos enormes de expresión dulce, que parecían casi transparentes–. No es un tumor –añadió con tono suave–. No hay nada que…

El médico se echó a reír.

–Me sorprende que usted pueda ver eso.

–Los dolores vienen y se van. Yo nunca sé cuándo voy a ver algo. Pero Merissa tiene un auténtico don. Ella puede… bueno, mirar algo y ver lo que va a suceder. Yo no.

–Esa es una capacidad extraordinaria –comentó el médico.

–Que nos convierte en seres marginados –replicó Clara–. Rara vez abandonamos la casa. La gente se nos queda mirando y murmura. Detesto ir al supermercado del pueblo. Una mujer me preguntó una vez si tenía un demonio a mi servicio.

–Dios mío –masculló Tank.

–Pero a estas alturas ya estamos más que acostumbradas –rio Clara–. Y es mucha la gente que nos pide que le leamos el futuro. Es una cosa aleatoria y se lo avisamos, pero vienen de todas formas. A veces somos capaces de ver algo que salva vidas, incluso predecir matrimonios. Es una bonita sensación. Casi nos compensa por el exceso de notoriedad.

–Lo llevan bien –observó Tank.

–Gracias.

–Ella me comentó que su neurólogo le había hecho pruebas y me dio su número –informó el doctor Harrison a Clara–. Hablaré con él. Pero tiene usted razón. Ella no muestra ningún indicio de padecer disfunción o trastorno alguno aparte de las migrañas. Llámeme si no mejora –le encareció con firmeza–. Aunque sean las dos de la mañana.

–Estoy en deuda con usted por todo lo que ha hecho –repuso Clara. Sacó su monedero, pero el médico protestó cuando fue a entregarle un billete grande–. Para la gasolina del viaje –insistió–. No discuta.

El hombre sacudió la cabeza.

–Ya sabe que estoy jubilado.

–No importa. Ha venido aquí como si fuéramos de su familia. Y la pensión siempre se queda corta...

El hombre sonrió.

–Está bien. Gracias –aceptó al fin, con tono formal.

Ella le devolvió la sonrisa.

Tank quería quedarse. Detestaba abandonar a aquella deliciosa rubia en su dormitorio. Había experimentado una especie de instinto de posesividad mientras la estuvo cuidando. Era una sensación nueva, y extraña también. Había tenido cortas aventuras con los años, pero nunca había encontrado a una mujer con la que se imaginara compartiendo un futuro en común. Y en aquel momento, de repente, estaba cambiando por completo de idea.

Eso le perturbaba, sobre todo cuando pensaba en el camaleónico agente federal que le había atraído a la emboscada que sufrió en la frontera. En un principio había desdeñado la visión que había tenido Merissa, pero después de hablar con el sheriff Hayes Carson de Texas, en aquel momento estaba seguro de que se hallaba en lo cierto.

Unos pocos días después, la tormenta seguía desquiciando a todo el mundo, pero varios cambios habían tenido lugar en el rancho. Todos los hombres habían empezado a portar armas, incluso cuando no estaban fuera recorriendo las cercas. Y cada vez que Tank salía de casa, al menos dos hombres andaban siempre próximos, vigilantes: órdenes de Mallory.

Una empresa local había instalado un nuevo sistema de seguridad. El técnico que instaló las cámaras pareció desconcertado al ver a tantos hombres armados caminando cerca de Tank.

–Le preocupa que vaya a pasar algo, ¿eh, amigo? –le preguntó a Tank–. Quiero decir que… hay gente armada por todas partes. No le dejan solo ni un segundo, ¿verdad?

Tank se encogió de hombros.

–Mis hermanos son demasiado protectores. Probablemente no sea nada, pero puede que exista algún tipo de amenaza.

–¿Y cómo lo sabe? ¿Por algún informante, quizá? –quiso saber el técnico.

Tank frunció los labios.

–Por una vidente.

–¿En serio? –masculló el hombre con un fuerte acento australiano. Sacudió la cabeza–. Le aconsejo que no crea en esa gente, son todos unos farsantes. Nadie puede predecir el futuro.

Tank no discutió.

–Tal vez tenga razón. Pero aquí preferimos pecar de excesivamente cautelosos.

–El dinero es suyo –repuso el hombre, y continuó trabajando.

Era muy rápido, y poco después ya había terminado.

–Ya lo tiene todo instalado, amigo –informó a Tank con una sonrisa–. Técnica de última generación. Ahora ya nadie podrá infiltrarse en su rancho. No tiene nada de qué preocuparse.

–Gracias. Aunque esto es un poco como sentirse en una prisión –suspiró Tank, mirando a su alrededor los postes coronados por modernas videocámaras.

–Todos pagamos un precio por nuestra seguridad –replicó el técnico–. Si su vida está en juego, esta es la mejor inversión que podría hacer, ¿sabe?

Tank sonrió.

–Sí que lo sé –no se le ocurrió entonces preguntarle al hombre cómo era que sabía que su vida estaba en juego, dado que no le había dado mayores explicaciones ni a él ni a la secretaria de la empresa.

–Bueno, con esto debería servir –añadió el técnico–. Ah, he instalado una pequeña cámara en su despacho, para rematarlo todo. Está oculta, de manera que no tendrá que preocuparse de que alguien la vea.

–¿Dónde? –le preguntó Tank, preocupado.

El hombre le puso una mano en el hombro y sonrió.

–Si no sabe dónde está, tampoco se lo podrá decir a nadie, ¿no le parece?

Tank se echó a reír. En su camioneta tenía una cámara similar, instalada en un lugar oculto.

–Entiendo.

–Así me gusta. Si tiene alguna pregunta o inquietud, llámenos, ¿de acuerdo?

–De acuerdo. Gracias por todo.

–Es mi trabajo –repuso sin más y sonrió de nuevo.

¿Por qué de repente Tank pensó en cierta película

en la que uno de los personajes se quejaba de que otro «sonreía demasiado»?

Se lo quedó mirando con curiosidad mientras subía a un coche último modelo y se alejaba de allí. ¿Cómo era que no conducía un vehículo de la empresa, tal y como hacían la mayoría de los técnicos?

Decidió llamar a la empresa de seguridad y preguntar al respecto.

–Oh, es Ben –la mujer de la oficina se echó a reír, aunque por un instante pareció algo incómoda–. Es un excéntrico. Le gustan mucho las mujeres y piensa que a bordo de un coche de empresa no las impresionaría lo suficiente…

–Ya.

–No se preocupe. Le conozco desde hace años. Es demasiado curioso, por no decir otra palabra. Pero conoce bien su trabajo y es un gran profesional.

–Dejaré entonces de preocuparme.

–Estamos muy contentos de haber conseguido el contrato –añadió agradecida–. Las cosas no han marchado últimamente muy bien, con esta crisis.

–Dígamelo a mí –suspiró Tank–. Andamos buscando nuevos mercados para el ganado. La situación está difícil.

–Supongo que estarán sacándose el stock de encima.

–Ya lo hicimos antes del invierno –la corrigió él–. Y fue una buena cosa. Estamos recibiendo el pasto en camiones. La tormenta es fatal para el negocio.

–Lo sé. A mí me ha tenido que traer un amigo al trabajo –rio ella–. De no haber sido por él, ahora mismo usted no estaría hablando conmigo.

–Menos mal que sus técnicos pueden trabajar en estas condiciones –comentó Tank–. Yo no tenía ninguna gana de esperar a que mejorara el tiempo para instalar el nuevo sistema.

–¿Espera algún tipo de problema? –inquirió ella–. No es que sea asunto mío…

–No, nada extraordinario –mintió–. Pero uno de nuestros toros peligra. Sabemos que quieren robarlo. Es mejor tomar precauciones.

–Oh –vaciló–. ¿No hay que preocuparse entonces de un ataque personal?

Tank forzó una carcajada.

–¿Quién podría querer atacarnos a nosotros? –le preguntó a su vez–. La semana pasada crucé una calle por el medio, pero dudo que el sheriff venga a arrestarme por ello.

Ella también se echó a reír.

–Era una tontería. Supongo que su ganado seré bastante caro.

–Eso es decir poco –repuso Tank–. Hace unas semanas, un amigo nuestro recibió la visita de unos cuatreros. Se llevaron uno de sus mejores toros. Espero que eso no vaya a suceder aquí.

–No con el equipo que le hemos instalado. Eso se lo prometo –le aseguró la mujer–. Gracias de nuevo por el encargo. Si sabe de alguien más interesado en instalar un equipo de vigilancia, estaremos encantados de proporcionárselo.

–Haré correr la voz –dijo, y colgó.

La tormenta amainó al fin. La nieve seguía apilada por todas partes, pero el sol había salido. Tank había telefoneado a Clara para asegurarse de que Merissa estaba mejor.

–Ya ha vuelto al trabajo –rio Clara–. ¿Quieres hablar con ella?

–Sí que me gustaría, gracias.

Siguió un breve silencio.

–¿Hola?

Tank adoraba aquella voz. Era dulce y cristalina, como una oración musitada en el bosque.

–Hola –contestó con tono suave–. ¿Te encuentras mejor?

–Mucho. Gracias de nuevo por tu ayuda. El médico me prescribió un medicamento de la farmacia –añadió–. Dice que me ayudará a prevenir los dolores de la cabeza, si es que puedo tolerarlo –se echó a reír–. Es curioso lo que me pasa con las medicinas. No puedo tomar muchas. Solía tomar dosis muy pequeñas para las migrañas, junto con alguna hierba, pero nunca funcionaron bien.

–La medicina moderna al rescate –bromeó él.

–La medicina moderna es solo una versión de la medicina tradicional de los nativos americanos encapsulada –señaló ella.

–Tómatela como quieras, pero tómatela –sonrió–. Cuando la nieve se derrita un poco, ¿te gustaría ir a Catelow y cenar conmigo en ese nuevo restaurante de comida mediterránea del que habla todo el mundo?

Su brusca inspiración resultó audible.

–Me encantaría –respondió con halagadora celeridad.

Él rio por lo bajo.

–A mí me gusta mucho la comida griega –confesó–. Bueno, la retsina no me gusta, pero eso es otra cosa.

–¿Qué es eso?

–Un vino elaborado con resina. Es bastante amargo, aunque a mucha gente le gusta.

–No suena muy apetecible.

–Lo mismo me pasa a mí. Pero la comida me encanta.

–A mí me gusta la ensalada de espinacas con queso de cabra.

–Y a mí.

Ella se echó a reír.

–Tenemos alguna cosa en común.

–Ya encontraremos más, supongo. Te llamo en un día o dos y concertamos la cita. ¿De acuerdo?

–¡De acuerdo!

–Llámame si necesitáis algo.

–Lo haré, pero estaremos bien.

–Perfecto. Nos vemos entonces.

–Nos vemos.

Y colgó, sintiéndose más que orgulloso de sí mismo.

Minutos después se dirigió a los establos, donde Cane y Mallory estaban hablando con Darby sobre la instalación del toro nuevo que acababan de adquirir. Todos se volvieron cuando entró, sonriendo de oreja a oreja.

–¿Te ha tocado la lotería? –bromeó Cane.

–Me voy a llevar a Merissa a cenar –explicó Tank.

Ambos hermanos se lo quedaron mirando estupefactos.

Él los fulminó con la mirada.

–No me convertirá en sapo si no le gusta la comida –comentó, sarcástico.

Mallory se adelantó y le puso una mano en el hombro.

–Mira, no es que no nos guste Merissa. Pero es que sabemos muy poco sobre su familia. Circulan algunas historias sobre su padre, algunas muy desagradables.

Tank frunció el ceño.

–¿Qué historias son esas?

Mallory miró a Cane y luego a Tank.

–Bueno, que por ejemplo estuvo a punto de matar a golpes a uno de sus trabajadores –contestó.

Tank se había quedado asombrado.

–Pero él ya no vive allí.

–Lo sé –dijo Mallory–, pero...

–¿Pero tú crees que Merissa es así? –masculló Tank entre dientes.

Mallory le retiró la mano del hombro.

–Creo que me estoy explicando muy mal –gruñó.

Cane se adelantó entonces.

–Nadie sabe dónde está ese tipo –dijo–. Hay una orden de arresto contra él, vigente, por agresión y un montón de cosas más.

–Si te relacionas con ella –añadió Mallory–, y resulta que él vuelve...

Tank entendió al fin lo que le estaban diciendo. Se relajó.

–Estáis preocupados por mí.

Ambos asintieron.

–Hemos escuchado toda clase de cosas sobre él. Que era muy posesivo con su hija. Merissa solo tenía diez años por aquel entonces, y él se mostraba muy violento con cualquiera que intentaba hablar con ella.

–¿Por qué? –se preguntó Tank en voz alta.

–También corrieron algunos rumores sobre lo que le hizo a su madre –añadió Mallory, muy serio.

–¿A Clara? –Tank estaba consternado–. ¡Pero si es una mujer!

–A un hombre así esas cosas no le importan –comentó Cane con tono frío–. Nuestro médico me contó una vez, en confianza, que había tratado a Clara por unas lesiones que habrían podido resultar mortales –y miró a Mallory con una pregunta en los ojos.

–Díselo –le animó Mallory.

Cane soltó un profundo suspiro.

–Merissa ingresó en el hospital, con Clara. Conmoción cerebral y una pierna rota –añadió–. El doctor dijo que había intentado proteger a su madre.

Tank se apoyó en una de las columnas de piedra, maldiciendo.

–¡Conmoción cerebral!

–Eso podría explicar algunas de sus extrañas habilidades –sugirió Mallory–. No existe explicación científica alguna que yo sepa, pero son muchas las cosas que todavía no sabemos sobre el funcionamiento del cerebro.

–¿La golpeó tan fuerte como para romperle una pierna? –Tank estaba hablando para sí.

–Sí –contestó Mallory–. Resulta preocupante que nadie sepa dónde está.

–Han pasado años –le recordó Tank.

–Cierto. Pero es algo a tener en cuenta. Como ese tipo que te mandó a ti al hospital…

Tank alzó rápidamente una mano.

–No vamos a entrar en eso –dijo con una expresión que no pasó desapercibida a sus hermanos.

–Está bien.

–Quiero echar un vistazo a ese tractor que ha estado dando problemas –dijo de pronto a sus hermanos, levantándose e indicándoles que lo siguieran.

Saludaron con la cabeza a Darby Hanes, que sonrió. El capataz se había recuperado bien del accidente y estaba ya de vuelta en el trabajo.

Tank arrancó el motor y lo dejó en marcha.

–No creo que los micrófonos del equipo de vigilancia puedan oír esto –comentó–. Con este ruido y de espaldas a la cámara, para que no puedan leerme los labios. Escuchad, no quiero que le contéis esto a nadie. Tengo un mal presentimiento con la empresa que contratamos para que instalara las cámaras. No puedo explicarlo –terminó con tono irritado.

–¿Has estado hablando con Merissa? –se burló Cane.

–Sí, pero ella no me dijo nada. No, es una sensación que tengo yo.

Mallory no se lo tomó a broma.

–A mí me pasa lo mismo –confesó–. Y no tengo

poderes. El técnico se presentó en su coche personal, y no en un vehículo de la empresa. Tenía un acento australiano... pero forzado. Yo tenía un amigo en el ejército que era de Adelaide. Sé reconocer la diferencia.

Tank palideció.

–El falso agente federal, el camaleón.

–Es posible –intervino Cane.

–¿Pero qué vamos a hacer con todas estas cámaras? Y es posible también que hayan instalado micrófonos secretos –observó Tank con creciente inquietud–. ¡El tipo tuvo acceso a toda la casa, gracias a mi estupidez! Debimos haber contratado a una empresa de fuera de la zona.

–Tú no podías saberlo –le tranquilizó Mallory–. A ninguno de nosotros se le pasó por la cabeza esa posibilidad. Nos pareció lo más lógico.

–Así es –convino Cane.

–Podríamos contratar a otra empresa para que modifique la instalación –sugirió Mallory con un brillo malicioso en los ojos.

–No es mala idea –dijo Tank–. Tengo un amigo capaz de ponerte un micrófono en un helado sin que te des cuenta. Trabajaba como empresario independiente en Oriente Medio cuando yo estuve sirviendo allí. Le llamaré por el móvil.

–Tu móvil puede estar intervenido –le recordó Mallory.

–Compraré uno de prepago para ese tipo de llamadas –dijo Cane–. Será mejor que todos tengamos uno de reserva. Mandaré a Darby al pueblo a comprarlos.

–Esto es ridículo –masculló Tank–. Contratamos a gente para que nos proteja de los malos... y al final resultan ser los mismos de los que intentamos protegernos.

–Pero nuestra ventaja –dijo Cane– consiste precisamente en que no saben que lo sabemos.

–También podríamos estar pecando simplemente de paranoicos… –sugirió Mallory.

Los otros dos se lo quedaron mirando por un momento, para luego echarse a reír y sacudir la cabeza.

–No.

Mallory se encogió finalmente de hombros y sonrió.

–A las mujeres hay que decirles que no comenten nada de esto en la casa –recomendó Tank.

–Así lo haremos. Van a pasar dos días de compras navideñas en Los Ángeles –informó Cane–. Morie se llevará a Harrison con ellas. Ni siquiera es capaz de dejarlo con Mavie por un par de días.

–Es una madraza –comentó Tank, y frunció los labios–. He oído que tu suegro y tú habéis planeado un viaje de caza en Montana para el mes que viene.

–Eso has oído, ¿eh? –rio Mallory–. Pues sí. Ahora que se ha convertido en abuelo, ya no es ni mucho menos tan duro y autoritario como antes.

Tank no quiso comentarle lo mucho que se había ablandado él mismo, también. Así que se limitó a sonreír.

–Llamaré otra vez a Merissa para concertar la cita el sábado –decidió–. Puedo estar seguro al cien por cien de que no habrá micrófonos en el restaurante.

–Yo no apostaría –repuso Mallory–. Sobre todo si le dijiste a dónde ibais a ir.

–Es verdad, lo hice –gruñó Tank. De repente, su expresión se iluminó y se echó a reír–. En vez de allí, la llevaré a Powell y comeremos en el restaurante chino. Pero se lo diré cuando estemos en camino.

–Muy buena idea –comentó Cane.

–Antes de marcharme, le diré a mi amigo que revise la camioneta. Si tuviera tiempo, podría contratarle como mozo del rancho. Nadie debe saber cómo se gana la vida realmente.

–Hazlo –lo animó Mallory–. Mejor prevenir que curar.

Aquella tarde Tank envió a Darby al pueblo a comprar móviles de prepago. Tan pronto como recibió el suyo, hizo una llamada.

–¿Sí? –contestó una voz masculina, grave y profunda.

–Soy Tank. ¿Qué tal van las cosas?

Se hizo un silencio.

–No muy bien. ¿Y por allí qué tal?

–Bien, por el momento –vaciló–. ¿Estás libre por un par de semanas? Es un trabajo, y se pagará generosamente.

Se oyó un suspiro al otro lado de la línea.

–¿Cómo diablos sabías que no estaba trabajando? –fue su respuesta–. Justo acabo de terminar un encargo y ni siquiera tengo otro apalabrado. Las facturas se me amontonan, la casa necesita reformas… –en realidad estaba mintiendo, pero eso no lo sabía Tank. Él no hablaba de su vida privada con la gente. Mantenía la ficción de que era una especie de mercenario en apuros, saltando continuamente de encargo en encargo.

Tank se echó a reír.

–¡Me alegro! Bueno, de las facturas no, quiero decir. Pero estás contratado.

–¡Me has salvado la vida! ¿Qué necesitas que haga?

–Tengo a un falso agente federal detrás de mí –explicó Tank–. Contraté a una empresa de seguridad para que nos instalase cámaras y micrófonos… pero tengo la horrible sospecha de que el técnico puede que sea precisamente el falso agente federal.

–¡Diablos! ¡Eso sí que es mala suerte!

–Dímelo a mí –Tank suspiró–. ¿Cuándo podrías pasarte por aquí?

–Tan pronto como me envíes el billete de avión –respondió–. Todavía no he deshecho el equipaje del último trabajo. Será un placer.

–¿No estarás trabajando para... tu antiguo jefe, verdad? –se mordió la lengua. Casi se le habían escapado las palabras «tu padre», pero al final no se había atrevido. Si lo hubiera hecho, Rourke no habría tomado el avión. La mayoría de la gente sospechaba que Rourke era hijo ilegítimo de K.C. Kantor, el millonario exmercenario. Y nadie se atrevía a decírselo a Rourke a la cara. Además, si el hombre estaba viviendo realmente con tanto apuro, resultaba improbable que tuviera a un padre tan rico cubriéndole las espaldas.

–No, el jefe y yo rompimos –replicó Rourke. No era toda la verdad, pero se le parecía–. Las cosas han ido de mal en peor. Y Tat ya no me dirige la palabra –lo último lo había dicho con una especie de rabia contenida. Tat era una periodista aventurera que se había aliado con Rourke y con el general Machado en la empresa de recuperar para el general un país de América del Sur. Rourke y Tat tenían una muy larga historia detrás. Rourke la había conocido cuando ella era una niña. Siempre habían tenido una sólida amistad.

–Has vuelto a hacerla enfadar, ¿eh? –le preguntó Tank.

Rourke maldijo por lo bajo.

–Se ha ido con las tropas, allá en Nganwa –explicó, nombrando un pequeño país envuelto en una sangrienta revolución. Aquello es un baño de sangre. ¡Sé de mercenarios veteranos que ni se acercarían a un lugar así!

–Los periodistas suelen ir muy bien protegidos –comentó Tank.

–Ya. ¿Quieres saber cuántos murieron el año pasado en acto de servicio? –le espetó, pesimista.

–Lamento saber que puede estar en peligro –dijo finalmente Tank.

–Es su maldita culpa. La estupidez tiene un precio. Iría y la sacaría de allí, pero… –vaciló y tragó saliva–. Envíame el billete. Me reuniré contigo en seguida.

–Te lo enviaré usando mi otra cuenta de correo –dijo Tank.

–Bien pensado.

–Gracias, Rourke.

–Hey, ¿para qué están los amigos?

Merissa lucía un vestido beis claro que resaltaba su esbelta figura, delineando sus senos respingones, su diminuta cintura y sus sensuales caderas. Llevaba zapatos sin tacón y su ondulada melena rubia enmarcaba su rostro de elfo. Un pin con la figura de un árbol de Navidad adornaba su vestido, con una horquilla a juego en su pelo.

Sonrió tímidamente a Tank, que se la había quedado mirando con abierta admiración.

–A lo mejor es demasiado llamativo… –empezó, avergonzada,

–No estoy muy acostumbrado a ver mujeres luciendo esta clase de vestidos –repuso él con una dulce sonrisa–. Creo que estás preciosa.

Ella se ruborizó para luego echarse a reír.

–Gracias –señaló sus zapatos–. No soporto los tacones. Supongo que el efecto general queda algo raro…

–A mí me parece estupendo. ¿Lista para irnos?

–Sí –se asomó al salón–. Te veo después, mamá. Cierra bien las puertas –añadió con tono firme.

Clara soltó una risita.

–Así lo haré. ¿Tienes las llaves?

–Sí.

–Diviértete.

–Gracias.

Tank asomó también la cabeza por la puerta y sonrió.

–Cuidaré bien de ella –le prometió.

–Sé que lo harás –replicó Clara.

Rourke había llegado el día anterior. En seguida se puso a la tarea con las videocámaras, hizo un barrido de micrófonos por toda la casa, encontrando varios, y terminó de revisar la camioneta justo antes de que Tank la utilizara para la cita.

–Iremos a cenar a Powell –informó a Merissa–. Lo siento, pero hemos tenido una brecha en el sistema de seguridad.

Merissa se quedó muy quieta.

–Fue él. El hombre del traje.

La miró rápidamente.

–Bueno… sí. Creemos que ha sido él.

–Qué irónico –comentó ella, sin aliento. Sacudió la cabeza–. Es un hombre muy seguro de sí mismo.

–Sí, pero será eso lo que lo pierda al final –replicó fríamente.

Merissa se quedó en silencio. Había palidecido.

Tank detuvo el vehículo ante un semáforo cuando se acercaban a Powell.

–¿Qué es lo que estás viendo, Merissa? –le preguntó con tono suave.

–Algo malo –tragó saliva.

–¿Puedes ser más precisa?

Se volvió para mirarlo.

–No lo sé –torció el gesto–. Es solo una sensación. No puedo… no puedo ver lo que es.

Él estiró un brazo para tomarle suavemente la mano.

–Tranquila. Nos las apañaremos.

Merissa sintió un tremendo sobresalto ante su contacto. Su mano era grande y cálida, con la palma callosa. La contempló a la luz de las farolas. Era una mano hermosa, muy masculina, con las uñas limpias y bien cuidadas.

–Tienes unas manos bonitas –le espetó sin pensar.

Él soltó una risita.

–Gracias. Las tuyas tampoco están mal.

Ella sonrió.

Tank sentía la misma electricidad que ella. Era algo reconfortante tener aquel contacto físico con otro ser humano. Tank había creído estar enamorado un par de veces antes, pero la sensación nunca había sido tan intensa. Deseaba protegerla, cuidar de ella. Era una mujer fuerte y capaz. Podía defenderse, y lo hacía. Pero Merissa le hacía sentirse más grande, más fuerte.

–¿En qué estás pensando? –le preguntó ella de pronto.

Él le apretó suavemente la mano.

–En que esta es una de las mejores ideas que he tenido en años.

Merissa se echó a reír.

–Gracias.

–Resulta muy cómodo estar contigo.

–En Catelow son pocos los que piensan eso.

–No te conocen. La gente tiene miedo de lo desconocido, de todo aquello que no es racional.

–Bueno, lo que me pasa ciertamente no es nada racional –convino ella–. Me he pasado la vida viendo cosas que me aterran –lo miró–. Mucha gente quiere conocer el futuro. Pero si vieran lo que veo yo, cambiarían de idea. Nunca es bueno saber lo que puede pasarte.

–En eso tengo que estar de acuerdo contigo.

–Quiero decir que una cosa es saber el tiempo que va a hacer, o las modas que se estilarán el año que viene, o si vas a conocer a alguien que te va a cambiar la vida... Pero desear saber lo que te va a suceder dentro de un año, de dos... Uno nunca debería querer saber esas cosas.

Tank le acarició con el pulgar el dorso de la mano mientras conducía.

–Nunca hablas de tu padre.

Sintió el respingo que dio su mano, como si hubiera sufrido una descarga eléctrica.

La miró.

–Perdona. No he querido molestarte.

Ella tragó saliva.

–Tú... has oído algo.

Entró en el aparcamiento del restaurante chino y apagó el motor. Se volvió hacia ella.

–Sinceramente, sí –escrutó sus ojos, enormes en su pálido rostro–. No tienes que hablarme de él si no quieres. Apenas nos conocemos.

Merissa vaciló.

–Era un hombre... brutal.

–¿De veras?

Se mordió el labio.

–Hace años que no lo vemos. No sabemos dónde está. Siempre hemos temido que pudiera volver –cerró los ojos y se estremeció–. Era un hombre grande. Y tan fuerte...

–Te hizo daño.

Alzó la mirada hacia él con una expresión trágica.

–A mí y a mamá –reconoció, cansada–. Me sentí tan aliviada cuando se marchó... Ella le amenazó. Le advirtió de lo que le sucedería si se quedaba en Catelow. Ella lo sabía, por supuesto, y no se trataba de una premonición. Le dio tal paliza a uno de nuestros mozos que estuvo a punto de matarlo. Mamá me dijo que el hombre le denunciaría y lo mandaría a prisión. Esa fue la única razón por la que se marchó.

–Entiendo.

Merissa inspiró profundo y sacudió la cabeza.

–No, no lo entiendes. Yo he vivido siempre con el miedo de que matara a mi madre –cerró los ojos–. Una vez, me armé de valor e intenté detenerlo.

–Con resultados casi fatales –añadió él.

Lo miró con los ojos muy abiertos.

–¿Lo sabes?

–Catelow es una población pequeña, Merissa –le recordó–. Sí, lo sé –su expresión se endureció de pronto–. De haber estado yo allí, no os habría tocado a ninguna de las dos.

El rostro de Merissa se iluminó.

–A ti te habría tenido miedo.

–¿Y tú? –la miró fijamente a los ojos–. ¿Te doy miedo a ti?

Tragó saliva.

–Ya no tanto como antes –respondió–. Un poco, quizá.

–¿Un poco?

Se removió en el asiento.

–No como tú estás pensando. Tú… me confundes. Me haces sentirme incómoda. Pero no de la forma en que me sentía antes…

Mientras Merissa seguía hablando, Tank soltó su cinturón, y el de ella, antes de acercarse.

–¿Ahora te sientes incómoda? –le preguntó, apoyando la mano en la puerta, cerca de su oreja.

–A… algo –tartamudeó. Estaba muy cerca. Podía oler el aroma de su colonia, sentir el calor que despedía su cuerpo. Y, en seguida, la caricia de sus labios en la frente–. Solo… un poquito.

Él rio por lo bajo.

–¿Un poquito?

Merissa se estaba esforzando por controlar su respiración, pero esa era una batalla perdida. Vio que alzaba una mano para acunarle la mejilla. Con el pulgar acarició sus suaves labios, entreabriéndoselos suavemente.

–Me gusta hacerte sentir… incómoda –susurró al tiempo que inclinaba la cabeza–. Un poquito solamente.

Su boca cincelada delineó entonces sus labios, tentándolos con exquisita ternura para no asustarla. Estaba muy nerviosa. Ella alzó una mano para tocar la suya: estaba helada. No se necesitaba ser un sabio para saber que no estaba acostumbrada a la cercanía de un hombre, lo cual reforzó su instinto de protección.

–Hey, tranquila –musitó antes de que lograra entreabrirle los labios–. La tranquilidad es fundamental.

Se dejó besar. Fue una sensación extraña. Desconcertante. Pero, al cabo, de un momento, se fue volviendo más familiar, más cómoda. Muy pronto, sus labios se relajaron. Su cuerpo entero se relajó.

Le gustaba.

La acercó aún más hacia sí, pero lenta, suavemente. La envolvió en sus brazos como si fuera un delicado tesoro y continuó besándola hasta conseguir despertarle un ansia parecida.

Ella se colgó de pronto de su cuello como si aquella ansia hubiera estallado como un relámpago. Y le devolvió el beso como la misma urgencia.

Pero, muy pronto, resultó evidente para Tank que iba a tener que empezar a desvestirla… o a dejar de besarla.

Se apartó, sintiéndose halagado de tener que retirarle los brazos del cuello. Sonrió al ver su azoro.

–No te preocupes. Todo esto es perfectamente natural.

–¿De veras?

–Sí –la peinó con los dedos, deleitándose con el tacto de su pelo–. Deberíamos entrar.

Ella tragó saliva. Todavía podía paladear su sabor en los labios. Un sabor a café y a menta. Asintió lentamente.

–Supongo que sí.

Él rio por lo bajo. Abandonó la camioneta y la ayudó a bajar. No le soltó la mano mientras entraban en el restaurante.

4

¿Cómo es que cambiaste de idea sobre el restaurante? –le preguntó Merissa cuando estaban ya atacando dos enormes fuentes de pollo *lo mein*, que, según había descubierto, era el plato favorito de los dos–. No me estoy quejando, me encanta la comida china. Pero… ¿por qué?

–Por la misma razón por la que contraté a un hombre para que hiciera un barrido de micrófonos en mi camioneta –respondió él–. Parece que contraté a uno de los malos para que me instalara el sistema de seguridad del rancho.

–¡Oh, Dios mío! –exclamó ella.

–Habitualmente suelo tener más cuidado –dijo con una sonrisa–. Pero no tenía idea de que estuviera tan cerca. Ya lo ves, tu premonición era absolutamente acertada. Realmente tienes un don.

–Odio tenerlo –replicó Merissa.

–Pues esta vez me ha salvado la vida. Y te lo agradezco.

Ella esbozó una mueca.

–Tenía tanto miedo, como para presentarme en tu casa en medio de la ventisca… –se echó a reír–. Pero sentí que tenía que decírtelo.

–Si no lo hubieras hecho, ahora mismo yo tendría un montón de problemas –le recordó–. No tenía la menor sospecha de que me había convertido en el objetivo de alguien después de tanto tiempo.

–Eso no habría pasado, supongo, de no haber sido por la aspiración de ese político a un cargo federal –dijo ella–. Está intentando atar cualquier cabo suelto antes de que la campaña electoral se caliente. Imagina lo que podrían hacer sus adversarios con la información de su amistad con un cártel de la droga.

–Sí.

–El hombre al que has recurrido para que rastree los micrófonos que instaló tu enemigo… –empezó Merissa–. Hay una mujer. Y se encuentra en grave peligro –se mordió el labio.

–Es fotoperiodista y está cubriendo una guerra en África –le informó él, nada incómodo ya ante su capacidad de clarividencia.

Ella asintió.

–Un objeto inesperado le salvará la vida –pronunció lentamente–. Un collar, para ser exactos.

–¿Estará bien? –le preguntó Tank, preocupado.

–No morirá.

Aquello sonaba terrible, de todas formas.

Merissa inspiró profundo.

–Alguien contó una mentira. Es eso lo que los está separando. Y él se la creyó –bebió un sorbo de té–. La mentira se dijo para protegerla, pero, en lugar de ello, destruyó su felicidad –alzó la mirada hacia él–. Ella le quiere mucho. Es una lástima.

Tank se preguntó si no debería decírselo a Rourke.

–No lo hagas –le dijo ella, como si le hubiera leído el pensamiento–. No le digas nada. Las cosas se encuentran ahora mismo en una encrucijada. Si él actúa demasiado pronto, ella podría morir. Vivimos en una red de constante actividad, que enlaza todas las vidas de la tierra –rio de nuevo–. Te pareceré una loca. Bueno, lo estoy un poco. Pero todos estamos mucho más interconectados de lo que la gente piensa.

–¿Aquello de que el aleteo de una mariposa puede convertirse en un tifón al otro lado del mundo? –se burló él.

–Algo parecido, sí.

Tank se recostó en su silla y se la quedó mirando con ternura.

–Eres increíble –le dijo–. Nunca he conocido a nadie como tú en toda mi vida.

–Espero que eso sea un cumplido.

–Desde luego que lo es –le confesó–. Y esta noche es un principio. ¿Verdad?

Ella se dispuso a decir algo. Pero de repente su mirada se tornó opaca. Palideció. Sus ojos verdes se llenaron de terror cuando lo miró.

–Tenemos que irnos a casa. ¡Ahora mismo! ¡Por favor!

Él no se molestó en preguntarle por lo que pasaba. Le bastaba con saber que era algo urgente. Se levantó y pagó la cuenta para guiarla en seguida de vuelta a la camioneta.

–¿A mi casa o a la tuya? –le preguntó mientras arrancaba.

–A la mía. Y, por favor... ¡date prisa! –le dijo–. ¡Puede que ya sea demasiado tarde!

Poco después aparcaban delante de la cabaña de Clara y corrían hacia el porche. Merissa introdujo rápidamente la llave en la puerta y abrió.

–¡Mamá! –llamó, frenética–. ¡Mamá!

Se oyó moverse a alguien. Una puerta se abrió. Clara salió al vestíbulo, algo adormilada, risueña.

–Aquí estoy. ¿Qué pasa? –inquirió al ver sus expresiones de preocupación.

–Yo... he tenido un presentimiento –explicó Merissa, detestando ponerlo en palabras por miedo a que pudiera hacerse realidad.

–¿Un presentimiento? –le preguntó su madre con tono suave, frunciendo también ella el ceño.

Merissa se relajó. Rompió a reír.

–Lo siento. Lo siento mucho –se volvió hacia Tank–. ¡Te he metido prisa de volver para nada!

–Siempre es bueno asegurarse –repuso él con tono suave–. Estoy empezando a tener una gran confianza en tus «sensaciones».

Ella le sonrió, enternecida.

–Gracias.

–¿Qué clase de sensación ha sido esa? –le preguntó Clara, porque sabía que su hija no cedía fácilmente al pánico.

–No lo sé. Algo peligroso. Algo planeado –cerró los ojos–. Pronto. Muy pronto –volvió a abrirlos–. ¡No sé qué exactamente! –gruñó.

Clara la abrazó.

–No te preocupes, cariño. Estaremos bien.

–Solo por su acaso –dijo lentamente Tank–, voy a apostar a un hombre aquí, para que vigile la cabaña.

–Eres muy amable –empezó Clara.

Merissa frunció el ceño.

–¿No oléis a humo?

Se dividieron para registrar las habitaciones. De repente, el detector de incendios del dormitorio del fondo se disparó como si hubiera saltado una chispa.

Tank corrió delante de las mujeres, entró en la habitación y se detuvo en seco. Salía humo de un cable alargador, conectado a la red. Al lado, una ardilla se retorcía de dolor.

–Oh, Dios –murmuró–. Me olvidé de cerrar el tiro de la chimenea… A las ardillas les encanta entrar en la cabaña y anidar en el techo –esbozó una mueca–. ¿Está muerta?

Tank levantó al animal. Estaba temblando.

–No, pero va a necesitar algunos cuidados. Tengo un amigo que se dedica a la cura y rehabilitación de animales salvajes. Le llamaré tan pronto como llegue a casa. ¿Tenéis una caja de zapatos y una toalla vieja?

Clara corrió a conseguírselos para que pudiera transportar al animalillo herido.

–Voy a desenchufar el cable –dijo Merissa.

–Ten cuidado, cariño –le advirtió Tank.

Ella lo miró y se ruborizó deliciosamente. Echándose a reír, desenchufó el alargador de la pared.

Le encantó aquel rubor. Le encantaba llamarla «cariño». Era la mujer más dulce que había conocido.

–¿Crees que la ardilla se pondrá bien? –le preguntó Merissa, acariciando la cabecita del animal herido.

–Ten cuidado, que puede morderte.

–Oh, nunca me muerden. He recogido toda clase de animales heridos, incluso una serpiente, una vez. Le puse una venda. Se hirió con la máquina desbrozadora –le informó, triste.

–¿No te dan miedo las serpientes? –le preguntó, curioso.

–Me horrorizan –respondió–. Pero estaba sangrando y sufría mucho. Así que la recogí. A ella no pareció importarle, ni siquiera cuando le puse una pomada antibiótica y una enorme tirita. Tuve que llevarla también a un rehabilitador. Me pregunto si no será el mismo que tú conoces.

Tank rio por lo bajo.

–Probablemente. No hay muchos en Catelow. ¿Qué clase de serpiente era?

Ella parpadeó sorprendida.

–En realidad no lo sé. Era bastante grande.

–¿Color?

Se lo describió.

Él soltó una carcajada.

–No me lo puedo creer. Simplemente, no me lo puedo creer. ¡Era una serpiente de cascabel, mujer! ¡Su veneno es mortal!

–¿En serio? Pues se mostró muy dócil. Ni siquiera movió el cascabel cuando la metí en la caja y la llevé al rehabilitador. Supongo que eso explica por qué el hombre se enfadó cuando le dije que quería que pusiera en libertad a la serpiente. No se molestó ni en responderme.

Tank estaba anonadado.

–Verdaderamente tienes un don –murmuró.

–A los animales les gusto, supongo –repuso, tímida–. Tengo que espantar a los pájaros de los comederos. Se me acercan con mucha confianza. Uno se me posó una vez en la muñeca cuando los estaba llenando.

–A mí también me gustas –le dijo él con tono suave, escrutando sus ojos azules.

Merissa entreabrió los labios, soltando un suspiro.

–¿De veras?

Él sonrió.

–Quiero decir… ¿tú no tienes miedo de que yo pueda convertirte en un sapo o en algo peor en un ataque de ira? –le preguntó ella, bromeando a medias.

–Tú no tienes gato.

–¿Perdón?

–Todo el mundo sabe que las brujas tienen gatos –observó Tank.

Ella soltó una carcajada.

–¿Debería hablarle de los dos gatos abandonados a lo que damos de comer cada mañana? –se burló Clara, que acababa de volver a la habitación con una caja de zapatos y una toalla vieja.

–¡Shh! –se apresuró a acallarla Merissa, poniéndose un dedo sobre los labios.

Todos se echaron a reír.

Tank hizo unos agujeros en la tapa de la caja mientras Merissa se encargaba de la ardilla.

–Te pondrás bien, no te preocupes –le dijo al animalillo. La ardilla la miraba con los ojos muy abiertos, dilatadas las pupilas. Seguía temblando.

–Creo que se encuentra en estado de shock –dijo Tank. Recogió a la ardilla y la depositó cuidadosamente en el fondo de la caja, para arroparla luego con la toalla–. Llamaré a mi amigo ahora mismo.

–¿Nos tendrás informadas? –quiso saber Merissa.

–Por supuesto –sonrió.

–Espero que las ardillas no se coman el cableado eléctrico del ático –dijo Clara, nerviosa–. ¡Voy a cerrar el tiro de la chimenea ahora mismo!

–Al menos es una ardilla macho. No ha podido anidar dentro –dijo Merissa–. Dicen que, si se mete una ardilla hembra y el tiro se cierra, las crías pueden morir asfixiadas. Eso es tan triste...

–Cierto. Pero más triste es un incendio provocado por un cortocircuito en la red eléctrica –Tank miró el enchufe donde había estado conectado el cable–. No volváis a usarlo hasta que nuestro electricista venga a revisar la instalación.

–Está bien –aceptó Merissa–. Gracias. Los incendios me horrorizan.

–Y a mí –secundó Clara.

–No hay mucho peligro de que eso ocurra a partir de un simple cable, y sobre todo si estáis presentes cuando se produce el cortocircuito. Pero siempre es mejor ser precavido. Me llevaré a nuestro amigo a mi casa. Te llamaré por la mañana –le dijo a Merissa.

–Muy bien –sonrió.

Él le devolvió la sonrisa.

–Buenas noches.

Lo acompañaron hasta el porche. Tank se despidió con la mano mientras se alejaba por el sendero, todavía cubierto por la nieve de la ventisca.

Regresaron al salón. El pequeño árbol navideño que habían puesto aquel día estaba precioso con sus luces de colores, aunque Clara no las había encendido por la migraña que había sufrido Merissa. Le pasó a su hija un brazo por los hombros.

–Ahora puedo ver en qué dirección sopla el viento... –le dijo de manera enigmática–. Y para eso no necesito tener poderes.

Merissa apoyó la cabeza contra la de su madre.

–Soy tan feliz... Nunca había esperado encontrar a un hombre al que le gustara tanto como me gusta él a mí.

–Eso mismo pensé yo una vez. Con tu padre –repuso Clara en voz baja–. Pero cometí un error. Y tú pagaste por ello un precio todavía más alto que yo.

Merissa se quedó muy quieta.

–Dalton lo sabe.

–¿El qué?

–Lo que papá nos hizo. Me dijo que, si nos hubiera conocido en aquel entonces, mi padre habría acabado en prisión.

–Yo viví aterrada durante muchos años, temiendo que Bill pudiera volver, que nos localizara para pedirme cuentas por haber forzado el divorcio –le confesó Clara.

–¿Sabes dónde está? –le preguntó Merissa, preocupada.

Ella negó con la cabeza.

–Lo último que he oído, por su primo que todavía sigue en contacto conmigo, es que estaba trabajando en los muelles de California. Espero que aún siga allí.

–Y yo –replicó Clara–. ¡Ni lo dudes!

Tank llevó a la ardilla al rehabilitador. Era algo necesario, porque la ley impedía que cualquier veterinario tratara a un animal salvaje. Eso tenía que hacerlo un rehabilitador cualificado, solo que había tan pocos que eran muchos los animales heridos que acababan muriendo. Los rehabilitadores tenían tanto trabajo que muchos no tenían más remedio que desconectar el teléfono, ante la enorme cantidad de animales salvajes heridos que se veían obligados a tratar. La ley estaba hecha para proteger a los animales y a la gente, pero, en opinión de Tank, en la práctica condenaba a la fauna salvaje herida a la muerte. Como tantas otras leyes poco conocidas, sus buenas intenciones acababan siendo barridas por sus trágicas consecuencias.

–Al menos este vivirá –le dijo Tank a su amigo Greg Barnes.

–Ya. Solo está algo chamuscado y en estado de shock. Un par de días de descanso y comida adecuada, y volverá a estar en condiciones de masticar el cableado eléctrico –instaló a la ardilla en una jaula limpia con agua y comida. Cerca había otras jaulas, conteniendo un mapache con una pata vendada, un lobo al que le faltaba una pata e, incluso, un cuervo con un ala rota.

–¿Qué les sucedió a todos estos? –quiso saber Tank.

–Chicos con armas –fue su irritada respuesta–. Un adolescente disparó al cuervo por gusto. Tuve unas palabras con él y con su padre. Está pendiente una sentencia del tribunal.

Tank sacudió la cabeza.

–¿Y el lobo?

–Atacó a dos terneros de un ranchero. Cayó en una trampa. Perdió una pata y habría muerto si no lo hubiera encontrado a tiempo. Los humanos y la fauna salvaje no suelen hacer buenas migas.

–Los rancheros tienen que vivir.

El rehabilitador asintió.

–No lo dudo. Nadie gana en una situación como esta. A ranchero lo van a multar por haber puesto trampas para lobos. Es una especie en peligro de extinción. El tipo argumentó que sus terneros corrían peligro, pero eso no le servirá de nada –miró a Tank–. La mayoría de la gente que redacta las leyes relativas a animales salvajes nunca han visto a uno en su vida –un extraño brillo malicioso asomó de pronto a sus ojos–. ¿Sabes? Muchas veces sueño con que encierro a un par de esos legisladores en una habitación con varios lobos hambrientos... –suspiró–. Bueno, es igual. Pero te aseguro que eso cambiaría las cosas. Los políticos que sobrevivieran probablemente promoverían un cambio legislativo –metió la mano entre los barrotes de la jaula y acarició el morro del lobo. Al animal no pareció importarle–. No estaba hablando de ti, viejo amigo –le dijo con ternura, y se volvió para mirar a Tank–. En la naturaleza salvaje, un lobo hace aquello para lo que está genéticamente programado, tanto si se trata de atacar y comer alces o cabezas de ganado. La clave estriba en asegurarnos de que las poblaciones no sean demasiado grandes para lo que su hábitat puede soportar. Así se evitarían las incursiones de lobos en los ranchos de ganado.

–No me lo digas a mí. Díselo al Congreso.

–No dudes de que me encantaría contarles a esos congresistas cómo funciona el mundo real aquí. ¿Cómo le explicas a un lobo que no puedes invadir una propiedad privada? ¿O a un cuervo que, si aterriza para dar caza a un conejo, es probable que le disparen como si fuera un blanco deportivo?

–Al menos tú estás intentando ayudar –le recordó Tank.

Greg sonrió.

–Intentando. Sí –señaló con un barrido de su brazo la habitación llena de jaulas–. Tengo dos salas más como esta –ladeó la cabeza y frunció los labios–. ¿Te has preguntado alguna vez por qué no estoy casado?

Tank rio por lo bajo.

–En realidad, no. No conozco a muchas mujeres a las que les gustara compartir espacio con un lobo. Incluso aunque estuviera enjaulado.

–Tengo a un puma en la otra sala. Y un hurón y un

par de mofetas. Todas víctimas de las trampas –sacudió la cabeza–. El cuervo es un caso especial, lo que trabajo sobre todo son los mamíferos.

–¿Quién te lo trajo?

Greg esbozó una mueca.

–La madre del muchacho. Su padre pensaba que era estupendo que el hijo le hubiera acertado en pleno vuelo. La madre, en cambio, quedó horrorizada.

–Bien por ella. A mí me gusta practicar puntería, pero nunca con animales. Bueno, a excepción de los ciervos, en temporada de caza –se corrigió–. Me encanta la carne de venado.

–Y a mí –le confesó Greg–. Pero eso es un caso completamente diferente. No hay suficiente comida para una superpoblación de ciervos, así que cazamos el excedente para conservar el grupo entero en buenas condiciones. Pero eso tampoco puedo explicárselo a los de fuera. Para ellos es como si estuviéramos cazando a Bambi.

–Bambi podría matarte con esas pezuñas que tiene –observó Tank–. Son tan afiladas como navajas de afeitar.

–Y que lo digas. El ciervo es un animal peligroso, especialmente los machos, con sus grandes cornamentas.

–¿Crees que la ardilla vivirá?

–Si no lo hace, no será culpa mía –respondió Greg, y sonrió–. Adoro los animales.

–Quizá algún día encuentres a una mujer que los adore también.

Se encogió de hombros.

–O no –miró a Tank–. Esta ardilla la has traído por Merissa Baker, ¿verdad? –le preguntó.

–Nada de comentarios acerca de que agria la leche y demás… –le advirtió Tank a la defensiva.

–Oh, no tienes nada que temer –repuso Greg–.

Esa mujer tiene un don con los animales: eso es lo que quiero decir. Un día me trajo una serpiente a la que había vendado ella misma. Tenía miedo de que la venda se le acabara cayendo –de repente soltó un silbido de admiración–. Era la serpiente de cascabel más grande que había visto en mi vida, y allí estaba ella, cargándola en brazos como si fuera un bebé. En el instante en que la toqué, intentó atacarme. Pero la tuve aquí para terminar de curarla y luego la dejé en libertad.

–Sí, me lo contó ella misma –Tank se echó a reír y sacudió la cabeza–. Un don.

–Eso es. Un don. En la tribu cheyenne hay algunos que lo tienen. Yo les he visto tranquilizar a caballos salvajes con una simple caricia y su tono de voz. Ya sabes –añadió–, quizás esté relacionado con esa teoría que dice que todos los seres de la naturaleza tienen un alma.

Tank alzó ambas manos.

–Tengo que irme.

–Solo estaba pensando en voz alta, nada más –rio Greg–. En cualquier caso, tu ardilla se pondrá bien. Quizá no fuera mala idea llevarla en la camioneta y soltarla unos cuantos kilómetros más al norte. Por el bien de la instalación eléctrica de la casa de Merissa.

–¡Justo lo que había pensado!

Tank regresó a casa, todavía riéndose del episodio de la serpiente.

–¿Qué es lo que te hace tanta gracia? –le preguntó Mallory, sonriendo.

–Una vez Merissa le llevó a Greg una serpiente para que la curara.

Mallory sacudió la cabeza.

–Pero lo curioso de la historia… –añadió Tank– es que era una serpiente de cascabel.

Su hermano puso unos ojos como platos.

–¿No la mordió?

–Greg se dijo que se presentó cargándola tranquilamente en brazos, como si fuera un bebé, y se la dejó a su cargo –rio al ver su expresión–. Tiene un don con los animales.

–Una serpiente de cascabel –suspiró–. Bueno, eso es realmente asombroso.

Tank asintió y sonrió.

Mallory se lo había quedado mirando con interés.

–Las cosas se están calentando entre vosotros, ¿eh?

Tank se mostró sorprendido.

–¿Cómo lo has adivinado?

–Eres mi hermano. No es propio de ti tomarte tanto interés por una mujer. Bueno, al menos no es algo que ocurra todos los días –Mallory estaba aludiendo a su propia esposa, Morie, por la cual Tank se había mostrado brevemente interesado antes de que descubriera que la hostilidad que su hermano le había profesado escondía una creciente pasión.

–Yo quiero a Morie como a una hermana –se apresuró a asegurarle–. Por si acaso tenías alguna duda…

Mallory le dio unas palmaditas en el hombro.

–Te conozco demasiado bien como para dudarlo.

–La cena fue muy bien –evocó Tank con una sonrisa, cambiando de tema.

–A mí también me gusta la comida de ese restaurante –empezó Mallory.

–Al final fuimos al chino que hay en Powell –le corrigió Tank.

Mallory arqueó las cejas.

–¿Por qué?

Encogiéndose de hombros, señaló con la cabeza el teléfono fijo del escritorio de su hermano, en una esquina del salón.

–Me apetecía variar.

–Entiendo –Mallory, efectivamente, lo había entendido. Era consciente de los micrófonos.

Justo en aquel momento entró Rourke, con un brillo malicioso en su único ojo, ya que un parche le cubría el otro. De pelo rubio bien peinado, vestía unos chinos con muchos bolsillos, una costumbre que había adquirido en África, donde vivía. Tenía una expresión de autosatisfacción.

–Catorce micrófonos –dijo–. Los he saboteado todos. Ahora mismo estarán escuchando, alternativamente, desde partidos de béisbol de San Francisco hasta llamadas de policía de Catelow y silbidos de la estación espacial internacional –sonrió.

Los hermanos se echaron a reír.

–Bueno, es un alivio. Tenía ya miedo de decir algo en voz alta –le confesó Tank–. De hecho, me llevé a mi chica a un restaurante de Powell porque temía que hubieran instalado micrófonos en el de Catelow, dado que lo mencioné por teléfono –vaciló–. Probablemente me esté pasando de paranoico.

–No –le dijo Rourke–. Seguro que tenían a alguien al acecho para adherir un micrófono debajo de vuestra mesa. Alguien que estuviera trabajando de camarero temporal, por ejemplo.

–Eres bueno –reconoció Tank.

Rourke se encogió de hombros.

–Años de práctica. Hace tiempo solía trabajar para la Interpol. Pero la paga era más pequeña de lo que gano en lugares más peligrosos.

–Un trabajo arriesgado –comentó Mallory.

–Pero es lo que mejor sé hacer –suspiró–. Hay una revolución en marcha en un país cercano al mío. Cerca de Kenia. Me dirigía hacia allí cuando me pediste ayuda –sonrió al ver la expresión culpable de Tank.

Tank sabía algo sobre la amiga de Rourke, Tat. Estuvo a punto de mencionarle lo que Merissa le había contado sobre ella, pero se detuvo a tiempo. Merissa le había instado que no dijera nada, ya que ello podría costarle la vida a la fotoperiodista. Así que guardó silencio.

–Lo siento –repuso en voz baja.

Rourke volvió a encogerse de hombros.

–No hay problema. Ya iré allí después. La guerra no va estallar tan pronto. Es un caso triste. El presidente del país es un tipo educado en Harvard, brillante, sinceramente comprometido en política. Su oponente procede de un sucio villorrio y ni siquiera es capaz de escribir su propio nombre –su gesto se volvió sombrío–. Ha ordenado masacrar a mujeres y niños por haberse atrevido a ayudar a las fuerzas del gobierno. Es una guerra tribal como las del siglo XIX, solo que peor –miró a Tank–. Aunque hayáis estado en una guerra de Oriente Medio, no tenéis ni idea de cómo son las cosas en esos lugares. A mí me han disparado niños de ocho años con un AK-47.

–Niños-soldado –la expresión de Tank resultó elocuente–. La gente que los enrola debería ser juzgada y ahorcada.

–Y así será, cuando el presidente haya regresado a su puesto. Y vencerá. Estoy seguro de ello. Tiene el respaldo de la mayoría de las naciones occidentales –esbozó una sonrisa sarcástica–. Resulta que su país está nadando en petróleo. Algunos de sus consejeros son gente de operaciones especiales de un país que no voy a nombrar.

Tank suspiró.

–Al menos cuenta con ayuda.

–Mucha. Pero, mientras tanto, esas aldeas están siendo quemadas y sus poblaciones masacradas. Los cultivos son destruidos antes de la cosecha, de manera que las cifras de gente desplazada crecen día a día. Las fronteras se cierran y hay tiendas de campaña por todas partes. Es la cosa más triste que he visto en mi vida.

–La guerra es triste –convino Tank–. Gracias por haberte ocupado de los micrófonos –añadió, cambiando de tema–. Estaba empezando a tener tics cada vez que miraba el teléfono.

Rourke sonrió.

–Conozco esa sensación.

–Tengo que hablar con nuestro electricista –le dijo Tank a su hermano–. Quiero que vaya a la cabaña de las Baker y arregle el problema que ha causado la ardilla.

–¿Volverá el animal cuando la instalación esté arreglada? –quiso saber Rourke.

–No. Greg la soltará unos cuantos kilómetros más al norte.

Rourke frunció los labios.

–No sé si será posible insertar un GPS en el cuerpo de una ardilla...

Tank soltó una carcajada.

–No lo sé. Quizá Greg debería examinar bien a la alimaña antes de soltarla.

–No es mala idea –añadió Mallory. De repente torció el gesto–. Tengo unas ganas de que vuelvan Morie y mi hijo... Me siento un poco solo.

–Supongo que Cane también –rio Tank–. Echará de menos a Bodie, sobre todo ahora que está embarazada. No hace más que pasear de un lado a otro de la casa, todo preocupado...

–¡Viajes de compras! –exclamó Mallory, sacudiendo la cabeza–. No entiendo por qué no pueden comprar en Catelow.

–Ah. ¿Es que hay boutiques de lencería de París y ropa de bebé de última moda en Catelow? –preguntó Rourke, haciéndose el sorprendido.

–Bueno, esas cosas están sobrevaloradas –replicó Mallory con un brillo malicioso en los ojos.

–Bien dicho –repuso Tank. Pero en aquel momento estaba pensando en cómo le quedaría aquella lencería de París a Merissa, con la figura tan fina y elegante que tenía.

–Un día de estos tienes que traer a Merissa a cenar a casa –le comentó Mallory mientras abandonaban la casa rumbo a los barracones.

El corazón de Tank dio un vuelco. Sonrió.

–Esa es una gran idea.

Por toda respuesta, Mallory soltó una carcajada.

El electricista salió para la cabaña de las Baker, pero, a mitad de camino, topó con algo y se salió de la carretera. Bajó para ver qué era y descubrió, para su sorpresa, una banda de pinchos, como las que utilizaba la policía para impedir la huida de delincuentes, cruzada de lado a lado en la pista de asfalto. Después de recogerla y arrastrarla hasta la cuneta, llamó a Darby Hanes.

–¿No eres capaz de cambiar una rueda? –le preguntó Darby, sorprendido.

–Tengo cuatro pinchazos –masculló Ben, el electricista–. No suelo llevar cuatro neumáticos de repuesto.

–Dios mío, ¿qué te ha pasado? –exclamó Darby.

–Una banda de pinchos –respondió Ben, disgustado–. ¡No puedo imaginarme por qué razón la policía ha puesto una aquí, para molestia de la gente de la localidad!

–¿De qué policía hablas? Estamos en mitad del campo. Y no he sabido por las noticias de ninguna caza al delincuente por esta zona.

–Ya.

–Avisa a la grúa. Voy ahora mismo para allá.

–No hay necesidad, Darby. Esperaré a la grúa y, mientras tanto, telefonearé a las Baker para explicarles lo ocurrido.

–Bueno, está bien. Acuérdate de decirles que te revisen la batería. Cámbiala si es necesario. Últimamente a esa camioneta le está costando arrancar.

–Ya me he dado cuenta. Así lo haré.

Ben suspiró y telefoneó a la grúa. Intentó llamar luego a Merissa para explicarle el retraso, pero al parecer tenía el móvil desconectado. No le dio importancia: ya la llamaría después desde el taller mecánico. Seguro que el técnico no tardaría mucho tiempo en terminar el trabajo.

–Ya está –dijo el electricista con una sonrisa–. Hemos terminado.

Merissa sonrió. El técnico había hecho un trabajo concienzudo. Había revisado todos los teléfonos y el cableado eléctrico, además de cambiar el enchufe cuyo cable alargador había mordido la ardilla causando así el cortocircuito. Había revisado también el ordenador de Merissa, solo para asegurarse. Dado que el ordenador resultaba tan importante para su trabajo, una revisión nunca estaba de más.

–Es usted muy amable –le dijo–. Un millón de gracias. Me gustaría pagarle…

Pero el hombre rechazó su ofrecimiento.

–Es mi trabajo. Estoy contento de ayudar.

Lo acompañó hasta el porche. El técnico conducía un sedán negro. Le extrañó que no hubiera venido en una de las camionetas del rancho; era posible que tuviera que hacer después algún recado personal y no hubiera querido utilizar para ello esa clase de vehículos. Se preguntó asimismo por qué aquel hombre le producía una cierta sensación de incomodidad. Probablemente, razonó, se estaba volviendo paranoica.

Era un tipo simpático y parecía muy amable. Y sin embargo...

–Bueno, gracias de nuevo –le dijo.

Él hombre se volvió hacia ella y sonrió. Era alto y esbelto, de cabello castaño y ojos oscuros, muy elegante. No parecía en absoluto un trabajador del rancho.

–Ha sido un placer –repuso antes de subir al coche y alejarse de allí.

–Qué hombre tan amable –le comentó Merissa a su madre.

–Sí. Los Kirk están siendo muy buenos con nosotros –abrazó a su hija–. Me alegro tanto de que estemos tan bien las dos, juntas... Si Bill no se hubiera marchado cuando lo hizo...

–No pienses en ello –fue la respuesta de Merissa, abrazándola a su vez.

Clara suspiró.

–No puedo evitarlo. Ya sabes, San Francisco no está tan lejos y Bill trabaja para una empresa naviera en los muelles, Meriwether's. Si él supiera que nosotras seguimos aquí, si se le ocurriera volver alguna vez...

–No volverá –le aseguró Merissa con tono suave–. Tú le dijiste a su primo que vivíamos en Billings, ¿no?

–Sí –contestó Clara, y pareció relajarse–. Y sé que él no tiene identificador de llamadas en el teléfono, así que es imposible que pueda localizar el código de zona o el número. Perdona. Lo que pasa es que he vivido durante tantos años con el miedo de que quiera vengarse, de que intente hacernos algo malo...

–No volverá –insistió Merissa–. Te digo yo que no.

Su madre se apartó, sonriendo.

–Tienes razón, por supuesto.

–¡Claro que sí! Vamos a cenar.

–Excelente idea –aceptó Clara, guiándola ya hacia la cocina.

***

Más tarde, Tank telefoneó a Merissa.

–Lamento que Ben no pudiera llegar –le dijo–. Tuvo que acompañar a la grúa y esperar a que repararan las ruedas de la camioneta. El mecánico estaba hasta arriba de trabajo, así que tardó bastante en terminar. Ben me dijo que intentó llamarte y que no consiguió localizarte.

–Qué raro –comentó ella–. Mi teléfono no sonó.

Aquello resultaba extraño, pero últimamente las ventiscas estaban afectando a la red eléctrica y telefónica.

–Bueno, en cualquier caso, estará allí a primera hora de la mañana.

–¿Ben? –inquirió ella, perpleja–. ¿Quién es Ben?

–Nuestro electricista –respondió–. El que tenía que cambiar vuestro enchufe de pared y revisar el cableado.

–Pero... el electricista vino –vaciló–. Lo estuvo revisando todo, incluso mi ordenador, y cambió el cableado...

–Voy ahora mismo para allá –fue la breve y cortante respuesta de Tank, antes de colgar.

Merissa se quedó mirando el teléfono con consternada expresión. Se preguntó por qué la voz de Tank había sonado tan alterada, hasta que de repente recordó lo que le había dicho. ¿Su electricista no había venido? ¿Pero entonces quién era el hombre tan amable que les había arreglado la instalación?

5

Merissa fue a recibir a Tank al porche. Vio que se bajaba de la camioneta en compañía de otro hombre, un tipo alto y rubio, con un parche en un ojo.

–Pero él ya arregló la instalación… –empezó a decir.

Tank se llevó un dedo a los labios. Miró a su acompañante y asintió con la cabeza. El tuerto sonrió a Merissa y entró en la casa.

–No digas una sola palabra –le advirtió Tank en voz baja–. Pero acompáñanos y cuéntale a Rourke todo lo que estuvo haciendo ese hombre.

Se quedó pálida.

–Era el mismo que andaba detrás de ti, ¿verdad? Sabía que había algo extraño en él. ¡Y ni siquiera me di cuenta de…!

Se sentía enferma. Anonadada.

Tank la atrajo entonces hacia sí y la abrazó con fuerza.

–Tranquila –le dijo con ternura–. No te preocupes. Todo saldrá bien. Vamos, cariño.

Sin soltarla, entró con ella en la casa. Clara ya estaba en el vestíbulo, con Rourke.

Merissa los fue guiando por las habitaciones, señalando con el dedo todos los lugares donde su visitante había estado. Rourke tardó su tiempo en hacer su trabajo, sirviéndose de un extraño instrumental para identificar cada pequeño, casi imperceptible cambio. Retiró varios componentes, uno incluso de la torre de ordenador de Merissa, un pen driver que a ella le había pasado desapercibido, oculto en la parte trasera, en un puerto que nunca usaba.

Finalmente Rourke guardó todos los micrófonos en una bolsa pequeña, que dejó en el asiento trasero de la camioneta.

Volvió luego a entrar en la casa, sonriendo.

–Un tipo eficiente –comentó–. Pero el trabajo ha sido un poquitín apresurado. Supongo que temía que tu técnico pudiera aparecer antes de lo esperado –le dijo a Tank.

–Menos mal que no lo hizo. Habría podido haber problemas.

–Justo lo que estaba pensando –añadió Rourke, y sonrió a Merissa–. Todo está perfecto ahora –le aseguró al ver su expresión–. La mayoría de la gente no habría sospechado de ese tipo. Parece que es muy bueno disfrazándose.

–Era muy educado y tenía unas maneras impecables –reconoció Merissa, sentándose ante su escritorio–. A mí ni siquiera se me pasó por la cabeza...

–Espera –le dijo de pronto Rourke. En la mano tenía un pequeño objeto que estaba luciendo de manera intermitente. Indicó por señas a Merissa que se levantara de la silla. Arrodillándose, miró debajo del escritorio y extrajo un minúsculo artilugio–. Hola, amigo –dijo, como si estuviera hablando con él–. Siento el dolor de oídos que pueda producirte esto... –lo aplastó bajo su zapato y soltó una risita–. Se me había escapado este. Espero haberle roto los tímpanos.

Merissa apretó los dientes con fuerza. No estaba acostumbrada a que la espiaran, y eso la perturbaba. Aquel hombre le había producido una sensación de incomodidad, pero no la clase de intuición que siempre la alertaba de que algo andaba mal. Aquello era algo ciertamente insólito. Aunque, a fin de cuentas, su don era algo esporádico, razón por la cual les resultaba tan difícil a los científicos aceptar la validez de capacidades tan poco habituales.

–Debería haberlo visto –insistió.

–No eres infalible –le recordó Tank con ternura, sonriente–. No importa. Eso te acerca un poco más a nosotros. Nosotros cometemos errores, también.

–¿Ver el qué? –inquirió Rourke, frunciendo el ceño.

Tank pareció vacilar.

–Ella ve cosas. Ve y sabe cosas antes de que lleguen a suceder –explicó, reacio.

–Ah, ya –lejos de mostrarse extrañado, Rourke simplemente sonrió–. Ese tipo que trabaja para mí, allá en Sudáfrica... él tiene un don así. Hace mucho tiempo que aprendí a prestar mucha atención a sus advertencias.

Merissa estaba fascinada.

–¿Tú no crees que agrio la leche, entonces?

Él soltó una carcajada.

–En absoluto. Estoy acostumbrado a los fenómenos paranormales. África es la tierra de lo sobrenatural, ya sabes. Estamos inmersos en lo sobrenatural. Buena parte de la población nativa sigue aferrándose a sus antiguas creencias y ritos. Son más sabios que nosotros. Nosotros creemos poseer el mundo. Ellos saben que eso no es así, que existen fuerzas muchísimo más poderosas que nuestros más modernos aparatos electrónicos.

Merissa estaba fascinada.

–A mí siempre me ha apasionado leer cosas sobre África. Existen páginas web que te permiten conectarte y ver la fauna salvaje de allí a tiempo real –al ver que asentía, añadió–: Eso está muy bien para los que no podemos viajar allí –una expresión soñadora se dibujó en su rostro–. Y siempre está YouTube. Yo he visto toda clase de lugares fascinantes gracias a las cámaras de la gente que graba imágenes y las cuelga.

–¿Por qué ese tipo habría de querer instalar micrófonos aquí? –preguntó Tank de pronto.

Rourke se volvió para mirarlo.

–Porque él sabe que tú tienes un interés especial... aquí.

Tank se sintió enfermo. Miró a las dos mujeres, recordando la angustia que habían sufrido a manos del brutal padre de Merissa. Y en aquel momento era él quien las estaba poniendo en peligro, debido a su amistad con ellas.

Merissa se acercó a él y lo miró a los ojos.

–Hay cosas que suceden porque forman parte de algún plan. Un plan del que no sabemos nada, que no podemos conocer. La vida es una prueba. La vida son lecciones. La gente entra en nuestras vidas en momento determinados, por razones determinadas.

–Predestinación –reflexionó Rourke en voz alta, asintiendo con la cabeza.

–Bueno, algo parecido –vaciló Merissa–. Lo que quiero decir es que el futuro no está grabado en piedra. Creo que las decisiones que tomamos pueden alterarlo. Pero creo que hay también un plan maestro para nuestras vidas, al que llamamos Dios –dijo, y se volvió hacia su madre–. Otros lo llaman destino, o suerte, o azar. Pero yo creo en ello.

–Y yo –repuso Tank, y se la quedó mirando fijamente a los ojos durante tanto tiempo que ella se ruborizó un poco.

–¿Dijisteis aquí algo que pudo haberle interesado escuchar a ese tipo? –interrumpió Rourke, mirando a Clara y a Merissa.

–Nada en absoluto –rio Clara–. Solo una conversación normal y corriente.

Merissa asintió. No quería recordarle a Clara que habían estado hablando de su padre. Eso era algo en lo que su espía no podía estar interesado. Él querría saber sobre Tank, conocer sus movimientos, dónde estaba y lo que hacía en cada momento. Estaba planeando atentar contra Tank, que no contra ellas. De manera que guardó silencio.

–Será mejor que nos marchemos –dijo Rourke.

Tank asintió. Tocó la mejilla de Merissa con un dedo.

–No te preocupes, todo volverá a estar bien. Ya lo verás.

–Ese tipo hizo un buen trabajo con el cableado eléctrico, por cierto –comentó en ese instante Rourke–. Si no hubiera añadido esos micrófonos al mismo tiempo, yo lo habría calificado de perfecto.

–Supongo que no se esperaba que un experto en seguridad chequeara su trabajo –dijo Tank, y se dirigió a Merissa–. Oh, se me olvidaba. Greg está curando a tu ardilla y la soltará unos kilómetros más al norte –esbozó una sonrisa–. El animalillo se pondrá bien.

–Gracias a Dios –suspiró ella.

Tank levantó el dedo índice, a modo de advertencia.

–Pero nada de salvar serpientes.

Merissa alzó ambas manos y sonrió.

–Estamos en invierno. No hay serpientes que salvar.

–En eso te doy la razón.

Tank siguió a Rourke fuera de la casa, hasta la camioneta. Se despidió con la mano mientras se marchaban.

–¿Salvar serpientes? –quiso saber Rourke.

Tank rio por lo bajo.

–Esa es una gran historia. Déjame que te la cuente –y así lo hizo, durante todo el trayecto hasta casa.

Rourke casi se cayó de la camioneta de la risa.

Merissa estaba preocupada por la conversación que habían tenido su madre y ella… sobre su padre.

Sabía que aquellos narcotraficantes no iban a prestarle atención concretamente a ella, pero la inquietaba que hubieran mencionado la empresa para la que estaba trabajando su padre, así como su localización.

–¿Crees que se pondrán en contacto con él? –reflexionó en voz alta después de haberle explicado sus temores a su madre.

–Cariño, ¿por qué habrían de hacerlo? –inquirió a su vez Clara con tono razonable–. Ellos no tienen nada en contra de nosotras.

–Pero instalaron micrófonos en nuestra casa...

–Para conseguir información sobre Dalton –repuso Clara con tono triste–. Lo lamento por él, pero no somos nosotras quienes estamos en el punto de mira. Simplemente están desesperados por rastrear sus movimientos. Eso no nos concierne a nosotras.

–Supongo que tienes razón –reconoció Merissa.

–Por supuesto que tengo razón. ¿Te apetece ver las noticias conmigo?

Merissa negó con la cabeza.

–Creo que trabajaré un rato.

Su madre sonrió.

–Buena idea. Así te distraerás de todo esto.

–Justo lo que estaba pensando.

Fue a su pequeño despacho y se sentó ante su escritorio.

Tank estaba viendo las noticias cuando sonó el timbre. Estaba solo en la casa. Las mujeres habían vuelto al rancho para luego volar a Denver para una feria de ganado. Hacía tiempo que habían planeado aquel viaje, pero era una buena cosa, después de todo. A Tank le había preocupado mucho meter a miembros de su familia de por medio, en caso de que el falso agente hiciera algún movimiento.

Faltaban solamente unos pocos días para Navidad, pero no le importaba pasar las fiestas solo. Rourke andaba cerca, y también muchos de los vaqueros. Solo, realmente, no iba a estar. Ahora que había dejado de nevar, siempre podían abandonar la zona. Al menos temporalmente.

Mavie abrió la puerta y se encontró con dos hombres vestidos de traje negro. Uno era delgado y de tez olivácea, de largo cabello negro recogido en una coleta. El otro, rubio y de ojos oscuros. Ambos tenían una expresión muy seria.

Ella enarcó una ceja, mirándolos con expresión desconfiada.

–No hemos visto platillos volantes por aquí...

Ambos hombres se echaron a reír ante aquella bromista suposición de que fueran «hombres de negro». Mavie sonrió.

–¿En qué puedo ayudarles?

–Hemos venido a ver a Dalton Kirk. ¿Está en casa? –preguntó educadamente el hombre moreno.

–Sí. Entren ya, que hace frío.

Dalton, que había oído voces, salió al vestíbulo. Frunció el ceño. ¿Más falsos federales todavía?

–Soy Jon Blackhawk, agente especial del FBI de San Antonio, Texas –se presentó el hombre de pelo oscuro–. Este... –señaló a su compañero–, es Garon Grier, mi SAC.

Ambos le entregaron sus respectivas credenciales. Tank se las devolvió después de examinarlas.

–¿SAC? –inquirió, frunciendo el ceño.

–Agente especial al cargo –explicó Garon, y sonrió. Parecía que no lo hacía muy a menudo–. Nos hemos enterado de lo de su visitante. Nos gustaría hablar con usted. Somos amigos del sheriff Hayes Carson, del condado Jacobs. Está involucrado en uno de nuestros casos.

–Vengan y tomen asiento –los invitó, guiándolos

al salón. Apagó el televisor–. Mavie, ¿podrías traernos café, por favor?

–Claro que sí. Ahora mismo –respondió.

Los dos hombres se sentaron en el sofá, de cara a Dalton, que se había instalado en su mecedora.

–Hemos hecho algunas averiguaciones –dijo Blackhawk–. Sé que se trata de un recuerdo desagradable, pero necesitamos saber con detalle lo que sucedió cuando estuvo usted trabajando para la patrulla fronteriza en Arizona.

Dalton suspiró y forzó una débil sonrisa.

–No es algo que me guste rememorar –reconoció–. Pero puedo contarles lo que recuerdo.

–Por favor –añadió Grier.

–Había un tipo. Me había olvidado de él hasta que una amistad mía… –no nombró a Merissa ni las circunstancias en las que ella había sabido de aquel hombre– me lo recordó. Todo empezó cuando un agente de la DEA acudió a mí para avisarme de una posible incursión en mi territorio. Me dijo que un cargamento de droga iba a ser introducido por tipos con uniformes paramilitares y que necesitaba de mi ayuda para pararles los pies –entrecerró los ojos, recordando–. Él viajaba en un coche de paisano, yo en un coche patrulla. Lo seguí hasta el lugar en cuestión. Era de noche, pero había luna llena, así que pude detectar un movimiento. Bajé del coche patrulla y, nada más ver a los tipos, me di cuenta de que necesitaba refuerzos. Me dispuse a pedirlos por radio, pero él me detuvo. Me dijo que tenía más agentes en la zona, que yo solo tenía que acompañarlo para darle apoyo.

–¿Le dijo que había más agentes en la zona?

–Sí. Yo no tenía ninguna razón para desconfiar de él. Tenía su credencial en regla. Siempre la reviso –añadió–. Así que desenfundé mi arma reglamentaria y fuimos hacia ellos. Él gritó primero, presentándose como agente de la autoridad, para que se detuvieran y dejaran sus armas en el suelo –parpadeó varias veces–. El resto… sigue siendo un poco nebuloso. Me dispararon, pero no fueron los sospechosos. El disparo vino de detrás. La bala me atravesó el pulmón. Caí al suelo. Recuerdo que levanté la mirada y vi un tipo de aspecto hispano y vestimenta ostentosa. Me estaba apuntando con una pistola automática bañada en oro y sonreía. Me dijo que era una estupidez enredarse con un cártel del tamaño del suyo, y que no volvería a tener la oportunidad de hacerlo. Recuerdo que sentí como si me golpearan con los puños, varias veces. Perdí la conciencia y aparecí en un hospital.

–¿Cómo llegó hasta allí?

Tank forzó una sonrisa. Sintió un sabor a bilis en la garganta. El recuerdo seguía poniéndole enfermo.

–Da la casualidad de que, sinceramente, creo que fue uno de sus cómplices, una «mula», quien avisó a una ambulancia. El hombre se quedó atrás mientras los demás se retiraban. El otro tipo, lo recuerdo vagamente, se puso a maldecir cuando supo que había pedido ayuda. Discutieron. Yo me desmayé antes de que se marcharan. Cuando salí del hospital, hablé con la dirección. El operador del número de emergencias me dijo que el tipo de aspecto hispano se disculpó y añadió que, de haber podido evitar el tiroteo, lo habría hecho. Dijo que también que él y su familia rezarían para que me recuperara –sacudió la cabeza–. Y debieron de hacerlo, porque los médicos me dijeron que nunca habían visto a un hombre en aquellas condiciones vivir para contarlo.

Blackhawk esbozó una mueca.

–Sé bastante de heridas de bala. Mi hermano trabajaba para nosotros y para la CIA. A lo largo de los años le dispararon dos veces, y una de las heridas estuvo a punto de resultar mortal. Fue algo tan duro para la familia como para él.

–Mis hermanos casi se volvieron locos –evocó Tank en voz baja–. Y yo también. No lo llevé muy bien –se encogió de hombros y forzó una sonrisa–. Y todavía ahora sigo sin llevarlo bien del todo –sacudió la cabeza–. Estuve semanas en el hospital.

Los ojos oscuros de Grier adquirieron la dureza del hielo.

–Para esa gente, sus adversarios son como insectos. No les importa matar a quien sea. Mujeres, niños... todos son lo mismo para ellos. Lo único que les importa es el dinero.

Tank lanzó una corta carcajada.

–Ya me he dado cuenta. ¡El tipo tenía una automática bañada en oro, por el amor de Dios!

–¿Le explicó el sheriff Hayes cómo lograron escapar su esposa y él de sus secuestradores? –le preguntó Blackhawk con una sonrisa en sus ojos negros.

–Me dijo algo al respecto, pero no me contó detalles –respondió Tank.

Los dos visitantes cruzaron una mirada.

–Uno de los secuestradores era el dueño de la casa donde estaban retenidos. El tipo tenía un edificio anexo en cuyo lavabo había... agárrese, amigo. Un portarrollos de papel higiénico chapado en oro, con piedras preciosas incrustadas. La mujer del sheriff lo usó para lograr cortar sus ligaduras.

Tank se echó a reír.

–¡No me lo puedo creer!

–Nosotros tampoco –Grier sacudió la cabeza–. Yo creía que lo había visto todo en esta vida. Yo trabajé con nuestro equipo de rescate de rehenes –añadió–. Sé mucho sobre eso. En muchos casos, los rehenes mueren en las primeras veinticuatro horas. Hayes y su esposa tuvieron mucha suerte.

–Lo que nos lleva de nuevo a usted, y al objetivo de nuestra visita –añadió Blackhawk–. Hayes Carson detuvo a una de los principales elementos del cártel, que había sido fundado por el gran señor de la droga al que llamaban el Ladrón, actualmente muerto. El tipo llevaba todas sus armas bañadas de oro. El caso es que Hayes Carson estaba en compañía de un supuesto agente de la DEA. Cuando los nuestros empezaron a hacer preguntas sobre ese agente, y se pusieron a hurgar en su identidad, saltaron datos nuevos. Una falsa secretaria consiguió un empleo en la oficina de Carson y se las arregló para entrar en su ordenador... y borrar toda evidencia de la presencia del hombre en la detención. Cuando contrataron a un asesor informático para que intentara recuperar la información de los discos duros... lo mataron.

–Suena a un asunto gordo –observó Tank.

–Lo es –convino Grier–. Evidentemente, alguien no quiere que identifiquemos al falso agente. Y nosotros queremos saber por qué.

–Sobre todo teniendo en cuenta que el tipo ha estado suministrando información a los principales cárteles de la droga durante años, como falso agente de la DEA –agregó Blackhawk.

–Si usted puede recordar algo, necesitamos que nos lo diga –intervino Grier–. Tenemos razones para pensar que puede existir una conexión entre el falso agente y un político que aspira a un alto cargo federal.

Tank se los quedó mirando fijamente. Había oído todo aquello, pero tenía una pregunta que hacerles.

–¿Qué tiene que ver eso con los cárteles?

Parece que uno de ellos ha estado financiando su campaña, con la esperanza de conseguir un mejor acceso a lo largo de la frontera con su elección –explicó Blackhawk, muy serio–. Es un asunto muy feo. Y también tenemos motivos para pensar que el falso agente tiene un largo historial de asesinatos.

–Esto está mejorando por momentos –comentó Tank, sacudiendo la cabeza.

–¿Qué puede decirnos usted al respecto? –preguntó Grier.

–Por ejemplo, que ese falso agente se hizo pasar por técnico de una empresa de seguridad para llenarme la casa entera de micrófonos.

Grier miró inmediatamente a su alrededor, preocupado.

–No tenéis nada de qué preocuparos –dijo de repente alguien, desde el umbral–. Yo destruí los micrófonos. El tipo era bueno, pero… ¡dejó un montón de huellas!

Blackhawk lo fulminó con la mirada.

–Rourke. ¿Qué diablos estás haciendo aquí?

–Trabajar –respondió con una sonrisa–. Y vosotros, chicos, estáis muy lejos de casa…

–¿Conocen a Rourke? –preguntó Tank a sus visitantes.

–Sí –contestaron al unísono, no muy contentos.

–Vaya, vaya –Rourke rio por lo bajo–. No es mi intención molestaros. No mucho, al menos –se puso serio–. Estamos hablando de un tipo bastante bueno. Es eficaz y adopta todo tipo de disfraces, en plan camaleón. Si tiene un largo historial de asesinatos, Cy Parks tiene a un hombre trabajando para él que podría saber algo al respecto.

–Carson.

–¿El sheriff? –inquirió Tank.

Blackhawk negó con la cabeza.

–No, otro Carson. Este es un indio Lakota –esbozó una mueca–. Tenemos un primo en común.

–¿Un nativo americano? –inquirió Tank.

Grier asintió.

–Es condenadamente bueno en su trabajo. Durante una temporada estuvo empleado por el gobierno. Pero no se sentía cómodo en una unidad convencional, así que lo transfirieron a Operaciones Especiales.

Trabajó con nosotros en una misión –movió la cabeza–. Un tipo inquietante.

–Así es –convino Blackhawk–. La mayoría de los francotiradores yerran ocasionalmente. Este del que estamos hablando… nunca.

–Hablaremos con él cuando volvamos a casa –dijo Blackhawk, y miró a Rourke–. Yo te creía empantanado con aquel trabajo que fuiste a hacer en Sudáfrica.

–Hice algunos enemigos allí –explicó sucintamente Rourke, serio–. Odio a los malditos políticos. Andan armando a niños de ocho años para mandarlos a la guerra con armas automáticas. Niños demasiado drogados para que les importe a quién puedan disparar.

–Métete entonces en el gobierno para poner fin a eso –sugirió Grier.

–En ese país, no. Como regalo de Navidad, lo único que quiero es ver a ese líder rebelde colgado de sus propias tripas.

–Qué sanguinario eres –mascculló Blackhawk.

–Tú querrías lo mismo para él si vieras lo que hizo en una aldea cercana a la capital –replicó Rourke.

–¿Cómo es que conoces a Kirk? –quiso saber Grier.

–Estaba de misión especial en la época en la que Tank estuvo sirviendo en Irak.

–¿Tank?

Tank sonrió.

–Destruí un tanque allí, y de ahí el apodo que me pusieron. Abandoné el ejército y conseguí un empleo en la patrulla fronteriza –miró a sus visitantes–. Pero no quiero volver a llevar una placa.

–Bueno, este trabajo nuestro tiene algunos inconvenientes –comentó Blackhawk. Sonriendo, miró a Grier–. Como que nuestras esposas se olvidan de nuestras caras de cuando en cuando, por ejemplo.

–¿Usted está casado? –le preguntó Grier a Tank.

–Todavía no –se echó a reír–. No he pensado mucho en ello –lo estaba pensando en aquel momento, pero no iba a compartir aquel tipo de intimidades con sus invitados.

–¿Podría describirnos al hombre que lo atrajo a la emboscada del cártel de la droga? –inquirió Grier.

–Sí. Era un tipo alto y rubio, con el pelo negro. Con acento británico y entonación texana. Pelirrojo, hablaba con acento de Massachusetts –recitó de un tirón, bromista.

Sus visitantes se lo quedaron mirando asombrados.

–Siempre de traje negro, pero con el rostro, acento, color de pelo y de tez diferentes cada vez –les informó Tank–. El individuo que vino aquí a instalar las cámaras de videovigilancia tenía la misma estatura, pero en todo lo demás era distinto. Ese hombre es un verdadero camaleón.

–Ya. Eso estoy empezando a pensar yo también –repuso Blackhawk–. Las descripciones que hemos estado obteniendo de él son las mismas. La estatura parece ser la única constante.

–No –lo interrumpió Rourke, hundiendo las manos en los bolsillos de sus chinos–. Hay otra. Se trata de un maestro del disfraz. Incluso en el campo del espionaje, esa habilidad destaca por lo llamativa. Esa es nuestra clave. Es por ahí por donde debemos empezar a investigar.Y Carson podría ser nuestra mejor opción para seguirle el rastro.

–Por no hablar del político que está conchabado con los cárteles de la droga –añadió Tank–. No sería mala idea seguirle la pista.

Blackhawk frunció los labios.

–Desde luego que no.

–Esa es precisamente la razón por la que ya lo hemos hecho –le informó Grier.

–Se me han adelantado –dijo Tank–. ¿Ven ahora por qué no pertenezco ya a las fuerzas de la ley?

–Lo que más me preocupa es por qué ese tipo anda detrás de él –dijo Rourke, señalando a su amigo–. Tank no puede identificarlo. Si pudiera, ese asesino no tendría ningún escrúpulo en matarlo inmediatamente –vaciló, y se dirigió directamente a Tank–. Y, si él estuvo aquí, en esta casa... ¿Cómo es que no te mató en tu propio jardín?

Tank se lo quedó mirando fijamente.

–Mientras estuvo aquí, había testigos. Teníamos a varios vaqueros trabajando dentro y alrededor de la casa, y nuestros hombres siempre van armados en invierno. Por los lobos –explicó.

–Es ilegal matar a un lobo –le recordó Blackhawk.

–Sí que lo es, pero, si uno se me tira al cuello, le dispararé y al diablo con la denuncia –replicó firmemente Tank.

Ambos hombres se echaron a reír.

–Ese tipo también intervino los teléfonos de la cabaña de las Baker –le recordó Rourke a Tank.

–¿Las Baker? –inquirió Grier.

–Ella es... una amiga mía –informó Tank.

–Y con unas habilidades bastante especiales –intervino Rourke.

Tank le lanzó una mirada irritada.

–¿Qué clase de habilidades? –quiso saber Blackhawk.

Tank vaciló.

–Díselo –lo animó su amigo.

–Está bien –suspiró–. Ella es clarividente. Y no me refiero a esa gente de la televisión que cobra por decirle a la gente lo que quiere escuchar. Es una clarividente auténtica. Se presentó aquí en medio de una ventisca para advertirme de que alguien pretendía matarme por algo que yo no lograba recordar. Me describió el tiroteo que sufrí, con todo detalle. Ni siquiera me conocía cuando eso sucedió, y desde luego ella no estuvo presente –añadió con tono firme, y se encogió de hombros–. Me puso los pelos de punta. Le dijo a nuestro capataz, Darby Hanes, que se llevara a alguien consigo para talar un árbol que había derribado una cerca nuestra, e insistió mucho en ello. Él no quería, pero yo lo obligué –se interrumpió–. El árbol se le cayó encima y lo atrapó. Habría muerto si no se hubiera llevado consigo a alguien del rancho.

Blackhawk asintió con la cabeza.

–Nosotros tenemos a gente con ese don en nuestra comunidad de Oklahoma. La ciencia lo pone en duda, pero es algo que existe –añadió en voz baja–. Yo lo he visto. Puede que esa mujer le haya salvado la vida...

–Y, al hacerlo, se ha puesto a sí misma en la línea de fuego –lo interrumpió Grier–. Si ese tipo anda detrás de usted y se entera de que esa mujer tiene ese don, ella también podría estar en peligro.

–Ya me estoy ocupando yo de eso –les informó Rourke–. Nadie le hará el menor daño. Os lo puedo garantizar.

Grier entrecerró los ojos.

–Sigo sin comprender por qué ese tipo anda detrás de usted –comentó, pensativo, dirigiéndose a Tank–. Claro que podría describir su estatura, recordar algo sobre su aspecto o sobre su manera de moverse, pero poca cosa más. Sin embargo, parece que ese tipo es lo suficientemente paranoico como para querer deshacerse de cualquiera que conserve alguna clase de recuerdo sobre él. Hizo matar a un experto en informática en Texas porque intentó recuperar datos de los discos duros borrados en la oficina del sheriff Carson. Y se ha tomado muchas molestias en intentar intervenir su casa –frunció el ceño–. No tiene sentido.

–¿Qué es lo que le dijo su amiga acerca de la razón que él tenía para hacerlo? –le preguntó de pronto Blackhawk a Tank.

–Me dijo que andaba detrás de mí por causa de algo que yo no podía recordar.

Grier se volvió para mirar a su compañero.

–Quizá un hipnotizador…

Blackhawk asintió.

–Yo estaba pensando lo mismo.

Tank frunció el ceño.

–¿Perdón?

–Nosotros lo hemos hecho antes, por pura desesperación, en alguno que otro caso. A veces vemos cosas, pero luego no las recordamos. Como un número de matrícula o alguna señal identificativa. A veces los detalles pequeños son los que resuelven los grandes casos –dijo Blackhawk.

Grier asintió.

–¿Estaría usted dispuesto a someterse a una sesión de hipnosis –le preguntó a Tank– si consiguiéramos un experto?

–Por supuesto –aceptó Tank–. Pero ya le prometí al sheriff Carson que tomaría un avión e iría a hablar personalmente con él.

–Podríamos hacerlo en su despacho –propuso Grier–. De hecho, conozco a un hipnotizador en San Antonio que ha trabajado con nosotros en algunos casos.

–Deme algo de tiempo hasta que mis hermanos vuelvan de esa conferencia que tienen en Denver –le pidió Tank–. No puedo abandonar el rancho sin dejar a alguien al cargo –lo que realmente quería decir era que no podía abandonar a Merissa. Ese falso agente ha estado en su casa. No quería ni imaginarse lo que podría hacer si la sorprendía allí sola, sin protección. Durante su ausencia, Mallory y Cane se asegurarían de que nada le sucediera.

–No hay problema –dijo Grier–. ¿Cree que podrá estar disponible antes de Navidad?

–Sí. Haré los preparativos necesarios y volveré a ponerme en contacto con ustedes a la vuelta –les dijo Tank.

–Trato hecho.

Terminaron su café, felicitaron a Mavie por lo sabroso que estaba, se despidieron de Tank con un apretón de manos y se marcharon.

–¿Está pasando algo que yo no debería saber? –quiso saber Mavie.

Tank se encogió de hombros.

–Mucho, probablemente, pero contigo no tenemos secretos –añadió con una sonrisa–. Quieren que vea a un hipnotizador. Piensan que podría recordar algo sobre el hombre que me disparó.

Mavie se estremeció visiblemente.

–Esa podría ser una mala cosa, jefe. Lo de recordar demasiado, quiero decir.

–Yo estaba pensando en lo mismo –volvió a sonreír–. Me voy al despacho a hacer papeles.

–Y yo a limpiar la cocina. Puede que luego vaya a ver un rato la televisión, antes de la hora de la cena.

–Tú y tus telenovelas… –puso los ojos en blanco.

–Cada vez resulta más difícil ver una buena –suspiró–. Echo de menos las antiguas, las de los viejos tiempos –sacudió la cabeza–. Estas nuevas se entretienen demasiado en las intimidades de los personajes.

–Lo mismo pasa en el cine. ¿Sabes? Los productores de Hollywood nunca parecen darse cuenta de la razón por la que la gente todavía sigue viendo películas como *Sonrisas y lágrimas*, *Ultimátum a la Tierra* o *Ben-Hur*. Eso es porque contaban historias potentes sobre la gente, y porque podías llevarte a tus hijos a verlas. Excepto las de dibujos animados, ¿qué clase de películas puedes ir a ver ahora con tus hijos?

–A mí me encantaba *La guerra de las galaxias* –confesó Mavie, suspirando.

–Sí, bueno, corren rumores de que las nuevas entregas van a estar dirigidas a un público fundamentalmente adulto.

Mavie lo miró irritada.

–Ya. Harán versiones de *La guerra de las galaxias* prohibidas para niños.

Tank se echó a reír.

–Eso nunca lo harán. Porque tendrían que renunciar al gran negocio del *merchandising* infantil.

–Bueno, espero que tengas razón –alzó las manos y volvió a la cocina, rezongando sobre el mundo en general y las películas actuales en particular.

6

–¡Te vas a Texas! –exclamó Mallory cuando Tank volvió a casa.

–Sí. Necesito hablar con el sheriff de allí. Quizá ambos vimos algo que no recordamos y, discutiéndolo, salga a la luz.

–Es peligroso –comentó Cane en voz baja–. Que vayas solo, quiero decir.

–No voy a llevarme a Rourke conmigo –informó a sus hermanos. Él es necesario aquí, para echar un ojo a las Baker y a vosotros.

–Pero, Tank... –Mallory empezó a protestar.

–No os preocupéis –lo interrumpió de pronto Rourke, entrando en la habitación–. Perdón, no era mi intención molestar, pero está todo controlado. No se irá solo.

–Tú no vas a acompañarme –le advirtió Tank con tono seco.

–No. Pero tengo a alguien que te estará esperando en el aeropuerto.

–¿Quién? –quiso saber Tank.

–Nadie que conozcas, ni podrás reconocer. Y nadie le reconocerá a él tampoco. Pero estará vigilante. Si surge algún problema, estarás a salvo.

–Gracias, Rourke –dijo Mallory–. Estaba preocupado.

–Y yo también –reconoció Cane.

–Ya soy mayor –protestó Tank.

–Sí, pero también eres nuestro hermano –dijo Mallory–, y por fuerza tenemos que preocuparnos.

Él les sonrió.

–Gracias.

–Nos perderemos las sesiones de piano –dijo Cane con un malicioso brillo en los ojos–. Aunque sean un poco pobres comparadas con las de Mallory.

Mallory sonrió.

–¡Cuánta razón tienes!

Tank le lanzó una servilleta.

Reservó un vuelo en Internet y fue luego a ver a Merissa.

–Me marcho a Texas –anunció mientras tomaban café en la cocina, sentados ante la pequeña mesa blanca.

Clara, discretamente, los dejó solos.

–A ver al sheriff Carson –adivinó ella.

Él soltó una carcajada irónica.

–Nada se te escapa.

–No mucho, la verdad –bebió un sorbo de café.

–¿Ves algo? –le preguntó él.

Ella se lo quedó mirando fijamente. Fue una mirada tan larga e intensa, que ella misma se ruborizó y se echó a reír.

–No. Quiero decir, que no veo nada malo.

Él se inclinó sobre la mesa y le tomó una mano.

–¿Sabes? Creo que podría volverme adicto a ese delicioso rubor tuyo. Hace que me sienta peligroso.

Merissa soltó una carcajada.

–Tú no eres peligroso. Bueno, quizá solo un poco.

Tank le acarició la suave palma con el pulgar. Mientras lo hacía, su expresión se endureció un tanto.

–Sabes que me tirotearon.

–Sí.

Le volvió la mano y se quedó mirando fijamente su palma, en lugar de mirarla a los ojos.

–Tengo cicatrices. Algunas de ellas, horrorosas. Nunca llevo pantalón corto, ni siquiera en verano. Ni voy con el pecho desnudo.

–¿Crees que a mí me importan las cicatrices? –le preguntó con tono suave, y sonrió–. Qué tonto eres.

Alzó rápidamente la mirada hacia ella.

–¿Estás segura? ¿O solo es una suposición?

Merissa se disponía a contestar cuando su madre volvió a la cocina con el bolso en la mano.

–Tengo que irme corriendo a la tienda del pueblo. ¡Se me han acabado las nueces!

Tank se la quedó mirando fijamente, sorprendido.

Clara esbozó una mueca.

–Bueno, estamos en invierno y damos de comer a los pájaros. A muchísimos pájaros –explicó–. Hay un fantástico pájaro picapinos que…

–Sí, se pone a taladrar el muro de casa todas las mañanas hasta que le ponemos una nuez partida por la mitad sobre la valla.

Tank parpadeó perplejo.

–¿Nueces?

Clara se echó a reír.

–Compramos nueces a montones. Al picapinos le encantan. Hay dos parejas. Y, por supuesto, siempre están los pajarillos que se quedan todo el año –suspiró–. Pero se me han acabado las nueces y ahora mismo tengo al picapinos al otro lado de la ventana de mi habitación. ¿No lo oís?

Se pusieron a escuchar. Se oía un fuerte tamborileo, como si alguien estuviera clavando un clavo en una madera, repetidamente.

–Es él –explicó Clara–. No parará hasta que consiga comida, y no tengo nada que darle. Así que tengo que irme corriendo al supermercado.

–Ten cuidado –le recomendó Merissa.

–Siempre tengo cuidado. No serán más que diez minutos –se despidió con la mano y salió apresurada.

–¡No corras, que hay hielo! –gritó Merissa.

–¡De acuerdo! –respondió Clara. Se oyó el sonido

de una puerta al abrirse y cerrarse, y luego el del motor del coche, hasta que arrancó por fin.

Merissa esbozó una mueca.

–Tengo que llevarlo al taller –dijo con tono cansado–. Arranca solo cuando quiere.

–Le diré a mi mecánico que se pase a verlo.

–Oh, no por favor. ¡Ya has hecho tanto por nosotras...!

Él le acarició la mano.

–Tengo que cuidar de mi chica preferida –le dijo en voz baja, y le apretó la mano–. Ven aquí.

La ternura de su voz la derritió por dentro. Se levantó de la silla y dejó que él la sentara delicadamente sobre su regazo.

–Necesitas ver aquello en lo que te estás metiendo... –murmuró él. Desabrochándose la camisa, procedió a descubrir su musculoso y velludo pecho.

Merissa se quedó tan fascinada que, en un primer momento, no advirtió las cicatrices.

Su arrebatada expresión le hizo reír. Había tenido miedo de mostrarle las huellas que las balas habían dejado en su cuerpo, pero ella no parecía encontrar nada desagradable en ello. De hecho, su mirada resultaba hasta halagadora.

Le tomó la mano y la deslizó por sus pectorales cubiertos de vello.

–Aquí –acercó sus dedos a las anchas cicatrices que le habían dejado las balas. Dos habían impactado en un pulmón. Otra le había atravesado el torso debajo de las costillas. Otras dos le habían alcanzado las piernas, en los muslos, y habían sido necesarias varias operaciones quirúrgicas para retirar las astillas de los huesos y reparar los músculos.

–Nunca había tocado a un hombre así –le confesó ella, titubeante.

Tank sonrió.

–A mí me gusta.

–¿De veras? –le preguntó en voz baja–. Temía que... Bueno, ya sabes. A los hombres de ahora les gustan las chicas que circulan de mano en mano y...

–Yo no soy uno de esos. La verdad es que soy bastante anticuado.

Merissa delineó una de las cicatrices con un dedo y esbozó una mueca.

–Debiste de sufrir muchísimo, Dalton.

Le gustaba la manera en que sonaba su nombre en sus labios. Era tan dulce, tan cálida y tan tierna... Bajó la mirada a sus labios y anheló sentirlos bajo los suyos. La forma en que lo estaba tocando era muy excitante.

Inclinó la cabeza y la besó levemente, apenas un roce de sus bocas.

–Sabes a café –susurró, riendo por lo bajo.

Ella sonrió.

–Tú también.

Se la quedó mirando a los ojos con tanta fijeza e intensidad que Merissa no pudo menos que ruborizarse. Ya no sonreía. Y ella tampoco.

Contempló luego su boca, hermosa y ligeramente enrojecida por la anterior presión de sus labios.

–Ha pasado mucho tiempo desde la última vez que he deseado tanto a una mujer –susurró–. Muchísimo.

La besó de nuevo, separándole esa vez suavemente los labios con una lenta y firme presión que a cada segundo se fue volviendo más ávida e intensa.

La apretó contra sí, sintiendo su suave mano deslizándose por el denso vello de su pecho mientras el beso se volvía tan apasionado que consiguió arrancarle un gemido.

Su mano buscó el dobladillo de su camiseta y se internó debajo, subiendo hasta que tropezó con el pequeño sujetador de encaje. Lo desabrochó y sus dedos encontraron el firme seno, de pezón duro.

Ella inspiró profundamente, de golpe, pero no protestó.

–Confía en mí –susurró contra sus labios–. Pero no... no demasiado.

Tank le subió la camiseta y, antes de que ella se diera cuenta de lo que pretendía hacer, presionó la boca abierta contra su seno, acariciándole el endurecido pezón con la lengua.

Ella soltó un pequeño grito que penetró en su aturdido cerebro como si procediera de muy lejos. Sabía a azúcar: el azúcar más dulce que había probado nunca. Su mano libre fue bajando a lo largo de su espalda, hasta la cintura de sus vaqueros. Se entretuvo unos segundos allí, en la suave piel de su cintura, para deslizarse luego hacia el frente, hacia su vientre desnudo.

–¿Dalton? –susurró.

–Santo Dios –gruñó él.

Se levantó entonces y la cargó en brazos hasta su dormitorio. Cerró la puerta con el pie, a su espalda.

–Mamá volverá... pronto –pronunció ella con una voz estrangulada que ni siquiera reconoció.

–La oiré –mintió.

La tumbó en la cama y la desnudó hasta la cintura, despojándose de la camisa al mismo tiempo.

Se cernió sobre su cuerpo, separándole las piernas para poder instalarse entre sus muslos, apretando su velludo pecho contra sus suaves senos.

Deslizó luego una mano bajo sus caderas, levantándola para apretarla contra la súbita dureza de su erección.

–Qué bella eres –musitó, contemplando sus senos mientras se frotaba con fuerza contra sus caderas–. ¡Tan hermosa...!

Le estaba despertando sensaciones que jamás antes había experimentado. El placer era abrumador. Parecía elevar su cuerpo en un arco mientras se esforzaba por apretarse todavía más contra él. Carecía de la voluntad necesaria para resistirse a lo que le estaba haciendo. Le encantaba sentir el peso de su cuerpo sobre el suyo, la sensación de una intimidad tan estrecha.

–Esto es... tan dulce... –jadeó mientras él continuaba lamiéndole los senos.

–Imagina lo que sería sentirme dentro –susurró contra sus labios–. Entrar en ti con fuerza, profundamente...

Soltó un grito. Él lo acalló con su boca devoradora mientras sus caderas se movían insistentemente contra las suyas. Ella podía sentir la creciente dureza de su erección.

–Merissa –gruñó–. ¡Ha pasado tanto tiempo...!

Se desabrochó los vaqueros. Se los estaba bajando por los muslos cuando el sonido de un coche deteniéndose en la puerta de la casa hizo que ambos se detuvieran en seco.

–No –gruñó él de nuevo, estremeciéndose.

Ella lo abrazó con fuerza, besándolo en el cuello.

–No pasa nada –musitó–. No pasa nada.

–Eso es lo que... tú crees.

Se las arregló para rodar fuera de la cama y correr al baño.

Ella se vistió rápidamente, abrió la puerta y se dirigió a la cocina. Se asomó a la ventana y, en el reflejo del cristal, vio su aspecto desarreglado. Bueno, podría parecer que se había estado besando con Tank, pero su madre no sospecharía nada más. O, al menos, eso esperaba. Se humedeció un poco la cara y se secó con el papel de la cocina.

La puerta se abrió en aquel momento.

–Ya estoy de vuelta –gritó Clara.

–Estoy aquí –dijo, y sonrió a su madre–. Dalton está en el baño.

–Ah –dejó las nueces sobre el mostrador–. El coche está haciendo ruidos raros –le informó con tono triste–. No sé qué hacer.

–Pues yo sí –dijo Dalton desde el umbral. Su aspecto no era nada desarreglado. Se había peinado y sonreía–. Mañana enviaré a uno de mis mecánicos para que le eche un vistazo. Pero esta vez vendrá con Darby Hanes. Así que, si se presenta alguien diciendo que lo hemos enviado nosotros, llamad inmediatamente al rancho. ¿De acuerdo?

–De acuerdo. Pero, Dalton, en realidad no deberías… –empezó a protestar Clara, preocupada–. Quiero decir que… Has hecho ya tanto por nosotras…

–Cuidamos de la familia –la interrumpió–. Es lo normal, ¿no? –y miró a Merissa de una manera que la hizo ruborizarse.

Pareció como si Clara fuera a decir algo, pero al final no lo hizo.

Dalton rio por lo bajo.

–Me temo que voy a ser como una plaga para vosotras… –le dijo–. Lo siento, pero tu hija es para mí como las flores a las abejas. No puedo mantenerme alejado de ella –terminó con voz sugerente, mirando a Merissa.

–A mí no me importa –repuso la aludida, en el mismo tono.

Dalton le hizo un guiño. Miró su reloj.

–Tengo que irme. Necesito prepararme para mi viaje a Texas.

–¿Te vas a Texas? –le preguntó Clara.

–Sí. Voy a hablar con el sheriff Carson y con un par de federales sobre mi encontronazo con el cártel de la droga.

–Espero que no vayas solo… –continuó Clara, preocupada.

Tank soltó otra risita.

–Rourke tiene un colega que parece que se va a pegar a mí como una lapa –la tranquilizó–. Estaré bien.

–En ese caso, no me preocuparé –sonrió–. Que tengas un buen viaje –de repente alzó la cabeza y soltó un gruñido–. ¡El picapinos sigue ahí!

Oyeron el picoteo en la madera, justo en la pared del dormitorio de Clara. La mujer recogió la bolsa de nueces y salió inmediatamente hacia la parte trasera de la casa.

Nada más oír el portazo, Tank atrajo a Merissa hacia sí y la besó con renovada ternura. Se apartó luego para mirarla, mientras acariciaba con su mano grande su rubio cabello.

–Vamos a estar muy bien juntos, tú y yo –le susurró.

Ella se sonrojó.

–Escucha, yo soy muy… Quiero decir que yo… no puedo…

La abrazó con mayor fuerza.

–Yo no te pediré que lo hagas. No insistiré. Es una promesa. Tengo en mente algo más duradero.

–¿Más duradero? –le preguntó contra su pecho.

Él sonrió y volvió a apartarse.

–Hablaremos de ello cuando vuelva de Texas. ¿De acuerdo?

La expresión de Merissa pareció iluminarse.

–De acuerdo.

Tank se echó a reír y sacudió la cabeza.

–Ojalá pudiera llevarte conmigo. Escucha una cosa: ten mucho cuidado, mira bien por dónde vas, estate atenta. Rourke estará vigilante, pero no podrá estar en todas partes –la miró fijamente a los ojos–. No quiero que te pase nada.

–Tranquilo. Estaré bien –le prometió–. Y tú lleva cuidado también –añadió, y se mordió el labio–. Los aviones me dan miedo.

–Yo me he pasado media vida viajando en avión –se echó a reír–. Es más seguro que los coches. De verdad.

–De acuerdo. Que tengas buen viaje.

–Descuida.

La besó de nuevo, ávidamente. Finalmente la soltó y se marchó sin mirar atrás.

Merissa seguía inmóvil cuando su madre volvió a la cocina,

Le pasó un brazo a su hija por los hombros, con gesto reconfortante.

–Es hombre es único.

–Sí – le dio la razón, abrazándola a su vez–. Único.

Tank se había quedado desconcertado por la intensidad de su propia reacción ante Merissa y, especialmente, por la de ella a sus caricias. Verdaderamente lo deseaba; eso resultaba obvio. Sabía que probablemente debería dar algún paso atrás en lugar de apresurarse, pero la cautela era lo último que tenía en mente.

Pensó entonces en Vanessa. Había venido a trabajar para sus hermanos. Los había mimado, había tratado de maravilla a todo el mundo. Tank se había vuelto loco por ella. Hasta que descubrió que en realidad era un ladrona, una mujer sin sentimientos. Había confiado en ella y, al igual que sus hermanos, se había sentido traicionado.

Pero Merissa era distinta. La gente de la localidad la conocía. Podía tener reputación de rara, la gente pensaba quc tenía poderes sobrenaturales, pero era una mujer respetada. No era de la clase de personas que podían traicionarlo. Por supuesto que no.

Tenía que dejar de pensar así, Había aprendido, de la peor manera posible, que no se podía confiar en las mujeres. Antes de Vanessa, había sufrido otro desengaño. Se embobaba con una sonrisa dulce: ese era su problema. Pero esa vez era diferente. Muy diferente.

–Pareces pensativo –le comentó Mallory nada más verlo entrar.

Tank esbozó una mueca.

–Creo que me estoy enredando cada vez más...

Mallory sonrió.

–Eso nos pasa a todos. Y luego te encuentras con un bebé y te vuelves loco comprándole ropa, miles de juguetes y...

–¡Oh, para ya, que todavía ni siquiera estoy casado! –rio Tank.

–Ella te considera atractivo –comentó en ese momento Cane, que también se encontraba en la habitación–. Según Mavie, Merissa te mira como si quisiera comerte a cucharadas.

Tank se ruborizó.

–¿De veras ha dicho eso? ¿En serio?

Ambos se echaron a reír.

–Es bonito verte colado por alguien que cuenta con nuestra completa aprobación –comentó Mallory.

–La gente la tiene por bruja –le recordó Tank.

–Tiene unas cualidades excepcionales –replicó su hermano–. Muy poca gente en el mundo las tiene. Tenemos suerte de tenerla por vecina. Bueno, a las dos, a ella y a su madre –añadió Mallory–. ¿Sabéis? –dijo, pensativo–. Habríamos podido perder a Darby si Merissa no hubiera tenido aquella premonición.

Tank asintió.

–Eso fue realmente impresionante. Hasta entonces, nunca había creído en ese rollo de lo paranormal.

–Ni yo, sinceramente –reconoció Mallory–. Pero ella sabía lo de tu agresor, también. Tú también habrías muerto si ella no hubiera intervenido –sacudió la cabeza–. Es toda una mujer.

–Y tampoco es nada fea –agregó Cane, riendo. Alzó ambas manos cuando Tank lo fulminó con la mirada–. Oye, que yo estoy felizmente casado y a punto de ser padre.

Tank se echó a reír.

–Perdona.

Se había producido un conato de rivalidad entre Cane y Tank por causa de Bolinda, la esposa del primero, antes de que se casaran. Había sido una relación difícil, y en cierta ocasión Tank había llegado a flirtear con ella. Pero una vez que supo de los sentimientos de Cane, se retiró a tiempo.

–A mí me cae bien –dijo Cane, sonriendo.

–Cuando estés de vuelta –le dijo Mallory a Tank, Morie quiere que la traigas a cenar una noche, después de Navidad. Sería estupendo que las mujeres la conocieran.

–Estoy de acuerdo –fue la respuesta de Tank, y suspiró–. Bueno, será mejor que me ponga a hacer la maleta. Odio marcharme. Y Merissa estaba inquieta con lo de mi vuelo. Por lo general me gusta el avión, pero la verdad es que estoy algo preocupado.

–En coche se tarda mucho más –le recordó Cane.

–Ya.

–Lo que pasa es que le disgusta no estar a los mandos –intervino Cane, dirigiéndose a Mallory–. Pilotaría el avión si le dejaran.

–Puedo conducir un tanque –protestó Tank–. Si puedo hacer eso, seguro que podría hacer lo mismo con un avión. Solo necesito unas pocas lecciones –sonrió.

Sacudiendo la cabeza, sus hermanos se marcharon.

Se preguntó a quién habría puesto Rourke a vigilarlo en el aeropuerto. Estaba esperando en la puerta correspondiente del vestíbulo para abordar. Probablemente el hombre en cuestión subiría al avión con él. Pero la mayoría de los pasajeros eran familias. Había un par de ejecutivos con trajes elegantes. Uno de ellos portaba un ordenador en un maletín.

El hombre atrajo la atención de Tank. Era alto, delgado pero musculoso. Caminaba con un paso peculiar. Resultaba curioso que se fijara en ello, pero Tank había trabajado con un grupo de operaciones especiales en Irak al que habían asignado una misión cerca del puesto de su unidad. Había visto antes aquella forma de caminar. Era común entre los hombres que daban caza a otros hombres. Costaba expresarlo con palabras, pero lo reconoció en cuanto lo vio.

El hombre se mantenía perfectamente erguido. Tenía el pelo muy negro, recogido en una coleta. No era feo. Las mujeres parecían encontrarlo interesante. Sonrió a una, una mujer de aspecto sofisticada que parecía absolutamente hipnotizada por él.

El tipo advirtió el disimulado escrutinio de Tank y lo miró con sus ojos negros, bajo las oscuras y espesas cejas. Tenía un rostro enjuto, los ojos hundidos y una boca bien cincelada. Tenía un aspecto peligroso, algo raro en un ejecutivo.

Tank arqueó las cejas, negándose a mostrarse intimidado. El hombre frunció los labios y llegó a esbozar una sonrisa antes de volver a dedicar su atención a la mujer que, en aquel instante, se le estaba acercando con una sonrisa de oreja a oreja.

Ni siquiera en sus mejores momentos de soltero, Tank había sido capaz de atraer a las mujeres de una manera tan eficaz. Bueno, suponía que algunos hombres poseían ese don.

Pensó en Merissa y se sonrió. Él ya no estaba interesado en atraer a las mujeres como antes. Ya tenía a la suya. La suya de verdad. Eso le hacía sentirse a salvo, protegido por dentro. Había sucedido tan de repente que no había tenido tiempo para pensar en el impacto que eso iba a tener en su vida.

Merissa era inocente, una mujer digna de confianza y de altos ideales. No era aficionada a las aventuras rápidas. Y eso, precisamente, le gustaba. Él no era un donjuán. Era consciente de su edad, a pesar de que solo tenía treinta y dos años. Se estaba acostumbrando a la idea de tener a Merissa cerca, de llegar a formar pareja con ella. De tener un hijo con ella, incluso. Un hijo que se le pareciera a él, o una niña que se le pareciera a ella. Recordaba la ardiente y embriagadora intimidad que habían compartido en su cama, y la agonía que había sentido cuando tuvo que separarse de ella. Sí, su relación en la cama iba a ser explosiva. Y ella le gustaba. Esa era la parte más importante de un matrimonio.

¡Matrimonio! Ya estaba. Acababa de pronunciar mentalmente la palabra que había evitado durante años. Pero esa vez no parecía sugerirle el silencioso terror de antaño. Emparejarse de manera estable con Merissa le parecía tan natural como besar sus dulces labios. De hecho, ya lo estaba anhelando.

Le habría encantado habérsela podido llevar a Texas consigo. Pero ella tenía su trabajo. Ya tendrían tiempo para hacer viajes juntos.

Echó a andar por la pasarela, sonriendo a la azafata que estaba esperando en la puerta del avión. La joven revisó su billete y le indicó su asiento. No había tenido intención de viajar en clase ejecutiva, pero sus hermanos habían insistido en ello. Por lo general nunca compraba billetes tan caros. Cuando llegara la primavera tendría que tomar muchos aviones, para asistir a congresos y reuniones, visitar otros ranchos o entrevistarse con congresistas con la idea de sugerir reformas legales que favorecieran la industria del ganado. Para entonces estaría preparando catálogos para las ventas de temporada y planeando la gran subasta de ganado del rancho, la que solía celebrarse dos veces al año. Iba a estar muy ocupado, de manera que aquella excursión a Texas se le antojaba una especie de viaje de vacaciones. Hablaría con el sheriff. Pero también pensaba visitar un rancho de Jacobsville para examinar un ganado de raza Santa Gertrudis que añadir a la cabaña de sus hermanos. Tenían muy pocas cabezas de raza puramente texana y adquirir un buen toro sería una buena idea. Introducir nueva sangre cada dos años mejoraba la calidad del ganado.

Cuando se dispuso a ocupar su asiento, advirtió que el hombre de la coleta se estaba sentando en el de enfrente. La azafata se fue directamente a él para preguntarle si se le ofrecía algo. Le sonreía también de oreja a oreja, como la mujer que había estado flirteando con él en el aeropuerto.

Tank sacudió la cabeza. Verdaderamente aquel hombre tenía un don.

No fue un vuelo largo. Al menos, a Dalton no se le hizo largo. Leyó un par de artículos de revista, sesteó durante una hora o así y escuchó a la azafata contarle su vida entera al ejecutivo que tenía sentado delante. Se sonrió. Aquel tipo tenía efectivamente un don. La azafata era muy guapa.

Cuando aterrizaron, Dalton sacó su equipaje de mano del compartimento y se puso a la cola para salir. Por muy organizada que fuera la tripulación al respecto, desembarcar siempre era un caos: todos querían hacerlo al mismo tiempo.

Mientras se aproximaba a la salida, advirtió que la azafata entregaba disimuladamente un pedazo de papel al ejecutivo de la coleta. Se rio para sí mismo.

Un chófer lo estaba esperando a la entrada del vestíbulo, levantando un cartel con su nombre escrito.

Arqueó una ceja. Cosa de sus hermanos, sin duda. Se preguntó por qué habrían pensado que necesitaba una limusina para trasladarse a su hotel. San Antonio no era una población tan grande, pero, al parecer, sí lo suficiente para poseer un par de agencias de limusinas.

Pero, cuando se disponía a dirigirse hacia el hombre que sostenía el cartel, el ejecutivo de la coleta chocó inesperadamente contra él.

–¡Perdón! –dijo en voz alta, pero añadió rápidamente, por lo bajo–: No se acerque al tipo del cartel. Es una trampa.

–Disculpe usted –repuso Tank.

Siguió caminando, sin mirar siquiera al individuo del cartel. Una vez que estuvieron fuera del aeropuerto, el ejecutivo se lo llevó a un aparte.

–Rourke me envió –informó a Tank. Su expresión era grave–. No me dijo nada sobre que un chófer vendría a esperarlo.

–Pensé que era una sorpresa de mis hermanos –replicó Tank, mirando a su alrededor.

–Si lo hubieran preparado ellos, yo lo habría sabido –repuso Tank–. Tengo mi coche en el aparcamiento. Yo le llevaré a Jacobsville. El jefe le espera. Se quedará con él.

–¿El jefe?

–Cy Parks –respondió el hombre–. Es el propietario de uno de los mayores…

–… ranchos de ganado Santa Gertrudis del sur de Texas –completó Tank por él–. De hecho, figuraba en la lista de la gente a la que quería ver. Quiero hablar con él sobre un nuevo toro –de repente vaciló–. Pero la verdad es que quedé en reportarme primero en la oficina local del FBI…

–Después –dijo el hombre, mirando a su alrededor con ojos entrecerrados–. Si han mandado a alguien a buscarlo, estarán al acecho. Vamos.

Por primera vez, Tank se fijó en el bulto que se advertía bajo su chaqueta.

–¿Está armado? –le preguntó mientras caminaban rápidamente hacia el aparcamiento.

–Sí –no dijo nada más.

Jacobsville estaba a pocos minutos en coche del aeropuerto, en medio de una bonita campiña.

–En primavera esto debe de ponerse precioso –comentó Tank mientras contemplaba el ancho horizonte salpicado de grupos de árboles y de los famosos «saltamontes», los pozos de extracción de petróleo.

–Un paisaje bonito se parece mucho a otro –replicó su compañero. Miró a Tank–. ¿Sabe una cosa? Usted debería haber sospechado de mí. Si ese falso agente está detrás de esto, seguro que sabía que Rourke estaba trabajando para usted y que le dijo que alguien le estaría esperando en el aeropuerto...

Tank se quedó paralizado. Entrecerrando los ojos, miró ceñudo al hombre que estaba conduciendo.

–No se preocupe. Yo soy el bueno –suspiró–. Simplemente pretendía decirle que no debería haber dado por supuesto que yo era ese tipo.

Tank rio por lo bajo.

–Es verdad. Tiene usted razón.

El hombre tomó un desvío y continuó por una larga carretera que atravesaba extensos prados vallados, con pastores eléctricos. Se distinguían grupos de hermosas vacas rojizas, pastando allí donde había heno.

–Bonito ganado –comentó Tank.

–El jefe siempre cría las mejores razas –fue la respuesta del hombre–. Aquí también tuvimos que instalar un sistema de videovigilancia porque alguien se llevó uno de sus mejores toros en mitad de la noche.

–¿Atraparon al ladrón?

El hombre frunció los labios y miró a Tank.

–Lo atrapé yo.

–¿Con el toro?

–Afortunadamente, sí. Aquí, en Texas, el robo de ganado sigue estando severamente castigado, y teníamos pruebas. El tipo está ahora mismo cumpliendo una larga condena.

–Fue usted rastreador en el ejército, ¿verdad? –murmuró Tank, y asintió cuando el hombre lo miró con un fugaz brillo de sorpresa en los ojos–. Yo serví en Irak. Había un grupo de operaciones especiales asignado a mi unidad. Es curioso, las cosas que uno recuerda en una zona de combate… A mí se me quedó grabada la manera que tenía de moverse y caminar uno de aquellos tipos. Una forma de caminar que no es nada común.

–Cash Grier, el jefe de policía local, también la tiene –reconoció el hombre.

–¿Grier? –frunció el ceño–. ¿Ese no era un asesino a sueldo del gobierno?

–Así es –respondió. La mirada de sus ojos oscuros estaba cargada de secretos.

Tank sacudió la cabeza.

–¿Estoy percibiendo acaso una semejanza de la que no debería hablar? –le preguntó.

–Absolutamente.

Aparcó al pie de los escalones de la casa del rancho. Eran unos escalones anchos, de baldosa, que llevaban al porche delantero. Había árboles de mezquite por todo el recinto, un granero enorme en la parte trasera, prados cercados y un garaje. Cerca del granero se distinguían unos establos.

Su compañero bajó del vehículo. Tank lo siguió hasta el porche, donde los esperaba un hombre de ojos verdes y pelo oscuro salpicado de canas.

–Cy Parks –procedió a presentarse, tendiéndole la mano.

–Tank Kirk –se la estrechó.

–¿Tank? –inquirió Parks, divertido.

–Se encogió de hombros.

–Destruí uno en Irak. Se me quedó como mote.

–Entre. Lisa ha preparado café y tarta. Podemos hablar antes de que los niños vuelvan de la fiesta de navidad de una amiguita suya –añadió con una risa ahogada–. Cuando aparezcan por aquí, va a ser difícil que mantengamos una conversación.

–Yo tengo un sobrino nuevo. Los juguetes nos salen por las orejas –rio Tank.

–Nosotros nos hemos tenido que mudar a la planta superior –informó Parks, señalando los cochecitos de pedales y demás juguetes regados por el suelo–. Menos mal que esta es una casa grande.

–¡Me lo vas a decir a mí! –exclamó riendo Lisa Parks, que se había acercado a saludarlos. Tenía los ojos verdes, como su marido, pero era rubia y llevaba gafas. Era una mujer bella, todavía esbelta–. Vamos a tomar el café –de repente miró al hombre alto de la coleta–. Ya lo sé: odias las tartas, no tomas café... Y preferirías tirar de una mula antes de pasarte el día sentado hablando con gente.

El hombre le lanzó una enigmática mirada.

–¿Qué tal si echas un vistazo a esa camioneta que vimos antes? –le propuso Parks–. Llévate a uno de los muchachos. Solo por si acaso.

La expresión del hombre se iluminó.

–Soy muy cuidadoso.

–Ya lo sé. Anda, vete.

–Usted manda –suspiró.

–Ah, se me olvidaba. Llamó Grier –le informó Parks–. Parece que has hecho enfadar a su secretaria. Otra vez.

–No es culpa mía –repuso con tono molesto. Era el primer gesto expresivo que le veía Tank desde que lo conoció. Le brillaban los ojos–. Es ella la que empieza siempre. Y luego va corriendo a quejarse a su jefe cuando no soporta… la tensión.

–Ese no es mi problema –replicó Parks–. Arréglalo tú con Grier.

–Dígale a este hombre –señaló a Tank– que no sea tan confiado. En ningún momento me pidió la credencial.

–¿De qué habría servido eso? –masculló Parks–. La gente como tú nunca la lleva. Lo cual me recuerda que también recibí una llamada de la oficina del sheriff, para decirme que te detuvieron ayer por exceso de velocidad…

–Ya se lo explicaré después –dijo el hombre de la coleta–. Voy a controlar esa camioneta –alzó una mano cuando Parks se disponía a hablar–. Me llevaré a uno de los muchachos conmigo –terminó, irritado, y abandonó la casa.

–Disculpe usted –se dirigió Parks a Tank, sacudiendo la cabeza–. Es el mejor en todo lo que se refiere a operativos de alto riesgo, pero en todo lo demás es un verdadero incordio.

–¿Quién es?

–Carson.

–¿Está relacionado con su sheriff, Hayes Carson? –quiso saber Tank.

–La verdad es que no sabemos si Carson es nombre o apellido –explicó Parks–. De hecho, si usted hackeara los ordenadores del gobierno en busca de su identidad, descubriría que ni siquiera existe.

Tank parpadeó varias veces, perplejo.

–Es una larga historia. Pero, bueno, vamos a comernos esa tarta. Mi esposa… –sonrió a su mujer– hace las mejores tartas de todo el sur de Texas.

–¡Zalamero! –se burló ella mientras servía la tarta en la mesa y repartía platos y cubiertos–. Bueno, basta de ceremonias: a empezar. ¡Ahora mismo traigo el café!

7

A Tank le cayeron muy bien Cy Parks y su mujer. Eran gente sorprendentemente sencilla, pese a los antecedentes nada convencionales de Parks. Él, junto al médico de la localidad Micah Steele y al instructor de contraterrorismo Eb Scott, habían formado una pequeña unidad de mercenarios que operaban por todo el mundo. Habían sido entrenados por un grupo de legendarios luchadores, a la sazón jubilados, con quienes seguían manteniendo contacto.

La «escuela» de Eb Scott atraía alumnos de todo el mundo. Enseñaba todo tipo de materias, incluyendo instrucción de armas, técnicas de conducción de vehículos, rescate de rehenes y demoliciones. Corrían rumores, por supuesto sin fundamento, de que los agentes del gobierno se beneficiaban de las enseñanzas de Scott.

–¿Pero existe algo que no sea capaz de hacer su gente? –le preguntó Tank cuando entraban en las cuadras para examinar algunos de los potros de Parks.

Su interlocutor se encogió de hombros.

–No nos hemos apoderado de ningún país, por ejemplo –se echó a reír–. Pero uno de nuestros socios, Grange, sí. Trabajó para Jason Pendleton, pero ahora se ha establecido por su cuenta. Su suegro dirige su empresa en su nombre. Él ahora es el jefe de estado mayor en Barrera, Sudamérica.

–Entiendo que el presidente de Barrera también tiene familia aquí –comentó Tank.

Parks asintió.

–Su hijo es Rick Márquez. Rick es ahora teniente

de la policía de San Antonio, y su madre sigue regentando el Café de Bárbara, en la población. La comida allí es estupenda. Casi tan buena como la que cocina mi mujer.

–La tarta estaba riquísima.

–Es una mujer increíble. ¿Está casado?

Tank negó con la cabeza. Esbozó una leve sonrisa.

–No, pero tengo alguna perspectiva.

Parks rio por lo bajo.

–Me alegro por usted.

–Le agradezco mucho su hospitalidad –añadió Tank–. Yo suelo viajar mucho, por asuntos del rancho. Y los hoteles me cansan, por muy buenos que sean.

–¡Dígamelo a mí!

Tank suspiró.

–Solo espero que su sheriff tenga alguna idea sobre cómo podremos pararle los pies a esa falso agente federal antes de que acabe con alguno de nosotros –comentó, serio.

Cy asintió, comprensivo.

–Está preocupado por su familia.

–Sí. Y no solo por mi familia, sino también por mi… chica –añadió en voz baja, refiriéndose a Merissa–. Fue ella la que me puso sobre aviso. Ese falso agente intervino sus teléfonos, así como los del rancho. Rourke los desactivó todos, pero el asunto no deja de resultar inquietante.

Cy le dio una palmadita en el hombro.

–Sé lo que se siente, créame. Pero tenemos a un montón de gente intentando descubrir su identidad. No podrá esconderse para siempre.

–Espero que tenga razón –le aseguró Tank.

Tank disfrutó mucho con los dos chicos de Cy. Eran como versiones en pequeño de su padre, ambos de pelo oscuro y ojos verdes. Parecían querer saberlo todo sobre su rancho y las razas de ganado con las que trabajaba. Gozó oyéndoles hablar de genética, uno de sus temas preferidos. Resultaba obvio que de mayores serían rancheros.

Temprano a la mañana siguiente, telefoneó a Merissa.

–¿Ha pasado algo de que lo que debería preocuparme?

Ella se echó a reír. No había esperado su llamada, y parecía algo nerviosa de escuchar su voz.

–No mucho –respondió–. Vino tu hombre y nos arregló el coche. Te lo agradezco mucho.

–De nada. ¿Estás seguro de que era nuestro hombre? –inquirió, preocupado.

–Oh, sí. Rourke vino con él –añadió–. Es una persona muy interesante.

Tank apretó los dientes.

–Es amigo mío, pero es un mercenario –empezó.

–¿No estarás… celoso? –preguntó, tímida.

–¿Celoso? –estalló–. ¡Por supuesto que estoy celoso! ¡Eres mi chica!

Se oyó una brusca inspiración al otro lado de la línea. Tank casi pudo escuchar el retumbar de su corazón.

–Oh, eso suena… muy bien.

Tank sonrió de oreja a oreja.

–Rourke me gusta mucho. Pero no de esa manera –dijo ella con tono recatado.

Él rio por lo bajo.

–Eso también suena muy bien –repitió sus palabras.

Merissa se echó a reír,

–Me encanta tu manera de reír –le confesó con tono suave–. Te echo de menos.

–Yo también te echo de menos –volvió a inspirar profundamente–. No te quedarás allí mucho tiempo, ¿verdad?

–No, solamente hoy. Después hablaré con el sheriff… –se interrumpió cuando un vehículo se detuvo en la entrada. Entreabrió las cortinas. Era un coche patrulla–. Hablando del rey de Roma –rio–. Es el sheriff. Tengo que dejarte. Cuídate. Te veré pronto.

–Sí. Cuídate tú también. Adiós.

–Adiós.

Tank colgó y salió al exterior. Cy Parks se reunió con él en el porche.

Un hombre alto y rubio, de uniforme, bajó del vehículo que llevaba el logo del departamento de policía del condado Jacobs. Se dirigió hacia ellos.

–¿Tank Dalton? –preguntó con una sonrisa mientras contemplaba al acompañante de Cy.

Tank sonrió también.

–¿Sheriff Carson?

–Hayes –le estrechó la mano–. Si no es demasiado tarde para usted, había pensado pedirle que se pasara por mi oficina para charlar.

–Adelante –los animó Cy–. Si necesitan un vehículo de vuelta, mandaré a uno de los chicos.

–No hay necesidad –le aseguró Hayes, sonriente–. Yo le traeré.

–Gracias.

–De nada.

Tank subió al coche patrulla con Hayes y partieron para la oficina del sheriff del condado.

–¿Qué tal está su brazo? –le preguntó Tank.

Hayes esbozó una mueca.

–Todavía me duele. Estoy haciendo rehabilitación con la esperanza de recuperar su uso, al menos parcialmente, pero en este momento las cosas están bastante movidas –sacudió la cabeza–. Ya me habían disparado antes, pero nunca con esta clase de consecuencias.

–Sé lo que quiere decir –repuso Tank–. Yo sufrí heridas que requirieron múltiples intervenciones. Fue hace unos meses, pero todavía doy un brinco cuando me petardea el coche…

–Las fuerzas de la ley no constituyen un buen trabajo para aquellos que tienen el corazón débil.

–Totalmente de acuerdo –dijo Tank–. Es por eso por lo que ahora me dedico al ganado.

Hayes se echó a reír. Una vez en la oficina, lo guió hasta su despacho y le ofreció asiento.

–El café me gusta fuerte.

–A mí también –dijo Tank.

–Me alegro, porque aquí no se hace de otra manera –sacó dos vasos y le puso uno delante–. Hay leche y azúcar.

–Lo prefiero así –Tank se recostó en la silla–. ¿Han agarrado al tipo que le disparó?

–Todavía no –respondió Hayes con evidente irritación–. Hemos presionado a toda la gente que hemos podido. He interrogado hasta a mi suegro –se inclinó hacia delante con una sonrisa–. Es una buena muestra de lo desesperados quc cstamos: involucrar a un señor de la droga en las investigaciones. Pero el padre de mi mujer es un hombre de gran corazón. El problema es que está metido en un negocio ilegal –sacudió la cabeza–. No parece que se le hayan agotado los candidatos a entrar a trabajar en su rancho de Jacobsville. Pero, entre usted y yo: creo que un montón de esos solicitantes son narcotraficantes emboscados –rio por lo bajo.

–Eso no sería ninguna sorpresa.

Hayes bebió un sorbo de café.

–Identificamos la vaina del proyectil –dijo–. Por desgracia, la bala sigue dentro de mi cuerpo. El cirujano se negó a retirarla. Para ello habría tenido que meter el bisturí en tejidos muy delicados, lo que habría complicado la recuperación.

–Yo también sigo llevando dentro una –repuso Tank–. Recuerdo haber leído algo sobre el famoso Doc Holliday, el de O.K. Corral. Dijeron que, cuando examinaron su cuerpo, llevaba dentro varias onzas de plomo... balas que los médicos no le habían sacado.

–En aquellos días, finales del siglo XIX, intentar sacarlas habría resultado letal –convino Hayes, y bajó su vaso de café–. No dejo de preguntarme por qué ese tipo, quienquiera que sea, nos eligió a usted y mí como objetivos. Ninguno de los dos es capaz de describir su físico –frunció el ceño–. Destrozaron el ordenador de mi despacho y, cuando llamé a uno de los técnicos informáticos de Eb Scott para que intentara recuperar el disco duro, lo mataron –entrecerró los ojos–. ¿Qué es lo que ese tipo se está esforzando tanto por encubrir?

Tank sacudió la cabeza.

–No tengo ni idea. Pero es bueno en lo que hace. Hice que un amigo mío, Rourke, revisara la casa en busca de cámaras y micrófonos. Resultó que la empresa de seguridad que contraté era una tapadera. Su técnico, el que supuestamente tenía que montar la instalación, intervino todos los aparatos.

–No puedo recordar un caso como este en toda mi vida –confesó Hayes.

–Yo no estuve tanto tiempo como agente de la ley, pero me pasa lo mismo –dijo Tank–. ¿No han vuelto a atentar contra su vida desde entonces?

Hayes negó con la cabeza.

–No, aunque la verdad es que eso no es del todo cierto –añadió, soltando una carcajada–. Parece que el Ladrón, antes de morir, contrató a otro asesino para que me liquidara.

–¿Y?

–Dio la casualidad de que contrató a un tipo que había trabajado brevemente para mi suegro. Se volvió a Houston, pero sigue manteniéndose en contacto con él, por si acaso.

–¿No sabían quién era? –exclamó Tank.

–No.

–¿No sería el empleado del señor Parks, el otro Carson?

–Oh, no. Pero ese es otro caso interesante –reflexionó Hayes en voz alta–. Reventó al Ladrón con un par de granadas de mano, allá en México. El gobierno mexicano se tomó algún interés por el caso, pero nosotros tenemos un agente de la DEA que está emparentado con el anterior presidente. Hizo un par de llamadas por cuenta nuestra y abandonaron la investigación.

–Un caso muy extraño.

–Desde luego que lo es.

–Entiendo que Carson no porta credencial y que no figura en base de datos alguna –repuso Tank.

–Ese hombre es un enigma. Yo le debo la vida. Y mi mujer también –reconoció Hayes–. Tiene unas habilidades excepcionales. De hecho, nos acompañó en nuestra luna de miel antes de que fuera a buscarlo a usted. En una habitación aparte, por supuesto –añadió con una risita–. Es uña y carne con Cash Grier, lo que me hace sospechar...

–Que trabaja, o trabajaba, para el gobierno en el campo de los asesinatos en operaciones secretas –completó Tank ante la sorpresa de su interlocutor–. Dio la causalidad de que le mencioné que me había fijado en su manera de moverse. Era la misma de un tipo de operaciones especiales con el que coincidí en Irak. Los hombres que cazan a otros hombres caminan así.

Hayes asintió

–Lo sé. Si alguna vez ve moverse y caminar a Cash Grier... eso es una experiencia. Sigue conservando sus habilidades de siempre como francotirador. De hecho, hace un par de años liquidó a un secuestrador que tenía como rehén al hijo de un agente de la DEA. Le disparó desde una distancia impresionante, de noche. Algo increíble.

–Su mujer era una estrella de cine, ¿verdad?

Hayes asintió.

–Tienen una niña pequeña, así que ya no está metido en misiones tan peligrosas como antes. También tienen viviendo con ellos al hermano pequeño de Tippy. Solo tiene catorce años. Cash y él salen a pescar y se divierten juntos con juegos de ordenador. Tienen una relación excelente.

–Me alegro por él. Por los dos.

–Sí.

–Usted dijo que ella ve cosas –empezó Tank.

–Tiene premoniciones –le dijo Hayes–. Es algo asombroso. Eso le ha salvado la vida a Cash un par de veces.

–Mi… amiga –dijo Tank, vacilando– también ve el futuro. Pero nunca está del todo segura de lo que ve. A veces las imágenes están… nubladas. Como la del tipo que anda detrás de mí. Lo vio sentado delante de un espejo, probándose pelucas. Concluimos que era muy bueno disfrazándose.

–Eso me recuerda… Hice que Rick Márquez le pidiera a su suegro que investigara eso.

–¿Su suegro?

Hayes asintió.

–Es un jefazo de la CIA.

Tank soltó un silbido de asombro.

–En cualquier caso, localizó una lista de agentes secretos de varias agencias gubernamentales con una cierta reputación en sus habilidades para el disfraz. Así que me temo que nos va a llevar mucho tiempo reducir ese grupo a unos pocos.

–Otra vía muerta –convino Tank, y añadió con un suspiro–. Siempre puedo colocarme en el centro de mira, delante de todo el mundo, y esperar a que me dispare.

–Por lo que hemos podido averiguar, el tipo evita las multitudes cuando está planeando una acción.

–Lo cual explicaría por qué no me disparó en el patio delantero de mi rancho cuando vino a instalar el sistema de seguridad que en realidad era de espionaje –le dijo Tank–. Pareció desconcertado cuando vio que teníamos a tantos hombres armados en la zona.

–Eso fue una buena cosa –comentó Hayes–. No creo que tengamos que preocuparnos de que vaya a dispararle a usted en un encuentro frontal.

–Yo tampoco lo creo. Pero, si no hubiera sido por Merissa, yo habría estado completamente desprevenido –sacudió la cabeza–. Ella ni siquiera me conocía. Se presentó en mi casa, en medio de una ventisca, porque el coche no le funcionaba, para advertirme de que tuviera cuidado. Me dijo que era por algo que no podía recordar, pero que estaba segura de que me acechaba un grave peligro.

Hayes frunció el ceño.

–¿No fue más específica?

–En realidad, no. Me dijo que sabía algo que no era consciente que sabía, y que eso suponía un riesgo para ese tipo.

–Nebuloso.

–Sí. En cualquier caso, probablemente me salvó la vida.

–¿Qué es lo que recuerda usted sobre el tipo, el falso agente de la CIA que lo atrajo a la emboscada en Arizona? –le preguntó Hayes.

Tank suspiró.

–Recuerdo que llevaba un traje. Sigue siendo un recuerdo turbio. Era de mediana estatura, sus rasgos no tenían nada de especial. Era la clase de hombre en el que nadie se fijaría en la calle.

Hayes estaba recordando.

–Sí. El tipo que yo recuerdo respondía a esa misma descripción. Y tenía un marcado acento texano.

–Creo que se trataba del mismo hombre que, después de que me dispararan, echó una bronca al «mula» de la droga porque este dio el aviso a emergencias para que me atendieran. Era pelirrojo y tenía acento de Massachusetts. Pero vestía también de traje –sacudió la cabeza–. Yo pensé que se trataba de una alucinación.

–Buen detalle el del otro tipo, el de llamar para pedir ayuda.

–Sí. Inesperado. Ni siquiera sabía quién era. Le debo la vida a ese hombre. Espero que no lo mataran por ello.

–Eso nunca se sabe. Sé de pueblos enteros que han sido arrasados por esa gente solo porque allí residía la persona de la que querían vengarse.

–Y yo.

–Mi esposa y yo salvamos a un hombre de las garras del Ladrón –recordó Hayes, y se echó a reír–. Mi mujer llegó a apuntarlo con un AK-47 sin saber siquiera si estaba cargada… pero la jugada le salió bien. De todas maneras, el tipo no quería retenernos como rehenes, pero sus jefes conocían a su familia y amenazaron con matarlos si los desobedecía. Carson, que trabaja para Cy Parks, sacó a su familia de México.

–¿Así que Carson tiene al menos un lado sensible?

–No estoy seguro de ello –reconoció Hayes–. No parece preocuparle mucho. Aunque tiene alguna reputación con las mujeres.

–Merecida –Tank se echó a reír–. Lo vi en acción en el aeropuerto. Las atrae como la miel a las moscas.

–Sí que las atrae, sí. Pero no es un hombre sentimental.

–Yo tampoco lo esperaba.

–¿Qué hay de sus hermanos? –le preguntó Hayes–.

Todo esto debe de estar resultando duro para ellos, también.

–Se preocupan. Mi hermano mayor, Mallory, acaba de tener un hijo.

Hayes sonrió.

–A mí me gustan los críos. Mi mujer tiene un chico y una chica pequeños que viven con nosotros. Es como si iluminaran la casa. Esperamos tener uno nosotros.

–Dijo usted algo sobre que la secretaria de Cash Grier tenía una gran memoria fotográfica, y que ella vio al falso agente –dijo Tank–. ¿Su testimonio fue de alguna ayuda?

El sheriff negó con la cabeza, soltando un profundo suspiro.

–Encargué a un dibujante de la policía que hiciera un boceto según su descripción. Pero la nariz era diferente, la línea del pelo distinta… –esbozó una mueca–. Lo único familiar eran las orejas.

–La forma de las orejas es un buen rasgo de identificación –replicó Tank–. Habitualmente nadie intenta cambiárselas, ni siquiera aunque use maquillaje o peluca.

–Eso es verdad –convino Hayes–. Quizá deberíamos rastrearlo utilizando eso como detalle principal.

–No es algo tan descabellado –le aseguró Tank–. Me gustaría mucho echar un vistazo a ese boceto.

–Esa es una de las razones por las que le pedí que viniera. Espere un momento –el sheriff descolgó el teléfono y llamó a Cash Grier. Tras una breve conversación, volvió a colgar–. Dispone de unos minutos libres. Vamos a su despacho a ver ese dibujo.

Tank sonrió.

–¡Gracias!

***

La secretaria de Cash, Carlie Blair, tenía una melena oscura y ondulada, los ojos verdes y una sonrisa vivaz. Saludó a Tank como si fuera su vecina de toda la vida. Sacó el boceto de un archivador cercano y se lo entregó.

–Es todo lo que pudo hacer el dibujante –explicó–. No es perfecto. Creo que la nariz es un poco más larga y delgada, y el mentón algo más cuadrado.

–¿Qué hay de las orejas? –preguntó Tank.

Parpadeó sorprendida.

–¿Las orejas? –miró el boceto y asintió lentamente–. Sí, el dibujante las sacó bien. Lo recuerdo porque tenía una especie de hendidura o muesca en una, como si le hubieran hecho un corte y la herida hubiera curado dejando una cicatriz.

Tank estaba apretando la mandíbula.

–Sí –dijo–. Ahora lo recuerdo. Y llevaba también un pendiente, un pequeño arete dorado.

–¡Sí! –secundó la joven.

–Yo también me acuerdo del arete –dijo Hayes, y frunció el ceño–. Qué curioso, me había olvidado de ello –se rascó la cabeza–. El recuerdo quedó como oscurecido por la camisa que llevaba. Era de cachemira, creo.

–Yo también recuerdo esa camisa –rio Tank–. Debía de estar muy encariñado con ella, si es que todavía la llevaba cuando usted lo vio.

Carlie estaba frunciendo el ceño.

–Era de cachemira, color dorado –hizo memoria, cerrando los ojos para poder concentrarse mejor–. El estampado era beis y marrón.

–Sí –convino Tank. El recuerdo se presentó acompañado del dolor. Había estado mirando aquella camisa cuando las balas impactaron en su cuerpo.

–Bueno, yo tengo una camisa favorita –confesó Carlie–. Me la pongo al menos dos veces por semana.

Por supuesto, no es de cachemira. En realidad es una camiseta negra con la cara verde de un extraterrestre y debajo esta frase: *¡Cuidado que vienen!* –sonrió.

–Le gusta llevarla cuando recibimos visita de los federales –comentó Cash Grier cuando se reunió con ellos, mirando sonriente a su secretaria–. Es un poco rara.

–Pero sé mecanografía, soy amable por teléfono y encuentro todo lo que usted pierde, jefe –sonrió de oreja a oreja.

El hombre sacudió la cabeza.

–Sí, y además escribes bien. Lástima que esa boca tuya…

–¿Qué quiere decir? –preguntó Tank.

Carlie desvió entonces la mirada hacia la puerta y adoptó una expresión sarcástica.

–Vaya, miren quién acaba de entrar. Voy a tener que encender un fuego para espantar a esta visita. ¿Alguien tiene un par de granadas de mano de sobra?

El recién llegado era Carson, el guardaespaldas de Tank en el avión. Fulminó a Carlie con la mirada.

–¿Tienes algún problema con las cerillas? –le preguntó–. ¿O es que no sabes usarlas? –añadió con una sonrisa irónica.

–Sé usar una pistola –replicó–. ¿Quiere verlo?

–No sabe usarla –intervino Cash Grier–. La última vez que lo intentó, las balas impactaron en dos parabrisas y un neumático. Y eso que los coches no estaban en la línea de tiro.

–Fue un lamentable accidente –se defendió la joven.

–Sí que lo fue. El hecho de que empuñaras un arma, quiero decir.

–Mañana su café tendrá sal en lugar de azúcar –advirtió Carlie a su jefe.

–Si te despido, tu padre me convertirá en tema de sus dos próximos sermones –masculló Cash–. Pero me arriesgaré.

–¿Sermones? –inquirió Carson, frunciendo el ceño.

–Su padre es pastor metodista –explicó Cash.

La expresión de Carson era inescrutable. Entrecerró los ojos mientras miraba a Carlie, que estaba contemplando de nuevo el boceto que tenía encima del escritorio.

–No se preocupe, la religión no es contagiosa –le dijo a Carson sin dignarse mirarlo siquiera.

–Gracias a Dios –murmuró el hombre, y se dirigió a Tank–. ¿Reconoció el rostro del dibujo?

–No mucho –respondió Tank–. Pero hemos convenido en que lo único que todos recordamos sobre él son sus orejas –miró a Hayes–. Debería avisar a esos dos federales, John Blackhawk y Garon Grier… –de repente frunció el ceño y se volvió hacia Cash–. ¿Grier?

–Es mi hermano –explicó Cash–. Siempre ha trabajado para el FBI. Yo trabajaba en… bueno, digamos que en agencias del gobierno más informales.

–Operaciones encubiertas –dijo Carson, burlón.

–Mira quién habla de operaciones encubiertas… –fue el comentario de Cash.

–Se necesita a uno para reconocer a otro –replicó Carson. Pero se sonrió. Y también Cash.

–Ya he hablado con Blackhawk y con el hermano de Cash –le aseguró Hayes a Tank–. Lo cual me recuerda que me encargaron le dijera que no habían podido contratar los servicios del hipnotizador. Parece que al hombre le ha surgido una emergencia y está fuera de la ciudad. Quizá en otra ocasión.

–Claro –repuso Tank, secretamente aliviado.

–Da la casualidad de que aquí el amigo Carson trabajó con un socio mío de Brooklyn, Nueva York –dijo Cash.

–¿Podemos preguntar en qué clase de trabajo? –quiso saber Hayes.

–Sería preferible que no –fue la respuesta del jefe de policía.

Tank sacudió la cabeza.

–Nunca había estado en un lugar con tantos exfederales por metro cuadrado.

–O exmercenarios –añadió Cash–. Hay un montón.

–Es un buen lugar para retirarse. Eso es al menos lo que Cy Parks siempre dice –rio Hayes por lo bajo.

–Es un gran tipo –comentó Tank–. No habría tenido ningún problema en alojarme en un hotel, pero él insistió en acogerme en su casa.

–Sabe que está usted pensando en adquirir un nuevo toro –le recordó Cash con una gran sonrisa.

–Bueno, eso es cierto –reconoció Tank.

Volvió a acercarse al escritorio de Carlie y lanzó otra mirada al dibujo.

–Realmente ese tipo es un camaleón –comentó–. ¿Pero cómo es que le preocupa tanto lo que yo pueda recordar? Yo sería incapaz de reconocerlo si me lo encontrara en la calle. Bueno, quizá esa oreja con cicatriz pueda llegar a delatarlo algún día, pero, aparte de eso, no hay nada especial que recuerde sobre él.

–Tal vez se trate de algún detalle secreto –observó Carson, reuniéndose con él–. O quizá simplemente esté paranoico perdido.

Hayes negó con la cabeza.

–Mató a un técnico de informática que intentó recuperar los archivos de mi ordenador que pudieran contener alguna información suya.

Carson entrecerró sus ojos oscuros.

–Sí. Era amigo mío –pronunció, tenso–. Un gran muchacho. Incapaz de matar a una mosca. Lo sabía todo sobre ordenadores. Me encantaría conocer al hombre que le metió una bala en el cuerpo.

–Una vez alimentó a un cocodrilo con un tipo –susurró Cash, señalando a Carson con la cabeza.

Carson lo fulminó con la mirada.

–Tenía hambre. Hacía días que no había comido nada, el pobrecito.

–Vaya, así que se trató de un acto de caridad –comentó Hayes.

Carson se encogió de hombros. Su expresión se volvió aún más feroz.

–El tipo en cuestión torturó a una amiga de Rourke, una fotógrafa que cubrió la toma de Barrera. Lucirá las cicatrices durante el resto de su vida.

–Seguro que Rourke te ayudó a alimentar al cocodrilo –repuso Cash.

Carson clavó en él sus ojos negros.

–A veces simplemente tienes que hacer lo que tienes que hacer, aunque no sea legal.

–Bueno, el incidente no tuvo lugar en mi jurisdicción, así que no es asunto mío –le aseguró Cash y, acto seguido, agitó un dedo ante sus narices–. Pero, si alimentas a un cocodrilo con carne humana en mi ciudad, te aseguro que terminarás entre rejas.

–No hay problema –repuso Carson.

–Y estaría bien que dejaras de lucir ese maldito cuchillo en público –le reprochó Cash, señalando el enorme cuchillo de montaña que llevaba a la cintura–. Eso pone nerviosa a la gente.

–La pone nerviosa a ella, querrás decir –replicó Carson, señalando con la cabeza a Carlie.

–No me gustan los cuchillos –masculló la joven.

–Por aquí circulan durante todo el tiempo hombres con armas de fuego, y a ti no te importa –le recordó Carson.

–Yo nunca he visto una herida de arma de fuego. Pero sí que he visto los resultados de una pelea a cuchillo –le lanzó una larga mirada–. Tuve pesadillas…

Carson frunció el ceño.

–¿Cuándo sucedió eso?

Ella desvió la vista.

–Hace meses, mi padre fue atacado por un hombre armado con un cuchillo. No sabemos por qué. Tuvo suerte, porque la herida la recibió en la cintura y no afectó ningún órgano vital.

–¿A quién se le ocurriría atacar a un pastor metodista? –inquirió Hayes, consternado.

–No lo sabemos –respondió Carlie, triste–. Suponemos que fue un trastornado. A veces pienso que el mundo se ha vuelto loco de remate.

–Sí que lo parece, de cuando en cuando –por fuerza Tank tenía que darle la razón–. ¿Agarraron al tipo?

–Aún no –contestó Cash por ella–. Pero seguimos buscándolo.

–El caso es que no me gustan los cuchillos –reiteró Carlie–. Sobre todo los de esa clase –señaló el de Carson–. Dan miedo.

–Empezaré a llevar traje para esconderlo. Así no lo verás –le prometió Carson, irónico.

–¿Por qué tienes que llevar uno tan grande? –quiso saber Hayes.

–Por las serpientes –contestó Carson, impávido.

–Pues le deseo a usted suerte si se encuentra con un crótalo cornudo, esa pequeña serpiente de cascabel que abunda en el desierto –le dijo Tank–. Le morderá antes de que pueda cortarla con eso.

–No esté tan seguro de ello –fue la respuesta de Carson. Parecía tan extremadamente confiado que los demás se encogieron de hombros y dejaron en paz el tema.

–¿Recuerda alguna otra cosa sobre el hombre? –preguntó Tank a Carlie mientras estudiaba el boceto–. ¿Quizá algo que no le dijo al dibujante de la policía?

La joven se esforzó por hacer memoria.

–No estoy segura. Ese era básicamente su aspecto –añadió, señalando el retrato–. Era un tipo de aspecto afable. Simpático. Recuerdo que me habló de los tiburones.

–¿Los tiburones? –inquirió Tank.

–Me dijo que la gente no los entendía, ya que los tenía por animales peligrosos, cuando en realidad no lo eran. Que lo que les pasaba era que simplemente tenían hambre, y que por eso mataban.

–Qué comentario tan extraño –observó Hayes.

–Lo mismo me pareció a mí –señaló Carlie–. Dijo que le gustaba nadar con ellos en el Caribe, en las Bahamas.

–Eso sí que podría ser interesante –dijo Hayes.

Carlie rio por lo bajo.

–Me había olvidado de ello, hasta ahora –de repente fulminó a Carson con la mirada–. Él me recuerda a un tiburón. Es por eso por lo que me he acordado.

Carson arqueó las cejas.

–¿Un tiburón? ¿Yo?

–Oscuro, ágil, siempre vigilante y peligroso –explicó ella–. Que ataca cuando uno menos se lo espera, por la espalda.

–Una descripción muy adecuada. Del tiburón, quiero decir... que no de usted –le dijo Tank a Carson con una sonrisa–. Pero sí que encajaría con ese falso agente de la DEA –su expresión se tornó sombría–. Ese tipo me atrajo a una emboscada que por poco me costó la vida. Y lo hizo con tanta facilidad, con tanta elegancia, que en ningún momento sospeché nada. Ella tiene razón con lo de su personalidad –añadió, refiriéndose a Carlie–. Me sentí cómodo con él desde el momento en que lo vi entrar en mi oficina. Me pareció simplemente uno de los nuestros.

–Yo también tuve esa impresión –dijo Hayes–. De repente me encontré en medio de una redada de narcotraficantes, gracias a él –frunció el ceño–. Recuerdo algo más. Había dos agentes armados. Se presentaron inesperadamente cuando escucharon la llamada por la radio alertando de la redada antinarcóticos –miró a Tank–. Me quedé sorprendido al verlos. Fue antes de que aparecieran los otros federales.

–Quizá había planeado para usted la misma emboscada que me había tendido a mí –sugirió Tank.

–Sí, pero no había razón alguna por la que ese hombre me quisiera muerto –Hayes se estaba esforzando por encontrar algún sentido a lo ocurrido–. Estuvo en la detención. Fue a mi despacho conmigo y se quedó esperando mientras yo redactaba el expediente de denuncia y archivaba la foto que mi agente tomó en el escenario de la detención, con los detalles del alijo de droga y las armas confiscadas, las bañadas en oro. Yo no era la única autoridad implicada en el caso.

–No creo que tuviera intención de matarte. No en aquel entonces, al menos –intervino Carson, entrecerrando los ojos. Se sentó en una esquina del escritorio de Carlie, para evidente disgusto de la secretaria–. Creo que la clave se encuentra en algo que sucedió después de ambos tiroteos. Algo relacionado con ellos, aunque no de una manera directa.

–Obviamente, el tipo estaba colaborando con el cártel de la droga –observó Hayes, asintiendo lentamente–. Intentando librar a su gente de la detención. En mi caso no tuvo éxito, pero sí en el suyo –miró a Tank.

–Sí, pero en este momento no tiene ningún motivo para ir a por mí –pronunció lentamente Tank–. No he vuelto a mencionar el caso desde que recibí el último informe, justo antes de dimitir de mi puesto.

Cash Grier se apoyó en la pared con los brazos cruzados, profundamente pensativo.

–Intento de homicidio –dijo, señalando a Hayes–. Secuestro, sin ningún móvil aparente. Agresión armada –miró a Tank–, seguida, mucho tiempo después, de espionaje y vigilancia. Ese tipo anda detrás de algo que sucedió como resultado de ambos tiroteos. Quizá no de los tiroteos en sí mismos.

–Sí, pero… ¿qué? –inquirió Hayes.

Cash sacudió la cabeza.

–No lo sé. Pero en este momento estamos en plena campaña electoral por una vacante en el Congreso, debido al inesperado fallecimiento de un veterano senador de Texas. Se han convocado elecciones de carácter extraordinario, aunque se nombrará a alguien para que lo sustituya por lo que queda de legislatura, que acabará a finales de este año. Corren rumores de que el principal candidato tiene vínculos con el cártel del otro lado de la frontera, y que al menos uno de los rivales ha sido chantajeado para que se retire de la carrera electoral.

–Yo también lo he oído –dijo Tank–. ¿Cree que puede haber alguna relación?

–Podría ser –dijo Hayes–. Sobre todo si el hombre que recordamos formaba parte del cártel de la droga.

–Sabemos con seguridad que sí –replicó Cash– El problema reside en demostrar la conexión. Si el tipo está próximo al candidato, eso podría constituir estímulo suficiente para que se desembarazara de cualquier testigo. Y se trata además de un falso agente de la DEA, un topo. Seguro que ha estado pasando información sensible a sus compinches.

–Quizá alguien lo descubrió –sugirió Tank.

–Sí –convino Cash–. Pero quién pueda ser ese tipo… ese es el corazón del problema. Si averiguamos su identidad, y lo ligamos con el cártel y con el candidato al Senado…

–Ese podría ser el móvil para asesinar a cualquiera –confirmó Hayes–. Un móvil muy bueno.

8

–Tengo la extraña sensación de que todo esto está conectado de alguna manera con esas elecciones extraordinarias para el Senado –afirmó Carson, entrecerrando los ojos.

–Y yo –intervino Carlie.

Carson le lanzó una mirada burlona.

–¿Tú también tienes poderes paranormales?

La joven esbozó una alegre sonrisa.

–Si los tuviera, ahora mismo la empuñadura de ese enorme cuchillo le estaría saliendo por la boca –le dijo con tono dulce.

Carson arqueó una ceja y la miró de una forma que la hizo ruborizarse. La hostilidad que la chica le profesaba no podía irritarle más y por eso la atacaba a su vez.

–Perdona –le dijo–. Pero, si estás flirteando conmigo, lo siento pero no funciona. A mí me gustan las mujeres… –le lanzó una mirada fría– más guapas. Físicamente más perfectas.

La expresión de Carlie pareció desmoronarse, aunque no por ello bajó la mirada. Se lo quedó mirando con actitud beligerante.

–Eso ha sido una impertinencia –le echó en cara Cash Grier a Carson–. Discúlpate con ella. Ahora mismo.

Carson pareció darse cuenta de que se había pasado de la raya.

–Lo siento –le dijo a Carlie con expresión pétrea–. Él tiene razón. Eso ha estado de más.

La joven secretaria desvió la vista. Era dolorosamente consciente de su falta de atractivo. Su sentido de la moralidad no la permitía flirtear con los hombres y era más pudorosa que la mayoría de las mujeres, por razones que nunca compartía con nadie. No debería haberle molestado que aquel donjuán no se sintiese atraído por ella. De hecho, debería haberse alegrado de que no constituyera un objetivo para él. Aun así, le dolía que se airearan sus deficiencias, sobre todo delante de hombres. Murmuró algo y se disculpó para ir a preparar el café.

–¡Maldita sea! –le espetó Cash a Carson con una chispa de furia en los ojos.

Tank reconoció inmediatamente la peligrosa agresividad que acechaba detrás de aquel exterior tan afable. Aquella furia parecía desproporcionadamente exagerada en comparación con lo que había dicho Carson.

–¿En qué diablos estabas pensando?

Carson se removió, inquieto.

–No estaba pensando –reconoció con los dientes apretados. Era una reprimenda que no habría tolerado de ningún otro hombre. Pero a Grier lo respetaba mucho.

–Evidentemente –Cash entrecerró los ojos–. Hay muchas cosas que no sabes. Vuelve a decirle algo así y te las verás conmigo. ¿Entendido?

Carson asintió con la cabeza.

–¿Cuándo son esas elecciones extraordinarias? –aprovechó para preguntar Tank, con el objetivo de romper la tensión.

–En primavera –respondió Hayes.

–Eso nos deja algo de tiempo para investigar –comentó Cash, aparentemente superado el ataque de furia–. Pero no mucho.

–Yo intervendría los teléfonos de todos los agentes de la DEA que hay en Texas. Del primero hasta el último –afirmó Carson con expresión helada.

–Una idea estupenda –replicó Cash, irónico–. En cuanto encuentres a un juez que firme la orden, nos avisas.

Carson suspiró.

–Está bien. Ya lo he pillado.

–Aparte de eso, no sabemos si todavía continúa trabajando con la agencia en algún tipo de oficina satélite de la central –añadió Hayes–. Últimamente hay un gran revuelo en las agencias por culpa de los ajustes de presupuesto. Quizá incluso la abandonó cuando descubrió que teníamos una foto suya en nuestros archivos informáticos.

–Tiene que haber alguna manera de que podamos atrapar a ese camaleón –declaró Tank–. Sabemos que me ha puesto en su punto de mira, aunque ignoramos el motivo. Sabemos que usted también lo está –señaló a Hayes–. Pero usted tiene contactos muy poderosos. Quizá no esté interesado en enfrentarse con su suegro. Yo, sin embargo, estoy solo. No tengo red alguna que me respalde.

–La tiene ahora –le recordó Cash.

–Así es –confirmó Hayes.

–Gracias –repuso Tank, sonriendo.

Carson se dirigió entonces a Hayes.

–Se olvida usted de que los hombres del difunto Ladrón contrataron al trabajador temporal de su suegro para que lo asesinaran. Si están planeando algo, él será el primero en saberlo.

–Suponiendo que no lo hayan liquidado ya –replicó Cash–. No hay que subestimar nunca a una red criminal organizada.

–Es un buen consejo –reconoció Hayes.

–Pero el caso es –intervino Tank– que actualmente soy yo su primer objetivo. Rourke me apoya. Aunque nunca estaría de más contar con alguna otra ayuda. ¿Conocemos a alguien en el FBI o en el grupo de Eb

Scott que esté liberado de tiempo y con ganas de que le contraten como vaquero en Wyoming?

Los hombres se miraron divertidos.

–Yo sé montar a caballo –se ofreció Carson para sorpresa de los demás.

–Necesitará comentárselo antes a Cy Parks –le recordó Hayes.

–Como si el señor Parks fuera a echarle de menos –murmuró por lo bajo Carlie, sin mirar a Carson–. El café ya está listo –añadió mientras se sentaba ante su escritorio.

–¿Por qué no te vas tú a Wyoming? –le espetó Carson, avergonzado de su anterior estallido de furia, que le había hecho quedar como un imbécil delante de los demás–. Cualquiera diría que tú lo sabes hacer bien todo. ¿Sabes montar a caballo? –inquirió sarcástico.

La joven lo fulminó con la mirada.

–Sí que sé –respondió—. Y usar el lazo e incluso disparar con rifle si tengo que hacerlo.

–Basta ya de hablar de armas de fuego, por favor –gruñó Cash–. Primero tendrás que aprender a manejar una –le recordó a Carlie–, sobre todo después del desastre del último tiroteo.

Ella lo miró ceñuda.

–¡Podría aprender si me enseñara alguien!

–A mí no me mires –masculló Carson–. Yo no pienso enseñarte nada.

–Señor Carson… o como quiera que se apellide, no estaba hablando con usted –le espetó con tono helado.

–De todas formas, no serías capaz de pronunciar mi apellido –replicó con un tono todavía más venenoso–. Lakota.

La joven se ruborizó y desvió la mirada.

Carson se la quedó mirando con el ceño fruncido,

preguntándose por qué el conocimiento de sus orígenes indígenas le había provocado aquella reacción.

–¿Lakota? –inquirió Tank.

–Sí. Crecí en una reserva en Kyle, Dakota del Sur –explicó.

–No me extraña que sea usted tan bueno rastreando –comentó Hayes.

Carson lo fulminó con la mirada.

El sheriff alzó ambas manos.

–No le estaba etiquetando. No se trata de un estereotipo. Quiero decir que la gente que se cría en ambientes relativamente rurales, como Jacobsville, o como Dakota del Sur, aprende a utilizar mejor sus sentidos. La mayoría de la gente de campo sabe cazar y seguir un rastro.

–Entiendo –Carson se relajó un tanto.

–Un tipo susceptible –comentó Cash Grier, entrecerrando los ojos.

–Usted no me conoce –replicó Carson con tono tranquilo–, así que no puede entender por qué lo soy –de repente se volvió hacia Tank–. Podría contratarme por unas cuantas semanas. Mientras tanto, haré algunas averiguaciones. En Wyoming yo no llamaría demasiado la atención. Está llena de comunidades de gente nativa.

–No tantas como imagina… –protestó Tank.

Carson se sonrió.

–Eso es porque usted no sabe dónde están. Yo sí. Tengo primos de la tribu cheyenne.

–En ese caso, me encantaría ofrecerle un caballo propio y un lazo nuevo –rio Tank.

–¿Nuevo? Vaya, gracias –repuso Carson con tono sarcástico.

–Podrá tensarlo entre un tronco de árbol y el parachoques trasero de una camioneta. Así funcionará de maravilla –le aseguró Tank.

Todos los hombres se echaron a reír.

–Hablaré con el señor Parks sobre ello esta misma noche –dijo Carson–. No creo que se oponga. Tiene otros muchos empleados encargándose de todo. Y dentro de tres días será Navidad. Podrá considerarlo unas vacaciones.

–Será mejor que vuelva a la casa. Es tarde –dijo Tank, mirando su reloj.

–Yo le llevaré –se ofreció Hayes.

–Volveremos a hablar –le aseguró Cash, estrechándole la mano.

Todos se desearon unas felices fiestas navideñas. Cash sonrió y volvió a meterse en su despacho. Tank y Hayes se despidieron de Carlie y se marcharon.

Eso dejó a una vergonzosa y enamoradiza Carlie sentada ante su escritorio… en compañía de un lobo hambriento.

Carson se acercó el escritorio, mirándola fijamente.

–Bien hecho –le dijo con tono helado–. Me he sentido como un solomillo asándose en una parrilla.

Ella alzó la mirada sin su habitual aspereza. Sus ojos traicionaban todavía el dolor que había sentido antes.

–¿No tiene nada más importante que hacer en alguna otra parte? –le preguntó con tono apagado mientras sacaba un expediente del cajón inferior de la mesa. El temblor de sus dedos resultaba humillante.

Él vio aquello y se sintió todavía peor. La odiaba, Era algo muy extraño: no solía despreciar a las mujeres, ni siquiera a las menos atractivas. Pero aquella mujer le atacaba. Lo confundía, lo inquietaba. Y no le gustaba perder su tranquilidad habitual. Aparte de eso, se parecía un poco a Jessie…

Su expresión se tornó hermética. Entrecerró los ojos, fulminándola con la mirada.

–¿Le importa? –inquirió ella–. Tengo trabajo.

–Siempre puedes llamar al jefe para que te proteja –murmuró él.

Se lo quedó mirando con una actitud de sereno orgullo.

–Puedo defenderme sola, gracias.

Tenía una mirada aguzada, penetrante. Estaba acostumbrado a lidiar con situaciones imprevisibles, con gente peligrosa. Veía siempre más de lo que veía la gente normal. Bajó la vista a su hombro, donde la camiseta se le tensaba un poco. Era extraño. La tela formaba un pliegue, como si la piel que escondía debajo estuviera...

Ella se llevó entonces una mano a ese hombro, en un gesto defensivo.

–¿Quería usted algo más? –le preguntó con tono áspero.

Carson arqueó una ceja.

–No hay nada que yo quiera aquí, ni que vaya a querer nunca –sonrió, frío. Se giró y abandonó la oficina.

Carlie se estremeció. Había visto dónde había fijado la mirada. Se frotó la cicatriz. Debería volver a las camisas de botones. O asegurarse de que sus camisetas y suéteres fueran lo suficientemente holgados como para no llamar la atención sobre ciertas cosas.

Volviéndose hacia el ordenador, se concentró en la tarea que tenía entre manos.

A la mañana siguiente, Tank ya estaba volando hacia Wyoming. No le gustaba alejarse del rancho. Más específicamente, no le gustaba estar lejos de Merissa. La había echado de menos con locura. No podía esperar para llegar a casa, para verla, tocarla, besarla...

En el avión, Carson había conseguido otra admiradora: una rubia azafata que le sonreía continuamente de oreja a oreja. Aquel tipo sabía realmente atraer a las mujeres. Pero era una vergüenza que hubiera tratado de una manera tan cruel a la joven secretaria de Cash Grier. Tal vez no fuera una belleza, pero tenía chispa y un gran sentido del humor, además de que parecía una persona religiosa. Solamente eso ya era una rareza en un mundo tan insensible. Se preguntó por qué Carson le manifestaba tanta hostilidad. Los crueles comentarios que le había dirigido no habían tenido excusa alguna.

Carson era un tipo muy raro. No parecía encajar en ningún sitio. Era un inconformista que detestaba someterse a la autoridad. Pero a Tank le había divertido ver el enorme respeto que parecía profesar a Cash Grier. Una sola palabra del jefe de policía y Carson se había callado inmediatamente.

Aquellos dos tenían algo en común, probablemente un pasado de actividades secretas que les servía de punto de referencia y de base para un respeto mutuo. Tank tenía también la sensación de que a Carson no le había molestado nada la idea de ausentarse de Texas por un tiempo. No podía menos que preguntarse si aquello no tendría algo que ver con la secretaria de Cash...

Rourke fue a recibirlos al aeropuerto. Arqueó una rubia ceja sobre el parche que le cubría un ojo, al tiempo que un brillo de malicia aparecía en el otro.

–¿Qué diablos estás haciendo tú aquí? –preguntó a Carson al tiempo que estrechaba la mano de Tank.

–De caza –sonrió Carson.

Rourke soltó una risita.

–Bienvenido, entonces. Tu ayuda nos vendrá bien.

–Es mi último fichaje como trabajador contratado –explicó Tank–. Tengo mucho que contarte.

–Vamos al rancho. Yo también tengo que contarte algunas cosas –dijo Rourke con un tono que no resultaba precisamente muy agradable.

***

–¿Qué pasa? –inquirió Tank una vez dentro de la camioneta de doble cabina, de camino ya hacia el rancho.

–Se trata de Merissa Baker –dijo Rourke.

–¿Qué diablos…? –estalló Tank–. ¿Le ha pasado algo? ¿Se encuentra bien?

–No.

–¿Entonces qué…?

Rourke metió la camioneta en el aparcamiento de un supermercado, apagó el motor y se volvió hacia él.

–Han pasado algunas cosas desde que te fuiste. El exmarido de Clara se ha presentado en su cabaña. Dice que es suya y que tiene los papeles que lo demuestran.

–¿Y es eso cierto? –preguntó Tank fríamente.

–Le corresponde a ella demostrar que no es el propietario –dijo Rourke–. Y parece que una buena parte de los papeles más importantes que conservaba han desaparecido.

–Ese tipo estuvo ausente durante años. ¿Cómo es que ha vuelto precisamente ahora?

–Esa es una muy buena pregunta –fue la respuesta de Rourke–. No lo sé. Se ha trasladado a la cabaña con ellas. Clara está aterrada. Merissa hace todo lo posible por evitarlo. Yo me pasé a verla y el tipo bloqueó literalmente la puerta, prohibiéndome que hablara con ella.

–Vamos directamente a la cabaña –ordenó Tank. Su tono de voz era el más duro que Rourke le había oído nunca.

–Qué curioso –dijo Rourke mientras abandonaba el aparcamiento y enfilaba hacia la autovía–. Es exactamente lo que iba a aconsejarte.

–¿Vas armado? –le preguntó Tank.

–Siempre.

–Yo también –terció Carson, sentado atrás.

–El cuchillo de cazador no cuenta –se burló Rourke.

–Cuenta si sabes usarlo bien –repuso Carson, altivo.

Tank estaba preocupado. Sabía lo que aquel hombre había hecho con su esposa y con su hija, y le horrorizaba pensar que en aquel momento las dos se encontraban a su merced. Pero eso era algo que estaba dispuesto a solucionar. Inmediatamente.

La camioneta se detuvo delante de la cabaña y los tres bajaron rápidamente. Mientras se aproximaban, un hombre corpulento de pelo negro que ya empezaba a escasear y maligna expresión se dirigió a su encuentro.

–He venido a ver a Merissa –empezó Tank con tono agradable.

–Me temo que no está disponible –contestó el hombre con gesto arrogante.

Tank se le encaró directamente.

–Usted no me conoce –le dijo con una fría sonrisa–. Me llamo Dalton Kirk. Mis hermanos y yo somos los propietarios del Rancho Real. Disponemos de un equipo completo de abogados. Si no me permite entrar en la cabaña ahora mismo, ordenaré a mi detective privado que empiece a hacer investigaciones. Usted afirma ser el dueño de la propiedad, ¿no? ¡Demuéstrelo!

A esas alturas, el hombre había perdido parte de su agresividad. De hecho, abandonó su postura beligerante y perdió su arrogancia.

–Oiga, no hay problema, puede verla si usted quiere. No hay necesidad de llamar a abogados, por el amor de Dios. ¡Merissa, sal!

El tono de su voz irritó a Tank. Refrenó su rabia y esperó, no con mucha paciencia, hasta que una sumisa, apagada y preocupada Merissa salió al porche. Tenía unas profundas ojeras y parecía evidentemente angustiada.

–Ven aquí, cariño –le dijo Tank en voz baja a la vez que le tendía la mano.

Merissa corrió hacia él, sollozando, para terminar refugiándose en sus brazos.

–Tranquila –susurró él–. Todo va a salir bien.

Lo abrazó con mayor fuerza.

–¿Qué diablos es todo esto? –gruñó el hombre del porche–. ¡Yo no te he hecho ningún daño!

–Haz que mamá salga también –musitó ella con tono urgente al oído de Tank, para que su padre no la oyera–. ¡Por favor, Dalton!

Tank le acarició el cabello y la besó en la frente.

–No te preocupes –la soltó–. Quiero hablar con Clara –pronunció en voz alta.

Esa vez, el hombre pareció inquietarse.

–Está indispuesta.

–Rourke –dijo Tank, haciendo un gesto a su amigo.

Rourke se abrió la chaqueta de lana, descubriendo la pistola automática de calibre cuarenta y cinco que llevaba enfundada a la cintura. Al mismo tiempo, Carson se movió a su derecha y se abrió también la chaqueta, mostrando su enorme cuchillo de caza.

–¿Me están… amenazando? –balbuceó el hombre.

–Quiero ver a Clara –le espetó Tank–. Que esto sea o no una amenaza depende que ella salga ahora mismo –sacó su móvil–. Nuestro sheriff, Cody Banks, es un buen amigo mío. Tengo registrado su número en el botón de emergencias.

Para entonces, el hombre estaba ya más que preocupado. Tragó saliva.

–Se cayó –se apresuró a asegurarles–. Tiene algunos moratones. ¡No es culpa mía!

–¡Clara! –llamó Tank.

La puerta se abrió. La mujer, toda nerviosa y temblando, apareció en el umbral. Efectivamente, tenía la cara llena de moratones.

–Ven aquí –le pidió Tank en voz baja–. Tranquila –añadió al advertir el evidente miedo con que miraba a su exmarido–. Vamos. ¡No va a tocarte! –fulminó con la mirada al hombre mientras lo decía.

Clara bajó los escalones, casi tambaleándose. Tank le pasó un brazo por los hombros.

–¿Estás bien? –le preguntó con tono dulce.

La mujer soltó un sollozo.

–Ahora sí, gracias.

Le dio un rápido abrazo antes de soltarla. Pulsó el botón de emergencias de su móvil.

–¿Cody? –inquirió cuando respondió su amigo–. Tenemos una situación crítica aquí. Necesitamos que vengas.

–¡Oiga, no hay necesidad de eso! –gritó el hombre–. ¡Ninguna en absoluta!

Rourke se dirigió hacia el porche. Plantándose ante el tipo, se volvió para mirar a Clara.

–¿Le ha pegado, señora Baker? Por favor, no tenga miedo de responderme. Este hombre no volverá a tocarla. Tiene usted mi palabra.

Clara exhaló un tembloroso suspiro.

–Sí. Me pegó porque le pedí que se marchara –respondió con tono derrotado.

–¡Eso es una maldita mentira! –gritó el hombre–. ¡Se cayó! ¡Di que te caíste, Clara, o te arrepentirás!

–Agresión física y amenazas –dijo Rourke en voz baja–. Vaya, vaya... Vas a tener problemas.

–¡Y un cuerno! –exclamó el hombre, nervioso, e intentó huir. Pero Rourke lo derribó en seguida y procedió a esposarlo.

–¿Lleva siempre un juego de esposas encima? –le preguntó Carson, sorprendido.

–Nunca sabes cuándo podrían venirte bien –respondió Rourke–. De todas maneras, las compré la semana pasada… con otras intenciones en mente.

–¡Suéltenme! ¡Quiero irme! –gruñó el hombre–. Yo ni siquiera tenía idea de venir aquí… ¡lo que pasa es que tenía una orden judicial pendiente y él amenazó con denunciarme! ¡Habría perdido la libertad condicional!

–Él… ¿quién? –quiso saber Rourke, levantándolo del suelo.

El hombretón vaciló. Parecía temeroso.

Tank se reunió con ellos en el porche.

–¿Quién?

–No conozco su nombre –respondió Baker, triste–. Llevaba un traje. Me dijo que era agente federal y que podía encerrarme por diez años. Me ordenó que viniera aquí y reclamara la cabaña. Me pagó el billete de avión. Escuchen… ¡yo no quiero más problemas! ¡Yo solo quiero irme a casa!

–Aún no –replicó Tank, furioso–. Primero hay un pequeño asunto que resolver. Agresión física, amenazas y robo de documentación.

–Los malditos papeles están debajo del colchón del cuarto de invitados –rezongó–. Siento haberle pegado, pero ella me dijo que me marchara de aquí –explicó furioso–. ¡Y ninguna mujer me habla así en mi propia casa!

–Esta no es tu casa –le recordó en ese momento Merissa. Estaba temblando, pero su voz era casi firme–. Es la nuestra. Y ojalá no volviéramos a verte más.

–No lo verás –le aseguró Tank antes de mirar a Baker con expresión helada–. Porque va a pasar encerrado mucho, mucho tiempo.

–Él me conseguirá un abogado –dijo Baker–. Me lo pagará. Dirá que las mujeres mintieron.

–¿Quieres mirar ahora mismo a Clara a la cara y repetir esa frase para mí? –le amenazó Tank.

–¡Yo no voy a ir a la cárcel!

Liberándose bruscamente, echó a correr hacia la parte trasera de la cabaña.

–Carson, tú eres más rápido que yo –le dijo Rourke.

Carson había empezado a moverse cuando oyeron un ruido.

Tank soltó una maldición.

–Quédate con Clara y con Merissa –ordenó a Rourke.

Carson y él corrieron en la misma dirección. Justo al final del sendero distinguieron un cuerpo inerte.

Carson clavó una rodilla en tierra. Buscó el pulso del hombre sabiendo que no lo iba a encontrar y volvió a levantarse en seguida.

–Mejor llame al forense –le dijo a Tank, plantándose deliberadamente ante él para protegerlo con su cuerpo–. A juzgar por el tamaño del orificio de salida, lo han matado con un rifle de alto calibre. ¡Váyase de aquí, rápido! –se apresuró a añadir–. ¡Recuerde que yo no soy el objetivo!

Tank volvió a rodear la cabaña y subió de nuevo al porche.

–Será mejor que entremos dentro.

–¿Bill? –inquirió Clara, preocupada.

–Está muerto –respondió, rotundo–. Lo siento.

Clara soltó un sollozo.

–Si lo siento, es solo porque una vez fue mi marido. Era el hombre más cruel que he conocido nunca.

–Puedo entender por qué –dijo Tank, mirando su rostro magullado–. Ojalá hubiera estado yo aquí para protegeros –le pasó un brazo por los hombros a Merissa, que estaba temblando, y con el otro brazo atrajo a Clara hacia sí–. Todo va a salir bien –les dijo con tono suave–. Nadie volverá a hacer nunca el menor daño a mis chicas.

Ambas se echaron a llorar. Y Tank las abrazó con fuerza.

El sheriff acudió primero, seguido de los paramédicos. Un agente montó guardia junto al cadáver hasta que se personó el forense.

El sheriff Cody Banks se puso furioso cuando vio el rostro de Clara.

–Cualquier hombre que le hace esto a una mujer debería pagarlo caro –masculló.

–Es por eso por lo que te llamé –dijo Tank–. Mi intención era que los arrestaras, pero él intentó huir, y alguien lo liquidó. La misma persona –añadió– que creo que anda detrás de mí.

–¿Quieres repetir eso en una declaración oficial? –le preguntó Cody.

Tank asintió,

–Puedes venir a cenar con nosotros. Te contaremos todo lo que sabemos –señaló a Rourke y a Carson–. Están pasando muchas cosas.

–Es una buena idea –aceptó Cody con una sonrisa–. Estoy harto de huevos quemados y beicon mal frito.

–¿No está casado? –le preguntó Rourke.

Cody sacudió la cabeza con expresión triste.

–Conoce esa nueva gripe que se ha extendido últimamente por aquí, la de los efectos mortales, ¿verdad? Mi mujer estuvo tratando a un paciente en un hospital de Boulder. Murió.

–Lo siento –dijo Rourke con tono suave.

–Yo también –repuso Cody–. Ocurrió hace un año, pero a uno le cuesta acostumbrarse a eso. Solo llevábamos dos años casados.

Tank miró a Merissa y en seguida se imaginó lo que habría sentido él mismo en la situación de Cody. Era algo devastador.

–¿Qué hay de Clara y de Merissa? –preguntó tanto al sheriff como a sus compañeros–. ¿Estarán seguras aquí?

–Si quieres una respuesta rotunda, no –contestó bruscamente Rourke–. Si ese tipo ha tenido tan pocos escrúpulos como para asesinar a uno de sus cómplices, será capaz de matar a cualquiera. Trajo hasta aquí al ex de Clara por alguna razón que desconocemos. Pero eso significa que las ha señalado como objetivo. Quizá conocía el pasado del tipo y esperaba que el tipo acabara con ellas –sacudió la cabeza–. Sea cual sea la razón, corren tanto peligro como tú.

–Pueden trasladarse al rancho con nosotros –dijo Tank–. Tenemos tres habitaciones de invitados. Es una casa muy grande.

–Pero nosotras no queremos ser una molestia... –protestó Clara.

–Lo mismo digo –añadió Merissa, preocupada.

Tank sonrió.

–Mucho espacio y buena compañía. Y también podréis jugar con el bebé de Mallory.

Clara y Merissa se ablandaron al oír aquello.

–¿El pequeño? –inquirió Merissa, y sus ojos se iluminaron–. Adoro los bebés.

Tank la miraba absolutamente embelesado. Soltó un suspiro y se sonrió.

–¡Bebés! –la expresión de Carson era más dura que una roca. Girando sobre sus talones, se marchó. Fue una reacción tan extraña que Tank y Rourke cruzaron una mirada de curiosidad.

–Bueno, si quieren saber lo que opino yo –añadió Cody–, creo que es una buena idea sacar a las mujeres de aquí. Este lugar está demasiado aislado.

–No lo sé –confesó Merissa al cabo de un minuto–. Quiero decir, nosotras hemos estado aquí todo el tiempo solas y ese hombre no nos ha hecho nada.

Intervino los teléfonos, sí, pero no intentó hacernos daño.

–Es cierto –secundó Clara–. Lo que pasa es que sigo sin entender lo que quiere de nosotras…

–Torturar a este hombre –respondió Rourke, señalando a Tank con la cabeza–. Ponerlo nervioso, angustiarlo, tomarlo desprevenido. Evitar quizá que recuerde algo que el enemigo no quiere que salga a la luz.

–Enemigo –rio Cody por lo bajo–. Ese es un término de guerra. Militar.

Rourke se encogió de hombros.

–Me he pasado la vida entera librando pequeñas guerras por todo el mundo, dentro y fuera del Ejército. Es la costumbre.

–Pero entonces, si lo que está intentando ese hombre con nosotras no es más que ponernos nerviosas… no importará que nos quedemos aquí –dijo Merissa con tono suave–. Lo siento, es una oferta generosa, de verdad que sí. Pero yo me siento inquieta rodeada de otra gente. No soy… no soy muy buena socializando. Y, si estoy inquieta, como lo estaré, seguro que no funcionará.

Tank se quedó decepcionado. Y preocupado.

–Tendrías una habitación para ti sola.

–Sí, pero tú tienes una gran familia. Sois todos muy buenos –añadió, alzando una mano–. Pero yo soy una persona muy solitaria –parecía muy preocupada–. Yo soy una mujer rara, ya lo sabes. No encajo bien con los demás.

–Conmigo encajas muy bien –le recordó Tank, y sonrió.

Ella le devolvió la sonrisa.

–Claro que sí. Pero…

–No la presiones –le aconsejó Clara con tono suave–. Ambas hemos tenido que sufrir mucha violencia en nuestras vidas, tanto física como verbal.

–Está bien –se apresuró a ceder Tank–. No la presionaré –miró a Merissa con una expresión más que elocuente–. Pero me voy a preocupar.

Merissa sonrió.

–Estaremos bien.

–Eso es verdad –intervino Carson, que había vuelto al porche–. Porque yo voy a trasladarme aquí.

–¿Qué? –exclamaron las tres voces al unísono.

Carson fulminó con la mirada a los dos hombres.

–Rourke no puede quedarse aquí a vigilarlas –le dijo a Tank–. Además, ¿cómo crees que ese falso agente sabía lo de su ex? –señaló a Clara.

–Intervino los teléfonos –repuso Tank–. Pero localizamos los micrófonos, ¿no? –preguntó a Rourke, que era quien había hecho el barrido.

–Estuvimos hablando de Bill antes de que los encontrarais –confesó Clara, triste–. Y mencionamos incluso el lugar donde trabajaba. Lo siento. Fue culpa mía.

Tank le pasó un brazo por los hombros.

–Tú no tienes la culpa de nada –le aseguró con tono dulce–. Ese hombre era un canalla. Solo siento la manera en que lo liquidaron.

–También yo –dijo Clara–. Abatido como un animal... y justo antes de Navidad –tenía los ojos llenos de lágrimas.

–Todo saldrá bien, mamá –la consoló Merissa, abrazándola con fuerza–. Las dos tenemos que enfrentarnos con lo que hizo. Y también hizo daño a otra gente. Su final fue como su vida, un reflejo del dolor que siempre causó –cerró los ojos–. Yo también lo siento. A pesar de todo, seguía siendo mi padre. Pero al menos ya no tendremos que seguir viviendo en el miedo.

–Es que la manera en que murió... –empezó de nuevo Clara, y se pasó una mano por los ojos–. Tenía una novia, ¿no? ¿No deberíamos intentar localizarla?

Tank y Cody Banks cruzaron una mirada significativa. Quizá podrían encontrar alguna pista sobre la identidad del falso agente en el círculo de amistades de Bill Blake en California.

–No es una mala idea –opinó Tank.

Cody asintió.

–Tengo un amigo en San Diego –informó Rourke–. Le llamaré. Si usted tiene algún contacto en la oficina del sheriff de esa localidad –le dijo a Cody–, eso sería de gran ayuda. Sus amigos y conocidos quizá podrían aportarnos alguna pista que nos permitiera identificar a ese falso agente.

–Estoy de acuerdo –aceptó Cody–. Bien pensado. Me pondré manos a la obra.

Una furgoneta aparcó en aquel momento frente a la casa. Un hombre vestido con tejanos y camiseta se bajó de la misma, mientras otro algo más joven se quedaba dentro. El forense era alto, de pelo cada vez más escaso y expresión taciturna.

–El forense –anunció Cody–. Mack Hollis.

–Hola –los saludó el recién llegado–. Entiendo que se ha producido una muerte.

Cody asintió.

–Mi agente está junto al cuerpo. Yo le acompaño.

Los dos hombres dieron la vuelta a la casa. El joven de la furgoneta bajó también y los siguió.

Clara estaba muy pálida.

–Yo no quiero estar aquí cuando lo traigan…

–Lo meterán en un saco –le explicó Tank con tono suave–. No tendrás que verlo. Pero podemos entrar dentro, si quieres.

–Lo prefiero –respondió Clara.

Carson siguió a Tank y a las dos mujeres al interior de la casa. Las dos lo miraban con curiosidad y una cierta inquietud.

–Les aseguro que seré un huésped modelo –les dijo Carson con tono educado–. Estará fuera la mayor parte del tiempo, observando y recorriendo el perímetro de la finca. Solo necesito un cuarto para dormir por las noches.

Merissa estaba nerviosa. Se le notaba.

Carson esbozó una sonrisa.

–Nunca en toda mi vida le he hecho el menor daño a una mujer.

Merissa se relajó un tanto y sonrió levemente a su vez.

–Está bien.

–Puede quedarse en la habitación de invitados –le ofreció Clara, amable–. Aunque está un poco llena de cosas…

–Déjela así. No me importa. Y ahora, si me disculpan, me pondré a trabajar –se despidió de Tank y de Rourke con una inclinación de cabeza y abandonó la cabaña.

–Bueno –le dijo Rourke a Tank, que parecía molesto–, él tiene razón. Ahora eres tú el imán del peligro. Si te quedas aquí, ellas correrán un riesgo aún mayor.

–Ya lo sé –repuso Tank con los dientes apretados–. Pero eso no significa que me guste.

Merissa se acercó a él.

–No sentiremos más seguras con un hombre aquí, sobre todo después de lo que acaba de pasar –le dijo–. Tranquilo.

Tank pareció relajarse. Le acarició con ternura el pelo.

Ella sonrió. Un brillo de cariño asomaba a sus ojos.

–¿Sabes? Me gusta que hagas eso.

Él se rio por lo bajo.

Cody regresó a la cabaña pocos minutos después. Las mujeres habían preparado café, y Rourke y Tank estaban compartiendo una taza con ellas.

–¿Café? –le ofreció Merissa al sheriff.

–Lo siento, pero no tengo tiempo –replicó–. Ya hemos cargado el cadáver y nuestro detective está ahí fuera examinando el escenario del crimen con un técnico. Tardarán todavía algún tiempo en acabar, pero no las molestarán –aseguró a las mujeres–. El detective necesita hablar con ustedes. Y yo tendré que hacer un informe. Si les entrego ahora los cuestionarios, ¿podrán rellenarlos y dejarlos después en mi oficina?

–Por supuesto –respondió Clara por las dos. De repente se emocionó de nuevo; tenía los ojos llenos de lágrimas–. Era un hombre malo. Pero cuando nos casamos era tan dulce y amable… –sacudió la cabeza–. Nunca entendí cómo pudo cambiar tanto.

–Son cosas que pasan –repuso Cody con voz suave–. Lo lamento mucho.

–Gracias –dijo Merissa.

Cody se volvió hacia Tank.

–¿A qué hora es la cena?

–A las seis en punto. No hace falta que te pongas elegante –rio–. En mi familia somos más bien informales.

Cody esbozó una sonrisa.

–De acuerdo. Hasta luego.

Tank y Rourke se quedaron hasta que el detective hubo acabado su trabajo, tras recibir la información correspondiente de las mujeres. Los técnicos de la escena del crimen recogieron sus cosas y se marcharon con él, con todas las pruebas y evidencias fotográficas en su poder.

–Me voy a casa –anunció Tank–. Detesto tener que dejaros a las dos aquí –suspiró–. Pero Carson tiene razón. No quiero convertiros en un objetivo. Es de mí de quien va detrás ese hombre.

Merissa lo abrazó.

–Gracias por preocuparte tanto.

–Qué tonta eres –se burló. Se inclinó hacia ella y le dio un beso suave, delante de todo el mundo–. Tengo que ocuparme de mi chica.

Merissa lo miró con expresión radiante.

–No salgas del rancho solo.

–Nunca –sonrió, y miró a Rourke–. Él no me dejaría.

–Tienes toda la razón –repuso su amigo, para luego añadir con tono suave, dirigiéndose a las mujeres–: No tengáis miedo de Carson. No es lo que parece. Es un buen hombre. Cuidará bien de vosotras.

–Es muy… –Clara intentó buscar la palabra adecuada, y no la encontró.

–Ya sé –rio Rourke–. Ese hombre es muchas cosas. Pero no os fallará.

–Está bien –dijo Merissa.

–Os llamaré después –advirtió Tank a Merissa. Le dio otro beso y abandonó la cabaña con Rourke.

De camino a casa, se detuvo en una joyería de la localidad. Las navidades estaban ya encima, y quería regalarle a Merissa algo muy especial. Sabía que le gustaban los rubíes. Sonrió mientras escogía un juego de anillos.

9

A Merissa le resultó incómodo tener a Carson como huésped. El hombre no decía una palabra. Sin abrir la boca, las saludó con la cabeza nada más levantarse por la mañana, y se pasó el día entrando y saliendo de la casa. Revisó todas las habitaciones. También tenían un ático, pero Merissa le aseguró que era minúsculo y que necesitaban una escalera para acceder. Ellas ni siquiera tenían una.

Al segundo día, Merissa se atrevió a preguntarle si le apetecía un café cuando lo vio salir de la habitación de invitados.

Él se detuvo, observando su expresión recelosa. Era mucho más alto que ella, más o menos de la misma estatura que Dalton. Pero rígido y sombrío.

–No hay problema, si no le apetece –se apresuró a añadir ella–. Era un ofrecimiento cortés. Quiero decir que si no quiere comer con nosotras, no… Aunque a nosotras no nos importaría, siempre tenemos comida de sobra.

Carson pensó que le gustaba su timidez. No era algo muy habitual. Bueno, la pequeña y perversa secretaria de Grier también se mostraba tímida cuando no lo estaba atacando verbalmente. Detestaba pensar en ella. Y detestaba haberle hecho daño…

Merissa tragó saliva al ver su expresión súbitamente furiosa. Tenía terror a los hombres furiosos: era algo que había aprendido a una edad muy temprana con su padre.

Carson, que se dio cuenta, se obligó a relajar el gesto.

–Agradezco su ofrecimiento, pero me dan de comer en el rancho Kirk. Así de paso, vigilo a Dalton –sonrió–. Está muy encariñado con usted.

Ella le devolvió la sonrisa, y su rostro se iluminó.

–Yo también estoy muy encariñada con él... –le confesó–. Es un hombre... muy especial.

–Él siente lo mismo por usted –pareció vacilar–. La verdad es que ahora me apetecería un café.

La expresión de Merissa volvió a iluminarse.

–Acabo de preparar una cafetera. Es bastante fuerte –dijo, titubeando un poco.

–Me gusta el café que se puede cortar con un cuchillo.

Se quedó sorprendida de la diferencia que se operaba en su rostro cuando sonreía. Era un hombre muy extraño, reservado e introvertido. Pero podía sentir la tragedia en su alma. Una tragedia enorme.

La mirada de Merissa se volvió de repente opaca: era la señal de que estaba viendo cosas muy alejadas en el tiempo. Le sirvió una taza y se la puso delante. Luego se sentó con la suya, frente a él, con gesto preocupado.

Carson era perspicaz. Estaba al tanto de su don.

–Usted sabe cosas sobre mí –pronunció en voz baja.

–Sí –le confesó ella.

–Y no de fuentes de información convencionales.

–Eso también es verdad –lo miró con sincera compasión–. Lamento mucho lo que le sucedió.

La expresión de Carson se endureció por un instante y, de pronto, volvió a relajarse. Se quedó mirando fijamente la taza de café.

–Nunca he hablado de esto con nadie –confesó en voz baja–. Mis padres murieron, los dos. No tengo hermanos. Solo tengo un par de primos repartidos entre las reservas de Lakotas y Cheyennes del norte. Nadie especialmente cercano. Ya no.

–Perder al niño fue lo peor –adivinó Merissa con tono monocorde, la mirada distante–. Ella le engañó –su rostro se tensó–. Pero usted no tuvo la culpa –dijo de pronto, clavando la mirada en sus ojos sorprendidos–. Él había bebido aquella noche…

Carson inspiró profundamente, de golpe.

–Eso no lo sabía usted, ¿verdad? –continuó ella, asintiendo–. Debería consultar el informe policial. Fue por eso por lo que tuvieron el accidente. Él no pretendía matarla a ella, ni tampoco a sí mismo.

–Yo los perseguí –pronunció él con los dientes apretados.

–Claro que lo hizo. Usted era joven y estaba enamorado, y ella le había hecho daño. Es no es algo bueno, pero es humano. Fue un error. Aun así, usted sigue castigándose por ello. ¿Qué clase de vida es esa? –le preguntó con voz tierna.

Él se mordió el labio con tanta fuerza que casi se hizo sangre.

–Lo sé –añadió Merissa–. Usted no habla de estas cosas con nadie. Pero yo… yo no soy como el resto de la gente –se interrumpió, tragando saliva–. Yo sé cosas. Veo cosas. Yo no pertenezco en realidad a este mundo. Soy una proscrita. Una especie de paria. Como usted –añadió con una triste sonrisa.

Él la estaba mirando con su verdadero rostro, aquel que ocultaba a todo el mundo. Un rostro triste y vulnerable.

–Un pariente de mi mujer me dijo que el niño era mío. Estaba embarazada de siete meses, pero no me quería a mí. Le quería a él. Él le pegaba, la maltrataba… la trataba como si fuera un trapo. Pero eso no importaba. Ella no pensaba dejarlo. Yo no podía hacerla entrar en razón. Él se presentó en su casa y me vio. Le ordenó que subiera al coche. La metió en el vehículo a la fuerza, sin ninguna consideración hacia su estado, y se marcharon a toda prisa. Yo pensé... que iba a hacerle daño. Ella llevaba a mi hijo en sus entrañas. Los perseguí, intentando salvarla –cerró los ojos–. Él chocó contra un lateral del puente. Era de madera y el coche lo atravesó. Cayeron al río, desde mucha altura. Encontraron los cadáveres aguas abajo, al día siguiente.

–Lo siento tanto... –le dijo ella, sincera–. Aquello le destrozó la vida.

–Sí –reconoció, tenso–. Desde entonces, decidí que la variedad era mejor que el compromiso –parecía terriblemente cansado–. Pero no lo es. Al final del día, sigo estando solo.

–Todos estamos solos, por dentro –comentó ella con tono dulce y sereno–. Yo también he vivido así. Bueno, no lo digo por lo de la variedad... –se echó a reír–. Mi madre y yo somos creyentes. Gente anticuada. Poco aficionada al mundo moderno.

Carson ladeó la cabeza y se la quedó mirando. Inocencia. Estaba tan claro como el agua. Lo cual le recordó el rostro de Carlie, tan ingenuo e inocente como el de una niña. Recordó también lo que le había dicho a la joven, y eso lo llenó de vergüenza. Una vez más.

De repente Merissa frunció el ceño.

–Hubo una agresión –pronunció con tono monótono–. Con un cuchillo. Ella intentó salvarlo...

–¿Ella? ¿Quién?

–Ella trabaja para un hombre de uniforme –dijo, y parpadeó varias veces–. Lo siento. No puedo ver más. Pero hay secretos, secretos terribles. Ella no conoce ni la mínima parte. Su padre... –se aclaró la garganta–. Lo siento. Ya no puedo ver más.

Carson sabía lo que había estado viendo. A Carlie. Recordaba el extraño pliegue que había visto en su camiseta, a la altura del hombro, y el miedo cerval que le daban los cuchillos. Recordó lo que ella le había dicho sobre que su padre había sido atacado con un cuchillo. Quizá ella hubiese sufrido alguna herida durante aquel ataque. ¡Y él le había dicho que le gustaban las mujeres bonitas y físicamente perfectas! Casi gruñó en voz alta.

–Usted posee un don extraordinario –logró pronunciar al cabo de un momento.

–Un don y una maldición –lo corrigió ella–. Detesto la mayor parte de las cosas que veo. Aunque eso fue lo que salvó a Dalton. Yo le dije que su vida estaba amenazada por causa de algo que no lograba recordar. Él no tenía la menor idea.

Carson asintió.

–Ese hombre probablemente habría matado a Dalton si usted no lo hubiera alertado –vaciló por un instante–. ¿Qué es lo que ve en mi futuro, si no le importa que se lo pregunte?

Ella lo estudió durante un buen rato. Sus ojos volvieron a adquirir aquella mirada opaca.

–Su pasado empañará su futuro –pronunció en voz baja–. Es como una pared que se interpone entre usted y algo que desea. Algo que tiene miedo de desear.

Carson frunció el ceño.

–¿Sabe lo que es, exactamente?

Ella inspiró profundo.

–Lo siento. Esto no funciona así. Es como ver el contorno general de las cosas, pero no el contenido. Como un esqueleto sin carne.

Él sonrió.

–Bueno, supongo que preferiría mentir sobre mi pasado cuando llegue lo que tenga que venir –dijo, frunciendo los labios.

–Mentir nunca es bueno –señaló ella–. Aunque resulte dolorosa, la verdad es el mejor camino.

–Quizá –reconoció él. Terminó su café y se levantó–. Gracias –dijo con tono solemne.

–¿Por qué? –le preguntó ella.

Sonrió.

–Por haberme escuchado.

Ella le devolvió la sonrisa.

–Podría añadir que nunca hablo de asuntos personales con gente que no está directamente relacionada con ellos. No le contaré a nadie lo que sé de usted –apretó los labios–. Ni siquiera lo del cocodrilo.

–Eso no fue cosa mía, sino de Rourke. Yo solamente lo ayudé.

–¿Por qué Rourke echó a ese hombre a ese cocodrilo? –inquirió, curiosa.

La expresión de Carson se endureció.

–Ese hombre torturó a una joven, una amiga personal que es reportera gráfica. Utilizó un cuchillo. La chica conservará de por vida esas cicatrices, a no ser que recurra a la cirugía plástica, Ahora mismo, se niega a hablar de ellas. Las llama sus medallas del valor.

–Qué mujer tan valiente –comentó Merissa.

–Mucho. Rourke la conoce desde que era niño. La detesta la mayor parte del tiempo, sin embargo. Solo Dios sabe por qué. Pero se puso como un loco cuando la secuestraron.

–Sí. Yo la vi –replicó ella–. Y le conté a Rourke lo que vi.

Él arqueó las cejas.

Merissa se limitó a sonreír.

Carson sacudió la cabeza. Lo había captado. Ella no compartía lo que veía. Solo con la gente implicada directamente.

–Me voy a trabajar. Deme una voz si me necesita.

–Así lo haré. Gracias –añadió ella con tono suave–. Por cuidar de nosotras.

–Solo estoy controlando el perímetro de la finca –rio–. No creo que estén realmente en peligro, ninguna de las dos. Creo que ese tipo solo está intentando poner nervioso a Dalton, hacerle bailar –su mirada se tornó fría–. Es peligroso ese sujeto, quienquiera que sea.

–Ojalá supiéramos por qué ha fijado su objetivo en Dalton –señaló, preocupada.

–¿Alguna idea? –le preguntó él.

Merissa negó con la cabeza.

–No puedo ver las cosas con tanta precisión. ¡Ojalá pudiera!

Carson asintió. Se marchó, dejándola sumida en sus reflexiones.

Más tarde, aquel mismo día, Merissa recibió una llamada de teléfono.

–Mala suerte. Lo de tu padre, quiero decir –pronunció una voz con un fuerte acento cockney.

–¿Quién es? –preguntó, aunque ya lo sabía. Era obvio–. ¿Por qué envió a mi padre aquí?

–Si tu novio se hubiera mantenido al margen, tu padre me habría resuelto un problema.

–¿Qué problema? –estaba mirando por la ventana, deseosa de que entrara Carson.

–No quiero que le digas a Dalton nada más. No quiero que le pongas sobre aviso, bruja –añadió con un tono helado, implacable.

–No puede detenerme a no ser que me mate –replicó furiosa.

–No tengo por qué amenazarte a ti. Siempre está tu mamá.

El corazón se le detuvo. Clara había ido al pueblo a comprar.

–¿Qué es lo que le ha hecho? –exigió saber, aterrada.

–Relájate. Está a salvo. Al menos por hoy –se interrumpió–. Quiero que dejes de leerle el futuro a Kirk.

Dile cualquier otra cosa sobre mí, sobre el pasado, y tu madre pagará por ello, ¿me entiendes?

Merissa tragó saliva.

–Sí.

–Yo me enteraré. Puede que tu chico haya retirado los micrófonos, pero tengo un par de ellos que no encontrará.

–Hay alguien más –dijo de repente ella con el tono de voz que empleaba cuando estaba leyendo a alguien, cuando tomaba contacto con una especie de nebulosa fuerza que le proporcionaba una inteligencia de origen ignoto–. Alguien que lo sabe todo sobre usted. Usted cree que está muerto, pero no lo está, está... –se interrumpió rápidamente–. Aunque mate a Dalton, esa otra persona lo contará todo. Hay hombres buscándolo ahora mismo.

–¿Qué hombres? ¿Dónde?

Merissa parpadeó sorprendida.

–No lo sé –dijo. Tenía la voz desgarrada de dolor–. Esto no es como leer un libro o ver una película. Solo son sensaciones, impresiones –titubeó–. Debería usted marcharse lejos ahora mismo, mientras todavía esté a tiempo –pronunció con voz ronca–. Puedo ver su futuro. Si yo fuera su amiga, y le estuviera leyendo el porvenir, ni siquiera se lo contaría, de lo horrible que es...

–Esto es simplemente patético –le espetó él–. ¿Te crees que yo me trago esas cosas? ¡Te las estás inventando!

–Si de verdad piensa usted eso, ¿por qué entonces quiere que deje de decírselas a Dalton? –inquirió con lógica.

Se hizo un silencio. Carson entró justo en aquel momento y ella se puso a señalar frenéticamente el teléfono, esperando que comprendiera.

No tardó en hacerlo. Fue directamente al despacho de Merissa.

–No me lo creo –respondió al fin el hombre, irritado.

–Dalton tampoco –le aseguró ella.

–Ya. Pero tú le advertiste de que yo andaba detrás de él –replicó–. Tú lo sabías.

–¡Sí, lo sabía, pero lo que no sé es el motivo, y Dalton tampoco! ¿Qué es lo que quiere?

Siguió otro silencio, como si ella lo hubiera sorprendido con la sinceridad de su tono.

–¿Y bien? –insistió–. Está tomando como objetivo a un hombre que ni siquiera sabe por qué –le espetó, furiosa–. Es del otro hombre de quien debería preocuparse. Él sabe que usted…

Esa vez escuchó una profunda inspiración al otro lado de la línea.

–Bueno, al diablo –pareció decirse a sí mismo–. Sé de quién estás hablando. Gracias por el aviso, chica. ¡Me ocuparé de ese pequeño problema ahora mismo!

Y colgó.

Merissa se quedó mirando el teléfono, horrorizada. Al revelarle su futuro, había empujado a aquel hombre a matar a otro. Ella no sabía quién era aquel otro hombre, de manera que no podía alertarlo. ¡Quienquiera que fuera iba a morir por su culpa!

Carson se reunió nuevamente con ella, vacilando.

Ella lo miró aterrada mientras colgaba el teléfono.

–He podido rastrear la llamada –le informó–. ¿Qué le ha dicho él?

–Yo le he dicho que tenía que preocuparse de otro hombre y no de Dalton, un hombre que lo conocía y que contaría lo que había visto. ¡No sé quién es, pero morirá por culpa mía! –gimió–. ¡Lo he matado yo!

Carson se le acercó.

–No lo ha hecho –le aseguró. Entrecerró sus ojos negros–. ¿La ha amenazado?

–Ha amenazado a mi madre –explicó, deprimida–. Dice que, si le cuento a Dalton algo más, él se enterará. Dice que Rourke no localizó todos los micrófonos...

Él alzó rápidamente una mano y empezó a guiarla fuera de la casa.

–Rourke retiró todos los micrófonos –comentó en caso de que los estuvieran espiando–. Ese hombre le ha mentido. Él no puede escuchar lo que estamos hablando aquí. Este lugar es perfectamente seguro.

–¿De veras? –le preguntó ella, siguiéndole la corriente.

–Totalmente. Venga aquí un momento, quiero enseñarle algo.

Merissa lo siguió fuera del porche, hacia el jardín.

–Me encargaré de que Rourke venga a hacer otro barrido –le aseguró Carson.

–¿Pero qué pasa con el hombre...?

–Intentaremos encontrarlo. Haré algunas llamadas. No es culpa suya. Usted estaba intentando salvar a su madre.

Parecía terriblemente agotada.

–Estoy tan cansada de todo esto... ¿terminará alguna vez?

–Sí que terminará. Se lo prometo.

Sonrió con expresión triste. No estaba nada convencida.

Clara volvió a casa y Merissa estuvo hablando con ella en el jardín, contándole lo que había sucedido durante su ausencia.

–Quizá deberíamos trasladarnos a casa de los Kirk –sugirió Clara, preocupada.

–Pasado mañana es Navidad –repuso Merissa con tono suave–. No quiero molestar a su familia de esa manera. Estaremos bien, seguro –le prometió–. Ya sé que da un poco de miedo, pero confío en Carson. Es un hombre bueno.

–Es muy raro –Clara se echó a reír–. Pero si tú confías en él, yo también –le aseguró, abrazándola–. Pobrecita mía. Han sido unas semanas tan traumáticas… Deberíamos recuperarnos. Quiero decir, siempre hemos vivido nuestros momentos buenos después de los malos, ¿no?

Merissa asintió, suspirando.

–Eso espero.

–No diré nada en la casa que se refiera a Dalton, o a los espías, micrófonos y demás –le prometió Clara. De repente se puso seria–. La gente del pueblo está hablando de la muerte de Bill. Otra vez vamos a ser el tema de todos los rumores. ¿Y qué vamos a hacer con el funeral, cariño?

–¿Nos corresponderá enterrarlo a nosotras, o querrá esa novia suya hacerse cargo de todo? Podríamos pedirle al sheriff Banks que la llamara.

–Sí –aceptó Clara–. Qué hombre más malo, ese desconocido que envió a Bill aquí para que volviera a maltratarnos horriblemente… –cerró los ojos–. Fue él quien mató a Bill.

–Y puede que yo le haya ayudado a matar a otra persona –le confesó Merissa, angustiada, y procedió a explicarse.

–Quizá yo podría ayudarte si me esforzara por leer el futuro, como tú –caviló Clara.

–¿Lo harías? En ciertas cosas eres mejor que yo. Sí, eso podría ayudar. Lo que descubrieras se lo contaríamos a Dalton –Merissa sacudió la cabeza–. Me temo que el sheriff piensa que llevamos sombreros puntiagudos y bailamos desnudas en torno a fogatas en el corazón del bosque.

–Es un hombre bueno –señaló Clara–. Lo que es pasa es que es muy normal. Muy convencional. Los fenómenos paranormales no tienen ningún lugar en su vida.

–En eso, es como la mayoría de la gente.

–Oh, me encontré con el doctor Harrison –informó Clara–. Me preguntó por tus dolores de cabeza.

–Van mejor –dijo Merissa–. Aunque ojalá desaparecieran de una vez… –gruñó mientras entraban en la cocina–. Ayer compré más medicinas y las guardé en la mesilla de noche. No sé lo que haría sin esas píldoras.

–Al menos ahora estás tomando algo que funciona. Carson dijo que quería acercarse a ver a Dalton –frunció los labios–. ¿Te gustaría acompañarlo? –le preguntó, risueña.

La expresión de Merissa se iluminó.

–¿Puedo? ¡Voy a por mi abrigo! –se dirigió a la puerta–. Carson, ¿podría ir con usted?

Él alzó una mano y señaló el coche que acababa de arrancar.

–¡Solo será un momento! –recogió el abrigo, besó a su madre y corrió hacia el coche.

Carson le abrió la puerta y sonrió ante la cara de sorpresa que puso Merissa.

–Mi madre tiene unos modales exquisitos –explicó mientras se dirigían al rancho Kirk–. Ella me los transmitió a mí.

–Ese es un detalle bonito en un hombre –observó ella.

–Y con las mujeres obra maravillas –bromeó él.

Ella se lo quedó mirando fijamente, en silencio.

–Las mujeres serán su ruina –le dijo de pronto–. Perdone, no era mi intención decírselo así… –se ruborizó.

–No se preocupe –le aseguró, volviéndose para mirarla–. Pero… ¿qué ha querido decir?

–Que su pasado afectará a su futuro –repitió lo que le había dicho antes.

–¿Quiere decir que voy a encontrar a alguna deliciosa e inocente ricura que pensará que soy un libertino y me evitará precisamente por ello? –se echó a reír.

En realidad, la visión que acababa de tener Merissa no era nada divertida. Pero quizá fuera preferible no describírsela con detalle.

–Algo parecido, me temo –respondió sin comprometerse. Sin embargo, aquello iba a resultar mucho más serio que lo que él se imaginaba. No parecía considerar su alocado estilo de vida como un problema. Y precisamente ese se convertiría en el peor de todos.

Llegaron al rancho Kirk y Dalton interrumpió la conversación que estaba teniendo con uno de sus hombres. Para cuando Merissa bajó del vehículo, sonreía de oreja a oreja mientras se dirigía a recibirla.

–¡Qué agradable sorpresa! –exclamó, y la abrazó–. Pensaba ir a verte después. Me has ahorrado un viaje.

Ella sonrió.

–He tenido un pequeño incidente.

Tank miró inmediatamente a Carson.

–¡Hey! –protestó Carson, indignado–. Yo no estoy cazando en zona vedada…

Tank pareció avergonzarse.

–Perdona.

Carson se limitó a reír por lo bajo.

–Necesito hablar con Rourke.

–Está en casa. Adelante.

Asintió y los dejó solos.

–No es nada de eso –le dijo Merissa en voz baja–. Carson… no es lo que parece. Me llamó el otro hombre, el que anda detrás de ti.

–¿Qué te dijo? –le preguntó de inmediato Dalton, preocupado.

–Que si te contaba algo más sobre él, se enteraría y haría pagar a mi madre por ello –apretó los dientes–. Luego yo cometí un descuido y le dije que había otra persona, alguien a quien él creía muerto, que sabía mucho más que tú y que estaba dispuesto a contarlo –se le llenaron los ojos de lágrimas–. Él matará a ese hombre, y yo ni siquiera sé quién es ni cómo ponerle sobre aviso –alzó la mirada hacia Tank–. No quiero que ningún inocente muera por mi culpa.

Él la acercó hacia sí y la abrazó.

–Descubriremos su identidad y le avisaremos. No te lo tomes tan a pecho. Puede que te hayas equivocado, por una vez.

–No lo creo.

–Te preocupas mucho.

Ella esbozó una mueca.

–No lo creas. Agoté mis nervios contigo, pensando que ese hombre podía matarte…

Él le tocó los labios con la punta de los dedos.

–Soy un tipo duro de matar. En serio –aquello le arrancó una sonrisa–. Vamos dentro.

–No podré quedarme mucho tiempo –le informó, preocupada–. Mamá está sola. Tengo miedo por ella…

Mientras ella hablaba, Carson bajó los escalones del porche y se dirigió a su coche.

–Me vuelvo a la cabaña. ¿Te encargarás tú de llevar a Merissa a casa? –le preguntó a Tank.

–Por supuesto –sonrió.

–Gracias. Hasta luego.

Y se marchó, despidiéndose con la mano.

Tank hizo entrar a Merissa en la casa. La familia al completo se encontraba en el salón, jugando con Mallory y con el pequeñín de Morie en la alfombra. Incluso Bolinda, ya en avanzado estado de gestación, estaba sentada en el suelo junto a su marido, Cane. Todos parecían absolutamente fascinados.

Había un árbol enorme y profusamente decorado en una esquina de la habitación, con paquetes de alegres colores apilados al pie, formando un montón que llegaba hasta la segunda rama. Tank le había explicado que el árbol era artificial porque Morie padecía alergias que les impedían tener uno de verdad.

–El árbol es precioso –susurró.

Él se echó a reír.

–Morie siempre lo pone la víspera de Acción de Gracias. Y ya se queda hasta Año Nuevo.

–Nosotras siempre ponemos el nuestro tarde. Pero, por lo general, lo quitamos al día siguiente de Navidad.

–Yo podría acercarme a tu casa para ayudarte a quitarlo –le ofreció él con una sonrisa–. Puedo llegar a la copa sin escalera para descolgar la estrella.

Ella se echó a reír.

–No tenemos estrella. Pero eso sería estupendo.

Tank sonrió de oreja a oreja.

De repente Merissa alzó la mirada hacia él, preocupada.

–No pasa nada. Tranquila –le dijo en voz baja, pasándole un brazo por los hombros. Se dirigió con ella hacia el sofá.

Cuatro personas y un bebé se volvieron para mirarla.

Ella se ruborizó, pegándose más a Tank.

–Toma asiento, elige un feo y nada biodegradable juguete de plástico, pero funcional y muy vistoso, y súmate a la diversión –la invitó Mallory con una sonrisa, tendiéndole un sonajero.

Aquello consiguió romper el hielo. Merissa soltó una carcajada mientras aceptaba el juguete.

–Siéntate –le pidió Morie, sonriendo también–. No mordemos. Te lo aseguro.

Así lo hizo Merissa, y Tank se dejó caer en el sofá, a su lado.

–Tú siempre fuiste muy buena conmigo en el colegio, cuando los demás no lo eran –le comentó Merissa a Bolinda–. Al final tuve que dejar que me sacaran de allí porque ya no podía soportarlo más.

Bolinda se estiró para palmearle el brazo.

–Las diferencias entre la gente no son malas: al contrario. Tú posees un verdadero don. Todos te estamos muy agradecidos por haber advertido a Tank a tiempo de que salvara la vida.

–Amén –secundó Mallory, y Cane asintió–. Ya nos hemos acostumbrado a él. Pese a que yo toco el piano mucho mejor –añadió, irónico.

–¡Desafío, desafío! –gritó Cane.

–Así es. Si te consideras mejor que yo, eso tienes que demostrarlo –le provocó Mallory con actitud prepotente.

Tank flexionó los dedos y sonrió a Merissa, que se estaba riendo.

–De acuerdo –fue hacia el piano–. ¿Alguna petición?

–Lo que sea excepto el tercero de Rachmaninoff –dijo Mallory con amargura, aludiendo al tercer concierto para piano del gran compositor ruso, casi imposible de interpretar.

–Es un envidioso –le dijo Tank a Merissa en un murmullo previsto para que lo oyera todo el mundo–. Es que yo sé tocarla y él no.

–Podría hacerlo si quisiera –mascullo Mallory.

–A mí me encanta Send in the Clowns –dijo Merissa con tono soñador.

Tank arqueó las cejas.

–¿He dicho algo malo? –inquirió, preocupada.

–Es su favorita –dijo Cane, y se echó a reír.

–¡Oh! –se ruborizó cuando se encontró con la tierna y penetrante mirada de Tank.

–Gustos similares en música –bromeó él–. No es una mala cosa, ni mucho menos. Allá va.

Empezó a tocar. Merissa cerró los ojos para embeberse de la dulce belleza de la música. Fue algo mágico, maravilloso, intemporal. Su madre tenía un disco de Judy Collins con la canción, herencia a su vez de la abuela de Merissa, a la que le encantaba. Se había enamorado de aquella canción mucho tiempo atrás. Aun sin la letra, la melodía era exquisita.

Tank terminó. Al ver que se estaba enjugando las lágrimas, sonrió,

–De acuerdo –invitó a Mallory, que sonreía con su hijo en los brazos–. Te toca.

Mallory besó al pequeño y lo dejó en manos de Morie.

–Voy.

Tank se levantó de la banqueta del piano y volvió a sentarse en el sofá, junto a Merissa. Mallory flexionó los dedos, lanzó a Tank una engreída sonrisa y atacó su pieza favorita, la rapsodia de la película *August Rush*.

Merissa lo contempló fascinada. Cuando acabó, rompió a aplaudir.

–Lo siento –le dijo a Tank.

Él se echó a reír.

–No hay necesidad. En realidad, él es mejor que yo. Lo que pasa es que de cuando en cuando me gusta provocarlo. ¡Bravo, Mallory! –exclamó, y se puso a aplaudir también–. Me rindo a un maestro.

Mallory hizo una burlona reverencia y fue a buscar al bebé para seguir jugando con él.

–¿Un café? –preguntó Morie, levantándose al tiempo que entregaba al niño a su padre.

–Gracias, me encantaría –respondió Merissa.

–Ven conmigo –la invitó, sonriente.

Merissa sonrió a Tank y fue a reunirse con la mujer en la cocina.

–Puedes encargarte de las tazas –rio Morie–. Están en aquel armario.

Merissa fue a buscarlas. Eran tazas toscas y blancas. Las miró sorprendida. El rancho Kirk era enorme. Había esperado porcelana fina, como poco.

Morie advirtió su expresión y se sonrió.

–Solo usamos la porcelana en la cena de navidad –explicó–. A nadie le gusta tener que fregar esas piezas tan delicadas. Estas, sin embargo –señaló las tazas– se acoplan bien en el lavavajillas y no se rompen nunca.

–La verdad es que no sois para nada como me esperaba –le confesó Merissa, tímida–. Quiero decir que yo conocía a Bolinda del colegio y ella siempre fue muy amable conmigo. Pero la gente dice que tú perteneces a una importante familia ranchera de Texas. Yo creía...

En un impulso, Morie le pasó un brazo por los hombros y la abrazó.

–Somos gente normal y corriente –señaló–. Mi padre se siente tan cómodo conduciendo una baqueteada camioneta con la tapicería destrozada como en un Jaguar. Mi madre y él nos educaron a mi hermano y a mí para que no fuéramos un par de esnobs –añadió, riendo.

–No era mi intención expresarlo así –repuso Merissa con tono suave, y sonrió.

–Ya lo sé –Morie cortó el pastel y lo sirvió en una bandeja. La miró–. Todos estamos al tanto de lo que sucedió en vuestra cabaña. Lo siento mucho. Y justo antes de Navidad, para colmo.

–Sigo sin comprender por qué ese hombre hizo algo tan horrible. Envió a mi padre para que nos aterrorizara a las dos –cerró los ojos, estremecida–. No puedes ni imaginarte lo que nos hizo, a mi madre y a mí, antes de que viniera Dalton con los demás y nos rescatara. Dijo que me iba a matar...

Morie la abrazó entonces con fuerza, meciéndola delicadamente.

–Tranquila. Ya no volverá a hacerte daño.

Merissa se estremeció de nuevo.

–Ese hombre lo mató, en el jardín trasero de nuestra propia casa –apartándose, se secó los ojos con el pañuelo de papel que le ofreció Morie–. ¿Por qué lo mató?

–Porque eso, al parecer, servía a sus propósitos –repuso la mujer–. O por algún motivo que solo él conocía. La gente así no está en sus cabales, creo yo.

Merissa asintió.

–Es peligroso. La persona más peligrosa que he conocido nunca. Me dijo que estaría al acecho, escuchando, y que, si le contaba a Dalton algo más sobre él, mataría a mi madre.

Morie esbozó una mueca.

–Si esto te sirve de consuelo, estas cosas siempre terminan resolviéndose. De una manera o de otra –su mirada era triste–. Habrás oído hablar de Joe Bascomb, ¿verdad?

–Todo el mundo ha oído hablar de él. Qué valentía la tuya cuando fuiste a buscar a Mallory después de que Bascomb lo hubiera secuestrado con la intención de dejarlo morir… Pudo haberte matado.

–Y yo era consciente de ello –explicó Morie–. Pero yo no habría tenido vida sin Mallory.

Lo había dicho con el tono más pragmático posible. Cuando vio que desviaba la mirada hacia el umbral de la cocina, en la dirección del salón, donde Mallory seguía jugando en la alfombra con su hijo, pudo leer en sus ojos el inmenso amor que profesaba a su marido.

La mujer volvió a mirar a Merissa.

–Tú habrías hecho lo mismo, si se hubiera tratado de Tank –observó, perspicaz.

–Por supuesto –respondió sin dudarlo. Inspiró profundo–. En este momento, Tank lo es todo para mí. No puedo imaginarme la vida sin él.

Morie sonrió.

–No tendrás que hacerlo, a juzgar por lo que he oído –le dijo–. Ten cuidado, que puede entrar por esa puerta en cualquier momento. No puede permanecer mucho tiempo separado de ti. Se ha pasado todo el día en la luna, intentando encontrar un pretexto para ir a verte... ¿Lo ves? –le preguntó en un susurro.

Tank apareció de repente en el umbral, con las manos en los bolsillos de los tejanos, arqueando las cejas.

–¿Vamos a tomar ese café alguna vez?

Las dos mujeres se echaron a reír.

–Acabamos de llenar la bandeja con las tazas y el pastel –le dijo Morie–. ¿Quieres llevarla tú?

Él sonrió.

–Será un placer –lanzó a Merissa una mirada que la hizo derretirse por dentro.

Dejó la bandeja en la mesa del salón y sentó a Merissa en el sofá, a su lado.

–A mí me gusta el café solo –le informó, sonriente.

Ella se echó a reír.

–Y a mí con leche y azúcar.

–No importa. Te gusta la canción *Send in the Clowns* –bromeó–. Ya iremos descubriendo más cosas en común.

–Sí –y se inclinó para servirle el café.

Demasiado pronto, Merissa tuvo que marcharse. Tank la llevó de vuelta a casa, pero se detuvo a corta distancia de la cabaña, puso la camioneta en punto muerto y soltó sus respectivos cinturones de seguridad. Cuando ella se estaba preguntando por el motivo, él la sentó sobre su regazo y empezó a besarla con pasión devoradora.

Merissa reaccionó al momento, echándole los brazos al cuello, apretándose todo lo posible contra su cuerpo.

Tank deslizó entonces una mano bajo su blusa, buscando explorar su carne suave. Continuó besándola hasta que consiguió excitarla. Fue el beso más profundo, moroso y ávido que habían compartido hasta el momento. Soltó un gruñido.

–Lo siento –susurró ella, percibiendo su angustia.

–Deberíamos casarnos –le espetó él.

10

Merissa se apartó con un leve jadeo.

–¿Qué? –balbuceó.

Tank apretó los dientes. La veía tan perpleja que se avergonzó, y de repente su confianza en los sentimientos de Merissa se vino abajo. El juego de anillos que llevaba en el bolsillo le quemaba tanto que tenía la sensación de que iba a hacerle un agujero en el abrigo.

–Perdona. No era mi intención decirte eso –mintió–. Lo siento. Estaba fantaseando.

–No… pasa nada –dijo ella, apartándose de él y volviendo a su asiento. Se abrochó el cinturón para tener algo que hacer–. No hay problema –intentó sonreír. Por un instante había pensado que lo había dicho en serio, con lo que su corazón había dado un brinco hasta el cielo. En aquel momento, sin embargo, él estaba demasiado ocupado dando marcha atrás.

–Lo lamento de verdad…

–Oh, no tienes por qué disculparte –se apresuró a asegurarle ella–. Sé que a veces los hombres dicen cosas que no quieren decir realmente cuando… bueno, ya sabes –se sonrojó. Tank parecía realmente avergonzado por lo que acababa de decir. Ella solo pretendía aliviar su azoro–. En cualquier caso, yo no estoy preparada para casarme –mintió–. Así que no pasa nada. De verdad.

Aquello no pareció consolarlo, sin embargo. De hecho, tenía un aspecto desconcertado y casi humillado. Volvió a abrocharse el cinturón de seguridad, metió una marcha y continuó hasta detenerse frente a la cabaña.

Apagó el motor.

–Te acompaño dentro –le dijo en voz baja–. Quiero asegurarme de que Carson está en la casa.

–Está bien.

Entraron en silencio, sin tocarse, sin hablar. Merissa estaba preocupada. Tank debía de seguir terriblemente avergonzado por haberle soltado de golpe una propuesta de matrimonio. Se había mostrado vago acerca del futuro, pero hasta entonces nunca había hablado de boda. Ella estaba loca por él, y él parecía albergar sentimientos por ella. Pero una cosa era sentir pasión por alguien y otra muy distinta considerar la idea de pasar el resto de su vida a su lado. Quería que Tank estuviese seguro. Y anhelaba que le pidiera matrimonio cuando su mente no estuviera obnubilada por el deseo.

Así que no volvió a decir nada sobre su anterior conversación.

–¡Ya estoy en casa! –anunció Merissa.

Clara salió de la cocina.

–Ya lo veo. Hola, Dalton –lo saludó con una sonrisa.

Él asintió con la cabeza, pero no sonrió.

–Solo quería asegurarme de que todo está bien –dijo a las mujeres–. Volveré mañana. Que paséis una buena noche –y se marchó sin mirar siquiera a Merissa.

–¿Qué ha pasado? –quiso saber Clara, preocupada.

Merissa inspiró profundo.

–No estoy segura. Y no puedo hablar de ello ahora mismo –añadió en voz baja–. Perdona.

Clara la abrazó,

–Tómate una buena taza de chocolate caliente mientras yo pelo las patatas para la cena. Carson está fuera, trabajando en algún proyecto suyo. No me ha dicho de qué se trata.

–¿Está cerca de la casa? –le preguntó Merissa, curiosa.

–En realidad, no –contestó su madre–. Iba a instalar algunos aparatos de vigilancia en el perímetro de la finca. ¿Por qué?

–Solo preguntaba –tenía una sensación inquietante, pero no podía expresarla con palabras. Volvió a suspirar y se frotó las sienes.

–¿No será otro dolor de cabeza? –le preguntó Clara, preocupada.

–No –respondió–. Por el momento no, al menos.

–¿Sabes dónde dejaste la medicina que te prescribieron?

–Por supuesto –dijo Merissa, y sonrió débilmente–. Está en mi mesilla de noche, donde siempre la guardo –ladeó la cabeza–. Crees que debería tomarme una píldora, ¿verdad?

–Pareces preocupada y Dalton parecía… no sé, raro.

Merissa desvió la mirada.

–Hemos tenido un pequeño… malentendido.

Clara le palmeó un hombro, cariñosa.

–Todavía es muy temprano –le dijo con tono suave–. En realidad no os conocéis tan bien el uno al otro. El tiempo se encargará de solucionar eso.

–Eso espero –se encogió de hombros.

–Las cosas suelen ser algo difíciles al principio. Pero él está muy encariñado contigo. Y no lo oculta.

Merissa asintió. Miró a su madre. Clara le había preparado un tazón de chocolate caliente. Se lo puso delante, en la mesa. Luego llenó una gran fuente de patatas, sacó un cuchillo y se sentó a pelarlas.

–Lleva tiempo que las personas se acostumbren a estar juntas y a confiar las unas en las otras –le dijo a Merissa–. Tank ha estado solo durante mucho tiempo.

–Y es muy rico –murmuró Merissa.

–Y tú tienes miedo de que él te considere una cazafortunas –rio Clara–. Eres la persona menos interesada que he conocido nunca.

–Aun así, su estilo de vida es muy diferente del nuestro.

–Es un ranchero. Adora a los animales. Adora la tierra. En ese sentido, es como nosotras. Y lo mismo sus hermanos y sus esposas.

Merissa esbozó una mueca. Bebió un sorbo de chocolate caliente y suspiró de puro placer.

–Nadie hace el chocolate como tú.

–Gracias, querida.

De repente Clara se quedó callada.

–Estás pensando en mi padre, ¿verdad? –le preguntó Merissa.

–Sí. Al principio le quise mucho –confesó–. Tuvo una muerte horrible. Y fue horrible que lo empujaran a venir aquí para luego sacrificarlo –alzó la mirada–. Era un hombre malvado. Pero ni un perro se merecería morir así.

–Lo sé –Merissa se quedó mirando fijamente el tazón de chocolate–. Quien debería haber muerto así es el otro hombre. El que envió aquí a mi padre. El que está intentando matar a Dalton.

Clara se interrumpió de golpe, con el cuchillo en el aire.

–No debes hablar así –la reprochó con tono suave.

–Lo sé –reconoció Merissa–. ¿Sabes? He visto su muerte. Y es más horrible de lo que podrías imaginar nunca –se estremeció.

–Hablemos de algo más agradable.

–Tengo entendido que un hombre fabulosamente rico está organizando una misión tripulada a Marte y quiere voluntarios –dijo Merissa con una sonrisa–. Lo único que necesito es un traje espacial.

–No puedes ir.

–¿Por qué no?

Clara se echó a reír.

–Tienes un fantástico futuro por delante aquí mismo, en Wyoming. Y no, no voy a decirte yo cuál es.

Merissa esbozó una mueca.

–Bueno, desde luego Dalton no está en ese futuro, eso te lo puedo asegurar. Casi dejó un rastro de fuego cuando se marchó de aquí a toda velocidad.

Clara no dijo una palabra. Simplemente sonrió.

Fue casi inevitable: la migraña. Sobrevino una hora o dos después de la extraña conversación que había tenido con Tank.

Estaba sentada en el salón viendo las noticias con su madre cuando empezó a sentir los efectos.

Se frotó las sienes con un gesto de evidente dolor. Era como si le estuvieran clavando un cuchillo en el ojo derecho. Cuando volvió a abrirlo, su campo de visión se parecía a la pantalla de una televisión con interferencias.

–Oh, Dios mío… –exclamó, sintiendo el principio de la náusea.

–Será mejor que te tomes algo mientras todavía puedes –le aconsejó su madre, preocupada.

–Lo haré ahora mismo.

Fue rápidamente a su habitación y localizó el frasco con las píldoras que estaba tomando para los dolores de cabeza. Debería haberle extrañado que no estuviera en el cajón de la mesilla, donde solía guardarlo. Estaba sobre la propia mesilla, bajo la lámpara. Pero la migraña era tan fuerte que le impidió prestar atención a ese detalle.

Se llevó una píldora a la boca y bebió un poco de agua para tragarla. Le habían dicho que tomara dos, pero confiaba en que, si la tomaba suficientemente temprano, no tendría necesidad de otra.

Mientras bebía agua de la botella que había encontrado en la mesilla, junto a las píldoras, desvió la mirada hacia la ventana, distraída. La persiana estaba torcida. La enderezó antes de tumbarse en la cama.

Clara se presentó con una toalla húmeda y se la puso sobre los ojos.

–Quédate quieta, cariño –le sugirió–. Pasará pronto. ¿Quieres que te traiga algo?

–No, estaré… bien. Solo he tomado una píldora. Quizá con eso sea suficiente. Apaga la luz y corre las cortinas, ¿quieres? –susurró.

–Ahora mismo.

Así lo hizo, y salió de puntillas, cerrando la espalda a su espalda.

El teléfono sonó en el rancho Kirk. Fue Mallory quien respondió.

–¿Diga?

Escuchó una sarta de palabras atropelladas de Clara, en tono histérico. Mientras escuchaba, la expresión de Mallory se tornó súbitamente grave.

–Sí, se lo diré. ¿Está Carson con vosotras? –escuchó y asintió–. Está bien. ¿Llamasteis a urgencias? Sí, ahora mismo vamos para allá. Intenta tranquilizarte.

–¿Qué pasa? –preguntaron los demás, al unísono.

–Merissa está en el hospital. Parece que tomó una pastilla para el dolor de cabeza y sufrió una mala reacción. Vamos a recoger a Clara de camino para allá.

Antes de que su hermano pudiera terminar la frase, Tank ya estaba corriendo hacia la puerta trasera de la casa.

Mallory llamó a Darby por el móvil.

–Llévalo tú, aunque proteste –ordenó al capataz después de ponerle brevemente al tanto de la situación–. Se matará si se empeña en conducir él solo. No te preocupes por Clara: nosotros la recogeremos y la llevaremos al hospital –se interrumpió de golpe–. Ella dijo que Carson había salido a instalar unos dispositivos en la finca, con lo que debió de perderlas de vista por un rato... Pero ya nos ocuparemos de eso después. Llévate a Tank al hospital. ¡Y date prisa! –cortó la comunicación y se volvió hacia su familia–. Darby lo llevará al hospital del pueblo.

–Yo también debería ir –dijo Cane.

–Sí. Morie, tú quédate aquí con el bebé. Y tú deberías quedarte también –añadió, sonriendo a Bolinda–. Sí, ya lo sé, pero el tiempo es bastante malo y tú estás delicada. Morie necesita que alguien se quede con ella –mintió.

–Así es –aseveró Morie.

–Está bien, pero dadle muchos besos a Merissa de mi padre –les encomendó Bodie, resignada.

Cane lanzó a su hermano una mirada agradecida.

–Lo mismo digo –encargó Morie a su marido.

Él asintió, la besó con ternura y dejó que Cane se despidiera breve aunque apasionadamente de su esposa. Salieron rápidamente para recoger a Clara y dirigirse al hospital.

Tank estaba paseando nervioso por la sala de espera.

–¿Cómo está? –preguntó Mallory cuando Clara, Cane y él se le acercaron.

–Mal –respondió con voz temblorosa–. No me quieren decir nada más porque no soy pariente –añadió, furioso.

–Tranquilo –dijo Clara. Había estado llorando, pero en aquel momento tenía una actitud mucho más positiva–. Averiguaré lo que está pasando.

–Entregaste a los sanitarios las píldoras que ella había estado tomando, ¿verdad? –inquirió Mallory.

–Sí. Lo primero que pensé fue que se trataba de una reacción alérgica. Ella solo tomó una, así que tal vez la reacción no sea tan grave. Me aseguré de que se llevaran el frasco. Veré si puedo averiguar algo más –y se dirigió al mostrador de urgencias.

–Antes me dijeron que le estaban haciendo pruebas –explicó Tank a sus hermanos–. ¡Pruebas! Y no me permiten verla –gruñó.

–Tranquilo –le dijo Cane con tono suave–. Respira hondo. Pronto sabremos algo, ¿de acuerdo?

Tank intentó serenarse. Asintió con la cabeza.

Mallory le puso una mano en el hombro.

–La primera regla de los médicos es no hacer daño –le recordó–. Si empiezan a tratarla sin saber realmente lo que tiene, eso podría matarla. Si no estuvieras tan alterado, lo sabrías tú mismo.

Tank alzó la mirada hacia su hermano con un brillo de terror en los ojos. El terror a que Merissa no se recuperara, a que la ambulancia no hubiera llegado a tiempo...

La médica, una mujer pequeña y morena, con bata, se acercó a donde estaban los hermanos. La acompañaba Clara, visiblemente aliviada.

–Todo está bien. Ahora sabemos cómo tratarla –explicó, sonriendo–. Lo curioso es que, después de hacer el análisis toxicológico de las píldoras y de las muestras de sangre, seguíamos sin entender cómo había podido confundir una sustancia así con un remedio para la jaqueca. No había más rastros: ni en la boca, ni en la ropa...

–¿Qué era? –inquirió Tank,

–Podría darle el nombre técnico, pero probablemente reconozcan este: Malathion. Se usa...

–Como pesticida –se le adelantó Tank–. Sí, nosotros lo utilizamos en el rancho. Está considerado como uno de los métodos más seguros de...

–Las píldoras fueron manipuladas –la interrumpió la médica con tono suave–. Alguien sustituyó el contenido de la medicación para la migraña por

Malathion. Fue un trabajo muy meticuloso. Aunque en una sola cápsula no había suficiente cantidad para matarla, sí que la había para ponerla muy enferma. Las demás píldoras del frasco también estaban rellenadas con pesticida, en una forma muy pura. He avisado a las autoridades. Mi opinión como médica es que fue deliberadamente envenenada.

–¡Dios mío! –exclamó Tank, tenso y desesperado–. ¿Vivirá?

–Eso creo –respondió la médica, con un tono de cautela–. La mantendremos con asistencia cardiovascular, le suministraremos antídotos, la tendremos sedada. Mientras tanto, necesitarán ustedes hablar con el sheriff –añadió–. Este es un asunto muy feo. Que alguien le haya hecho eso a una mujer tan joven… Es algo monstruoso.

–Sí, que lo es –le dio la razón Tank–. ¿Puedo verla? –preguntó–. ¿Por favor?

–¿Y yo? –suplicó Clara.

La médica era una mujer amable, pero firme.

–Me encantaría decirles que sí, pero ahora debemos trabajar para salvarle la vida. Si hubiera ingerido más cápsulas, o la ambulancia hubiera tardado algo más, ahora mismo estaría muerta.

–¿Cuándo podremos verla? –insistió Tank.

–Vuelvan dentro de algunas horas. Ya veremos entonces –prometió–. Mientras tanto, intenten no preocuparse demasiado. Creo que el pronóstico es bueno, sobre todo teniendo en cuenta la rapidez con la que ha sido atendida.

–De acuerdo entonces –forzó una sonrisa–. Gracias.

La médica sonrió a su vez.

–La cuidaremos bien.

***

Tank no quería marcharse. Quería sentarse junto a Merissa, reconfortarla, aferrarse a ella. Cuando pensaba en que la habían envenenado deliberadamente, y de manera tan traicionera, se moría de ganas de matar al hombre que lo había tomado a él como objetivo.

–Tenemos que encontrar a ese canalla –dijo a sus hermanos cuando se dirigían a casa de Clara–. ¡Tenemos que encontrarlo ya, antes de que la mate. ¿Por qué no me mata a mí y ya está? –exclamó angustiado.

–Es una tortura. Está jugando contigo –señaló Cane con tono suave–. Si ese tipo hubiera puesto más cantidad de Malathion en esas cápsulas, ahora mismo ella estaría muerta. Quería asustarte.

–Bueno, pues lo ha conseguido –masculló Tank, apretando los dientes.

Nadie hizo comentario alguno. Mallory, que era quien conducía, aparcó frente a la cabaña. Bajaron los tres, junto con Clara.

–Cody todavía no ha venido –advirtió Mallory, mirando a su alrededor y refiriéndose al sheriff–. Le llamé antes de salir del hospital.

–¿Podemos ver su habitación? –le preguntó Tank a Clara.

–Claro…

–No –se opuso Mallory, deteniéndolo–. Ahora mismo es el escenario de un crimen. Dejemos que primero lo analice el detective de Cody.

–El escenario de un crimen… –repitió Tank, aturdido.

–Intento de homicidio –precisó Mallory, tenso–. Si lo atrapamos ahora, lo encerrarán por bastante tiempo. Solo tenemos que demostrar que fue él.

Carson apareció por un lateral de la casa.

–He instalado cámaras encima de cámaras… –se detuvo de repente en seco, mirando sin comprender a los demás–. ¿Qué ha pasado?

–¿No has oído la ambulancia? –le preguntó Tank, perplejo.

–¿Qué ambulancia? –frunció el ceño–. No, he estado por toda la finca instalando sensores –se los quedó mirando fijamente–. Oh, Dios mío. ¿Merissa?

–Se pondrá bien, al menos eso es lo que dice la doctora –respondió Tank con gesto hosco y preocupado. Cuando miró a Clara, que estaba sonriendo y asentía, se relajó un tanto.

–Solo he estado ausente media hora... –gruñó Carson–. No imaginé que me llevaría tanto tiempo. ¡Dios, lo siento! –se dirigió a Clara.

–No pasa nada –dijo ella–. Se va a poner bien.

–El sheriff está en camino –informó Tank a Carson–. Con su detective. No toques nada.

Carson entrecerró los ojos.

–Yo acompañaré al detective si el culpable dejó algún rastro. Soy capaz de rastrear a una hormiga –se acercó a Tank–. Puedes pegarme un puñetazo, si quieres. Me lo merezco.

–Se suponía que te habías quedado aquí para protegerlas –le reprochó Tank–. Yo habría podido hacer lo mismo. Menos mal que no ha muerto.

–¿Qué le ha pasado? –quiso saber Carson, todavía ceñudo.

–Se tomó lo que ella pensaba era su medicación para las migrañas –explicó Clara–, pero resultó que alguien había sustituido la sustancia de la cápsulas por Malathion. Es un milagro que eso no la matara. Solo se tomó una cápsula, gracias a Dios.

–No creo que ese fuera su propósito en absoluto –insistió Mallory–. Dudo que él pretendiera matarla. Está jugando con Tank.

–Yo conocí a un tipo así una vez, uno que trabajaba en operaciones especiales –dijo Carson, frunciendo el ceño–. Eb lo conocía. Participó en una misión especial al otro lado del Atlántico. Se trataba de un independiente contratado por el gobierno, como nosotros. Su especialidad eran las ejecuciones extrajudiciales, pero no con armamento militar. Le encargaron acabar con un analista militar, pero lo hizo a lo largo del tiempo, usando cada día un veneno diferente para atormentar al tipo hasta que le suministró la dosis final. A ninguno de nosotros nos gustaba la manera en que trabajaba. Le encantaba matar.

Los hermanos se miraron entre sí, como si repente hubieran tenido la misma idea.

–¿Qué aspecto tenía? –le preguntó Tank.

–No llamaba la atención –respondió–. Estatura media, voz nasal. Lo único destacable de su físico era su pelo. Era de un color naranja fuerte.

–Seguro que eso le serviría para camuflarse bien –comentó Cane, irónico.

–Se escondía el pelo incluso cuando salía de misión por las noches, cuando no había mucho riesgo de que alguien lo descubriera. Trabajaba con cuchillos. En una ocasión se jactó de uno de sus «trabajos», pero cuando vio nuestra reacción, se calló de golpe –la expresión de Carson se endureció–. Cualquiera que disfrute matando necesita ayuda médica. Yo lo hacía por razones ideológicas, para ayudar a salvar a gente inocente. Él lo hacía por diversión.

–Ese hombre... –masculló Tank–. ¿Tenía una muesca en una oreja?

Carson parpadeó perplejo.

–¿Una qué?

–¿Un corte en una oreja, como una cicatriz en forma de hendidura?

–No lo recuerdo. Si lo vi, no me fijé –sonrió levemente–. Estaba demasiado ocupado mirando aquella mata de pelo que parecía una llama.

El teléfono de Tank sonó en ese momento. Era del

hospital. De hecho, era la doctora, a quien había dado su número de teléfono.

–Está despierta –le informó la médica– y ya se siente algo mejor.

–Voy para allá –anunció Tank.

–Ve –le dijo Mallory al ver que dudaba, porque habían ido en un solo vehículo–. Toma –le lanzó las llaves–. Llamaré a Darby para que venga a buscarnos.

–De acuerdo. ¡Gracias! –echó a correr hacia la camioneta.

–¡No corras mucho! –gritó Cane–. ¡Con una tragedia por día ya es suficiente!

–¡No subiré de ciento veinte! –les aseguró Tank.

Cane gruñó. Antes de casarse con Bolinda, había sufrido un grave accidente. Era muy prudente con la velocidad.

–Lamento que todo esto haya sucedido mientras yo estaba de guardia –dijo Carson–. Me despisté. No volverá a ocurrir.

–Todos cometemos errores de cuando en cuando –le aseguró Mallory.

Dos vehículos se aproximaron a la cabaña mientras Tank se alejaba. Eran el sheriff Banks y su detective.

Saludaron a los hombres, hicieron algunas preguntas a Clara y empezaron a analizar la habitación de Merissa. No tardó en resultar obvio que la ventana se había quedado abierta y que alguien había entrado por ella recientemente. En el alféizar había un resto de nieve derretida y, al otro lado de la ventana, media huella de bota, entre las hojas. Sacaron un molde de la huella.

Cuando el detective hubo recogido todas las pruebas que pudo encontrar, y otro agente fue despachado al hospital para hacerse con el frasco de cápsulas, Carson y el propio técnico se internaron en el bosque para seguir el rastro de la huella.

Mallory y Cane volvieron al rancho para poner a sus mujeres al tanto de lo sucedido.

En el hospital, Tank se sentó junto a la camilla de Merissa en la unidad de cuidados intensivos, sosteniéndole la mano.

–Me has dado un susto de muerte, cariño –le dijo con voz tierna.

Ella logró esbozar una débil sonrisa.

–Me siento fatal.

–Te vas a poner bien –le aseguró con firmeza–. Nadie volverá a tocarte ni a acercarse a ti. Haré lo que sea para mantenerte a salvo.

–Tengo náuseas… –se quejó.

–Seguro que te están dando algo para calmarlas.

–Sí. Eso me han dicho. ¿Cómo está mamá? –preguntó de pronto–. ¡Estaba tan asustada!

–Se encuentra bien –respondió–. Vino con nosotros para hablar con la doctora.

–¿Sabes lo que me pasó? –le preguntó ella.

Él le volvió la mano y le acarició la palma.

–Alguien manipuló las cápsulas de medicación que te habían prescrito para los dolores de cabeza –explicó, sombrío–. Todavía no sabemos cómo lo hizo, pero sí sabemos al cien por cien quién fue.

Ella inspiró profundo, esforzándose por combatir la náusea.

–Guau. Y eso que solo me tomé una cápsula –susurró–. Recuerdo que mamá me lo preguntó cuando vino la ambulancia.

Tank le apretó la mano.

–Gracias a Dios que solo te tomaste una.

–¿Qué puso ese hombre dentro?

–Malathion –masculló–. Insecticida. Una sustancia muy peligrosa. Solemos tomar muchas precauciones cuando la usamos en el rancho. Una vez, uno de nuestros trabajadores quedó cubierto de Malathion. Tuvimos que mandar descontaminarlo y avisar, por supuesto, a los paramédicos. Pero eso fue un accidente: lo que te sucedió a ti, no. El técnico del sheriff probablemente querrá hablar contigo, también.

–Le contaré todo lo que pueda –alzó la mirada hasta su rostro–. Recuerdo que las persianas de la ventana estaban algo torcidas. No se me ocurrió pensar en ello... simplemente las puse derechas y me acosté. La cabeza me dolía mucho. Ah, y las cápsulas no estaban en mi cajón. ¿Por qué no dije nada? Nunca las dejo fuera de su sitio... y además tenían un olor extraño, pero pensé que era la migraña lo que me estaba haciendo oler cosas raras.

–Normal. Te dolía mucho la cabeza –sonrió con ternura–. Menudo susto nos has dado.

–Lo siento –le devolvió la sonrisa.

La expresión de Tank se volvió sombría.

–Tenemos que atrapar a ese tipo, antes de que haga algo peor.

–Estoy totalmente de acuerdo Por desgracia, yo no voy a ser capaz de ayudarte a perseguirlo y echarle el lazo –bromeó–. A juzgar por lo que me ha dicho la doctora, voy a pasarme varios días en el hospital.

–Aquí estás a salvo.

–Sí –suspiró–. Pero mañana es Nochebuena –se quejó–. Mamá estará sola.

–No te preocupes por Clara –añadió Tank antes de que ella pudiera continuar–. Tenemos gente vigilándola.

–Está bien.

–Carson se ofreció a que le propinara un puñetazo –le contó–. Le remordía la conciencia por haber estado ausente de la cabaña cuando pasó todo esto.

–Estaba intentando protegernos –lo defendió ella–. No te enfades con él.

Tank frunció el ceño.

–¡No me digas que está obrando esa magia suya también contigo!

–¿Perdón?

Desvió la mirada. No había pensado en Carson como en un rival. Pero en aquel momento, recordando el éxito de aquel hombre con las mujeres, estaba consternado. Merissa había estado a punto de ser suya antes de que Carson apareciera en escena. Y a partir de aquel momento se había mostrado más bien retraída con él. ¿Por culpa de Carson?

La miró.

–Carson y tú... habéis estado hablando, ¿verdad?

Merissa asintió.

–Él no es lo que parece –le aseguró con tono suave. Sonrió–. Ha tenido una vida muy dura.

–¿Te lo contó él?

–Sí. No es la clase de hombre que va hablando por ahí de su vida privada. Pero me contó mucho. Y me dio mucha pena.

–Entiendo.

–Así que no lo culpes –le pidió con voz dulce–. Sé que se estará sintiendo muy mal, como si me hubiera fallado. Pero esto habría podido suceder en cualquier momento. Ese hombre parece saber muy bien cómo sorprender a la gente –añadió en voz baja–. Es como una serpiente. Puede infiltrarse en cualquier parte sin que lo vean.

–Lo encontraremos.

Merissa volvió a apoyar la cabeza en la almohada.

–Tienes que tener mucho cuidado –le aconsejó ella–. Si tomas medicinas, revísalas antes de ingerirlas...

–En eso te llevo ventaja –le aseguró él–. Pero es imposible que alguien se cuele en mi casa sin que lo descubramos.

–No des eso por supuesto. Yo hice lo mismo y mira dónde estoy.

Tank esbozó una mueca.

–Pudiste haber muerto.

–Sí. Pero ese hombre falló –dijo ella–. Y eso dañará su autoconfianza. Le obligará a pararse y a replantearse sus métodos. Y eso te dará a ti la oportunidad de descubrir su identidad –le apretó la mano–. Dalton, ese hombre ha hecho esto antes. No exactamente de esta forma, pero ha matado a alguien. Alguien importante. Esa es tu pista, la que tienes que seguir para... –tragó saliva y le soltó la mano–. Lo siento. Tengo tanto... sueño.

–No pasa nada. Descansa. Volveré a verte mañana.

–Gracias.

Tank sonrió, pese a que nunca había tenido tan pocas ganas de hacerlo.

–Hey, ¿para qué están los amigos? –le preguntó con ternura.

Ella abrió los ojos y lo miró. Algo relumbró en ellos, algo extraño. Pero, al final, simplemente sonrió y dijo:

–Está bien –y volvió a cerrarlos.

La dejó. Su mente estaba trabajando a toda velocidad. Quería propinar a Carson una buena paliza. Aquel hombre era el diablo en persona. Recordaba cómo había encandilado a la bella azafata, todo sonrisas y zalamerías. Con aquella mujer, una desconocida, no le había importado. Pero ahora se trataba de Merissa. Y Merissa era suya.

Si no se hubiera equivocado tanto cuando le soltó su propuesta de matrimonio a bocajarro... Hasta había llevado el juego de anillos en el bolsillo. Había estado a punto de ponerle uno en la mano y declararse. Y no era así como había querido hacer las cosas. Él quería cortejarla. Enviarle flores, hacerle regalos, dar paseos con ella a la luz de la luna. Pero había perdido la partida cuando la sintió tan cálida y tan dispuesta en sus brazos.

A ella le encantaba besarlo, estaba seguro de ello. Pero se estaba retrayendo, y justo cuando él quería acercarse más, mucho más.

¿Los estaría separando Carson? ¿Era acaso un rival? Y si lo era, ¿cómo podía él, que no era ningún mujeriego, competir? El pensamiento lo atormentaba.

–¿Qué es lo que sabes de Carson? –preguntó a Rourke poco después, cuando estaban tomando nuevas precauciones en el rancho.

Rourke enarcó las cejas.

–No mucho. ¿Por qué?

–Le contó cosas a Merissa.

–¿Oh? –un brillo de curiosidad había empezado a asomar en el único ojo de Rourke–. ¿Qué clase de cosas?

–Diablos, no lo sé –masculló. Se pasó una mano por el pelo–. Es un tipo muy sutil. Cuando despliega sus encantos, las mujeres caen rendidas a sus pies.

–Bueno, sí, eso es verdad. Pero es hombre de aventuras de una sola noche, si eso te consuela.

–¿Qué quieres decir? –preguntó Tank.

–Quiero decir que nunca sale dos veces con la misma mujer. No tiene poder para retenerlas. De hecho, si quieres saber mi sincera opinión –añadió–, él odia a las mujeres.

Tank le lanzó una mirada incrédula.

–No, no estoy de broma –continuó Rourke mientras terminaba de conectar dos cables a un monitor–. Una vez incluso me lo llegó a confesar: dijo que las mujeres no eran buenas para nada. Que eran capaces de arrastrarse por el hombre que las trataba como un trapo, mientras daban la espalda al que estaba dispuesto a morir por ellas.

–Lo contrario de eso es a menudo cierto –comentó Tank.

–Lo sé.

–Yo también lo he visto en acción –agregó Rourke–. Y no puedo decir que no sienta un punto de envidia. Yo nunca tuve esa suerte con las damas.

–Pues no es eso lo que he oído de ti –repuso Tank.

Rourke se encogió de hombros.

–Yo soy como Carson. Me gusta la variedad.

Tank apretó los labios.

–Tengo entendido que ayudaste a Carson a alimentar a un cocodrilo con carne humana... por una mujer.

La expresión de Rourke se endureció de golpe. Desvió la vista y no volvió a pronunciar una palabra más.

–Disculpa –dijo Tank.

Rourke seguía sin mirarlo.

–Hay cosas de las que nunca hablo. Tat es una de ellas –giró la cabeza. Su único ojo parecía arder–. Y otra es K.C. Kantor.

Tank alzó ambas manos.

–Yo no he dicho una palabra.

Rourke se encogió de hombros.

–Perdona –sintonizó el micrófono en el que estaba trabajando–. Últimamente me altero con facilidad.

–Todos tenemos nuestras debilidades. La mía está ahora mismo en una cama de hospital, suspirando por su maldito compañero mujeriego.

Rourke arqueó tanto las cejas que casi se le juntaron con la línea de nacimiento de su cabello rubio.

–¿Que ella qué?

11

Tank se sintió avergonzado. Cambió de postura.

–Él le cuenta cosas.

Rourke se rio por lo bajo.

–Ella es de la clase de mujeres dispuestas a escuchar. Pero eso no quiere decir que esté encandilada con él –señaló.

–Bueno, yo creo…

Su móvil sonó en ese momento. Se lo desenganchó del cinturón y contestó.

–Kirk.

–¿Puedes traerte a Rourke y reunirte conmigo en el aparcamiento del Custom Kitchen? –le preguntó Carson.

–¿Para qué diablos? ¿Tienes hambre? –replicó Tank, sarcástico.

–Te lo diré cuando te vea allí –y colgó.

Transmitió el mensaje a Rourke.

–Ha encontrado algo y no quiere hablar en la casa –adivinó Rourke, muy serio.

–¿Y ha dejado a Clara sola en la cabaña? –inquirió Tank, preocupado.

–Seguro que no. Puede que sea un mujeriego, pero en su trabajo no hay nadie mejor que él.

–No estaba en la cabaña cuando Merissa estuvo a punto de morir envenenada –le recordó fríamente Tank.

–Ninguno de nosotros esperaba que ese canalla fuera a colarse en la casa para manipular su medicación –repuso Rourke. De repente frunció el ceño–. ¿No dijiste que había dejado huellas?

–Sí.

–Vaya, eso sí que es interesante –Rourke ladeó la cabeza–. ¿Es lo suficientemente hábil como para manipular una medicación con tanta eficacia y luego deja huellas?

–Necesitamos respuestas –Tank se adelantó para dirigirse a la camioneta más cercana.

–Pues creo que vamos a conseguirlas –predijo su amigo.

Clara estaba con Carson. Fue él quien le pidió que entrara en el local, con una amable sonrisa, para que se tomara un café mientras él hablaba con sus colegas.

Tank se mostraba frío y adusto. O Carson no lo notó, o no le importó. Estaba concentrado en lo que el detective del sheriff y él habían descubierto.

–Las huellas llevaban a la carretera, a un kilómetro detrás de la casa –informó Carson, apoyado con despreocupación en la camioneta, de brazos cruzados–. Allí desaparecían. Suponemos que un coche o algún otro vehículo estuvo aparcado allí. Encontramos una huella parcial de neumático en la nieve de la cuneta. No pudimos seguir el rastreo a pie, pero la oficina del sheriff dispone de perros. Marcaron el lugar con GPS y traerán sabuesos por la mañana –suspiró–. Pero, si queréis saber mi opinión, seguirán el rastro hasta una casa desierta o algún aparcamiento: otro callejón sin salida, en suma –entrecerró sus ojos negros–. Está jugando con nosotros. Eso es todo.

–Jugando. ¡Ha estado a punto de matar a una mujer! –estalló Tank.

–Para él, esto no es más que un juego –replicó Carson con tono calmado–. El del gato y el ratón. Está jugando contigo.

La expresión de Tank se volvió amenazadora, mientras que la de Carson se suavizó un tanto.

–Sé lo que ella significa para ti. No estoy minimizando la gravedad de lo que habría podido ocurrir si Merissa hubiera tomado más de una de aquellas cápsulas manipuladas con Malathion. Te estoy diciendo lo que creo que él está haciendo con todo esto.

–¿Cómo es que sabes tanto? –le preguntó Tank.

–La gente trabaja con pautas. Patrones. En la universidad, yo era un genio de las matemáticas –confesó, sorprendiéndolos–. Tengo una gran memoria fotográfica, que me vino muy bien cuando estudié la especialidad de Historia, durante mis años de estudiante. La Historia, como bien sabéis, está muy relacionada con el Derecho. Tenía en mente convertirme en un nuevo F. Lee Bailey, el gran abogado criminalista –añadió–. Pero abandoné la facultad justo antes de licenciarme, debido a… asuntos personales –se irguió–. Lo que quiero decir es que la gente contrae hábitos que los vuelve previsibles, como las ecuaciones. Ese hombre expresa unos pocos patrones básicos que pueden ayudarnos a localizarlo.

–¿Como cuáles? –inquirió Tank, ya más calmado.

–Es un maestro del disfraz, Eso ya lo sabemos. Es decidido, metódico, cuidadoso y sabe manipular medicamentos sin que lo descubran –sacudió la cabeza–. Entonces, ¿cómo es que un hombre tan meticuloso y metódico deja un rastro que hasta un niño podría seguir?

Rourke y Tank cruzaron una mirada de extrañeza.

–Precisamente estábamos hablando de ello.

–Pretende desorientaros, desequilibraros, al poner a Clara y a Merissa en peligro –continuó Carson.

–¿Y?

–Tiene miedo de que puedas recordar algo que lo perjudique, delatándolo ante las autoridades. Le gustaría matarte, pero no puede acercarse lo suficiente a ti. Así que está haciendo que te concentres en las mujeres para que así dejes de pensar en el pasado.

–Puede que tenga razón –dijo Rourke, dirigiéndose a Tank.

–Hay otra cosa –añadió Carson–. ¿Recordáis lo que os dije acerca del hombre con quien estuve trabajando, el tipo que era un experto en manipular medicamentos?

–Sí –respondió Tank.

–Tú coincidiste una vez con él, creo –le dijo Carson a Rourke–. El tipo pelirrojo que siempre estaba hablando de tiburones.

–¡Tiburones! –exclamó Tank.

–¿Qué pasa? –le preguntó Rourke, distraído.

–Tiburones –se puso a caminar de un lado a otro, frotándose la frente–. ¿Por qué no puedo recordarlo? Alguien estuvo hablando de un hombre que hablaba de los tiburones...

–Carlie –dijo Carson en voz baja–. En el despacho de Cash Grier.

–¡Sí! –Tank se volvió hacia él–. Ella dijo que el falso agente que se coló en el despacho de Cash le estuvo hablando de los tiburones, de lo incomprendidos que eran. Según ella... ¡ese tipo le contó que le gustaba nadar entre ellos en las Bahamas!

–Tiburones. Disfraces. Venenos. Las Bahamas –Carson entrecerró los ojos–. Necesito hacer un par de llamadas de teléfono.

–¿Por qué nos citaste aquí? –preguntó Rourke mientras Carson sacaba su móvil.

–El hombre que estamos buscando sabía que Merissa guardaba su medicación en la mesilla de noche y que estaba empezando a tener dolores de la cabeza. ¿Cómo lo supo?

Rourke y Tank intercambiaron una mirada de sorpresa.

–Se me pasó un micrófono. Se nos pasó a todos –le dijo Carson a Rourke.

–¡Imposible! –exclamó Rourke, furioso–. ¡Revisé las habitaciones cuatro veces, solo para estar al cien por cien seguro!

–Ayer estuviste fuera de la cabaña –señaló Tank– cuando Merissa tomó la medicina.

–Solo durante media hora.

–Entretanto, yo estaba llevando a Merissa a su casa. ¿Dónde estaba Clara?

–No lo sé, pero se lo podemos preguntar –dijo Rourke, dirigiéndose hacia el restaurante–. Si ella estuvo fuera de la cabaña durante ese lapso, eso le permitió a ese canalla colarse dentro e instalar otro micrófono.

–¿Qué pasa con las cápsulas? –inquirió Tank–. Eso habría llevado más tiempo. La doctora dijo que el trabajo de manipularlas fue casi perfecto.

–Él sabía que Merissa padecía migrañas. Lo único que necesitaba era la oportunidad de sustituir las cápsulas.

–¿Por qué no cuando estuvo instalando los micrófonos? –se preguntó Tank.

–Imagino que improvisó –repuso Rourke–. Ese hombre hace planes, pero los hace conforme se va desarrollando cada situación. Pudo haber descubierto lo de los dolores de cabeza después de instalar los primeros micrófonos. El manipulado pudo haber tenido lugar a lo largo de varios días.

–Sí –dijo Rourke–. Y pudo haber contado con que el padre de Merissa la sacaría de la cabaña para llevarla hasta él, junto con su madre –miró la dura expresión de Tank–. Ese hombre es un desequilibrado. Brillante, pero desequilibrado.

Clara los vio entrar y les hizo señas para que se sentaran con ella. Les sonrió.

–Podríamos comer algo, aprovechando que estamos aquí –sugirió–. Luego, si pudierais llevarme al hospital…

–Yo también pensaba ir –dijo Tank, sentándose junto a ella.

–Clara –empezó Rourke una vez que pidieron algo de comer–, cuando Carson estuvo fuera instalando los dispositivos de vigilancia, ¿abandonaste la cabaña en algún momento?

Parpadeó sorprendida.

–Bueno, sí, pero solo para ir a la tintorería y dejar un edredón. No estuve fuera ni cinco minutos. ¿Por qué?

Tank y Rourke cruzaron una mirada.

–No digas nada en la casa que te importe que puedan escuchar otros –le advirtió Rourke–. Tendrás que estar permanentemente alerta. No voy a retirar el último micrófono que ha instalado ese hombre. Dejaremos que piense que somos lo suficientemente estúpidos como para no darnos cuenta de que sigue allí.

–¿Un micrófono? Pero no entiendo…

Tank le explicó por qué pensaban que había un micrófono instalado en la casa, y cómo el asesino de Bill se había enterado del lugar donde Merissa guardaba sus medicinas para las migrañas.

–Oh, Dios mío –se lamentó Clara–. Me temo que hablé demasiado. Como cuando les dije dónde estaba Bill, y al final el pobre acabó muerto –añadió con tono triste–. Y luego está el otro tipo. Aquel del que nos habló Merissa, con el que tuvo la visión. El hombre que tenía información sobre ese asesino y que pensaba delatarlo…

–No puedes salvar al mundo –murmuró Rourke, y esbozó una perezosa sonrisa–. Yo lo sé bien. Lo he estado intentando.

Ella sonrió débilmente.

–Entiendo lo que quieres decir. Pero es muy duro saber algo y no ser capaz de advertir a nadie.

–En ese caso –le dijo Tank–, hay que pensar que si

suceden algunas cosas es porque así tiene que ser. No podemos ver mucho más lejos del camino. Eso solo puede hacerlo Dios.

–Así es.

Carson entró en ese momento. Se sentó junto a Clara.

–He activado algunos contactos –informó–. Y en casa han estado haciendo progresos.

–¿De veras? –inquirió Tank.

–Parece que Cash Grier ha conseguido localizar al hombre que atacó al padre de Carlie con un cuchillo. Ha aparecido en la morgue de San Antonio. Envenenado.

–¡Dios santo! –exclamó Tank–. Merissa le dijo al falso agente que había un hombre que lo conocía y que estaba pensando en delatarlo a las autoridades. Él respondió que sabía quién era y que se ocuparía del asunto –gruñó–. Va a ser un duro golpe para Merissa.

Rourke entrecerró su único ojo.

–No se lo digas.

–El tipo tenía un largo historial por violación –añadió Carson–. Una de sus detenciones fue por ese cargo. El mundo no ha perdido nada.

–¿Llegó a hablar con las autoridades? –quiso saber Tank–. ¿Sabes algo?

–Hizo una llamada de teléfono antes de morir. A un agente de policía de San Antonio. Están intentando contactar con el agente para averiguar si la conversación llegó a producirse. Y un detalle más.

–¿Sí? –lo urgió Tank.

–El hombre estaba tomando una medicación contra las alergias. Las cápsulas también habían sido manipuladas. ¿Adivináis qué clase de sustancia tóxica contenían?

–No me lo digas –dijo Rourke–. Malathion.

–Exacto. Tuvo acceso a ella en el rancho, ¿no? –le preguntó Carson a Tank.

–Entraría en el granero, que es donde la guardamos. Pero está en un cobertizo cerrado con llave…

–Tú tienes costumbre de dejar todas tus llaves colgadas de un gancho en la puerta trasera de la casa –señaló Rourke–. ¿Abre alguna de ellas ese cobertizo?

–Merissa me advirtió sobre la imprudencia de colgar allí esas llaves el primer día que llegó a mi casa –recordó–. Dijo literalmente: «él las encontrará fácilmente».

–Mi hija es muy perceptiva… –comentó Clara con tono suave.

–Ojalá le hubiera hecho caso –gruñó Tank.

–El tipo habría encontrado alguna otra manera –intervino Carson–. Se puede usar cualquier cosa para matar a alguien, hasta el objeto doméstico más cotidiano.

–¿Como las granadas de mano? –replicó Rourke irónico–. Creo que el convoy del Ladrón recibió el impacto de un par de ellas.

–El convoy del Ladrón fue accidentalmente reventado por unas pocas granadas de mano lanzadas de manera igualmente accidental –explicó Carson con tono perfectamente inocente.

–Buena puntería –sonrió Rourke.

–Me gusta practicar de cuando en cuando.

Tank se disponía a hacer otra pregunta cuando la gramola del local, una verdadera reliquia del pasado, empezó a sonar. Los acordes de una melodía rockera llenaron el restaurante.

–Vaya. Como para hacerse oír con esta música –gruñó Carson.

Se trataba de un antiguo tema de Joan Jett titulado *I love Rock 'n' Roll.* Tenía un ritmo muy fuerte y había sido la canción favorita de la madre de los Kirk, ya fallecida. A Tank le evocó viejos recuerdos: sonrió mientras la escuchaba. Hasta que, de repente, frunció el ceño.

–¿Qué pasa? –le preguntó Clara.

Estaba conteniendo el aliento.

–Esa canción –dijo.

–Sí, es muy estruendosa –masculló Carson.

–¡No! El hombre que era, o que fingía ser, un agente de la DEA cuando sufrí la emboscada… –dijo Tank, sintiendo casi de nuevo el impacto de las balas en su cuerpo–. Yo oí esa canción.

–La mente te engaña en las situaciones peligrosas –empezó Rourke.

–Estaba sonando esa canción. Pero no así, no cantada… Era… no sé… como campanillas –se interrumpió mientras intentaba recordar.

–¿Campanillas? –inquirió Carson.

Rourke frunció el ceño.

–Mi… patrón –dijo, vacilando antes de revelar la verdadera naturaleza de su relación con el hombre–, posee un reloj suizo muy caro, customizado con una melodía con la que está muy encariñado. Es la obertura de la Novena Sinfonía –alzó la cabeza–. Es una melodía de campanillas. Como las de esos relojes de carillón de las iglesias.

Tank se quedó paralizado. Cerró los ojos, esforzándose todo lo posible por recordar al hombre.

–Es inútil –rezongó–. Cuando intento visualizarlo, lo único que puedo ver es esa maldita y chillona camisa de cachemira que llevaba –abrió los ojos–. Pero sé que oí campanillas. Pudo haber sido un reloj. No estoy seguro de que él llevara uno. Pero, a juzgar por su traje, no parecía que hubiera podido permitirse un caro reloj suizo con música customizada –añadió–. El traje que llevaba era del montón.

Carson sacó su móvil y abrió un buscador de Internet.

–¿Qué haces? –inquirió Tank.

–Es solo por probar –dijo–. Pero es que esa melodía me da mucha curiosidad. Como si me recordara algo muy lejano…

Pulsó el botón de búsqueda y esperó. Fue ojeando luego los resultados, un proceso que a Tank se le hizo casi eterno. Finalmente se detuvo, dio un golpe en la pantalla y su expresión se volvió aún más ceñuda.

–Hace algunos meses –dijo, alzando la mirada–, más o menos por el tiempo en que tuvo lugar la redada de Hayes Carson y la emboscada en la que tú caíste, un fiscal de distrito fue asesinado en San Antonio.

–¿Y?

–Todavía piensan que se trató de un ladrón porque fue atracado. Su mujer era rica. Él llevaba un caro reloj suizo. Dijeron que tenía una alarma musical, sin especificar la melodía. Nunca lo encontraron.

Un brillo asomó a los ojos oscuros de Tank.

–Es una posibilidad.

Carson asintió. Seguía mirando webs. De repente frunció el ceño.

–Hay una fotografía de ese fiscal, el que fue asesinado. Quiero que miréis esto –entregó su móvil a Tank, que lo tomó y se quedó pálido.

–¿Qué? –le preguntó Rourke al ver su expresión.

–La maldita camisa. La maldita camisa de cachemira –suspiró profundamente–. Se parece mucho a la que llevaba el falso agente federal.

–¿Puedes averiguar si la camisa terminó desapareciendo? –le preguntó Rourke a Carson.

–Yo me encargo de ello. Conozco un inspector de homicidios en el departamento de policía de San Antonio –dijo Rourke. Sacó su teléfono y llamó al teniente Rick Márquez.

–Rourke –dijo Rick Márquez cuando escuchó el acento sudafricano de su amigo.

–El mismo. ¿Qué tal estás?

–Ocupado –respondió, riendo–. Mi esposa va a dar a luz cualquier día de estos.

–Enhorabuena –lo felicitó Rourke.

–Gracias. Estamos eufóricos. Se avecinan grandes cambios.

–Dímelo a mí. Gracias. Escucha, estoy trabajando para un tipo aquí, en Wyoming. Se llama Tank… digo Dalton Kirk...

–Hayes Carson me habló del caso –lo interrumpió Rick–. ¿Ha habido suerte a la hora de encontrar al culpable?

–Ahí es donde espero que puedas echarnos una mano tú, de manera oficiosa –replicó Rourke–. Un fiscal de distrito de San Antonio fue asesinado hace unos meses y le robaron algunas pertenencias, ¿verdad?

–Así es –dijo Rick–. Era un buen tipo. Trabajador, honesto, implacable. Dejó esposa y dos niños pequeños. Tuvo muy mala suerte. Estaba cruzando el aparcamiento de madrugada cuando alguien se le echó encima, disparó contra él y lo desvalijó.

–Y nunca capturaron al asesino, ¿cierto?

–Cierto. ¿Por qué?

–Entiendo que un reloj figuraba entre los artículos robados… concretamente un reloj suizo muy caro.

–No lo recuerdo con exactitud, pero eso creo.

Tank le pidió ponerse al teléfono.

–Soy Dalton Kirk, teniente Márquez. ¿Su asesinado llevaba también en el momento una camisa de cachemira, que luego desapareció?

–Déjeme pensar… Oh, sí, lo recuerdo. Era uno de los aspectos más desconcertantes del homicidio. Quienquiera que lo mató, lo despojó de la camisa. Pero dejó tirada en el suelo la chaqueta del traje, que era muy cara. En suma, le robaron la cartera, el reloj y la camisa.

–¿Le dispararon en el pecho?

–En la cabeza. Había sangre, no mucha, en la chaqueta del traje. Donde sí que había era en la columna que tenía detrás...

–La camisa, ¿la identificó alguien?

–Su esposa dijo que era una camisa de alta costura, procedente de una conocida casa de modas de París... ¿qué pasa con ella? –inquirió Rick cuando oyó a Tank contener el aliento.

–El hombre que me disparó llevaba una camisa así. El sheriff Hayes Carson recuerda que el agente que estaba con él en la redada también llevaba una igual. No sé si se fijó en el reloj del hombre, pero quizá usted podría preguntárselo.

–Todo esto está tomando un rumbo muy extraño... –dijo Rick.

–¡Dígamelo a mí! Todo apunta a que tenemos al asesino de ese fiscal del distrito aquí mismo, en Wyoming, intentando matarme –dijo Tank–. Yo ignoraba por qué. Pero ahora creo que puede estar relacionado con su asesinato no resuelto de Texas.

–Es muy posible que esté en lo cierto. Cuénteme todo lo que recuerde sobre ese hombre –le pidió Rick–. Tenemos una testigo que vio huir al asesino. Tiramos de nuestra lista habitual de sospechosos, para que lo reconociera entre ellos, pero fue inútil. De hecho, francamente, la descripción que nos dio de su físico no podía ser más extraña.

–¿Y eso? –preguntó Tank.

–Ella dijo que tenía el cabello de un color rojo naranja... y que portaba un juguete inflable de piscina, para niños.

–Para distraer la atención de su rostro –dedujo Tank, recordando algo que había oído decir a Carson–. O para dejar en ridículo a la testigo cuando les proporcionara esa descripción. Probablemente recogió el juguete de algún jardín cuando estaba huyendo de la escena del crimen.

–Es muy posible, sí.

–Cuéntele lo del hombre que apuñaló al padre de Carlie Blair. El tipo murió envenenado –le sugirió Carson.

Así lo hizo, pero Márquez ya lo sabía. Aunque no había conectado los dos casos. Rick Márquez añadió que quizá no existiera tal conexión, pero lo comprobaría de todas formas.

–Puede que no sea nada, pero tengo la sensación de que todo está relacionado. Ordenaré a mis hombres que lo comprueben. Páseme otra vez a Rourke. Ah, encantado de conocerle, por cierto –rio Márquez.

–Lo mismo digo –devolvió el móvil a Rourke.

Rourke escuchó por un momento.

–Sí. Eso es. Ese tipo intentó envenenar a una joven, una amiga de Dalton, y la ha estado poniendo repetidamente en la línea de fuego. Instaló micrófonos en la casa de los Kirk y en la de ella. Al principio creíamos que era un simple chalado, pero ahora estamos empezando a pensar que se está jugando mucho con esto. Al parecer tenía miedo de que Dalton pudiera recordar su identidad, relacionarlo con aquel asesinato. Y lo mismo rige para el sheriff Hayes Carson. Eso también explica por qué quiso borrar los discos duros del ordenador de la oficina de Hayes. No quería que nadie viera la camisa que tenía, posiblemente el reloj también, y estableciera una conexión.

–Lo cual nos lleva a la siguiente pregunta: si se trata de un asesino poco convencional, ¿por qué está tan preocupado de que puedan relacionarlo con un asesinato particular? –inquirió Rick.

–Él hizo que pareciera un robo, ¿no? –dijo Rourke, pensativo–. Quizá no quería que lo relacionaran con algún caso de los que llevaba el fiscal del distrito.

–¡Diablos! Menudo detective estás hecho, Rourke –exclamó Márquez–. ¿Qué tal si dejas de alimentar a cocodrilos con carne humana y te vienes a trabajar conmigo? Tendrías café gratis y una plaza de aparcamiento.

–Lo siento –replicó Rourke–. Lo de alimentar a los cocodrilos es una actividad un poco más lucrativa en este momento. Este es ni número de móvil. Estaré con los Kirk, así que, si necesitas contactar con Dalton, esta será la mejor manera. Puede que sus teléfonos no sean seguros. Tendremos que volver a revisarlo todo.

–Buena idea.

Rourke le dio el número y, poco después, cortaba la comunicación.

–¡Bueno! –exclamó Tank–. ¡Y todo esto, por un asesinato en Texas!

–Parece que los casos están conectados –repuso Rourke. Sacudió la cabeza–. Pero la verdad es que no tiene mucho sentido. Ese tipo se ha tomado una enorme cantidad de molestias para cubrir sus huellas, pero, desde entonces, se ha señalado a sí mismo como objetivo con su intento de homicidio de aquí.

–Podría estar conchabado también con los que secuestraron a Hayes Carson –sugirió Tank.

–Dos días atrás, lo habría descartado. Pero ahora creo que todo remite a ti –le dijo Carson a Tank.

–Yo estoy segura de ello –intervino Clara, que había estado todo el tiempo en silencio, escuchando–. Eso fue lo que Merissa vio. Ella dijo que te habían elegido como objetivo por algo que ni siquiera tú podías recordar. Todo eso cobra sentido ahora.

–Desde luego que sí –Tank recorrió a los hombres con la mirada–. Tenemos que ser más cuidadosos que nunca. No podemos estar seguros de que no haya colocado más micrófonos en el rancho. Durante todo el tiempo hay gente entrando y saliendo de allí, desde inspectores sanitarios hasta vaqueros, pasando por proveedores, conductores de camiones de ganado y trabajadores temporales. Es un rancho grande. Se necesita mucha gente para mantenerlo funcionando. Revisamos los antecedentes de la gente que viene más a menudo, pero no solemos hacerlo con los temporales que trabajan un día o dos.

–Yo puedo chequear a todos lo que entren con un *software* de reconocimiento facial –ofreció Carson– Llevará tiempo, pero cualquier extraño destacará tanto como un trapo rojo.

–Buena idea. Me aseguraré de que las conversaciones de todo el mundo giren sobre temas generales, nada que ver que con cosas que puedan interesar al intruso –les dijo Tank, y miró a Clara–. Eso rige con mayor motivo para ti, y para Merissa, cuando llegue a casa.

La mujer asintió.

–Seremos muy cuidadosas esta vez.

–Te conseguiré un emisor de interferencias –le prometió Carson con una sonrisa–. Te proporcionará un mínimo de intimidad frente a cualquiera que pueda estar escuchando.

–Gracias –repuso Clara.

La camarera apareció con las bandejas de comida, en su mayor parte pavo y carnes rellenas en honor a la Navidad, y comieron en silencio durante un buen rato.

Tras acabar de comer, y de despedirse de los dos hombres, Tank llevó a Clara al hospital.

Rourke subió en el coche con Carson. Le lanzó una extraña mirada.

–¿Qué pasa? –inquirió Carson.

–Nada. Hay algo que me da curiosidad –se encogió de hombros. Vio que Carson arqueaba una ceja antes de concentrar su atención en la carretera–. Has cambiado.

–Explícate.

–En todo el tiempo que te conozco, no había nada que odiaras más que las mujeres. Y ahora, de repente, eres un donjuán.

–La variedad es la salsa de la vida.

–Hace un año no decías eso.

Carson soltó una fría carcajada.

–Ya. Tengo cambios de humor. A veces pienso en ciertas cosas, y las mujeres descienden en la escala de valores como una piedra cayendo en picado. Durante un tiempo fui «míster Conservador». Pero entonces sufrí una... tragedia personal –dijo, en referencia a la trágica muerte de su esposa–. Después de aquello, empecé a mirar a las mujeres de una manera distinta. Bueno, la mayor parte del tiempo, al menos. Diablos, quieren jugar en la misma liga que los hombres, aumentar sus conquistas, reírse de los compromisos... ¿por qué no debería yo aprovechar las oportunidades que ellas mismas me ofrecen? –reflexionó en voz alta–. No soy ningún monje.

–Ni yo –repuso Rourke. Sonrió–. Pero yo no estoy en tu liga –sacudió la cabeza–. Diablos, tú tienes mucho talento para eso.

Carson rio por lo bajo.

–Sí, la verdad es que hago acopio de muchos ramilletes de flores. Algunas tienen los tallos largos, otros cortos. Pero cuanto más bellas son, más las disfruto. Por un tiempo.

–Las mujeres que no son bellas pueden tener otras cualidades –señaló Rourke.

–Eso no es lo mío. A mí no me gustan las mujeres normalitas de actitud anticuada.

Rourke lo miró. La frase la había pronunciado con un tono venenoso, resentido.

–Has conocido a algunas, ¿eh?

–A una –Carson pensó en Carlie y en lo que le había dicho. Cerró en redondo su mente–. La vida es demasiado corta para no apreciar una belleza cuando se te engancha al brazo y te ronronea como un gatito.

Rourke sonrió.

–Ya. Supongo que tienes razón –miró por la ventanilla. Su expresión era dura como el acero–. La variedad es menos áspera que intentar lidiar con una sola mujer.

–Completamente de acuerdo –dijo Carson.

Rourke lo miró.

–Estás haciendo enfadar a Dalton. ¿Te has dado cuenta?

Carson frunció los labios.

–Celos –dijo con un fulgor de sus blancos dientes–. Si yo fuera menos escrupuloso, se la quitaría delante de sus narices. Ella es... especial.

–Muy especial –Rourke vaciló–. ¿Qué es lo que sabes de Tank?

Carson lo miró.

–Es un rico ranchero.

–Sirvió en Irak en una unidad de avanzada –le explicó Rourke–. Cuando un tanque arrinconó a su unidad, fue a por él y lo destruyó. Por eso lo llaman así.

–Impresionante.

–Regresó a casa sin apenas un rasguño. Por aquel entonces no tenía nada que hacer. Sus hermanos estaban convirtiendo el rancho en un pequeño imperio, pero Dalton quería más emoción. Le gustaba la idea de un puesto federal, con un buen sueldo. Un oficial que conocía tiró de algunos hilos y le consiguió un empleo como agente de patrulla fronteriza –su expresión se volvió sombría–. Un día, un agente de la DEA se presentó en su oficina y le pidió ayuda inmediata para una redada contra un cártel de droga. Dalton no vio razón alguna para no creer en lo que le decía. Lo acompañó y cayó en una emboscada: estuvo a punto de morir. Estuvo semanas en el hospital, sufriendo operación tras operación.

–Dios –mascculló Carson.

–Volvió a andar, y aquello no le ha dejado ninguna marca evidente. Pero puedo asegurarte que le dejó cicatrices que nunca se borrarán, tanto físicas como mentales. Tuvo que dejar el trabajo en la patrulla fronteriza, obviamente. Mallory y Cane habían comprado el rancho varios años antes. Los dos habían sudado sangre para levantarlo mientras Tank estuvo primero en Irak y luego trabajando como agente de fronteras. Han hecho grandes mejoras aquí. Han creado una gran empresa agraria totalmente ecológica, que ha multiplicado su valor por cien desde que se hicieron con ella –sacudió la cabeza–. Mallory es un genio para las inversiones. Tank se ocupa del *marketing* y Cane del ganado. Son unos triunfadores.

Carson se había quedado callado. Estaba pensando en las heridas de Dalton y, sobre todo, en aquellas que no mostraba a nadie. Algo que seguro le dificultaría la relación con una mujer.

–Nunca le ha oído hablar de lo mal que lo había pasado –comentó.

–Así es él. No da publicidad a sus problemas.

Carson se acordó entonces del hombro de Carlie, donde había visto el extraño pliegue de su camiseta. Se preguntó si ella, también, tendría cicatrices que no mostraba a nadie.

Rourke suspiró profundamente.

–Dios, qué cansado estoy. Espero que Márquez nos proporcione algunas respuestas que nos ayuden a resolver el caso antes de que alguien más resulte herido o muerto.

Carson volvió a apretar los labios hasta formar una fina línea.

–Pues ya somos dos.

Tank se había pasado por la tienda de regalos del hospital mientras Clara entraba a ver a su hija. Merissa estaba ya fuera de la unidad de cuidados intensivos, instalada en una habitación.

Recogió sus compras y se dirigió luego a la planta correspondiente. Con una mano oculta detrás de la espalda, llamó a la puerta y entró.

–Adelante –dijo Merissa con voz débil, pero contenta. Su mirada se iluminó al verlo. Sonrió.

–¿Qué tal, chica? –la saludó con ternura.

¿Chica?, se preguntó ella. Entonces recordó. Él le había dicho: «¿para qué están los amigos?». Y se desanimó,

Tank se dio cuenta, y el corazón se le encogió en el pecho. Se acercó a la cama.

–¿Cómo te encuentras?

–Mejor, gracias –respondió con voz ronca–. Con náuseas. Cansada. Asustada –añadió, mirando a su madre.

Clara le apretó la mano.

–Yo estoy bien, hija. Tengo mucha protección.

–Lo sé –repuso Merissa, relajándose un tanto. Miró a Tank–. Ha pasado algo, ¿verdad?

Él arqueó las cejas.

–Perdona –se disculpó, tímida–. No puedo evitarlo.

–No era una crítica… Pero sí, ha pasado algo. Lo que pasa es que no puedo decírtelo –probablemente estuviera pecando de paranoico, pero ni siquiera confiaba en que la habitación estuviera libre de micrófonos.

–Está bien –aceptó ella.

Lo había comprendido en seguida. Él no quería hablar allí. Temía quizá que hubiera micrófonos en la habitación. Después de todo, el asesino de su padre se las había arreglado para colarse en su dormitorio de la cabaña y manipular su medicación para el dolor de cabeza.

–Te he traído algo –le informó él.

–¿De veras? –una sonrisa volvió a iluminar su rostro–. ¿Es algo rico de comer? ¿Algo que no sea sopa o gelatina...?

–Es un solomillo de buey envuelto en papel de estraza –le susurró con tono de conspiración.

–¡Malo! –rio ella.

Su rostro resplandecía cuando estaba contenta. Era preciosa. Tenía que contenerse para no soltárselo de golpe.

Mostró la mano que había mantenido escondida.

–Probablemente es un poco cursi...

Merissa tomó la pequeña escultura de cerámica. Era un halcón. No, eran dos: uno macho y el otro hembra, posados sobre una rama de árbol. Una talla en madera, pintada a mano. Bellísima.

Se le llenaron los ojos de lágrimas.

–Lo conservaré siempre –le prometió, emocionada. Alzó la mirada–. ¡Gracias!

Tank sonrió. Al principio no las había tenido todas consigo, pero aquella sonrisa justificaba por sí sola el día entero.

–Me alegro de que te guste. Feliz navidad.

–Yo no te he comprado nada –le dijo ella, triste.

–Oh, eso no es un regalo de Navidad –replicó él–. Es solo un impulso que he tenido.

–De acuerdo, entonces ya me siento mejor. Gracias otra vez. ¿Te han dicho cuándo puedo irme a casa? –le preguntó a su madre.

Clara suspiró.

–Nadie me ha dicho nada sobre eso. Pero puedo preguntar, si quieres.

–¿Lo harías?

Clara sonrió.

–Claro. Ahora mismo vuelvo.

Abandonó la habitación y Tank se sentó en la silla, junto a la cama de Merissa. Tomó su pequeña mano entre las suyas y se la apretó con fuerza.

Cuando ella se encontró con su penetrante mirada, todo lo que había ocurrido desde su último encuentro se evaporó de pronto de su cabeza y tuvo la sensación de que el corazón iba a estallarle en el pecho.

12

Tank la miraba a los ojos con doloroso anhelo. Quería confesarle lo celoso que estaba de Carson, lo mucho que deseaba retirar las palabras que le había dirigido. Quería decirle que no la quería como una simple amiga, sino como compañera para el resto de su vida.

¿Pero cómo podía hacerlo, ahora que lo había estropeado todo?

–Estás preocupado –le dijo ella con voz tierna–. ¿Quieres hablar de ello?

Sus labios formaron una fina línea. Se encogió de hombros.

–Ojalá pudiera.

Los dedos de Merissa se cerraron sobre los suyos.

–Tiene algo que ver con ese hombre –adivinó.

Él se limitó a asentir. Le volvió el dorso de la mano y esbozó una mueca al ver el gran moratón.

–Es más aparatoso que otra cosa –explicó ella–. Al principio no podían encontrar una vena, así que tuvieron que punzar ahí, por el gotero –añadió con una sonrisa, señalando el otro brazo, donde el suero circulaba por goteo hasta la aguja que tenía clavada en el brazo–. Me lo pusieron esta mañana.

–Siento mucho todo lo que ha pasado –pronunció, pesaroso–. Todos lo sentimos.

–No hay necesidad –repuso con tono suave–. Ese hombre es muy eficaz –se refería al asesino de su padre–. Empezó cuando prácticamente era un adolescente. Alguien lo entrenó, alguien experto en espionaje –su mirada se había vuelto casi opaca–. Alguien en un lugar tropical. Palmeras. Cruceros –se ruborizó.

–Sigue –la instó a continuar–. Le gustan los tiburones…

Parpadeó varias veces.

–Sí. Le gustan los tiburones. Y actúa igual que ellos. Sin emoción ni arrepentimientos. Como un simple depredador que aprovecha sus oportunidades.

Quiso preguntarle si había visto un reloj en sus visiones, pero tenía demasiado miedo de que pudieran escucharlo, caso de que aquel tipo se las hubiera arreglado para instalar micrófonos en la habitación. Sí que le había dicho lo de los tiburones. Pero, si el tipo estaba escuchando, esa información no despertaría sus sospechas. Después de todo, era consciente de que ellos sabían que había mencionado a los tiburones en una ocasión.

–Pareces cansado –comentó ella.

Logró esbozar una sonrisa mientras la miraba.

–No he estado durmiendo bien.

–Me lo imagino –repuso ella–. Toda esta preocupación por lo que ese hombre va a hacer a continuación…

–¡No! –le apretó la mano. Encogiéndose de hombros, desvió la vista–. He estado preocupado… todos hemos estado preocupados… por ti.

–Oh.

Parecía sorprendida. Él sostuvo su mirada escrutadora.

–Mis hermanos vinieron conmigo al hospital cuando te ingresaron. Sus mujeres también querían, pero a mí no me pareció prudente que trajeran a Harrison aquí, o a Bolinda, con lo embarazada que está.

Ella sonrió.

–¡Qué amables!

–Les caes muy bien.

Merissa se ruborizó levemente y se echó a reír.

–¿No piensan que agrio la leche?

Tank negó con la cabeza.

–Somos gente muy moderna. Nada de persecuciones con horcas y antorchas.

Aquello le arrancó una carcajada.

–Al menos hoy tienes algo más de color –añadió él, suspirando.

–Me siento mucho mejor. No sé qué es lo que me han estado metiendo en la sangre, pero de verdad que ha funcionado.

–¿Has recibido alguna visita? Aparte de nosotros, quiero decir.

–Solo Carson –su mirada se suavizó–. Vino y estuvo sentado aquí unos minutos.

La expresión de Tank se heló de golpe. Le soltó la mano.

–Acabo de verlo. No me dijo que había estado contigo.

–Se sentía culpable porque nos dejó solas en la cabaña –explicó–, lo que facilitó la oportunidad a ese hombre para manipular mis medicinas.

–¿Qué le dijiste?

–Que no fue culpa suya, por supuesto –replicó–. Ya sé que no te cae bien –añadió, perspicaz–. Pero él no es lo que tú piensas. Es una buena persona.

Casi se mordió la lengua para no espetarle algunas de las cosas que sabía que Carson había hecho.

–¿Qué tal se las está arreglando mamá? –le preguntó ella, para distraerlo–. Parece que se encuentra bien, pero la he visto muy preocupada. Y cuando todavía estaba intentando superar lo de papá.

Tank se olvidó inmediatamente de sus celos.

–Se las está arreglando muy bien. Tu padre era un hombre cruel y vengativo. Cada uno elige su camino en la vida y lo recorre hasta el final. Él terminó el suyo de manera tan cruel y tan violenta como vivió.

Merissa suspiró.

–Supongo que tienes razón. Pero aun así es duro –alzó la vista–. ¿Viven tus padres?

Él negó con la cabeza.

–Nuestra madre murió hace años. Y nuestro padre también. Llevamos mucho tiempo los tres solos –sonrió, triste–. ¿Sabes? No hay nadie en el mundo que sienta tanto orgullo por ti como un padre o una madre, o la misma clase de amor incondicional. Un padre o una madre te lo perdonan todo. Supongo que todos somos más mediocres sin ellos.

–Yo siempre esperé que mi padre fuera bueno y cariñoso conmigo –repuso ella, pesarosa–. Mi padre no fue ninguna de las dos cosas. Casi desde que empecé a andar, aprendí a mantenerme alejada de él. Mamá se llevó un montón de golpes que en realidad habían estado dirigidos a mí –cerró los ojos–. Mi infancia fue una pesadilla.

Tank le acarició tiernamente la mano.

–Lo siento.

–Yo también.

Como ella no se estaba resistiendo, entrelazó los dedos con los suyos. Al hacerlo sintió una punzada de euforia, como si hubiera saltado en paracaídas desde una gran altura.

–¿Algún otro visitante? –le preguntó.

–En realidad, no –sonrió–. Solo el agente del sheriff. Me hizo un montón de preguntas para elaborar el informe.

–Supongo que Cody lo envió.

–Ya.

Desvió la mirada hacia el pasillo. Las trabajadoras del hospital estaban empujando carritos con bandejas de comida. Esbozó una mueca.

–Supongo que es la hora de comer. Tengo que marcharme –dijo, reacio.

–Aquí la comida es muy buena –le informó ella–.

Bueno, excepto la gelatina. ¿No podrías pasarme un filete de contrabando? –le preguntó en un susurro.

–He oído eso –dijo una de las voluntarias desde el pasillo, con una risita.

–Lo siento. No he podido evitarlo –se disculpó Merissa.

La mujer entró con una bandeja cubierta y la dejó sobre la mesa, junto a la cama.

–Esto le gustará. No es un filete. Pero está bueno –levantó la cubierta.

–¡Carne guisada! –exclamó Merissa–. ¡Y zanahorias! ¡Me encantan las zanahorias!

–Su primera comida sólida, imagino –se dirigió Tank a la mujer.

La trabajadora se echó a reír.

–¿Cómo lo ha adivinado? Solo alguien que ha estado sometida a dieta líquida miraría con esos ojos esas zanahorias –puso los ojos en blanco–. Y también hay esto –les mostró el zumo de frutas, la leche y el pequeño helado de vainilla que contenía la bandeja.

–Creo que me he muerto y estoy en el cielo –susurró Merissa.

–No tanto, pero ha estado a punto, según tengo entendido –comentó la mujer, riendo de nuevo–. Y ahora cómaselo todo, ¿de acuerdo?

–De acuerdo –le prometió Merissa.

Tank le sonrió. Resultaba extraño, pero la voz de aquella mujer le resultaba familiar. Deseó poder identificarla. Estuvo a punto de preguntarle dónde se habían visto, pero sabía que eso habría parecido extraño, como si quisiera ligar con ella, y no quiso arriesgarse a hacer eso delante de Merissa.

La mujer se marchó. Merissa miraba entusiasmada la comida. Pero, cuando probó la carne guisada, esbozó una mueca.

–Qué extraño –murmuró.

–¿El qué?

–Supongo que estoy pecando de paranoica, pero me sabe raro. Como si alguien se hubiera pasado con el ajo… Bah, tal vez se me haya desacostumbrado el gusto –añadió, y se dispuso a llevarse el tenedor a la boca.

–No –Tank le quitó el tenedor y olió la carne. Frunció el ceño. Conocía demasiado bien aquel olor. Había trabajado, siempre con extremado cuidado, con el Malathion utilizado como pesticida. ¡Primero las cápsulas y ahora aquello!

–No vas a comerte esto –abrió su móvil y llamó a Cody Banks.

–Hola, Tank. ¿Qué tal todo?

–¿Enviaste hoy a un agente al hospital para interrogar a Merissa? –le preguntó.

–El sheriff se echó a reír.

–Bueno, todavía no –respondió–. Quiero decir, ella apenas acaba de salir de la unidad de cuidados intensivos…

Fue en ese momento cuando Tank recordó la voz que había escuchado por teléfono cuando llamó a la empresa de seguridad. Había hablado con una mujer sobre la instalación de las cámaras de videovigilancia. Era la misma voz de la mujer que había entrado con la bandeja de comida para Merissa. Aquella mujer no podía ser una simple trabajadora de hospital si era la cómplice del asesino que andaba detrás de Tank.

–¿Tank? –inquirió Cody al oír que su interlocutor se quedaba callado.

–Pensarás que estoy loco. ¿Podrías mandar a tu detective ahora mismo?

–¿Por qué?

–No cuelgues. Creo que la cómplice del asesino está trabajando aquí, y es posible que la comida que esa mujer acaba de entregar a Merissa esté envenenada. Algo peligroso. Huele al Malathion que se vende como pesticida. Y ya sabemos que esa fue la sustancia que puso en la cápsula que ingirió ella.

Cody conocía bien a Tank. No era un alarmista. Su palabra era suficientemente buena para él.

–No solo enviaré al detective, sino que lo acompañaré yo. Que nadie se lleve la bandeja hasta que yo llegue.

–Descuida.

Colgó. Merissa estaba escuchando. Parecía más nerviosa que nunca.

–Cody no envió a ningún agente para interrogarte –le dijo–. Cuéntame todo lo que recuerdes de ese hombre.

Merissa frunció el ceño.

–Era de mediana estatura y llevaba uniforme y gorra. Parecía muy amable. Me preguntó por mi madre, y yo le comenté la suerte que tenía de seguir viva. Él me dijo que probablemente el hombre no había tenido intención de matarme en aquel momento, porque si ese hubiera sido el caso habría puesto una dosis mayor de veneno en las cápsulas. Me dijo que quizá estuviera esperando el momento adecuado para eliminarme, con el objetivo de conseguir un mayor impacto –miró a Tank–. Un comentario muy extraño, ¿no te parece?

A esas alturas Tank estaba más que preocupado. Tenía ganas de salir al pasillo y localizar a aquella maldita mujer, atarla, obligarla a hablar. Quería encontrar al principal, al falso agente de la DEA. Abrió de nuevo su teléfono y llamó a Rourke.

–Será mejor que vengas. Asegúrate de que mis hermanos se queden en casa con sus esposas y que Carson esté con ellos.

–Ahorra mismo –respondió Rourke sin discutir.

–¿Rourke? –inquirió Merissa.

Tank se sonrió.

–Una vez alimentó a un cocodrilo con carne humana. Espero que no haya perdido la costumbre –añadió, solo en caso de que el canalla de la camisa de cachemira estuviera escuchando.

–¡Dalton! –exclamó con tono de reproche–. ¡Debería darte vergüenza!

Él cerró los dedos sobre los suyos.

–A lo mejor se me ocurre algo más creativo que lo del cocodrilo...

De pronto Merissa se quedó ausente, con la mirada opaca. Otra vez estaba viendo cosas.

–Está ardiendo.

–Sí, arde en deseos de matarme...

Ella sacudió la cabeza.

–No, Dalton –dijo con tono suave–. Se está quemando. Vivo –se estremeció–. Yo lo vi. No pude distinguir sus rasgos, pero era ese hombre. Está ardiendo. Grita...

Él le acarició tiernamente el pulgar con los dedos.

–No sigas. Estás sufriendo.

–Es eso lo que veo. Es la clase de cosas que veo, todo el tiempo. Muerte. Violencia. Dolor –suspiró profundamente–. Durante toda mi vida. Tenía una amiga en el instituto. Sabía que iba a morir, y de qué manera. Intenté advertirla. Ella pensó que estaba bromeando. Le dije que no fuera a nadar al lago aquel día, que un hombre a bordo de una lancha, bebido, la arrollaría –cerró los ojos–. Ella simplemente se echó a reír. Se fueron todas a nadar. Un hombre estaba conduciendo una lancha fueraborda a demasiada velocidad, borracho. No la vio. La lancha le pasó por encima y las hélices la destrozaron –una trágica expresión se dibujó en su rostro–. Después de aquello, ya no quise tener amigas –alzó la mirada hacia él–. La gente dice que lo que tengo es un don. Pero no es un don, es una maldición.

Nadie que esté en sus cabales querría ver el futuro a sabiendas de que eso es lo que le está esperando.

–Nunca se me había ocurrido verlo de esta forma, supongo.

–A mí me encantaría ser normal –comentó, triste–. Ya sabes: tener un trabajo normal, hacer cosas normales, casarme, tener hijos... llevar una vida feliz.

–¿Por qué no puedes hacerlo? –le preguntó él con tono suave.

–Mis hijos sufrirían por mi culpa –respondió–. Ellos pagarían el precio de mi... don.

–No deberías tomar esa decisión basándote en ese argumento –replicó Tank con ternura–. Merissa, todos tenemos cualidades determinadas que nos diferencian. Esa no es necesariamente una mala cosa. Puede que tus hijos tengan dones similares. Eso no tiene por qué ser una maldición. Y es verdaderamente un don. Yo no estaría aquí hoy, hablando contigo, si no lo fuera.

Merissa era bien consciente de ello. Empezó a relajarse. Sonrió.

–Supongo que me estoy dejando afectar demasiado por todo esto –miró la bandeja–. Tengo tanta hambre... –se quejó.

–Haré que te traigan otra cosa, pero antes el detective de Cody tendrá que examinar eso –señaló el plato supuestamente envenenado.

La mujer que le había llevado la bandeja apareció justo en ese momento, sonriendo, con la intención de recogerla.

–Vaya, ni siquiera la ha probado –exclamó–. Eso no puede ser. Tiene que comérsela ahora mismo. Todo –se acercó a la cama–. Vamos, señorita Baker, no me lo ponga más difícil. Mire, yo la ayudaré...

–¡Ni lo sueñe! –estalló Tank.

Se levantó como un resorte en el mismo instante en que Cody Banks entraba en la habitación.

–¡Arréstala! –le dijo al sheriff, señalando a la mujer–. ¡Es la cómplice del asesino!

–Que yo soy... ¿qué...? ¡Está usted loco! –gritó la mujer, toda colorada–. ¡Yo me voy!

–No, usted no se va a ningún lado –dijo Tank, bloqueándole la salida–. Cody, creo que la comida de esa bandeja está envenenada. Hay que analizarla. Reconozco la voz de esa mujer. Trabajaba para el supuesto especialista en seguridad que llenó mi casa de micrófonos.

La mujer se lo quedó mirando de hito en hito. Pero no protestó cuando Cody la esposó y ordenó a su detective que avisara a un agente para que acudiera a detenerla.

–Quédese ahí sentada –ordenó el sheriff a la mujer, señalando una silla junto a la ventana.

–No conseguirán probar nada –rezongó ella.

–¿Eso cree? –inquirió Tank, lanzándole una mirada helada.

Hicieron un análisis toxicológico de la comida. La carne asada estaba envenenada con Malathion suficiente para matar a cualquiera que la probara. Lejos de la dosis normal que se utilizaba en el rancho como pesticida, la utilizada con Merissa era mucho mayor, bien diluida. Tank estaba seguro de que los resultados del análisis demostrarían que la sustancia coincidiría con las muestras de las cápsulas, esto es, con el Malathion almacenado bajo llave en el rancho de los Kirk.

–Dios mío, este hombre está loco –exclamó Tank cuando la médica les entregó los resultados de las pruebas que había encargado.

La doctora se mostró sombría.

–Nunca he visto un caso semejante en toda mi carrera –confesó–. ¿Qué vamos a hacer, sheriff?

Cody suspiró profundamente.

–Lo primero, poner a Merissa bajo protección constante.

–Yo me ofrezco –dijo Rourke, que poco antes se había reunido con ellos–. Tengo a otro hombre vigilando el rancho. Los dos contamos con buenos antecedentes en lo que podría llamarse... misiones de alto riesgo.

Cody le lanzó una mirada desconfiada.

–No se preocupe, que yo no he hecho nada ilegal en este país –le aseguró Rourke.

El sheriff apretó los labios.

–De acuerdo. Su amigo Carson es especialista en rastrear gente –añadió.

–Sí, sabe hacer muchas cosas –dijo Rourke–. Y seguir rastros es una de ellas. Él protegerá a los Kirk.

–Clara tendrá que mudarse con nosotros –intervino Tank–. No quiero que se quede sola en la cabaña.

–Yo me encargaré de ello –dijo Rourke–. Recogeré también el ordenador de Merissa y me lo llevaré al rancho. No me gustaría que nuestro anónimo amigo se pusiera a hurgar en él.

–Buena idea –comentó Tank–. Y que nadie diga nada de todo esto en la habitación de Merissa. Es probable que haya micrófonos, sobre todo desde que un hombre se ha hecho pasar por agente tuyo –se dirigió a Cody– y se presentó en el hospital para interrogarla.

–Esta vez nuestro hombre lo tiene muy claro –observó Rourke en voz baja–. Quiere matarla.

–Me está metiendo presión –dijo Tank–. Si ella hubiese muerto, yo no habría dedicado ni un solo segundo a pensar en el pasado. Lo que no sabe es que ya hemos hecho la conexión que tanto teme.

–¿Qué conexión? –quiso saber Cody.

–Es mejor que no lo sepas ahora mismo –repuso Tank, y le dio una palmadita en el hombro–. De todas maneras, no es algo que te concierna directamente. Al menos, no en este momento. Por ahora, nuestra única preocupación ha de ser proteger la vida de Merissa.

–Carson se quedará en el hospital hasta que ella reciba el alta –dijo Rourke.

–Menos mal –comentó Cody, ajeno a la expresión entre furiosa y ofendida de Tank–, porque yo no tengo presupuesto para eso.

–Él sí –replicó Rourke, señalando con el pulgar a Tank.

–Mi detective la interrogará, aprovechando que está aquí. Este tipo tras el que estamos está pirado –dijo el sheriff.

–Pienso lo mismo –replicó Rourke.

–¿Por qué quiere matar a una chica tan agradable? –preguntó Cody–. No lo entiendo.

–Merissa tiene visiones –contestó Tank–. Tiene miedo de que ella me ayude a recordar algo que no quiere que salga a la luz. Te lo explicaré con detalle en cuanto pueda –prometió al sheriff–. Es un asunto muy complejo.

–¿Por casualidad no tendrá algo que ver con ese caso de Texas? –preguntó Cody, irónico.

–Tal vez.

–Ya.

–Es todavía más oscuro que eso –añadió Rourke–. Esa es la pieza de un puzle. Un puzle mortal.

–Hay decenas de venenos que no tienen ni sabor ni color alguno –observó Cody–. ¿Por qué utilizó precisamente el Malathion?

–Es un gallito –respondió fríamente Tank–. Un arrogante. Piensa que todos somos unos estúpidos. Probablemente pensó que sería divertido matarla con una sustancia que usamos cotidianamente en el rancho, en dosis menores.

–Vaya –Rourke rio por lo bajo–. ¡Nos había reservado una buena sorpresa!

–Y que lo digas –dijo Tank, y se volvió hacia Cody–. ¿Podrías presionar de alguna forma a la mujer a la que acabas de detener por intento de asesinato? ¿Colgarla quizá de los pulgares? –bromeó.

El sheriff negó con la cabeza.

–Lo siento. Esas cosas se hacían en otro siglo, no en este.

–Solo era una sugerencia –murmuró Tank, y miró a Rourke–. ¿Crees que ella se dejaría sobornar? ¿Sería capaz de vender a su jefe?

–Mucho me temo que para mañana no estará viva.

–Hey, yo gestiono una cárcel segura –protestó Cody–. Ese asesino no conseguirá burlar a mis hombres. ¡Ni en un millón de años!

Rourke y Tank no contestaron. Estaban seguros de que, si el asesino decidía ejecutarla, no tendría el menor problema en hacerlo.

Y así fue. Más tarde, aquel mismo día, Rourke telefoneó a Tank, que seguía en el hospital, para comunicarle la noticia.

–La mujer que intentó envenenar a Merissa ha sufrido un infarto cuando estaba en la cárcel.

–Qué casualidad –repuso Tank. No sentía la menor compasión. Merissa podía estar en aquel momento muerta en su cama, gracias a aquella bruja.

–Ya. Lo mismo pienso yo.

–¿Sabes si recibió alguna visita?

–Un viejo con un bastón se presentó como su abogado y pidió verla. El tipo se mostró muy convincente. El agente encargado le dejó utilizar la habitación de los interrogatorios. El viejo salió cojeando, dio gracias al agente y se marchó. Encontraron a la mujer derrumbada en su silla. Los paramédicos reaccionaron con rapidez, pero todos los intentos de reanimación fracasaron. Murió nada más ingresar en el hospital. Parece que este tipo no quiere dejar ningún cabo suelto.

–Esto nos da la razón –declaró Tank, furioso.

–Así es –Rourke soltó un audible suspiro–. Malathion. Dios mío, existen miles de venenos que resultan indetectables por el gusto o el olfato. ¿Por qué usar Malathion?

–Táctica de terror –replicó Tank en voz baja–. Busca el impacto. Sabemos que puede ser muy sigiloso cuando quiere. O nos está poniendo deliberadamente un cebo, o se está volviendo torpe. Si es lo segundo, terminaremos colgándolo de los pies.

–Ojalá. Le tengo reservada una soga nueva –comentó Rourke.

Tank soltó una amarga carcajada.

–Bueno, ya veremos lo que pasa. Pero no me gusta tener a Carson aquí con ella –añadió de forma involuntaria.

–Le estás ladrando al árbol equivocado, amigo –replicó Rourke–. A Carson le gustan las relaciones fáciles, pero tu encantadora Merissa no es mujer dada a las aventuras. No es para nada su tipo.

–Espero que tengas razón.

Rourke rio por lo bajo.

–Ya verás que sí. Bueno, tengo que dejarte. Tengo la situación muy controlada en el rancho. No tienes nada de qué preocuparte.

–De acuerdo. Te tomo la palabra por lo que se refiere a la seguridad de mi familia.

–No hace falta que me recomiendes prudencia: ya la tengo, y mucha –repuso Rourke–. No pruebes alimento alguno del que no estés bien seguro. Díselo a ella, también. Carson estará vigilante, pero nunca está de más poner énfasis en ciertas cosas. El asesino ya falló con el primer veneno. Puede que no falle con un segundo veneno, ahora que ha visto frustrados sus planes –vaciló–. He visto a hombres reaccionar en esas mismas condiciones. Un hombre meticuloso, provisto de un plan, puede enfurecerse cuando algo no sucede conforme a lo esperado. En ese caso, las consecuencias pueden resultar fatales para mucha gente. Tendrás que estar muy atento.

–Un buen consejo. Lo seguiré. Gracias –se interrumpió–. Me estás siendo de gran ayuda, Rourke.

–De nada –repuso, y colgó el teléfono.

Merissa estaba muy seria, y Carson pensativo. Ninguno de los dos dijo nada cuando Tank regresó a la habitación del hospital. Frunció el ceño.

Carson suspiró.

–Este hombre piensa que tú y yo nos hemos liado aprovechando que las enfermeras no estaban mirando –le dijo a Merissa, bromista–. Entre la salida de la enfermera que te ha tomado el pulso y la ronda de la doctora –sonrió luego a Tank, que lo estaba mirando furioso–. Por cierto, solo para que lo sepas: yo nunca me enredo con mujeres tan fieles –señaló a Merissa–. Por alguna razón que no logro descifrar, no es nada aficionada al sexo en grupo.

Tank no puedo evitarlo: soltó una carcajada. También lo hizo Merissa, aunque se ruborizó levemente ante el explícito comentario.

–No quería ofenderte, por supuesto –le dijo Carson a Tank, irónico.

–No te preocupes –Tank se sentó en la única silla libre y se recostó en ella. Miró a Merissa a los ojos–. Yo soy hombre de una sola mujer.

Ella se lo quedó mirando con los ojos muy abiertos. Sus palabras y su expresión la habían llenado de extrañeza. Tal vez fuera una reacción típicamente masculina, de celos hacia otro hombre. Por otro lado, en aquel momento le estaba lanzando una mirada de puro deseo. ¿Por qué le había dicho aquello? ¿Era posible que solo pretendiera ser su amigo y nada más? ¿O lo había dicho porque no estaba seguro de ella?

–Decididamente me estoy sintiendo de más –comentó Carson, mirando a uno y a otra. Se levantó–. Me voy a por un café. ¿Quieres que te traiga uno? –preguntó a Tank.

–Sí, por favor. Con leche y sin azúcar –Tank echó mano al bolsillo y sacó un billete de veinte dólares–. Pago yo.Y no discutas –añadió–. Considéralo un pago de dietas.

–En ese caso, añadiré una barrita de chocolate –rio Carson.

–El mío lo quiero con leche y azúcar –dijo Merissa.

Carson la miró resignado.

–Si te proporcionara cafeína, las enfermeras me encerrarían en un cuarto y me harían solo Dios sabe qué cosas...

–Oh, puede estar seguro de ello –comentó de pronto la bonita enfermera que acababa de entrar en la habitación justo en aquel momento, lanzando a Carson una lasciva mirada–. Cosas verdaderamente horribles. Inimaginables –añadió con tono burlón.

–Entiendo. ¿Cuántos cafés quieres, entonces? –le preguntó Carson a Merissa, sonriendo de oreja a oreja,

Tank se echó a reír, y lo mismo la enfermera. Carson le guiñó un ojo y se dispuso a abandonar sonriente la habitación.

La enfermera silbó por lo bajo y se abanicó la cara con gesto expresivo.

–Si no fuera una mujer felizmente casada y además madre... –murmuró sin apartar la mirada de Carson.

–Suele tener ese efecto sobre las mujeres –bromeó Tank.

–Sobre la mayoría de las mujeres, que no sobre todas –lo corrigió Merissa y miró a Tank como para confirmarle que ella no se incluía en ese grupo.

Sorprendentemente, la expresión de Tank se transformó. Se relajó. Parecía... feliz. Satisfecho. Dejó que la enfermera hiciera su trabajo y, cuando se marchó, se acercó a la cama.

–Te mentí.

–¿Perdón?

–Inclinando la cabeza, le acarició tiernamente los labios con los suyos.

–Yo no te quiero por amiga.

–¿Por enemiga, entonces? –se burló ella, pero estaba respirando aceleradamente, como si hubiera estado corriendo.

Él le mordisqueó suavemente el labio superior.

–Podemos hablar de ello cuando estés fuera del hospital y haya terminado toda esta locura.

Merissa le acarició la mejilla con sus dedos fríos y sonrió mientras los labios de Tank continuaban moviéndose sobre los suyos, con exquisita lentitud.

–De acuerdo.

Él rio por lo bajo, porque aquello no había sonado en absoluto a negativa.

Ella suspiró, admirando su hermoso rostro de rasgos duros.

–Eres tan increíblemente guapo –murmuró con voz ronca.

Tank reaccionó ruborizándose.

–¿Yo?

–Sí, tú –sonrió–. No es solo tu aspecto. Es tu forma de ser.

–En realidad no me conoces tanto –le recordó.

–Te conozco perfectamente –repuso ella–. Darías la vida por tus hermanos, por sus esposas, por toda la gente a la que quieres. En los momentos de peligro, nunca huyes. Eres honrado, y leal... y ni siquiera bebes. Ni fumas –sacudió la cabeza–. Tu único defecto real, aunque pequeño, es tu mal genio.

Tank esbozó una mueca.

–Solo aflora de cuando en cuando, y en circunstancias extremas.

–Como cuando se te mete en la cabeza que Carson está intentando seducirme –soltó una risita.

Él suspiró. Era imposible negarlo.

–Ya.

Merissa le acarició entonces la boca bien cincelada.

–Es un hombre muy atractivo. A veces parece duro como una roca, pero tiene un corazón sensible. No quiere volver a tener una relación seria con ninguna mujer, pero en alguna parte hay una jovencita que lo está volviendo loco.

–Pues tendrá que ponerse a la cola –se burló Tank.

–Carson no es así –replicó ella–. Esa joven es muy religiosa. No le gustan las cosas que ha estado descubriendo sobre él –escrutó el rostro de Tank–. Creo que esta chica le dejará impactado. No está habituado a tratar con mujeres que no piensan en el sexo como un picor que se rascan cuando sienten la necesidad.

–Tú eres de esa clase de mujeres –murmuró él.

–Sí. Pero no me gusta juzgar a nadie. No quiero imponer al mundo mi modelo de cómo me gustaría que fuera.

–Sé lo que quieres decir. Pero siempre habrá gente formal, religiosa, y mujeres que no se apuntan como otras al... al sexo en grupo –añadió, bromista.

Ella se echó a reír.

–¿Qué es lo que tiene de gracioso el sexo en grupo? –preguntó Carson con gesto altivo cuando se reunió con ellos–. ¡Cómo sois! –exclamó e hizo una pausa, con gesto teatral–. ¿Nunca habéis visto aparearse a las anacondas en los documentales del National Geographic?

Todos se echaron a reír.

Carson entregó a Tank su vaso de café y miró a Merissa con expresión aparentemente entristecida mientras se dejaba caer en la silla del otro lado de la cama.

–Lo siento, pero me habrían echado a patadas de aquí si te hubiera traído ese café.

–Lo sé. No pasa nada –le aseguró ella, sonriendo.

Tank volvió a sentarse en su silla, pero sin apartar la mirada de Merissa.

–¿Has tenido noticias del sheriff? –inquirió Carson.

–No, pero nos avisará en cuanto descubra algo. Lástima lo de esa mujer –añadió, sombrío–. Supongo que, de haberla animado un poco, habría podido contarnos algo.

–O no –replicó Carson–. Los hombres como nuestro falso agente no eligen a cómplices con la lengua suelta –cruzó los musculosos brazos sobre el pecho–. Sin embargo, un poco de investigación podría revelarnos algo.

–Estaba pensando en lo mismo –Tank sonrió a Carson, porque sabía bien lo que estaba haciendo. Sospechaba que había un micrófono en la habitación. Estaba elevando las apuestas de lo que estaba en juego, proporcionando al asesino un nuevo motivo de preocupación.

–A no ser que estuviera trabajando en alguna agencia clandestina del gobierno, esa mujer no era invisible. Tiene que haber dejado algún rastro. Y alguien tiene que haberla conocido. Tu amigo el sheriff la buscará en la base de datos a ver qué es lo que encuentra. Seguro que tiene antecedentes. Un historial no demasiado largo, quizá. Pero seguro que hay algo.

–Lo suficiente, espero –añadió Tank de forma deliberada–. Al menos como para darle algunos dolores de cabeza a nuestro amigo. Ojalá tantos como los que él me ha estado dando últimamente a mí.

–Espero que, cuando descubra que las autoridades de Texas le están investigando, se vea obligado a cambiarse de ropa interior... de puro miedo –repuso Carson y miró a Tank, para advertirle que no dijera nada.

–¿Eso crees? –no dijo más, y bebió un sorbo de café–. No está malo este café, para ser de máquina.

–Es café expreso, de marca Philistine –comentó Carson–. Verdadero café.

–¿Cómo lo has conseguido? –le preguntó Tank, sorprendido.

Carson se inclinó hacia él.

–Gracias a esa bonita enfermera. Yo solo le sonreí y comenté lo mucho que odiaba el café de esas malditas máquinas –alzó su vaso y sonrió de oreja a oreja.

Tank no pudo a resistirse a reír también. Y Merissa se limitó a sacudir la cabeza.

13

Tank tenía que volver al rancho para ducharse, afeitarse y hablar con Cody Banks. No quería hablar con él en la habitación de hospital de Merissa en caso de que, tal como sospechaba, hubiera instalado allí algún micrófono.

Inclinándose sobre ella, la besó con ternura.

–No me importa que te traiga un solomillo y un ramo de flores: ese hombre te está prohibido. ¿Queda claro? –se burló, señalando con la cabeza a Carson.

Ella le devolvió la sonrisa.

–Clarísimo.

Él rio por lo bajo. La besó de nuevo y miró a Carson.

–¿A ti también te ha quedado claro?

Absolutamente. Conmigo está perfectamente a salvo.

–Volveré por la mañana, a primera hora, para desearte feliz navidad –le dijo a Merissa–. Que pases una buena noche.

–Lo mismo te digo –repuso ella con voz ronca.

Reacio, se marchó.

Carson lo siguió hasta el pasillo, justo al otro lado de la puerta.

–¿Por qué dijiste eso sobre la investigación de Texas? –le preguntó Tank a Carson–. Seguro que él te ha oído.

–Nos está apretando las clavijas. Yo le estoy apretando las suyas –respondió Carson–. Tenía un plan y le salió mal. Ahora sabe que estamos explorando en otra dirección. Su chica está muerta. Seguro que está sintiendo la presión. Si comete algún error, lo atraparemos.

Tank se relajó un tanto.

–¿Sabes? Eres un tipo diabólico.

Carson adoptó una expresión de sorpresa.

–¿Quién, yo? Tengo alas. No puedes verlas, pero las tengo.

–Angelical no eres, precisamente.

–Lo sé –esbozó una mueca–. Pero por lo que a ella se refiere... –señaló con la cabeza el interior de la habitación–, lo soy. Eres tú el afortunado.

Tank se ruborizó.

–Lo sé.

–Cuidaré bien de ella. Esta vez no fallaré.

–Si necesitas ayuda, llama.

Carson asintió.

–Dile a Rourke lo que dije en la habitación. En beneficio de nuestro amigo.

–Se lo diré también a Cody.

–Cuántos más seamos, mejor –Carson sonrió con expresión enigmática–. ¿No resulta divertido esto de poner un erizo en la silla de un asesino como ese tipo?

–¿Sabes? Te doy la razón. Solo espero que podamos atraparlo antes de que la ataque de nuevo –expresó sus temores–. Esta vez estaba decidido a matarla. Y existen venenos que no podríamos detectar.

–Yo soy ahora su nuevo catador –se ofreció Carson–. Preferiría catar filetes, pero tendré que conformarme con gelatinas. Ella estará bien.

–Cuídate tú también –dijo Carson.

–Eso siempre.

Llamó a Cody y se encontró con él en el aparcamiento de un supermercado.

–Ya ni siquiera confío en mi maldito teléfono –dijo Tank–. Temo que haya micrófonos por todas partes.

–Podría ser. No hay que disculparse por ser cuidadoso. ¿Qué pasa?

–Carson mencionó en la habitación de Merissa que estábamos apuntando a Texas como posible vía de solución de este caso. Su planteamiento es que el falso agente fracasó a la hora de acabar con ella y eso le ha puesto furioso. Ahora sabe que nosotros sospechamos de una conexión texana, aunque ignora el alcance de nuestras averiguaciones. Y eso puede hacer que entre en pánico.

Cody asintió.

–No es una mala estrategia, siempre y cuando todo el mundo esté debidamente protegido. Si la venganza lo ciega, las cosas podrían empeorar.

–Lo sé –repuso Tank–. Lo último que quiero es que Merissa resulte herida. Ni ella ni nadie.

–Lo mismo digo –Cody se quedó pensativo–. Pero... ¿y si esto desviara de nuevo su atención hacia Texas y se marchara de aquí? Eso reduciría nuestras esperanzas de capturarlo.

–Y también las probabilidades de que Merissa encontrara una muerte súbita y horrible –añadió Tank, sombrío.

Cody le dio la razón.

–Sí. Yo sugeriría alertar a las autoridades de Texas y mencionarles todo esto.

–Es una muy buena idea. Lo haré tan pronto como llegue a casa.

–Si puedo ayudar, de alguna forma...

–Ya me estás ayudando, como sheriff y como amigo –le aseguró Tank, dándole una palmadita en el hombro–. Gracias.

–Hey, para eso están los amigos, ¿no?

–Lo mismo digo. Y puedes disponer de nuestra casa a tu gusto. Excepto de Diamond Bob, claro.

Diamond Bob era el famoso toro semental que

contaba con su propio establo, con calefacción y aire acondicionado.

–¡Vaya! –dijo Cody, chasqueando los dedos–. Con lo que me apetecería un buen filete... –bromeó.

–Ni lo sueñes –replicó Tank.

–Era broma –rio Cody–. Conduce con cuidado.

–Siempre lo hago. Te veré después.

Tank telefoneó a Hayes Carson en Texas para ponerle al tanto de lo que estaba sucediendo. Hayes aprobó el plan.

–Sí, eso podría funcionar –le dijo a Tank–. Si se trata del mismo tipo que intentó matarnos a los dos, y que envió a su amiga al hospital, entrar en pánico podría acarrearle la ruina. Porque esta vez sabemos qué buscar y dónde.

–Solo espero que podamos capturarlo –repuso Tank–. Esto te desgasta los nervios, sobre todo cuando hay una mujer de por medio.

–Conozco la sensación. Si podemos hacer algo por nuestra parte, hágamelo saber. Pondré a Rick Márquez al tanto de todo. Él me habló de la dirección que estaba tomando el caso y de las conexiones. Sigue buscando pistas sobre el asesinato del fiscal, ahora que usted le ha dado una nueva perspectiva. Me dijo que había acogido encantado la posibilidad de resolver el caso. Conocía el tipo de antes, sabía lo bien que había estado trabajando. Una lástima.

–Sí. Demasiada gente ha resultado herida hasta ahora. Gracias por la ayuda.

–No he hecho gran cosa, pero de nada. Manténganos informado.

–Así lo haré.

***

Habían aplicado el mayor número posible de medidas de seguridad. Clara todavía insistía en quedarse en la cabaña, y no habían conseguido moverla de allí. Pero Tank había ordenado a uno de sus trabajadores que se instalase en su habitación de invitados, con un arma, por si acaso.

Merissa mejoró rápidamente. Tank y ella celebraron la Navidad en el hospital con una sabrosa comida: pavo aliñado con salsa de arándanos. Clara se sumó a la cena. Dos días después, la doctora consintió en darle el alta. Tank y Carson la llevaron a su casa.

Una vez allí, Clara y ella mantuvieron una emocionada conversación.

–¡Oh, es tan maravilloso estar de casa de nuevo! –casi sollozó Merissa mientras se abrazaba a su madre.

–Qué alegría tenerte otra vez aquí, cariño –exclamó su madre.

–Siento haberte estropeado la navidad –comentó Merissa, triste.

–Ya celebraremos otra más adelante. Ni siquiera he retirado el árbol –rio Clara.

–Supongo que podré irme ya a casa... –dijo Rance, el vaquero de Tank.

–¡No! –corearon a la vez varias voces.

Rance alzó las manos y se echó a reír.

–¡No hay problema! Me gusta estar aquí. ¡Ella... –señaló a Clara– cocina dc maravilla!

–Y Merissa también –le informó Tank con una sonrisa.

–Ya te lo demostraré dentro de un día o dos, cuando haya recuperado las fuerzas –le prometió ella.

Él sonrió y se inclinó para besarla tiernamente en los labios.

–Tenemos que habar.

Merissa asintió, con una expresión de felicidad en los ojos.

–Cuando quieras.

–Antes tenemos que atar unos cuantos cabos sueltos –indicó a Carson que lo acompañara, y se dirigió de nuevo a Merissa–. Te veré mañana a primera hora. Ya sabes, si me necesitas...

–Te llamaré –le prometió.

Se la quedó mirando con tanta pasión que ella se ruborizó. Volviendo sobre sus pasos, la levantó en brazos y la besó.

–Hasta mañana.

–¡De acuerdo! –se echó a reír.

Mientras abandonaba la cabaña, Tank se recordó que al menos estaba seguro de una cosa. Aquella mujer era suya. Y ella lo sabía.

Telefoneó a Rourke tan pronto como terminó de informar a su familia de la situación en la cabaña, ahora que Merissa había regresado a casa.

–Iba a llamar yo mismo a Márquez, pero hemos estado ocupados con la salida de Merissa del hospital. Hablé con Hayes Carson, pero Márquez debería ser puesto al tanto de todo, también. Dado que tú lo conoces, ¿crees que podrías llamarle de mi parte? –le preguntó.

Rourke rio por lo bajo.

–Le llamaré ahora mismo.

–Esperemos que tenga buenas noticias.

–Esperemos.

Rourke le devolvió la llamada pocas horas después, desde los alrededores de la cabaña de las Baker. El vaquero que había estado de guardia con Clara había regresado al rancho. Rourke lo había liberado de aquella obligación, deseoso como había estado el muchacho de volver a sus ocupaciones habituales, a pesar de la habilidad culinaria de Clara. Carson estaba trabajando en el rancho de los Kirk, echando un ojo a la familia.

–Lamento haber tardado tanto. Márquez estaba en un juicio –explicó Rourke.

–Me figuraba que no estaba disponible, porque en ese caso me habrías llamado antes. ¿Están bien Clara y Merissa?

–Sí. Estaban comiendo justo antes de que yo me marchara para revisar las unidades de vigilancia que ha instalado Carson. Si vuelvo a tiempo, disfrutaré de una sabrosa ensalada de pollo –rio–. Bueno, paso a contarte lo que Márquez ha sido capaz de averiguar...

–¿Es segura la línea?

–Desde luego –respondió Rourke–. Estoy medio encaramado en un árbol y hablando por un móvil de un solo uso. El tuyo es de prepago. No hay manera de acceder a estos aparatos. Y, en caso de que lo hiciera, tengo activado el emisor de interferencias.

–Muy retorcido por tu parte.

–Trabajo en operaciones encubiertas –le recordó Rourke–. Bueno, esto es lo que me ha contado Márquez. El reloj fue encargado a un artesano suizo. Una maquinaria única, customizada. Un regalo para el fiscal del distrito de parte de su acaudalada esposa, por su cumpleaños.

–Así que el tipo no pudo traficar con él –adivinó Tank.

–Buena deducción. Pudo haberlo desmontado, retirado las joyas, fundido el oro... pero el reloj era único. Mi hipótesis, y la de Márquez también, es que al asesino le encanta el prestigio que da lucir un reloj que vale más que un Jaguar. Y lo mismo vale para la camisa, que es de alta costura y pintada a mano: un dineral. Así que le gusta la camisa y el reloj y no se reprime de lucirlos. Es una estupidez, pero la gente brillante hace estupideces. Con esa camisa y ese reloj se presenta a la redada de Carson y es fotografiado de esa guisa. Más tarde, se presenta también así en tu emboscada y tú lo ves llevándolas. Alguien, probablemente su jefe, se enfada cuando descubre que su hombre ha estado dando publicidad a un asesinato que podría enviarlos a los dos a prisión de por vida y que, además, hay una fotografía que lo demuestra. Así que el arrepentido empleado se va a por Hayes e intenta matarlo, pero contrata al hombre equivocado y el pistolero falla. Y lo mismo el secuestro, que seguramente habría terminado con la muerte de Hayes, de no haber sido por la exitosa fuga planeada por la mujer de este, con la que acababa de casarse.

–La fotografía estaba en el ordenador de la oficina de Hayes y tuvo que ser borrada por un cómplice suyo –añadió Tank.

–Muy probablemente la misma mujer que trabajaba o decía trabajar para la supuesta empresa de seguridad que instaló los micrófonos del rancho –adivinó Rourke–. Luego, cuando se dieron cuenta de que la fotografía podía ser recuperada, robaron el ordenador y mataron al técnico que estaba intentando recuperar los archivos.

–Un trabajo, en conjunto, torpe y chapucero... –masculló Tank.

–Así es –confirmó Rourke–. Luego, cuando el tipo se da cuenta de que te acuerdas de él, tú pasas a convertirte en otro cabo suelto imposible de ignorar. Nuestro amigo es un profesional. Es bueno con los disfraces, conoce toda clase de venenos... se mueve bien en ese mundo. Yo he trabajado con tipos que eran brillantes en las operaciones encubiertas pero torpes en estrategia y táctica. Quizá antiguamente contara con alguien que le decía lo que tenía que hacer y cómo, de manera que todo le salía bien. Pero ahora es posible que esté solo y sea además consciente de que no lo tiene todo tan controlado como antes. O quizá sea adicto a la droga y esté perdiendo el control, con lo que se ha vuelto torpe de golpe.

–No intentó disparar contra los dos agentes federales ni contra la secretaria de Cash Grier –señaló Tank.

–Puede que no constituyeran objetivos prioritarios, que estuvieran muy abajo en la lista. Había que eliminar antes los mayores riesgos: Hayes Carson y su ordenador. Y luego tú, porque podías relacionarlo con Charro Méndez y seguir la pista hasta su jefe si hablabas con la gente adecuada.

–Hay muchos «quizás» aquí –observó Tank.

–Cierto.

–¿Qué más te contó Márquez?

–Que están siguiendo la pista, como jefe de nuestro asesino, a un político corrupto supuestamente relacionado con un cártel de droga. Un senador del estado, que últimamente anda aspirando a un cargo político todavía más alto. El anterior senador de Texas murió súbitamente de lo que, en un principio, se supuso eran causas naturales. En este momento, mientras hablamos, lo están investigando. Existe también un serio rival para el cargo que acaba de ser hospitalizado víctima de un mal todavía sin diagnosticar.

–¿Buscaron rastros de algún veneno en su sangre? –murmuró Tank.

–No lo habían hecho, pero ahora, gracias a Márquez, van a hacerlo.

–¿Crees que existe una conexión con ese político?

–Eso es lo más interesante de todo. Entre los casos que el fiscal había estado investigando, figuraba uno sobre un político corrupto. Sobornos, malversación de fondos, conexiones con distribuidores de droga... ese tipo de cosas.

–¿Disponía de alguna prueba?
–Es posible. Pero sus archivos informáticos fueron destrozados. En sentido literal. El disco duro quedó hecho pedazos. Todos los papeles del caso desaparecieron. Parece que el fiscal había contratado temporalmente a alguien para que sustituyera a su secretaria, que se hallaba enferma... justo antes de que él fuera asesinado y desapareciera toda la documentación.
–Debía de haber informes policiales, minutas de investigación... –empezó Tank.
–A eso voy. Todo desaparecido. Lo único que queda es la palabra de los inspectores y agentes de policía–. ¿Y sabes lo que vale eso en un tribunal, sin papeles que lo sustenten?
–¡Maldita sea!
–El lenguaje de Márquez era mucho más gráfico –comentó Rourke–. En cualquier caso, no tenemos nada que pueda relacionar al político con todo esto. Excepto...
–¿Qué?
–Parece que tiene un sicario con gustos caros. El sicario, un tipo llamado Richard Martin, fue visto luciendo una camisa de cachemira como la que tenía el fiscal, regalo de su esposa.
–No me lo digas. También llevaba un reloj con música.
–Bingo.
–Entonces, ¿cuál es la mala noticia?
–La misma de antes. No hay ningún rastro documental. Nadie que lo haya visto podría identificarlo, excepto quizá tú, Hayes Carson y los federales. Ese tipo tendría que estar loco para ir contra los federales, por cierto. O quizá pensó en traerse a alguien de otro continente para la tarea. Ah, y la pequeña secretaria de Cash Grier, la de la memoria fotográfica... ella lo vio. Allí siguen intentando relacionar el intento de asesi-

nato contra su padre con el envenenamiento mortal del autor del mismo.

–Sería conveniente que contara con alguna protección, por si acaso –comentó Tank, sombrío.

–Sé cosas sobre su padre que no puedo contarte –le dijo Rourke.

–¿El pastor?

–No siempre fue pastor. Dejémoslo así. Además, la chica trabaja para Cash Grier. Conozco a criminales de larga trayectoria que se lo pensarían tres veces antes de meterse con tipos como él. Puede que ahora sea simplemente el jefe de policía de una pequeña población, pero mantiene intactas sus antiguas habilidades. No está oxidado. Y cuenta también con gran red de amigos y asociados… muy especiales, por decirlo así. Solicitados algunos de ellos por gobiernos de todo el mundo.

–Interesante.

–Sí que lo es, ¿verdad? –el tono de Rourke se volvió serio–. Márquez dijo que el sicario del político corrupto cuenta con una reputación de extremada violencia. No podemos bajar la guardia ni por un momento.

–Clara y Merissa tienen que venirse al rancho y quedarse con nosotros –anunció Tank con tono firme.

–Ya se lo dije yo. Merissa se mostró dispuesta al principio. Pero ahora no. Piensa que estarán perfectamente seguras en la cabaña. Y Clara dice que, si ella quiere quedarse, ella también.

–No les permitas que lo discutan siquiera. Recógelas y mételas en el coche, si no hay más remedio.

–Es una camioneta, pero haré lo que digas.

–Recoge el ordenador de Merissa y también cualquier objeto de valor sentimental que encuentres. Solo en el caso de que el asesino esté pensando en complicar todavía más la situación.

–Lo haré ahora mismo.

–Cuídate.

–Siempre lo hago. Aplícate el consejo. Hablaremos después –y cortó la comunicación.

Tank se llevó a sus hermanos a la cocina, encendió la batidora para exasperación de Mavie, a la que despachó de la habitación, y les puso al tanto de lo que había sucedido.

–La situación se está volviendo aún más peligrosa –comentó Cane.

–Así es –secundó Mallory–. Carson instaló el dispositivo de reconocimiento facial y hoy hemos identificado a un hombre con antecedentes que se largó cuando quisimos interrogarlo.

–Nunca os habría puesto a los dos en esta situación. Ni a vuestras esposas, ni a tu hijo –le dijo a Mallory–. Por nada del mundo.

–Merece la pena el riesgo si con ello logramos mantenerte vivo –replicó Cane, tenso.

–Es Merissa quien más me preocupa –confesó Tank.

–Pero ella está a salvo por ahora –le dijo Mallory–. Rourke no permitirá que le suceda nada, ni a ella ni a su madre.

–Eso no es todo –Tank hundió las manos en los bolsillos de sus tejanos–. Hay algo más que me tiene preocupado.

–¿Qué es?

–El rastro que dejó en la nieve, el que llevaba a la carretera.

–El truco del viejo cazador consiste en volver siempre sobre un rastro –comentó Mallory.

–Si estuvo dejando un falso rastro deliberadamente, tuvo que asegurarse de que lo viéramos. Así que… ¿dónde crees que se ha estado escondiendo?

La expresión de Mallory se volvió dura como una roca.

–En la misma cabaña.

Tank perdió de pronto el aliento.

–¡Merissa y Clara! –exclamó, aterrado.

Tank abrió su móvil y llamó a Rourke. El teléfono sonó y sonó. Pero Rourke no respondía.

–Esto me huele mal. Voy para allá.

–Y nosotros –dijeron Cane y Mallory, al unísono.

–No –replicó Tank, enfático–. Vosotros os quedáis aquí. Avisaré a todos los muchachos para que rodeen la casa, armados. Carson irá conmigo.

–Ten cuidado –le aconsejó Mallory, tenso.

–Eres el único hermano pequeño que tenemos –añadió Cane, forzando una sonrisa.

–Estaré bien.

Fue hacia la puerta. Antes de llegar ya estaba hablando por el móvil con Darby Hanes. No dejó de darle órdenes mientras se dirigía hacia su camioneta.

–¡Carson! –gritó nada más verlo en el porche.

Carson alzó la mirada del portátil.

–¡Nos vamos! ¡Ahora mismo!

Cerró el ordenador y corrió también hacia el vehículo.

–¿Qué pasa?

–Ya te irás enterando sobre la marcha –llamó a Cody Banks–. He perdido la comunicación que tenía con el hombre que se quedó protegiendo a Merissa y a Clara. ¿Cuánto puedes tardar en presentarte allí con dos agentes?

–Nos vemos en el porche delantero –dijo Cody, y colgó.

–Creemos que dejó un rastro deliberadamente falso, lejos de donde se encontraba realmente –explicó

Tank a Carson, con los dientes apretados–. ¡Está en la maldita cabaña! Probablemente en el ático. ¡Nunca se nos ocurrió mirar ahí arriba!

Carson lanzó un gruñido.

–¡Qué maldita falta de previsión!

–Rezo para que lleguemos a tiempo –dijo Tank, y pisó a fondo el acelerador.

Cuando llegaron a la cabaña, vieron el coche patrulla del sheriff, otro de la policía del Estado, una ambulancia y un camión de bomberos. Parecía que no llevaban mucho tiempo allí, ya que acababan de apagar las sirenas y las luces.

–¿Qué ha pasado? –preguntó Tank, esforzándose por dominar su terror mientras se reunía con Cody Banks al pie del patrulla.

–Tiene a las mujeres –informó Cody–. No va a negociar. Dice que está harto de tener que esconderse todo el tiempo. Va a matarlas.

–¿Qué hacemos ahora?

–No tengo ningún negociador de rehenes –les dijo Cody–. El departamento de policía de Catelow tiene uno, pero en este momento se encuentra en el Este, de vacaciones– La policía del Estado nos ha enviado a un tipo que desempeñó esa labor para el departamento de policía de Houston hace unos años –señaló al hombre en cuestión, que asintió con la cabeza–. En este momento estamos esperando a los técnicos de las compañías.

–¿Las compañías? –estalló Tank–. ¿Para qué diablos?

–Apagamos siempre todo lo que podemos apagar –explicó el agente de policía–. Luego negociamos con el suministro de energía, de agua…

–Las matará antes –dijo Tank, respirando aceleradamente–. Es a mí a quien quiere. Le ofreceré un trato: ellas por mí.

–No –se opuso firmemente Cody–. Porque entonces tendremos tres víctimas en lugar de dos.

Mientras ellos hablaban, Carson se despojó de la chaqueta. La arrojó al asiento delantero de la camioneta del rancho.

–¿Qué va a hacer? –le preguntó Cody.

–El trabajo con el que llevo años ganándome la vida –respondió Carson–. ¿Alguien tiene un fusil de francotirador por aquí? Lo necesito.

Los hombres se lo quedaron mirando fijamente.

Carson les espetó entonces, con las manos en las caderas:

–¿Vamos a quedarnos aquí plantados o van a permitirme de una vez que salve a esas mujeres?

–Lo siento –dijo Cody–. ¡Frank! –llamó a uno de sus agentes–. Tráeme ese nuevo rifle con mira telescópica.

–Nuevo… –masculló Carson–. Esos malditos rifles nuevos nunca disparan bien hasta que se usan.

–Es lo único que tenemos –explicó Cody.

–Nunca podrás acercarte lo suficiente –Tank intentó razonar con Carson. Estaba muerto de miedo–. Te verá aproximarte.

Carson arqueó una ceja.

–Recuérdame que te cuente un par de historias cuando todo esto haya terminado –desvió la mirada hacia el agente, que había regresado portando una pesada maleta metálica.

El policía la dejó sobre la parte trasera de la camioneta y la abrió.

–Qué ricura –comentó Carson, acariciando la madera de la culata del rifle.

–Sí que lo es –murmuró el agente de policía–. Tremendamente preciso.

Carson lo sacó del estuche con gesto casi reverente y enfocó la mira hacia la cabaña.

–La óptica es buena –dijo, y se concentró. Distinguió un movimiento en una de las ventanas. Casi al instante apareció un rostro de mujer, con expresión aterrada. Era Clara. Estaba hablando con alguien que se hallaba a su espalda. Asustada. Llorando.

Carson apretó la mandíbula.

–Acaba de ordenar a Clara que se asome a la ventana, para que vea lo que está pasando aquí –se colgó el rifle del hombro–. Necesito que me lo distraigan –le dijo a Cody Banks–. No voy a decirles dónde estaré. Pero, cuando oigan un disparo, muévanse rápido.

–No falle –le advirtió Cody con tono firme.

–Sería la primera vez –replicó Carson, muy serio–. No fallaré.

Se volvió y salió corriendo hacia el final del sendero de entrada.

–Va en la dirección equivocada –masculló el agente.

–¿Eso cree? –inquirió Tank. Conocía a Carson. Se volvió hacia Cody–. Si los camiones de las compañías se presentaran ahora, nos serían de gran ayuda.

Cody activó el emisor de su radio.

–Intentaré que se den prisa. Atención –empezó, hablando con la unidad–. Necesito saber el tiempo estimado de llegada de la compañía eléctrica.

–En dos minutos estará allí, sheriff.

–Díganles que enciendan las luces amarillas y entren rápido –dijo Cody.

–¿Señor?

–Haga lo que le digo. ¿De acuerdo?

–De acuerdo.

Cody se volvió hacia su agente.

–Enciende las luces y haz sonar la sirena a tope, para meter un buen ruido en la zona del sendero de entrada. Acércate a la cabaña, pero no demasiado.

El agente asintió.

–¡Sí, señor!

Acto seguido se subió al coche, activó las luces y la sirena y avanzó rápido hacia la cabaña. Frenó en seguida, derrapando y dejando atravesado el vehículo en el sendero de entrada.

–Ya está. Quizá esto le proporcione a Carson el tiempo suficiente para situarse en su posición. Y aquí llega la otra maniobra de distracción.

El camión de la compañía eléctrica se detuvo junto al coche patrulla.

–Me habían dado una dirección muy rara... –empezó el chófer.

–Me temo que no hay tiempo para hablar –lo cortó el sheriff con una cansada sonrisa–. Este es un escenario con rehenes. Necesitamos que cortes el suministro eléctrico de la cabaña lo más rápidamente posible.

–Me pongo a ello –apagó el motor, bajó del camión, se ató el cinturón de las herramientas y subió al remolque para concentrarse en el panel de conexiones. Minutos después, la cabaña quedó sumida en una total oscuridad.

–Buen trabajo –lo felicitó Cody.

–¿Y ahora qué? –preguntó el hombre.

–¿Puede quedarse un rato con nosotros?

–A no ser que recibamos otra llamada urgente, sí.

–Gracias –Cody se volvió hacia el policía del Estado–. Intentaré conseguir que descuelgue de nuevo el teléfono, si es que todavía funciona.

El policía asintió.

Cody marcó el número de Clara y esperó. El teléfono sonó una, dos tres veces. Más veces todavía, Justo cuando iba a colgar, oyó un ruido al otro lado de la línea.

–¿Qué es lo que quiere? –inquirió una voz con acento australiano.

–Los rehenes –respondió Cody.

Se oyó una fría carcajada.

–Ni hablar, amigo. Han frustrado todos mis planes. Y ahora tienen que pagar por ello.

Cody entregó el teléfono al policía del Estado.

–¿Me daría permiso para confirmar que las dos mujeres siguen vivas? –le preguntó con tono suave.

–Tendrá que conformarse con mi palabra –replicó el otro.

–¿Qué es lo que quiere?

–Para empezar, que vuelva a conectar la luz.

–No puedo hacer eso, me temo. No por el momento, al menos. Hábleme. ¿Qué quiere?

–Lo descubrirá muy pronto.

Y colgó. El policía transmitió el mensaje a los demás.

Tank soltó un gruñido. Debió haberse casado con Merissa se manas atrás. Debió haberla llevado ante un altar la misma noche en que compartieron aquella comida china. ¿Por qué había vacilado? Sabía bien cómo se sentía. Y sabía cómo se sentía ella. Ahora todo eso nunca sucedería. Aquel asesino iba a matarla, a ella y a su madre, y todo sería culpa suya.

El camión de la compañía de teléfonos apareció entonces en la carretera, seguido de un segundo, el de la empresa del agua. Aparcaron en el sendero de entrada.

–¿Qué quiere que hagamos? –le preguntaron a Cody Banks.

–Esperen –se volvió hacia su agente–. ¡Sube al coche, enciende luces y sirenas, y enfila hacia el pueblo!

–¡Sí, señor!

El agente repitió la misma rutina que había ejecutado antes, saliendo esa vez a la carretera. Justo cuando el coche estaba desapareciendo en la lejanía, sonó un tiro.

***

Con el corazón en la boca, tremendamente acelerado, Tank desobedeció una orden directa de Cody Banks para echar a correr hacia la cabaña lo más rápido que le permitieron sus piernas. ¿Quién había disparado? Carson le había pedido que corriera si oía algún tiro, pero... ¿y si el hombre de la cabaña lo descubría y mataba a las mujeres?

No podía detenerse. Ya se estaba imaginando a Merissa muerta en el suelo, cubierta de sangre. No sobreviviría si ella moría. No podría superar su pérdida, sobre después de haber estado a punto de perderla apenas unos días atrás.

Sentía el pecho a punto de explotar mientras subía los escalones del porche detrás de los hombres. Cody acababa de agarrar el picaporte cuando se produjo una explosión.

La onda expansiva lanzó a los hombres contra el suelo. Tank, tendido de espaldas, sin aliento, vio la bola de fuego que se alzaba en al aire como un globo naranja que no cesaba de crecer.

–¡Sáquenlas de ahí! –gritó.

Los bomberos ya estaban en movimiento, Situaron el tanque de agua al pie de los escalones, saltaron fuera del camión y empezaron a desenrollar las mangueras.

Tank intentó acceder al porche, pero Cody se lo impidió.

–¡No! –rabió–. ¡No, Dios mío, no! ¡Tengo... que entrar... ahí!

Cody no lo soltaba.

–Si entras ahí, morirás con ella.

–¡No me importa! –gritó Tank–. ¡No puedo vivir sin ella! ¡No podré vivir!

Cody apretó los dientes. Nunca había escuchado una emoción tan cruda en una voz humana. Se estaba muriendo por dentro de ver sufrir a su amigo. Pero no por ello lo soltó.

Los chorros de agua impactaban ya contra la cabaña. Su fuerza era tan grande que rompieron los cristales que habían sobrevivido a la explosión.

Tank contempló horrorizado cómo un cuerpo en llamas salía precipitadamente por la puerta, gritando. Era demasiado alto, demasiado grande, para ser una mujer.

El hombre, que por fuerza tenía que ser el asesino, salió a la carrera al sendero de entrada. Un bombero lo interceptó y lo tiró al suelo, mientras otro lo apuntaba con un extintor. La mitad de su ropa había desaparecido, quemada: la piel de debajo estaba ennegrecida. La espuma lo cubrió, pero aun así seguía chillando. En seguida, sin embargo, se quedó quieto, se estremeció y murió.

Merissa y Clara. ¿Se habrían quemado también? Tank contemplaba la cabaña con una mirada opaca, muerta. Su vida entera había ardido allí, ante sus ojos. ¿Qué haría ahora? Ya no le quedaba vida. Su Merissa estaba muerta, como la cabaña que seguía consumiéndose lentamente en aquellas llamas amarillas, en el denso humor negro que se alzaba al cielo.

Cayó de rodillas y se quedó muy quieto, mirando cómo ardía la estructura.

Cerrando los ojos, musitó una oración por sus almas. Sentía la humedad de las lágrimas corriendo por sus mejillas.

–¡Merissa! –gritó con una voz que reflejaba la angustia de su corazón.

En algún remoto lugar, en el fondo de su mente, podía escuchar la clara y dulce voz de Merissa llamándolo por su nombre. Una voz que le perseguiría para siempre.

–¡Dalton!

Sonrió. Era como si estuviera cantando un ángel.

–¡Dalton!

Qué extraño... Parecía tan real...

–¡Tank! ¡Maldito seas!

¿Tank? ¿Maldito seas?

Levantándose, se volvió. Allí, negra de hollín pero perfectamente viva estaba Merissa, en los brazos de Carson. Y Clara estaba a su lado, tiznada también, pero sonriente.

–Oh, Dios mío –susurró, y fue como una plegaria. Fue hacia ella, la separó delicadamente de los brazos de Carson y la besó. La besó sin cesar.

–¡Creía que te habías muerto allí dentro! –musitó mientras le cubría de besos la cara y el pelo. Olía a humo, pero para él era el perfume más dulce sobre la tierra. Estaba viva, respirando... y maldiciéndolo. Le encantaba.

–Ya nos dábamos por muertas –le confesó, cansada–. Él ya había abierto la espita de una de las bombonas –tosió–. El humo nos estaba ahogando. No sabíamos por qué había hecho eso, aunque sí le habíamos visto conectarlas a una especie de temporizador. Estaba mirando por la ventana cuando empezaron a sonar las sirenas. Acababa de cortar un cable de un rollo que llevaba, con la intención de atarnos a las sillas. El gas nos estaba mareando... sabíamos lo que planeaba. Hice un gesto a mamá, nos tapamos la boca y echamos a correr hacia la puerta. Pensábamos que íbamos a morir de todas formas y que recibir una bala era una muerte mejor que quemarnos vivas.

–Mi chica valiente... –gruñó Tank–. Vamos –la levantó en vilo y la llevó con los sanitarios, que en aquel momento estaban suministrando oxígeno a Clara. Había inhalado más gas que Merissa, porque el asesino la había obligado a situarse ante la ventana para que le fuera contando los movimientos en el exterior.

–¿Mejor ahora? –inquirió Tank un rato después, cuando Merissa hubo aspirado algo de oxígeno y los sanitarios habían acabado de atenderla a ella y a su madre.

–Sí –susurró, y se dirigió al equipo–. Gracias.

–¿Qué sucedió cuando llegasteis a la puerta? –quiso saber Tank.

–Bueno, conseguí abrirla. Él amenazó con dispararnos, si no nos deteníamos. Estábamos aterradas. Yo abrí la puerta de par en par. Carson estaba a pocos metros de distancia. Levantó el rifle y disparó una vez. El hombre soltó un grito. Yo le oí derribar una silla o algo así. No me volví para mirar. Carson nos gritó que corriéramos, que él nos cubriría. Así lo hicimos. Echamos a correr como locas hacia él. Yo creo que el hombre disparó la pistola, porque oímos un segundo disparo a nuestra espalda. Segundos después, cuando apenas estábamos a unos metros del porche, la cabaña estalló.

Soltó un suspiro tembloroso. Dalton la abrazó con fuerza.

–Perdona –rio ella–. Todavía estoy temblando.

–Estás viva, cariño, y eso es lo único que me importa. Sigue con lo que me estabas diciendo...

–Rourke había salido a revisar algo. Estábamos comiendo una ensalada de pollo en la cocina cuando oímos unos ruidos en el porche trasero. Pensamos que era Rourke, así que no hicimos caso y nos fuimos a ver las noticias de la televisión. Apenas unos minutos después, el hombre entró en el salón con una pistola y nos ordenó que fuéramos a la cocina y nos quedáramos allí quietas, si no queríamos morir –volvió a estremecerse, y Tank la abrazó con mayor fuerza–. Junta a la puerta había unas bombonas de propano. Él las había colocado allí, con una especie de detonadores. Nos hizo sentar a la mesa mientras él abría la espita de una de ellas. Me dijo que mataría a mamá primero si intentaba algo –cerró los ojos–. Teníamos un miedo mortal. Él estaba furioso, rabiaba y maldecía porque no podía matarte, ni a ti ni a ese sheriff de Texas. Y porque acababa de descubrir que la muerte de un hombre al que había contratado para acabar con cierta mujer en Texas estaba siendo investigada. Dijo que había envenenado al hombre porque había hecho una chapuza de trabajo. También comentó que había habido otro asesinato, muy anterior a todo aquello, pero que nunca tendríamos tiempo de enterrarnos, porque iba a matarnos a todos y se aseguraría después de borrar toda huella. Dijo que su jefe lo tenía por un adicto a las drogas, pero que no lo era, que podía dejarlas en cuanto quisiera. Se puso a chillar y a manotear como un loco... –sacudió la cabeza–. Yo pensé que había perdido el juicio.

–Eso parece, desde luego –comentó Tank con tono grave, y le acarició tiernamente el pelo.

–Dijo que iba a hacer explotar la cabaña y que huiría aprovechando la confusión. Que nunca volverías a tener un momento de paz y que jamás conseguiríais descubrirlo. Que pensaba volver a Texas para terminar el asunto que tenía pendiente allí. Que había encontrado a alguien de confianza para que matara a la mujer de Texas que lo había visto. Que se habían acabado los cabos sueltos –se apoyó contra él–. Me alegré tanto cuando vi a Carson... Pero mucho más cuando te vi a ti.

–Creí que te había perdido –susurró Tank con voz ronca–. Cuando la explosión.

Sonrió y lo besó. Enterró su delicado rostro en su cuello.

–Acabábamos de salir por la puerta trasera cuando una de las bombonas explotó. No sé cómo pudo ocurrir, pero el caso es que las demás fueron explosionando en cadena –miró a Carson, que no había soltado el rifle y estaba escuchando la conversación–. Gracias por haberme salvado la vida.

–De nada –repuso él, devolviéndole la sonrisa.

Tank se lo agradeció también. Pero estaba demasiado ocupado besando a Merissa para decir mucho más.

14

–No entiendo lo de las bombonas de propano –confesaba Tank algo después, mientras las mujeres estaban siendo tratadas de los efectos de la inhalación de gas en la unidad de cuidados intensivos. Cody Banks y él tenían quemaduras superficiales, ya curadas.

–Por lo que dijo Merissa, el tipo les había colocado temporizadores –explicó Carson–. Explotó una y provocó una reacción en cadena.

–Sí, pero ¿cómo hizo que explotara una? –preguntó Tank–. Una vez vi un programa en la televisión sobre bombonas de propano. Dispararon una bala contra una. La atravesó. No hubo explosión.

La expresión de Carson era sombría.

–El problema es el gas cuando se escapa y se concentra en una habitación. Si es lo suficiente denso para obstaculizar la respiración humana, cualquier chispa puede hacerlo explotar, incluso encendiendo un simple interruptor.

–¿Es eso lo que crees que sucedió?

–Merissa dijo que el tipo había abierto la espita de una de las bombonas y que las dos estaban teniendo problemas para respirar. Él había encendido el temporizador y probablemente contaba con que los cables provocarían la explosión, para cubrir su salida y matar a las mujeres. Supongo que planeaba atarlas primero, pero no previó que alguien se acercaría lo suficiente para dispararle antes de que pudiera seguir adelante. Bien por las maniobras de distracción. Me sirvieron de mucho.

–Gracias a Cody. La idea fue suya.

–En cualquier caso, no tenía buen tiro en la posición en la que me encontraba, así que me acerqué a la cabaña. Justo en aquel momento se abrió la puerta trasera y las mujeres intentaron salir. El tipo las siguió. Yo apunté detrás de ellas y lo herí en un hombro; en seguida les indiqué por señas que corrieran. El asesino se quedó sorprendido el tiempo suficiente para que las mujeres abandonaran la cabaña. Yo ya estaba oliendo a gas antes de acercarme al porche. Las mujeres estaban tosiendo. El tipo disparó contra nosotros, justo antes de que se produjera la explosión.

–¿Crees que ese disparo hizo explotar el gas?

–Sí –respondió Carson–. Cuando disparó en nuestra dirección, el fuego de la pistola tuvo que provocar la combustión –sacudió la cabeza–. Murió abrasado. Hasta para un malvado, es una manera horrenda de morir.

–Merissa me dijo que moriría así –explicó Tank–. Ella lo sabía.

–Cuídala bien –le instó Carson con tono firme–. Si no lo haces, te la quitaré y me casaré yo con ella –sonrió.

Tank rio por lo bajo. Le dio una palmada en el hombro,

–Gracias por salvarme la vida.

–No lo hice –replicó, perplejo.

–Salvaste a Merissa. Y yo, sin ella, no habría tenido vida alguna.

–Lo entiendo –dijo Carson con expresión comprensiva–. De nada, entonces.

Cody Banks se reunió con ellos en la sala de espera.

–Bueno, tenemos un cadáver y ninguna forma de identificarlo –anunció con tono cansado–. El forense está trabajando con él en la sala de autopsias, pero la verdad es que no queda mucho que mirar, a no ser que su ADN aparezca en alguna base de datos.

–¿Llevaba quizá un móvil encima?

–Sí. Está achicharrado. Lo enviaremos al laboratorio estatal a la espera de que se produzca un milagro. Pero, entre nosotros, dudo que tengamos suerte.

–Necesitamos llamar al sheriff Carson en Texas –sugirió Tank, sombrío–. El tipo le dijo a Merissa que había contratado a alguien de confianza para liquidar a cierta mujer que lo había visto y que tenía una gran memoria fotográfica.

Carson entrecerró los ojos.

–Solo se me ocurre una mujer que encaje en esa descripción. Será mejor que hagas esa llamada primero.

–Lo haré –dijo Tank.

–El tipo era un lunático de manual –comentó Cody, furioso.

–¿Qué hay de su reloj?

El sheriff parpadeó perplejo.

–¿Qué reloj?

–El que llevaba....

Cody estaba sacudiendo la cabeza.

–No llevaba reloj de pulsera –replicó–. Ni cartera.

–Pero debió alojarse en alguna parte mientras me estuvo vigilando –declaró Tank, cortante.

–Pensamos que tuvo que haberse instalado en el ático de la cabaña –añadió Carson.

Cody suspiró.

–Bueno, echaré un vistazo. Pero el incendio destruyó la mayor parte de la estructura.

Tank esbozó una mueca.

–El ordenador de Merissa estaba allí. Todo su trabajo perdido.

–No, no está perdido –dijo Rourke, reuniéndose con ellos. Estaba sonriendo–. ¿Ya os habíais olvidado? Saqué su ordenador y la mayor parte de sus objetos personales temprano este mismo día, y pensaba llevarlos a tu rancho.

–Excelente previsión –rio Tank.

–Soy famoso por mi carácter previsor, que solo es superado por la excelencia de mi físico –bromeó Rourke.

Carson puso los ojos en blanco.

–Necesitaremos contactar con la Cruz Roja –dijo Cody.

–¿Por qué? –quiso saber Tank.

–Las mujeres van a encontrarse temporalmente sin casa...

–Ellas ya tienen una casa –señaló Tank, sonriendo–. Tenemos tres cuartos de invitados.

–¿Eso es una invitación? –preguntó Rourke, con los ojos muy abiertos–. Porque yo he compartido barracón con él, y ronca –gruñó, fulminando a Carson con la mirada.

–¡Yo no ronco! –exclamó el aludido, indignado.

–Ya. Lo que pasa es que usas una sierra mecánica por las noches y no te acuerdas –se burló Rourke.

–No era una invitación –le dijo Tank–. Ya podéis volveros a vuestra casa. El caso está cerrado. El asesino ha dejado de ser un problema. Aunque os estoy muy agradecido, a los dos, y vuestros cheques reflejarán ese agradecimiento.

–Yo no he hecho esto por la paga –le recordó Rourke–. Así que no me ofendas.

–Lo mismo digo –agregó Carson, sonriendo también–. Incluso los grandes abogados llevan casos altruistas de cuando en cuando.

–¿Abogados? –masculló Rourke–. ¿Elaboras informes con tu rifle de mira telescópica?

Carson arqueó las cejas.

–Si alguna vez te cansas de trabajar para Cy Parks, siempre puedes volver y trabajar para mí –se dirigió Tank a Carson–. Podría levantarte hasta una casa propia.

–Es una oferta tentadora –reconoció Carson–. Pero Cy Parks se afligiría mucho.

–Ya. Bailó una giga irlandesa, de pura felicidad, cuando le dijiste que te venías aquí –se burló Rourke–. Y eso que no es irlandés.

–Mentira –replicó Carson.

–Yo solo miento cuando me lo piden –declaró Rourke, altivo.

Merissa y Clara entraron poco después en la sala de espera, acompañadas por un sonriente doctor Harrison.

–Llevaba tiempo sin verlo –lo saludó Tank, estrechándole la mano.

–Qué extraordinaria casualidad –dijo el doctor–. Acababa de traer a un joven que necesitaba un par de puntos por una pelea cuando me encontré con ellas.

–Él conoce al médico de guardia –le informó Clara a Tank.

–Claro que lo conozco. Yo le enseñé todo lo que él sabe... –el doctor sonrió. De repente se puso serio–. Lamento lo de la cabaña. Si necesitan un sitio donde quedarse...

–Es usted muy amable, pero mis cuñadas ya les tienen preparadas las habitaciones de invitados del rancho –dijo Tank–. Será mejor que nos marchemos ya, por cierto. Ha sido un día muy largo para todos.

–Me gustaría telefonearles después, si me lo permiten –le dijo el médico a Clara–. Para saber cómo se encuentran.

–Eso sería muy amable por su parte –replicó ella–. Gracias.

–Será un placer –se despidió de los otros, sonrió a las mujeres y regresó a su despacho.

–¿Listas para irnos? –inquirió Tank.

Merissa asintió.

–Estoy tan cansada... Las dos lo estamos.

–Ha sido una prueba muy dura –reconoció Tank–. Pero con un final feliz. Vamos. Yo os llevo.

–¿Seguro que no molestaremos? –le preguntó Merissa, preocupada.

–¿Cómo podríais? –replicó Tank con una sonrisa–. Sois familia, ¿no?

Ella alzó la mirada hacia él con el corazón en los ojos.

–Oh, sí. Desde luego.

La tomó del brazo, todo sonriente.

La instalación de las mujeres en el rancho de los Kirk fue tan fácil que casi parecía como si hubieran nacido allí. Merissa, a la que siempre le había costado relacionarse con la gente, se llevaba ya de maravilla con Morie y con Bolinda.

–Es como si las conociera de toda la vida –le dijo a Tank en un momento en que estaban solos en la camioneta, de regreso a la cabaña para revisar lo que quedaba de sus pertenencias personales, una vez terminadas las labores del cuerpo de bomberos y de la policía.

Clara había pensado en acompañarlos, pero consciente como era de que su hija deseaba pasar tiempo a solas con Tank, había fingido encontrarse demasiado cansada. Merissa se había limitado a sonreírle, porque la conocía demasiado bien.

–Ya te dije que no sería tan duro –bromeó Tank. Le había tomado la mano mientras conducía. No quería soltarla. Había estado tan cerca de perderla, por dos veces...

–Tu familia es fantástica.

–Como tu madre.

–Gracias.

Aparcó a corta distancia del porche delantero. La cocina se había convertido, prácticamente, en un montón de astillas. Media cabaña continuaba casi intacta, pero los daños del fuego seguían siendo importantes.

–Dos muertes en tan poco tiempo –comentó Merissa en voz baja–. Mi padre y ahora ese hombre horrible –sacudió la cabeza.

–Pero Clara y tú estáis vivas –le recordó él.

Ella le sonrió.

–Desde luego.

Bajó y la ayudó a descender del vehículo. Subieron al porche y rodearon la cabaña hacia la parte trasera. El suelo todavía estaba húmedo por el agua de las mangueras. Había restos metálicos y cristales rotos.

–Cuidado –le advirtió él–. Mira bien por dónde pisas...

–Tranquilo, que no pisaré ningún cristal. Yo...

Tank la levantó entonces en vilo, riendo.

–Me aseguraré yo de ello –se la quedó mirando fijamente a los ojos, con un dulce brillo de deseo–. Todavía no puedo creer que estés aquí conmigo, sana y salva. Nunca en toda mi vida había sentido tanto miedo.

Ella le echó los brazos al cuello.

–Me pediste que me casara contigo –le recordó, ruborizándose–. Yo creía que eso solo era porque tú querías, er... bueno, ya sabes. Y luego te azoraste y yo te dije que no tenía intención de casarme...

Se interrumpió porque él ya la estaba besando. Lo hizo con gran lentitud, con una exquisita ternura, porque ella todavía seguía débil después de lo cerca que había estado de morir.

–Quiero casarme contigo –susurró–, más de lo que puedes imaginar. Lo quería ya entonces, pero me atranqué y terminé fastidiando las cosas.

Ella le acarició una mejilla.

–Y yo te mentí. Me moría de ganas de casarme contigo –musitó.

La bajó suavemente al suelo.

–Toma –le puso una caja en la mano. Una pequeña caja de joyería.

La abrió. Dentro había un precioso juego de alianzas, en rubíes y diamantes. Merissa se quedó sin aliento.

–Lo he llevado en el bolsillo desde el día en que te solté lo de que necesitábamos casarnos. Lo estropeé todo.

–No, no lo estropeaste –sacó el anillo de compromiso–. ¿Quieres ponérmelo, por favor?

Tank sonrió mientras se lo deslizaba en el dedo anular.

–¿Querrás casarte conmigo?

–Por supuesto –contestó sin aliento, mirándolo con luminosa expresión, al borde de las lágrimas.

Le mordisqueó suavemente los labios.

–¿Cuánto de pronto? –murmuró.

–Ayer –bromeó ella.

Él sonrió contra su boca.

–Anteayer.

–El mes pasado.

–El año pasado.

El beso se fue volviendo más intenso y profundo, y Merissa soltó un gemido. Fue justo en aquel momento cuando él se detuvo, porque podía sentir su debilidad.

Alzó la cabeza y se aclaró la garganta.

–Podemos casarnos en seguida. Pero esperaremos a que te sientas mejor antes de tener... relaciones íntimas.

Ella se echó a reír, tímida.

–De acuerdo. Quiero decir que... quiero tener relaciones íntimas. Pero todavía me siento un poquito... débil.

–Lo sé. No pasa nada –escrutó su rostro–. Te deseo. Eso forma parte de lo que siento por ti, como hombre. Pero si quiero casarme contigo es porque estoy enamorado de ti.

–¿De verdad?

–Oh, sí –le rozó los labios–. Cuando vi aquella explosión y pensé que tú estabas dentro... –la atrajo hacia sí y la abrazó, con fuerza–. Fue como si el mundo se oscureciera de repente. Me pareció oír tu voz, llamándome...

–Maldiciéndote.

Él se echó a reír.

–Sí, lo hiciste. En aquel momento solo podía pensar en una cosa: en encontrar algún medio, alguna manera de llegar hasta ti, aunque eso significara morir yo mismo –alzó la cabeza y la miró fijamente a los ojos–. No me imagino la vida sin ti. Sin ti, el futuro no existe. Tú lo eres todo para mí. Y te amaré hasta el día en que me muera. Y más allá también.

Merissa sentía el escozor de las lágrimas en los ojos.

–Y yo te amaré de la misma manera, también. Para siempre.

Él le enjugó entonces las lágrimas, a besos.

–Para siempre.

Se casaron en el rancho, en ceremonia oficiada por el pastor de la iglesia metodista local. Merissa, que todavía se sentía algo débil, lucía un precioso vestido de alta costura con bordado de seda sobre satén blanco, encaje de Bruselas y un velo largo. Llevaba un ramito de flores de pascua, porque aunque las fiestas ya habían pasado, de alguna manera aquella era una boda navideña: de hecho, se encontraban en la misma habitación donde resplandecía el bello y enorme árbol de navidad, que la familia no había retirado aún.

Habían convencido a Rourke y Carson de que se quedaran para la ceremonia, después de lo cual partirían hacia Texas.

El asesino estaba muerto, pero todavía quedaba un leve rastro que llevaba a Hayes Carson e incluso a

Carlie. La muerte del fiscal del distrito de San Antonio constituía la clave. Pero, si el asesino muerto había contratado a alguien para que se encargara de Carlie y de su asombrosa memoria fotográfica, el tiempo era vital.

Carson hablaba poco, pero Tank advirtió que se alarmaba de manera especial cada vez que alguien mencionaba que Carlie podía estar en la lista de amenazados. Para alguien que la odiaba tanto, parecía una reacción un tanto contradictoria.

–¿Llamaste a Hayes Carson? –le preguntó una soñolienta Merissa la primera noche de su luna de miel en Montego Bay, Jamaica.

Tank la acercó hacia sí, sonriente.

–Sí. Rick Márquez, los federales y él están siguiendo algunas pistas.

Apartó la sábana para descubrir sus senos pequeños y perfectos, antes de inclinarse para acariciarlos con los labios.

–Espero que puedan salvar a esa mujer de Texas –comentó ella en un susurro, arqueando la espalda.

–Yo también... –musitó él a su vez.

Se apretó contra su duro y musculoso pecho. El áspero vello le hacía cosquillas. Era una sensación maravillosa. Le echó los brazos al cuello.

–¿Sabes? Tenía miedo de hacer esto –le confesó, fascinada.

–Ya lo he notado.

Al principio fue un poco difícil. Merissa había tenido que superar su natural timidez con la ayuda de una copa de vino y la oscuridad de la habitación. Tank deslizó las manos por la tersura de su cuerpo con la misma sensual delicadeza con que solía tocar el piano: seduciéndola hasta conseguir que se relajara, que lo aceptara, que participara en aquel festín de los sentidos que sobrepasaba con mucho cualquier otra cosa que hubiera conocido en su vida.

Al final, cuando ella terminó sollozando, clavando las uñas en su larga y musculosa espalda, él se arqueó contra sus caderas y acabó rápidamente con la pequeña barrera que apenas se notó, salvo por una levísima punzada de dolor.

Sus movimientos, urgentes, intensos y profundos, consiguieron levantarla de la cama en un estremecedor éxtasis de satisfacción, a pesar de tratarse de la primera vez.

–Tú dijiste que, por lo general, la gente tarda algún tiempo en acostumbrarse a estas cosas y a disfrutarlas. Y las mujeres más... –le recordó Merissa poco después, mientras Tank la recostaba de nuevo sobre las almohadas, todavía enterrado en ella.

–Bueno, sí –repuso, sonriente–. Pero me olvidé de mencionar que me estaba refiriendo a hombres con menos paciencia y habilidad que yo –rio por lo bajo.

–Habilidad. Paciencia. Ya –de repente se quedó sin aliento–. Aunque a veces eres demasiado paciente...

–¿De veras? –y se hundió aún más en ella, con fuerza–. ¿Mejor así?

–¡Más! –jadeó.

–¿Así? –la agarró de los muslos y tiró de ella hacia sí, poseyéndola con una ciega y vibrante fiebre que terminó ahogándolos a los dos en una marea de dulce y ardiente alivio, tras una tensión casi dolorosa.

Ella gritó, estremeciéndose sin cesar conforme el placer superaba cualquier cosa que se hubiera imaginado.

–Sí –gruñó él contra su cuello–. Oh, Dios mío, cariño... nunca... ¡nunca había sentido esto... con nadie!

–¡Lo... sé!

Se interrumpieron por unos segundos. Pero la fiebre era demasiado alta, demasiado tórrida, y no tardaron en empezar de nuevo.

–No debería hacer esto –gruñó él–. Todavía estás débil...

–¿Débil? ¡Ya te enseñaré yo a ti... lo que es estar débil! –enredó las piernas en torno a sus caderas y se apretó contra él, con los ojos muy abiertos, contemplándolo mientras el interminable placer la envolvía en una nube de fuego y de furia. El rostro de Tank pareció difuminarse cuando sobrevino la explosión final. Una explosión tan cruda y sensual que la impulsó a morderlo en un hombro mientras él se estremecía sobre su cuerpo en un último y exquisito embate.

La atrajo hacia sí. La luz de la luna se filtraba a través de las sedosas cortinas del balcón que daba a Montego Bay.

–Debí haberme casado contigo la noche que te presentaste en mi casa para advertirme de que alguien pretendía asesinarme –le dijo–. ¡Cuánto tiempo perdido!

–No pasa nada –murmuró ella con un suspiro de contento–. Ya lo recuperaremos.

Él la acarició la húmeda melena.

–Háblame del futuro –le pidió.

–Será largo y dulce –sonrió.

–¿En serio?

–En serio.

–Estaba seguro. Pero es bonito que se lo confirmen a uno.

Ella deslizó una mano por el áspero vello de su pecho.

–Has sido muy amable al mandar reconstruir la cabaña para mamá. Ahora que es seguro que ella viva allí.

–Era lo menos que podíamos hacer. Ella adora la cabaña.

–Yo también.

–Pero tú no puedes irte a vivir con ella –le recordó él–, Yo me sentiría demasiado solo...

–Solamente me iría a vivir allí si tú me acompañaras.

Una expresión de preocupación nubló fugazmente la mirada de Tank.

–Merissa, nadie volveré a amenazarnos nunca, ¿verdad? ¿Ni a mí, ni a ti ni a Clara?

–No –le aseguró ella. De repente se quedó muy quieta, como si estuviera teniendo una visión–. Aunque esa joven de Texas... Ya sufrió un atentado. ¡Y ella ni siquiera es consciente de ello!

–Tranquila. Mañana a primera a hora llamaré a Hayes Carson y se lo diré.

–Pensará que estoy loca.

–No. Es un gran tipo. Un día te llevaré a Texas para que lo conozcas, a él y a su esposa.

–Eso sería estupendo.

–Siempre y cuando vayamos juntos –volvió a recordarle, muy serio–. Nunca volveré a separarme de ti.

–Puedes apostar lo que quieras. Yo tampoco me apartaré de tu lado.

Tank le subió la sábana con un suspiro, cubriéndola.

–¿Qué tal si mañana hacemos una ruta por los lugares históricos de la ciudad?

–Oh, sí, y quiero probar la cerveza de jengibre. He leído algo sobre ella.

–Podrás beberte un barril entero si quieres –la atrajo aún más hacia sí y la miró fijamente a los ojos, a la luz de la luna–. De hecho, podrás tener todo lo que quieras. Cualquier cosa.

Merissa alzó la cabeza para acercar su boca a la suya.

–Solo te quiero a ti.

Él le devolvió el beso con exquisita ternura.

–La vida es tan dulce... –susurró ella.

–Sí, querida –volvió a suspirar–. Sí que lo es.

De regreso en Texas, un enfurecido político estaba manteniendo una reunión a puerta cerrada con un siniestro conocido suyo.

–¿Cómo diablos se dejó matar por un pobre paleto de Montana? –gritó Matt Helm, rabioso.

–Yo soy el primer sorprendido, jefe: murió abrasado.

–¿Dejó alguna pista que pueda llevar hasta mí? –inquirió el político.

–No que nosotros sepamos. Uno de los amigos de mi hermano, que es inspector de policía, me lo ha confirmado. Dice que todo está tranquilo.

–Bueno, al menos se deshizo de los cabos sueltos. Su colega, esa estúpida que se dejó arrestar en el hospital, está muerta. Los archivos de imagen en los que aparecía luciendo ese maldito reloj están borrados, tenemos el ordenador... –se interrumpió, sacudiendo la cabeza–. ¡Lástima que fallara el hombre que enviamos para que se encargara de la secretaria de Cash Grier!

–Ellos piensan que el tipo no era más que un lunático –intentó tranquilizarlo su interlocutor–. No hay por qué preocuparse. Martin me dijo que había contratado a otro para hacerlo, alguien de confianza.

–¿Crees que podremos confiar en él, entonces? –inquirió, sarcástico.

–Quizá. No sabemos a quién contrató. Las anfetaminas le habían achicharrado el cerebro –dijo con tono irritado–. Se desquició al final, asumió demasiados riesgos. Deliraba. Antes nunca cometía errores así.

–Los tipos que consumen droga están todos locos

–convino el político–. Esa es la razón por la que nosotros se la suministramos.

–Tiene usted toda la razón.

–Sube a Wyoming tú solo y asegúrate de que no hemos dejado rastros –ordenó Helm a su matón–. Y mira a ver si puedes hallar ese maldito reloj. Si lo encuentras, destrúyelo.

–¡Dios, jefe, ese reloj vale un dineral!

–¡Pero no vale el precio de una condena de prisión de por vida para los dos! ¿Lo entiendes o no? –le preguntó, furioso.

–Está bien, está bien... Si puedo localizarlo, lo romperé en pedazos y lo enterraré en alguna parte.

–Debía de llevar alguna prenda de ropa consigo, al menos –continuó Helm–. En un maletín, en su coche, quizá. ¡Encuéntrala!

–Haré todo lo que pueda, jefe. Pero mis contactos dicen que ellos ni siquiera encontraron una cartera, y el móvil estaba demasiado destrozado para poder proporcionar alguna información.

–Simplemente quiero quitármelo de la cabeza de una vez –le dijo Helm–. El gobernador está a punto de designar un sucesor para el difunto senador Todd. Espero que el elegido sea yo, pero, aunque no fuera así, tengo poder y dinero suficiente para poder ganar las elecciones extraordinarias de esta primavera. No quiero que un descubrimiento ocasional arruine mi futuro político. Dile lo mismo a Charro Méndez. Será mejor que me cubra bien las espaldas, si es que espera recibir algún favor especial para su cártel cuando consiga el cargo.

–Se lo diré, jefe.

–No puedo volver a dejarme ver con él –se pasó una mano por el pelo, nervioso–. ¡Qué desastre! No puedo creer que Rick Martin metiese la pata de esta manera. Era el mejor en su trabajo: infiltrado como estaba en la DEA, nos proporcionaba la información necesaria para proteger nuestros cargamentos y liquidar a la oposición. ¡Y ahora resulta que lo ha estropeado todo porque era incapaz de mantenerse alejado de las drogas!

–Al menos, no es nada probable que alguien relacione el reloj con nosotros, por el momento –declaró el matón–. La foto ha desaparecido. Aunque esa chica lograra recordarla, su testimonio no valdría. No pueden demostrar nada.

–Incluso, aunque pudieran, nosotros podríamos alegar que Martin actuaba por su cuenta –añadió Helm, asintiendo–. Tienes razón. Tenemos las manos limpias. Todo va a salir bien –se volvió–. Pero, de todas formas, sube a Wyoming por si puedes encontrar algún cabo suelto.

–¿Qué pasa con la chica?

Helm vaciló. Ella trabajaba para Cash Grier. Él conocía a Grier. Provocarlo era peligroso. Pero ya una vez antes habían camuflado su primer atentado contra la vida de Carlie, fingiendo que el objetivo de su asesino había sido en realidad su padre, el pastor.

–Su padre parece atraer a los lunáticos, ¿no? –dijo Hem, mirando fijamente a su hombre–. Quiero decir, ya sucedió una vez... y nosotros no estamos implicados. Diablos, ni siquiera sabemos a quién contrató Martin, ¿verdad?

–Cierto, jefe. No hay manera de que nos relacionen con eso. Si Martin pagó a alguien para matarla, dejemos que el tipo se gane su sueldo, eso es lo que digo yo...

–Y yo. Menos complicaciones para todos. Encuentra ese reloj y esa camisa.

–Cuente conmigo, jefe.

Helm no respondió. Eso mismo le había dicho Rick Martin antes de viajar a Wyoming para liquidar a Dalton Kirk. Y aquello no había terminado bien. De hecho, las estupideces que había cometido después de matar al fiscal del distrito que había estado investigando los negocios de Helm habían sido como una primera señal de su fracaso. ¿Robarle a un muerto el reloj y la camisa para luego lucirlos en una redada en la que fue fotografiado? La absoluta estupidez de aquel comportamiento no dejaba de asombrarlo.

Y luego alertar a Kirk de su presencia y dejarse matar de aquella forma... ¿Dónde estaría aquel reloj? Tendría que esperar que su nuevo refuerzo pudiera encontrarlo. Tenía un luminoso futuro por delante, repleto de riquezas y de poder. ¡No iba a perderlo por culpa de un maldito reloj!

Cash Grier abandonó su despacho con gesto pensativo. Miró a Carlie.

–¿Tienes lista ya esa carta para que la eche al correo?

–Sí, señor. Solo le falta la firma –le entregó una carta impresa, con la cabecera del departamento de policía, más el sobre con la dirección y el sello.

La leyó.

–Si lo que está buscando es alguna falta, no tiene ninguna. Y eso que no uso corrector –comentó ella con una engreída sonrisa.

Él se echó a reír.

–Te creo. Buen trabajo.

–Gracias, jefe.

Firmó la carta, la dobló y la guardó en el sobre.

–Ah, recibió una llamada de ese ranchero de Wyoming, Dalton Kirk.

Frunció el ceño.

–¿Qué quería?

–Era algo sobre el hombre que murió. Dijo que su

esposa tenía una premonición. No me explicó lo que era. Pero quería que usted le llamase.

–Lo haré cuando vuelva de comer.

–Sí, señor.

Se lo quedó viendo marcharse y sacó luego un sándwich y un refresco de su tartera. Tenía la costumbre de comer en su escritorio. El jefe nunca se quejaba. Probablemente sabía que no podía permitirse comer fuera: solo muy de cuando en cuando.

Se preguntó por la premonición que había tenido la esposa de Kirk. Esperaba que no fuera nada malo. Últimamente se habían producido unos cuantos acontecimientos muy desagradables en Jacobsville, Texas, incluido el fallido atentado de aquel lunático contra su padre. Se estremeció, recordando cómo había terminado el episodio.

El teléfono sonó en ese momento. Lo descolgó y se limpió los labios de mantequilla de cacahuete antes de responder.

–Oficina del jefe Grier.

Se hizo un breve silencio.

–Dile a tu padre que él será el siguiente.

Antes de que ella pudiera pronunciar otra palabra, el autor de la llamada colgó. Carlie se quedó mirando el auricular con el corazón latiendo acelerado. Aquel día no iba a ser nada bueno.

TÍTULOS PUBLICADOS EN TIFFANY

Suzanne Brockmann
(Un día más, Desafiando las normas
y Sin nombre)

Megan Hart
(Viaje al pasado y La distancia entre nosotros)

Mercedes Gallego
(Mo duinne y Mo fâil)

Susan Mallery
(Simplemente perfecto y Solo para mí)

Sherryl Woods
(Verano de madreselva y Promesas a medianoche)

Mar Carrión
(Mary cambia su destino y El jardín de Neve)

Suzanne Brockmann
(Amar a destiempo y Tentando a la suerte)

Christine Rimmer
(Novios a la fuerza y Sueños e ilusiones)

Susan Mallery
(Solo para ti y Solo para él)